文學制度

（第三輯）

饒龍隼　主編
上海大學中國古代文學制度研究中心　主辦

上海大学出版社
·上海·

圖書在版編目(CIP)數據

文學制度. 第三輯 / 饒龍隼主編. —— 上海：上海大學出版社, 2022.12
ISBN 978-7-5671-4629-7

Ⅰ.①文… Ⅱ.①饒… Ⅲ.①中國文學—古典文學研究 Ⅳ.①I206.2

中國國家版本館 CIP 數據核字(2023)第 013172 號

責任編輯　鄒西禮
封面設計　柯國富
技術編輯　金　鑫　錢宇坤

文學制度

（第三輯）

饒龍隼　主編

上海大學出版社出版發行
（上海市上大路 99 號　郵政編碼 200444）
(https://www.shupress.cn　發行熱綫 021-66135112)
出版人　戴駿豪
＊
南京展望文化發展有限公司排版
上海華業裝璜印刷廠有限公司印刷　各地新華書店經銷
開本 710 mm×1 000 mm　1/16　印張 23.25　字數 392 千
2022 年 12 月第 1 版　2022 年 12 月第 1 次印刷
ISBN 978-7-5671-4629-7/I·672　定價　86.00 元

版權所有　侵權必究
如發現本書有印裝質量問題請與印刷廠質量科聯繫
聯繫電話：021-56475919

編委會成員

主　　編　饒龍隼

編　　委　（以姓氏拼音首字母爲序）

　　　　　陳　飛　陳元鋒　高克勤　何榮譽　李德輝　劉　培

　　　　　盧盛江　羅家湘　孟　偉　饒龍隼　吴夏平　鄒西禮

編輯助理　章　寧　田明娟

目　　録

● 理念與觀念 ●

論明代的文學人口 ··· 李玉寶 / 003
許學夷《詩經》批評釋讀 ··· 汪群紅 / 013
《新定九宮大成南北詞宮譜》對清廷曲樂標準的重樹 ··············· 劉　薇 / 051
王先謙評點《理靈坡》的學術意義探析 ·············· 李曉慧　楊緒容 / 062

● 制度與文學 ●

樂籍制度與中古文學 ··· 李德輝 / 073
勸農制度下的古代農事詩 ··· 袁　悅 / 093
明景泰至成化年間臺閣柄文權威的衰退及其表徵 ················· 岳秀芝 / 111

● 材料與新見 ●

《逸周書》研究相關文獻述評 ·· 章　寧 / 127
明刊張鳳翼《紅拂記》版本源流考述 ······························· 付宇凡 / 152
《三異人集》版本敘錄 ·· 田明娟 / 167
古代小說數字化二十年 ··· 周文業 / 179

● 令規與輯釋 ●

《國語》文學令規輯釋兩篇 ················· 《國語》原載　王路正輯釋 / 195
陳政事疏輯釋 ····································· ［漢］賈誼原撰　李會康輯釋 / 214
明太祖文學詔諭輯釋 ························· ［明］朱元璋原撰　曹淵輯釋 / 231

古典與英譯

《列子》葛氏英譯中的"性"論 …………………………………… 劉　傑 / 249

梁書·武帝紀(中) ……………………………〔唐〕姚思廉撰　王威　王春譯 / 262

導論：抒情傳統與敘事傳統的并存互動 …………… 董乃斌撰　馮奇譯 / 315

編後記 ……………………………………………………………………… / 365

徵稿啓事 …………………………………………………………………… / 366

理念與觀念

論明代的文學人口

李玉寶*

内容提要 文章首先指出文學人口既包括文學生產者,也包括文學消費者;明代的文學人口超過了歷史上任何一個時代。在此基礎上從三個方面展開論述:文學人口促進了刻書業的繁榮,爲市場提供了大量雅俗文學作品;文學人口促進了雅文學的持續發展——作爲生產者,他們根據自己業已形成的價值觀念、人生經驗將存在於頭腦中的觀念意識以物態化的形式呈現出來,並通過刻書業規模化推向市場,爲閱讀者提供了大量產品,促進了雅文學的持續發展;文學人口促進了俗文學的繁榮。作爲小説、戲曲等俗文學消費者的文學人口體現的是時代的價值觀念和審美趨向,它具有巨大的導引、反饋作用,促使俗文學生產者根據市場回饋不斷完善、提高自己的產品品質,從而爲市場提供更多、更優質的產品,這就有力地促進了俗文學的繁榮。

關鍵詞 明代文學;文學人口;雅文學;俗文學;書業生產

這裏所説的文學人口不僅指文學作品的創作者,還包括閱讀者。"創作者"指創作了詩文、戲曲、小説等雅俗文學的腦力勞動者;"閱讀者"其外延除了指以傳統的詩、文、詞、賦等爲閱讀對象的雅文學讀者群體外,也包括以戲曲、小説等爲閱讀對象的俗文學愛好者。中國唐代以前的文學人口相對較少,這與印刷術没有出現、科舉制度没有創立有極大關係。文學作品靠手抄流傳的時代,其規模化生產和流通都難以實現。同時,唐代以前的文學總體上是雅文學,它的創作者和閱讀者也都局限在宫廷、士紳間,受傳承載體的限制,它遠没有成爲普通百姓的消費對象。作爲普通百姓和市民階層喜聞樂見的小説、戲曲在唐代以前還没

---

* 作者簡介:李玉寶,上海師範大學古代文學專業教師、研究館員、博士生導師,主要從事明清文獻整理與文學研究。出版有專著《上海地區明代詩文集述考》《謝肇淛研究》,發表《晚明閩派對王世貞復古思想接受探微》《明清張弼家族文獻生產考論》等論文。

有成爲成熟的大衆文學形態。宋元兩代的話本、雜劇很興盛,"聽衆""觀衆"甚廣,但這些聽衆、觀衆並不是真正文學意義上的讀者群。這一情況到明代有了質的改觀。明代不但雅文學生產者及消費者群體十分龐大,且以小説、戲劇爲代表的俗文學的閲讀隊伍亦十分壯觀。從人口經濟學角度看,文學人口中的生產者根據自己業已形成的人生經驗、價值觀念將存在於頭腦中的精神意識以物態化的形式呈現出來,並通過刻書業推向市場;文學人口中的消費者通過刻書業獲得了大量文學產品,並在此過程中根據市場需求不斷完善、提高自己的產品品質,從而爲市場提供了更多、更好的產品。明代的雅俗文學在文學人口(雅俗文學生產者、消費者)與書業生產的雙向互動中,逐步走向繁榮。

一 明代的文學人口超過了歷史上任何一個朝代

明代文學人口與歷史上任何一個朝代相比都是最多的,這種情況的出現與科舉必由學校教育政策的推行、商品經濟的繁榮密切相關。明代實行科舉必由學校和八股取士的文化、教育制度,這爲雅俗文學作品的海量湧現儲備了人才隊伍;而商品經濟繁榮直接引起了以戲曲、小説等爲消費對象的俗文學的閲讀人群——市民階層的壯大,市民階層粗具閲讀能力,其價值觀、審美趨向對社會的文化消費具有巨大的導引作用,也就間接對俗文學的繁榮起着重要的推動作用。爲説明這一點,今將明代文學人口與唐、宋作一對比,來瞭解明代的文學人口情況。

明代雅文學人口的巨量湧現是科舉制度的產物。如前所述,唐代以前因科舉制度沒有創立、雕版印刷沒有出現等原因,這時的文學基本上爲貴族所壟斷,文學人口是很少的;但唐代就不一樣了,唐代承隋制以及逐步完善的科舉制度對文學普及、文學人口暴增起到了巨大推動作用。有唐289年間,共舉行科舉考試266次(其中一次因作弊廢除,兩次未見錄取人數,故有效科舉263次),每次赴京應試的士子有1 000多人(中有相當數量的數次應試者),"共錄取進士6 637人。"[①]除進士外,唐代明經科錄取的名額較進士多很多,開元年間"每年明經及第的人數在七八十人之間。唐後期錄取數更多。"[②]唐代明經中式者當在2萬—3萬人間。以此推算,唐代進士及明經中式者總數當在3萬人左右,這3萬人當時應都有詩文作品產生,只是因各種原因大部分人的作品散佚未傳,故清康熙間

---

① 黃亞明《唐朝的文藝飯局》,《晚報文萃》2013年第8期。
② 吳宗國《唐代科舉應舉和錄取的人數》,《内蒙古社會科學》1981年第2期。

曹寅、彭定求主編《全唐詩》，總收詩人只有 2 200 餘家，只及唐代進士、明經中式總數的 7% 多一點。宋代科舉取士較唐代增加很多，傅璇琮先生認爲"兩宋共舉行一百十八榜科試，各種科目登科人數，以文科而言，當在十萬人以上；即以進士而言，有四萬二千餘人。"①因爲宋代科舉應試人數遠超唐代，故宋代詩人數量也大大超過唐代，現在收宋詩人最多的《全宋詩》，總收"不下九千人。"②與唐宋相比，明代具備創作能力的進士、舉人、秀才更多。錢謙益選《列朝詩集》81 卷，總收明代詩人 1 685 家；朱彝尊選《明詩綜》100 卷，總收明代詩人 3 155 家。據《明清進士題名碑錄索引》統計，南北直隸及全國十三行省共有進士 22 362 人（此一數據不包含衛、所中式者 1 000 多人），這兩萬多進士一般都會有應用文或詩、詞、曲、賦等有韻之文留存下來，這些文字即所謂的雅文學。進士而外，"明代舉人總數至少達 102 389 人。"③除此之外，大大高於進士、舉人數量的秀才、諸生等是一個更爲龐大的潛在作家群，因此明代的雅文學生產者眾多，作品繁富。總之，明代的雅文學人口是非常龐大的。

隨着市民隊伍的壯大，明代俗文學的消費者較之雅文學人口成倍甚至數十倍地增長。與發達的唐宋兩代的學校教育相比，④明代學校建制較之唐宋更加完備，且實行科舉必由學校的教育政策；受此驅動，受教育人口更加龐大。除中央的國子監以及地方的府、州、縣學外，還有宗學、社學、武學等機構。宣德時規定，地方學校中在京府學 60 名，在外府學 40 名，州學 30 名，縣學 20 名。成化時期捐資入學例開，以後生員成倍甚至十數倍增長。明代建制府 140、州 193、縣 1 138，羈縻之府 19、州 47、縣 6。⑤據此推斷，明代府州縣生員當有數十萬人。顧炎武即認爲明代後期全國在庠縣生員當不下 50 萬人（此數不含府、州生員）。⑥

---

① 傅璇琮《宋代科舉與文學考論·序》，見《宋代科舉與文學考論》，大象出版社 2006 年版。
② 錢仲聯《全宋詩序》，見《全宋詩》，北京大學出版社 1991 年版。
③ 郭培貴《明代鄉試錄取額數的變化及舉人總數考述》，《東嶽論叢》2010 第 1 期。
④ 唐代教育很發達，中央及地方州、縣均設學校，中央學校系統全盛時期學生多達 8 000 餘人（李新達《中國科舉制度史》，北京文津出版社 1995 年版，第 100 頁），地方學校總生員"諸館及州縣學六萬三千七十人"（歐陽修等纂《新唐書》，中華書局 1975 年版，第 1180 頁），即全盛時期全國生員有 70 000 餘人。宋代教育普及程度較之唐代有很大提高，國子學對生員身份品級的限制比唐代放寬了，規定七品以上官員的子弟皆可入國子學，八品以下官員的子弟及庶民之夋異者皆可入太學。除中央學校外，宋代州郡在仁宗初已經開始設立學校。"（崇寧）三年，始定諸路增養縣學弟子員，大縣五十人，中縣四十人，小縣三十人"（脫脫等纂《宋史》，中華書局 1975 年版，第 3657—3669 頁），徽宗時期宋代州、縣生員"總天下二十四路，教養大小學生，以人計之，凡一十六萬七千六百二十二"（葛勝仲《丹陽集》，《叢書集成續編》第 102 冊，上海書店 1995 年版，第 575 頁），這 167 000 餘人是官學機構生員。除官學外，宋代私學頗盛，如家塾、蒙學等，私學人數亦是一個龐大的數字。
⑤ （清）張廷玉等《明史》，中華書局 1975 年版，第 882 頁。
⑥ （清）顧炎武《亭林文集》，《續修四庫全書》第 1402 冊，上海古籍出版社 2011 年版，第 77 頁。

這一數字也不包含市鎮、里中社學在校人數。今人方志遠認爲如果加上社學、里學的生員數,明代後期曾經接受過一定教育的市民當不下 100 萬人。① 總之,明代粗通文墨,具有一定閱讀能力的文學人口大大超過了前代。明代中後期,整個社會沉浸在小説、戲曲等通俗讀物的狂熱中,上至帝王(武宗、世宗和神宗等都愛閱讀小説)士大夫,下至普通市民,均對之如醉如癡。明人葉盛《水東日記》記載:"今書坊相傳射利之徒僞爲小説雜書,南人喜談如漢小王(光武)、蔡伯喈(邕)、楊六使(文廣);北人喜談如繼母大賢等事甚多。農工商販,抄寫繪畫,家畜而人有之;癡騃女婦,尤所酷好,好事者因目爲《女通鑒》,有以也。甚者晉王休徵,宋吕文穆、王龜齡諸名賢,至百態誣飾,作爲戲劇,以爲佐酒樂客之具。有官者不以爲禁,士大夫不以爲非;或者以爲警世之爲,而忍爲推波助瀾者,亦有之矣。"② 目前已知存世的明代三大通俗讀物中,《三國演義》有 28 種刻本,《水滸傳》有 14 種刻本,《西遊記》有 9 種刻本(如果加上散佚版本,這些數字還要高)。③ 暢銷書的數十次出版從一個側面説明了晚明文學消費人口的增長。清人錢大昕論及當時盛況時説:"小説演義之書未嘗自以爲教也,而士大夫、農、工、商、賈,無不習聞之,以至兒童、婦女不識字者,亦皆聞而如見之。"④ 整個社會陷入對小説的狂熱之中,士農工商無不習聞,可謂盛況空前! 總之,明代文學人口是一個非常龐大的數字,龐大的文學人口藴含着巨大的消費潛能,受其激發,明代的刻書業市場一片繁榮!

二 文學人口促進了書業生産繁榮

受明代文學消費市場的刺激,明代的刻書業非常繁榮。明代刻書地區之廣、書坊之多、工藝之精、數量之大都遠遠超過了以前的任何朝代。明代學者胡應麟指出:"(明代)凡刻書之地有三:吴也、越也、閩也。蜀本,宋最稱善,近世甚希。燕、粤、秦、楚,今皆有刻,類自可觀,而不若三方之盛。其精,吴爲最;其多,閩爲最;越皆次之。其直重,吴爲最;其直輕,閩爲最;越皆次之。"⑤ 謝肇淛也説:"宋時刻本以杭州爲上,蜀本次之,福建最下。今杭刻不足稱矣,金陵、新安、吴興三

---

① 方志遠《明代城市與市民文學》,中華書局 2004 年版,第 92 頁。
② (明)葉盛《水東日記》,臺灣學生書局 1965 年版,第 540 頁。
③ 張獻忠《從精英文化到大衆傳播——明代商業出版研究》,廣西師範大學出版社 2015 年版,第 146 頁。
④ (清)錢大昕《潛研堂文集》卷 17,《續修四庫全書》第 1438 册,上海古籍出版社 2011 年版,第 598 頁。
⑤ (明)胡應麟《少室山房筆叢·甲部·經籍會通四》,《叢書集成續編》第 10 册,新文豐出版公司 1988 年版,第 217 頁。

地,剞劂之精者不下宋板,楚、蜀之刻皆尋常耳。閩建陽有書坊,出書最多,而板紙俱最濫惡,蓋徒爲射利計,非以傳世也。"①明代中後期刻書中心幾乎遍佈全國各地,而最大的刻書中心有三個:蘇州、杭州和建陽。與刻書業興盛相伴的是圖書流通異常發達,全國已經形成了四大圖書交易中心:"今海內書,凡聚之地有四,燕市也、金陵也、閶闔也、臨安也。"(《少室山房筆叢·經籍會通四》)這四大圖書流通中心和全國各地的刻書中心一道構成了遍佈各地的圖書銷售網絡,使中晚明圖書市場十分繁榮。

雅文學人口的大量增加有力地促進了官刻書業的發展。官刻並不以刊刻文學類書籍爲主,但它是文學類書籍生產的重要補充形式。官刻機構中的南北兩監刊刻圖書最多,其中北監刻書的數量和品質較南監都遜一籌,萬曆後期周弘祖《古今書刻》載北監刻書僅41部,不及南監六分之一。② 南監刻書總計443種,內中詩文集56種,占總數的12.6％。除中央刻書機構外,地方府、州、縣官刻書籍數量同樣巨大,故成化、弘治間學者陸容(1436—1494)在談到地方府、州、縣刻書盛況時說:"宣德、正統間,書籍印版尚未廣。今所在書版,日增月益,天下右文之象,愈隆於前已。……上官多以饋送往來,動輒印至百部,有司所費亦繁。"③窺斑見豹,官府刻書規模可想而知!藩刻也是明代官刻書業中一支重要力量,據張秀民《中國印刷史》統計,明代藩刻爲43王府,93人,430種。④ 官刻圖書從內容上看,多是經、史、子、集四部內的經典及日用類圖書,其文學類書籍占有較大比重;由於擁有宋元舊槧底本,且經濟實力雄厚,故官刻文學類圖書多爲書中精品。

坊刻是雅俗文學作品生產的主要力量。明代坊刻以建陽最爲有名,當時建陽書坊總量多達229家,刻書有451種之多。建陽所刻內容十分廣泛,且數量巨大、傳佈廣泛、影響深遠。明代蘇州書坊有160家左右,刻書約爲300種。明代杭州的刻書地位雖較宋元時有所下降,但仍是全國重要的刻書和流通中心,張獻忠認爲杭州可考的書坊至少有89家。南京可考的書坊有152家,其中最著名的刻書超過20種以上的9家書坊刻書即達900多種、2 617卷,據此推算,整個南京刻書數量可想而知。明崇禎間曹溶說:"近來雕板盛行,煙煤塞眼,挾貲入賈肆,可立致數萬卷,於中求未見籍,如采玉深厓,旦夕莫覬。"⑤可見晚明刻書業之

---

① (明)謝肇淛《五雜組》卷13,上海書店出版社2001年版,第266頁。
② (明)周弘祖《古今書刻》,《叢書集成續編》第2冊,新文豐出版公司1988年版,第677頁。
③ (明)陸容《菽園雜記》,中華書局2007年版,第129頁。
④ 張秀民《中國印刷史》,上海人民出版社1989年版,第415頁。
⑤ (明)曹溶《流通古書約》,《叢書集成新編》第2冊,新文豐出版公司1985年版,第752頁。

盛！私刻圖書既有以精英階層爲主要受衆的經、史、子、集等雅文學，也有以粗通文墨的市民階層爲主要受衆的戲曲小說和日用類圖書；且越到後期，受俗文學消費人口的刺激，明代的俗文學作品越多地湧現出來。

下表以蘇州坊刻爲例，說明私刻中文學類圖書在明代刻書中的比重（數據見張獻忠《明代商業出版研究》，第137頁）：

種類	經史類	子部類	集部類	戲曲小説	生活類	醫學類	科舉類
數量	35	30	62	45	36	40	28
比重	11%	10%	20%	15%	12%	13%	9%

表中集部類和戲曲小説類書籍占全部刻書的35%，如果考慮到經史類和子部類中的一些文學作品，則明代坊刻產品中有超過四成是文學類書籍，可見坊刻中文學類書籍生產數量之巨大。

商品社會中文學人口具有巨大的消費潛力，這種潛力和一定時代的社會審美、價值觀念、風俗習慣結合在一起，會對社會生產和消費產生巨大影響。明代的官、私刻書機構在巨大的消費市場的激發下，爲全國乃至周邊漢字文化圈生產出了豐富的文化消費品。

三　文學人口促進了雅文學的持續發展

文學人口對雅文學的促進首先表現在文集的海量湧現上。中國古代士人受"三不朽"思想影響極大，在"三不朽"中"立言"相對較易，故文人都有刻集傳世的思想，明人於此尤甚。成化時南安知府張弼即曰："當世操觚染翰之子，粗知文墨，遂栩栩然自命作者，裒然成集，梓而問世。究之，瑜瑕不掩，爲有識者所竊笑。"① 由張弼的話可以看出，明代文人藉文集名世的意識非常強烈。再如陸深（1477—1544）生前即想將自己的作品刻集行世，爲此他對友人董宜陽（1511—1572）説："余有撰著數種，雖不敢自謂成一家之言，其於網羅舊聞、紀記時事，庶不詭於述者之意矣。使後世有知余者，其在兹乎？"不惟文人有不朽的思想，稍微有點財力、名望者都有這種想法。明代中後期，士商合流是非常引人注目的社會

---

① （明）胡介祉《張東海詩集文集序》，見《張東海詩集文集》，清道光十四年（1834）張崇銘刻本。

現象,很多商人或曾爲商人者請文化名人作傳記、墓志銘,以圖不朽。前七子領袖李夢陽就爲很多商人撰寫過墓志銘、序、傳,如《梅山先生墓志銘》《處士松山先生墓志銘》(《空同集》卷四十五)、《方山子集序》(卷五十一)、《缶音序》(卷五十二)、《贈郁離子序》(卷五十六)、《鮑允亨傳》(卷五十八)等。且越到後期,爲商人撰銘記、序跋者越普遍。如李維楨(1547—1626),湖北京山人,官至禮部尚書,爲人樂易闊達,其集中商人的碑銘表傳數以百計。故《明史》評其:"爲人樂易闊達,賓客雜進。其文章,弘肆有才氣,海内請求者無虚日,能屈曲以副其所望。碑版之文,照耀四裔。門下士招富人大賈,受取金錢,代爲請乞,亦應之無倦,負重名垂四十年。"①唐順之在描述當時風氣時說:"宇宙間有一二事,人人見慣而絶是可笑者,其屠沽細人,有一碗飯吃,其死後則必有一篇墓志;其達官貴人與中科第人,稍有名目在世間者,其死後則必有一部詩文刻集,如生而飲食、死而棺槨之不可缺。此事非特三代以上所無,雖漢唐以前,亦絶無此事。"②明人强烈的不朽意識極大促進了文集的生產,豐富了圖書市場。

　　孝道思想也有力促進了詩文集的整理與編刊。《論語》云:"孝悌也者,其仁之本。"後世儒家將孝具體化、世俗化爲政治、社會、家庭的方方面面。司馬談臨終前對兒子司馬遷說:"孝始於事親,中於事君,終於立身。揚名於後世,以顯父母,此孝之大者。"③將孝與修身、事親、忠君聯繫起來,並且強調揚名後世、榮顯父母,此爲大孝。在此思想薰染下,文人別集大量湧現出來。如蘇州皇甫汸《皇甫司勳集》60卷皆皇甫汸"晚年手自删削定"、由幾個兒子刊刻行世的。④ 有的文人爲了更好地保存家族文獻,便以刊刻家集的形式編刊先人精神遺產,最具代表性的是《文氏五家集》。《文氏五家集》由蘇州府長洲人文徵明孫文肇祉集,該家集收文氏家族内文徵明之祖文洪《淶水詩集》《淶水文集》、文徵明《太史詩集》及文徵明之子文彭《博士集》、文嘉《和州詩集》、文彭之子文肇祉《録事詩集》等四世五人之詩文,加另外單行的徵明之父文林《文温州集》和徵明的《莆田集》,則明代文氏一族的文學精華就薈萃於一部《文氏五家集》中了。總之,好名意識和龐大的文學人口結合在一起,在圖書市場產生了巨大的生產力,其結果便是包含詩詞、歌賦、論贊、序跋、墓志、傳記、書啟、祭文等内容的詩文集大量生產出來,爲雅

---

① (清)張廷玉等《明史》卷288《文苑傳》,中華書局1974年版,第7386頁。
② (明)唐順之《荆川集·答王遵巖書》卷5,景印《文淵閣四庫全書》第1276册,臺灣商務印書館1986年版,第308頁。
③ (漢)司馬遷《史記·太史公自序》卷130,中華書局1965年版,第3295頁。
④ 皇甫汸《皇甫司勳集》卷首《三州集序》,《四庫全書》第1275册,上海古籍出版社1988年版,第770頁。

文學的持續發展奠定了堅實的物質基礎。

明代文學人口對雅文學的促進還表現在：東部沿海一帶是文學最活躍、最發達的地區，這一地區作家們彼此倡和、相互汲引，促進了文學的繁榮。據國家社科基金重大項目《明代作家分省人物志》統計，明代東部沿海一帶，從山東向南至南直隸、兩浙、閩、粤。明代文人好結社，形成文學社團以壯大聲氣。何宗美先生以爲明代的文人社團總數"超過三百家。"[①]李玉栓先生更認爲，明代文人社團有930家。[②]這930多個社團主要分佈在東部沿海一帶。同時，明代文學流派衆多，流派內作家交流頻繁，促進了雅文學的持續發展。後七子派是明代後期最大的詩歌流派，其領袖很注重對學古者的褒揚提攜："嘉靖之季，以詩鳴者有後七子，李、王爲之冠，與前七子隔絶數十年，而此唱彼和，聲應氣求，若出一軌。海内稱詩者，不奉李、王之教，則若夷狄之不遵正朔；而噉名者，以得其一顧爲幸，奔走其門，接裾聯袂，緒論所及，噓枯吹生。滄溟高亢，門牆稍峻。弇州道廣，觀其後五子、續五子、廣五子、末五子，遞推遞衍，以及於四十子，而前後《四部稿》中，或爲一序、一傳、一志者，又不在此數焉。"[③]後七子派之成爲明中後期文學人口最多的詩派，與王世貞等領袖注重"傳幫帶"有極大關係。總之，東部沿海一帶是明代文學社團最多、文學流派最多、最具創新活力、大家名家最多的地區，社團、流派內文人們交流切磋、相互汲引，有力地促進了文學的繁榮。

四　文學人口促進了俗文學的繁榮

明代中後期，隨着商品經濟繁榮，商人逐漸崛起爲一個勢力龐大的階層，同時市民階層也日益發展壯大，在教育普及、版刻技術發達的大背景下，商人與市民對小説、戲曲等俗文學的熱愛成爲那個時代中國社會廣大民衆的觀念意識、情緒心理和精神意象的集中反映，也即成爲俗文學人口所共同具有的審美心理和價值趨向。生産消費規律告訴我們，共同的價值觀和審美心理會產生巨大的消費需求，消費需求是刺激生産、活躍市場的原始動力；有了消費需求，就會激發起書坊主的逐利動機和生産興趣，並在生産過程中迎合消費者的心理需求，生産出更多更好貼近消費者需求的新品種。如嘉靖後期、隆慶時期，市民社會對講史演

---

① 何宗美《明末清初文人結社研究》，南開大學出版社2003年版，第17頁。
② 李玉栓《明代文人結社研究》，復旦大學出版社2020年版，序第1頁。
③ （清）陳田《明詩紀事》，上海古籍出版社1993年版，第1867頁。

義、發迹變泰之類小說非常熱衷，但真正具有文學素養與創作才能的作者還没有認識到小說的價值，没有參與到小說的創作中來；倒是敏感的書商體悟到市民的觀念意識和消費需求，緊緊抓住了生財致富的良機，親自操刀創作了大量發迹變泰類作品，此乃這一時期"熊大木式"作品大量出現的社會背景。這是俗文學消費人口影響書商並通過書商影響到產品數量、產品質量的一個顯著例證。

文學人口除對書坊主產生重大影響外，也會對文學作品的創作者產生影響，促使他們生產更多更好的產品。伴隨着經濟繁榮、心學思想流佈、禪宗思想活躍，敏感的士大夫們置身其中，受到極大影響，他們的價值觀念、審美意識發生了非常微妙的變化，一些士人不再視小說、戲曲爲不登大雅之堂的下里巴人，而是自覺參與其中，樂此不疲。以小說爲例，嘉靖後期、隆慶時期的小說多模仿講史演義通俗小說，多爲歷史名人發迹變泰等内容。但萬曆以後，隨着各階層文化消費觀念的變化及通俗文學消費隊伍的壯大，對小說、戲曲的肯定與贊賞成爲較爲普遍的社會共識，於是越來越多的士人成爲通俗文學的重要受衆，他們的案頭床前必置"三言二拍"、《金瓶梅》《牡丹亭》等書籍；閱讀這些暢銷書的同時，越來越多的士人開始創作小說、戲曲並參與了對小說、戲曲等俗文學的理論宣傳以及刊刻出版工作。如李贄、徐渭、袁宏道、湯顯祖、馮夢龍、謝肇淛、臧懋循、李開芳、何良俊、陳繼儒及王驥德等都曾通過評點、序跋甚至專著的形式高度肯定以小說、戲曲爲代表的俗文學作品，尤其是李贄，他以明後期思想界泰斗的身份將《西廂曲》《水滸傳》擡至與聖人之道並列的"皆古今至文"的歷史高度，影響至爲深遠。[①] 再如以馮夢龍、凌濛初等爲代表的下層士人，他們給後人的印象是通俗小說家兼出版商，不但創作了極有影響的通俗作品，還在此過程中獲利頗豐。萬曆中後期的小說創作除講史演義外，也出現了公案小說、神魔小說、世情小說，同時戲曲的創作題材也日趨多元化。要知道，真正能立足現實創作小說、戲曲的人必須是具有相當文學修養、藝術鑒賞能力的雅文學生產者，粗通文墨者是難以當此大任的。部分士大夫和下層文人加入俗文學的閱讀、創作和傳播中來，爲明代消費社會的形成和良性運轉從源頭上提供了取之不盡的潛在消費品。

總之，隨着明代中後期小說、戲曲創作環境的寬鬆，以及巨大消費需求對小說、戲曲等俗文學創作、刊刻的推動，俗文學領域一片繁榮；不但明代三大章回小說連續刊刻十數次，且小說的題材呈現多樣化，講史、神魔、公案、世情及俠義等

---

① （明）李贄《焚書》，中華書局1961年版，第98頁。

各類題材都有,同時受觀衆喜愛的戲曲一再得到刊刻,並多次在各地搬演。明代小説、戲曲等俗文學的繁榮是衆多文人參與其中創作的結果,也與龐大的消費人口産生的消費需求有極大關係。

明代社會自成化以後伴隨着商品經濟的發展,整個社會的審美趨向和消費方式也一改之前的質樸尚儉而趨向慕富尚奢。嘉靖時期的學者陸楫就曾寫過一篇論奢侈的文章,從理論上説明社會需求氛圍是推動消費的重要動力:"自一人言之,一人儉則一人或可免於貧;自一家言之,一家儉則一家或可免於貧。至於統論天下之勢則不然。治天下者將欲使一家一人富乎,抑亦欲均天下而富之乎?予每博觀天下之勢,大抵其地奢則其民必易爲生;其地儉,則其民必不易爲生也。何者?勢使然也。……所謂奢者,不過富商大賈、豪家巨族自侈其宫室、車馬、飲食、衣服之奉而已。彼以粱肉奢,則耕者、庖者分其利;彼以紈綺奢,則鬻者、織者分其利。"①陸楫論述中以蘇淞等地豪富尚奢進而惠益"輿夫、舟子、歌童、舞妓仰湖山而待爨者"爲例論證自己的理論,頗有説服力。陸楫的崇奢論思想,其實質是當時社會消費領域充滿活力的理論反映。

法國史學家兼批評家丹納(Hippolyte Adolphe Taine,1828—1893)在《藝術品的産生》一文中指出:"作品的産生取决於時代精神和周圍的風俗。"丹納在這裏强調了作爲風俗習慣和時代精神的社會環境的作用,它"决定藝術品的種類""只接受同它一致的品種而淘汰其餘的品種。"②這是藝術品生産的規律。作爲社會主體的人塑造了社會的時代精神和風俗習慣,受此社會環境的制約,藝術品或文學領域生産着與此相適應的消費産品,並引領着整個社會的消費趨向。明代龐大的文學人口在時代精神和社會風俗的影響下,具有强大的創作能力和消費欲望,他們是書業生産繁盛的前提,也是維繫書業良性運轉的內在動力;而繁榮的書業爲龐大的文學消費人口提供了源源不斷的文化産品。正是因爲有了消費鏈條上文學人口和書業生産的良性互動,明代的雅文學才得以持續向前發展,俗文學在新的社會環境裏空前繁榮起來。

---

① (明)陸楫《蒹葭堂稿》,《續修四庫全書》第 1354 册,上海古籍出版社 2011 年版,第 640 頁。
② [法]丹納《藝術哲學》,人民文學出版社 1997 年版,第 32、38 頁。

許學夷《詩經》批評釋讀

汪群紅*

内容提要 《詩源辯體》是晚明詩學集大成之作。許學夷重視《詩經》的詩歌源頭地位及其對後世諸文體的影響，從一個側面説明了明代復古詩論正是以《詩經》爲最高的詩學典範。許學夷强調把握《國風》的"詩趣"，認爲詩人"性情聲氣"纔是詩歌的"真趣"所在；而詩趣，又源於風詩委婉自然的情感表達方式，且讀者須深刻體會風詩的言外之意。許學夷還對《詩經》體制作了更爲深細的辨析，如論風與雅、頌之別，所論直指邦國民間與朝廷宗廟的政治分野；論風、雅、頌無論正變皆出於"性情之正"；而風、雅、頌詩的歸屬亦值得商榷。由許學夷對《詩經》部分篇目主旨的選析，我們亦可見他甚爲重視《詩經》刺詩的政教功能，對歷史與現實具有深刻的獨立思考與批判精神；而對《詩經》編次的討論，又充分展現了許學夷深厚的史學功底。他還指出《國風》非出於歌謡，乃"文人學士"之詩，而《國風》情詩亦非淫奔者自作。許學夷對《詩序》《毛詩正義》《詩集傳》《史記》等書觀點既有繼承，亦有辯證，具有勇於挑戰權威的精神。其折衷漢宋之學的傾向，更體現其寬和的學術態度。

關鍵詞 許學夷；《詩源辯體》；《詩經》；詩趣；詩人之詩

  許學夷所撰《詩源辯體》是晚明詩學的集大成之作，其中對《詩經》的批評尤其重要；關於這一點，今人著述雖偶有提及，但重視仍不夠，筆者以爲尚可作更深入的闡釋。許學夷的《詩經》批評主要見於《詩源辯體》卷一，共 71 則。其第一則爲《詩經》總論，第二則至第二十一則總論《國風》之詩，第二十二則至第四十九則分論諸國之詩，第五十則至六十五則專論雅、頌之詩，第六十六則至七十一則論

---

* 作者簡介：汪群紅，文學博士，江西師範大學文學院教授、碩士生導師。研究方向爲中國文學批評史。
  基金項目：國家社科基金一般項目"《詩源辯體》箋注與研究"（編號 16BZW076）；江西省社會科學規劃一般項目"《詩源辯體》與中國詩歌文體學研究"（編號 14WX06）。

《詩》教與《詩》學。南宋以降學者越來越重視《詩經》的文學性研究，明中期以後詩學著作體系中的《詩經》批評，亦漸趨更爲强調《詩經》的詩學價值①。承時代風氣，《詩源辯體》重在辨析《詩經》的體制源流正變與審美趣味。然許學夷對傳統的經學公案亦頗爲關注，且多有超人之論，而此乃目前《詩源辯體》研究中被忽略的方面。本文重點梳理許學夷對《詩經》體制、詩趣、體變、旨意、編次、作者及詩教等《詩經》學史多方面問題的批評，并由此進一步考量許學夷《詩經》批評的文體學價值與思想史意義。許學夷《詩經》批評體現的政治觀念和道德意識，應是我們重點闡釋與評價的對象。

值得注意的是，許學夷具有很强的學術史意識，其《詩經》批評與多位先賢學者進行了對話，如孔子、孟子、司馬遷、班固、鄭玄、沈重、王通、孔穎達、程頤、黃徹、呂祖謙、范處義、朱熹、姜夔、葉夢得、嚴羽、王應麟、劉瑾、馬端臨、崔銑、楊慎、徐禎卿、胡應麟、馮時可、趙宧光、許國泰等。正是在歷代《詩經》學基礎上著述立説，許學夷所論才更具學術性與系統性。

一　總論《詩經》體制對後世文體之影響

《詩源辯體》一書以辨析詩歌體制的源流演變爲主。許學夷認爲《詩經》乃"詩之源也"②，其性情聲氣爲"萬古詩人之經"，因而具有崇高的地位。他重點論析了《詩經》對五言詩、樂府雜言、騷、賦等文學體制的影响。

許學夷首論"風人之詩"爲漢魏五言詩之源。所謂"風人之詩"，據其所舉詩例，當指《國風》之詩。《詩源辯體》卷三《漢魏總論》部分有曰："漢魏五言，源於《國風》，而本乎情，故多託物興寄，體製玲瓏，爲千古五言之宗。"③卷三十四《總論》部分亦再次强調："不讀《三百篇》，不可以讀漢魏；不讀漢魏，不可以讀唐詩。嘗觀論漢魏五言者，多不先其體製，由不讀《三百篇》也。"④許學夷所論包括以下三個方面：

第一，論《詩經》託物興寄手法對五言詩的影響。許學夷曰："風人之詩，不特

---

① 參見劉毓慶《從經學到文學——明代〈詩經〉學史論》，商務印書館 2001 年版；洪湛侯《詩經學史》，中華書局 2002 年版。
② 許學夷著，杜維沫點校《詩源辯體》，人民文學出版社 1987 年版，第 2 頁。
③ 許學夷著，杜維沫點校《詩源辯體》，第 44 頁。
④ 許學夷著，杜維沫點校《詩源辯體》，第 314 頁。

性情聲氣爲萬古詩人之經,而託物興寄,體製玲瓏,實爲漢魏五言之則。"①五言詩多用比興託物,顯然深受《詩經》影響,這是《詩經》學研究者一般都强調的。而許學夷又特別指出,"其比興者固爲託物,其賦體亦多託物"②。他評《周南·葛覃》"黄鳥""灌木"句、《周南·汝墳》"條枚""條肄"句,"皆賦體用託物言志手法之例"。考《葛覃》"黄鳥于飛,集于灌木,其鳴喈喈",寫景中傳達了歡快的情緒;《汝墳》"未見君子,惄如調飢""既見君子,不我遐棄"諸句,含蓄地表達了女子對丈夫未亡而平安歸來的情思。又朱熹《詩集傳》注《召南·草蟲》次章曰:"賦也。登山,蓋託以望君子。"③許學夷關注作爲表現手法的賦體的託物興寄之用,無疑受到朱熹的啓發。

第二,論五言詩章法出於風詩。如,許學夷評《周南》之《關雎》《葛覃》《卷耳》等詩,章法結構靈活變化,"或首章一法,後二章一法而小異,如《關雎》之類;或前二章一法小異,後一章一法,如《葛覃》之類;或首章一法,中二章一法,後一章小異,如《卷耳》之類"④。風詩雖多用賦體鋪陳,然仍具章法上的變化。許學夷總結了風詩變中有不變、不變中有變的章法特點。

第三,論五言詩的文采亦取則風詩。後人多以質樸論風詩語言,許學夷評曰:"文采備美,一皆本乎天成。大都隨語成韻,隨韻成趣,華藻自然,不假雕飾。"又曰:"退之謂'《詩》正而葩',蓋託物引類,則葩藻自生,非用意爲之也。"⑤許學夷評風詩語言非刻意爲之,然自有其文采,這充分體現了他對詩歌語言自然美的崇尚,而其所論顯然受到韓愈的影響。

其次,許學夷論風詩爲樂府雜言之源。他認爲樂府雜言詩的產生可追溯到《周南·卷耳》《唐風·山有樞》等詩的雜言句式,其曰:"如'陟彼崔嵬,我馬虺隤。我姑酌彼金罍,維以不永懷。陟彼高岡,我馬玄黄。我姑酌彼兕觥,維以不永傷。''山有漆,隰有栗。子有酒食,何不日鼓瑟。且以喜樂,且以永日。宛其死矣,他人入室。'其句法音調,又樂府雜言之所自出也。"⑥考近代學者黄節撰《漢魏樂府風箋》一書探究風詩對漢魏相和歌辭、雜曲歌辭的影響,用功頗深⑦;而漢鼓吹鐃歌十八曲等皆爲雜言,亦頗有《詩經》自然真摯的詩風。

再次,許學夷論《國風》《小雅》乃"騷體之源"。如其論《緇衣》《狡童》《還》《東方之日》《猗嗟》《十畝之間》《伐檀》《月出》等詩,"全篇皆用'兮'字,乃騷體之所自

---

① ② ④ ⑤ ⑥ 許學夷著,杜維沫點校《詩源辯體》,第3頁。
③ 朱熹撰,趙長征點校《詩集傳》,中華書局2017年版,第14頁。
⑦ 可參考黄節《漢魏樂府風箋》,中華書局2008年版。

出也"①。考《緇衣》《狡童》出自《鄭風》,《還》《東方之日》《猗嗟》出自《齊風》,《十畝之間》《伐檀》出自《魏風》,《月出》出自《陳風》。由此可見"兮"字在中原及東部地區的詩歌中皆有使用,這自然也會影響到楚地樂詩的創作。

　　許學夷又論《離騷》內容和形式對《詩經》的接受。例如,其評《小雅·大東》,"言天漢、織女、牽牛、啟明、長庚、天畢、南箕、北斗,於《雅》詩中爲最奇。《離騷》詭異之端,實本於此,然語益瑰瑋矣"②。考《毛詩序》曰:"《大東》,刺亂也。東國困於役而傷於財,譚大夫作是詩以告病焉。"③由此可見,《離騷》不僅在瑰奇想象方面受《大東》影響,"其詞甚怨"亦與《大東》相似。而《大東》對《離騷》的影響,《毛詩正義》與《詩集傳》均未論及,概爲許學夷所發明。清人方玉潤評《大東》曰:"五章以下大放厥詞,借仰觀以洩胸懷積憤";"奇情縱恣,光怪陸離,得未曾有。後世歌行各體從此化出,在《三百篇》中實創格也";"後世李白歌行,杜甫長篇,悉脫胎於此,均足以卓立千古。《三百》所以爲詩家鼻祖也"④。他論及《大東》對李白歌行、杜甫長篇的影響,并未將《大東》与《離騷》關聯起來,然其所評亦可作爲我們理解許論的參考。

　　最後,許學夷還論風詩"敷叙聯絡,則賦體之所自出也"⑤。他評《鄘風·君子偕老》《衛風·碩人》《鄭風·大叔于田》《秦風·小戎》等篇,敷陳美人服飾容貌之盛美、君子兵甲配飾之華貴,開後世賦體敷陳之法。作爲文體的賦體,其生成的源頭是多方面的,然與作爲表現手法的《詩經》賦體有所關聯則毋庸置疑。許學夷之評,雖承自班固《兩都賦序》及《文心雕龍·詮賦》篇"賦者,古詩之流"等論,然而,他結合具體文本作了更爲細緻的評點。

　　許學夷強調《詩經》尤其"風人之詩"是後世衆多文學體裁的源頭,這顯然是對荀子、劉勰以來"文源五經"思想的繼承,充分體現了他對文體學推源溯流方法的重視及其對《詩經》詩學研究的深入拓展。

二　論《國風》之詩趣

　　許學夷不僅重視對《詩經》體制的辨析,亦指出學詩者首先應當把握《詩三

---

①⑤　許學夷著,杜維沫點校《詩源辯體》,第3頁。
②　許學夷著,杜維沫點校《詩源辯體》,第24頁。
③　參見李學勤主編,鄭玄箋、孔穎達疏《毛詩正義》,北京大學出版社2000年版,第911頁。
④　方玉潤撰,李先耕點校《詩經原始》,中華書局1986年版,第421頁。

百》尤其是風人之詩表現的審美趣味。許學夷自謂《詩源辯體》卷一第二至第十三則,"論《國風》詩體、詩趣,學者得其體趣,斯可與論漢魏唐人矣"①。他還特別提到,讀《國風》當采用孟子"以意逆志"的方法,才能識詩之趣②。可見他非常強調讀者對《國風》接受的主體性。許學夷認爲《國風》之趣,應從《國風》的性情聲氣、委婉自然的風格特點以及言外之意等諸多方面去體悟。

首先,《國風》之趣,源自讀者對風人之詩性情和聲氣的感受與品味。許學夷認爲,對於《國風》的解讀,理學家重義理,詩家重體制。其曰:風人之詩,"詩家與聖門,其説稍異。聖門論得失,詩家論體制";然而,他又指出,詩家和理學家都是要論性情聲氣的,"至論性情聲氣,則詩家與聖門同也"。考朱熹亦非常強調對《詩經》性情聲氣的體會與品讀。③ 朱熹的《詩經》學,總體上體現了其對儒家政治教化與道德性理方面的重視,然而他却批評程頤解《詩》,"亦説得義理多了"④。而許學夷注意到朱熹的這種態度,其對朱熹"不可於名物上尋義理"之論的轉引具有重要的意義。

一直以來,學界很強調朱熹"以義理説詩"的特點。如檀作文從温柔敦厚、女子貞信、君臣之義、民本思想等方面討論朱熹《詩集傳》中的義理之學。⑤ 許學夷引用朱熹語云:"詩本只是恁地説話,一章言了,次章又從而歎詠之,雖別無義而意味深長,不可於名物上尋義理。後人往往見其言只如此平澹,只管添上義理,却窒塞了他。'"⑥朱熹這個解《詩》原則似乎和他重視"格物"識理的理論路徑不相符合。

那麽,朱熹所謂"添上義理"的具體内涵是什么? 我們可以先來看程頤《詩解》的解《詩》重點。如程頤釋《汝墳》篇曰:"《關雎》之化行,則天下之家齊俗厚,婦人皆由禮義,王道成矣。古之人有是道,使天下蒙是化者,文王是也,故以文王之詩附於《周南》之末。又周家風天下,正身齊家之道,貽謀自於文王,故其功皆推本而歸焉。《漢廣》,婦人之能安於禮義也;《汝墳》,則又能勉其君子以正也。君子從役於外,婦人爲樵薪之事,思念君子之勤勞,如久饑也。調作輖,重也。二

---

① 許學夷著,杜維沫點校《詩源辯體》,第7頁。
② 許學夷著,杜維沫點校《詩源辯體》,第4頁。
③ 參見檀作文《朱熹詩經學研究》第二章《朱熹對〈詩經〉文學性的認識(上)》第三節《朱熹對〈詩三百〉文學表現手法的認識》,學苑出版社2003年版,第134—150頁。
④ 黎靖德編,王星賢點校《朱子語類》,中華書局1986年版,第2813頁。
⑤ 參見檀作文《朱熹詩經學研究》第四章《理學思想與朱熹詩經學的關係》第二節《〈詩集傳〉中的義理之學》,第241—261頁。
⑥ 許學夷著,杜維沫點校《詩源辯體》,第13頁。參見黎靖德編,王星賢點校《朱子語類》,第2813頁。

章,自勉之意。伐肄,見踰年矣,言將見君子不遠棄我也。三章,勉君子以正,言其勤勞,猶魴魚之頳尾,蓋王室暴政如焚焰,雖則如是,文王之德如父母,望之甚邇,被文王之德化,忘其勞苦也。"①又,程頤解《蒹葭》曰:"《蒹葭》,蘆葦衆多而強,草類之強者,民之象也。葭待霜而後成,猶民待禮而後治,故以興焉。蒼蒼而成,白露爲霜矣。伊人猶斯人,謂人情所在。人情譬諸在水之中,順而求之則易且近,逆而求之則艱且遠。'淒淒',青蒼之閒也。'未晞',未凝也,猶禮教之未至。'采采',茂盛未已,方濃之狀,未有禮教也。禮教未立,則人心不服而俗亂,國何以安乎?"②由上所引二解可見,程頤以理說詩的色彩很濃。他一方面重視揭示《詩經》的政治教化意義及其與禮樂制度的關聯,另一面又多"貫串章旨"。由此可見,朱熹之評不爲虛言。許學夷還對朱熹"不可於名物上尋義理"的理論主張作了進一步的闡發,批評了"牽於義理"的解詩路徑,強調不可將詩歌闡釋的重點放在"搜剔字義,貫串章旨"之上,因爲此舉"不惟與詩家大異,亦與聖門不合矣"。③

許學夷認爲詩人的"性情聲氣"才是詩歌的"真趣"所在,讀者若於此而終無所得,"則是真識迷謬,性靈梏亡,而於後世之詩,亦無從悟入矣"④。明末學者趙宧光云:"讀詩者字字能解,猶然一字未解也。或未必盡解,已能了然矣。"⑤對此,許學夷深表贊同,論曰:"此語妙絕,亦足論禪。今之爲經生者,於《國風》搜剔字義,貫串章旨,正所謂字字能解,一字未解也。"⑥他更爲推崇審美直覺下的情感領悟。很顯然,許學夷受嚴羽《滄浪詩話》影響頗深,強調詩歌創作"羚羊掛角,無迹可求"的審美標準與詩之妙悟、興趣等審美觀念。需要補充說明的是,朱熹雖較爲重視風詩的性情聲氣,然並未突出"體趣",而是更重《詩經》"體格"⑦,即《詩經》各篇的精神品格與整體風貌。這大概是許學夷與朱熹《詩經》學的不同之處吧。

對於性情聲氣的性質,許學夷強調風詩符合"性情之正"的要求。唐前學者未有"性情之正"論;唐五代學者,很少論及;至宋代,諸多學者論及"性情之正"。"性情之正"或指"性情之真",或爲"性情之中",或指符合天理之"性情"。許學夷

---

① 程顥、程頤著,王孝魚點校《二程集》之《河南程氏經說卷第三》,中華書局 2004 年版,第 1048—1049 頁。
② 程顥、程頤著,王孝魚點校《二程集》之《河南程氏經說卷第三》,第 1060 頁。
③ 許學夷著,杜維沫點校《詩源辯體》,第 6 頁。
④ 許學夷著,杜維沫點校《詩源辯體》,第 3 頁。
⑤ 參見趙宧光《彈雅》卷 17,天啟三年(1623)刻本。
⑥ 許學夷著,杜維沫點校《詩源辯體》,第 6 頁。
⑦ 參見汪群紅、趙勇《文體與體格——朱熹〈詩經〉文體論解讀》,《江西師範大學學報》(哲社版)2014 年第 5 期,第 58—64 頁。

評正風如《關雎》《葛覃》《卷耳》《汝墳》《草蟲》《殷其靁》《小星》《何彼襛矣》等篇，變風如《柏舟》《緑衣》《燕燕》《擊鼓》《凱風》《谷風》《式微》《旄丘》《泉水》《氓》《竹竿》《伯兮》《君子于役》《葛生》《蒹葭》《九罭》等篇，皆"哀而不傷，怨而不怒"。此處他所言性情之正，是指"哀而不傷，怨而不怒"的中和性情。考宋輔廣《詩童子問》《關雎》篇章句云"'樂而不淫，哀而不傷'，蓋言爲此詩者，得其性情之正。故《論語集註》，亦只説作詩者之性情。而此兼言后妃之性情者，蓋并首章而言之也。"①輔廣將"性情之正"説分爲兩大類，或指作者"性情之正"，或指詩中人物的"性情之正"。他認爲孔子只論及前者，須兼言後者，所論顯然承《詩序》觀點而來。而許學夷曰："《周南》《召南》，文王之化行，而詩人美之，故爲正風。自《邶》而下，國之治乱不同，而詩人刺之，故爲变風。是風雖有正变，而性情則無不正也。孔子曰：'《詩三百》，一言以蔽之，曰：思無邪。'言皆出乎性情之正耳。"②他受《論語》影响，"性情之正"偏指《詩經》作者的性情。

"性情之正"與"聲氣之和"頗有關聯，而詩之"聲氣之和"必得聲樂之所助。輔廣曰："聲氣之和，指其發於言以至播於八音，以成樂而言也。首章既見后妃性情之正之一端，次章、三章又見詩人性情之正之全體。言全體者，始於憂思而終於歡樂也。'獨其聲氣之和不可得而聞，雖若可恨'者，蓋古之學《詩》者，始雖諷誦其言，以求其志；然又必詠其聲，執其器，舞蹈其節，以涵養其心，則聲樂之所助於《詩》者爲多。但今古樂散亡，其聲音節奏既不可考，故若可恨。然學者姑即其辭、玩其理，以養心焉，則亦可以得學《詩》之本旨者。先生嘗有説曰：凡聖賢之言《詩》，主於聲者少，而發其義者多。仲尼所謂'思無邪'，孟子所謂'以意逆志'者，誠以《詩》之所以作，本乎其志之所存，然後《詩》可得而言也。然則，志者，《詩》之本；而樂者，其末也。末雖亡，不害本之存。患學者不能平心和氣，從容諷詠，以求之情性之中耳。以此觀之，則所謂學《詩》之本者，可知矣。"③朱熹非常重視聲樂，輔廣乃朱熹弟子，輔廣對"性情之正"與"聲氣之和"本末關係的闡釋非常圓融。由此可見，許學夷對《詩經》"性情聲氣"的重視實受宋人的影響。

許學夷重視品味風詩之趣，與其強調"詩可以興"之觀念亦頗有關聯。許學夷曰："風人之詩，最善感發人。故孔子曰：'詩可以興。'"孔子所言"詩可以興"，是從詩歌接受角度而言的，論《詩經》對讀者具有"感發志意"的作用。朱熹評《魏

---

① 輔廣《詩童子問》卷1，影印《文淵閣四庫全書》本，上海古籍出版社1989年版，第74册，第310頁。
② 許學夷著，杜維沫點校《詩源辯體》，第2頁。
③ 輔廣《詩童子問》卷1，影印《文淵閣四庫全書》本，第74册，第310頁。

風·陟岵》爲"孝子行役,想象其父母念己之言",許學夷對此表示贊同,又進一步釋曰:"然不言己思父母,而但言父母念己,則己思父母之情何如!聞之者皆足以感發矣。"《論語·爲政》篇有曰:"孟武伯問孝。子曰:'父母唯其疾之憂。'"①子女以父母之疾爲憂,這纔是真正的孝道。許學夷言孔子所論"正所以感發乎人子也"②。他還認爲,鄭玄、孔穎達評《魏風·陟岵》爲"孝子行役,思其父母教戒之言"③,所論"似少情趣"。與鄭玄箋及孔穎達疏相較,許學夷對該詩的體會的確更爲深入。④ 考宋代張栻《癸巳論語解》解"興於詩,立於禮,成於樂"句曰:"此學之序也,學詩,則有以興起其性情之正,學之所先也。禮者,所據之實地,學禮而後有所立也。此致知力行,學者所當兼用其力者也。至於樂,則和順積中而不可以已焉,學之所由成也。此非力之可及,惟久且熟而自至焉耳。"⑤許學夷亦曰:"學者苟能心氣和平、熟讀涵詠,未有不惻然而感、惕然而動者。"所論無疑是對宋人觀念的繼承。

再次,風詩之趣,與許學夷所論風詩"微婉而敦厚,優柔而不迫"的情感表達方式密切相關。許學夷論曰:"文顯而直,詩曲而隱。風人之詩,不落言筌,曲而隱也。"⑥他從詩與文之別入手,突出《國風》含蓄的情感表達方式。許學夷又引晚明學者趙宧光語曰:"詩多曲而通、微而著,復有音節之可娛,聽之無不興感。"⑦趙宧光要求詩歌内容表達既委婉而又明朗,同時必須具有音樂性,而許學夷亦曰:《國風》妙在語言之外、音節之中"⑧。

許學夷還特别指出《秦風》諸篇已去西戎之習,而有中夏之聲。他指出《左傳·襄公二十九年》載季札對周樂的評價,其中歌《秦》,乃"歌所常用之曲"。對此,許學夷評曰:"此之謂夏聲。夫能夏則大,大之至也,其周之舊乎?"⑨清人錢繹《方言箋疏》曰:"《釋詁》:'夏,大也。'下又云:'夏,大也。'自關而西,秦晉之間,凡物之壯大而愛偉之謂之夏,周鄭之間謂之假。《周頌·時邁篇》:'肆于時夏。'《毛傳》:'夏,大也。'鄭箋云:'樂歌大者稱夏。'襄二十九年《左氏傳》:'爲之歌秦,

---

① 程樹德撰,程俊英、蔣見元點校《論語集釋》,中華書局1990年版,第83頁。
② 許學夷著,杜維沫點校《詩源辯體》,第20頁。
③ 參見李學勤主編,鄭玄箋,孔穎達疏《毛詩正義》,北京大學出版社2000年版,第429頁。
④ 許學夷著,杜維沫點校《詩源辯體》,第2—3頁。
⑤ 張栻《癸巳論語解》卷4,影印《文淵閣四庫全書》本,上海古籍出版社1989年版,第199册,第238頁。
⑥ 許學夷著,杜維沫點校《詩源辯體》,第4頁。
⑦ 參見趙宧光《彈雅》卷17,天啟三年(1623)刻本。
⑧ 許學夷著,杜維沫點校《詩源辯體》,第5頁。
⑨ 許學夷著,杜維沫點校《詩源辯體》,第21頁。

曰：此之謂夏聲。夫能夏則大，大之至也。'"①許學夷評《蒹葭》《晨風》《渭陽》諸詩，"語尤微婉"②。由此可見，許學夷認爲，宏大的"夏聲"之中，亦不乏委婉之作。

許學夷又論，與變雅相比，變風更爲"微婉"。其曰："變雅自宣王之詩而外，懇切者十之九，微婉者十之一。變風則語語微婉矣。"他引黃徹《䂬溪詩話》云："譎諫而不斥者，惟《風》爲然。"③許學夷對此論曰："變風之詩，多詩人託爲其言以寄刺。"④他評《陳風·東門之枌》，雖直是"詩人口語"，而有人以末章"爾""我"字爲嫌，"是全不知文體"；又評《株林》有"駕我乘馬""乘我乘駒"之句，《楚辭》而下，此類甚多。許學夷又評《株林》之旨"刺靈公淫乎夏姬也"，雖言近口語，然其"終篇無淫夏姬字，與《秦風·蒹葭》俱見微婉之妙"⑤。

許學夷論風詩語淺意遠，有微婉之妙，雅詩則未必語語微婉。他指出，雅詩如云"憂心慘慘，念國之爲虐"（《小雅·正月》），"彼童而角，實虹小子""匪面命之，言提其耳"（《大雅·抑》），"亂匪降自天，生自婦人"（《大雅·瞻卬》）等，乃"忠臣義士，欲正君定國，唯恐所陳不激切"⑥，故不盡全爲優柔婉媚之風格。許學夷所論相當全面深刻。

另外需要指出的是，許學夷認爲，詩歌創作雖意在表現詩人的性情聲氣，詩中不可直陳義理，然其終歸之於義理道德。不過，許學夷又認爲，詩之"義理道德"當"皆爲言外之意"。他引楊慎語云："《三百篇》皆約情合性而歸之道德也，然未嘗有道德字也，未嘗有道德性情句也。《二南》者，修身齊家其旨也，然其言'琴瑟''鐘鼓''荇菜''苤苜''夭桃''穠李''雀角''鼠牙'，何嘗有修身齊家字耶？皆意在言外，使人自悟。"⑦許學夷按曰："此論不惟得風人之體，救經生之弊，且足以袪後世以文爲詩之惑。"⑧他特別注明，不落言筌，即"意在言外"，並將風詩的"言外之意"細分爲三大類：

其一，寄意於詠歎之餘者，如《關雎》《漢廣》《麟之趾》《何彼穠矣》《騶虞》《簡兮》《緇衣》《蒹葭》等篇。其二，意全隱而不露者，如《凱風》《匏有苦葉》

---

① 揚雄撰，錢繹箋疏《方言箋疏》卷1，清光緒刻、民國補刻本。
② 許學夷著，杜維沫點校《詩源辯體》，第21頁。
③ 許學夷著，杜維沫點校《詩源辯體》，第27—28頁。參見黃徹《䂬溪詩話》，《歷代詩話續編》本，中華書局1983年版，第393頁。
④⑤ 許學夷，杜維沫點校《詩源辯體》，第22頁。
⑥ 許學夷著，杜維沫點校《詩源辯體》，第28頁。
⑦ 參見《升庵詩話箋證》，上海古籍出版社1987年版，第125—126頁。
⑧ 許學夷著，杜維沫點校《詩源辯體》，第5頁。

《碩人》《河廣》《清人》《載驅》《猗嗟》《株林》《隰有萇楚》《蜉蝣》等篇。其三，反言以見意者，如《陟岵》等篇。此類又包括五小類：有似怨而實否者，如《載馳》；有似疑而實信者，如《二子乘舟》；有似好而實惡者，如《狡童》；有似嘲而實譽者，如《簡兮》，朱熹以爲乃"賢者仕於伶官而作，若自譽而實自嘲"，許學夷則以爲乃詩人之作，似嘲而實譽；又有似謔而實刺者，如《新臺》。而上述諸篇，皆"所謂不落言筌者也"①。許學夷對風詩言外之意諸種類型的總結相當深細。

綜上所述，許學夷非常重視《詩經》接受中，對"風人之詩"蘊藏的性情聲氣、言外之意的體味。明張次仲《待軒詩記》云："《詩》三百篇，《國風》最爲難讀。蓋天地間日月雨露俱有形象，惟風之爲物，春夏秋冬各隨其時，東西南北各因其地，于喁蓬勃，觸物成聲，來不知所自來，去不知所自去，莊生所謂天籟也。《虞書》曰：'詩言志。'人之喜怒哀樂，醞釀於胷，不能自已，則溢爲歌詠以自鳴，大都意在言外，有美而實刺者，有刺而若美者，恍惚飄渺，不可端倪，故命之曰'風'。味'風'之一字，而詩可尋味矣。或者執一句之文，滯一字之義，拘墟蔽固，強爲之解，以文害辭，以辭害志，豈足知風人之志哉？"②張次仲論風詩的言外之意，與風詩"有美而實刺者，有刺而若美者"相關。張次仲強調品讀風詩之"味"，亦有助於我們理解許學夷的"詩趣"論。

不過，許學夷又從三個方面對上述問題的討論提出了一些補充意見。

第一，許學夷反對貫穿章旨的《詩經》批評方法，又能從《詩》篇章旨分析中揭示詩歌的情感辭氣。《文心雕龍·章句》篇曰："夫設情有宅，置言有位，宅情曰章，位言曰句。故章者，明也；句者，局也。局言者，聯字以分疆；明情者，總義以包體：區畛相異，而衢路交通矣。夫人之立言，因字而生句，積句而成章，積章而成篇。"③劉勰是從創作角度來論章句之義的。許學夷并非棄章句而不論。如釋《卷耳》一詩抒情主體的轉換，首章"我"字屬后妃，下三章"我"字屬文王，"蓋思文王登陟勞苦，冀其以酒自解，不至懷傷"；而據末章"陟彼砠矣，我馬瘏矣，我僕痡矣，云何籲矣"諸句，"又知其終不能解也"④，"解"，情感得到解脫之意。他又論《鄘風·君子偕老》結構：首章前五句泛言夫人之德，語語莊重；下二章迥然不

---

① 許學夷著，杜維沫點校《詩源辯體》，第4頁。
② 張次仲《待軒詩記》卷1，影印《文淵閣四庫全書》本，上海古籍出版社1989年版，第82冊，第46頁。
③ 劉勰著，詹鍈義證《文心雕龍義證》，上海古籍出版社1989年版，第1248—1250頁。
④ 許學夷著，杜維沫點校《詩源辯體》，第14頁。

同;第三章"綅祎"一詞未詳,"大約是以綷絺襯貼在內,微露其幅。蓋雖法度之服,亦必加黶飾耳"①。又評《秦風·駟驖》"雖田獵之詩,而末章聲氣,亦甚悠閒"。評《秦風·小戎》三章,"託從役者家人思念之詞",每章前六句述車甲之盛,故其語"森嚴而矯峻";後四句敘思慕之情,故其語"微婉而優柔"。他評王世貞"《小戎》失之太峻"②之論,大概是就前六句而言。由此可見,詩之體趣,亦可從詩歌結構中獲得。考朱熹《詩集傳·君子偕老》注引:"東萊呂氏曰:首章之末云:'子之不淑,云如之何?'責之也。二章之末云:'胡然而天也!胡然而帝也!'問之也。三章之末云:'展如之人兮,邦之媛也。'惜之也。辭益婉而意益深矣。"③朱熹所引出自呂祖謙撰《呂氏家塾讀詩記》,許學夷所論顯然受到呂、朱的影響。

第二,肯定直接抒情的風人之詩。趙宧光有云:"詩主含蓄不露;言盡則文也,非詩也。"④許學夷則有不同意見,曰:"風人之詩,含蓄固其本體,若《谷風》與《氓》,懇款竭誠,委曲備至,則又無不佳。其所以與文異者,正在微婉優柔,反覆動人也。"⑤許學夷意識到,風詩并非都是含蓄不露的,那些直抒胸臆、情感曲折變化、修辭立其誠的詩也具有委婉動人之情。

第三,許學夷既重情趣,又不廢言辭和音義。他反對《詩經》闡釋中"重意不重辭"的傾向。如其釋《漢廣》音義云:"'南有喬木,不可休息。漢有遊女,不可求思。''休''求'爲韻,'思'乃語辭,故'息'爲'思'字之誤。"又引孔穎達語云:"'休息',古本皆爾,或作'休思'。此以意改耳。"孔穎達結合音義解讀《漢廣》之意,而《詩源辯體》所引實出自陸德明《經典釋文》。許學夷又論,古書誤字實多,如"新民"作"親民"、"索隱"作"素隱"之類;他評價朱熹對此有些地方糾正,有時又不作糾正,實則有"重意而略辭"的傾向。

總之,許學夷從興趣、義理、體制、文辭、音調等多方面對《詩經》進行了評價,甚至對風詩作了大篇幅的摘句。不過,他還是首重風人之詩的"興趣",強調《詩經》對讀者倫理道德方面的感發作用,所論重點突出,思維又相當圓融。

---

① 許學夷著,杜維沫點校《詩源辯體》,第17頁。
② 許學夷著,杜維沫點校《詩源辯體》,第21頁。參見王世貞《藝苑卮言》,《歷代詩話續編》本,中華書局1983年版,第978頁。
③ 參見朱熹撰,趙長征點校《詩集傳》,第46頁。
④ 參見趙宧光《彈雅》卷17,天啟三年(1623)刻本。
⑤ 許學夷著,杜維沫點校《詩源辯體》,第5—6頁。

三　論風、雅、頌體制之別

從《詩源辯體》卷一整卷來看，許學夷不僅重視對風詩體趣的品味，亦多論析風、雅、頌三詩體制之別。許學夷所論主要包括三方面的內容：一是風與雅、頌詩之別，二是風、雅、頌之正變同異，三是風、雅、頌三體中有相類之詩。他對風、雅、頌體制的辨析，較前人更爲深細。

首先，許學夷論風、雅、頌體制之別，往往風與雅、頌對舉，體現了許學夷對邦國民間與朝廷宗廟二重世界的建構。風與雅、頌詩體制的不同，可從三方面來總結：第一，風與雅、頌功能的不同。許學夷曰："風者，王畿列國之詩，美刺風化者也。雅頌者，朝廷宗廟之詩，推原王業，形容盛德者也。"①此乃沿用《詩大序》所論，突出了風詩的美刺功能及教化作用；雅爲朝廷官方之詩，頌爲宗廟之詩，重在歌頌先王盛德。他將雅、頌視爲一體。第二，風與雅、頌詩，其賦、比、興手法之運用不同。許學夷論曰："故《風》則比、興爲多，《雅》《頌》則賦體爲衆。"鄭玄、孔穎達、朱熹等學者未有此確論。據今人莫礪鋒、吳洋對《詩集傳》"賦、比、興"標注情況的統計，許論大體不錯。②從總體上看，風、雅、頌三者，賦法運用最多；而比、興之用，風詩則超過雅、頌。第三，風與雅、頌二類詩，情理表達重點不同。許學夷曰："《風》則專發乎性情，而《雅》《頌》則兼主乎義理。"③這種區分相當有意義，充分體現了許學夷對風及雅、頌功能不同的深刻理解。在這一點上，許學夷亦很明顯地受到朱熹觀點的影響。朱熹曰："至於《雅》之變者，亦皆一時賢人君子閔時病俗之所爲，而聖人取之。其忠厚惻怛之心，陳善閉邪之意，尤非後世能言之士所能及之。此《詩》之爲經，所以人事浹於下，天道備於上，而無一理之不具也。"④朱熹所論義理，當指雅、頌詩體現的合乎天道與人道的政治道德，包括出於忠厚之心、惻隱之意的憂患意識以及對衰世政治的批判精神。第四，風與雅、頌詩風格不同。許學夷曰："《風》則微婉而自然，《雅》《頌》則齊莊而嚴密。"⑤本文前節已重點紹述許學夷關於風詩"微婉"之論，而許學夷對雅、頌風格的總結，當源自朱熹的觀點，朱熹《詩集傳序》曰："若夫《雅》《頌》之篇，則皆成周之世，朝

---

① 許學夷著，杜維沫點校《詩源辯體》，第1—2頁。
② 參考吳洋《朱熹〈詩經〉學思想探源及研究》，社會科學文獻出版社2014年版，第184—185頁；莫礪鋒《朱熹文學研究》，南京大學出版社2000年版，第244—245頁。
③⑤ 許學夷著，杜維沫點校《詩源辯體》，第2頁。
④ 朱熹撰，趙長征點校《詩集傳·詩集傳序》，第2頁。

廷郊廟樂歌之詞,其語和而莊,其義寬而密,其作者往往聖人之徒,固所以爲萬世法程,而不可易者也。"①雅、頌的風格與其內容上重在表達《詩經》作者對政治公正的訴求及道德倫理信仰頗爲一致。

其次,許學夷又論風、雅、頌正變同異之問題。許學夷注重正變與美刺的關係。正風多美詩,變風多刺詩,對此,許學夷大體是認同的。他評《小序》《正義》說《詩》,"其詞有美刺者,既爲詩人之美刺矣,其詞如懷感者,亦爲詩人託其言以寄美刺焉"。所謂懷感者,當指情感表達比較含蓄委婉的詩。正風有懷感者,《小序》雖未明說爲詩人之美,而孔穎達演繹《序》義則"明說爲詩人之美";而變風有懷感者,"《小序》已明說爲詩人之刺矣"②。不過,許學夷更強調風人之詩,"雖正變不同,而皆出乎性情之正。"③考朱熹《詩集傳序》論曰:"吾聞之,凡《詩》之所謂《風》者,多出於里巷歌謠之作,所謂男女相與詠歌,各言其情者也。惟《周南》《召南》,親被文王之化以成德,而人皆有以得其性情之正。故其發於言者,樂而不過於淫,哀而不及於傷。是以二篇獨爲《風詩》之正經。自《邶》而下,則其國之治亂不同,人之賢否亦異,其所感而發者,有邪正是非之不齊。而所謂先王之風者,於此焉變矣。"④朱熹認爲正風出於"性情之正",然變風之性情有邪有正。他是就詩中人物性情而言的。考鄭樵《風有正變辨》曰:"風有正變,仲尼未嘗言,而他經不載焉,獨出於《詩序》。若以美者爲正,刺者爲變,則《邶》《鄘》《衛》之詩謂之變風可也。《緇衣》之美武公,《駟驖》《小戎》之美襄公,亦可謂之變乎?"鄭樵認爲變風中亦有美詩,不可全謂之變。然而,若"必不得已從先儒正變之說,則當如穀梁之書所謂變之正也。穀梁之《春秋》書築王姬之館於外,書春秋盟於首戴,皆曰變之正也。蓋言事雖變常,而終合乎正也。《河廣》之詩曰:'誰謂河廣,一葦杭之。'其欲往之心如是其銳也,然有舍之而不往者。《大車》之詩曰:'穀則異室,死則同穴。'其男女之情如是其至也,然有畏之而不敢者。《氓》之詩曰:'以爾車來,以我賄遷。'其淫泆之行如是其醜也,然有反之而自悔者。此所謂變之正也。"⑤鄭樵論變風是變之正,他認爲"《序》謂變風出乎情性,止乎禮義,此言得之";又提出"然《詩》之必存變風何也"的問題。鄭樵曰:"見夫王澤雖衰,人猶能以禮義自防也。見中人之性能以禮義自閑,雖有時而不善,終蹈乎善也。見其用心之謬、行己之乖,倘返而爲善,則聖人亦錄之而不棄也。先儒所謂風之正變如是而已,雅

---

① ④ 朱熹撰,趙長征點校《詩集傳·詩集傳序》,第2頁。
② ③ 許學夷著,杜維沫點校《詩源辯體》,第8頁。
⑤ 鄭樵《六經奧論》卷3,影印《文淵閣四庫全書》本,上海古籍出版社1989年版,第184册,第61—62頁。

之正變如是而已。"①他理解風、雅之"變之正"指中品之人的情性由變返正,由不善趨于善。許學夷所論与朱熹、鄭樵大爲不同。他認爲:正風而自作者,"猶出乎性情之正,聞之者尚足以感發";然又質疑變風而自作者,"斯出乎性情之不正,聞之者安足以懲創乎",言下之意即變風雖多刺詩,然亦當出於作者的"性情之正",否則豈能發揮其"懲創"之功。許學夷又引司馬遷語曰:"古詩者三千餘篇,及至孔子,去其重,取其可施於禮義三百五篇,孔子皆弦歌之,以求合《韶》《武》《雅》《頌》之音。"許學夷按曰:"三千篇未必皆出乎正,而《三百篇》則無不正也。"許學夷對變風作了全面的肯定。他對變風的認識,顯然比朱熹的看法更合乎情理。

許學夷又論《小雅》《大雅》正變問題,其觀點大體承漢學而來。他引《詩大序》語曰:"政有小大,故有《小雅》焉,有《大雅》焉。"又引舊説曰:"《鹿鳴》至《菁菁》二十二篇爲正小雅;《文王》至《卷阿》十八篇爲正大雅;《六月》至《何草不黄》五十八篇爲變小雅;《民勞》至《召旻》十三篇爲變大雅。"②考鄭玄《小大雅譜》曰:"《小雅》《大雅》者,周室居西都豐、鎬之時詩也……《大雅》之初,起自《文王》,至于《文王有聲》,據盛隆而推原天命,上述祖考之美。小雅自《鹿鳴》至於《魚麗》,先其文所以治内,後其武所以治外。……又大雅《生民》下及《卷阿》,小雅《南有嘉魚》下及《菁菁者莪》,周公、成王之時詩也。傳曰:'文王基之,武王鑿之,周公内之',謂其道同,終始相成,比而合之,故大雅十八篇、小雅十六爲正經。……《大雅·民勞》《小雅·六月》之後,皆謂之變雅,美惡各以其時,亦顯善懲過,正之次也。"③可見"舊説"出自鄭玄。許學夷認同《詩大序》與鄭玄關於《小雅》《大雅》正變與時世政治盛衰治亂有密切關聯的觀點。

不過,許學夷又認爲孔穎達、朱熹等"取《小雅》之音,歌其政之變者爲變小雅;取《大雅》之音,歌其政之變者爲變大雅"④之類觀點,尚乏依據。實際上,孔穎達據鄭玄《小大雅譜》,從政治、音樂兩種視角立論;而朱熹則更多地從音樂的不同區分大、小雅及其正變。許學夷引朱熹語云:"正小雅,燕饗之樂也。正大雅,會朝之樂、受釐陳戒之辭也。故或歡欣和説以盡群下之情,或恭敬齊莊以發

---

① 鄭樵《六經奧論》卷3,影印《文淵閣四庫全書》本,第184册,第62頁。
② 許學夷著,杜維沫點校《詩源辯體》,第23頁。
③ 參見李學勤主編,鄭玄箋,孔穎達疏《毛詩正義》,第630頁。
④ 許學夷著,杜維沫點校《詩源辯體》,第24頁。

先王之德。詞氣不同,音節亦異,多周公制作時所定也。"①朱論出自《詩集傳》卷九。② 許學夷又用小字注引"劉氏"論曰:"或歌於會朝之時,如《文王》《大明》等篇;或陳於祭祀之後,如《生民》《行葦》等篇;或陳於進戒之際,如《公劉》《卷阿》等篇。"③考其所引,出自元代劉瑾《詩傳通釋》④。劉瑾又曰上引諸篇"則其詞氣又皆恭敬齊莊以發先生之德。此其詞之異者,今猶可考;若其音節之異,則不可聞矣"⑤。他論《大雅》各詩可用於會朝、祭祀和進戒等不同場合,功用不同,詩亦呈現不同風格,然音節之異則不可再考。許學夷還引晚明馮時可語云:"《大雅》正經所言,受命配天,繼代守成。而《小雅》正經,治内,則惟燕勞群臣朋友;治外,則惟命將出征。故《小雅》爲諸侯之樂,謂用之於諸侯;《大雅》爲天子之樂也。"⑥考馮論出自《詩臆》卷上《大雅小雅説》⑦。

上述諸家皆從音樂角度論大、小《雅》及其正變之不同,許學夷則主要從詩歌内容評大、小《雅》。許學夷曰:"及其變也,《大雅》多憂閔而規刺,《小雅》多哀傷而怨誹。"⑧他還特別注云:"淮南王云《小雅》怨誹而不亂。"當然許學夷還是贊同朱熹《詩集傳序》所論《雅》之變者"亦皆賢人君子閔時病俗之所爲"⑨的觀點,他説:"是固治亂之不同,抑亦文運之一變也。"⑩許學夷既認同國風正變與時世推移的關聯,又認爲《小雅》《大雅》之有正有變與政事治亂變化互爲一體,所論與《詩大序》的觀點頗爲一致。

許學夷還進一步論正雅與變雅風格之不同。其曰:"正雅坦蕩整秩,而語皆顯明;變雅迂回參錯,而語多深奥。"他認爲,正雅多美天子教化,故語皆明朗;變雅多刺上政,故語較含蓄。考吕祖謙引張氏語曰:"雅之體,直言之,比、興差少,無隱諷譎諫之巧,故曰:'雅者,正也。'"張氏又曰:"雅者,直言之,雖是大惡,亦直言。此是雅之本體。"⑪考張氏即爲張載。張載《正蒙·樂器篇》曰:"樂器有相,周召之治與!其有雅,太公之志乎!雅者正也,直已而行正也,故訊疾蹈厲

---

① ③ ⑥ 許學夷著,杜維沫點校《詩源辯體》,第23頁。
② 參見朱熹撰,趙長征點校《詩集傳》,第155頁。
④ 參見劉瑾《詩傳通釋》卷9,影印《文淵閣四庫全書》本,上海古籍出版社1989年版,第76册,第486—487頁。
⑤ 劉瑾《詩傳通釋》卷9,影印《文淵閣四庫全書》本,第76册,第487頁。
⑦ 馮時可《詩臆》卷上,《馮元成雜著十九種》第3册,明萬曆刻本。
⑧ 許學夷著,杜維沫點校《詩源辯體》,第23—24頁。
⑨ 參見朱熹撰,趙長征點校《詩集傳》,第2頁。
⑩ 許學夷著,杜維沫點校《詩源辯體》,第24頁。
⑪ 吕祖謙著,梁運華點校《吕氏家塾讀詩記》卷1,《吕祖謙全集》第4册,浙江古籍出版社2008年版,第17頁。

者,太公之事耶!《詩》亦有《雅》,亦正言而直歌之,無隱諷譎諫之巧也。"①吕氏所引當出於此。"雅者,正也",語自《詩大序》。舊題賈島所撰的《二南密旨·六義論》曰:"雅者,正也。謂歌諷刺之言,而正君臣之道,法制號令,生民悦之,去其苛政。"②張載突出雅詩"直言"的特點,吕祖謙又更進一步指出,對於大惡,就當直言,這是雅詩的本體。二人所論皆非常有見地。而許學夷認爲,正雅出於直言,故而顯明;變雅則語多深奥,所論與張載、吕祖謙的觀點并非完全相同。

再次,許學夷還考察了風、雅、頌各體詩之相類者,而其評判風、雅之別的基本原則是,"凡詩有關乎君國大體者爲雅,出於民間懷感者爲風"③。

第一,"詩有風而類雅者",許學夷言風詩中"蓋有關乎君國之大者",與雅詩類,如《鄘風·定之方中》《衛風·淇奥》《魏風·園有桃》等篇。考《小序》曰:"《定之方中》,美衛文公也。衛爲狄所滅,東徙渡河,野處漕邑。齊桓公攘戎狄而封之。文公徙居楚丘,始建城市而營宫室,得其時制,百姓説之,國家殷富焉。"④又曰:"《淇奥》,美武公之德也。有文章,又能聽其規諫,以禮自防,故能入相于周,美而作是詩也。"⑤又曰:"《園有桃》,刺時也。大夫憂其君國小而迫,而儉以嗇,不能用其民,而無德教,日以侵削,故作是詩也。"⑥由此可見,諸詩内容皆涉及君國大事,《小序》所論可以作爲許學夷立論的依據。

許學夷評《王風·黍離》《王風·兔爰》《豳風·東山》等篇,亦本當爲雅詩。他論《王風》是東遷以後平王之詩,風、雅皆具。爲何《王風》收有應該歸入雅類的詩歌?許學夷以爲這可能與東周變雅係之於風的情況有關。許學夷引朱熹語云:"平王徙居東都,王室遂卑,與諸侯無異,故其詩不爲雅而爲風。"⑦又引朱熹語云:"鄭漁仲言:出於朝廷者爲雅,出於民俗者爲風。文武之時,周召之民作者謂之周召之風。東遷之後,王畿之民作者謂之王風。似乎大約是如此,不必説雅之降爲風也。"⑧可見,朱熹已有疑於鄭説。許學夷還引其侄許國泰語云:"雅以正爲主,西周有正雅,而變雅係之。東周無正雅,故變雅總係之於風。況東遷以後,國體日卑,雅樂之官不立,雖有雅,將何所隸乎?"⑨許學夷認爲,康王以後、幽

---

① 張載《張載集》,中華書局1978年版,第55頁。
② 陳應行編,王秀梅整理《吟窗雜録》,中華書局1997年版,第174頁。
③⑦⑧ 許學夷著,杜維沫點校《詩源辯體》,第17頁。
④ 參見李學勤主編、鄭玄箋、孔穎達疏《毛詩正義》,第229頁。
⑤ 參見李學勤主編、鄭玄箋、孔穎達疏《毛詩正義》,第253頁。
⑥ 參見李學勤主編、鄭玄箋、孔穎達疏《毛詩正義》,第427頁。
⑨ 許學夷著,杜維沫點校《詩源辯體》,第17—18頁。

王以前,亦有風體,而不立爲風者,因其有雅體可附之。他評朱熹"《黍離》降爲國風"①之論,本從舊說,而實有未通,理由是孔子方作《春秋》以尊周王,當不肯降王爲風。有關爲何無天子之《風》的問題,朱熹概括鄭玄之論爲"出於朝廷者爲雅,出於民俗者爲風",而許學夷的評判標準則是"出於君國大體者爲《雅》,出於民間懷感者爲《風》",所論不同。②鄭玄《王城譜》曰:"至於夷厲,政教尤衰。十一世幽王嬖褒姒,生伯服,廢申后,太子宜咎奔申。……於是王室之尊與諸侯無異,其詩不能復雅,故貶之,謂之王國之變風。"③許學夷則認爲《黍離》《兔爰》,實爲變雅;《采葛》《丘中有麻》,實爲變風;《揚之水》《中谷有蓷》《葛藟》《大車》,或可爲風、或可爲雅,"故謂《王風》本爲雅體者固非,謂《王風》悉爲風體者亦非也",故而他推斷《王風》實際上風、雅俱存。

又有學者論《豳風·七月》"詩體宏贍類《雅》,當係之於《大雅》",許學夷認爲,《大雅》應當體現周王之政治大體,如后稷、公劉之事,《生民》《公劉》二篇既已詳詠,而《七月》"實道民俗之風,自當爲風"。許學夷又言因其詩乃周公所作,故其體自不相同,不可係之雅類。不過,許學夷認爲,《豳風》之《鴟鴞》《東山》《破斧》《伐柯》《九罭》《狼跋》諸篇當係於變小雅之前,④此概出於其"關乎君國大體者爲雅"的評定標準。

第二,又"有雅而類風者"。許學夷言,《小雅》之《祈父》《黃鳥》《我行其野》等篇,"蓋皆出於羈旅之私者也"⑤;而小雅之《谷風》《采綠》《苕之華》等篇,亦本爲風詩。其依據亦正是"出於民間懷感者爲風"的評定標準,且所舉諸詩多采用風詩託物寄意的表現手法。

第三,論雅、頌詩在功能與體制上的相似性。《詩大序》曰"頌者,美盛德之形容,以其成功告於神明者也",強調頌體頌贊諸王美德的基本功能。許學夷評《周頌·清廟》"肅雝顯相,濟濟多士,秉文之德"曰:"此言文王道化之廣,最善形容者也"⑥;又評《周頌·維天之命》"文王之德"四語盡顯頌體"美盛德"之功能。然古人認爲用於宗廟之詩,爲頌體之正體;歌於朝堂之頌詩爲變頌。許學夷引宋人范處義《詩補傳》語云:"《商》《周》二頌,皆以告神,而《魯頌》用以頌禱。後世文人,

---

① 許學夷著,杜維沫點校《詩源辯體》,第17頁。
② 參見黎靖德編,王星賢點校《朱子語類》,第2067頁。
③ 參見李學勤主編,鄭玄箋,孔穎達疏《毛詩正義》,第294—295頁。
④ 許學夷著,杜維沫點校《詩源辯體》,第23頁。
⑤ 許學夷著,杜維沫點校《詩源辯體》,第25頁。
⑥ 許學夷著,杜維沫點校《詩源辯體》,第28頁。

獻頌效《魯》。"①又引明人崔銑語云："《周頌》奏諸廟,《魯頌》奏諸朝,《周》祀先,《魯》禱君,《周》以祭,《魯》以燕。故謂《魯頌》爲變頌可也。"②崔論明代章潢《圖書編》卷十一亦有引③。考崔銑《洹詞》有曰："《魯》,其頌之變乎?頌歌諸廟,《魯》奏諸朝;頌嗣祭其先,《魯》臣禱其君;頌美其成德,《魯》願其開治;頌以祭,《魯》以燕。是故《魯頌》氣溢而詞誇,周文之極獘也。"④許學夷所引崔論當出於《洹詞》。對此,許學夷按曰："《魯頌·駉》《有駜》《泮水》體類《小雅》,《閟宮》體類《大雅》,而語則兼《頌》。《商頌·那》《烈祖》《玄鳥》體實爲《頌》,《長發》《殷武》體類《大雅》。"⑤對於許論,可紬而繹之如下:

《小序》論《魯頌·駉》曰："頌僖公也。僖公能遵伯禽之法,儉以足用,寬以愛民,務農重穀,牧于坰野,魯人尊之,於是季孫行父請命于周,而史克作是頌。"⑥《小序》論《魯頌·有駜》曰："頌僖公君臣之有道也。"鄭箋云："有道者,以禮義相與之謂也。"⑦《小序》論《魯頌·泮水》曰："頌僖公能脩泮宮也。"《正義》曰："作《泮水》詩者,頌僖公之能脩泮宮也。泮宮,學名。能脩其宮,又修其化。"⑧上述三詩,皆贊頌魯僖公的功績,美諸侯王,並非用於告神,確實如許學夷所論,可歸之於正《小雅》。

又考《小序》論《魯頌·閟宮》曰："頌僖公能復周公之宇也。"⑨朱熹《詩集傳》評《閟宮》曰："獨《閟宮》一篇爲僖公之詩無疑耳。夫以其詩之僭如此,然夫子猶錄之者,蓋其體固列國之《風》,而所歌者乃當時之事,則猶未純於天子之《頌》。若其所歌之事,又皆有先王禮樂教化之遺意焉,則其文疑若猶可予也。況夫子魯人,亦安得而削之哉?然因其實而著之,而其是非得失,自有不可揜者,亦《春秋》之法也。"⑩朱熹認爲《閟宮》非頌之正體,當列入風詩;而許學夷所論則與之不同,認爲《閟宮》可歸之于《大雅》,或被稱爲"變頌",他的依據大概正如朱熹所云"其所歌之事又皆有先王禮樂教化之遺意"。

又考《小序》論《商頌·那》曰："祀成湯也。微子至於戴公,其間禮樂廢壞。有正考甫者,得《商頌》十二篇於周之大師,以《那》爲首。"鄭箋曰："禮樂廢壞者,

---

① 許學夷著,杜維沫點校《詩源辯體》,第28頁。參見范處義《詩補傳》卷26,影印《文淵閣四庫全書》本,第72冊,第377頁。
②⑤ 許學夷著,杜維沫點校《詩源辯體》,第28頁。
③ 章潢著《圖書編》卷11,影印《文淵閣四庫全書》本,上海古籍出版社1989年版,第968冊,第429頁。
④ 崔銑《洹詞》卷9,影印《文淵閣四庫全書》本,上海古籍出版社1989年版,第1267冊,第576頁。
⑥ 李學勤主編,鄭玄箋、孔穎達疏《毛詩正義》,第1627頁。
⑦ 李學勤主編,鄭玄箋、孔穎達疏《毛詩正義》,第1638頁。
⑧ 李學勤主編,鄭玄箋、孔穎達疏《毛詩正義》,第1642頁。
⑨ 李學勤主編,鄭玄箋、孔穎達疏《毛詩正義》,第1655頁。
⑩ 參見朱熹撰,趙長征點校《詩集傳》,第361頁。

君怠慢於爲政,不脩祭祀、朝聘、養賢、待賓之事,有司忘其禮之儀制,樂師失其聲之曲折,由是散亡也。"①《小序》論《商頌·烈祖》云:"祀中宗也。"鄭箋曰:"中宗,殷王大戊,湯之玄孫也。有桑穀之異,懼而脩德,殷道復興,故表顯之,號爲中宗。"②小序論《商頌·玄鳥》曰:"祀高宗也。"鄭箋曰:"祀當爲'祫'。祫,合也。高宗,殷王武丁,中宗玄孫之孫也。有雊雉之異,又懼而脩德,殷道復興,故亦表顯之,號爲高宗云。崩而始合祭於契之廟,歌是詩焉。古者君喪,三年既畢,禘於其廟,而後祫祭於太祖。明年春,禘於群廟。自此之後,五年而再殷祭。一禘一祫,《春秋》謂之大事。"③由上引可見,《商頌》三詩皆與祭祖有關,爲頌之正體無疑。

而《小序》論《商頌·長發》曰:"大禘也。"鄭箋曰:"大禘,郊祭天也。《禮記》曰'王者禘其祖之所自出,以其祖配之'是謂也。"④朱熹等人將之歸爲祭詩,而許學夷則認爲體類《大雅》。李山論曰:"此詩的體式與《大雅》中贊述祖先創業事蹟的詩篇相類,不言祭者儀態,不言祭奠貢品,充滿述說以往祖先英雄業績的意味。從篇章看也像大、小《雅》的分章,而《周頌》無論其長短皆爲一章。所以,這首詩不是祭祀中直接向神靈表達敬意的歌唱,而是講歷史給祭祀者聽的歌贊。就是說,《長發》是一篇類似《大雅》祭祖題材的詩歌。"⑤其論近於許說。又《小序》論《商頌·殷武》曰:"祀高宗也。"《毛詩正義》曰:"《殷武》詩者,祀高宗之樂歌也。高宗前世,殷道中衰,宮室不脩,荊楚背叛。高宗有德,中興殷道,伐荊楚,脩宮室。既崩之後,子孫美之,詩人追述其功而歌此詩也。"⑥此詩所祀者何人、歷史背景如何,後世爭議頗多;然其與《大雅》中歌頌功德之詩主旨相近、體式相同,非頌體祭祀之類詩。由此可見,許學夷將《殷武》歸之於《大雅》,言之有據。

與前人相較,許學夷對風、雅、頌體制的辨析非常深細。他尤爲強調風與雅頌之分體及風、雅、頌正體與變體之區分與當時的政治興衰、禮制沿革的關聯性。

四 選論《詩經》諸篇的主旨

許學夷有關十五國風與雅、頌詩主旨的辨析,是其《詩經》批評的重要方面之

---

① 李學勤主編,鄭玄箋,孔穎達疏《毛詩正義》,第1684頁。
② 李學勤主編,鄭玄箋,孔穎達疏《毛詩正義》,第1690頁。
③ 李學勤主編,鄭玄箋,孔穎達疏《毛詩正義》,第1696頁。
④ 李學勤主編,鄭玄箋,孔穎達疏《毛詩正義》,第1707頁。
⑤ 李山《詩經析讀》,中華書局2018年版,第860頁。
⑥ 李學勤主編,鄭玄箋,孔穎達疏《毛詩正義》,第1719頁。

一。許學夷頗爲重視《詩經》主旨的美刺之別,而其所選論詩篇,大都爲刺詩;他還強調:即便是刺詩,亦皆出於詩人的"性情之正"。對於"淫詩"說,他既受之影響,又不完全贊同前人的觀點。本節從四個方面總結許學夷評析《詩經》各篇主旨的總體傾向。

其一,許學夷繼承了《詩經》漢學注重從政治歷史等角度闡釋《詩》旨的傳統。雖然他并不完全贊同《小序》的觀點,然亦往往站在儒家政治倫理的立場上來評論《詩》旨。如對於《關雎》主旨,許學夷并不認同《小序》所言"后妃思得淑女以配君子"的觀點,也不贊同朱熹"宮人思求后妃"之論①,而是據《孔子》"《關雎》樂而不淫,哀而不傷"之評,主張"求、思、友、樂主於文王"。許論不差,《關雎》的主人公應該是那位男性青年。在許學夷的潛意識中,和諧的夫妻關係,男方應爲主導;而對《關雎》的闡釋,亦可由此上升到文王實施德政教化的政治高度。許學夷還認爲《小序》有關《卷耳》乃"后妃念臣下之勤勞而作"之論,"迂遠益甚";又評朱熹《卷耳》乃后妃"託言登山,以望所懷之人而往從之"之說,亦甚牽強。許學夷更贊同楊慎的觀點,認爲《卷耳》"乃詩人述后妃思念文王而作"②。很顯然,許學夷主張《周南》乃文王時代創作的詩歌,與文王的德政相關,傳播的是文王的教化。

《詩經》諸多詩篇的創作,與當時的政治歷史有直接的關聯;許學夷對相關歷史史實的考論,體現了他較爲深厚的史學功底。如《召南·何彼襛矣》首章曰:"何彼襛矣?唐棣之華。何不肅雝?王姬之車。"朱熹注曰:"周王之女姬姓,故曰王姬。"③朱熹認爲此詩爲武王以後所作詩。考《毛傳》曰:"平,正也。"《鄭箋》曰:"正王者,德能正天下之王。"《正義》曰:"文者,諡之正名也,稱之則隨德不一,故以德能正天下則稱平王。《鄭志》張逸問:'箋云德能正天下之王,然則不必要文王也。'答曰:'德能平正天下則稱爲平,故以號文王焉。'又《大誥》注'受命曰寧王,承平曰平王',故《君奭》云'割申勸寧王之德',是文王也。又《洛誥》云'平來毖殷,乃命寧',即云'予以秬鬯二卣,曰明禋。文王騂牛一,武王騂牛一'。則'乃命寧',兼文武矣,故注云'周公謂文王爲寧王'。成王亦謂武王爲寧王,此一名二人兼之。武王亦受命,故亦稱寧王。理亦得稱平王,但無文耳。"④《毛詩正義》依據《尚書》之《大誥》《君奭》《洛誥》諸篇,認爲此詩作於文王或武王之時;而許學夷

---

① 許學夷著,杜維沫點校《詩源辯體》,第13頁。
② 許學夷著,杜維沫點校《詩源辯體》,第14頁。
③ 參見朱熹撰,趙長征點校《詩集傳》,第20頁。
④ 李學勤主編,鄭玄箋,孔穎達疏《毛詩正義》,第123頁。

論《何彼襛矣》"言王姬爲平王之孫,則亦非《召南》之詩可知。"①可見,許學夷更傾向於此"王"即平王,其理由是:"文王之謚爲王,乃武王克商以後事。此詩即平王。果爲文王,然亦非文王在時之詩也。"許學夷所論具有一定的說服力,可見他雖爲詩論家,亦頗具史識。

又《大雅》之《崧高》《烝民》《韓奕》,《小序》皆以其主旨爲"尹吉甫美宣王也"。《崧高》乃"天下復平,能建國親諸侯,褒賞申伯焉"②;《烝民》言"任賢使能,周室中興焉"③;《韓奕》美其"能錫命諸侯"④。許學夷則進一步分析《崧高》《烝民》本已明言,吉甫爲申伯、仲山甫而作,他說明諸詩之所以得列於雅詩的原因,在於三首詩皆彰顯宣王對諸侯國具有一定的控制力,正如朱熹《詩序辯說》所云:"《崧高》,尹吉甫送申伯之詩,因可以見宣王中興之業耳。"⑤不過許學夷又提出了朱熹《詩集傳》之傳注"獨無此意"⑥不知何故的疑問。

又,前已論及,告神祭祖之詩爲頌詩正體,然許學夷比較重視《周頌》"歌頌君德"的功能。他引孔穎達疏曰:"頌雖告神爲主,但天下太平,歌頌君德,亦有非祭祀者,不必皆是告神明也。"⑦如《小序》論《周頌·臣工》乃言"諸侯助祭遣於廟也"⑧,《噫嘻》爲"春夏祈穀於上帝"⑨之詩,而朱熹俱以之爲"戒農官之詩",許學夷則認爲"味其詞,實皆不類"⑩。許學夷評朱說"又無關於頌,疑別有說耳",姑且將此說存羲備考⑪。考上博戰國楚竹書《詩論》第二章有曰:"《青廟》,王德也,至矣!"⑫《詩論》言《清廟》旨在言文王之德。《周頌》之《清廟》《維天之命》《天作》《時邁》《昊天有成命》諸篇皆有濃厚的歌頌文王、成王功績的傾向。許學夷所評與《詩論》不差。由此可見,許學夷還是比較重視《周頌》"歌頌君德"⑬之旨及其政治歷史意義。

其二,許學夷尤爲重視《詩經》的刺詩,所選論之詩篇大多爲"刺詩"。他甚至

---

① 許學夷著,杜維沫點校《詩源辯體》,第 15 頁。
② 參見李學勤主編,鄭玄箋,孔穎達疏《毛詩正義》,第 1418 頁。
③ 參見李學勤主編,鄭玄箋,孔穎達疏《毛詩正義》,第 1432 頁。
④ 參見李學勤主編,鄭玄箋,孔穎達疏《毛詩正義》,第 1441 頁。
⑤ 參見朱熹撰,趙長征點校《詩集傳·詩序辯說》,第 55 頁。
⑥ 許學夷著,杜維沫點校《詩源辯體》,第 27 頁。
⑦ 許學夷著,杜維沫點校《詩源辯體》,第 29 頁。參見李學勤主編,鄭玄箋,孔穎達疏《毛詩正義》,第 1503 頁。
⑧ 參見李學勤主編,鄭玄箋,孔穎達疏《毛詩正義》,第 1541 頁。
⑨ 參見李學勤主編,鄭玄箋,孔穎達疏《毛詩正義》,第 1548 頁。
⑩⑪ 許學夷著,杜維沫點校《詩源辯體》,第 29 頁。
⑫ 常森著《簡帛〈詩論〉〈五行〉疏證》,北京大學出版社 2019 年版,第 25 頁。
⑬ 許學夷著,杜維沫點校《詩源辯體》,第 28—29 頁。

將前人普遍認爲是非美非刺的詩視爲刺詩,如論《召南·野有死麕》爲刺詩。該詩末章云:"舒而脱脱兮,無感我帨兮,無使尨也吠。"鄭玄箋云:"貞女欲吉士以禮來,脱脱然舒也。"①許學夷言鄭玄語義不甚明白,而後世《詩經》講義多從鄭說。他又進而辯曰:"然彼既有相竊之情,貞女尚肯許爲婚乎?"②考《小序》傳曰:"野有死麕,惡無禮也。"《小序》一方面論"天下大亂,强暴相陵,遂成淫風";又言"被文王之化,雖當亂世,猶惡無禮也"③。孔穎達《正義》曰:"此貞女思以禮來,惡其劫脅。言吉士當以禮而來,其威儀舒遲而脱脱兮,無動我之佩巾兮,又無令狗也吠。但以禮來,我則從之。"④《正義》所釋與《小序》之論一致,認爲《野有死麕》既非美詩,又非刺詩,而是"惡無禮"。另吕祖謙有曰:"此詩三章,皆言貞女惡無禮而拒之。其辭初猶緩,而後益切。曰'有女懷春,吉士誘之',言非不懷婚姻,必待吉士以禮道之,雖拒無禮,其辭猶巽也。曰'有女如玉',則正言其貞潔,不可犯矣,其辭漸切也。至於其末,見侵益迫,拒之益切矣。毛、鄭以誘爲道,《儀禮·射禮》亦先有誘射,皆謂以禮道之,古人固有此訓詁也。歐陽氏誤以誘爲挑誘之誘,遂謂彼女懷春,吉士遂誘而汙以非禮。殊不知是詩方惡無禮,豈有爲挑誘之汙行,而尚名之吉士者乎?"⑤吕祖謙從"誘射"之禮的角度來解釋,所論有所拓展,然基本觀點亦與《小序》一致。朱熹評曰:"此章(指末章)乃述女子拒之之辭。言姑徐徐而來,毋動我之帨,毋驚我之犬,以甚言其不能相及也。"⑥許學夷認爲朱熹此論亦"意有未達"。他明確提出《野有死麕》乃變風刺淫之詩的觀點。由於許學夷認爲《召南》之詩亦"被文王之化",故而他指出,《野有死麕》置於《召南》,實乃錯簡。

又《鄘風·君子偕老》之旨,前人多有爭議。其二章云:"玼兮玼兮,其之翟也。鬒髮如雲,不屑髢也。玉之瑱也,象之揥也,揚且之皙也。胡然而天也,胡然而帝也。"朱熹注謂:"其服飾容貌之美,見者驚猶鬼神也。"⑦許學夷評朱熹"殊不得風人旨趣",其依據是:"此章前七句形容其服飾之麗,容貌之美;末二句言如此淫亂之人,何爲而忽自尊嚴如天如帝也。蓋淫亂之人,往往若此。"⑧許論言之有理。考《正義》曰:"作《君子偕老》詩者,刺衛夫人也。以夫人淫亂,失事君子之道

---

① ④ 李學勤主編,鄭玄箋,孔穎達疏《毛詩正義》,第119頁。
② 許學夷著,杜維沫點校《詩源辯體》,第15頁。
③ 李學勤主編,鄭玄箋,孔穎達疏《毛詩正義》,第116頁。
⑤ 吕祖謙著,梁運華點校《吕祖謙全集》第4册《吕氏家塾讀詩記》,第62—63頁。
⑥ 參見朱熹撰,趙長征點校《詩集傳》,第20頁。
⑦ 參見朱熹撰,趙長征點校《詩集傳》,第45頁。
⑧ 許學夷著,杜維沫點校《詩源辯體》,第17頁。

也。毛以爲,由夫人失事君子之道,故陳別有小君,内有貞順之德,外有服飾之盛,德稱其服,宜與君子偕老者,刺今夫人有淫佚之行,不能與君子偕老。"①許論更近於《正義》的觀點。

又論齊《風·還》之旨。許學夷引朱注《還》乃"獵者自相稱譽"②的觀點。考《詩集傳》注謂:"獵者交錯於道路,且以便捷輕利相稱譽如此,而不自知其非也。則其俗之不美可見,而其來亦必有所自矣。"③許學夷則認爲,如此則不能曰"無邪"④,他贊同《小序》"刺荒"之論。《小序》曰:"《還》,刺荒也。哀公好田獵,從禽獸而無厭。國人化之,遂成風俗,習於田獵謂之賢,閑於馳逐謂之好焉。"鄭玄箋曰:"荒,謂政事廢亂。"⑤許學夷又論《齊風·盧令》爲刺詩。《小序》曰:"《盧令》,刺荒也。襄公好田獵畢弋而不修民事,百姓苦之,故陳古以風焉。"⑥然《小序》以《周南·兔罝》爲美詩,云:"《兔罝》,后妃之化也。《關雎》之化行,則莫不好德,賢人衆多也。"⑦朱熹《詩集傳》亦曰:"化行俗美,賢才衆多。雖罝兔之野人,而其才之可用猶如此,故詩人因其所事以起興而美之。"⑧許學夷則認爲《兔罝》與《盧令》意同,均爲刺詩,"赳赳武夫"乃負面形象。

論小雅之《賓之初筵》,許學夷引《小序》的觀點:"幽王荒廢,媟近小人,飲酒無度,衛武公既入,而作是詩"⑨。《賓之初筵》位於變《小雅》部分,屬刺詩無疑。

許學夷還區分了微諷陰刺和直刺的不同。如《山有樞》是一首諷刺守財奴的詩,許學夷評其"雖諷而未爲邪,孔子存之,益以見唐俗之美耳"。諷是微言曉告,起告誡作用。他指出漢人《生年不滿百》及樂府《西門行》,語意實出於此,"自是益起後世詞人曠達之風矣"⑩。清初李因篤《漢詩音注》曰:"結語妙絶,正與《唐風·山有樞》篇意同。言日恣遊遨,則雖弊車羸馬,爲自儲而適用矣。不然,雖有車馬,弗馳弗驅,將他人是愉,甚足悲矣。"⑪李論與許評暗合。

如論《唐風·無衣》之旨,《小序》以爲"美晉武公也"⑫,許學夷引朱熹語云:

---

① 參見李學勤主編,鄭玄箋,孔穎達疏《毛詩正義》,第216頁。
②④ 許學夷著,杜維沫點校《詩源辯體》,第19頁。
③ 參見朱熹撰,趙長征點校《詩集傳》,第90頁。
⑤ 參見李學勤主編,鄭玄箋,孔穎達疏《毛詩正義》,第387頁。
⑥ 參見李學勤主編,鄭玄箋,孔穎達疏《毛詩正義》,第407頁。
⑦ 參見李學勤主編,鄭玄箋,孔穎達疏《毛詩正義》,第58頁。
⑧ 朱熹撰,趙長征點校《詩集傳》,第8頁。
⑨ 許學夷著,杜維沫點校《詩源辯體》,第27頁。參見李學勤主編,鄭玄箋,孔穎達疏《毛詩正義》,第1026頁。
⑩ 許學夷著,杜維沫點校《詩源辯體》,第20頁。
⑪ 李因篤輯評,張耕點校《漢詩音注》,中華書局2020年版,第140頁。
⑫ 參見李學勤主編,鄭玄箋,孔穎達疏《毛詩正義》,第464頁。

"此詩若非武公自作,則詩人所作而陰刺之耳。"陰刺是暗刺,與直刺有所不同。許學夷按曰:"謂詩人之刺者,得之。此邪正之分,不可以不辯。"①李山釋《無衣》:"晉武公的手下手持搶奪來的贓物,嘴里說着軟中帶硬的要挾,一副政治流氓的嘴臉。堂堂周王對旁支奪嫡之事非但不加懲治,反而甘其賄賂、受其奴使,其貪婪、昏聵,無以復加。此正所謂'君不君,臣不臣'的世道傾斜。果然如此,詩人對晉武公的行徑該是憤激的,詩篇卻含而不露,只是把晉武公在周王面前的花腔加以錄製、譜成曲調,以此來表達其辛辣的抨擊針砭,手法極為高超。"②他亦是從暗刺這個角度來闡釋詩人創作《無衣》的意圖。

許學夷又論《秦風·無衣》意在責備康公。《秦風·無衣》有云:"豈曰無衣,與子同袍。王于興師,修我戈矛,與子同仇。"許學夷未如前人一般,將《無衣》視為鼓舞士氣的軍歌。他引朱熹論曰:"秦俗強悍,樂於戰鬥,故其人平居而相謂曰:'豈以子之無衣而與子同袍乎?蓋以王于興師,則將修我戈矛而與子同仇也。'"許學夷不信此説,認為詩若為秦人自言,則性情猶未為得正。顯然,他是反感秦人好戰的。他又引鄭玄語:"此責康公。言君豈曰汝無衣,我與汝共袍乎?而於王興師,則曰修我戈矛,與子同仇往伐之。"③許學夷認為,鄭玄之論其義雖通,但康公之世,國政民情不應如此乖戾;詳味其詞,當是詩人之詩,與《還》同義,均為刺詩。許學夷將譴責與諷刺區分了開來。

又論《大雅·抑》之旨。《小序》以為"衛武公刺厲王,亦以自警也"④,而朱熹"俱以為武公自警之作"。許學夷分析,若果真如此,則諸侯之詩,必不入之雅矣。有學者疑武公、厲王本不同時,認為《抑》詩亦當為刺幽王而作,許學夷言"然詳味其詞,乃衛武公自警,實以諷王也"⑤。諷即微言曉告,以相對平和的語調告訓王室。⑥許學夷所論頗顯溫柔敦厚之風。

綜上所述,許學夷對刺詩是相當關注的。考清人王先謙亦對刺詩進行了分類,其《詩三家義集疏·序例》曰:"《詩》有美有刺,而刺詩各自為體:有直言以刺者,有微詞以諷者,亦有全篇皆美而實刺者。美一也,時與事不倫,則知其為刺

---

① 許學夷著,杜維沫點校《詩源辯體》,第20頁。
② 李山《詩經析讀》,第284頁。
③ 許學夷著,杜維沫點校《詩源辯體》,第21頁。參見李學勤主編,鄭玄箋,孔穎達疏《毛詩正義》,第464頁。
④ 參見李學勤主編,鄭玄箋,孔穎達疏:《毛詩正義》,第1365頁。
⑤ 許學夷著,杜維沫點校《詩源辯體》,第27頁。
⑥ 詳參李山《詩經析讀》,第718—720頁。

矣。"①其説近於許學夷之論。

其三,許學夷對"刺淫説"和"淫詩説"的態度,受《小序》《正義》與朱熹的影響還是可見的,然而他亦表達了不同的觀點。許學夷統計變風之詩中朱熹言爲"刺淫者"有10篇:《匏有苦葉》《新臺》《牆有茨》《鶉之奔奔》《蝃蝀》《出其東門》《南山》《敝笱》《載驅》《株林》。許學夷論曰:"考之《小序》《正義》,惟《出其東門》爲閔亂而作,餘皆同也。"許學夷還指出,《邶風·静女》《鄭風·出其東門》"亦當爲刺淫"②,充分體現其思想上的保守性。不過,許學夷對待《鄭風》的態度較爲寬容,如論《鄭風·女曰雞鳴》曰:"前二章不過教其早起,弋取鳧雁以歸,飲酒相樂,未嘗一言以及修身齊家之事。然其聲氣之和,樂而不淫,諷詠之久,則渣滓渾化,粗鄙盡除,正不必以末章爲重也。"③許學夷又評《鄭風·將仲子》"乃詩人述淫女悔過,婉詞以絶其人耳。蓋美詩,非刺詩也"。④與朱熹相比,許學夷所論更接近詩之本義。

許學夷又統計朱熹《詩集傳》言《詩經》"淫奔自作者"達29篇⑤。朱熹將《静女》《桑中》《氓》《有狐》《木瓜》《采葛》《大車》《丘中有麻》《將仲子》《遵大路》《有女同車》《山有扶蘇》《蘀兮》《狡童》《褰裳》《丰》《東門之墠》《風雨》《子衿》《揚之水》《野有蔓草》《溱洧》《東方之日》《東門之枌》《東門之池》《東門之楊》《防有鵲巢》《月出》《澤陂》等29篇詩視爲淫詩,視正常的男女之情爲"淫"。許學夷則采取折衷的態度,認爲《小序》《正義》,惟以《丰》《東門之墠》《溱洧》等11篇爲淫詩,其餘皆爲別事而作。許學夷又從接受角度提出《國風》情詩是否皆爲淫詩的疑問,其曰:"嘗觀《左傳》,鄭伯如晉,子展賦《將仲子》,鄭六卿餞韓宣子,子齹賦《野有蔓草》,子產賦《羔裘》,子太叔賦《褰裳》,子游賦《風雨》,子旗賦《有女同車》,子柳賦《蘀兮》,皆鄭風也,如果關乎淫泆,諸卿皆賢,其肯彰國之惡乎?若曰賦詩斷章,則諸卿所賦乃全詩,非斷章也;借曰斷章,當時之詩,誰不知之,顧可以己國淫泆之詩,斷章歌詠於他國君相之前乎?"⑥許學夷認爲,在賦詩言志的外交場合,《國風》情詩使用頗多,而"淫泆之詩"是不可能被諸侯卿相廣泛徵引的。許學夷此辨可謂合情合理,故而他評價朱熹論《國風》情詩"有失美刺之旨"。

其四,許學夷對《詩經》中某些詩篇的旨意闡釋更顯精微。如對於《秦風·蒹

---

① 王先謙撰,吳格點校《詩三家義集疏》,中華書局1982年版,第2頁。
② 許學夷著,杜維沫點校《詩源辯體》,第11頁。
③④ 許學夷著,杜維沫點校《詩源辯體》,第19頁。
⑤ 許學夷著,杜維沫點校《詩源辯體》,第10頁。
⑥ 許學夷著,杜維沫點校《詩源辯體》,第10—11頁。

葭》,朱熹謂"不知其所指"。考《詩集傳》有云:"言秋水方盛之時,所謂彼人者,乃在水之一方,上下求之而皆不可得。然不知其何所指也。"①許學夷則釋曰:"味其詞,必遁世絕俗之士,可望而不可即者。然終篇無遁世絕俗語,此風人所以不可及歟!"②他指出了《蒹葭》含蓄蘊藉、無迹可求的超絕境界,所論較朱熹更爲高明。

總體而言,許學夷選論《詩經》諸篇的主旨,在很大程度上繼承了《詩經》漢學論《詩》旨多出於用《詩》意圖的批評方向,其所論雖與現代學者對《詩經》本義的討論有很大不同,然其背後體現的對歷史與現實的批判精神則非常值得我們肯定。

五 論《詩經》的編次

《詩經》的編次,歷來頗有爭議,涉及選篇結構與創作的歷史背景等相關問題。許學夷曰:"觀古今《國風》,次第不一,則其簡帙錯亂久矣。朱子闕而不論。"③他還評程頤論"諸國先後之義,頗爲穿鑿"④。可見他對這個問題的重視。

許學夷論《關雎》《葛覃》《卷耳》之編排用意曰,《關雎》述文王未得后妃而寤寐求之,《葛覃》述后妃既嫁文王而思念父母,《卷耳》則又因文王出征而思念文王。許學夷認爲三詩"有情趣,有次第"⑤,其論大體繼承了《傳》《箋》之説。

有關《邶》《鄘》《衛》三詩并列之爭由來已久。許學夷論邶、鄘二地皆并入衛國,故"《邶》《鄘》《衛》三詩,皆衛風也"⑥。他引朱熹語云:"邶、鄘地既入衛,其詩皆爲衛事,而猶繫其故國之名,則不可曉"⑦。他又指出朱熹此論實則源於程子。程子,乃程頤,許氏引程子語曰:"諸侯擅相侵伐,衛首并邶、鄘之地,故爲變風之首。且一國之詩而三其名,所以見其首亂也。"⑧許學夷批評程頤所論爲"春秋之法,非所以言詩矣",他指出"衛風而繫故國之名"⑨,是輯詩者弄亂了三詩之間的

---

① 參見朱熹撰,趙長征點校《詩集傳》,第117頁。
② 許學夷著,杜維沫點校《詩源辯體》,第21頁。
③④ 許學夷著,杜維沫點校《詩源辯體》,第18頁。
⑤ 許學夷著,杜維沫點校《詩源辯體》,第14頁。
⑥⑦⑨ 許學夷著,杜維沫點校《詩源辯體》,第15頁。
⑧ 許學夷著,杜維沫點校《詩源辯體》,第15頁。參見程顥、程頤著《二程集》之《河南程氏經説卷第四》,第1089頁;又參見吕祖謙著,梁運華點校《吕氏家塾讀詩記》卷1,《吕祖謙全集》第4册,第12頁。

關係,"孔子因而不改耳,不必曲爲之說也"①。據《漢書·地理志下》:"河內本殷之舊都,周既滅殷,分其畿內爲三國,《詩·風》邶、鄘、衛國是也。"②然後人多以爲非也。綜合顧棟高、顧頡剛、史念海等學者的觀點,"邶、鄘、衛乃三地名,非三國名"③;又據史料記載,實有康叔封衛國之實,而是否存在邶國、鄘國仍待考。④夏傳才《邶鄘衛辨》曰:"邶、鄘、衛三地毗連,各有其地方曲調,即邶調、鄘調、衛調。這三個地域在政治上成爲一個衛國,但流傳的曲調繼續存在,或在民間傳唱,或在衛國公庭演奏,當然可以用這三種土風配製新的歌詩。"⑤他認爲十五國風主要依據地域音樂的不同來區分,邶、鄘雖屬衛國,然樂調風格與衛地仍有很大差異。許學夷強調,是輯詩者弄亂了三詩之間的關係,所謂"十五《國風》"的說法,亦恐怕不能成立。許學夷所論不無道理,然亦有待進一步的考證。

　　許學夷又評"輯詩者以邶爲變風之首",雖得風詩之體,然"不得輯詩之體也"。⑥ 他評"變風微婉優柔,惟《邶風》篇什最多"⑦,認爲《邶風》詩旨多溫柔敦厚,與變風之體多不相同。考《邶風》之《柏舟》《綠衣》《日月》《凱風》《北風》《二子乘舟》諸篇,無不借意象敘事抒情;即便是《谷風》《新臺》一類的刺詩,表達情感亦委婉含蓄。許學夷的言下之意是,《邶風》雖列於變風,實則應當歸於正風。

　　又論《王風》的位序。本文第三部分已提及,許學夷認爲《王風》乃周王室東遷以後平王之詩,風、雅皆具。許學夷還試圖解決《王風》爲何居《邶》《鄘》《衛》之後的問題,雖然其中緣由難以知曉。傳統的說法是周天子因爲權威下降而地位與諸侯無異,故《王風》收入《國風》。許學夷引歐陽修語云:"《王》處《衛》後而不次於《二南》,惡其近於正而不明也。"⑧歐陽修所言"近於正而不明",乃就平王東遷之際的時世政治而言。許學夷評歐論即傳統的"《黍離》降爲國風"之說,所論"不但以《春秋》之法言詩,抑且與《春秋》之義相背矣",而春秋之義乃在於尊王。考鄭玄《詩譜》,《王風》居《豳風》之後,對此,許學夷分析道:"蓋《豳》本不當與變風並列,而《王》亦不當與諸國相參,故姑附於國風之末";他主張"《王》居變風之

---

① 許學夷著,杜維沫點校《詩源辯體》,第15頁。
② (漢)班固《漢書》,中華書局1962年版,第1647頁。
③ (清)永瑢等撰《四庫全書總目》,中華書局1965年版,第134頁。
④ 參考王志芳《詩經邶風、鄘風、衛風地域文化生態考論》第一章《衛地域文化生態考論·衛地域範圍》之一節,齊魯書社2019年版,第14—20頁。
⑤ 夏傳才《思無邪齋詩經論稿》,學苑出版社2000年版,第166頁。
⑥⑦　許學夷著,杜維沫點校《詩源辯體》,第16頁。
⑧ 許學夷著,杜維沫點校《詩源辯體》,第18頁。

前,《豳》附《國風》之後,始爲安妥"①,可聊備一説。

《七月》爲《豳風》首篇,是否可置於變風之内,乃《詩》學又一公案。許學夷有引王通"成王終疑周公,故爲變風"語②。考《中説》記載:"(程)元曰:'周公之際亦有《變風》乎?'子曰:'君臣相誚,其能正乎? 成王終疑,則《風》遂變矣。非周公至誠,孰能卒正之哉?'元曰:'《豳》居變風之末,何也?'子曰:'夷王已下,《變風》不復正矣。夫子蓋傷之者也,故終之以《豳風》。言變之可正也,唯周公能之,故繫之以正。歌《豳》曰周之本也。嗚呼,非周公孰知其艱哉? 變而克正,危而克扶,始終不失於本,其惟周公乎? 繫之《豳》,遠矣哉!'"③宋阮逸注《中説》此論曰:"夷王下堂而見諸侯,周始衰微,《國風》遂變,不復雅正矣。"《七月》乃陳王業,而"王業艱難","周公之詩不繫周而繫豳者,正其本存乎遠也"④。許學夷則認爲,果然如此,則《七月》"不當繫之《豳》矣"⑤;他認爲《七月》爲"周公陳豳國之風",不可視爲變風。許學夷之論,其依據依然是傳統的觀念,即《二南》是文王教化的體現,故而爲正風;而《豳》乃后稷、公劉風化所由出,出於文王千有餘年之上,故不可視之爲變風。故他認爲後人以變風稱之,甚爲荒謬。對於《豳風》爲何放在《國風》最後,前人說法不一,至今尚無定論⑥,許學夷推測,孔子概因不知將《豳風》放置何處,故暫次於《國風》之末;而《左傳·襄公二十九年》所載"季札觀樂"時的演奏次第,《豳》在《齊》後,孔子只是因其舊説,而以周公之詩附之。許學夷的看法亦可聊備一説。

另外,許學夷贊同朱熹"正雅之篇有錯簡者"⑦的觀點,論《詩經》正《小雅》中有變《小雅》。《小序》《正義》以《楚茨》《信南山》《甫田》《大田》《瞻彼洛矣》《裳裳者華》《桑扈》《鴛鴦》《頍弁》《車舝》《魚藻》《采菽》《隰桑》《瓠葉》等爲傷今思古之詩,許學夷則表示了不同意見。考諸詩多爲刺詩,朱、許之論的依據,即正《小雅》多爲美詩,而變《小雅》則多刺詩。

許學夷又論"《雅》《頌》篇什,次第多不可曉"⑧,至於《大雅》之《文王》《大明》《綿》三篇的編次,則頗有深義,構建了一個"天命歸周"的历程。許學夷釋曰:

---

① 許學夷著,杜維沫點校《詩源辯體》,第18頁。
② 許學夷著,杜維沫點校《詩源辯體》,第22頁。
③④ 張沛撰《中説校注》,中華書局2013年版,第104頁。
⑤ 許學夷著,杜維沫點校《詩源辯體》,第23頁。
⑥ 可參考李山《詩經析讀》,第352—353頁。
⑦ 許學夷著,杜維沫點校《詩源辯體》,第25頁。
⑧ 許學夷著,杜維沫點校《詩源辯體》,第26頁。

"《文王》專美文王之德,周之受命始於文王也。《大明》追述王季、大任、文王、大姒之德以及武王克商之事。《綿》又追述大王、大姜遷岐而及於文王之受命,蓋由父以及祖,而翦商之迹,實始於大王也。故以此爲天子諸侯會朝之樂云。"①許學夷又論,《文王》云"周雖舊邦,其命維新",《大明》云"天監在下,有命既集","皆言天命歸周之意";《皇矣》於大王已言"受命既固"②。許學夷還指出《史記》所云"詩人道西伯,蓋受命之年稱王而斷虞芮之訟"③,不符合道理。他引《考要》曰:"文王之得謚,大王、王季之追王,皆武王克商以後事。"《考要》即明嘉靖間柯維騏所作《史記考要》④。許學夷推斷,概因孔穎達不知此事,故於《大雅》之《棫樸》《靈臺》稱王,以爲文王時作;而於《小雅》諸篇所稱王稱天子者,亦以爲文王,則很荒謬。許學夷引元人胡一桂語云:"文王三分天下有其二,特以文王之聖,道化所及,極其形容之廣云爾,豈謂天下三分有二之版圖誠歸之於周哉。"⑤胡論文王教化影響很廣,然在世之時并未真的擁有天下三分之二的版圖。許學夷比較認同此一觀點,可見他是反對"天命歸周"始於文王的觀點。

《詩經》緝詩之體,甚難考索。而許學夷能提出自己的一些看法,可見他對商周的政治歷史頗有研究,所論可備後人參考。

六 論《國風》爲詩人之詩

有關《國風》作者,歷來亦多有討論。漢代學者就認爲《國風》乃詩人之詩,許學夷則明確指出,詩人乃"文人學士"。

首先,許學夷非常强調作者之功、作者性情之真。其曰:"風人之詩,主於美刺,善惡本乎其人,而性情係於作者,至其微婉敦厚,優柔不迫,全是作者之功。"他引其侄許國泰語曰:"好惡由衷,而不能自已,即性情之真也。"許學夷認爲《國風》有些詩是"出於詩人自作",陳述的是詩人的親身經歷,抒發的是詩人自己的感情,如《北門》《北風》《黍離》《兔爰》《緇衣》《出其東門》《園有桃》《陟岵》《十畝之間》《碩鼠》《杕杜》《蒹葭》《渭陽》《隰有萇楚》《匪風》《下泉》《鴟鴞》《九罭》等篇,多出於自作,"又豈不切於性情之真耶"? 由此可見,《國風》"性情之正",皆出於詩

---

①② 許學夷著,杜維沫點校《詩源辯體》,第26頁。
③ 參見司馬遷《史記》卷4,中華書局1982年版,第117頁。
④ 柯維騏《史記考要》卷1,明嘉靖刻本。
⑤ 許學夷著,杜維沫點校《詩源辯體》,第26—27頁。參見胡一桂《雙湖先生文集》卷6,清康熙刻本。

人"性情之真"①。

其次，許學夷指出，在《國風》作者這個問題上，《小序》是有矛盾的。《小序》認爲"凡《國風》詞如懷感者，爲詩人託其言以寄美刺"，而《邶風》之《綠衣》《燕燕》《日月》《終風》《泉水》，《鄘風》之《柏舟》，《衛風》之《竹竿》《河廣》諸詩，乃"夫人衛女自作"②。許學夷言己初亦信《小序》之説，認爲諸詩"語意真切而得於性情之正"；後又受鄭玄《詩譜》影響，《詩譜》言諸國、雅、頌大略，"作者各有所傷，從其本國而異之，爲邶、鄘、衛之詩焉"，諸詩不當如《小序》所言爲"夫人衛女自作"。許學夷引孔穎達疏云："《綠衣》諸詩，述夫人衛女之事而得分屬三國者，如此《譜》説，定是三國之人所作，非夫人衛女自作矣。女在他國，衛人得爲作詩者，蓋大夫聘問往來，見其思歸之狀而爲之作歌也。"③許學夷按曰："《國風》爲詩人之作，於此尤爲可證。"④又《載馳》，世傳許穆夫人作。許穆夫人，衛國人。許學夷認爲《載馳》編入《鄘風》，"蓋以于時國在鄘地，故使其詩屬鄘也"。許國泰有曰："試觀唐人宮詞閨怨，亦豈宮閨之自作耶？"⑤許學夷認爲：許國泰言之成理，《載馳》亦必鄘人所作；而《左傳》對此語有未詳。另《式微》《旄丘》"亦爲邶人託黎臣之言而作"⑥。

再次，有關《國風》作者問題，許學夷概括朱熹的觀點曰："其詞有美刺者，則亦爲美刺矣；其詞如懷感者，則爲其人之自作也。"⑦朱熹顯然是把抒情主人公與詩人混爲一談了；而朱熹的觀點，許學夷認爲北宋諸公已有此説，因而具有一定的代表性。許學夷認爲朱熹所謂"變風如懷感者必欲爲其人之自作"的觀點"於理有難從"，而"正風如感懷者亦欲爲其人之自作，則於實有難信"⑧。

本文前節已論許學夷統計朱熹《詩集傳》言《詩經》"淫奔自作者"達29篇。考朱熹注《將仲子》首章云："莆田鄭氏曰：此淫奔者之辭。"⑨朱熹所注乃據鄭樵所論。朱熹認爲《鄭風》淫奔自作者最多，許學夷評《鄭風》"要非淫奔者自作，而亦未必皆刺淫也。"⑩如《將仲子》云："將仲子兮，無逾我里。無折我樹杞。豈敢愛之，畏我父母。仲可懷也，父母之言，亦可畏也。"《小序》以爲："刺莊公弗聽祭

---

① 許學夷著，杜維沫點校《詩源辯體》，第12頁。
② 許學夷著，杜維沫點校《詩源辯體》，第15—16頁。
③ 參見李學勤主編，鄭玄箋，孔穎達疏《毛詩正義》卷四，第131頁。
④⑤⑥ 許學夷著，杜維沫點校《詩源辯體》，第16頁。
⑦ 許學夷著，杜維沫點校《詩源辯體》，第8頁。
⑧ 許學夷著，杜維沫點校《詩源辯體》，第11頁。
⑨ 朱熹撰，趙長征點校《詩集傳》，第75頁。
⑩ 許學夷著，杜維沫點校《詩源辯體》，第18頁。

仲之諫,以成叔段之禍。"許學夷對此不予認同;又言亦非"朱子以爲淫奔之作"①。許學夷還評《溱洧》曰:"明述士女問答相謔,而朱子亦云'此淫奔者自敘之詞',其執拗乃爾!"朱熹在情詩作者這個問題上,態度的確非常固執,故而許學夷曰:"今一以朱注爲定,説者既不得詩之宗旨,其信古者一以《小序》爲宗,則亦失之迂矣。"②可見他是折中《詩經》漢宋之學的。

許學夷立論的依據是什麽呢?首先他認爲詩人之功,在於假託他人之事抒發作者的情感,如"風人之詩,多詩人託爲其言以寄美刺,而實非其人自作"③;詩人之事,在於摹擬他人的情感,"至如《汝墳》《草蟲》《静女》《桑中》《載馳》《氓》《丘中有麻》《女曰雞鳴》《丯》《溱洧》《雞鳴》《綢繆》等篇,又皆詩人極意摩擬爲之"。模(摩)擬不僅是對客觀事物、事件的模仿,還包括對情感的表現。其次,他强調説詩者不能把詩歌創作的意境,全部視爲"真境",他説:"以《風》皆爲自作,語皆爲實際,何異論禪者以經盡爲佛説,事悉爲真境乎?"他還引唐代張繼詩"夜半鐘聲到客船"句,評曰:"宋人以夜半無鐘聲,紛紛聚訟。胡元瑞云:'無論夜半是非,即鐘聲聞否,未可知也。'此足以破語皆實際之惑。"④許學夷對詩歌意境有實境與虛境之别,并以此作爲《國風》作者判定的依據,我們完全可以得出一個結論,就是在有關《國風》作者這一問題上,許學夷的識見實在是遠遠超過了朱熹。

又有《國風》爲民歌之説。許學夷引朱熹語曰:"凡詩之所謂風者,多出於里巷歌謡之作。所謂男女相與詠歌,各言其情者也。"⑤對於朱熹此一觀點,許學夷亦多有不認同之處。他認爲《左傳》所録歌謡及馮惟訥《詩紀》内所編録的漢魏歌謡,與《詩》體絶不相類,"春秋、戰國婦人歌詩,體多平直,而文采不完";而正風如《葛覃》《卷耳》《芣苢》《汝墳》《草蟲》《行露》《殷其靁》《摽有梅》《小星》《江有汜》,"雖皆本乎自然,而體製可法,文采可觀,非文人學士,實有未能,而謂后妃以及士庶之妻逮於女子媵妾無不能之,則予未敢信也"⑥。許學夷評《國風》體製成熟,講究文采,藝術性很高,非民歌民謡可比,當爲文人學士所作。另有一种觀點認爲風人之詩皆周太師之徒潤色,許學夷言"視其體製、文采,心亦有疑",實乃"强

---

① 許學夷著,杜維沫點校《詩源辯體》,第19頁。
② 許學夷著,杜維沫點校《詩源辯體》,第31頁。
③ 許學夷著,杜維沫點校《詩源辯體》,第4頁。
④ 以上引文均出自許學夷著,杜維沫點校《詩源辯體》,第4—5頁。
⑤ 許學夷著,杜維沫點校《詩源辯體》,第12頁。
⑥ 許學夷著,杜維沫點校《詩源辯體》,第11—12頁。

爲之説耳"①。他主張"《國風》皆詩人之詩,初未嘗有歌謡相雜也"。

20世紀不少學者對《國風》作者問題進行了考辨,頗受《詩經》學界的關注,如朱東潤著《國風出於民間論質疑》、胡念貽撰《關於詩經大部分詩是否民歌的問題》等論文,均對《國風》是否爲民歌提出質疑與討論。夏傳才《也談詩經與民歌》一文認爲,漢人稱十五《國風》爲"民間歌詩"比較確切。他認爲"'民間'是一個寬泛的概念,它與'官方'這個概念相對,包括王公貴族、群臣百官之外的社會各階層成員"②。值得注意的是,晚明時人許學夷已經明確指出《國風》作者乃"文人學士",非出於里巷歌謡之作。

許學夷對《國風》作者的討論,體現了相當突出的理性精神與寬和的道德意識,而他對創作者與抒情主人公的區分,頗爲接近現代文論"作家論"中的相關論述。

七 論《詩》教與《詩》學史

許學夷非常重視《詩》教問題。他指出古今文章引《詩》者達十分之九,而《易》《書》《禮》,只占十分之一二,析其原因,正在於"《詩》能興起後學,故自童稚靡不習之";然而秦漢而下,"《詩》教日微,故引之者亦少耳"③。他引程了語曰:"古人之詩,如今之歌曲,雖閭里童稚,皆習之而知其説,故能興起,今雖老師宿儒,尚不能曉其義,況學者乎?"④考此論轉自朱熹《四書章句集注》,而程頤原論爲:"天下有多少才,只爲道不明於天下,故不得有所成就。且古者'興於詩,立於禮,成於樂',如今人怎生會得?古人於《詩》,如今人歌曲一般,雖閭里童稚,皆習聞其説而曉其義,故能興起於《詩》。後世,老師宿儒尚不能曉其義,怎生責得學者?是不得興於《詩》也。古禮既廢,人倫不明,以至治家皆無法度,是不得立於禮也。古人有歌詠以養其性情,聲音以養其耳,舞蹈以養其血脉。今皆無之,是不得成於樂也。古之成材也易,今之成材也難。"⑤程頤對《詩》教移情作用很重視,他還指出當下"興於《詩》,立於禮,成於樂"的人才培養方案很難得到實施,其

---

① 許學夷著,杜維沫點校《詩源辯體》,第12頁。
② 夏傳才《思無邪齋詩經論稿》,第178頁。
③ 許學夷著,杜維沫點校《詩源辯體》,第29頁。
④ 許學夷著,杜維沫點校《詩源辯體》,第29頁;參見朱熹《四書章句集注》之《論語集注》卷四,中華書局1983年版,第105頁。
⑤ 程顥、程頤著《二程集》之《河南程氏遺書卷第十八》,第200頁。

原因在於《詩》學衰微。許學夷顯然受到程頤《詩》教觀的影響。

許學夷對春秋時期賦《詩》言志的現象亦頗爲關注。他引述了孔子"不學《詩》，無以言""誦《詩三百》，使於四方，不能專對，雖多，亦奚以爲"等論，并分析道："春秋列國，大夫饗燕，輒能賦詩，故其辭命從容委婉，而無亢激之患"①，此乃"專對"之言。許學夷在此并未單純强調"興"作爲"文學的感染力量"，而是比較重視春秋時期《詩經》在政治方面的功能與倫理教化的意義②。

許學夷又論采詩制度。漢唐之人大體相信古有采詩制度，許學夷則論："天子有采詩之政，諸侯有貢詩之典，東遷而後，不復有此舉矣。"又曰："况諸國之詩，刺淫者爲多，亦有直刺其君上者，又豈諸侯采之以貢乎？"③清人崔述對春秋采詩制度的實際存在，亦持懷疑態度，其曰："况變風多在春秋之世，當時王室微弱，太史何嘗有至列國而采風者？《春秋》經傳概可見也。"④而許學夷則"疑當時諸國互相采録，孔子總取而删輯之耳"⑤，其"諸國互相采録"之説可備參考。

許學夷還特別作"《詩》亡然後《春秋》作"考。《孟子·離婁下》有曰："王者之迹熄而《詩》亡，《詩》亡然後《春秋》作。"漢代趙岐注曰："王者，謂聖王也。太平道衰，王迹止息，頌聲不作，故《詩》亡。《春秋》撥亂，作於衰世也。"⑥趙岐言《頌》亡即《詩》亡。朱熹注云："王者之迹熄，謂平王東遷，而政教號令不及於天下也。《詩》亡，謂《黍離》降爲《國風》而《雅》亡也。"⑦朱熹認爲《雅》亡即《詩》亡，許學夷則認爲"《詩》亡"之説，"當兼風、雅而言"，周王室東遷之後，"風、雅美刺之詩既亡，而《春秋》褒貶之書始作也。"他又引吕祖謙語評"《春秋》作"乃"指筆削《春秋》之時，非謂《春秋》之所始"⑧。吕祖謙意謂平王東遷而後，變風尚多，未可遽言風亡。考蘇轍《詩集傳》曰："詩止於陳靈，何也？古之説者曰王澤竭而詩不作，是不然矣。予以爲陳靈之後，天下未嘗無詩，而仲尼有所不取也。盍亦嘗原詩之所爲作者乎？詩之所爲，作者發於思慮之不能自已，而無與乎王澤之存亡也。是以當其盛時，其人親被王澤之純，其心和樂，而不流於是焉。發而爲詩，則其詩無有不

---

① 許學夷著，杜維沫點校《詩源辯體》，第 29 頁。
② 可參考周勛初《"興、觀、群、怨"古解》，《上海師範大學學報》（哲學社會科學版）2008 年第 1 期，第 50 頁。
③ 許學夷著，杜維沫點校《詩源辯體》，第 29—30 頁。
④ 崔述撰，熊瑞敏點校，李山審訂《讀風偶識》卷 1，語文出版社 2020 年版，第 6 頁。
⑤ 許學夷著，杜維沫點校《詩源辯體》，第 30 頁。
⑥ 焦循《孟子正義》卷 16，中華書局 2015 年版，第 617 頁。
⑦ 朱熹《四書章句集注》，第 295 頁。
⑧ 許學夷著，杜維沫點校《詩源辯體》，第 29—30 頁。參見吕祖謙著，黄靈庚點校《東萊吕太史別集》卷 16，《吕祖謙全集》第 1 册，第 602 頁。

善,則今之正詩是也。及其衰也,有所憂愁憤怒,不得其平,淫泆放蕩,不合於禮者矣,而猶知復反於正。故其爲詩也,亂而不蕩,則今之變詩是也。及其大亡也,怨君而思叛,越禮而忘反,則其詩遠義而無所歸嚮。繇是觀之,天下未嘗一日無詩,而仲尼有所不取也。故曰:變風發乎情,止乎禮義。發乎情,民之性也;止乎禮義,先王之澤也。先王之澤尚存,而民之邪心未勝,則猶取焉,以爲變詩。及其邪心大行,而禮義日遠,則詩淫而無度,不可復取。故詩止於陳靈,而非天下之無詩也,有詩而不可以訓焉耳。故曰:陳靈之後,天下未嘗無詩,由此言之也。"①呂祖謙曰:"《雅》,王者之政也,小之先大,固其叙也。政之衰,則至於亡。《詩》之亡,王道之亡也。"②呂祖謙又曰:"《詩》既亡,則人情不止於禮義,天下無復公好惡,《春秋》所以不得不作歟!"③比較而言,蘇轍之論多就民心之正邪而言,觀點略爲保守;而呂祖謙則從王道、王政盛衰角度立論,朱熹、許學夷之論皆近之。然許學夷又評呂祖謙論曰:"不知采詩之政不行,則列國之風雖存而實亡耳。"④許學夷一方面強調詩歌的美刺功能,另一方面又看到了詩之正變與周代采詩制度興衰的關聯。康有爲《孟子詩亡然後春秋作解》曰:"夫王者馭世之權,莫大於巡狩、述職,天子采風,諸侯貢俗,觀其得失,而慶讓、黜陟行焉。故諸侯不敢放恣,民生賴以託命,是陳詩爲王朝莫大之典,黜陟爲天王莫大之權,固自宣王以前舉行不廢。至東遷之末,天子不省方,諸侯不朝覲,陳詩之典廢,而慶讓之權亡,於是天下無王。天下無王,斯賴素王。故孔子改制而作《春秋》,以代木鐸。故曰'吾其爲東周也'。"⑤康有爲所論近於許學夷之說,然又從天下無王、孔子爲素王而改制的層面論孔子作《春秋》的意義。

對於漢代四家《詩》說,許學夷引王應麟《詩考》自序曰:"漢言詩者四家,今惟毛傳鄭箋孤行,韓僅存外傳,而魯、齊詩亡久矣。"⑥據《隋書·經籍志》載,《齊詩》魏代已亡,《魯詩》亡於西晉。許學夷亦提及胡應麟采錄傳記,"引韓、魯、齊三家之説,惟韓稍多,魯僅二百二十六言,齊五十九言而已。"而許學夷亦明確指出近刻《漢魏叢書》中收錄的《申公詩説》,"蓋好事者所爲,不足辯也"⑦。

---

① 蘇轍《詩集傳》卷七,影印《文淵閣四庫全書》本,第70册,第388頁。
② 呂祖謙著,梁運華點校《呂氏家塾讀詩記》卷1,《呂祖謙全集》第4册,第13頁。
③ 呂祖謙著,黃靈庚點校《東萊呂太史别集》卷16,《呂祖謙全集》第1册,第602頁。
④ 許學夷著,杜維沫點校《詩源辯體》,第29—30頁。
⑤ 康有爲著,樓宇烈整理《康子內外篇(外六種)》,中華書局1988年版,第140—141頁。
⑥ 許學夷著,杜維沫點校《詩源辯體》,第30頁。參考王應麟《詩考》自序,影印《文淵閣四庫全書》本,第75册,第598頁。
⑦ 許學夷著,杜維沫點校《詩源辯體》,第30頁。

《詩經》學有漢學與宋學之分,漢學重章句訓詁,宋學重義理闡釋。許學夷在很大程度上肯定《小序》的價值。他認爲《詩經》古訓,經秦火之後,漢初諸儒説《詩》及傳記所引韓、魯、齊三家之説,多迂遠不類。"惟《小序》最後出,而多有可宗,自是三家之説浸微。"他引葉夢得之論曰:"《六經》始出,諸儒講習未精,且未有他書以證其是非,故雜僞之説可入;歷時既久,諸儒議論既精,而又古人簡書時出於山崖屋壁之間,可以爲證,而學者遂得即之以考同異,而長短精粗見矣。長者出而短者廢,自然之理也。"①此論馬端臨《文獻通考·經籍考》亦引。許學夷認爲《小序》摻雜了諸儒之説。有關《小序》作者,《後漢書·儒林傳》之《衛宏傳》曰"宏從(謝)曼卿受學,因作《毛詩序》"②,朱熹則以爲衛宏"特增廣而潤色之"。還有人認爲《小序》之首句爲毛公所作,而其下文爲諸儒推説,爲後人所增益。許學夷引李氏説:"以《詩序》考之,文詞殽亂,非出一人之手,實出漢之諸儒也。"③考宋人李樗於《毛詩集解》曰:"惟蘇黄門之説曰:其文時有反覆煩重,類非一人之辭者。凡此皆毛氏之學,而衛宏之所集録也。"④而李樗乃多據蘇轍《詩本義》之説立論。

　　另外,許學夷亦并未完全否定孔穎達宗《小序》的傾向,其評曰:"孔氏宗《小序》,雖於美刺有得,而章句離析,冗雜蕪穢,且比興處往往穿鑿,真境實遠。"他肯定孔穎達對《小序》批評標準的繼承,如對美刺之旨、性情之正、温柔敦厚之風等方面的强調;然許學夷又批評孔穎達《毛詩正義》多穿鑿繁蕪,"依附史傳,牽合時代,味其詞,實多不類"⑤。明代出現不少以史附詩的解《詩》方法。如《四庫全書總目》評明朱善撰《詩解頤》,曰:"其説不甚訓詁字句,惟意主借詩以立訓,故反覆發明,務在闡興觀群怨之旨、温柔敦厚之意。而於興衰治亂,尤推求源本,剴切著明。"⑥許學夷則反對純粹以史解《詩》的闡釋方式,曰:"《詩》與《春秋》,其用不同矣。"⑦他認爲"漢儒迂謬,終不免於牽合。逮於宋儒,歷時益久,講習益精,其説始爲安妥。"⑧北宋學術思想的變化引起了《詩經》學的革新。北宋文人的懷疑精

---

① 許學夷著,杜維沫點校《詩源辯體》,第30頁。
② 參見范曄《後漢書》,中華書局1965年版,第2575頁。
③ 許學夷著,杜維沫點校《詩源辯體》,第31頁。參考李樗、黄櫄《毛詩集解》卷1,影印《文淵閣四庫全書》本,第71册,第14頁。
④ 李樗、黄櫄《毛詩集解》卷1,影印《文淵閣四庫全書》本,第71册,第3頁。
⑤ 許學夷著,杜維沫點校《詩源辯體》,第8—9頁。
⑥ 永瑢等撰《四庫全書總目》,第128頁。
⑦ 許學夷著,杜維沫點校《詩源辯體》,第9頁。
⑧ 許學夷著,杜維沫點校《詩源辯體》,第31頁。

神亦體現於其時《詩經》學之不信《詩序》、惟從文本求解的新方法,正如洪湛侯所言:"自歐陽修開始懷疑《詩序》、蘇轍僅取《詩序》首句、不用其下續申之詞,其後鄭樵、朱熹力指《詩序》之妄,王質廢《序》不用。"①

總體而言,許學夷受宋學影響更大,其中受朱熹的影響尤巨。《詩源辯體》引朱熹語達 19 處。許學夷稱讚朱熹評《國風》,"分章訓釋,簡淨明白,當是古今絶手"②,然而許學夷又言朱熹"未得美刺之旨",此論亦不可忽視。考朱熹《詩集傳》,首重賦、比、興的批評,其間略帶美刺之論,或多引他人言論評價《詩經》刺詩,這與《小序》《正義》多論美刺有很大的區別。許學夷的評價可謂一針見血,爲諸多論者所忽略。《四庫全書總目》評朱熹《詩經集傳》曰:"自是以後,說《詩》者遂分'攻序''宗序'兩家,角立相爭,而終不能以偏廢。"③而許學夷認爲"《國風》當以孔氏、朱熹而參酌之,至於《雅》《頌》,則一以朱注爲主",折中漢學與宋學的路徑非常清晰。

許學夷最後論及《詩經》音韻學問題。他已經認識到由於古今風氣不同,其音韻亦自應不同。不過他大體上是接受朱熹"叶(協)音說"的,認爲"《三百篇》《楚辭》及經傳韻語,或用古音,或用方音,或字有訛誤,故讀之多有不諧,後人不得不協"④。宋人作叶韵,乃由於今、古之音不合。今人劉曉楠綜合焦竑、陳第二人之說,概括叶韻的要義有二:"一是以今音讀古詩,韻有所不合(按,二人都只論讀古詩的叶韻,沒有涉及寫新詩的叶韻),是爲其因;二是爲了達到諧韻的效果,'強爲之音',即改音以叶韻,是爲其果。此種因果關係之中,其實還隱含了另一層意思,即:若以今音讀古詩,其相合之處則無須強爲之音以叶。"⑤對於宋代開始興盛的叶音說,歷來不乏批評的意見。趙宧光語曰:"古詩歌音韻不諧者,皆是古音。宋人失讀,謬作協韻,乃遍搜古詩歌及經傳韻語不諧者,定爲古音,以教後學。"⑥許學夷不贊同趙宧光之說,認爲"古詩古音,理宜有之,然實無所考據,故不得不協之以合今韻"。許學夷的觀點是比較現實的。不過他又言,而今並其方音、訛字而定爲古音,則甚爲荒謬。許學夷還認爲古韻更寬,如"七陽"與"庚""青"同用、"一先"與"真""文"同用之類,較漢魏韻更廣,"故凡音韻稍近者皆不必

---

① 洪湛侯《詩經學史》,中華書局 2002 年版,第 295 頁。
② 許學夷著,杜維沫點校《詩源辯體》,第 12 頁。
③ 永瑢等撰《四庫全書總目》,第 123 頁。
④ 許學夷著,杜維沫點校《詩源辯體》,第 31 頁。
⑤ 劉曉南《〈詩集傳〉叶音之音義錯位現象》,《中國語言學》第 9 輯,北京大學出版社 2018 年版,第 31 頁。
⑥ 參見趙宧光《彈雅》卷 7,天啟三年(1623)刻本。

協,協之恐反失眞耳。惟平仄不諧、上去不合者,協之可也。至有必不可協者,姑闕之。"①他以《魏風·陟岵》爲例,其"夙夜必偕"句,朱熹注"偕""叶舉里反"②;又舉《大雅·文王》"在帝左右"句,朱熹注"右","叶羽己反"③。許學夷還關注到朱熹提出的《周頌》多不叶韻的問題。他引朱熹語:"《周頌》多不叶韻,疑自有和底篇相叶。'《清廟》之瑟,朱弦而疏越,一倡而三歎',歎即和聲也。未知是否。"④而朱熹引《禮記·樂記》語推測"一倡三歎"之"歎"的和聲效果。由此可見,許學夷關於《詩經》音韻學的論述多從朱熹之說。

綜上所述,可見許學夷的《詩經》批評,較宋元以來的一些詩學名家的研究更爲深入細緻。考察嚴羽所撰《滄浪詩話》,涉及《詩經》的內容,僅其《詩體》部分有"風雅頌既亡"一句,可見他尚未將《詩經》批評作爲詩話體系的重點。與王世貞、胡應麟等明代詩學名家相較,許學夷對《詩經》的批評亦更爲深入系統。

許學夷的《詩經》批評涉及《詩經》學的諸多問題。他強調,風人之詩乃後世諸多文體的源頭。他對《詩經》爲"萬古詩人之經"地位的重視及審美情趣的品味,從一個側面說明了明代復古詩論實以《詩經》爲最高的詩學典範。弄清楚這一點,有助於我們全面瞭解以李夢陽爲代表的明代復古派詩學的精髓,有助於我們更爲深入地把握文體學研究背後的思想史意義。另外,許學夷十分推崇《國風》委婉含蓄的審美趣味,他在呂祖謙、朱熹等人論述的基礎上,對《詩經》的言外之意作了更深入細緻的闡釋。許學夷還很重視對風、雅、頌體制的辨析,強調風、雅、頌體制之別及其正變之分與政教制度、政治興衰有密切的關聯。他有關風與雅、頌的體制之辨,直指邦國民間與朝廷宗廟的政治分野;論風、雅、頌三詩無論正變皆出於"性情之正",充分體現了他對歷史與現實的批判性思考。

許學夷的《詩經》批評融合了經學與詩學的視野,對《詩經》學諸多公案廣有涉及。他對《詩經》旨趣、編排、《國風》作者等問題的考辨,多從《詩經》的政教功能出發進行闡釋,並表明其觀點態度。許學夷對《詩序》《毛詩正義》《詩集傳》《史記》等書的觀點有繼承、亦有辯證,具有勇於挑戰權威的精神;其折中漢宋之學的傾向,體現了寬和的學術態度,很值得後人關注。特別是他對朱熹《詩經》學的批

---

① 許學夷著,杜維沫點校《詩源辯體》,第31頁。
② 許學夷著,杜維沫點校《詩源辯體》,第31頁。參見朱熹,趙長征點校《詩集傳》,第100頁。
③ 許學夷著,杜維沫點校《詩源辯體》,第31頁。參見朱熹,趙長征點校《詩集傳》,第269頁。
④ 許學夷著,杜維沫點校《詩源辯體》,第28頁。參見朱熹《詩集傳》,第337—338頁;呂祖謙著,梁運華點校《呂祖謙全集》第4冊《呂氏家塾讀詩記》,第716頁。

評,對我們今天研究朱熹的《詩經》學頗具啟發意義。

遺憾的是,《詩源辯體》雖收入《明史·藝文志》,然因書中涉及多部被清人列爲禁毀書目的晚明著作,故而流傳不廣①;這使得許學夷的《詩經》批評對後代《詩經》學影響甚微。然而通過比照,我們可以發現,後人觀點往往與其有暗合處。總之,許學夷的《詩經》批評雖仍存在一定的時代局限性,然其精細、全面、融通的思維品質與理性精神,很值得今人重視。

---

① 參見汪群紅《許學夷〈詩源辯體〉清代流傳不廣探因》,《江西社會科學》2010 年第 12 期,第 94—99 頁。

《新定九宮大成南北詞宮譜》對清廷曲樂標準的重樹

劉 薇[*]

内容提要 《新定九宮大成南北詞宮譜》是清廷聚集江南曲學人才在吸收歷代曲譜精華、修補前代曲譜缺失的基礎上纂成的官修曲譜,是古代曲譜的集大成之作。《九宮大成》最主要的作用是給作曲家、度曲家、表演者示以官方準繩。而從禮樂制度的角度,則可知《九宮大成》是乾隆朝雅樂製作遇阻而流向樂章修訂後,清廷順勢而爲承認俗樂、規範俗樂之舉的最佳體現。

關鍵詞 《新定九宮大成南北詞宮譜》;清廷;曲樂

《新定九宮大成南北詞宮譜》簡稱《九宮大成》,可謂我國古典曲譜的集大成之作,歷來被視爲曲學淵藪,學界對這部著作也投入了較多的關注。相關成果極大地推動了《九宮大成》的研究,有的從文獻學角度全面考證了《九宮大成》曲文、曲樂的來源,也有從樂律學角度考證《九宮大成》的宮調運用,碩果累累。但已有研究對《九宮大成》建立的以南北曲爲代表的俗樂官方標準還重視不夠,對其在乾隆朝禮樂制度史中的意義亦關注甚少。本文即從這一研究缺角出發,探尋乾隆朝禮樂製作框架下,《新定九宮大成南北詞宮譜》編纂的緣由與意義,進而揭示這部巨制的禮樂制度史意義。

一 《九宮大成》之編纂

曲譜的編纂自元代即已開始,元代周德清《中原音韻》即廣輯北曲宮調牌名;

---

[*] 作者簡介:劉薇,東華大學人文學院副教授,碩士生導師。
基金項目:國家社科基金項目"明清樂署格局變動與戲曲發展潮流研究"(項目號 19CZW024)階段性成果。

天曆間(1328—1330),《九宮譜》與《十三調譜》則是南曲曲譜;又有《骷髏格》一譜,是只存目而無詞的調名譜。明初寧獻王朱權的《太和正音譜》(1398年自序)是第一部北曲格律譜;嘉靖二十八年(1549),蔣孝的《南小令宮調譜》(又名《舊編南九宮譜》)是第一部譜系完型的南曲格律譜①;萬曆二十五年(1597)前後,吴江沈璟於蔣氏《南小令宮調譜》的基礎上考定訛謬,編《南曲全譜》,此譜一經刊行,風靡曲壇。此外,明末清初民間私家修纂南曲曲譜之風氣日盛,湧現出許多優秀的南曲曲譜,如徐于室與鈕少雅《九宮正始》、譚儒卿譜等。此一時期,北詞曲譜製作雖不能比肩於南曲曲譜,但仍產生了一些優秀的北詞曲譜,最為重要的當屬《北詞廣正譜》。

　　明末清初曲譜的繁盛為官修曲譜奠定了基礎。康熙五十四年(1715),王奕清等人奉玄燁之命撰修《御定曲譜》,該書北曲主要依據《太和正音譜》,南曲根據沈譜改訂而成,開創了皇家編寫曲譜之先河;但該書"毫無發明"②。乾隆二年(1737),莊親王允禄與南閣學士張照奉旨依康熙朝所編《律吕正義》,考校朝會壇廟樂章,上疏請續修《後編》,謂:"壇廟朝會樂章,考定宫商字譜,備載於篇,使律吕克諧,尋考易曉。民間俗樂,亦宜一律釐正。"③編纂一部博納衆采的官方曲譜集或許在此時即已悄然展開。據黄義樞《〈曲譜大成〉編纂問題考辨》研究,《曲譜大成》卷首的《總論》乃金壇人于振所作。于振於雍正元年(1723)中狀元進宫任職,故而黄義樞排除了此譜編纂於康熙年間的可能性。黄先生還根據雍正朝的戲曲政策、于振生平履歷及文本内證,尤其是在于振的《訂正宫調二十二則》標題後有小注"已纂入《九宫大成》",而乾隆十一年(1746)完工的《九宫大成》篇首並未見《訂正宫調二十二則》,進而認為《曲譜大成》序言内容被部分吸收進《九宫大成》的序言和凡例中。而這一現象也間接證明于振意識中的"曲譜大成"和"九宫大成"兩個名稱所指代的内容是一樣的。黄義樞據此推斷《曲譜大成》是乾隆初年官修曲譜,此譜實為《九宫大成》工程的前期成果④。黄先生的論證有理有據,令人信服,我們也可以據此看出乾隆朝對俗曲的重視是自始至終的官方態度。

　　《曲譜大成》因為各種原因未能刊印,存世者為藁本。乾隆七年(1742)《律吕正義後編》開編後,因南北宫調不全之事過分凸顯,遂在《曲譜大成》的基礎上修

---

① 蔣孝《南小令宫調譜》:"適陳氏、白氏出其所藏《九宫十三調》二譜,余遂輯南人所度曲數十家,其調與譜合及樂府所載南小令者,彙成一書。"參見鄭振鐸《玄覽堂叢書》三集,國立中央圖書館1948年版。
② 錢南揚《曲譜考評》,《文史雜志》1944年第4卷第11—12期,第57頁。
③ 《清史稿》卷304《張照傳》,中華書局1977年版,第10494頁。
④ 黄義樞《〈曲譜大成〉編纂問題考辨》,《文獻》2019年01期,第62頁。

《九宮大成》；據周祥鈺《新定九宮大成南北詞宮譜序》："莊親王既蒙上命，纂輯《律呂正義》，因念雅樂燕樂，實相爲表裏。而南北宮調，從未有全函，歷年既久，魚魯亥豕，不無淆訛，乃新定《九宮大成》，而祥鈺等既在轄屬，實分任其事。"①於是由莊親王允祿主事，參與《後編》編纂的周祥鈺、鄒金生等七人又聯手合作《九宮大成》的編纂工作。《九宮大成》之所以稱爲"新定"，是相對於《曲譜大成》而言②。

《新定九宮大成南北詞曲譜》作爲第一部官方修訂的大型南北曲合集曲譜聞名曲學史。該書的修撰主要依靠江南曲學人才，據周祥鈺所作《九宮大成序》介紹："一時同事，則有毗陵鄒金生漢泉，茂苑徐興華紹榮，古吳王文禄武榮、徐應龍御天、朱廷鏐嵩年。"③而周祥鈺本人乃虞山（今常熟）人，于振爲金壇人（今鎮江），可知參與編寫《九宮大成》的幾乎皆爲江南吳中地區通曉樂理之儒士。其實不止《九宮大成》，完成於清代康乾時期的三大南北詞樂譜，即《新編南詞定律》《曲譜大成》《新定九宮大成南北詞宮譜》都浸透着江南曲家的心血。

清初的戲曲中心原集中在以蘇州爲主的江南地區。無論是以李玉與朱素臣爲代表的蘇州地區曲家群，還是出生於江蘇如皋常年寓居金陵的李漁，都是清初曲壇的傑出代表。而北京因戰爭及朝代的更迭喪失了原有的曲學中心地位，正如有學者所言："清初順治年間，由於國家初建，政局還很不穩定，全國上下還都未從改朝換代的巨變中定下心來，因此娛樂活動還不繁盛。"④到了康熙初年，政局漸趨穩定，社會生活逐步走上了正軌，於是作爲當時人們的一項重要娛樂活動的戲曲演出也逐步繁盛起來。清人張宸在《平圃雜記》中記載："壬寅冬，余奉使出都，相知聚會，止清席用單束。及癸卯冬還朝，則無席不梨園鼓吹，無招不全束矣。梨園封賞，初止青蚨一二百，今則千文以爲常矣，大老至有紋銀一兩者。統計一席之費，率二十金……"⑤康熙元年（1662）張宸離開北京時席上還未有梨園，而康熙二年（1663）回來時，則無席不"鼓吹"；且康熙十八年（1679）己未詞科後這一戲曲中心產生變化，江南曲家們如毛奇齡、汪楫、朱彝尊、尤侗、龍燮、汪懋

---

① 周祥鈺《新定九宮大成南北詞宮譜序》，蔡毅編《中國古典戲曲序跋彙編》，齊魯書社1989年版，第128頁。
② 黃義樞《〈曲譜大成〉編纂問題考辨》，《文獻》2019年第1期，第69頁。
③ 周祥鈺《新定九宮大成南北詞宮譜序》，蔡毅編《中國古典戲曲序跋彙編》，第129頁。
④ 范麗敏《清代北京戲曲演出研究》，人民文學出版社2007年版，第153頁。
⑤ 轉引自陸萼庭《崑劇演出史稿》，上海文藝出版社1980年版，第136頁。

麟等人,進入了政治核心權力圈,這與早前的流寓於北京的曲家不可同日而語。可以説自此時始,北京與江南地區的戲曲對話才又重新對接上。此次曲學中心的北移,對《新定九宫大成南北詞曲譜》等官修曲譜的修訂有非常重要的意義。

二 《九宫大成》乃曲學活動的官方範本

乾隆十一年(1746)完成的《新定九宫大成南北詞宫譜》,是清廷聚集江南曲學人才在吸收歷代曲譜精華的基礎上形成的集大成之作。《九宫大成》不僅在部頭上超越了之前的任何一部曲譜,而且在曲譜形態上也更爲豐富。據吴梅考辨,具體編纂情况如下:

> 先是康熙五十四年,詹事王弈清等撰《曲譜》十四卷,又五十九年,長洲吕士雄等撰《南詞定律》十三卷。《定律》取裁鞠通《新譜》,爲一代良書。《曲譜》雖南北咸備,實則襲取詞隱、丹邱之作,抄録成書而已。莊邸因發憤釐正,重定此帙,南詞則取《定律》,北詞則間及《廣正譜》,而又備載"供奉法曲",冠南北各詞之首。蓋純廟初年,華亭張文敏以文學侍從,深荷寵眷,一時内廷宴樂之詞,大抵出文敏之手。今譜中所録《月令承應》《法宫雅奏》《九九大慶》《勸善金科》等詞,皆是也。抑余更有取者,董解元《弦索西廂》,明嘉隆中已絶響矣。又臧晉叔《元曲百種》見諸歌場者,今且無十一矣。獨此書詳録董詞,細訂旁譜,而臧選全曲,多至數十餘套,關雎之亂,洋洋盈耳,吾不禁歎觀止焉。①

根據吴梅的看法,莊親王允禄因爲不滿足《御定曲譜》與《南詞定律》,故而纔開始編纂《九宫大成南北詞宫譜》。全書凡82卷,正如吴梅所言:"自此書出而詞山曲海,匯成大觀,以視明代諸家,不啻爝火之與日月矣。"②此書内容十分豐富,據劉崇德《燕樂新説》新修訂的最新資料考訂:《新定九宫大成南北詞宫譜》共收南曲曲牌1 518體,樂曲2 761支;北曲曲牌619體,樂曲1 705支。南北曲牌總數爲2 137體,隻曲總數爲4 466首。共收北套曲197套,南北合套24套,共爲

---

① 吴梅《吴梅全集·理論卷》中,河北教育出版社2002年版,第1000—1001頁。
② 吴梅《吴梅全集·理論卷》中,第1000頁。

221套,含樂曲計2 133首。故此書如按單支樂曲計算,共有6 599首。① 而這6 000多首樂曲則幾乎囊括了唐宋以來的所有詞曲體式,如詞體中的令、近、慢,宋曲中的纏令、唱賺、大曲、諸宫調,戲文的南戲,元曲中的雜劇、諸宫調、散曲,明清以來的傳奇、散曲、小唱,以及宫廷宴樂、中和樂章。特別值得注意的是,書中保存了清代《月令承應》《法宫雅奏》《九九大慶》《勸善金科》等承應大戲與宫廷宴樂歌舞曲及明朝中和樂章6首,以上樂譜資料反映了明清朝廷供奉音樂的概况。

《新定九宫大成南北詞宫譜》修補了前代曲譜的缺失與不足。從《九宫大成》總論、凡例、選曲、注釋等處,皆可看出其對《曲譜大成》《新編南詞定律》等曲譜的吸收、利用,其中尤以《曲譜大成》②爲重點。從現存抄本《曲譜大成·凡例》來看,此譜係南北曲彙聚譜,在曲譜編纂史上,其曲牌編排是創新之舉。雖然《九宫大成》的譜式的編纂也存在明顯的缺點或錯誤,譬如曲博而不精、正格擇例多用纔搬演的宫廷大戲曲文、宫調系統紊亂、肆意枉改已廣爲傳唱的劇作曲調等③,但《九宫大成》在以往曲學成果的基礎上,不拘於古人成式,補前人研究之所未臻,使得曲譜之研究更爲完備。正如梁廷枏《曲話》的贊譽:

> 莊親王博綜典籍,尤精通音律,能窮其變而會其通。所著《九宫大成南北宫譜》,多至數十卷,前此未有也。其持論有特識,精卓不刊,能辟數百年詞家未辟之秘。④

《九宫大成》在編纂過程中,有許多創例,如上文所提到的更名"犯調"爲"集曲"、完善《中原音韻》入聲分派方法、改變舊譜七字之限等,同時補周德清之所未備,亦洗《嘯餘譜》第一體、第二體之陋,此類種種皆是爲了救舊學之弊。

曲譜的最大功用就是給作曲家、度曲家、表演者示之以準繩。李漁稱其爲"填詞之粉本,猶婦人刺繡之花樣"⑤。至乾隆朝時,私人曲譜雖已不少,但題詞作曲仍然雜亂無章。正如允禄所言:

> 自歌樓有格,圖其譜而亦有其辭,樂髓有經,詳其綱而未悉其目。雖魏

---

① 劉崇德《燕樂新説·唐宋宫廷燕樂與詞曲音樂研究》,黄山書社2011年版,第334頁。
② 詳參李曉芹《〈曲譜大成〉稿本三種研究》,南開大學出版社2015年版,第77頁。
③ 周維培《曲譜研究》,江蘇古籍出版社1997年版,第221頁。
④ 梁廷枏《曲話》卷四,《中國古典戲曲論著集成》八,中國戲劇出版社1959年版,第283頁。
⑤ 李漁《閒情偶寄》,浙江古籍出版社2011年版,第17頁。

良夫獨步騷壇，長日春林，囀黄鸝之睍睆。梁伯龍專精藝苑，和風翠幕，點紅豆於嬋娟。而寒山有譜未免病於偏；隨園有譜未免傷於雜。甚者以宮爲調，以調爲宮，徒滋踳駁；以板從腔，以腔借板，愈覺紛糅。矩矱云亡，淆訛競起，標無准的，人自爲師。①

《九宫大成》出現以前，雖有許多曲譜，但因偏雜不甚優良，甚至出現了"以宮爲調、以調爲宮""以板從腔、以腔借板"的錯誤，導致了許多紛糅踳駁的情況。又有于振序言：

振受而卒業，喟然歎曰：甚哉，樂之難言也，非樂之難言，而言樂者之過也。蓋儒者之議，主於義理。故考據該博，而諧協則難。工藝之術，溺於傳習，而義理多舛。二者交譏，樂之所以晦也。且如南北二曲，宮調繁多。自《嘯餘譜》行世，而填詞家奉爲指南，其實踳駁不少。至北曲九宮，舊無善本，填詞者大都取《吴騷合編》套數，敷衍成曲而已，其訛誤更不可言，然而舉世無訾之者。蓋學士大夫，洛誦陳編，或高談古樂而鄙棄新聲，或識謝周郎而固能顧曲，或溺於辭藻而不解宮商。至於音分平仄，字判陰陽，其理至微，其用不易，從來讀書稽古之士，分平仄者十得八九，辨陰陽者十無二三，無怪乎音律之學愈微而愈晦也。是編溯聲律之源，極宮調之變，正沿襲之謬，匯南北之全。以義理言之，依然風雅之遺也；以音節言之，鏊然律法之比也。②

于振又從研究樂的角度出發，認爲南北曲問題頗多，皆是因爲現行之曲譜並不統一，且各有短板；造成這一問題的原因就是儒士論樂，主於義理而不通韻律，而伎人只是傳習工藝、不懂義理，故而造成樂學的晦暗，而樂譜的編寫也自然不盡如人意。只有由官方編修的《九宮大成》完成後，南北戲曲才真正成爲曲學的圭臬，管庭芬在《重訂曲海總目跋》中説："我朝乾隆中葉，奉敕修《大成九宮譜》及《曲譜》諸書，一時文學之士，莫不抒華叶律，以歌舞昇平。"③吴梅在《顧曲麈談》中稱"北曲則直至《大成譜》出，尚無確切之規矩"，"《大成宮譜》出，而律度有

---

① 愛月居士《新定九宫大成南北詞宫譜序》，吴毓華編《中國古代戲曲序跋集》，第480頁。
② 于振《新定九宫大成南北詞宫譜序》，吴毓華編《中國古代戲曲序跋集》，第481頁。
③ 管庭芬《重訂曲海總目跋》，吴毓華編《中國古代戲曲序跋集》，第590頁。

所準繩矣"①,最主要的就是俗樂的創作必須符合官方有關律呂、宮調的規定。

《九宮大成》編者的最終目的是要讓此書成爲曲家之律令。允祿在序中嘗有豪言壯語:"義準旋宮貫珠焉。自成一書,旨歸協律,琢玉者盡結雙環。"②此書的編寫廣收各種與南北曲有關的體式,在文詞與音樂方面兼具"格律性質",各曲牌正體之範型通常首選宮廷承應戲之曲,《九宮大成南詞宮譜·凡例》首條即云:"今選《月令承應》《法宮雅奏》作程式,舊譜體式不合者删之。新曲所無,仍用舊曲。"《九宮大成北詞宮譜·凡例》首條亦云:"定譜中曲式,謹以《月令承應》《元人百種》《雍熙樂府》《北宮詞紀》及諸譜傳奇中選擇。各體各式,依次備列。"③書成後,也確實對後世戲曲產生了重要的影響,如《昭代簫韶》係宮廷御用文人王廷章等於嘉慶年間根據北宋楊家將故事編寫的一部連臺本大戲,此劇卷首《凡例》之一則云:"凡詞曲必按宮調,往往雜劇中有臆加增損者,皆文人遊戲,惟興所適耳。是劇文理辭句雖實俚鄙,然不敢妄爲出入,悉遵《大成九宮》之句數規格,斟酌參定。"④《昭代簫韶》對曲文的處理是謹遵《九宮大成》之規範,可見刊於乾隆年間的《九宮大成》仍是後來宮廷戲曲創作的範本。

三 乾隆朝的禮樂趨向與《九宮大成》樹立的俗樂標準

樂自古以來就十分重要,可以和人神;但古樂難復是歷朝歷代的共同痛點,乾隆朝亦然。乾隆六年(1741),高宗命允祿、張照等負責編纂《律呂正義後編》,乾隆七年(1742)開始,修改與祭祀、朝會、筵宴諸禮相對應樂制的工作逐步展開,據《清朝文獻通考》記載,有圜丘、方澤大祀樂制,祈穀壇樂制,雩祭樂制,太廟時享、太廟祫祭樂制,社稷壇樂制,神祇壇樂制,朝日、夕月壇樂制,先農壇樂制,先蠶壇樂制,歷代帝王廟樂制,文廟樂制,直省文廟樂制,太歲壇樂制,群祀樂制,皇帝三大節慶賀樂制,皇太后三大節慶賀樂制,皇后三大節慶賀樂制,皇帝三大節筵宴樂制,皇太后三節暨上元筵宴樂制,御制補笙詩鄉飲樂制等。⑤可以看出,

---

① 吴梅撰,江巨榮導讀《顧曲塵談 中國戲曲概論》,上海古籍出版社2011年版,第9頁。
② 愛月居士《新定九宮大成南北詞宮譜序》,吴毓華編《中國古代戲曲序跋集》,第480頁。
③ 周祥鈺等輯《新定九宮大成南北詞宮譜》,王秋桂主編《善本戲曲叢刊》第六輯3,臺灣學生書局1987年版,第37頁、第55頁。
④ 傅謹主編《京劇歷史文獻彙編·清代》卷3《清宮文獻》,鳳凰出版社2011年版,第630頁。
⑤ 《清朝文獻通考》卷156《樂考二》,商務印書館萬有文庫本1935年版,第6217—6220頁。

伴隨《後編》的編纂，高宗全面展開了國家的雅樂製作。

乾隆七年(1742)《律吕正義後編》的編纂，標志着制樂工作的全面展開；但乾隆時的雅樂製作以實際功用甚弱的康熙十四律爲基礎，最終不得不流於表面，轉而改革樂章。乾隆朝樂制改革的重心是樂章改革。乾隆時所用的樂章爲康熙二十二年(1683)改制之後的樂章，據前文考證，康熙朝的改制不算成功，當時因爲各種條件並不成熟，並未涉及音樂本身的改革，故而"搏拊考擊之數，則又仍明代之舊"①；著力頗多的樂章改制，只是草草了事。乾隆七年(1742)，纂輯律書，釐定雅樂，開始大規模改革樂章。史載："凡壇廟祭祀樂章，皆經御定，按宫協調，依永和聲。時圜丘樂章先已酌定字句節奏，奏交太常寺演習，其餘各樂亦陸續更正，以後隨四時所遇，各祭祀並用欽定樂章"②。雅樂製作流於大規模的樂章製作，本身就表現出了一種無奈。

同時俗樂在明清兩代已成爲社會的主流音樂樣態，官方對此也採取了包容接納的態度，樂制改革的重點便指向了俗樂，或者說是促使雅俗樂的融合。乾隆朝以俗爲用的禮樂方針，來自實際的用樂需求，當時官方的許多禮儀需要可操作性強的俗樂。明清時期俗樂已被吸收進清宮吉禮用樂之中，清代尤甚。清代在耕藉禮與先蠶禮中混用中和韶樂與俗曲，形成了清宮吉禮用樂雅俗並舉的特點。而分佈全國的群祀更是廣泛採用俗樂，較爲典型的有清宮群祀禮用俗曲《慶神歡樂》、地方的城隍祭祀用戲曲。

在這種雅俗樂盛衰起伏的轉換中，乾隆時期官方不得不主動介入俗曲的規範工作，《九宫大成》便是這項工作的成果之一。換言之，清廷實際是希望通過修撰《九宫大成》，爲當時的俗樂樹立新的主流標準，在這一點上，《九宫大成》與《曲譜大成》是一致的，這主要體現在兩個方面：

第一，俗樂與雅樂相表裏，俗樂可用。允祿所作的《新定九宫大成南北詞宫譜序》曾言：

> 裁雲鏤月，搣玉笛於風前；滴粉搓酥，炙銀笙於華廡。唐宋以詩餘奪席，輒付歌喉；金元則樂府專家，新垂院本。關漢卿如瓊筵醉客，王實甫如花塢佳人。三峽波濤，費唐臣之壯采；九天珠玉，鄭德輝之清辭。以至張雲莊玉樹臨風，商政叔朝霞散彩，莫不家藏拱璧，户握珣珠。然而古調淪亡，新聲代

---

① 趙之恒等主編《大清十朝聖訓》，北京燕山出版社1998年版，第3845頁。
② 《清朝文獻通考》卷156《樂考二》，第6217頁a。

起。李延年一十九章,既無遺譜;蘇祗婆八十四調,絶少傳人。杜夔能亂鏗鏘,而《三百篇》中僅存其四;鄭譯考尋鐘律,而七聲之内又失其三。自非妙解神機、心通内譜,何以淄澠雅鄭、鼓吹盛英者哉!①

在該則序言中,允禄談論的是雅俗樂相互遞轉的道理。自古以來,無論是雅歌還是雅樂,都逐漸散佚,而新聲俗樂則漸次升爲雅樂,成爲新的經典,故而允禄認爲不必强分雅俗。周祥鈺所作《新定九宫大成南北詞宫譜序》則直接提到了雅俗樂相爲表裏的問題:

> 莊親王既蒙上命,纂輯《律吕正義》,因念雅樂燕樂,實相爲表裏,而南北宫調,從未有全函,歷年既久,魚魯亥豕,不無淆訛,乃新定《九宫大成》……猥蒙獎許,進鈺等而教之曰:"夫樂以詩爲本,詩以聲爲用。隋唐以來,《三百篇》中,僅傳《鹿鳴》《關雎》十二章。宋時,趙彦肅將句字配協律吕,因垂作譜於《鹿鳴》等六詩,爲黄鐘清宫,註云:'俗稱正宫';《關雎》等六詩,爲無射清商,註云:'俗稱越調'。今人但知南北曲有正宫越調之名,而不知亦麗於《風》《雅》。至於工尺字譜,'四上競氣'之語,見諸《楚辭·大招》,洎乎《宋史》。是書之輯,非予創爲,一依古以爲程,殆與雅樂相爲表裏者歟!"②

周祥鈺在此則序言中,直接提出雅樂燕樂相爲表裏的觀點,指出南北曲之類的俗樂有很多優秀作品,"麗於《風》《雅》";而曲唱中所用的工尺譜,其起源亦可追溯至《楚辭·大招》《宋史》等優雅的經典。而這些都被忽視了,這也造成南北曲只被看作是不登大雅之堂的燕樂俗曲,未能獲得應有的地位。從允禄與周祥鈺的序言中,我們已經很明白《新定九宫大成南北詞宫譜》的編纂就是爲了給予南北曲更高的地位,這從《九宫大成》別致的編纂體例也可以看出,它雖名之"九宫",實際却是按照十三調列譜;而這十三宫調又硬性地與一年十二月對應銜接,力圖配合所謂"聲音意象自與四序相合"的理論。該書《分配十二月令宫調總論》③中,編纂者便花了不少筆墨談論南北曲與天地自然之關係,這亦是雅俗相

---

① 愛月居士《新定九宫大成南北詞宫譜序》,吴毓華編《中國古代戲曲序跋集》,第479—480頁。
② 周祥鈺《新定九宫大成南北詞宫譜序》,蔡毅編《中國古典戲曲序跋彙編》,第128—129頁。
③ 《新定九宫大成南北詞宫譜·分配十二月令宫調總論》,《續修四庫全書》第1753册,上海古籍出版社2002年版,第612—614頁。

爲表裏的根源所在;而討論俗樂與雅樂互爲表裏的主要目的,即爲官方使用這種"鄭衛之音"掃清障礙。

第二,俗樂須以教化爲先。教化作用是《九宮大成》編纂者的一個主要指導思想,這一點在該書的幾篇序言中都有充分的體現。周祥鈺《新定九宮大成序》云:"我王之修是書,蓋亦黼黻昇平之意也"①,于振《新定九宮大成序》説:

> 今聖人御宇,咸五登三,稽古右文,禮明樂備,固非西京所得比擬。而朱邸親賢,恪恭藩服,又非河間所能頡頏也。然則是編之刻,豈徒博大雅之稱云爾哉!用以導揚聖化,鼓吹休明,胥於是乎。②

不僅體現了宮廷音樂文化所謂"博大雅之正"的特徵,而且還成爲"導揚聖化,鼓吹休明",反映作爲康乾盛世之音的音樂表現;《新定九宮大成》要求戲曲要對當時整個社會的精神領域起到一種導引和教化的積極作用。

清朝統治者期待通過南北曲(戲曲)達到"黼黻昇平"的目的,《九宮大成》的編纂者想借此書之編纂,導引人們的感情,以達到順乎統治。因此演劇若與教化相背,清廷是無法容忍的。《大清律例》對演戲有着嚴格的規定:"凡樂人搬做雜劇、戲文,不許妝扮歷代帝王、后妃及先聖、先賢、忠臣、烈士、神像,違者杖一百。官民之家,容令妝扮者,與同罪。其神仙道扮及義夫節婦、孝子順孫、勸人爲善者,不在禁限。"③乾隆四十五年(1780)十一月,曾下過一道查書删戲的敕諭:"至南宋與金朝關涉詞曲,外間劇本,往往有扮演過當,以致失實者。流傳久遠,無識之徒或致轉以劇本爲真,殊有關係,亦當一體飭查。此等劇本,大約聚於蘇、揚等處,著傳諭伊齡阿、全德留心查察,有應删改及抽掣者,務爲斟酌妥辦,並將查出原本暨删改抽掣之篇,一併粘簽解京呈覽"④,都可看出這種限制與嚴管。

清乾隆時禮樂製作發生了新的變化,隨着《律吕正義後編》的編纂,清廷製樂活動亦全面展開。因爲《律吕正義後編》追求的是樂制的完備,乾隆七年(1742)開始的製樂工作亦包羅甚廣。乾隆時期所造雅樂以實用性較差的康熙十四律爲

---

① 周祥鈺《新定九宮大成南北詞宮譜序》,蔡毅編《中國古典戲曲序跋彙編》,第128頁。
② 于振《新定九宮大成南北詞宮譜序》,王秋桂主編《善本戲曲叢刊》第六輯3,第22—23頁。
③ 三泰等《大清律例》,景印《文淵閣四庫全書》第673册,臺灣商務印書館1986年版,第95頁。
④ 中國第一歷史檔案館編《清代檔案史料 纂修四庫全書檔案》上,上海古籍出版社1997年版,第1228頁。

基本依託，故可判斷其所新造的雅樂實際功能並非很強。當乾隆對雅樂音樂本身的改革遇到困難時，製作最終流於對樂章的改革，在康熙十四律制度下《律呂正義後編》中所記載的樂章，便是此次改革樂章的成果；其中一個重要的改變，便是在每一首樂章之前除了行禮步驟、樂章題目及歌詞外，均詳細記載演奏該樂章採用的宮調；通過考察可知，此舉乃爲乾隆帝首創，而此舉的目的就是爲了表明乾隆朝樂章皆符合古代經典調式規定的標準。而當雅樂樂制的改革流於表面後，樂制的改革便指向了俗樂。《新定九宮大成南北詞宮譜》便是在這一背景下開展的俗樂製樂活動；這項工作依靠集聚於北京的江南曲學人才，吸納歷代曲譜的精華，編輯成這部巨著。這部著作不僅成爲後世度曲的範本，還以官方的立場高舉"俗樂與雅樂相表裏"的旗幟爲俗樂正名，同時亦明確要求俗樂的文本內容需以教化爲先，俗樂的音樂亦要符合儒家禮樂之規定，這極大地影響了清代前中期的演劇環境。

王先謙評點《理靈坡》的
學術意義探析

李曉慧　楊緒容*

内容提要　王先謙評點楊恩壽傳奇《理靈坡》,不僅深化了該傳奇的思想藝術價值,還體現了王先謙學術的現實精神。王氏在對《理靈坡》的評點中,以"忠"爲核心,重點强調了戲曲的社會功能、審美功能以及自我表達功能。這些認識在他所處的時代是超前的,對當今的戲曲理論史研究也有重要啟發意義。

關鍵詞　王先謙;《理靈坡》;評點價值

王先謙作爲晚清巨儒、經學大師,一生著述宏富,廣涉經、史、子、集,張舜徽稱贊他"門庭廣大,博洽多通,根柢雄厚,實非泛泛涉獵者比"[1]。王氏學術成就人所共知,其早年在戲曲領域的建樹則不大受人關注。光緒元年,王先謙與葉德輝"提倡昆曲,蓄梨園一部,豪華聲伎之盛,傾動一時"[2],爲湖南戲劇的繁榮發展奠定了堅實的基礎。其戲曲批評成果主要包括:同治九年(1870),王先謙爲楊恩壽《坦園六種曲》作序,並對《理靈坡》進行評點;光緒三十一年(1905),王先謙作《和金檜門先生德瑛觀劇絕句三十首》及《再題檜門先生觀劇詩後八首》。筆者在明清戲曲評語的收集抄錄過程中,認識到王氏對《理靈坡》的評點頗具價值,值得學界給予重視。本文擬借此詳細探討王先謙的戲曲觀念,並進一步研究其前期戲曲批評與後期學術思想之間的聯繫。

---

*　作者簡介:李曉慧,上海大學文學院碩士研究生。楊緒容,上海大學文學院教授,整理出版《王實甫〈西廂記〉彙評》,發表《百家公案研究》《明清小說的生成與演化》等論著。
　　基金項目:本文爲國家社科基金重大項目"明清戲曲評點整理與研究"(18ZDA252)階段性成果。
[1]　張舜徽《清儒學記》,齊魯書社1991年版,第366頁。
[2]　楊樹達、楊穀達著,崔建英整理《郋園學行記》,《近代史資料文庫》第9卷,上海書店出版社2009年版,第473頁。

一　楊恩壽創作《理靈坡》與王先謙評點的緣起

（一）《理靈坡》的創作

《理靈坡》一卷二十二齣，楊恩壽撰，清同治年間刻本，現藏上海圖書館。楊恩壽（1835—1891），字鶴儔，號蓬海（一作朋海），湖南長沙人。其書卷首楊恩壽《理靈坡自敘》題"庚午夏"①，可知該傳奇應作於同治九年（1870）。《理靈坡》傳奇大略云：明末張獻忠攻打長沙，長沙司理蔡道憲率衆全力抵抗，無奈勢單力薄，最終城陷被擒。面對誘降，他大義凛然，罵賊而死。後人感其忠烈，將他墳塋所在由"醴陵坡"改爲"理靈坡"。該本僅有眉批，但未標註何人評點。上海圖書館另藏有光緒元年（1875）《理靈坡》刻本，其卷首題有"同里王先謙逸梧評文"。經筆者比對，兩書批語完全一致，可證同治年間刻本的評點者也是王先謙。考定《理靈坡》早期版本的評點家，也是本文的意外收穫。

關於《理靈坡》的創作主旨，在卷首的楊恩壽《自敘》和楊彝珍《敘》中作了明確說明。其一爲表彰忠烈。有關蔡道憲的史料十分簡略，楊恩壽"從舊書肆購得新化鄧氏所定《遺集》"，發現其附刻《行狀》的記載較爲翔實，便據此"譜南北曲爲院本，以廣其傳"。其二爲懲創奸佞。誠如其《自敘》所言："建高牙、樹大纛者，當志得意滿時，非無老成瞻言，百里於治，忽得喪所在，痛哭陳辭，其不姍笑而訶詆者亦罕。"《理靈坡》影射了像王聚奎一般的昏庸之臣，希望借此補救時弊。其三爲以古鑒今，抒發歷史憂憤。楊彝珍《敘》又言楊恩壽"既蹇不足於時，其心究不能忘情斯世"，創作《理靈坡》望"以古準今，一宣洩其無端憤鬱"。儘管楊恩壽仕途不順，心有鬱結，但在國家內憂外患之際，仍希望通過該傳奇的創作起到以古鑒今的作用。

（二）王先謙評點《理靈坡》的緣起

《理靈坡》作爲一部思想藝術價值並非一流的傳奇，何以引得晚清巨儒王先謙親手評點？而王先謙的主要研究領域並非戲曲，又爲何特地爲楊恩壽的戲曲作品作序並評點？究其原因，應有以下三點：

首先，王、楊二人關係密切。王先謙與楊恩壽本是同鄉好友。起初楊氏與王

---

① 本文所引批語、敘言皆出自楊恩壽撰，王先謙評《理靈坡》，上海圖書館藏清同治九年刻本，特殊標明者外，不另注。

先謙的兄長來往甚密，王楊二人始有交集，交情漸深。在光緒四年（1878），王先謙爲楊恩壽的《坦園文録》作叙時提到"讀君詩，而吾兩人二十年離合悲喜之故，怳然如在目前，其能以無感也！"①可見二人情誼深厚。另一方面，兩人還有親屬關係。楊恩壽在其日記中寫道："禮吾乃益吾胞弟，而又吾所聘王氏女之從堂姪也。"②於情於理，王先謙均有爲《理靈坡》作評的理由。

其次，《理靈坡》的創作符合王先謙的思想觀念。楊恩壽的創作意圖是在內憂外患的環境下，激發民族忠烈之情，起到扶持世教的作用。這與王先謙從小接受的思想觀念"一命之士，心存君國；韋布之儒，躬踐仁義"③相符，所以他能夠理解楊恩壽的用心，同時也爲傳奇中蔡道憲這樣的英雄所折服，遂大力表彰其忠君愛國、抵抗侵略、寧死不屈的精神。王氏是在思想感情產生共鳴的情況下，進而爲之作評。而《理靈坡》所弘揚的忠孝之情，與王先謙提倡的戲曲教化功能相吻合。

第三，王先謙對戲曲抱有濃厚興趣。以《坦園日記》中同治六年（1867）七月初至十月十六這三個月爲例，日記中提及王先謙的有 53 條記録，其中有 9 篇明確寫及王楊二人去觀劇。如：

> 七月，廿四日，晴。走訪王益吾，偕觀劇於祝融宫。
> 八月，廿一日，雨。晴後王逸吾、胡仲琪來談，拉之同出觀劇於玉泉山。④

可見王氏對觀戲具有較爲濃厚的興趣。他在開缺回鄉之後的光緒二十年（1894），與長沙官紳葉德輝共同集資，以太和、泰益兩班爲基礎，組成了湘劇春臺班。他不僅喜歡戲曲、重視戲曲，還以實際行動積極支持地方戲曲發展。

第四，《理靈坡》的文學價值確有值得稱道之處。劇中不僅塑造了蔡道憲這樣個性分明的人物形象，還設置了張弛有度、虛實結合的情節。如在張獻忠準備攻打長沙城前後，情節發展的氛圍已格外緊張。此時插入一齣，將蔡道憲的妻子在雨中的所思所想細細道來。王先謙對此評曰："一部轟天烈地文字，忽有此情

---

① 王先謙《坦園詩録叙》，《清代詩文集彙編》第 727 册，上海古籍出版社 2010 年版，第 492 頁。
② 楊恩壽《坦園日記》卷 5，上海古籍出版社 1983 年版，第 212 頁。
③ 王先謙《王先謙自訂年譜》卷上，天津圖書館藏清光緒三十四年刻本。
④ 楊恩壽《坦園日記》卷 5，上海古籍出版社 1983 年版，第 226、229 頁。

文悱惻之曲,作者之工於佈置如此。"又如虎頭山神暗中打虎、洞庭君設障阻攔張獻忠、宋代潭州刺史李苪入夢,以及蔡道憲死後成爲湘江水神,這些情節虛實結合,穿插了大量夢幻場景,大大提升了《理靈坡》的文學價值。

綜上,王先謙自身對戲曲的興趣、對蔡道憲英勇事跡的尊崇、對《理靈坡》文學價值的肯定,加之與楊恩壽密切的關係,都讓他有理由爲這部契合他思想藝術的傳奇進行評點。

二 王先謙評點《理靈坡》的"忠孝"思想

王先謙在評點中多次表達了對"忠"的肯定。他之所以如此重視"忠"這一品質,與其早期經歷和後期學術都存在密切聯繫。

(一)《理靈坡》評點中的"忠孝"思想

《理靈坡》刻畫了蔡道憲和凌國俊等一班忠臣良吏的形象,他們的典型特徵就是"忠"。"忠"的内涵包括忠烈、忠正、忠孝、忠義等方面。王先謙在評點中抓住了這一核心思想,對忠孝人物給予了極高的肯定。

蔡道憲是忠孝人物的代表。第三齣《赴官》中,在蔡道憲上任之前,蔡母叮囑他要"耻爲庸吏,勉作好官""忠於王事,便如行孝一般"。蔡道憲承諾道:"便粗官逐逐塵埃,問一問初心未改。浩蕩君恩深似海,兒這等年紀,不圖報,此生何待?明日開舟甚早,就此叩別。[拜介]行旌快,向長安去來,到明朝白雲親舍隔蓬萊。"通過母子二人的對話,蔡道憲忠孝的形象躍然紙上。王先謙評道:"亦忠臣亦孝子。"第十七齣《友訣》敘王聚奎拒絕出戰後,蔡道憲堅守長沙,面對九死一生的境況,儘管再不能爲母盡孝,但他還是堅定選擇爲國盡忠。王先謙贊歎:"忠孝不能兩全,聲淚俱下,有心人當浣手焚香讀之。"《烈殉》一齣是該傳奇的高潮,敘蔡道憲寧死不屈,唱【北水仙子】道:"喜喜喜喜的赴陰曹……[生大笑介]又又又又何妨仰面掀髯笑,笑笑笑笑鼠輩頭顱一樣梟。"王先謙眉批云:"其事其文俱堪不朽,如讀《正氣歌》,令人悚然動魄。"王氏被蔡道憲視死如歸的忠烈精神深深震撼。該傳奇最後一齣《題碑》,敘蔡道憲賜謚"忠烈",爲傳其事跡,埋屍的"醴陵坡"也改名爲"理靈坡"。【五韻美】唱道:"筆輕提,如椽大,南山白石新鐫鑿。牧牛兒不敢亂敲火,墓門煙鎖,穩載着龜趺一座。靈無昧,字不磨,爭看取地舊名新,大家傳播。"王先謙評曰"青山有幸埋忠骨",進一步升華了蔡道憲的忠烈氣節。

忠心耿耿的中下層官吏凌國俊也受到歌頌。當城陷被擒之時,作爲皂隸的凌國俊等人,陪蔡道憲一同赴死。【黃鐘·北醉花陰】道:"[生冠帶,末、副末、小生隨上]苦恨君親兩難報,便一死負恩多少。説甚麽任民社,擁征旄,瓦解冰消,眼望着金城倒。"王氏眉批:"慷慨從容,兩得之矣。"接敘張獻忠氣急敗壞地説:"就是你們,也一齊該殺。"而凌國俊這些皂隸們仍然毫無懼色,誓死追隨蔡司理:"依舊前呼後擁,金鐙親敲,鬼門關打夥同行,森羅殿大家尋找。"王先謙又眉批云:"更從容更激烈!"總之,王氏緊緊抓住"忠"這一核心思想進行評點,進一步豐滿了蔡道憲和凌國俊等忠臣的人物形象。

王先謙的評點中,《理靈坡》的忠義思想也進一步得到挖掘。第二十二齣《題碑》【尾聲】"松楸風雨墓門多,羅列墳堆三個,這些不忠不義的,低頭休過理靈坡。"王氏眉批:"一喝三日聾!"擲地有聲地批判了那些不忠不義的誤國庸臣。王先謙的評點還與卷首的楊彝珍《敘》兩相呼應。楊彝珍《敘》言:"俾邦人士,有以激發其忠烈之忱,而維持夫氣數之變,則他日成仁取義之風節,實出於此。而冒訾忍詢之徒,亦聞之而有惕心焉,更足以補懲創之所不及。"在對"忠烈之忱"的謳歌中寄託了深刻的故國之思與史鑒精神。楊恩壽、楊彝珍、王先謙等人尚不能完全跳出社會現實,以客觀理性的視角看待社會的劇烈變化;雖不免其局限性,但能關注民生疾苦、痛斥誤國奸佞,是有其積極意義的。在清末時局動蕩的背景下,《理靈坡》及其評點歌頌忠烈、批判庸臣,既憑吊了歷史,又強化了現實關懷。

(二) 王先謙"忠義"思想的淵源

王先謙曾參與鎮壓捻軍起義。咸豐十一年(1861),王先謙之父去世,其家道中落,不得已離家參軍。同治二年(1863),"提督梁公洪勝募勇湘中,延入幕,偕往湖北。"[①]直到同治三年(1864)七月,王先謙歸里。三年時間裏,王先謙三進三歸,有過戰場實踐。他對戰爭的殘酷性深有感觸,這與《理靈坡》的創作傾向一致。楊恩壽在傳奇創作中將張獻忠稱爲"賊",是一個典型的反面形象。王先謙在評語中並沒有刻意批判張獻忠的窮凶極惡,而是通過相關情節和語言藝術批評來烘托出蔡道憲的忠烈;這更能看出王氏評點的主要意圖在於表彰忠臣良吏。

王先謙有着濃厚的忠君愛國意識。現代學者梅季指出,"王先謙在清朝統治

---

① 王先謙《王先謙自訂年譜》卷上,天津圖書館藏清光緒三十四年刻本。

摇摇欲坠之際,憂國憂民,因而其治學不以考據爲限,亦重經世致用之學"①。作爲傳統儒士,他在做人爲官方面都恪守忠君愛國的思想,並將其貫穿於他的政治生涯和學術活動。同治九年(1870)發生"天津教案",王先謙作《北極》一詩:"北極無端憂患生,茫茫氤耗使人驚。不應中土留豺虎,可有冤魂泣孺嬰。番舶走波思搆難,津門繕壘急屯兵。和戎自古無長策,謀國於今仗老成。"②透露出強烈的憂患意識和民族精神。光緒五年(1879),王先謙因出使俄國使臣崇厚不候諭旨擅自回京一事上疏陳辭:"維祖宗疆土,不可尺寸與人,此不待議者也",體現了他強烈的愛國氣節。光緒十年(1884),《東華錄》刻成,王先謙在《序》中寫道:"至於實盡牧民之職,以仰承天休,丕基洪業,鞏若金城,當開國而已垂億萬禩之統,未有如我大清者也。"③表達出他對清朝政府的高度推許。在王先謙後期的詩作中,忠君愛國的意識同樣有所體現。光緒三十年(1904),他在《李幼梅寄示其祖文恭公星沅及其父編修公杭館課詩賦卷,爲題此詩》中感歎:"憶歲庚子天降災,聯軍橫海窺燕臺。翰林之署庶常館,棟宇俄頃成煙埃。……如君家風今有幾?世守忠孝平生懷。還留此卷作掌故,續補國史資談諧。"④贊歎李幼梅其祖其父的忠孝家風。由此並不難理解王先謙早期評點《理靈坡》時對蔡道憲的評價。《理靈坡》傳奇中蔡道憲忠於朝廷、爲國捐軀,使王先謙感同身受,故他在評點中給予了充分肯定和高度禮贊。因此説,王氏《理靈坡》評點,既是其學術成就不可分割的一部分,也是其忠君愛國思想的具體體現。

三 王先謙評點《理靈坡》的戲曲觀念

王先謙評點《理靈坡》所體現的戲曲觀念也很重要,其中包含了戲曲的社會功能、審美功能、傳奇作者和評點者的自我表達功能等內容。

在王先謙的評點中,戲曲的社會功能應包含認識和教化兩方面。一方面,他認同戲曲能夠反映時代,借古諷今。他後期所作《再題檜門先生觀劇詩後》第七首:"昇平鼓吹説乾隆,審律應知與政通。夢想開元全盛日,欲將法曲問伶工。"⑤在王先謙看來,戲曲能夠再現歷史,或贊或諷,皆具深意。在《理靈坡》中,《屠鄂》

---

① 梅季《論王先謙的學術成就及學術思想》,《船山學報》1988年第1期,第87頁。
② 王先謙《虛受堂詩存》卷7,《清代詩文集彙編》第749册,上海古籍出版社2010年版,第281頁。
③ 王先謙《王先謙自訂年譜》卷上,天津圖書館藏清光緒三十四年刻本。
④ 王先謙《虛受堂詩存》卷16,《清代詩文集彙編》第749册,上海古籍出版社2010年版,第362頁。
⑤ 王先謙《虛受堂詩存》卷16,《清代詩文集彙編》第749册,上海古籍出版社2010年版,第366頁。

【孝南歌】"[副净]賊兵過後,搶得精光,人家必然賣兒鬻女。我們拿這銀子,買些粉頭,開起娼來,豈非一本萬利?金屋好藏嬌。"王先謙評道:"斯人莫道世間無。"指出這些情節並非憑空虛構,而是來源於生活,是社會現實的真實寫照。《逮熊》【紅芍藥】"泥傀儡,建着高牙;木偶兒,帶着烏紗。歎人心日見江河下,小朝廷仗誰支架。"王先謙評曰:"確是前明末年吏治。"揭示出作品所反映的時代特徵。《婪撫》【二犯江兒水】"[副净戎服引卒上]荆湘出撫,好容易荆湘出撫,把舊恩辜負。本錢昧騙,忘了新逋,帶信來,急催租。"王先謙眉批:"鬼混世界,狼狽爲奸。"他用簡潔的語言,辛辣地諷刺了傳奇中的奸臣刁民,背後也隱藏着垂戒世人的目的。

另一方面,王先謙明確肯定了戲曲的社會教化功能。光緒三十一年(1905),王先謙作《再題檜門先生觀劇詩後》,其中第五首詩寫道:"弦管撩人欲放顛,蘭芳鮑臭任流傳。不乖臣子興觀義,祇有精忠與目連。"①王氏在這首詩中,用"蘭芳鮑臭"評價戲曲好壞,認爲諸多戲曲中對世人能够起到教化功能的,只有《精忠記》和《目連救母》兩部作品。這兩部作品的主旨一是爲國盡忠,一是爲母盡孝。所以在王氏看來戲曲具有教化功能,且應在戲曲中宣揚忠孝思想。《理靈坡》在思想藝術上或許並不能超越《精忠記》和《目連救母》,但是蔡道憲的故事同樣可歌可泣,作品也不遺餘力地刻畫了他的忠與孝,王先謙在《理靈坡》批語中直接稱蔡氏爲"忠臣""忠烈"。由此可見,王先謙早期評點戲曲的理念與他晚年對戲曲教化功能的認識是一致的。

王先謙還張揚了戲曲的審美功能。他在評點中對《理靈坡》的藝術價值十分贊賞。在第二十二齣《題碑》【黑麻令】"斷盡了名魔利魔,再休提投戈倒戈,盼不來鐃歌凱歌。占下這半角青山,漫比着松坡竹坡。管領那盤渦曲渦,幾曾起洪波細波。算古今忠孝神仙,何須念伽陀普陀。"王先謙批曰:"飛花滾雪,滴露搓酥,作者才大如海,填出此新奇痛快二十二篇文字,尚有此等餘波,是何神勇!"這其中"新奇痛快二十二篇文字"是對整部作品文學藝術性的極大肯定。王先謙對《理靈坡》的評點僅用眉批這一種形式,通過"確論""痛快""傑句""情真語摯"等簡短評語,鮮明地表達了自己的高度贊賞態度。又如第十六齣《萱誡》,敘蔡母看到蔡道憲寄來的家書,萬分悲痛:"盼飛鴻海上來,一行行和淚寫……恁茫茫洞庭秋月,照將來一片戰血。偪拶得張巡許遠無收煞,算比那賈傅湘纍更慘些。"王先

---

① 王先謙《虛受堂詩存》卷16,《清代詩文集彙編》第749册,上海古籍出版社2010年版,第366頁。

謙評點:"一字一淚,是墨是血,烏從辨之。"再如第十七齣《友訣》,敘蔡道憲與周二南訣別,兩人都知凶多吉少,但仍相互勉勵:"苦辣辣乾坤板蕩,肩頭重任兩擔當,說甚麼誰難誰易,說甚麼誰暇誰忙,你那裏專言撫安全玉壘,我這裏專言剿保護金湯。但願得遠與近別清草莽,但願得我與爾同繫苞桑。"王先謙批曰:"時事多艱,長言不足,悽悽惻惻,白雪哀音。"這些極具詩意性的評語,工整文雅,感染力極強。這些評語也呼應了"曲詞一道,句之長短,字之多寡,聲之平、上、去、入,韻之濁清、陰陽,皆有一定不移之格"①的填詞理念。

王先謙還注意到對於戲曲作者和評點家而言,戲曲具有自我抒寫功能。楊恩壽創作《理靈坡》不僅是在表彰忠烈,其中也應蘊含了他自己的立場抱負。《負土》一齣中,凌國俊等一衆皂隸安葬蔡道憲,【南呂·宜春令】"刀過處,笑聲留,算忠臣劫局纔收。……載得起這抔黃土,青山不朽。"王先謙評點道:"直接前篇,筆墨痕俱化,想見揮毫時鬚眉欲動。"王氏贊賞該戲筆墨生動,自然無雕鑿痕跡,並推想楊恩壽在創作時的激越狀態和悲壯情懷。王先謙認爲,傳奇作者的創作與評點家的批評,都熔鑄了強烈的情感。《充役》【尾聲】"燈光初上長沙市,倚闌干秋風熱淚,恰是我皂隸傷心弔古時。"王氏眉批:"傷心弔古,獨有皂隸官紳之夢,夢可知矣。"揭示了楊恩壽的忠臣良吏情結。王先謙在給《桂枝香》作序時就提到"實途窮之隱痛,非情累之不遺"②,諸如爲官之路的坎坷、難以實現的抱負等,都是作者隱藏在該傳奇深處的情感。進而言之,楊恩壽將自己的情感寄託在戲曲創作之中,王先謙自己又何嘗不是將自己的情感寄託在戲曲評點之中。王氏對於戲曲的社會藝術功能的認識,不僅内容全面,而且較爲系統。這些認識在他所處的時代是超前的,對於我們今天研究戲曲理論史也是有重要啓發意義的。

《理靈坡》在思想藝術方面無論如何稱不上一流經典,但經王先謙的評點,該傳奇的價值得到了進一步提升。王先謙不僅在正統儒學領域具有極高的成就,對戲曲也有自己深刻的認識。他肯定戲曲的社會認識功能和教化功能,也了解戲曲的審美功能、作者與評點者的自我表達功能,體現了超前的理論水平。王先謙評點《理靈坡》,與他晚期所作有關戲曲的詩歌及其學術思想在現實關懷方面具有一貫性。

---

① 李漁《閒情偶寄》,浙江古籍出版社 1985 年版,第 23 頁。
② 王先謙《序》,《桂枝香》卷首,上海圖書館藏清光緒年間刻本。

制度與文學

樂籍制度與中古文學

李德輝*

内容提要 樂籍制度萌芽於先秦,初成於漢魏,成熟於隋唐,主要内容是樂籍人員來源、選拔、日常訓練、上班制度、職掌性質、考核條例、藝能等級。樂籍制度和文學的關聯,是從音樂、歌詩、舞蹈等多個方面影響到文學生産和傳播。其文學意義不僅在於全盛之際,還在於式微之時。因爲只有這時候,樂籍中人纔不爲宫廷貴族所獨有,能爲廣大文人所用。這時候,就必須通過一個"與"字,完成從制度到生活、從宫廷到民間的過渡,這樣纔能對文人賦詩作文發生明顯的影響,在文學中作爲一項切切實實的制度存在。中晚唐時期和樂籍制度有關係的詩歌、小説,都是這麽産生的,而且頗具影響力,爲數不少。可見一種制度要能够影響文學,關鍵不在於制度本身多重要,而在於要有適當的中介環節,只有這樣,纔能實現從制度到文人生活、文學創作的轉换。

關鍵詞 樂籍;制度;中古;文學

樂籍制度是中古時期一項重要文化制度,牽涉到禮儀、文學,但更多地和貴族階層及官僚、文人的社群活動、文藝表演、享樂生活有關。文學視野中的樂籍制度,以此項制度及其所涉及的人物、事件及作品爲研究内容,和女性、享樂、歌舞、情愛有很大的關係,係爲此而生、爲此而設。其關鍵詞爲樂户、樂人、樂家、音聲人,由此而派生的詞彙有女樂、女妓、伎樂、妓樂、樂妓、聲妓、音樂[①]、歌詩、聲詩。此項制度從北魏發端,綿延到明清,存在了千餘年,並未受朝代更替的很大影響,具有很强的生命力和延續性,其中必有不少帶有共性的東西,必有其内部

---

* 作者簡介:李德輝,湖南科技大學人文學院中國古代文學與社會文化研究基地教授,出版有專著《唐代交通與文學》等。
  基金項目:本文爲國家社科基金重大項目"中國古代文學制度研究"(17ZDA238)階段性成果。

[①] 按,中古文獻中的音樂有時候就是指表演音樂舞蹈的人——妓樂女子,而不是指音調樂曲。白居易《琵琶行》"潯陽地僻無音樂,終歲不聞絲竹聲"中的音樂即此義,指擅長彈奏流行樂曲的聲妓。

的發展規律。因而從制度史的角度,將此項制度梳理清楚,並就其與中古文學的關係略加論次,以便讀者瞭解,就顯得很有必要①。

一 中古樂籍制度沿革及內涵

樂籍指被政府編入名冊的以聲色娛人者,由於本人或其父輩犯罪而被官府編户入籍,供職於太常寺、太樂署或地方官府,製作、歌唱或演奏樂曲,而得以命名爲樂籍。多數爲擅長樂舞的中青年女性,但也有少數男性。作爲一項制度,則起源於北魏以前,成熟於唐宋。北魏以武立國,長年征戰,賦稅繁重。北魏後期到東魏初,民間更是反抗强烈、盗賊蜂起,朝廷不得不制定嚴苛法令,有許多戰俘、賤民及罪臣需要由朝廷出面組織安排,以免生事。統治階級考慮到這一點,同時也是出於享樂需要,將這些人的家人中有才色的妻女及其後代編入專門的名册,迫使其世代從樂,此即謂之樂籍制度。樂籍中人儘管身爲下隸,但富有才藝,能歌善舞,姿色出衆,廣泛參與了官府及私家的音樂活動,在傳承音樂、傳播詩歌方面發揮了獨特作用。作爲專業樂人,他們與城市生活、官僚享樂、文學創作呈正相關性。《魏書》卷一一一《刑罰志》:"孝昌已後,天下淆亂,法令不恒,或寬或猛。及尒朱擅權,輕重肆意,在官者多以深酷爲能。至遷鄴,京畿群盗頗起。有司奏立嚴制:諸强盗殺人者,首、從皆斬,妻子同籍,配爲樂户;其不殺人,及贓不滿五匹,魁首斬,從者死,妻子亦爲樂户。"②卷八六《閻元明傳》載,魏孝文帝太和中,"河東郡人楊風等七百五十人,列稱樂户皇甫奴兄弟……"③這兩條所記爲北魏史事、法令,由此而入籍者至少上萬。但北魏的做法應該來源於漢代,最遲在東漢,宫廷即有樂家。《藝文類聚》卷四四引應劭《風俗通》,即有"謹按:琵琶,近世樂家所作,不知誰作也"④的話,此樂家應該就是東漢宫廷掌管樂曲和樂器製作的人,其中的"近"分明是指東漢後期。而《通典》卷一四六、《唐會要》卷三三亦稱:通俗樂舞,"漢魏以來,皆以國之賤隸爲之,唯雅舞尚選用良家子。國家每歲閱司農户,容儀端正者歸太樂,與前代樂户,總名'音聲人',歷代滋多,至有萬

---

① 這一課題内涵、範圍及研究成果,參《中國音樂學》2019 年第 3 期項陽《始自山西,面向全國——從樂籍制度、禮樂文化和俗樂文化到中國音樂文化史研究》。
② (北齊)魏收《魏書》卷 111,中華書局 1974 年版,第 2888 頁。
③ (北齊)魏收《魏書》卷 86,中華書局 1974 年版,第 1884 頁。
④ (唐)歐陽詢《藝文類聚》卷 44,上海古籍出版社 1999 年版,第 788 頁。

數。"①《漢書》卷八一《張禹傳》:"禹性習知音聲,內奢淫,身居大第,後堂理絲竹筦弦。如淳曰:今樂家五日一習樂爲理樂。"②《文選》卷一八馬融《長笛賦》李善注引如淳《漢書注》:"然後退理乎黃門之高廊。"《漢書音義》引如淳曰:'今樂家五日一習,爲理樂。'桓譚《新論》曰:'漢之三主,内置黃門工倡。'"③《文選》卷一八馬融《長笛賦》六臣注張銑曰:"黃門,署名,習樂處也。""工人巧士,肄業修聲。善曰:工,樂人也。巧,伎巧也……濟曰:工人巧士,並妙樂者。習翫於業,修理於音聲也。"④《文選》卷四〇繁欽《與魏文帝箋》"及與黃門鼓吹温胡,迭唱迭和。"李善注:"《漢書》曰:'鄭聲尤集黃門集樂之所。'"⑤三條引文中的今都是指東漢,那一時期就有樂家入籍,在黃門鼓吹署演奏鄭聲,即淫靡音樂。而《史記》卷一〇二《馮唐列傳》裴駰《索隱》引《列女傳》更提到,戰國時期的趙王遷母就是一位邯鄲倡女,《史記正義》指出其爲"樂家之女"⑥,後來嫁入王府,成爲趙幽王的生母。這是最早的關於倡優的用例,這時候的娼女就是樂家女,即世代掌管、修習音樂的女子。可見正史記載有樂籍的朝代在北魏,其實此制還有更早的源頭,趙王遷母的例子作爲戰國實例,要比北魏早五百多年。《漢書》卷二二《禮樂志》:漢哀帝時,京城"是時鄭聲尤甚,黃門名倡丙彊、景武之屬,富顯於世,貴戚五侯定陵、富平外戚之家,淫侈過度,至與人主爭女樂"。⑦哀帝以其影響不好,加之他本人也生性不喜音樂,遂爲之罷樂府官。這裏所記,爲西漢末京師情形,那時的黃門作爲宫廷集樂之所,裏面就彙集女樂,且多名倡。《文選》卷二四司馬彪《贈山濤》:"焉得成琴瑟,何由揚妙曲?"李善注引桓子《新論》曰:"黃門工鼓琴者,有任真卿、虞長倩,能傳其度數,妙曲遺聲。"⑧這幾條資料,提供了進一步的文獻佐證,表明早在西漢後期到東漢前期,宫廷的黃門署因爲主管宮廷音樂,就置有相關的專業人員;這些人員,極有可能就來自"國之賤隸",即漢代樂籍。

北齊、北周、隋、唐,皆承襲此制。《通典》卷一六四:"齊神武秉東魏政,遷都於鄴,群盜頗起,遂立嚴制:諸强盜殺人者,首、從皆斬,妻子、同籍,配爲樂户。

---

① (唐)杜佑《通典》卷146,中華書局1988年版,第3718頁。
② (東漢)班固《漢書》卷81,中華書局1962年版,第3349頁。
③ 蕭統編,李善注《文選》卷18,上海古籍出版社1986年版,第813頁。
④ 蕭統選編,李善等注《六臣注文選》卷18,浙江古籍出版社1999年版,第309頁。
⑤ 蕭統編,李善注《文選》卷40,上海古籍出版社1986年版,第1821頁。
⑥ (西漢)司馬遷《史記》卷102《馮唐列傳》,中華書局1982年版,第2760頁。
⑦ (東漢)班固《漢書》卷22《禮樂志二》,中華書局1962年版,第1072頁。
⑧ (梁)蕭統編,(唐)李善注《文選》卷24,上海古籍出版社1986年版,第1131頁。

其不殺人,及贓不滿五匹,魁首斬,從者死,妻子亦爲樂户。"①這裏所記爲北齊法令,跟北魏孝昌中所頒法令完全相同,當是承襲北魏舊制。《周書》卷二一《司馬消難傳》:"初,楊忠之迎消難,結爲兄弟,情好甚篤,隋文每以叔禮事之。及陳平,消難至京,特免死,配爲樂户。經二旬,放免。"②《隋書》卷六一《雲定興傳》:"趙行樞以太常樂户,家財億計。"③卷七八《萬寶常傳》:"萬寶常,不知何許人也。父大通,從梁將王琳歸於齊。後復謀還江南,事泄,伏誅。由是寶常被配爲樂户,因而妙達鍾律,遍工八音,造玉磬以獻于齊。"④《舊唐書》卷一九上《懿宗紀》,咸通十三年五月"乙亥,國子司業韋殷裕於閤門進狀,論淑妃弟郭敬述陰事。上怒甚,即日下京兆府決殺殷裕,籍没其家。殷裕妻崔氏,音聲人鄭羽客、王燕客,婢微娘、紅子等九人配入掖庭。"⑤以上所記,爲漢唐歷代王朝的主流做法——將罪犯及其子孫編入樂籍,讓其習樂,成爲樂家。這種做法居於主導地位,是歷代樂户的主要來源。

另一種後起的做法則與罪人賤隸無關,而是取自民間樂户,得自遣使搜括。《隋書》卷六七《裴藴傳》:"初,高祖不好聲技,遣牛弘定樂,非正聲清商及九部四儛之色,皆罷遣從民。至是(隋煬帝大業二年),藴揣知帝意,奏括天下周、齊、梁、陳樂家子弟,皆爲樂户。其六品已下,至於民庶,有善音樂及倡優百戲者,皆直太常。是後異技淫聲咸萃樂府,皆置博士弟子,遞相教傳,增益樂人至三萬餘,帝大悦。"⑥卷七三《梁彦光傳》:"初,齊亡後,衣冠士人多遷關内,唯技巧、商販及樂户之家移實州郭。由是人情險詖,妄起風謡。"⑦這裏提到的樂户,就不盡是罪隸之人;其中頗有民間世代習藝之士,以此而被朝廷選入樂署樂營。

到唐代,仍是兩種來源的人員都有,合於一處,渾然莫辨。《唐大詔令集》卷八一武德二年八月《太常樂人蠲除一同民例詔》:"太常樂人,今因罪謫入營署,習藝伶官。前代以來,轉相承襲。或有衣冠胤緒、公卿子孫,一沾此色,後世不改。婚姻絶於士類,名籍異於編甿,大耻深疵,良可哀愍!朕君臨區宇,思從寬惠,永言淪滯,義存刷蕩。其大樂、鼓吹諸舊人,年月已久,世代遷易,宜得蠲除,一同民

---

① (唐)杜佑《通典》卷146,中華書局1988年版,第4227頁。
② (唐)令狐德棻《周書》卷21,中華書局1971年版,第355頁。
③ (唐)魏徵等《隋書》卷61,中華書局1973年版,第1468頁。
④ (唐)魏徵等《隋書》卷78,中華書局1973年版,第1783頁。
⑤ (後晉)劉昫等《舊唐書》卷19上,中華書局1975年版,第679頁。
⑥ (唐)魏徵等《隋書》卷67,中華書局1973年版,第1574—1575頁。
⑦ (唐)魏徵等《隋書》卷73,中華書局1973年版,第1675頁。

例。但音律之伎,積學所成,傳授之人,不可頓闕,仍依舊。本司上下,若已仕宦,見入班流,勿更追呼,各從品秩。自武德元年以來配充樂戶者,不在此例。"①《新唐書》卷一二三《李嶠傳》:"又太常樂戶已多,復求訪散樂,獨持大鼓者已二萬員,願量留之,餘勒還籍。"②《唐會要》卷三四:"乾封元年五月敕:音聲人及樂戶,祖(父)母老病應侍者,取家內中男及丁壯好手者充。若無所取中丁,(權停)。其本司樂署博士及別教子弟應充侍者,先取戶內人及近新充。"③從上文看,樂戶的形成,開始的時候是緣於各朝嚴苛的法律,常將罪臣、戰俘及其子弟配爲樂戶,不限男女,均爲奴隸身份,隸屬太常寺等禮樂機構,供奉朝廷,製作樂曲,表演樂舞,這也應該是樂戶的主要來源。但到北齊、北周、隋唐,因爲域外樂舞的陸續傳入,同時更是因爲統治階級日益強烈的享樂需要,遂擴大來源,六品以下官員子女至於民庶中,凡擅長音樂舞蹈及倡優百戲者,皆從而取之,編入樂府,教習各種民族樂舞(以西域樂舞爲主),樂籍遂演變爲掌管樂舞百戲等藝術表演技能的專業戶,其更恰當的名稱是樂戶、樂家。這樣的人,隋唐間多達數萬家。但其中也雜有士流,不像南北朝均爲賤隸,爲前代及本朝"因罪配没子孫",不能和士庶通婚,也不等同於平民編戶,爲家族之"大恥深疵"。其充職者也不盡是女子,還有長於演奏的男子。當然,其中表現最出色的還是那些才藝出衆的女子,常在樂府文獻或小說、筆記、野史、文集中見到她們的蹤影。

唐代建立了一整套十分嚴密的樂籍制度,規定了樂籍人員的日常訓練、上班制度、職掌性質、考核條例、藝能等級。《舊唐書》卷四四《職官志三》,太樂署"凡習樂,立師以教。每歲考其師之課業,爲上中下三等,申禮部。十年,大校之,量優劣而黜陟焉。凡樂人及音聲人應教習,皆著簿籍,覈其名數,分番上下。"④《唐六典》卷一四於此條補叙曰:凡樂人及音聲人,"皆教習檢察,以供其事。"盛唐時,有"短番散樂一千人,諸州有定額。長上散樂一百人,太常自訪召。關外諸州者,分爲六番。關内五番,京兆府四番,並一月上;一千五百里外,兩番併上。六番者,上日教至申時;四番者,上日教至午時。""若有故及不任供奉,則輸資錢,以充伎衣、樂器之用。"⑤這裏所記,乃是上班情況及日常管理要求。《新唐書》卷二二《禮樂志十二》:"唐之盛時,凡樂人、音聲人、太常雜戶子弟隸太常及鼓吹署,皆

---

① (宋)宋敏求《唐大詔令集》卷81,中華書局2008年版,第465頁。
② (宋)歐陽修、宋祁《新唐書》卷123,中華書局1975年版,第4370頁。
③ (宋)王溥《唐會要》卷34,中華書局1955年版,第628頁。
④ (後晉)劉昫等《舊唐書》卷44,中華書局1975年版,第1875頁。
⑤ (唐)李林甫等《唐六典》卷14,中華書局1992年版,第406頁。

番上,總號音聲人,至數萬人。玄宗又嘗以馬百匹,盛飾分左右,施三重榻,舞《傾杯》數十曲。"①卷四八《百官志三》:散樂"音聲人納資者歲錢二千。博士教之,功多者爲上第,功少者爲中第,不勤者爲下第,禮部覆之。十五年有五上考、七中考者,授散官,直本司。"②這裏所記則爲隸屬關係及考課等第。《唐大詔令集》卷二《中宗即位赦》:"其諸司官員並雜色役掌,幕士門役之徒,兼音聲之人及丁匠等,非灼然要籍,並量事減省,所司速爲條制。"③同卷《順宗即位赦》:"其後宫細人弟子、音聲人等,並宜放歸。"④這裏所記則爲樂籍人員的納資、贖身及因皇恩大赦而放免歸家,也是樂籍制度的一項。《唐律疏議》卷三:"諸工樂雜户及太常音聲人"條疏議曰:"工、樂者,工屬少府,樂屬太常,並不貫州縣。雜户者,散屬諸司上下,前已釋訖。太常音聲人,謂在太常作樂者,元與工、樂不殊,俱是配隸之色,不屬州縣,唯屬太常。義寧以來,得於州縣附貫,依舊太常上下,别名太常音聲人。""若習業已成,能專其事,及習天文,並給使、散使,各加杖二百。"疏議曰:"工樂及太常音聲人,皆取在本司習業,依法各有程試。所習之業已成,又能專執其事,及習天文業者。"⑤這裏所記則爲身份、歸屬及工作性質。從這些條文看,唐代的樂户包括多種藝能人士,擅長唱歌、跳舞的固然是主體,但還有擅長樂曲、樂器製作和演奏的,以及表演雜耍百戲的。這些人,總稱"音聲人";音指創作樂曲、製作樂器,聲指聲樂歌曲演奏和歌唱。對應於今天,相當於作曲家、樂器製作者、歌手、表演藝術家。

唐代的音聲人都在内廷,專業性都特别强,分工明確,包括雲韶院、宜春院兩個不同的樂舞部門。雖然皆在内廷,隸屬内教坊,教習、表演音樂舞蹈,但來源、性質不同:其中稱爲"宫人"的雲韶院中人,均爲賤隸出身,全爲樂籍,人數較多,姿色一般,用於一般的樂舞表演和樂曲、樂器製作;稱爲"内人"的宜春院妓女,也是准樂籍出身,以年輕貌美且有藝術技能的女子充選,人數較少,以姿色、技藝較好,而得以經常在皇帝身邊行走。《教坊記》載,教坊樂人,"右多善歌,左多工舞,蓋相因成習。""樓下戲出隊,宜春院人少,即以雲韶添之。雲韶謂之'宫人',蓋賤隸也。非直美惡殊貌,佩琚居然易辨明:内人帶魚,宫人則否。平人女以容色選

---

① (宋)歐陽修、宋祁《新唐書》卷22,中華書局1975年版,第477頁。
② (宋)歐陽修、宋祁《新唐書》卷48,中華書局1975年版,第1243頁。
③ (宋)宋敏求《唐大詔令集》卷2,中華書局2008年版,第7頁。
④ (宋)宋敏求《唐大詔令集》卷2,中華書局2008年版,第10頁。
⑤ (唐)長孫無忌撰,劉俊文箋解《唐律疏議箋解》卷3,中華書局1996年版,第282—283頁。

入内者,教習琵琶、三弦、箜篌、箏等者,謂'搊彈家'。"①《能改齋漫錄》卷六:"妓女入宜春院,謂之'內人',亦曰'前頭人',常在上前頭也。其家在教坊內,謂之'內人家',四季給米。得幸者謂之'十家'。"②《樂書》卷一八五《女樂中》:"唐明皇開元中,宜春院妓女,謂之'內人';雲韶院,謂之'宮人';平人女選入者,謂之'搊彈家'。內人帶魚,宮人則否。每勤政樓大會,樓下出隊,宜春人少,則以雲韶足之。舞初出,幕皆純色縵衣。至第二疊,悉萃場中,即從領上褫籠衫,懷之,次第而出,繞聚者數匝,以容其更衣,然後分隊。觀者俄見藻繡爛然,莫不驚異。凡內伎出舞,教坊諸工,唯舞《伊州》《五天》二曲,餘曲盡使內人舞之。文宗時,教坊進《霓裳羽衣舞》女三百人。唐季兵亂,舞制多失。"③卷一二九《屈茨琵琶》:"唐平人女,以容色選入內者,教習琵琶、五弦、箜篌、箏者,謂之'搊彈家'。開元初,制《聖壽樂》,令諸女衣五方色衣歌舞之,宜春院爲首尾,搊彈家在行間效之而已。"④從中可知,唐代樂戶,包括自平民女子選入的平人女、稱爲"內人"的宜春院妓女、作爲賤隸的雲韶院"宮人"三個類別,來源、地位、性質不同,但在樂舞表演上則差異轉小,表演時需要分工合作。故典籍言其事,只能籠統書之,不復強作分別。《樂書》卷一八八《雲韶樂》:"唐雲韶部,用玉磬四架,樂有琴、瑟、筑、簫、篪、龠、跋、膝、笙、竽。登歌拍板樂,分堂上堂下。登歌四人,在堂下坐。舞童子五人,衣繡衣,各執金蓮花,以引舞者,金蓮花;如佛家行道者也。舞者在階下,設錦筵。宮中別有雲韶院,故樓下戲出隊,宜春院人少,則以雲韶增之。雲韶謂之'宮人',蓋賤隸也,與宜春院人帶魚、謂之'內人'異矣。"⑤《玉海》卷一〇六《雲韶府》:"武德後,置內教坊於禁中。武后如意元年,改曰'雲韶府',以中官爲使。開元二年,又置內教坊於蓬萊宮側,有音聲博士。京都置左右教坊,掌俳優雜伎。自是不隸太常,以中官爲教坊使。散樂三百八十二人,仗內散樂一千人,音聲人一萬二十七人,有別教院。開成三年,改法曲所處院曰'仙韶院'。"⑥《舊唐書》卷二八《音樂志一》:"玄宗又於聽政之暇,教太常樂工子弟三百人,爲絲竹之戲。音響齊發,有一聲誤,玄宗必覺而正之,號爲皇帝弟子。又云黎園弟子,以置院近於禁苑之梨園。太常又有別教院,教供奉新曲。太常每凌晨,鼓笛亂發於太樂署。

---

① (唐)崔令欽《教坊記》,見《唐五代筆記小説大觀》,上海古籍出版社 2000 年版,第 123 頁。
② (宋)吴曾《能改齋漫錄》卷6,上海古籍出版社 1979 年版,第 143—144 頁。
③ (宋)陳暘《樂書》卷185,影印《文淵閣四庫全書》本,上海古籍出版社 1987 年版,第 211 册,第 831 頁。
④ (宋)陳暘《樂書》卷129,影印《文淵閣四庫全書》本,上海古籍出版社 1987 年版,第 211 册,第 572 頁。
⑤ (宋)陳暘《樂書》卷188,影印《文淵閣四庫全書》本,上海古籍出版社 1987 年版,第 211 册,第 846 頁。
⑥ (宋)王應麟《玉海》卷106,廣陵書社 2007 年版,第 1947 頁。

別教院廩食常千人,宮中居宜春院。玄宗又製新曲四十餘,又新製樂譜。每初年望夜,又御勤政樓,觀燈作樂,貴臣戚里,借看樓觀望。夜闌,太常樂府縣散樂畢,即遣宮女於樓前縛架,出眺歌舞以娛之。"①《資治通鑑》卷二一一開元二年正月述云:"舊制,雅俗之樂,皆隸太常。上精曉音律,以太常禮樂之司,不應典倡優雜伎;乃更置左右教坊,以教俗樂,命右驍衛將軍范及爲之使。又選樂工數百人,自教法曲於梨園,謂之'皇帝梨園弟子'。又教宮中使習之。又選伎女,置宜春院,給賜其家。"②提到玄宗朝宮廷音樂教習和表演,其主體正是唐代樂籍中人,從中可見其情況之複雜、專業性之強、演藝之高。但這套藝術,在唐末五代至入宋長達百餘年的亂世中失去傳人,以制度廢弛而多數失傳。

由上可知,樂籍制度真正成熟完備的時代是唐代,此前數百年尚處於初成期,十分低落。樂籍制度之所以能產生和發展,是因爲統治階級都醉心於聲色之娛,有這方面的強烈需要;而社會上也有很多年輕女子,因爲身有才藝姿色、擅長歌舞或彈奏樂器,而被朝廷官府、教坊機構或地方政府編入樂籍,作爲樂户存在,接受有關部門的制度約束,供職於樂營、教坊等單位,開展音樂舞蹈表演,爲統治階級提供姿色、才藝服務,變成一種享樂之具。其生活則由隸屬部門供養,但没有人身自由,屬於國家嚴格管控的重要資源。這項制度本質上是一種社會生活、文化娛樂制度,以聲色享樂、日常生活滿足爲內核,並未上升到國家政治制度層面,與禮儀教化無關。因爲事體本身止於娛樂聲色、生活享受,不關治道,甚至因爲涉及色情娛樂而有傷風化,所以歷代正史職官志和歷朝的會要、政典一般不詳載,只在必要時提及一筆;即使野史、小説、類書、總集或文人别集中也是零散記載,部分條文甚至意義含糊,辨析困難。就樂籍的主體——各色才藝女子而言,其職業本質則在於以色藝事人;從文學角度看,則是才子和佳人的結合方式。其中的"樂"字還有特殊含義,表面上看是指音樂,其實不然,是指掌握音樂舞蹈藝術的人。說具體點,是提供色藝服務、以獻藝爲業的女子,習慣上稱爲歌妓舞妓。有時候,由於享樂生活的需要,對她們的要求也會適當降低,並不一定要色藝俱佳;只要對方有才藝,即使年齡大一點、姿色差一點亦可,因而出現了明顯的等差和層級。其中只演奏樂曲、表演舞蹈而不提供色相服務,即只賣藝不賣身的,爲歌伎、舞伎;既獻藝又賣身的,則稱歌妓、舞妓。此外還有會喝酒、能說笑的陪酒的酒妓、飲妓,都年輕漂亮、招人喜愛,各名一藝。按照所在單位的不同,有在宫

---

① (後晉)劉昫等《舊唐書》卷28,中華書局1975年版,第1051—1052頁。
② (宋)司馬光《資治通鑑》卷211,中華書局1956年版,第6694頁。

廷供奉、以備朝廷筵飲歡樂之需的宮妓,其相關近義詞爲"宮人""內人""女奴";有編入教坊、供奉宮廷樂舞百戲之需的教坊妓,其相關詞爲"伶人""內弟子";有隸名於各級官府、以供各類慶典或宴會酒宴之需的樂籍,分散在各地州郡,歸地方政府管轄,不同於身在兩京、隸名於某個朝廷官府的教坊妓和宮妓,平時以侍宴、陪酒、獻藝爲主,但有時也會被主人要求侍寢。其中有相當多的人,實質上已成爲貴族階級、京城或地方官僚的私人財產。他們儘管地位卑賤,但是很有價值,因而主人控制很緊,沒有人身自由可言[1]。元陶宗儀《南村輟耕錄》卷一五云:"妓妾之以色藝取憐,妒寵於主家者,亦曰:我之富與貴,有以感動其中耳。設遇患難貧病,彼必戚戚然求爲脫身之計,又肯守志不貳者哉。如金谷園綠珠、燕子樓盼盼,韓香之於葉氏、愛愛之於張逞者,真絕無而僅有也。"[2]表明色藝是此項制度成立的重要基礎;離開了女子所負色藝,不具備必要的身體條件,樂籍女子的生存就失去了根基,事業也沒有了支撐。而要是沒有統治階級的文化娛樂享受,此項制度更是無從談起,因而享樂和色藝,構成樂籍制度成立的兩大支柱。同時表明這是一項十分鬆散的制度,以色藝事人和職業化的人身依附在其中起着關鍵作用,其基礎是十分不牢固的。其隸屬關係可以根據主客雙方的意願,視雙方的主客觀條件做出調整。所在之地、供奉之府、所事之主,都不會常年不變,而是有很大的流動性,往往隨着主人輾轉江湖、出入京師,或者被賤賣、轉隸到其他地方,更事新主。同一個女子,身份會隨着隸屬關係的改變而發生變化。一個地方女子,可以隨主入京,變成京中樂籍;反之,京中樂籍也會因爲遭逢變故而自京出奔,流落江湖。唐代安史之亂以後,就是如此。亂後,京城樂籍女子紛紛出走,太原、汴州、揚州、江陵、成都等大城市固然是主要流向,江州、洪州、潭州、蘇州、杭州等地方都會也有分佈。因爲進入這些地方,從而和當地節度使、刺史及幕府文人發生交集,產生新的故事。這樣的例子,唐人詩文、小説、筆記中記載頗多。這是這一制度和其他政治制度的最大不同。

二　樂籍制度和中古文學的關係

樂籍制度雖然牽涉到音樂、文學,但南北朝前期作爲一項社會生活制度,尚處在初級階段,而且各朝也會對此項制度加以改變,並不會完全照搬前代、一成

---

[1]　參見李斌城等《隋唐五代社會生活史》,中國社會科學出版社 1998 年版,第 214—228 頁。
[2]　(元)陶宗儀《南村輟耕錄》卷 15,中華書局 1959 年版,第 180 頁。

不變;同時漢魏六朝的文學也並未達到高度發達的程度,詩歌並沒有發展到深入底層社會、普及於整個民間的階段,所謂音樂文學、歌詩聲詩,在南北朝多數時候,還是一件不存在的事情。樂籍和文學發生密切的交集是到唐代纔有的事情。從現存文獻可知,直到唐玄宗朝,音樂纔開始對文學發生明顯的影響,此前樂籍和文學基本上是兩條綫,並未發生交集;到中晚唐,樂籍制度發展加快,進入全面成熟階段,從而和文學建立了穩定密切的聯繫。

樂籍來源複雜,功能多樣。其中有能歌的歌女與善舞的舞女、製作樂器的樂工、製作曲調的作曲家,這三部分人和文學的關係是不一樣的。舞女在文人心目中,一般被當作觀賞對象,在文人詩文中,常被當作審美客體,對其形體美、服飾美、動作美加以表現,豐富了詩文的內容和情趣。歌女及其所唱之歌,也具有同樣的藝術效應。樂工製作的樂曲和作曲家譜寫的曲調,在文學中,作爲歌詩所依託的曲調存在,是歌詩、聲詩成立的根基。

今日看來,樂籍制度和文學的關聯,不僅在於其作爲一項娛樂制度,在宮廷和官府起作用,能夠影響到當時的音樂、舞蹈、歌詩、樂府的製作、表演、流傳;更在於樂籍女子在亂世時期從宮廷和官府流出,進入社會底層,在公衆或私家場合和文人見面聚會之際。簡言之,其文學意義不僅在於其全盛之際,也體現在其式微之時——因爲只有這時候,樂籍中人才不爲宮廷貴族所獨有,能爲廣大文人所用。這時候,就必須通過一個"與"字,完成從制度到生活、從宮廷到民間的過渡,這樣纔能對文人賦詩作文發生明顯的影響,在文學中作爲一項切切實實的制度存在。中晚唐時期和樂籍制度有關係的詩歌、小說,都是這麼產生的,而且大都頗具影響力,爲數不少。詩歌方面,值得一提的品類有三:

第一類是寫樂籍女性生活的絕句短章,常見於唐人宮詞。王建、王涯、和凝、花蕊夫人徐氏創作的《宮詞》組詩中,就有20多首與樂籍制度有關係,是寫其中的女子——所謂"內人""宮人"的京城歌舞表演及其日常生活,其題材和創作靈感都得自平日的生活接觸和唐代樂籍女子、後宮生活方面的知識。比如宜春院歌舞表演、內人方面的制度,唐人詩中就屢屢言及。單王建詩就有11首,其中4首《宮詞》曰:"內人相續報花開,准擬君王便看來。逢着五弦琴繡袋,宜春院裏按歌回。""巡吹慢遍不相和,暗數看誰曲校多。明日梨花園裏見,先須逐得內家歌。"①"對御難争第一籌,殿前不打背身毬。內人唱好龜兹急,天子鞘回過玉

---

① (清) 彭定求等《全唐詩》卷302,中華書局1960年版,第3443頁。

樓。"①"宿妝殘粉未明天,總立昭陽花樹邊。寒食內人長白打,庫中先散與金錢。"②王涯亦有《宮詞》二首:"宜春院裏駐仙輿,夜宴笙歌總不如。傳索金箋題寵號,燈前御筆與親書。""百尺仙梯倚閣邊,內人爭下擲金錢。風來競看銅烏轉,遙指朱干在半天。"③和凝《宮詞》:"繞殿鉤闌壓玉階,內人輕語憑蔥臺。皆言明主垂衣理,不假朱雲傍檻來。"④詩中屢屢提及的"內人",就不是普通宮女,而是宜春院中的樂籍女子。如《教坊記》所說,"妓女入宜春院,謂之'內人',亦曰'前頭人',常在上前頭也。"⑤因宜春院在後宮內教坊,故得以與帝王親近。唐代宮廷,有"宜春、雲韶宮中之樂,及躞馬、大象之屬"⑥,用人各不相同。正是靠着這些作品,我們纔得以知道雲韶院、宜春院的詳情,及其和唐代樂籍的關係。就此意義而言,這些詩可以當一種文學史料看,在敘事上既具有史書的真實性,又有史書所無之細節和生活之真實,以及文學作品所特有的委婉含蓄、優美動人之致。

在《全唐詩》中,單"內人"一詞就有數十例,多出現在寫中晚唐後宮女子生活的宮詞中;另外,敘述時事、寄託感慨的詩中也有一些;其中少部分指宮女,大部分指雲韶院或宜春院樂籍女子。其中在雲韶院的謂之"宮人",係由樂户賤隸組成,是正宗的樂籍出身,以精通樂舞而謂之"雲韶樂工"。《舊唐書》卷一三七《李賀傳》曰:李賀"尤長於歌篇,其文思體勢,如崇巖峭壁,萬仞崛起,當時文士從而效之,無能仿佛者。其樂府詞數十篇,至於雲韶樂工,無不諷誦。"⑦《唐才子傳》卷五《李賀傳》曰:李賀"樂府諸詩,雲韶衆工,諧於律吕。"⑧《郡齋讀書志》卷一八《别集類中》,云李賀"樂府十數篇(此誤,當從《舊唐書》李賀本傳,作數十篇),雲韶工合之弦管云"。⑨據此,則雲韶樂工對於傳播李賀等名家詩很有貢獻。其在內廷演唱樂曲,需要採用文人詩篇作爲唱詞,李賀、李益、白居易、劉禹錫詩就因此而進入雲韶樂工的視綫,被他們加以改編,成爲歌詞,到處傳唱,這些人由此成爲唐代歌詩的重要傳播者。杜甫《觀公孫大娘弟子舞劍器行並序》:"開元三載,

---

① (清)彭定求等《全唐詩》卷302,中華書局1960年版,第3440頁。
② (清)彭定求等《全唐詩》卷302,中華書局1960年版,第3444頁。
③ (清)彭定求等《全唐詩》卷346,中華書局1960年版,第3877—3878頁。
④ (清)彭定求等《全唐詩》卷735,中華書局1960年版,第8394頁。
⑤ (唐)崔令欽《教坊記》,上海古籍出版社2000年版,第123頁。
⑥ (宋)陳暘《樂書》卷183,影印《文淵閣四庫全書》本,上海古籍出版社1987年版,第211册,第785頁。
⑦ (後晉)劉昫等《舊唐書》卷137,中華書局1975年版,第3772頁。
⑧ (元)辛文房撰,傅璇琮等校箋《唐才子傳校箋》卷5,中華書局1989年版,第2册,第289頁。
⑨ (宋)晁公武撰,孫猛校證《郡齋讀書志校證》卷18,上海古籍出版社1990年版,第905頁。

余尚童稚,記於郾城觀公孫氏舞劍器渾脱,瀏灕頓挫,獨出冠時。自高頭宜春、黎園二伎坊内人洎外供奉,曉是舞者,聖文神武皇帝初,公孫一人而已。"①《奉送郭中丞兼太僕卿充隴右節度使三十韻》:"内人紅袖泣,王子白衣行。"下注:"宜春院女妓,謂之'内人'。"②張祜《正月十五夜燈》:"千門開鎖萬燈明,正月中旬動帝京。三百内人連袖舞,一時天上著詞聲。"③《春鶯囀》:"興慶池南柳未開,太真先把一枝梅。内人已唱春鶯囀,花下傞傞軟舞來。"④這些詩篇雖以"内人"爲題,寫其歌舞表演和日常生活,但也從不同角度記載了唐代不同時段的宫禁制度,可據以證史、補史。此外,作爲以文學形象美著稱的詩,其中一些詩句還塑造了數位内人形象,提昇了文學價值。

第二類是專門塑造女性人物形象的長篇五七言古體,多爲包含女性人物故事的叙事詩。其中之尤者,爲白居易《琵琶行》、劉禹錫《泰娘歌》、杜牧《杜秋娘詩》,三首都堪稱名篇,其中的女子都來自唐代樂籍。衆作之中,在塑造女性人物形象方面,以杜牧詩最好,這裏專論此詩。《全唐詩》卷五二〇、《類説》卷二五杜牧《張好好詩並序》:

牧太和三年,佐故吏部沈公江西幕。好好年十三,始以善歌,來樂籍中。後一歲,公移鎮宣城,復置好好於宣城籍中。後二歲,爲沈著作述師以雙鬟納之。後二歲,於洛陽東城,重睹好好,感舊傷懷,故題詩贈之。

君爲豫章姝,十三纔有餘。翠茁鳳生尾,丹葉蓮含跗。高閣倚天半,章江聯碧虚。此地試君唱,特使華筵鋪。主人顧四座,始訝來踟蹰。吴娃起引贊,低佪映長裾。雙鬟可高下,纔過青羅襦。盼盼乍垂袖,一聲雛鳳呼。繁弦迸關紐,塞管裂圓蘆。衆音不能逐,裊裊穿雲衢。主人再三歎,謂言天下殊。贈之天馬錦,副以水犀梳。龍沙看秋浪,明月遊朱湖。自此每相見,三日已爲疏。玉質隨月滿,豔態逐春舒。絳唇漸輕巧,雲步轉虚徐。旌旆忽東下,笙歌隨舳艫。霜凋謝樓樹,沙暖句溪蒲。身外任塵土,罇前極歡娱。飄然集仙客(著作嘗任集賢校理)。諷賦欺相如。聘之碧瑶珮,載以紫雲車。洞閉水聲遠,月高蟾影孤。爾來未幾歲,散盡高陽徒。洛城重相見,婥婥爲當

---
① (清)彭定求等《全唐詩》卷 222,中華書局 1960 年版,第 2356 頁。
② (清)彭定求等《全唐詩》卷 225,中華書局 1960 年版,第 2406 頁。
③④ (清)彭定求等《全唐詩》卷 511,中華書局 1960 年版,第 5838 頁。

壚。怪我苦何事,少年垂白鬚。朋遊今在否,落拓更能無。門館慟哭後,水雲秋景初。斜日掛衰柳,涼風生座隅。灑盡滿襟淚,短歌聊一書。①

杜牧此詩,無異於一篇詩體小説,重在塑造人物形象、抒發贊美同情,把籍中女子張好好的美好形象、傑出才藝、悲涼身世叙述無遺。從中可知張好好實爲非常出色的歌手和美女,以此而深得主人寵愛,但不久色衰愛弛,四處流落。哀婉的叙述中,可以見出亂世的暗影,也深刻揭露了封建樂籍制度的非人性。這首詩,正是因爲以上兩個方面的代表性,而具有藝術典型意義。從中可知,籍中女子,都是以某項技藝而得以入籍地方或朝廷官府,但此後可以隨府主遷移所在地。詩中的張好好,於大和三年,就隨着江西觀察使沈傳師在江西洪州樂籍中供奉;次年,沈遷任宣歙觀察使,又隨沈氏前往宣州;再後來,又爲傳師之弟著作佐郎沈述師所得,將其納爲妾;不久又爲沈所棄,流落到洛陽城東當壚賣酒。不難想象,這樣的女子當有不少,相關中晚唐詩就有兩首。白居易《吹笙内人出家》:"雨露難忘君念重,電泡易滅妾身輕。金刀已剃頭然髮,玉管休吹腸斷聲。新戒珠從衣裏得,初心蓮向火中生。道場夜半香花冷,猶在燈前禮佛名。"②李群玉《王内人琵琶引》:"檀槽一曲黄鍾羽,細撥紫雲金鳳語。萬里胡天海塞秋,分明彈出風沙愁。三千宫嬪推第一,斂黛傾鬟豔蘭室。嬴女停吹降浦簫,嫦娥净掩空波瑟。翠幕横雲蠟焰光,銀龍吐酒菊花香。"③前詩寫中唐時一個吹笙内人因爲某種原因而出家,此前以聲妓而承寵,詩情悲涼凄惻;後詩寫王内人彈琵琶所呈現的各種想象境界,妙於形容,在寫人上都有成就。

第三類是記文士和樂籍女子愛情的詩,其中根據作者的不同,又可區分爲兩部分:

一部分是文士自作的,最著名的當屬白居易《燕子樓詩》、歐陽詹所愛北方佳人之詩(《唐詩紀事》卷三五作《途中寄太原所思》,《全唐詩》卷三四九作《初發太原途中寄太原所思》)。晚唐劉損的《懷妓詩》三首也很好,但在宋代,即被誤爲劉禹錫贈妓詩,宋人將其編入《劉賓客文集》外集卷七,題作《懷妓四首》;《全唐詩》卷三六一同,但《懷妓》詩題下校曰:"前三首一作劉損詩,題作《憤惋》。"處理較妥當。其中根據作者與呈贈者的關係,又可區分爲兩個小類:一類是文人爲所愛

---

① (清)彭定求等《全唐詩》卷 520,中華書局 1960 年版,第 5940—5941 頁。
② (清)彭定求等《全唐詩》卷 462,中華書局 1960 年版,第 5256 頁。
③ (清)彭定求等《全唐詩》卷 568,中華書局 1960 年版,第 6584 頁。

女子寫的愛情詩,要作爲禮物當面贈送給女子,這樣的詩稱爲"贈妓詩",數量較多;另一類則在女子離開以後寫成,表達對女子的懷想和不捨,稱爲"懷妓詩"。成詩背景雖異,但對其姿色、才藝的欣賞與贊美則一,都表達了對女子的喜愛、憐憫、同情、關切之情,然而却没有配樂,不能歌唱,屬於徒詩。還有部分詩雖出自文士之手,但經教坊樂工或歌女改造,宴席上用作歌曲,到處傳唱;不過在流傳中,詩篇的題目、文辭,乃至作者都會發生訛變,不能保證都和原作相符,或有誤繫於他人名下的現象。如《白居易集》卷一九《板橋路》,作於開封東北陳橋驛邊上板橋,《雲溪友議》卷下《温裴黜》記作劉禹錫詩,《全唐詩》編者據以輯入卷三六五劉禹錫名下,改題《楊柳枝》。原詩六句,但在《全唐詩》卷三六五却只剩下四句,前二句"梁苑城西二十里,一渠春水柳千條"還被合併爲一句,作"春江一曲柳千條"①,顯然是歌妓於宴席上傳唱時截取改編。這樣的作品可據以考證唐詩流傳,論述唐詩與音樂、歌妓的關係,但却不具有很高的文獻學價值與史料學意義。

另一部分作品則爲唐代樂籍女子寫給所愛文士。因爲出自女子之手,而顯得辭采婉麗、姿態温婉,特别感性,詩篇的情調也格外淒惻哀傷,千載之下,猶能令讀者悄然動容。其中最好的作品,還不是人所共知的成都樂妓薛濤寫給詩人元稹的詩,而是徐州刺史張建封的愛妓關盼盼的愛情詩(《全唐詩》卷三六七作張仲素《燕子樓詩三首》,誤繫作者,校云:"一作關盼盼詩"。卷八〇二作關盼盼《燕子樓三首》,是。據《白氏長慶集》卷一五、《才調集》卷一〇、《唐詩紀事》卷七八、《類説》卷二九,此詩確實爲關盼盼作),以回憶的口吻,寫昔日被寵的歡愛和今日被遺棄的悲傷,抒情特别真摯,水平實不在一般的文士詩之下,以致令著名詩人白居易和張仲素三覆之而不能去。

樂籍制度在文學方面另一個大的作用,是孕育出一批情愛主題小説,具體有兩種文獻形態:

第一類是成型的短篇小説集,由若干紀實故事組成,以某位才藝出衆的樂籍女子爲主人公,故事情節淒惻動人。主要有段安節《樂府雜録》、張君房《麗情集》。《太平御覽》卷五七三引《樂府雜録》故事兩則,其中一則,記載了一位叫許和子的樂家女子,具有極高的演唱天賦,開元中被召入宜春院,經過樂家的長期訓練,水準更高。其曰:"開元中,有人許和子者,本吉州永新縣樂家女也。開元末進入宫,因以永新名之,籍於宜春院。既美且惠,善歌,能變新聲。韓娥、李延

---

① 二詩分别見(清)彭定求等《全唐詩》卷 365、442,中華書局 1960 年版,第 4129、4946 頁。

年歿後千載,曠其人,至永新,始繼其能。遇高秋朗月,臺殿清虛,喉囀一聲,響傳九陌。明皇嘗獨召李謨(謩)吹笛,逐其歌,曲終管裂,其妙如此……洎漁陽之亂,六宮星散,永新爲一士人所得。韋青避地廣陵,因月夜憑欄,於小河上,忽聞舟中唱《水調》者,曰:'此永新故歌也。'乃登舟省之,因與永新對泣久之,青始晦其事。後士人卒,與其母之京師,終於狹斜間。"①排除掉其中的誇大成分,亦可見其歌曲演唱水準之高。但在叙述編排上比較隨意,整個故事及叙事方式都是一種民間形態,反映了社會底層面貌,特别是有才氣的文人和有才藝的女子之間的美妙結合,其事屬於豔情。叙述文筆受此影響,也變得流暢宛轉,别具風味。因爲側重叙述男女情愛、才子佳人,而被稱爲"麗情",這樣的小説集謂之"麗情集"。北宋張君房編的《麗情集》就是這樣一部著名的書,《郡齋讀書志》卷一三小説類著録,稱其書有二十卷,"皇朝張君房唐英編古今情感事。"②其佚文《紺珠集》卷一一、《類説》卷二九各有摘録,各立條目名稱以吸引讀者。其他唐人小説亦偶有記載,都是緣於文人好事者的有意蒐集整理,才進入雜史、小説,流傳至今;官方史書和朝章國典却絶少見到此類記載的蹤影。以今日的眼光看,屬於紀實小説,不同於那些講述鬼神怪異之事、宣揚封建迷信思想的志怪小説,也不同於塑造人物形象、講述離奇故事的長篇傳奇小説。這類記載多出自某部筆記,是其中的一條文字、一則故事,本身並不具有文體上的獨立性,大都情節完整,故事動人;都有文士和妓女兩個主人公,因爲女子身在樂籍而得以與文人相識相戀,後又因事例典型而載入小説,爲人所知。其結構是叙事+詩篇,叙事用來介紹背景,詩篇成於雙方贈答。所有故事都是生活中的真人真事,不同於文人杜撰,頗能反映不同歷史時期的世態人情,具有一定的社會認識意義。時代上均屬晚唐五代以至北宋,較之故事發生的時代要晚一拍,反映出小説編撰的滯後性。

以下小説都具有這一特點。如《太平廣記》卷二七四引《閩川名士傳》:泉州文士歐陽詹"貞元年,登進士第,畢關試,薄遊太原。於樂籍中,因有所悦,情甚相得。及歸,乃與之盟曰:'至都,當相迎耳。'即灑泣而别,仍贈之詩曰:'驅馬漸覺遠,迴頭長路塵。高城已不見,況復城中人。去意既未甘,居情諒多辛。五原東北晉,千里西南秦。一履不出門,一車無停輪。流萍與繫瓠,早晚期相親。'尋除國子四門助教。住京,籍中者思之不已。經年,得疾且甚,乃危妝引髻,刃而匣之,顧謂女弟曰:'吾其死矣! 苟歐陽生使至,可以是爲信。'又遺之詩曰:'自從别

---
① (宋)李昉等《太平御覽》卷573,中華書局1960年版,第2587頁。
② (宋)晁公武撰,孫猛校證《郡齋讀書志校證》卷13,上海古籍出版社1990年版,第597頁。

後減容光,半是思郎半恨郎。欲識舊時雲髻樣,爲奴開取縷金箱。'絶筆而逝。及詹使至,女弟如言,徑持歸京,具白其事。詹啓函閱之,又見其詩,一慟而卒。"①據《太平廣記》本條下文,此事乃當時真事,就發生在唐德宗貞元中,而其編入小説則在晚唐。其事當時就非常有名,爲名士孟簡所知,乃賦詩哭之,並撰《詩序》補叙其事。序中提到,樂籍女子是作鎮太原的某位大將軍府的營妓,乃"北方之尤者",歐陽詹與她相識於太原軍府的大將軍宴上,爲之留賞數月,後牽於人事而被迫離開,臨别許諾姑娘"至都而來迎。許之,乃去。生竟以蹇連,不克如約",②致使女子怨恨而亡。歐陽詹亦受此事影響而早卒,年僅四十餘,韓愈爲撰《歐陽生哀辭》。《新唐書》將其事蹟列入卷二〇三《文藝傳》,而諱言其事。像這樣的故事,《類説》卷二九《麗情集》共有二十四則,包括《煙中仙》《崔徽》《無雙仙客》《愛愛》等,均愛情故事。其中《崔徽》曰:"蒲女崔徽,同郡裴敬中爲梁使蒲,一見爲動,相從累月。敬中言還,徽不得去,怨抑不能自支。後數月,敬中密友知退至蒲,有丘夏,善寫人形,知退爲徽致意於夏,果得絶筆。徽捧書謂知退曰:'爲妾謝敬中。崔徽一旦不及卷中人,徽且爲郎死矣。'明日發狂,自是稱疾,不復見客而卒。"《灼灼》:"錦城官妓灼灼,善舞《柘枝》,歌《水調》。相府筵中,與河東人坐,神通目授,如故相識,自此不復面矣。灼灼以軟綃多聚紅淚,密寄河東人。"《燕子樓》:"張建封僕射節制武寧,舞妓盼盼,公納之燕子樓。白樂天使經徐,與詩曰:'醉嬌無氣力,風嫋牡丹花。'公薨,盼盼誓不他適,多以詩代問答。有詩近三百首,名《燕子樓集》。嘗作三詩云:'樓上殘燈伴曉霜……''北邙松柏鎖愁煙……''適看鳴雁岳陽回……'樂天和曰……盼盼泣曰:'妾非不能死,恐百載之後,人以我公重於色。'乃和白詩云:'自守空樓斂恨眉,形同春後牡丹枝。舍人不會人深意,剛道泉臺不去隨。'"③這些引文,都是短篇故事,具有完整的故事情節和清晰的人物形象,展現了主人公在事件中豐富複雜的感情,相當於愛情題材的文言短篇小説,其藝術成就比文人詩要高。

第二類爲非獨立成篇的筆記小説的紀實文字,都是採用隨事記録的筆記體裁,一事一條,每條講述一個樂籍女子和男性文人的情愛故事,情致纏綿,聳動人心,常見於宋明筆記、野史、總集、類書,其中出自宋人筆記者居多;明清雖有,但終究隔了一層。以下幾則故事都出自宋人筆記,屬於同一情節結構類型。《容齋

---

① (宋)李昉等《太平廣記》卷274,中華書局1961年版,第2161頁。
② (宋)李昉等《太平廣記》卷274,中華書局1961年版,第2162頁。
③ (宋)曾慥《類説》卷29,影印《文淵閣四庫全書》本,上海古籍出版社1987年版,第873册,第488頁。

隨筆》三筆卷一二《盼盼秋娘三女》:"白樂天《燕子樓詩序》云:'徐州故張尚書,有愛妓曰盼盼(盼盼之誤),善歌舞,雅多風態。尚書既歿,彭城有舊第,第中有小樓名燕子。盼盼念舊愛而不嫁,居是樓十餘年,幽獨塊然。'白公嘗識之,感舊遊,作二絕句,首章云:'滿窗明月滿簾霜……'末章云:'今春有客洛陽回,曾到尚書冢上來……'讀者傷惻。劉夢得《泰娘歌》云:'泰娘本韋尚書家主謳者,尚書爲吳郡,得之,誨以琵琶,使之歌且舞,攜歸京師。尚書薨,出居民間,爲蘄州刺史張愻所得。愻謫居武陵而卒,泰娘無所歸。地荒且遠,無有能知其容與藝者,故日抱樂器而哭。'劉公爲歌其事云:'繁華一旦有消歇,題劍無光履聲絕。蘄州刺史張公子,白馬新到銅駝里……'……是三人者,特見紀於英辭鴻筆,故名傳到今。況於士君子終身不遇而與草木俱腐者,可勝歎哉!然盼盼節義,非泰娘、好好可及也。"①《説郛》卷一九下景涣(焕)《牧豎閒談》:"元和中,成都樂籍薛濤者,善篇章,足辭辨。雖兼風諷教化之旨,亦有題花詠月之才,當時乃營妓之中尤物也。元稹微之知有薛濤,未嘗識面。初授監察御史,出使西蜀,得與薛濤相見。自後元公赴京,薛濤歸浣花。浣花之人多造十色彩箋,於是濤別摸新樣,小幅松花紙,多用題詩,因寄獻元公百餘幅。元於松花紙上,寄贈一篇曰:'錦江滑膩岷峨秀,化作文君及薛濤。言語巧偷鸚鵡舌,文章分得鳳凰毛。紛紛辭客皆停筆,個個郎君欲夢刀。別後相思隔煙水,菖蒲花發五雲高。'薛嘗好種菖蒲,故有是句。"②像這些文字,就同時具有文學價值和史料價值,可以從文學研究和歷史研究兩個角度對待。文學方面,可以從紀實文學的角度看待它,從中認識樂籍制度的文學效應、中晚唐的世態人情,對於瞭解當時文人、妓女生活及二者的交往尤爲有用,在這方面有特殊價值。

但這類文字畢竟屬於寫實,史事和制度才是其真正的意義所在,因而史學研究方面的價值無疑更高。從這些記載中,可以考見樂籍制度在唐代的實際運作,看到很多正史職官志及會要、政書所無的生活細節和變例。如前所述,漢魏以前,宮廷或許也有聲妓,但未形成嚴密的管理制度,僅有樂家習樂的相關規定。直到北魏中期纔出現了初步的制度,國家將罪人妻女没爲賤隸,強迫其修習音樂舞蹈,並編户入籍,審核考察。此後,南北朝隋唐均沿襲此制,各朝都有自己的樂户和樂籍女子。但作爲一項文化制度,樂籍制度却不像館驛制度、文館制度、科

---

① (宋)洪邁《容齋隨筆·三筆》卷12,上海古籍出版社1996年版,第551—552頁。
② (元)陶宗儀《説郛》卷19下,影印《文淵閣四庫全書》本,上海古籍出版社1987年版,第877册,第160頁。

舉制度那樣，納入國家層面常年進行管轄，因此並沒有多少明文記載的制度規章可言，基本的制度就那麼幾條，我們依靠零星記載而得知大概。其主要內容，是對樂籍女子來歷、身份、種類、性質、功用、隸屬關係、人事變化、日常生活及演練技藝方面的規定和說明。唐人筆記小說中頗有記載，可以證明此項制度之一二。京城中居於皇宫的內教坊是唐代樂籍最集中的處所，隸名其中者最著名，地位也最高。其制度略見崔令欽《教坊記》："西京右教坊在光宅坊，左教坊在延政坊。右多善歌，左多工舞，蓋相因成習……妓女入宜春院，謂之'內人'，亦曰'前頭人'，常在上前頭也。其家猶在教坊，謂之'內人家'，四季給米。其得幸者，謂之'十家'，給第宅，賜無異等。初特承恩寵者有十家，後繼進者，敕有司給賜同十家。雖數十家，猶故以'十家'呼之。每月二日、十六日，內人母得與女對；無母，則姊妹若姑一人對。十家就本落，餘內人並坐內教坊對。內人生日，則許其母、姑、姊妹皆來對，其對所如式。"①從中可知，盛唐的"教坊女子"和"內人"有時就是同義詞，皆在長安宜春院，人數衆多，有嚴格的管理制度，何時允許和親人見面，都有明確規定。這些女子根據其特長，被編入善歌的和工舞的兩隊，區分爲兩大類，分開居住。其中特承恩寵者，經常被召入皇宫表演節目，這樣的樂户有十家。又《紺珠集》卷一《請纏頭》條引樂史《楊妃外傳》：唐明皇"宴於清元殿，自打羯鼓，曲終，謂八姨曰：'樂籍今日有幸得供養夫人，請一纏頭。'八姨曰：'豈有大唐天子大姨無錢用耶？'出三百萬爲一局。"②文中的樂籍女子亦屬於盛唐京城長安樂籍，善打羯鼓舞曲，以此得入籍中，供奉官府。

以下所述則爲晚唐五代京師樂籍。《北夢瑣言》卷六《樂工關小紅》："唐昭宗劫遷，百官蕩析，名娼伎兒，皆爲强諸侯有之。供奉彈琵琶樂工號關別駕，小紅者，小名也。梁太祖求之，既至，謂曰：'爾解彈《羊不采桑》乎？'關伶俛而奏之。及出，又爲親近者俾其彈而送酒。由是失意，不久而殂。復有琵琶石潨者，號'石司馬'。自言早爲相國令狐公見賞，俾與諸子涣、渢連水邊作名也。亂後入蜀，不隸樂籍，多游諸大官家，皆以賓客待之。一日，會軍校數員飲酒作歡，石潨以胡琴擅場，在坐非知音者，喧嘩語笑，殊不傾聽。潨乃撲槽而訴曰：'某曾爲中朝宰相供奉，今日與健兒彈而不蒙我聽，何其苦哉！'于時識者亦歎訝之。喪亂以來，冠

---

① （唐）崔令欽《教坊記》，見《唐五代筆記小說大觀》，上海古籍出版社 2000 年版，第 123 頁。
② （宋）朱勝非《紺珠集》卷 1，影印《文淵閣四庫全書》本，上海古籍出版社 1987 年版，第 872 册，第 284 頁。

履顛倒,不幸之事,何可勝道,豈獨賤伶云乎哉!"①文中的樂籍女子關小紅,就隸名京師,以色藝聞名,身價頗高,本人亦頗以此自傲。唐昭宗時,供奉於京中官府。後爲朱溫所得,只因小事失寵於主人,鬱鬱而終。石潨也是京城的琴妓,善彈胡琴,唐末曾供奉於中朝宰相令狐綯府;只因生不逢時,適逢唐末五代亂世,纔遭人輕賤,雖然技藝過人,但流落風塵,不蒙賞識。

京師之外,就是地方樂籍了。地方雖多,但在去向和分佈上也不是沒有規律,一般集中在南北各地的名藩巨鎮,太原、汴州、揚州、江陵、襄陽、成都最多。這些地方知名度高,尤其是後四座南方名城還都有水陸兩道和京師相通,交通較爲方便,是各色人員的聚散之地,人口流動性較大,城市生活發達,成批的文人對樂籍女子吸引力較大,因而成爲京城之外樂籍女子的主要去處。《文苑英華》卷六六五李商隱《上河東公啓三首》其一:"商隱啓:兩日前,於張評事處伏睹手筆,兼評事傳指意,於樂籍中賜一人,以備紉補。某悼傷已來,光陰未幾,梧桐半死,方有述哀……及到此都,更敦夙契。自安衰薄,微得端倪。至於南國妖姬,叢臺妙妓,雖有涉於篇什,實不接於風流。"②這裏記的是隸屬於河東節度使府的樂籍女子,在太原。時李商隱妻王氏新喪,李心情悲痛,生活無人照料,故而河東節度使柳仲郢賜予樂籍女子一人,並手諭其幕僚張覿辦理此事。據劉學鍇、余恕誠先生考證,此爲大中五年冬事③。《南部新書》丁卷:"李翱在湘潭,收韋江夏之女於樂籍中,趙驊亦於賊人贖江西韋環之女。或厚給以歸親族,或盛飾以事良家,此哀孤之上也。"④這裏李翱在湘潭收養的樂籍女子,就是鄂州刺史韋某之女,後因故被鄂州官府招納爲地方樂妓,服務於當地政府。可能因爲其主人發生變故,人身失去依靠,而被李翱收養。《南唐近事》卷二:"章齊一爲道士,滑稽無度,善於嘲毀。娼里樂籍,多稱其詞。"這裏的樂妓則隸屬五代南唐某地官府,因爲賣色賣藝,而得以與娼里妓女並稱。《類說》卷二九《麗情集·蜀妓薛濤》:"元微之元和中使蜀,籍妓薛濤者,有才色,府公嚴司空知元之情,遣濤往侍焉。後登翰林,以詩寄曰:'錦江滑膩峨眉秀,毓出文君與薛濤……'"⑤文中的薛濤是隸名劍南西川使府、身在成都的地方官妓。《玉泉子》:"韋保衡嘗訪同人家,方坐,有李鉅新及第,亦繼至。保衡以其後先,匿於帷下……保衡初既登第,獨孤雲除西川,辟在幕

---

① (五代)孫光憲《北夢瑣言》卷6,中華書局2002年版,第144—145頁。
② (宋)李昉等《文苑英華》卷665,中華書局1966年版,第3418頁。
③ 見劉學鍇、余恕誠《李商隱文編年校注》,中華書局2002年版,第3册,第1901—1903頁。
④ (宋)錢易《南部新書》丁卷,中華書局2002年版,第48頁。
⑤ (宋)曾慥《類說》卷29,影印《文淵閣四庫全書》本,上海古籍出版社1987年版,第873册,第490頁。

中。樂籍間有佐酒者,副使李甲屬意時久,以逼於他適,私期回,將納焉。保衡既至,不知所之,祈於獨孤,且將解其籍。李至,意殊不平,每在宴席,輒以語侵保衡。保衡不能容,即攜其妓以去。李益怒之,屢言於雲。雲不得已,命飛牒追之而回。無何,堂牒追保衡赴闕下,乃尚同昌公主也,李固懼之矣。不日,保衡復入翰林。李聞之,登時而卒。"①文中的樂籍女子也在成都,隸名於劍南西川節度使幕,以善於飲酒而常被招來佐酒助興。《詩話總龜》前集卷二二引《雜詠》:"荆南高從誨,字遵聖,季興嫡子也。久事戎間,及至繼立,頗叶衆望。始則飾車服,尚鮮華,遠市駔駿,廣招伶倫。荆渚樂籍間,多有梁園舊物。季興先時,建渚宫於府庭西北隅,延袤十餘里,亭榭鱗次,艫艦翼張,栽種異果名花修竹。從誨紹立,尤加完葺。每月夜花朝,會賓客。從誨明音律,僻好彈胡琴。有女妓數十,皆善其事。王仁裕使荆渚,從誨出十妓,彈胡琴。仁裕有詩美之曰:'紅妝齊抱紫檀槽,一抹朱弦四十條。湘水凌波慚鼓瑟,秦樓明月罷吹簫。寒敲白玉聲何婉,暖逼黄鶯語自嬌。丹禁舊臣來側耳,骨清神爽似聞韶。'"②文中的樂籍女子善彈胡琴,來自後梁的都城汴京,屬於"梁園舊物";五代亂世,因招募而進入荆南高季興官府,爲其營妓,彈奏胡琴樂曲。當時荆南府中,這樣的樂籍女子竟然多達數十位。

由上可知,一種制度要能夠對文學發生影響,最關鍵的不在於制度本身有多重要,而在於必須要有適當的中介環節;只有經由中介環節這個橋樑和紐帶,才能實現從制度到文人生活、文人心理、文學創作的轉換。制度—文人—生活—心理—創作,是一個有連帶關係的作用鏈條。如果堅持以文人爲中心、以制度及史事爲基礎、以作品爲落脚點,這種關係將會看得更清楚。

---

① (唐)闕名《玉泉子》,見《唐五代筆記小説大觀》,上海古籍出版社 2000 年版,第 1430 頁。
② (宋)阮閱《詩話總龜》前集卷 22,人民文學出版社 1987 年版,第 239—240 頁。

勸農制度下的古代農事詩

袁 悅*

内容提要 古代統治者要求官員引導並教育國民進行農業活動的政治制度統稱爲勸農制度。采風制度雖始於政治統治需要，但在事實上影響了農事詩的發展。由於農人的文化水準有限，官方采風而來的農事詩一般由采風官身份的文人加工代言。在嚴格禮制下培養出的采風官所采農事詩被整理、加工和美化，底層敘事性減弱。籍田實質上是一項統治者通過禮樂方式實行的常規勸農制度。當籍田禮作爲勸農儀式的祭祀功能超越勸課功能時，意味着封建統治者已借由勸農活動獲得了正統和權威。此外，籍田禮中的鞭春儀式下移至民間發展成爲農俗，不僅溝通了官民感情，還實現了地方教化功能。詩人是農事詩與農官制度互動的中介。農事詩内容會受到詩人人生境況、心理狀態等諸多因素影響。

關鍵詞 勸農制度；采風；籍田；農官；農事詩

宋希庠在《中國歷代勸農考》的緒言部分闡釋了古代勸農制度創立之緣由："古之王者，宰治重教。既視農爲本業而末置工商，凡可以佐黎首力農，罔不設官而教導之。勸農制度，用是創立。"[①]"例行公事"一般的勸農活動，却對百姓產生着潛移默化的教化作用。從農業教育角度分析，勸農活動始終處於中國傳統農業教育的核心地位。無論是皇帝宣諭還是官員教導，無不促使民衆在日常勞動中不知不覺地接受教化。從政治文化角度看，勸農制度通過多種方式向民衆傳達君王的重農思想，起到自上而下的政治宣傳作用。上到國家宏觀農業發展層面制度化建設，下至農村社會基層治理，皆與勸農制度息息相關。勸農問題貫穿

---

* 作者簡介：袁悦，上海大學文學院博士研究生。
　基金項目：本文爲國家社會科學基金重大項目"中國古代文學制度研究"（17ZDA238）階段性成果。
① 宋西庠《中國歷代勸農考》，正中書局1936年版，第1頁。

中國古代社會始終。鑒於勸農者與勸農對象有別,歷代勸農制度表現出獨特性,不可混爲一談。此種獨特性需通過縱向比較纔能顯現。按照饒龍隼《中國文學制度研究的統合與拓境》的觀點,解決制度與文學關係問題研究的思路主要分爲橫向和縱向兩方面;其中,縱向方面指加強歷時性研究①。本文簡要考述了三種勸農制度之來龍去脉,探討受勸農制度影響的文人如何在此因素的影響下創作農事詩。

一 采風制度下農事詩篇的生成

采風制度可分爲重音樂的采樂和重文本的采詩兩個階段。本節重點討論采詩階段農事詩作爲婉辭進入采風制度的問題。采風制度雖始於政治統治需要,但在事實上影響了農事詩的發展。在重農抑商的社會環境下,農民爲采風的主要對象。由於農人的文化水準有限,官方采風得來的農事詩一般由采風官身份的文人進行再加工。如諷刺非生産者不勞而食的《伐檀》,全詩不可能句句都完全與農人所言相同,其中必有采風官代農立言的成分;這從側面印證了采風官是溝通采風制度與農事詩之間的橋樑。朱自清《中國歌謡》認爲古代歌謡源於個人的創造,反映了創作者本人的意願和情愫②,故可以推論采詩者的態度、立場和方法往往影響采詩的内容。此説雖肯定了文學的人工作用,但卻未從文學制度諸層位間重新認證作家的主體創造性。事實上,作家能夠在外層制度的影響下暫時委棄個人情愫,創作出符合時代特色的文學作品。自先秦到唐宋,采風制度下的農事詩不僅篇目逐漸减少,其主要功能亦由側重諷諫轉變爲以贊頌爲主,違背了采風制度設立之初衷。

在生産力水準低下的原始社會,生産者的利益訴求必須得到足够重視。統治者從自身統治立場出發,有觀俗觀政的需求,采風制度應運而生。自舜時期,統治者就將采風作爲觀俗觀政的重要手段。《尚書·虞書·舜典》載:"伯拜稽首讓於夔龍……帝曰:'夔!命汝典樂,教胄子,直而温,寬而栗,剛而無虐,簡而無傲'……帝曰:'龍,朕堲讒説殄行,震驚朕師,命汝作納言,夙夜出納朕命,惟允'。"③舜命夔職掌音樂,命龍爲納言,負責信息的上傳下達。《尚書·夏書·胤

---

① 饒龍隼《中國文學制度研究的統合與拓境》,《清華大學學報》2020 年第 5 期,第 7 頁。
② 朱自清《中國歌謡》,金城出版社 2005 年版,第 36 頁。
③ 阮元校刻《十三經注疏·尚書正義》卷 3,中華書局 1980 年版,第 131—132 頁。

征》:"每歲孟春,遒人以木鐸徇於路。"①以上史料可視爲先秦采風制度的開端。采風制度確立於周代。《文選》李善注引《禮記》曰:"天子五年一巡狩,命太師陳詩以觀民風。"②此外,《周禮》載:"及其萬民之利害爲一書,其禮俗政事教治刑禁之逆順爲一書,其悖逆暴亂作慝猶犯令者爲一書,其札喪凶荒厄貧爲一書,其康樂和親安平爲一書。凡此物者,每國辨異之,以反命於王,以周知天下之故。"③這是《周禮》所載小行人之職責,專門負責將各國情況條列子目上呈於王。統治者可通過收集來的批評意見,發現國家管理中的過失,以便及時調整。《漢書·藝文志》載:"哀樂之心感而歌詠之聲發,誦其言謂之詩,詠其聲謂之歌。故古有采詩之官,王者所以觀風俗,知得失,自考正也。"④進一步明確了采風制度之目的爲觀俗觀政,爲王室提供調整馭民政策的依據。

　　采風在先秦時期就已顯現出諷諫意義。如《詩經·魏風·碩鼠》云:"碩鼠碩鼠,無食我黍。"⑤以貪婪的碩鼠諷刺奴隸主無盡的剝削。漢代的采風形式有樂府機構和政府官員采詩兩種。漢武帝"遣謁者巡行天下,存問致賜"⑥。漢元帝、平帝屢次"遣光禄大夫褒等十二人循行天下,存問耆老鰥寡孤獨困乏失職之民,延登賢俊,招顯側陋,因覽風俗之化"⑦。光武帝"廣求民瘼,觀納風謡"⑧。和帝即位,又"分遣使者,皆微服單行,各至州縣,觀采風謡"⑨。樂府機構出於制禮目的,其主要職責是搜集富有地方特色的民間歌謡以配樂。而漢代政府官吏采詩,重點關注反映現實的內容。漢代官吏采詩制度促進了漢代農事詩寫實性的增强。如(漢)劉章參考農諺所作的《耕田歌》,暫且不論其政治背景下的比喻義,此詩在客觀上傳授了農田耕種之法。詩中言及的"深耕穊種"和"立苗欲疏",旨在傳授耕地要深、播種須密的農事經驗,對實際的農業生產有重要的指導作用。再如《戰城南》:"禾黍不穫君何食?願爲忠臣安可得。"⑩面對戰爭嚴重破壞農業生產的局面,詩人從實際出發,力勸統治者停戰以興農桑。

　　農事詩亦反作用於采風制度,甚至一度違背了采風制度設立的初衷。采風制

---

① 阮元校刻《十三經注疏·尚書正義》卷7,中華書局1980年版,第157頁。
② 蕭統編,李善注《文選》卷31,上海古籍出版社2011年版,第1350頁。
③ 阮元校刻《十三經注疏·周禮注疏》卷37,中華書局1980年版,第894頁。
④ 班固《漢書》卷30,中華書局1962年版,第1708頁。
⑤ 阮元校刻《十三經注疏·毛詩正義》卷2,中華書局1980年版,第359頁。
⑥ 班固《漢書》卷6,第174頁。
⑦ 班固《漢書》卷9,第279頁。
⑧ 范曄《後漢書》卷76,中華書局1965年版,第2457頁。
⑨ 范曄《後漢書》卷82,第2717頁。
⑩ 郭茂倩《樂府詩集》卷16,中華書局1998年版,第228頁。

度設立之始,其目的爲收集批評意見,發現國家管理中的過失,從而及時調整政策。然而,在嚴格的禮制下培養出的采風官,會不自覺地濾掉過於直接的諷諫內容,所采農事詩被整理、加工和美化,以致底層敘事性減弱。唐代采風以贊美爲主的傾向尤爲明顯。據《新唐書》載:"天子將巡狩……會之明日,考制度。太常卿采詩陳之,以觀風俗。命市納賈,以觀民之好惡。"①可見,唐代曾設太常卿以采詩。然而,太常卿所采農事詩大都突出表現爲贊頌統治者之意,其諷諫之意遠不及周代。陸游跋《御覽詩》曰:"右《唐御覽詩》一卷,凡三十人,二百八十九首,元和學士令狐楚所集也。按盧綸墓碑云:'元和中,章武皇帝命侍臣采詩,第名家得三百十一篇,公之章句奏御者居十之一。'"②《御覽詩》現存二百餘首詩,其中幾乎沒有直接反映民生疾苦的農事詩。元白新樂府詩中反映農事的內容,其直接背景即是唐代的采詩制度。白居易《大和戊申歲、大有年,詔賜百寮出城觀稼,謹書盛事,以俟采詩》便爲應對太常卿采詩而創作的農事詩。白居易對采詩制度的諷諫功能表示肯定,其《采詩官》一詩中提出了對待群衆的意見需秉承"言者無罪聞者誠"③的正確態度;只有深入民間采詩纔能達到"下流上通上下泰"④的目的。唐代官方所采農事詩不僅數量少,語言亦極其委婉,在內容上與統治者基本達成和平狀態,已經逐漸失去了上古采詩制度的本來意義。宋代官方沒有采詩制度,張詠作於至道元年(995)的《悼蜀四十韻》詩自序云:"嗚呼!雖采詩之官闕之久矣。"⑤元代繼承前代,仍設使者采詩。據楊維楨《金信詩集序》載:"今天子制禮作樂,使行天下采風謡入國史,東州未有應之者,吾將以信似之。"⑥元代官方雖派出使者采詩,但其效力遠不及民間采詩。趙文論及本朝民間采詩之盛,稱"今采詩者遍天下"⑦。可見,元代官方采詩已名存實亡,其諷諫功能亦逐漸被王權所削弱。

二 籍田制度下農俗風情之詩性書寫

籍田是原始社會末期村社中集體耕作的公有土地⑧。古代天子、諸侯在徵用民力耕種的農田上舉行的象徵性親耕儀式爲籍田禮,其主要目的是教化百姓

---

① 歐陽修、宋祁《新唐書》卷14《禮樂志》,中華書局1975年版,第353、355頁。
② 紀昀等《欽定四庫全書總目》卷186,中華書局1997年版,第2603頁。
③④ 白居易《白居易集》卷4,中華書局1979年版,第90頁。
⑤ 北京大學古文獻研究所《全宋詩》第1冊,北京大學出版社1991年版,第521頁。
⑥ 楊維楨《楊維楨集》卷7,浙江古籍出版社2017年版,第50頁。
⑦ 趙文《青山集》卷2,《景印文淵閣四庫全書》本,臺灣商務印書館2008年版,第1195冊,第14頁。
⑧ 楊寬《古史新探·"籍禮"新探》,中華書局1965年版,第227頁。

重農,傳播農業文化和教授農業技術。由於籍田制度不僅包括開耕,還包括耨穫等農業生產環節,因此,籍田實質上是一項統治者通過禮樂方式實行的常規勸農制度。籍田的功能有一部分與祭祀關聯。《詩經·周頌·載芟》序云:"載芟,春籍田而祈社稷也。"①多種文獻對舉行籍田的地點"帝籍"作了解釋,如《國語·周語·虢文公諫宣王不籍千畝》載:"宣王即位,不籍千畝。虢文公諫曰:'不可。夫民之大事在農,上帝之粢盛於是乎出。'"②《周禮》賈公彥疏云:"籍田之穀,眾神皆用,獨言帝籍者,舉尊言之。"③籍田是統治者祭祀上帝和先祖之田,而王因被認為是其直系後代而有權統治天下。故當籍田作為勸農儀式的祭祀功能超越勸課功能時,意味着統治者已借由勸農活動獲得了正統和權威。此外,籍田禮中的鞭春儀式下移至民間,發展成為地方農俗,不僅溝通了官民感情,還實現了地方教化功能。以上在農事詩中皆有體現。

籍田制度源於原始社會的集體耕作制度。殷墟甲骨文有"大令眾人曰劦田"的記載。據郭沫若《殷契粹編》八六六記載商代卜辭:"……曰協……其受年"④劦田表現為三耒共耕的形式,且此種形式被吳其昌、饒宗頤等學者認為是籍田制度的前身。周之前,籍田只作為一種生產行為而存在;至周代,籍田發展為一種禮儀,被賦予象徵意義。籍禮的主要禮節是"班三之,庶民終於千畝"(《國語·周語上》)⑤。《禮記·月令》亦記載孟春之月,天子乃擇良辰,"帥三公、九卿、諸侯、大夫,躬耕帝籍。天子三推,三公五推,卿諸侯九推"⑥。先秦籍田制度下的農事詩創作主要表現為內容上的策應。先秦農事詩大部分集中於《詩經》,其中《載芟》《良耜》《信南山》《甫田》《大田》屬籍田禮畢後報祭典禮的詩歌,《噫嘻》《臣工》二篇為勸農儀式上不同階段所用樂歌;(宋)朱熹《詩集傳》評價後二詩皆為勸誡農官之詩,且均為籍田而言。如朱熹注《臣工》篇云:"此戒農官之詩。先言王有成法以賜女,女當來咨度也。保介,見《月令》《呂覽》,其說不同,然皆為籍田而言,蓋農官之副也。"⑦注《噫嘻》篇云:"此連上篇,亦戒農官之詞。"⑧但《毛序》認

---

① 阮元校刻《十三經注疏·毛詩正義》卷19,中華書局1980年版,第601頁。
② 左丘明《國語》卷1,上海古籍出版社1978年版,第15頁。
③ 阮元校刻《十三經注疏·周禮注疏》卷4,中華書局1980年版,第662頁。
④ 郭沫若《殷契粹編》,科學出版社1965年版,第177頁。
⑤ 左丘明《國語》卷1,第18頁。
⑥ 阮元校刻《十三經注疏·禮記正義》卷14,第1356頁。
⑦ 朱熹集注《詩集傳》卷19,上海古籍出版社1980年版,第227—228頁。
⑧ 朱熹集注《詩集傳》卷19,第228頁。

爲《噫嘻》篇爲祈穀於神所用樂歌："《噫嘻》，春夏祈穀於上帝也。"① 鄭玄贊同毛說："《噫嘻》詩者，春夏祈穀於上帝之樂歌也。"② 然而，詩中"播厥百穀"和"十千維耦"兩大勞動場面顯然是某人"令"的結果，與天神無關。故此說法有誤。此外，《毛詩》云："私，民田也。"③ 將《噫嘻》中"駿發爾私"的"私"解釋爲"私田"；此說鄭玄、朱熹皆從之。鄭箋云："駿，疾也；發，伐也……使民疾耕發其私田。"④ 詩意爲使民大力耕發其私田。朱熹《詩集傳》載："私，私田也……溝洫用貢法，無公田，故皆謂之私。"⑤ 但據《禮記正義·王制》載："古者，公田藉而不稅。"⑥ 先公後私的生產行爲定不會自發產生，必須在專職農官"駿"的監督領導下纔可執行。若按私田解釋，農官便不會產生監督行爲，在詩中前後矛盾。其次，從詩中耕田"三十里""十千"可旁證此爲公田。"三十里""十千"乃多數之稱，並非確切數字。清華簡《繫年》載："十又四年，厲王生宣王，宣王即位，龏（共）伯和歸於宋（宗）。宣王是始棄帝籍弗田，立卅又九年，戎乃大敗周師於千畝。"⑦ 可見，千畝指的是王室籍田。因此，詩中"十千"和"三十里"進一步佐證了所耕之田爲公田而非私田。《孔疏》中將"發"解釋爲"以耜擊伐此地，使之發起也"⑧。故"駿發爾私"可解釋爲揮動手中的耜進行勞作。

秦朝有無籍田禮現存爭議。漢代統治者繼承了周代的籍田制度。《漢書·百官公卿表》中載有專門負責籍田的官吏："景帝後元年更名大農令，武帝太初元年更名大司農。屬官有太倉、均輸、平準、都內、籍田五令丞。"⑨ 魏晉南北朝時期對籍田制度作了適度調整，如南齊永明三年，因宋"元嘉、大明以來，並用立春後亥日，尚書令王儉以爲亥日藉田，經記無文，通下詳議。"⑩ 唐宋籍田制度持續發展。貞觀元年（627），岑文本作《籍田頌》贊頌唐太宗的親耕行爲。宋朝皇帝尤其重視籍田親耕，杭州至今還保留有宋高宗親耕的八卦田。明代繼承了前代的籍田禮。（明）吳寬《觀耕籍田》云："春郊風動彩旗新，快睹黃衣是聖人。盛禮肇行非自漢，古詩猶在宛如豳。"⑪ 籍田禮創制之初，周天子一般於同一日先祭農神而

---

① ② 阮元校刻《十三經注疏·毛詩正義》卷 19，中華書局 1980 年版，第 591 頁。
③ ④ ⑧ 阮元校刻《十三經注疏·毛詩正義》卷 19，第 592 頁。
⑤ 朱熹集注《詩集傳》卷 19，第 228 頁。
⑥ 阮元校刻《十三經注疏·禮記正義》卷 12，第 1337 頁。
⑦ 清華大學出土文獻研究與保護中心編《清華大學藏戰國竹簡（貳）》，中西書局 2011 年版，第 136 頁。
⑨ 班固《漢書》卷 19，中華書局 1962 年版，第 731 頁。
⑩ 蕭子顯《南齊書》卷 9，中華書局 1972 年版，第 142 頁。
⑪ 曹學佺編《石倉歷代詩選》卷 418，《景印文淵閣四庫全書》本，臺灣商務印書館 1983—1986 年版，第 1392 冊，第 570 頁。

後耕籍田。但嚴格意義上,先農祭祀與籍田禮是兩套儀式,並且依古制應分祀天地於南北郊;但明太祖於洪武二年(1369)將此二禮合祀於南郊。(明)歐大任《大駕出耕籍田》一詩記載了這一史實。至清代,首都和各府州縣皆設置了先農壇和籍田,由天子和州縣官分別主持籍禮,籍田禮已完全被作爲一種勸農制度推廣至全國上下。

籍田制度下的農事詩常反映農俗風情,其中最常提到的爲"鞭春"。西周籍田禮已出現土牛農俗的雛形。《清嘉錄》引《事物紀原》曰:"周公始制立春土牛,蓋出土牛以示農耕之早晚。"①後因歷代推行農本政策,籍田禮制中的部分禮儀發展成爲地方鞭春農俗。《大清會典》對此過程做出了具體解釋:"東直門外,豫制芒神土牛。前一日,率僚屬迎春於東郊。立春日,隨禮部恭進春於皇太后、皇帝、皇后。退,率僚屬鞭春牛,以示勸耕之意,遂頒春於民間。"②漢代文獻中已有土牛農俗轉化爲春令活動的相關記載。《後漢書·禮儀志上》載:"立春之日,夜漏未盡五刻,京師百官皆衣青衣,郡國縣道官下至斗食令史皆服青幘,立青幡,施土牛耕人於門外,以示兆民,至立夏。"③鞭春最盛於唐、宋兩代。(唐)盧肇《謫連州書春牛榜子》云:"不得職田飢欲死,兒儂何事打春牛。"④連兒童都會學着大人鞭春打牛,可見鞭春農俗在民間傳播之廣泛。此外,唐代鞭春活動一般圍繞縣府衙門開展。(唐)元稹《生春》詩云:"鞭牛縣門外,爭土蓋蠶叢。"⑤宋仁宗頒佈《土牛經》後,鞭春農俗傳播更廣,最終發展成爲中國傳統農俗中的重要內容。兩宋時期鞭春農俗逐漸定型。(宋)劉敞《土牛行》云:"立春自昔爲土牛,古人設象今人愁。豈有範泥作頭角,便可代天熙九疇。村夫田婦初不知,繽紛圍繞爭相祈。"⑥扮演主事者角色的地方農官執鞭將泥塑打碎後,百姓紛紛搶奪土牛碎塊,以求吉利。如此看來,鞭春的意義不止在於送寒氣、促春耕,還有一定的巫術意義。(宋)陳元靚《歲時廣記》中較爲全面地記載了鞭春活動,除製作土牛外,還有示農牛、進春牛、爭春牛、繪春牛、纏春杖等一系列裝扮耕牛慶賀立春的儀式。官府對於打春牛的動作亦有具體步驟的規定。如(宋)釋慧空《偈》云:"先打春牛頭,後打春牛尾。"⑦成系統的鞭春步驟標志着鞭春活動在宋代漸趨完善成熟。

---

① 顧祿《清嘉錄》卷1,中華書局2008年版,第35頁。
② 《大清會典》卷85,中華書局1991年版,第405頁。
③ 范曄《後漢書》卷94,中華書局1965年版,第3102頁。
④ 彭定求等《全唐詩》卷551,中華書局1999年版,第6444頁。
⑤ 彭定求等《全唐詩》卷410,中華書局1999年版,第4564頁。
⑥ 劉敞《公是集》卷17,中華書局1985年版,第122頁。
⑦ 正受輯,朱俊紅點校《嘉泰普燈錄》(下),海南出版社2011年版,第532頁。

金末元初時期,社會局面雖較爲混亂,但春牛農俗却未曾間斷,不僅相沿成習,官方還對活動中土牛的顔色有了具體要求。(金)王寂《春牛》詩云:"土木形骸聊假合,丹青毛角巧相宜。"①金之前,鞭春活動對於土牛的顔色不大考究,而此詩着重介紹了鞭春活動所用土牛的材料和色彩,這意味着鞭春已作爲一種體現國家意志的勸農活動被納入行政管理之中。元代每年立春前三日,各級官員皆需迎接太歲春牛,祈求豐收。(元)貫雲石《清江引·立春》詩云:"土牛兒載將春到也。"②表明了古代土牛與迎春之間的象徵關係。至明代,鞭春活動更趨豐富。(明)唐之淳《除夜立春》:"土牛鞭映椒花酒,綵燕風吹爆竹灰。"③不僅以土牛配椒花酒,還在立春之時把燕形彩綢戴於頭部。清代鞭春活動已蔚然成風。(清)成鷲《打春牛歌三闋·其三》具體描述了鞭春牛的場景:

> 彩鞭三尺五色絲,衆手打牛牛負犁。方相前導蒙熊皮,長官後殿饒威儀。玉騮踥蹀行且嘶,風輕紫陌揚旌旂。道旁觀者誰與誰,八十老翁三歲兒。衆中熟視牛焉之,隙駒野馬紛交馳。繞城三匝歸乎來,慎勿近前官吏笞。④

《山堂肆考·時令》載有"彩仗擊牛"之説。在鞭春活動中,一般用繫有五色彩繩的鞭子鞭牛。佩戴熊皮面具的方相士在前面開路驅邪,尾隨當地最高行政長官的隨從不計其數。上至八十老翁,下至三歲孩童皆注目細觀長官執鞭打牛。儀仗隊一般繞城三周纔歸來,最後由長官執鞭打破春牛以示導農民親耕,祈求來年豐收。鞭春農俗中的農本内核將農業生産與國家慶典聯繫起來,並以社會組織形式對農家生活和農業生産進行了禮儀建構,地方官借鞭春農俗在與民同樂的過程中強化了地方基層治理。鞭春儀式的慶祝主體爲農人,地方百姓自然而然成爲承載鞭春農俗的主要受衆。《海龍縣志》記載了吉林海龍的打春頌詞,詞云:"一打風調雨順,二打國泰民安,三打大人連陞三級,四打四季平安,五打五穀豐收,六打闔屬官民人等一體編春。"⑤從中可窺見鞭春活動的地方治理意義。

---

① 王寂著,高光新點校《拙軒集》卷2,燕山大學出版社2019年版,第16頁。
② 姚之駰《元明事類鈔》卷3,上海古籍出版社1993年版,第30頁。
③ 唐愚士《唐愚士詩》卷4,《景印文淵閣四庫全書》本,臺灣商務印書館1983年版,第1236册,第589頁。
④ 四庫禁毁書叢刊編纂委員會編《四庫禁毁書叢刊·集部》第149册,北京出版社1997年版,第250頁。
⑤ 引自丁世良、趙放《中國地方志民俗資料彙編·東北卷》,書目文獻出版社1989年版,第310頁。

清乾隆時期重臣陳宏謀就將教化鄉民列爲地方官員的重要職責。《清經世文編》載：

  州縣雖曰親民，究不能常見士民，士民亦難常見官長。以致有關生養之大端，無人爲之振興。有干倫紀之大法，無知易於違犯。愚民淺識，止顧目前，不計久遠。或染於習俗，惑於謬見，日復一日，生計漸艱，犯法漸衆。究竟小民非盡無良，不可化誨也。茲者欽奉諭旨，令地方官遍歷鄉村，廣爲化導，力行教養，無懈興除。①

地方官員通過組織聲勢浩大的鞭春活動，既能發展與民同樂的友好官民關係，又能加強地方治理。此外，（清）曾燠《雪中得西穀和春牛詞再簡一篇》亦談到了群體性鞭春活動與地方安居的關係。詩云："却願天下皆有年，此唱彼和春牛篇……惜我躬耕已無力，牛老垂胡鞭不得。吳生昨日上封事，乞爲邊陲免租稅。"②體現出地方官員將鞭春農俗與地方教化融爲一體的鄉民教化理念。

三　農官制度下農事詩中的官民關係

農官是國家農業政策向地方推行的具體執行者，其主要負責計口授田、組織生產、徵收田租和借貸於民等工作。農官的設置有激勵農業生產和實現政治教化的雙重目的。詩人是農事詩與農官制度互動的中介，而詩人創作農事詩會受到其人生境況、心理狀態和社會角色等因素影響。如爲官的詩人受制於政績考核的影響，其農事詩的諷刺意較一般文人委婉。

世官制是西周王朝統治的重要制度保障。清人俞正燮《癸巳類稿》指出："太古至春秋，君所任者，與共開國之人及其子孫也。慮其不能賢，不足共治，則選國子教之。上士、中士、下士、府、史、胥、徒，取諸鄉興賢能，大夫以上皆世族，不在選舉也。"③由此可知，大夫以上級別農官一般以血緣爲依據世襲官職，大夫以下級別農官選拔自平民中的善生產者。此外，西周職官制度，以政績考核決定官員陞遷獎懲。《通典·選舉典·考績》載："周制，三載考績，三考黜陟。其訓曰：'三

---

① 賀長齡、魏源等編《清經世文編》卷28，中華書局1992年版，第701頁。
② 曾燠《賞雨茅屋詩集》卷22，《清代詩文集彙編》第456册，上海古籍出版社2010年版，第299頁。
③ 俞正燮撰《癸巳類稿》卷3，商務印書館1957年版，第77頁。

歲而小考其功也。小考者,正職而行事也。九歲而大考有功也。大考者,黜無職而賞有功也。'"①但這樣的考核制度對於大夫以上級別的農官意義不大,能夠制約他們的是來自天子的監督。如《詩經·周頌·臣工》:"嗟嗟臣工,敬爾在公。王釐爾成,來咨來茹。"②記載的便是周王監督訓誡農官之事。

春秋戰國時期,政治上周王室地位衰微,身份等級制逐漸失去約束力量。經濟上封建田制、稅制不斷受到諸侯修正。受政治經濟變動影響,官學衰落,私學興起。教育與政治權利緊密關聯,官與民身份之間的鴻溝可通過知識而跨越。以孔子的學生爲例,除少數如顏淵爲追求内心修爲而讀書外,多數人如子路一般,求學是爲投身仕途以顯榮。古代知識階層的興起與發展在一定程度上打破了官民之間的壁壘,爲形成友好和諧的社會環境創造了條件。雲夢秦簡中涉及農業的内容,多次提到"嗇夫"一詞。安作璋和熊鐵基兩位學者將"嗇夫"解釋爲:"原爲農夫之别稱,以後其中的生産能手被選拔爲田官,纔逐漸變爲一種官稱。"③睡虎地秦簡《廄苑律》載:"以四月、七月、十月、正月膚田牛。卒歲,以正月大課之,最,賜田嗇夫壺酉(酒)束脯,爲皁(皂)者除一更,賜牛長日三旬;殿者,誶田嗇夫,罰冗皁者二月。其以牛田,牛減絜,治(笞)主者寸十。有(又)里課之,最者,賜田典日旬;殿,治(笞)卅。"④在中國古代社會,耕牛作爲重要的農業生産資料被列爲考核農官政績的一項重要標準。據上文可知,秦代農官考核分爲季度和年終考核,並依據考核結果進行獎懲。《後漢書·百官志》指出農桑、户口、墾田、錢穀、賦税、救災等是農官政績考核的主要内容。唐代武則天時期,統治者不僅將勸農政績與官員陞遷獎懲緊密相聯,還制訂了嚴格的監察制度。如文明元年(684)武則天借睿宗李旦名義頒佈的《誠勵風俗敕》載:

> 自今以後,所在州官縣寀,各宜用心檢校:或惰於農作,專事末遊……又屬當首夏,務在田蠶,雖則各解趨時,亦資官府敦勸。若能肅清所部,人無犯法,田疇墾闢,家有餘糧,所由官人,宜加考第。功狀尤異者,别加升擢。若爲政苛濫,户口流移,盜發而罕能自擒,逆謀爲外境所告,輕者年終貶考,甚者非時解替。御史及臺郎出使,審加訪察,各以狀聞。宜宣示諸州,各令

---

① 杜佑《通典》卷15,中華書局1992年版,第366頁。
② 朱熹集注《詩集傳》卷19,上海古籍出版社1980年版,第228頁。
③ 安作璋、熊鐵基《秦漢官制史稿》,齊魯書社1984年版,第191頁。
④ 睡虎地秦墓竹簡整理小組《睡虎地秦墓竹簡》,文物出版社1990年版,《釋文 注釋》第22頁。

所在知悉。①

然而,此法實際實施過程中却產生了消極作用,地方官吏爲突出政績反而進一步加大對農民的壓榨。唐代宗廣德二年(764),元結任道州刺史。其在任期間,竭盡所能爲百姓修建住所,並給予耕地支持。此時安史之亂剛平息不久,嶺南地區又出現少數民族反抗統治集團的鬥爭。元結親歷民生凋敝後,向皇帝呈遞請命書,請求爲當地百姓免減徭役。元結痛感百姓賦税繁重,結合當時的實際情況作了一首《春陵行》。此詩的方式開門見山寫道:"軍國多所需,切責在有司。"②詩人出於對農民疾苦的同情,爲貧苦的農人交齊賦税設想了諸多方案,賣掉兒女實屬下策,若是傾家蕩産交租,就讓農民徹底失去了經濟來源。詩人在經過複雜的心理鬥爭後,最終轉變了立場,由催租吏轉變爲爲民請命的代表,並盼望明君能够從根源上改革弊政,爲農人解決切身問題。唐貞元十九年(803),三十五歲的韓愈任監察御史。據《資治通鑒》載,是年關中大旱,百姓苦不堪言,可京兆尹李實却謊稱"今歲雖旱而禾苗甚美"③。韓愈《感春五首》作於其因上疏請緩京畿百姓租税而被貶爲陽山令後,他通過敘述災禍之中的農人爲一口吃食而抛妻棄子,以表現官府盤剥之重。唐憲宗元和三年(808),白居易任左拾遺,任職期間他力陳江南災情,奏請朝廷爲百姓減租免税。其《賀雨》詩云:"上心念下民,懼歲成災凶。遂下罪己詔,殷勤告萬邦。"④白居易還作有關於農民生活的《杜陵叟》一詩,此詩題下有一注:"傷農夫之困也。"⑤交代了其作詩緣由。詩云:"長吏明知不申破,急斂暴徵求考課。"⑥面對天災農困的局面,貪吏僞造了一個大災之年税收不減的虚假政績。當"十家租税九家畢"⑦之時,地方農官纔虚情假意地開展蠲免工作。

北宋以後,歷代地方官正式以勸農入銜。景德三年(1006),權三司使丁謂等奏請:"唐宇文融置勸農判官,檢户口田土僞濫等事,今欲别置,慮益煩擾。而諸州長吏,職當勸農,乃請少卿監、刺史、閤門使已上知州者,並兼管内勸農使,餘及

---

① 宋敏求《唐大詔令集·誡勵風俗敕》卷101,商務印書館1959年版,第570頁。
② 彭定求等《全唐詩》卷241,中華書局1999年版,第1626頁。
③ 司馬光等《資治通鑒》卷236,中華書局2007年版,第4642頁。
④ 白居易《白居易集》卷1,中華書局1979年版,第1頁。
⑤ 白居易《白居易集》卷3,中華書局1979年版,第53頁。
⑥⑦ 白居易《白居易集》卷4,中華書局1979年版,第79頁。

通判並兼勸農事,諸路轉運使、副並兼本路勸農使。"①宋代農官的主要任務是在勸農活動的過程中教化民衆。如擔任勸農事提刑屯田員外郎的李師中於嘉祐六年(1061)所撰的《勸農事文》中就提出:"見人民多因小事争鬥,致有殺傷……蓋勸農親民官不本教化所致。"②可見在宋代,農官的教化作用超出了其原本的農業管理職能。宋代建立了"守令勸農黜陟法""守令墾田殿最格"等獎懲制度,仍延續前代將勸農納入政績考核範圍的辦法。初仕的士大夫從理想上渴望建功立業,從實際上出於對自身官職陞遷的考慮,在任職期間往往竭力發展轄區内的農業生產和民生事業。如(宋)趙蕃詩云"我今一官非勸農,爲民閔雨常顒顒"(《二月十日夜雨起書曾移忠禾譜後》)。《宋史·熊克傳》載:"紹興中進士第,知紹興府諸暨縣……部使者芮燁行縣至其境,謂克曰:'曩知子文墨而已,今迺見古循吏。'爲表薦之,入爲提轄文思院。"③熊克任諸暨縣縣令時,關心百姓疾苦,有惠政,作有《勸農十首》。其農事詩從不違農時、勤奮耕種、水利灌溉、貧富相資等方面提出自己爲地方官的勸勉之策,他也因政績出色而被舉薦升職。此外,宋代文人還善於通過禽言詩隱晦地諷刺部分官員在其位却不謀其職的惡劣行爲。如(宋)曾幾《道中遇雨》云:"客子祈晴意未公,林間布穀勸春農。"④催耕勸農本是地方官之責,詩人以禽言催耕,諷刺地方官勸農失責的行爲。

　　現實中的勸農活動往往牽涉廣泛,涉及官、紳、民三者之間的關係;而他們的關係主要表現爲基於利益之上的博弈或合作。在中國古代傳統社會,皇權不下鄉,鄉紳不離鄉,基層社會治理往往需要依靠鄉紳的力量協調各方關係。鄉紳雖不是政權直屬官員,但却是溝通政權與民意的堅實橋樑。在客觀上,皇權依靠鄉紳在地方實現教化功能。南宋江湖派代表詩人劉克莊的社會身份經歷了從鄉紳到官員的轉變過程。地方精英鄉紳的身份與長期里居的生活使劉克莊疏離農事。他作有《秋旱繼以大風即事十首》,詩云:"雖作堯時擊壤民,田家憂樂尚關身。"⑤劉克莊雖心繫國家與人民,却無法面對殘酷的現實。爲鄉紳時期,其農事詩中的批判色彩偏弱。里居創作的農事詩常常只表現出農家生活美好的一面,已難覓較爲深刻的反思精神。其在"磐石時時垂釣,茅簷旦旦負暄"(《村居即事

---

① 李燾《續資治通鑑長編》卷62,中華書局2004年版,第1386頁。
② 《粤西金石略》卷3,見國家圖書館善本金石組編《宋代石刻文獻全編》第4册,北京圖書館出版社2003年版,第219頁。
③ 脱脱等《宋史》卷445,中華書局1977年版,第13143頁。
④ 曾幾《茶山集》卷8,中華書局1985年版,第57頁。
⑤ 北京大學古文獻研究所編《全宋詩》第58册,中華書局1991年版,第36473頁。

六言十首·其一》)的自我閒適之中,甚至產生了"幸生太平世,不樂復何爲"(《田舍即事十首·其一》)的幻覺,將鄉紳在勸農活動中的退避態度顯露無遺。通過對劉克莊以鄉紳身份創作農事詩的考察,發現劉克莊作爲南宋有影響力的詩人,其農事詩在文學功能上暫時拋棄了爲民請命,轉向了安逸享樂,未完全發揮出農事詩救世濟民的社會作用。

大蒙古國的勸農官始設於窩闊臺汗時期。庚戌年(1250)劉秉忠提出:"宜差勸農官一員,率天下百姓務農桑,營產業,實國之大益。"①除設有勸農使外,元代統治者還命官員編寫農書,力求以通俗的文字傳播農業技術。針對"田父不知牆壁字,此聲便是勸農文"(趙時韶《布穀》)的情況,元代統治者試圖尋求可行之法。如至元十五年(1278)燕南河北道提刑按察司將發佈的《勸農文》公佈於門牆之上,以便讓部分有文化的百姓瞭解到信息後傳達給他人。在此背景下,元代農事詩創作非常注重實用性。如王惲《勸農詩》組詩20首,篇篇通俗易懂,廣泛地向民眾傳播了農業技術。然而,元代統治者畢竟是以兵得天下,其遊牧民族屬性導致元代初期官員中懂農事者不多,甚至有人發出"雖得漢人,亦無所用,不若盡殺之,使草木暢茂,以爲牧地"②的論調。再加以官僚做派,勸農工作難以有效開展,不可避免地存在弊端。其中最突出地表現爲農官不作爲、慢作爲、亂作爲,勸農變味爲誤農。如(元)劉崧《布穀啼》云:

布穀啼,三月暮。麥老秧深時,田頭不見人。耕布家家丁壯起,從軍更有中男築城去。布穀鳥,聽我語,城中無田有官府。莫向城市啼,官中人怒汝。③

詩首以布穀鳥的叫聲起興,引催耕之意。接着詩人又提出疑惑:爲何麥老秧深之時,田間却無人耕作?原來是官府強加於民的繁重徭役致其耽誤了農時。詩人表面上告誡布穀鳥切勿向城中啼叫,實則指斥了地方官府疲兵誤農之弊。此外,元代仍以勸農作爲地方官政績考核的重要內容。《元史》載:"行大司農司、各道勸農營田司,巡行勸課,舉察勤惰,歲具府、州、縣勸農官實迹,以爲殿最,路

---

① 宋濂等《元史》卷157,中華書局1976年版,第3690頁。
② 畢沅《續資治通鑒》卷165,中華書局1957年版,第4488頁。
③ 楊鐮主編《全元詩》第61冊,中華書局2013年版,第387頁。

經歷官、縣尹以下並聽裁決。"①《元史》又載延祐五年(1318),大司農司臣言:"廉訪司所具栽植(桑樹)之數,書於冊者,類多不實。"②許有壬認爲各縣上報的農桑數目不太符合土地實際產出情況,有弄虛作假之嫌疑:"以一縣觀之,自造冊以來,地凡若干,連年栽植,有增無減,較其成數,雖屋垣池井盡爲其地,猶不能容,故世有'紙上栽桑'之語。大司農歲總虛文,照磨一畢,入架而已,於農事果何有哉!"③《農書》載:"今長官皆以'勸農'署銜,農作之事,已猶未知,安能勸人?借曰勸農,比及命駕出郊,先爲文移,使各社各鄉預相告報,期會齎斂,衹爲煩擾耳。"④地方官員借勸農之名,却行遊玩之實。(元)蒲道源言:"今國家輯勸農之書,責部使者及守令勸課矣,而民儲蓄不古若,一有水旱,發廩以濟,然所及有限。而所謂義倉者,又名存實亡,是以窮民不免流離。"⑤直言不諱地指出了元代地方官系統鬆散,勸農工作不到位等問題。胡袛遹主張革罷農司:"農司水利,有名無實,有害無益,宜速革罷。"⑥

明代地方官員仍兼有勸農職責。《明會要·食貨》中指出地方官的職責爲"農桑學校",並繼承前代以"勸課農桑"作爲考核地方官員的重要内容。⑦ 如明代著名廉官況鍾任蘇州知府期間,盡職盡責關心民生,其作有《勸農詩》,詩云:"粒粒皆從辛苦出,殷殷無過樸誠遵。邇來弊革應須盡,並戴堯天荷聖仁。"⑧儘管封建官吏爲官仍以維護統治者的利益爲前提,但深切的愛民之情又迫切希望百姓能夠早日實現安居樂業的生活。明洪武二年(1369),方克勤任濟寧知府,見盛夏時節守將仍督促當地百姓修築城池,耽誤了農時。因不忍百姓承受農務和修城的雙重負擔,他即刻上報中書省以求罷役於民。《明史》載:"民方耕耘不暇,奈何重困之畚鍤。"⑨罷役政策落實後,當地百姓爲方克勤作歌謠以表感激:"孰罷我役?使君之力。孰活我黍?使君之雨。使君勿去,我民父母。"⑩明憲宗成化年間,統治者將勸農職能從地方官的行政管理職能中徹底剥離出來,由專門官員承擔勸農職責,此爲明代首創。明代勸農官在各級行政單位的分佈上,以縣一

---

① 宋濂等《元史》卷15,第308頁。
② 宋濂等《元史》卷93,第2357頁。
③ 許有壬《至正集》卷74,景印《文淵閣四庫全書》第1211冊,臺灣商務印書館2008年版,第528頁。
④ 王禎著,王毓瑚校《王禎農書》卷9,農業出版社1981年版,第323頁。
⑤ 蒲道源《閑居叢稿》卷13,景印《文淵閣四庫全書》第1210冊,第677—678頁。
⑥ 胡袛遹《紫山大全集》卷22,景印《文淵閣四庫全書》第1196冊,第399頁。
⑦ 龍文彬《明會要》卷53,中華書局1956年版,第1003頁。
⑧ 況鍾撰,吳奈夫等點校《況太守集》卷15,江蘇人民出版社1983年版,第162頁。
⑨⑩ 張廷玉等《明史》卷281,第7187頁。

級增設最多,凸顯出基層官員在地方農事執行過程中發揮的重要作用。明代農官的主要職責是管理水利,這種煩瑣且短期難以見效的工作很難給官員帶來直接利益和前途。多數基層農官缺乏勸農動力,極易苟且。長期消極怠工導致官員機構臃腫,加重了財政負擔。因此,一部分人主張罷設農官。如明代山東地方官楊茂仁曾向皇帝進言"官多則民擾"①,婉言反對朝廷繼續添設農官。永樂初年(1403),統治者為整治水患專設治農官,但於永樂十九年(1421)裁革。宣德二年(1427),治農官的主要職能轉變為催徵稅糧,改變了治農專官初始職能。宣德年間再次復設,正統八年(1443)又遭裁革。成化九年(1473),山東饑荒嚴重暴露了農官管理的制度性缺失,憲宗有意添革復設以解決問題,並從江南一隅推廣至全國各地,基本完善了各州府的農官建置。弘、正之交時,又有人用裁革冗官的理由裁革農官。治農官幾經添革,最終於崇禎二年(1629)廢除。在客觀上,明代治農官的設立維持了農業的基本生產並保證了國家賦稅的供應;但明代統治者在治農官設立上的複雜態度,使專職農官幾經興廢非但未發揮好應有的治水職能,甚至在一定程度上造成傷農逋賦的後果。如(明)吳斌《量田謠》云:

> 朝量水田雪,暮量山田月。青山白水人如雲,朝暮量田幾時歇?尺田寸地須盡量,絲毫增入冊留藏。時暘時雨欣時康,我民欲報心未央,年年增賦輸太倉。安得長風天外起,吹倒崑崙填海水,更出桑田千萬里。②

地方官為了突出政績不斷向農人施壓以求增加賦稅,為此不辭"辛勞",日日夜夜投身於丈量土地的工作中。

清代是重農抑商政策的強化階段。雍正帝言:"守令乃親民之官,關係百姓之休戚,故得其人則民生被澤,而風俗日淳;不得其人則民生受累,而風俗日薄。"③將地方主官的個人品質與百姓生活、國家統治直接關聯起來。清代著名文人鄭燮的官民平等思想貫穿了其為期十二年的政治生涯。在任范縣縣令時,他常身穿布衣親自到田間地頭了解農業生產,"借問民苦疾"(《范縣詩》)。他對於官民之間的隔閡表示無奈,曾作《范縣》詩云:"縣門一尺情猶隔,況是君門隔紫

---

① 鄧元錫《皇明書》卷23,上海古籍出版社1996年版,第278頁。
② 朱彝尊《明詩綜》卷14,上海古籍出版社1993年版,第270頁。
③ 中國第一歷史檔案館編《雍正朝漢文諭旨彙編》第7冊,廣西師範大學出版社1999年版,第58頁。

宸。"①勸誡地方官摒棄醜惡習氣,真正走到百姓之中洞察民情。此外,清代勸農官在農業教育方面成績顯著,主要表現爲創立農校、親身推廣農作物品種和種植技術等。統治者還主張編纂農書以教導百姓勤農務本、自力更生。潘曾沂就曾親自在莊園實驗水稻種法,並以白話著《豐豫莊本書》以勸農。在濃厚的重農風氣影響下,清代農事詩創作較前代呈現出新的亮點。清代統治者在農事詩中擔任作者和主人公的雙重角色,君王御制農事詩成爲清代文壇一道亮麗的風景,如康熙、雍正、乾隆等君主的農事詩皆表達了爲君者以農爲本的思想。康熙作《鄭州雜詩五首·其三》:"爲省春耕歷灞滻,鑾輿頻止勸農功。"②雍正曾作《多稼軒勸農詩》:"夜來新雨過,畿甸綠平鋪。克盡農桑力,方無饑凍虞。蠶筐攜織婦,麥飯飽田夫。坐對春光晚,催耕聽鳥呼。"③乾隆《辛酉仲春耕耤》云:"布政宜敦本,當春乃勸農。"④以上詩作皆爲帝王重本務農思想之體現;詩中表達了帝王對農事、農業的深切關心和克盡農桑力、解除百姓饑凍的願望。

蒲松齡的農事詩創作同《聊齋志異》一樣直面現實、代民發聲。貧苦農民出身的蒲松齡,不是站在士大夫或鄉紳的立場創作農事詩。其詩貴在"不隔",真正代表了底層百姓的呼聲。其晚年還親檢農書,著《農桑經》以傳播農業知識。蒲松齡農事詩中不乏對清官廉吏的企盼。其作《包老行》以包公之廉潔勸誡農官;其《流民》詩云:"鄭公遷後流民死,更有何人爲畫圖!"⑤其中"鄭公"指繪製流民扶老攜幼困苦之狀的鄭俠,以鄭公之愛民精神勉勵爲官者愛民。其《田家苦》云:"稻粱易饗,征輸最難。瘡未全醫,肉已盡剜。"⑥此句化用唐人聶夷中的《詠田家》:"二月賣新絲,五月糶新穀。醫得眼前瘡,剜却心頭肉。"⑦但蒲詩所表現的苦痛遠比聶詩更深重。蒲詩肉已剜完,瘡却未全醫,揭露了清朝官府對農民盤剝之深重。其《勸賑》篇云:"四月流人處處逃,仁人軫恤倍勤勞。已開粥廠捐清俸,人勸鄉紳賣豆糕。"⑧當流人滿道,甚至出現了人人相食的世間慘相後,假仁假義的地方官才開始忙碌起來,把"清俸"捐出來爲民賑粥。另一方面,有威望的鄉紳們姍姍來遲,虛情假意地賣豆糕救民。康熙八年(1669),江蘇高郵清水潭決

---

① 卞孝萱編《鄭板橋全集·板橋詩鈔》,齊魯書社1985年版,第93頁。
② 張樹聲總修,李鴻章總裁《畿輔通志》卷9,上海古籍出版社1991年版,第76頁。
③ 鄂爾泰《授時通考》卷50,中華書局1956年版,第462頁。
④ 故宮博物院編《皇清文穎》卷24,海南出版社2000年版,第209頁。
⑤ 蒲松齡《蒲松齡集·聊齋詩集》卷4,上海古籍出版社1986年版,第590頁。
⑥ 蒲松齡《蒲松齡集·聊齋詩集》續錄,第674頁。
⑦ 彭定求等《全唐詩》卷636,中華書局1999年版,第7347頁。
⑧ 蒲松齡《蒲松齡集·聊齋詩集》卷4,第591頁。

口,淮揚一帶田地被淹。康熙十年(1671),蒲松齡隨孫蕙前往高郵處理農務,在此期間目睹了災民之慘狀,創作了《清水潭決口》《再過決口放歌》等詩。在表達對災民同情的同時,重點批判了地方官員治河不力的現象。蒲松齡還創作了數十首反映淄川災情的農事詩,痛斥了清初地方官在面對災禍時漠視民瘼却急催賦稅的惡劣態度。如《災民謠》:

雨不落,秋無禾;無禾猶可,征輸奈何?吏到門,怒且呵。寧鬻子,免風波。縱不雨,死無他,勿訴公堂長官訶!①

面對天旱導致的莊稼歉收,農人尚可節衣縮食、艱難度日;而對征輸問題却懼怕萬分,寧願餓死,也不想因欠稅被縣官拖至公堂之上打死。"無禾猶可,征輸奈何"一句轉折之間,將農民的苦狀畢現。關於劣紳的醜事不曾見於蒲松齡的農事詩中,其對劣紳惡行的揭露和鞭撻多表現於《聊齋志異》之中。另外蒲松齡與一些當地鄉紳的交往,偶爾見於其農事詩之中。如蒲松齡與鄉紳高珩之交往,祇爲利用其勢力爲本土小民減輕痛苦;他致信高珩曰:"少緩須臾,則闔縣安生,皆老先生覆載之恩也。"②希望高出面抑制地方胥吏催逼丈量册。《淄川縣志》載高珩《量田行》七古一首,此詩作於順治十一年(1654),王弘主持訂正《賦役全書》、全國各地展開丈量土地工作的背景之下。此外,高珩還作《通政使司右通政子下王公墓誌銘》云:"淄邑兵燹之餘,地以拋荒缺額,奉檄均丈,步弓舊爲三尺二寸者,吏竟私縮一寸,闔邑憂之。公率衆申請上臺,具題改正。其後地額不虧,版籍以定。"③贊揚了王樛爲鄉民做出的貢獻。高珩對蒲松齡爲民請命的要求積極回應的態度,反映了部分封建官紳雖被皇權操控,却仍心繫於民的精神。

勸農制度與農事詩之間的關係主要表現爲施用和策應。歷代勸農制度始終不直接作用於文學,需要靠詩人作爲中間環節,把二者聯繫起來。在勸農制度的影響下,詩人會因社會角色、心理狀態的不同而創作出不同風格的農事詩。大部分農事詩雖道出了農人的艱難處境,但爲官的文人因其自身的階級局限性,其與官僚階層尚保持有一絲曖昧關係;這導致其所作農事詩始終未能設身處地地爲

---

① 蒲松齡《蒲松齡集·聊齋詩集》卷1,第502頁。
② 蒲松齡《蒲松齡集·聊齋文集》卷5,第135頁。
③ 高珩《棲雲閣文集》卷14,《四庫全書存目叢書》第202册,齊魯書社1997年影印版,第380頁。

廣大貧苦農民考慮,未能寫出民衆真正的心聲,其農事詩内容僅限於批判治農不力;至於官官相護、官紳勾結等内容幾乎不曾涉及。農事詩中虛假贊頌的内容反作用於勸農制度,甚至一度改變了勸農制度設立之初衷。在勸農制度下創作的歷代農事詩雖在社會風俗的形成中起到溝通君民感情、促進地方治理等作用,但歸根結底還是士大夫以同情者姿態代農人立言的政治話語;如蒲松齡一般真正代表底層百姓發聲的農事詩人較少。農事詩濟世利民的社會作用並未得到有效發揮,故没有從實質上爲百姓謀求到應得的福利。

明景泰至成化年間臺閣柄文權威的衰退及其表徵

岳秀芝*

內容提要 明初文柄由帝王執掌,自楊士奇始,文柄逐漸遞交至臺閣手中。正統後,皇帝無意於文學,且對閣臣日益疏離,導致閣臣的文學權力被削弱;同時"三楊"的聲望與道德受到質疑,閣臣對文壇領袖產生信仰危機,因此臺閣執掌文柄的權威逐漸弱化。臺閣內部控制出現鬆動,臺閣作家創作觀念發生改變,且思想領域出現分化趨勢。受此影響,雅正文學不再籠蓋朝野,臺閣文學進入低迷期,作家的創作態度發生轉變,私人化寫作的趨勢明顯,並且江南之地文學也正逐步恢復生機。臺閣柄文權威的衰退,深刻影響著臺閣文學的發展與衍變,亦是明代文壇變革的推動性因素。

關鍵詞 臺閣體;文柄;衰退;文學表徵

正如饒龍隼先生所言:"通常來說,誰掌握了文柄,就擁有文學話語權力;誰擁有文學話語權力,也就掌握文柄。"[①]作爲詩文批評之術語,"文柄"一詞於明代有文學話語權力之意。在明前期,文柄或由皇帝直接執掌,或由內閣成員代爲執行,帝王意志或隱或顯蘊含其中。而文學話語權力的掌握者往往憑藉其特定文學身份,通過推行一系列文學政策,規範文人的思想與價值觀念,從而實現對文學創作的干預,臺閣文學即爲典型。明前、中期的臺閣文學話語權力,經歷了由朱元璋到楊士奇再到李東陽及翰苑群體執掌的更替過程,其中從楊士奇逝世的正統末到李東陽興起的成化之間,存在一個過渡時期。在此階段,臺閣柄文者的身份特權正逐步流失,文學思想控制出現鬆動,受此影響,文學創作亦出現多元化趨勢。究其原因,在於臺閣柄文的權威正逐漸衰退,"文歸臺閣"的觀念受到撼動,此後李東陽時期"臺閣壇坫移於郎署"的情況於此時可窺得端倪。

---

* 作者簡介:岳秀芝,山西省陽泉市第一中學校語文教師。
① 饒龍隼《明中期文柄旁落下的文壇變局》,《中山大學學報》2020 年第 6 期,第 9 頁。

关于明朝景泰以后的主流文学思潮转向,学界早已关注。从文学话语权力角度切入臺阁文学,近年来亦受到饶龙隼、薛泉、张德建等研究者的重视;他们或以文柄为背景分析文坛格局之变动,或是直接探讨文学权力的迁移问题,或是着眼於具体创作与文学权力场域之关系,涌现出诸多成果。然而作为臺阁文学发展链上的一个重要环节,却鲜有研究者从文学话语权力的角度,对景泰至成化年间的臺阁文学思潮进行研究。基于此种研究现状,本文试从文柄角度切入,分析此时期文学思潮变动的原因与表徵;通过对此进行考察,以期能对臺阁文学发展演变的内在逻辑有深层次把握,当具有一定的学术意义。

一 臺阁柄文权威衰退之原因

作为国家意志的体现,臺阁文学於明前期得以垄断文坛,其根本原因在於文学话语权之分配。明朝建国伊始,朱元璋便网罗各方文士来朝,共同敷衍开国之盛况。出於治国之需要,其於文事亦颇为重视,不仅以宫廷唱和、应制等方式来有意引导文学风气,而且还亲自评论诗文,并颁布相关的文学法式,以外在约束的方式来明确规定文学之走向,从而将文学话语权牢牢把握在手中。在此种政治环境的影响下,士人的创作空间变得极为有限,"鸣国家之盛"的臺阁文学由此兴起。永、宣时期,皇帝们颇为积极地进行文学创作,在此过程中获得了文学的声望与领导权,并为群臣提供文学创作机会。到了仁、宣之际,杨士奇作为帝王之师,深得皇帝倚重,其政治地位亦不断上升,文学话语权力便逐步递交至其手中。在君主授意以及首辅的努力下,臺阁文学成为官方代表。然而在杨士奇逝世后,臺阁柄文的权威逐渐弱化,原因则在於帝王意志的变化与阁臣文学能力的降低。

(一)皇帝德行有亏,无意柄文

自正统以后,明代皇帝柄文的能力逐渐下降,此种现象的形成有两方面的原因。一是身为领导者,帝王之德行声誉明显下降。以英宗为例,其最为诟病的即是宠信王振,致使宦官专权,从而导致土木之变。然其复位后,并未引以为戒。"天顺改元,振党以闻,上大怒,曰:'振为虏所杀,朕亲见之。'追责言者过实,皆贬窜。诏复其官,刻香木为振形,招魂以葬,塑像於智化寺北,祠之,敕赐额曰'旌忠'。"[①]面

---

① 黄瑜《双槐岁钞》卷6,《历代笔记小说大观》本,上海古籍出版社2012年版,第81页。

對造成國家顛覆動蕩的罪魁禍首,英宗不僅爲其人開脫罪責,而且即位後更是爲其立碑建祠,謂其人有社稷之功,並旌賞贊譽者而貶斥不平之人,此舉大傷士人之心,並引起有識之士的不滿。許彬針對此事有《聞爲王閹建旌忠祠憤而作》詩一首,其人"以詩爲諫",對皇帝的不當行爲進行深刻的揭露和批評。作爲帝王意志與威信的體現,臺閣文學一直是以"頌聖"與"鳴盛"爲固有主題。然而面對英宗之荒唐行徑,士人們不再言聽計從,而是對現實處境進行反思,批評之聲亦隨之漸出。究其原因,仍在於帝王之聲譽愈下、威信不足,難以嚴格把控士人之思想,柄文能力亦受到影響。

二是皇帝對文事活動熱情減退,文學話語權被逐漸擱置。帝王在經過文學培養和不懈的文學訓練後,以自身的創作成果來實現文學領域的聲望和領導權,仁、宣皇帝即爲典型。然而正統至成化的皇帝並未有此種傾向,原因在於幼年缺少如楊士奇輩老師的文學誘導,因此對於文事未能培養足夠的興趣愛好,其後果就是皇帝無能執掌文柄。具體表現有兩點:首先是皇帝本人無意追求文學的領導權,其對於應制和進呈文學之事的態度表現得極其冷淡。《翰林記》載:"中官傳問事義,自正統後始有之。"①皇帝與臣子面對問難已爲可貴,而其後以宦官作爲上傳下達的中間環節,已成爲君臣交流的客觀障礙,文學更是如此。應制活動本爲皇帝面命或相與賡和,正統以後逐漸趨於形式化,皇帝的詔命與臣子的應制之作,皆由中官代爲傳遞,皇帝對應制一事的敷衍態度由此可見。此外還有進呈詩文之事,"自正統後,此事寢不聞矣",更遑論對詩文之評騭嘉獎。同時皇帝亦無心組織文事活動,君臣和洽之關係與文學交往圈之維持也淪爲矯飾。關於文學侍御活動,黃佐記載其於正統、景泰間已鮮有耳聞,即使偶有此類活動,其目的已有本質區別。天順四年四月,英宗召尚書王翺、李賢、馬昂,學士彭時、吕原五人入侍南薰殿,並命内侍三人鼓琴。其云:"琴音和平,足以養性。曩在南宫,自撫一二曲,今不暇矣。所傳曲調,得於太監李永昌,永昌經事先帝,最精於琴,是三人者,皆不及也。"②英宗此舉爲單純邀臣僚欣賞琴音,完全違背明初君臣同遊以通上下情之意,更無涉民生之情,無怪乎黃佐評其有"私昵媟褻,流連光景"之名。皇帝於文事活動之熱情由此可見,其無意、亦無能執掌文柄,文學的控制力出現鬆動,臺閣文學内部亦悄然變動。

---

① 黄佐《翰林記》卷10,見傅璇琮、施純德編《翰學三書》,遼寧教育出版社2003年版,第140頁。
② 黄佐《翰林記》卷6,見傅璇琮、施純德編《翰學三書》,第71頁。

(二) 君臣關係冷淡,閣臣權力削弱

在封建帝制時期,大多數皇帝對掌握權力的意識和熱情都很高,明代亦是如此。而文柄的問題與政治權力的分配相關,明太祖朱元璋"自操威柄",將大大小小之權握於一手。爲了緩解繁重之事務,明成祖朱棣設立内閣,作爲皇權的附庸機構就此產生,並從皇帝手中分走一些權力。當皇帝無意柄文時,出於職責與服務皇權之目的,内閣便接替皇帝以代掌文柄。内閣的文學權力由皇帝給予,故受制於皇權。因此内閣要代執文柄,在於獲取皇帝之信任,問題的關鍵也就落到君臣關係上。而維持和諧的君臣關係,既是閣臣政治斡旋能力與文學素養之體現,亦是人才培養之結果。"三楊"的雅正文學得以推行的最大原因之一,在於其與皇帝保持密切的互動與交往,深得君主之信任。

正統末至成化年間,閣臣更替頻繁,每一任閣臣與君主相處時間較短,且政績並不突出,因此未能維繫和諧的君臣關係,這對文柄的執掌而言是致命的。具體表現有兩點:一是皇帝對閣臣的態度冷漠,閣臣通過影響皇帝的思想來左右政局的願望落空,其政權與柄文的控制力下降。建言獻策爲閣臣行使話語權最基本的途徑與方式,皇帝的納言與否是對其行爲的積極或消極回應,其根本的決定要素是皇帝對於閣臣主觀上的信任程度。自正統始,閣臣的進諫之路愈發坎坷,皇帝以懈怠的態度來回應閣臣的進諫。密疏言事是内閣大學士行使話語權的方式之一,相較於仁、宣之際的從諫如流,天順時此種"沃心之論,造膝之謀"的情況出現轉變。李賢請罷江南所造段疋磁器等事,皇帝不予以肯定,其據理力爭、多次上言也只得采納前十條;岳正因於内閣密言曹吉祥、石亨之罪惡而遭貶黜,此種結果正是皇帝對閣臣不信任之表現。此外,召對一事也能體現君臣之關係。黄佐《翰林記》記載:"自英宗以幼沖嗣位,此禮遂廢,惟有大事,則傳奉召之,問對一二語遽出,因襲以爲故事。景帝時壅蔽尤甚。"[①]英宗即位後雖有復興之意,也僅召李賢商議,而彭時、吕原等不得參與。召對作爲溝通上下之情的渠道,自正統後逐漸簡化、捨棄,反映了皇帝對閣臣的冷漠態度。皇帝不給予内閣大臣足夠的信任,導致閣臣政治權力與文柄的弱化。

二是君臣之間往往並非單向關係,君臣關係的穩固性亦與閣臣的心態有關。閣臣爲政的自信心與自我能力的良好認知,在一定程度上可以促進其執政的能力。反之,閣臣以消極情緒侍君,或對自身職責持否定態度,往往會產生負面的

---

① 黄佐《翰林記》卷6,見傅璇琮、施純德編《翰學三書》,第73頁。

效果。正統年間的考功郎中李茂弘對君臣關係有過論述,其云:"今之月講,不過虛應故事,粉飾太平,而君臣之情不通,暌隔蒙蔽,此可憂也。"①已表達了對君臣之情不通之憂慮。關於輔佐皇帝的心態,李賢的論述頗爲深刻。面對翰林好友對其得入内閣的恭賀,李賢保持冷静的態度,認爲此事未有可喜之處,並舉寇準問王嘉祐外議一事,以王嘉祐"文人負天下之望即入相,天下以太平責之,丈人自料君臣寧若魚之有水乎"②之語來表明心聲。王嘉祐認爲君臣相得當如魚得水,其反問之語正是李賢對自我處理君臣關係的擔憂。據此可見,李賢對於自身的責任與能力缺乏足夠的自信,也在侍君問題上有猶豫情緒。閣臣的憂患意識與自我否定的觀念,本身就是一種消極態勢,勢必會影響現實中的君臣關係。君臣關係的遠近親疏,决定了閣臣權力的大小,進而影響文學話語權力的執掌。

(三)"三楊"的聲望與道德受到質疑

臺閣之所以能够獲取文學話語權,除了必要的政治權力以外,文學領袖的引導、文學創作隊伍的熱情也是極爲關鍵的因素。楊士奇繼承歐陽文統,憑藉其極高的政治聲望與文學權力在廟堂推行西昌雅正文學,從而籠蓋朝野。此後的臺閣群臣以楊士奇爲圭臬,其政治地位與文學成就成爲後世閣臣效仿之對象。"土木之變"後,對於楊士奇的評價出現逆轉,時人對其人格和政治成就予以否定,就連臺閣作家内部也出現批評的聲音。文壇領袖楊士奇的聲譽遭到詆毀,在"文如其人"觀念的影響下,其主張的雅正文學也受到挑戰,臺閣柄文出現信仰危機。

景泰、天順之際,時人對土木進行反思,將其失敗根源歸結於首輔楊士奇之不力。周敘云:"(三楊)不深思熟慮身任其責,惟陽斂陰施,掩人耳目,雖曰自保,其實誤國,故致今歲七月之禍。"③認爲三楊徒爲保身,放任王振專權,最終導致土木之禍。此種觀點亦見於丘濬:"一時賢相,比稱三楊……然當其時,南交叛違,軒龍易位,敕使旁午,頻泛西洋,曾無一語;權歸常侍,遠征麓川,兵連禍結,極於土木之大變,誰實啓之?"④列舉三楊在位之時的一系列弊政,指斥三楊未能規諫,致使形勢惡化,"土木之變"的禍端實由其始。群臣由對楊士奇政治作爲的否定,進而追究其人格道德問題,其中李賢的批評最爲不遺餘力,主要針對士大夫

---

① 夏燮《明通鑒》卷22,《續修四庫全書》,上海古籍出版社1996年版,第365册,第40頁。
② 李賢《古穰集》卷30,《景印文淵閣四庫全書》,臺灣商務印書館1986年版,第1244册,第796頁。
③ 程敏政《明文衡》卷28,《景印文淵閣四庫全書》,臺灣商務印書館1986年版,第1373册,第818頁。
④ 尹直《謇齋瑣綴録》卷1,《四庫全書存目叢書》,齊魯書社1995年版,子部第239册,第365頁。

之氣節與品行這兩方面。朱棣過江時，胡廣、金幼孜、黃淮、胡儼、楊士奇、周是修等人相約同死社稷，最後惟有周是修從容就義，李賢評曰："諸公初亦有約同死已，而俱負約，真有愧於死者。"①李賢認爲楊士奇未能以死明志，有失士人之氣節。又云："士奇晚年，泥愛其子，莫知其惡，最爲敗德事。"②楊士奇晚年縱容其子之惡行，致使其禍害一方，並因私人恩怨而阻礙王直入閣，頗失公允。周敘、丘濬爲翰林作家，李賢爲天順內閣首輔，均爲臺閣創作隊伍之成員。而他們對楊士奇政績與道德的雙重否定，表明時人對文壇領袖楊士奇出現信仰危機，臺閣威信力下降，臺閣執掌文柄的權威正逐漸消退。

如前所言，文學流派的發展離不開領袖式人物的大力提倡。景泰至成化之際，昔日臺閣文學的領袖楊士奇遭到批判，面臨着信仰危機問題。而此時新的閣臣受政局與個人興趣之影響，或忙於政事，或平庸謀生，對於文學創作的熱情減退，因此未能出現新的領袖人物來領導執掌文柄。景泰朝時局頗爲動蕩，面對諸多紛繁的事件，謀求國家之穩固與個人利益爲閣臣目標所在。較之"三楊"，此時的閣臣不僅失去了良好的政治環境與優越的生活條件，而且自身的地位也易動搖，因此無意也無力柄文。如立儲之事，"景泰欲易太子，恐文武大臣不從，先唊其左右，於閣下諸學士各賜金五十兩，銀倍之。陳循輩惟知感惠，遂以太子爲可易。"③閣臣對皇帝的不當行爲不僅未加勸阻，反而集體受賄，協助皇帝之行；閣臣的人格素質與爲政能力下降，同時這也是閣臣攀附皇權以穩固自身地位之表現。由於閣臣主要注重於保障自身之地位，也就無暇顧及文事，客觀上也導致了臺閣文學的衰敗。到了天順時期，首輔李賢有輔佐朝政、重振臺閣權威之功，《明史》評其爲"自三楊以來，得君無如賢者"。④ 李賢對於政治權力的把握意識强烈，主要見於兩事：一因其師郭璡的緣故而對楊士奇予以尖銳的批判；二是抑葉盛、擠岳正、不救羅倫之行，頗受世人爭議。李賢對內閣成員的聲譽與遷轉進行有意識的干預，正是其維護政治利益的表現所在。他專於爲政，而於文學方面並未給予足夠的關注，清代四庫館臣評其"文章非所注意，談藝者亦復罕稱"。⑤ 其雖於政事有功，對文學却持漠然的態度，客觀上也就導致臺閣文柄的旁落。至成化年間，閣臣素質與地位更是大不如前。內閣大臣萬安、劉珝、劉吉等人品行惡

---

①② 李賢《古穰集》卷30，《景印文淵閣四庫全書》，第1244册，第789頁。
③　李賢《古穰集》卷30，《景印文淵閣四庫全書》第1244册，第797頁。
④　張廷玉《明史》卷176，中華書局1974年版，第4677頁。
⑤　永瑢等《古穰集提要》，《四庫全書總目》，中華書局1965年版，第1486頁。

劣,"安貪狡,吉陰刻。珝稍優,顧喜譚論,人目爲狂躁。"①此時的閣臣不僅素質低下,於政治上更是毫無建樹,很少能得憲宗的召見,有"紙糊三閣老"之聲。從景泰至成化,閣臣的執政能力與素質急劇下滑,内閣的聲勢與威望逐漸降低,閣臣或專於事功,或求自保,無意擔當執掌文柄的重任,臺閣風雅亦不復存在。

二 臺閣柄文權威衰退之表徵

永宣之際,楊士奇憑藉其卓越的政治才能,獲得君王的信任倚重,再加之時運相濟,臺閣柄文的權威在此時臻於極致。臺閣牢牢掌握文學的話語權,其宣揚的雅正文學頗受世人的推崇。臺閣作家紛紛主動參與到臺閣文學的寫作,整個朝野上下洋溢着樂觀主義情緒,表現士大夫生活富足優遊的雍容典雅之風盛行。然而正統以降,形勢發生逆轉,楊士奇的逝世以及之後的土木之變等一系列政治事件,給臺閣的柄文形成了嚴峻的挑戰。面臨此種困境,臺閣大臣多求自保,無意且無力於干預文學的走向,臺閣柄文的權威逐漸鬆動。臺閣柄文權威之衰退,其表徵主要有兩個方面:一是臺閣話語内部控制出現鬆動,臺閣創作主體的觀念發生轉變,臺閣作家們受外界因素影響,對固有的臺閣文學進行反思,他們意識到現有文學與社會現實存在錯位,對臺閣文學的態度出現反差,且自覺拋棄固有的創作内容。二是臺閣的排外傾向有所減輕,外來思想逐漸擡頭並滲透至臺閣之中,爲閣臣所接受。臺閣内部的懷疑情緒與外來思想對臺閣的滲透,正是臺閣柄文權威衰退的表徵所在。

(一)臺閣作家創作觀念的轉變

正統以後,臺閣無力繼續把控文學的話語權,文柄高懸不用,此時的臺閣文學仍然延續固定的頌世鳴盛主題。面對外界種種事件的衝擊,臺閣内部作家逐漸對明王朝有了清醒的認知,進而對自身的創作進行反思。閣臣的創作觀念發生明顯改變,主要有兩點:一是受土木之變的政治劇變影響,閣臣的創作更加關注社會現實,其創作由頌揚盛世轉爲主動揭露國之弊病,不再一味地粉飾太平。二是部分閣臣的身份意識明顯增强,要求突破"文學侍從"的職責範圍,上升至帝王的引導者和説教者的地位,這以成化三年章懋、黄仲昭和莊昶的反煙火詩文爲

---

① 張廷玉《明史》卷168,第4526頁。

代表。外在的政治變動促使臺閣作家進行反思，隨着朝政日益衰敗，臺閣內部也進行自我變革，從而突破固有的雅正文學藩籬，這也是臺閣柄文鬆動的表徵所在。

　　土木之變以後，整個國家局勢動盪，外有邊患，內有蕭牆之禍。外界的政治環境變動刺激着臺閣作家的創作心態，其創作歌頌之辭漸少，而批判之辭愈多。李賢作爲內閣首輔，於景泰年間曾撰《上中心正本策》，其七《畏天變》云："往歲以來，山崩河改，地動殿災，蝗旱相仍，天象交變，譴告之意，可謂至矣。"①其中的災異描寫正是國家難景的真實寫照。面對社會的黑暗現狀，李賢並未繼續以溢美之詞來掩蓋事實，而是以《述土木之難》詩來揭露國之弊病，其"國恥未能雪，寧忍戴貂蟬。壯志幾時畢，雄腸何日牽"②之語，充溢着對國難的痛心以及報國之心，已明顯異於臺閣的雅正之風。許彬的詩歌創作突破了臺閣文學的固有內容，而是敢於針砭時弊，以詩爲諫。李賢和許彬的創作由頌揚轉爲批判，標誌着臺閣作家創作觀念的變化。此種傾向也見於武將郭登的創作，其詩作中對社會現實給予嚴厲的批判和諷刺，如"羌胡雜遝近邊鄙，意態詭異聲囂嘩""麒麟獅子遠將至，爾曹慎勿相邀遮。"③前兩句是對土木之變時形勢的描述，後兩句則是對臺閣文學粉飾現實的諷刺。據此可知，臺閣作家們的創作觀念有所轉變，其批判時政的創作正是對臺閣內容的不滿和反駁。隨着暴露的問題益多，臺閣固有的創作題材遭到摒棄，部分臺閣作家嘗試跳出"詞臣"的職業束縛，以擔任帝王之師、創建政治鴻業來作爲自身的志向。成化三年(1467)元夕，憲宗沿襲祖宗故事，命詞臣撰寫詩詞進呈，章懋、黃仲昭與莊昶拒絕應詔，且上疏以勸阻張燈之事，最終左遷其官。翰林官員是臺閣作家的主體部分，奉旨應制是其文學侍從的職責所在。而在此次事件中，翰林官員的職責被重新定義，前述三人上疏云："翰林官以論思爲職，鄙俚之言豈宜進於君上。"④論思即討論學問，他們三人認爲探討學問爲其職責所在，而將歌功頌德的應制活動視爲撰寫鄙俚之言，從而將應制活動與其職責區別開來。這表明部分閣臣的身份意識覺醒，他們不再如三楊時以應制奉和的方式來取悅帝王並獲取權力，而是渴望成爲君主的引導者，通過對皇帝行爲的規勸，來實現自身的價值。其行爲已踏出臺閣作家的固定邊界，當然因無實現的

---

① 李賢《古穰集》卷 1，《景印文淵閣四庫全書》，第 1244 册，第 491—492 頁。
② 李賢《古穰集》卷 30，《景印文淵閣四庫全書》，第 1244 册，第 701 頁。
③ 錢謙益《列朝詩集》乙集，《四庫禁毀書叢刊》，北京出版社 1997 年版，第 95 册，第 557 頁。
④ 張廷玉《明史》卷 179，第 4751 頁。

客觀條件,祇得以失敗告終。但是此舉在當時產生一定的影響,受到衆人的支持,而這也正昭示着臺閣柄文正逐漸衰退。

(二)臺閣作家思想領域的分化

明自立國之初,就確立了理學在思想領域的統治地位。《明史·選舉志》記載:"科目者,沿唐、宋之舊,而稍變其試士之法,專取四子書及《易》《書》《詩》《春秋》《禮記》五經命題試士。蓋太祖與劉基所定。"①朱元璋以四書五經爲科考命題之來源,從而將合於其思想者納入國家官僚體系,以實現規範士人思想之目的。此後朱棣頒佈《五經四書大全》和《性理大全》,更是明確了程朱理學之官學地位,理學思想得以籠蓋朝野。臺閣作爲皇權之輔助角色,亦是執行國家意志的重要機構,因此爲了維護國家統治,臺閣具有非常鮮明的排他性傾向,尤其是嚴格控制思想領域,極力排斥異端思想,努力保證士人思想的純潔性。在此種思想的統治下,文人們的創作多以表達理學觀念爲主,道德説教意味十分濃厚,久而久之,造成文人思想的僵化與禁錮。當景泰、天順時期,外在混亂的環境給士人一定的喘息空間,士人思想趨於活躍,心學在民間逐漸興起,並通過關鍵性人物帶入廟堂之中,從而逐步滲透到臺閣之中,且對臺閣作家的思想產生重要影響。從心學的湧現到爲臺閣所認可,具有一個漫長的過程,在此階段,臺閣的排他性傾向逐漸減弱,開始自覺接受外來的思想,並逐步付諸社會實踐之中,這也正是臺閣柄文權威衰退的表徵所在。

正統以後,在遠離廟堂的地區,程朱理學的影響力逐漸減弱。新的思潮心學湧起,聲勢逐漸壯大,擁護者不斷增多,其影響力也在與日俱增。心學的興起也受到臺閣的關注,在如何對待心學的問題上,臺閣中存在兩種態度:一是堅決維護理學的統治地位,視心學爲異端,持反對摒棄的態度;二是持開放心態,逐漸接受心學思潮,心學甚至成爲追捧效仿的對象。事實上,在心學傳播過程中,反對性的觀點漸趨消歇,士人們逐漸接受心學的存在,心學在廟堂上獲得一定的支持,就連臺閣內部作家也受其影響。而心學之所以能進入廟堂之中,吳與弼、陳獻章和程敏政的關鍵作用不可忽視,他們推廣心學的經歷,正是臺閣不斷讓步之結果。心學發展的第一位關鍵人物爲吳與弼,其"言心,則以知覺而與理爲二;言功夫,則靜時存養,動時省察。"②其思想中涉及對心的修養,有"兼采朱陸之長"

---

① 張廷玉《明史》卷 70,第 1693 頁。
② 黄宗羲著《明儒學案》卷 1,沈芝盈點校,中華書局 1985 年版,第 14 頁。

之譽。天順初,吳與弼受李賢舉薦應召入京,李賢以"賓師禮遇之",此可視爲臺閣在思想領域出現些許鬆動的徵兆。但此時的臺閣群體對其排斥態度十分強烈,"公卿大夫士,承其聲名,坐門求見,而流俗多怪,謗議蜂起。"①程朱理學仍然在思想領域占據主體的地位。

在此之後,陳獻章白沙心學的創立及傳播,真正實現了心學向臺閣思想領域的滲透。陳獻章曾就學於吳與弼,但未知入處,後歸白沙十餘年修持,仍未得心與理之契合,最終"捨彼之繁,求吾之約,惟在靜坐。久之,然後見吾此心之體,隱然呈露。"②其主張通過靜坐來觀心,強調對心之體悟,最終確立"天地我立,萬化我出,而宇宙在我"③的心學觀念。受此種思想的影響,陳獻章在文學創作上主張性情的重要性,其云:"受樸於天,弗鑿以人;禀和於生,弗淫以智。故七情之發,發而爲詩,雖匹夫匹婦,胸中自有全經。此《風》《雅》之淵源也。"④他指出詩之要義爲性情,而性情又來源於人之本心,從而將心學思想付諸文學實踐當中。對於白沙心學的興起,臺閣中既有支持者亦有反對的聲音,雙方始終各執一詞。《明儒學案》記載:"成化二年,復遊太學,祭酒邢讓試和楊龜山《此日不再得》詩,見先生之作,驚曰:'即龜山不如也。'颺言於朝,以爲真儒復出,由是名動京師。羅一峰、章楓山、莊定山、賀醫閭皆恨相見之晚,醫閭且禀學焉。歸而門人益進。"⑤陳獻章於成化二年始得揚名於天下,立即得到時任館閣成員章懋、莊昶等人的支持;此後不斷發展,最終於成化十八年得授翰林檢討一職。翰林院是臺閣的重陣之地,陳獻章的授職表明心學正式入駐臺閣。與此同時,臺閣中程朱理學思想的擁護者亦對心學展開尖銳的批評,丘濬曾云:"引天下士夫背朝廷者自昶也,使吾當國,必殺之。"⑥丘濬批判莊昶,仍是對其奉行的心學思想的指斥。不僅如此,《明儒學案》記載丘濬亦將尹直對陳獻章的詆毀之言採錄入《憲宗實錄》,其對心學的不滿排斥由此可知。此外就連陳獻章本人亦有遭遇非毀之議的記錄,最終以篤於自修來應對異議。臺閣衆人對陳獻章及其門徒態度的兩極分化,表明白沙心學正逐步向臺閣內部滲透,而反對者之言論正是其學說影響力擴大的反面例證。

---

① 黃宗羲著《明儒學案》卷1,沈芝盈點校,第15頁。
② 黃宗羲著《明儒學案》卷5,沈芝盈點校,第81頁。
③ 陳獻章著《陳獻章集》上册卷2,孫通海點校,中華書局1987年版,第217頁。
④ 陳獻章著《陳獻章集》上册卷1,孫通海點校,第11頁。
⑤ 黃宗羲著《明儒學案》卷5,沈芝盈點校,第78—79頁。
⑥ 莊昶《定山集·補遺》,見《景印文淵閣四庫全書》,臺灣商務印書館1986年版,第1254册,第351頁。

到了弘治年間，禮部右侍郎程敏政主張"和會朱、陸"，其云："朱陸二氏之學始異而終同，見於書者，可考也。不知者往往尊朱而斥陸，豈非以其早年未定之論而致夫終身不同之決，惑於門人記錄之手，而不取正於朱子親筆之書耶！"①其認爲朱熹和陸九淵之學説同爲一道，從而將心學與理學並提，客觀上促進了心學地位的提高。不僅如此，"《貢舉考》謂程敏政以《退齋記》發問……其實，程氏與劉因（静修）學術上都主張朱陸調和，試題的心學傾向明顯。"②如前所言，臺閣正是通過科舉來實現程朱理學對於士人思想的灌輸，程敏政設置的試題中包含並非純粹的理學思想，而是將其"和會朱、陸"的思想融入其中，人才的選拔標準發生改變，可謂是一次突破性的實踐，這表明心學已經滲透到臺閣作家的思想領域，並進一步對人才選拔產生深遠的影響。從吳與弼到陳獻章再到程敏政，臺閣作家的思想逐漸發生轉變，對心學的態度也有一個由否定到兩極分化再到肯定的變化。思想領域的分化表明，臺閣柄文的權威正逐漸衰退，無力控制話語的走向。

三　館閣文風衰變及創作實績

從正統年間楊士奇逝世後，到弘治李東陽崛起，期間臺閣大臣或才能不夠，或無意爲文，再無領袖能有力扛起雅正文學的旗幟。臺閣雖擁有文學話語權，但未發揮任何實際效用，文柄暫時被擱置。此階段的文壇仍是延續臺閣文學，但總體上成就不高、佳作罕見，甚至流於膚廓。對此，《四庫總目提要》云："明自正統以後、正德以前，金華、青田流風漸遠，而茶陵、震澤猶未奮興。數十年間，惟相沿臺閣之體，漸就庸膚。"③臺閣柄文出現衰退，加之臺閣文學的末流之失，引起了臺閣作家內部有識之士的反思。臺閣作家們對公共文學的反抗意識強烈，面對興論的影響，臺閣被迫轉讓出侵占的文學空間，客觀上促進了私人寫作之興盛，臺閣文學覆蓋的範圍逐漸縮小。與此同時，此前在臺閣柄文權威壓制下的文學逐漸興起，江南地域文學此時正逐漸恢復生機。

---

① 程敏政《篁墩文集》卷28，《明別集叢刊》，黃山書社2013年版第1輯，第61册，第292頁。
② 陳胤《論白沙心學從異端到正統——從龜山從祀和弘治科場案説起》，《海南大學學報》2017年第6期，第97頁。
③ 永瑢等《襄毅文集·提要》，《四庫全書總目》，中華書局1965年版，第1487頁。

(一) 私人化寫作的興盛

臺閣執掌文學話語權之際,和平溫厚爲整個文學創作的範式,人們對於生命的種種深刻體驗幾乎是以同一面貌表現出來,文人的真實情感遭到一定程度的壓抑,其結果表現爲私人化創作的稀疏。正統以後,臺閣柄文逐漸鬆動,千人同貌的文學規制得到糾正,文人們自發以詩文來傳達自我情感之思,詩文的藝術功能逐漸恢復,私人寫作重新興盛起來。

景泰天順時期的徐有貞之詩,個性化傾向極爲明顯。徐氏爲人躁進冒取,非常熱衷於名利功業,廖道南評其爲:"心術險賊,急嗜功利,首倡南遷,繼謀奪門;比昵奸回,屠戮忠良;金齒之行,亦天道也。"[1]徐有貞之重功利與欲壑難塡,由此可知一二。由於徐有貞對權力有着過分的渴望與不滿足,反映在其詩中,則是懷才不遇、備受冷落的感傷與無奈,如《行路難》:"男兒有大志,越在天地間。安能如麋鹿,終身潛深山。一身雖爾微,萬事恒相關。讀書學古人,將使古道還。奈何唐與虞,一往不可攀。長夜興歎息,坐此變容顏。顏變不足憂,惟憂行路難。"[2]"歎息""變容顏"與"憂"均爲詩人内心情感的直接表露,相較於臺閣文人之内斂情緒,徐有貞之詩突破了"性情之正"的藩籬,表現出強烈的自我意識,總體風格偏於峭崛,迥異於臺閣的雅正之風。

對文人而言,遭逢入獄可謂打擊巨大。永樂時期,臺閣作家黄淮的《自訟二首甲午秋初入獄賦》詩雖有"臨深惟恐懼,撫己益酸辛"[3]之語,但緊接着轉爲咎己忠君之念的抒發,前後情感轉變顯得生硬,而這也正是臺閣作家刻意營造怨而不傷的詩歌典型,體現了公共情感占據私人寫作空間的情況。面對同樣的處境,天順時期岳正的詩中並無思君之情,而更多的是自我感傷與釋懷的情緒,其《八月五日獄中作》云:"只合棲遲隴畝間,情同毛義偶爲官。謀身自信機心拙,報國寧辭行路難。尚想佩環趨北闕,可堪縲絏繫南冠。坐來點檢平生事,談笑今朝死亦安。"[4]岳正膽識過人,其詩中不見入獄的驚懼之情,更多的是自省與自釋。當處幽靜之際,詩人重新審視自我,將其境遇的原因歸結於機心未備與報國無門,從而對自身仕宦的選擇產生懷疑。但詩人並未怨天尤人,而是在回顧平生之事後能自我釋懷,死而無畏,頗有豪邁悲壯之氣,完全是詩人自我情感的抒發。

---

[1] 廖道南《殿閣詞林記》卷1,《景印文淵閣四庫全書》,臺灣商務印書館1986年版,第452冊,第143頁。
[2] 徐有貞《武功集》卷1,《景印文淵閣四庫全書》,臺灣商務印書館1986年版,第1245冊,第24頁。
[3] 黄淮《省愆集》卷上,《景印文淵閣四庫全書》,臺灣商務印書館1986年版,第1240冊,第446頁。
[4] 岳正《類博稿》卷2,《景印文淵閣四庫全書》,臺灣商務印書館1986年版,第1246冊,第366頁。

山林題材爲館閣詩人經常吟詠的對象。作家於仕宦閒暇之際，常常玩賞遊樂，從而抒發自我對田園閒適生活的熱愛和脫俗的生活態度。然而基於館閣作家的身份意識，此類題材更多抒寫的是身居翰林心存丘山的一種情趣，山水只是館閣作家精神層面的寄託，其情感仍然跳不出頌揚朝廷的範圍。到了天順時期，内閣首輔許彬致仕後的山林詩，則表現出純文學之審美，如《汶陽春耕》："派出徂徠赴濟西，東風兩岸力田齊。水邊宿潤雲千頃，隴上新晴雨一犁。嘉種播來禾滿野，隴田薔處稻成畦。勸農令尹侵晨出，喜見兒童傍雉雞。"①可以看出，許彬對於農村生活頗爲熟悉，且以喜悦之情來描繪農村的景色和生活圖景，將自然景觀、人文景觀以及詩人的審美體驗結合起來，描繪出一幅欣欣向榮之景，整體風格清新自然。其詩歌内容並非館閣大臣的想象之辭，而是有着真實的生活體驗，是陶淵明式隱逸山林情趣的表達，這正是詩人性情的真正體現。

因此無論是作家的處境、詩歌的題材還是審美風格，情感表達已成爲明中後期臺閣作家的一大傾向，私人化寫作不僅恢復原來的範圍，而且表現爲對更大空間的追求。

（二）江南文學的興起

西昌雅正文學入主廟堂，結束了明朝多元文學並行的局面，成爲籠蓋朝野的主流文學。自正統末，臺閣柄文的權威逐漸下降，雅正文學一尊的局面開始發生轉變，在沉寂的文壇中，遠離臺閣中心的江南文人正悄悄帶來一股新的文學風氣。由於江南的地理優勢以及當時重北輕南的文學政策，江南文人多與主流文壇保持一定的距離，隱逸之風十分盛行。就江南文學從景泰至成化的發展而言，大致可以分爲兩個階段：一是"景泰十才子"的產生；二是徐有貞致仕後與布衣文人的交往。此時期的創作或清新流利，或抒寫真情，均異於臺閣嘽緩呆板的文風，獨立於廟堂的雅正之風。

臺閣文學的分化早在景泰年間就已顯露端倪，以"景泰十才子"的崛起爲代表，包括劉溥、湯胤績、蘇平、蘇正、沈愚、王淮、晏鐸、鄒亮、蔣主忠、王貞慶等人。"他們都是江南人，分佈在江蘇、浙江、安徽、四川，以江蘇、浙江居多。"②他們興趣相投，時常結社唱和，且以詩自豪，有名於當時。在江南水鄉的人文薰陶下，他

---

① 劉興漢、程待聘纂修《康熙甯陽縣志》卷8，《中國地方志集成》，鳳凰出版社2014年版，第1編第32冊，第584頁。
② 殷飛《"景泰十才子"研究》，上海師範大學碩士論文，2018年。

們往往獨抒性情,詩歌因此呈現出強烈的個性化特徵和多樣化風格。劉溥被推爲盟主,其詩既有"行提三尺劍,談笑淨胡沙"[①]的豪放之語,又兼清新恬淡之風,如《竹軒》:"商飆奏靈響,明月敷清陰。機事已無營,悠然諧素音。"[②]保家衛國之志與悠然自適之情並存,而其詩歌風格的多樣化,正是館閣文壇變異後的清新之氣所在。十才子中的另一代表人物湯胤績,其詩則有"豪邁奇崛"之譽。實際上,"景泰十才子"雖屬同一陣營,然其詩風各異,競相爭妍。他們多樣化的詩風,完全突破了臺閣固有文風,而是獨抒性情,爲景泰沉寂的文壇注入了新風。

繼十才子之後,江南文人尤其是吳中作家的創作重新興盛起來,其中的關鍵人物爲徐有貞。自明初朱元璋以殘酷手段迫害吳中文人之後,吳中文學一蹶不振。而當臺閣柄文鬆動時,文人受文化底蘊以及環境薰陶的影響,自發進行文學創作,從而使得吳中文學逐漸恢復元氣。如前所言,徐有貞的詩歌正是其性情的代表,他的成就之一即在於促進吳中文學的復興。當其晚年歸鄉之後,縱情山水之間,在其身邊聚集了一大批吳中作家,如杜瓊、劉珏、祝顥、沈周、史鑒等,有的後來成爲弘治年間吳中派的重要人物,其中吳寬、王鏊得以執掌文柄。就這樣,徐有貞與吳中的其他致仕文人、處士們以結社的方式集結起來,共同吟詠詩文,爲成化、弘治年間吳中文學的興起培育了彬彬人才。"(祝顥)歸田之後,一時耆俊勝集,若徐天全、劉完庵、杜東原輩,日相過從,高風雅韻,輝映鄉邦,歷二十年"[③]。徐天全即徐有貞。受吳中文風的影響,文人們不約而同地表現爲對個人情懷抒寫的重視,共同創造出錢謙益筆下的"江左風流",而這正與死氣沉沉的廟堂文學形成強烈的對比。從景泰至成化年間,臺閣柄文逐漸鬆動之時,江南地區的文人正在積蓄力量,以其獨特的個性和性情之抒寫給文壇帶來新的活力,最終於成化、弘治年間卓立於文壇。

綜上,明正統以後,由於皇帝無意於詩文、君臣關係的不和諧以及閣臣的信仰危機等問題,臺閣柄文的權威逐漸衰退。臺閣內部控制出現鬆動,作家的創作觀念發生改變,且逐漸接受外來思想的滲透,臺閣文學隨之發生變化,創作中的私人化傾向逐漸突出,江南地域文學也重新恢復生機,而這正是臺閣體到李東陽茶陵派過渡階段的表徵所在。

---

① 劉溥《草窗集》卷上,《四庫全書存目叢書》,齊魯書社 1997 年版,集部第 32 冊,第 325 頁。
② 劉溥《草窗集》卷上,《四庫全書存目叢書》,集部第 32 冊,第 336 頁。
③ 錢謙益《列朝詩集小傳》乙集,上海古籍出版社 1983 年版,第 207 頁。

材料與新見

《逸周書》研究相關文獻述評

章 寧[*]

内容提要 《逸周書》是研究上古時期文化狀况的重要基礎文獻，其傳世版本衆多，研究文獻龐雜，成爲相關研究者探討該書問題的主要障礙。近15年來，相關成果所見較多，有必要從新的研究視角，對舊有成果做一董理。相關述評，主要從存世版本及研究文獻兩方面展開；相關研究，可劃分爲三個主要階段：古典學術範式影響下、近代學術範式影響下、出土文獻大規模應用後。其中，古典學術範式影響下的《逸周書》研究可以"盧校"的問世爲分界綫細分爲二。正是在述評諸家得失的前提下，始可對《逸周書》研究的發展趨勢做一展望。

關鍵詞 《逸周書》；存世版本；研究文獻；述評；展望

歷代對《逸周書》的稱謂，隨文獻流傳而較爲混亂。對此，黄懷信先生的《〈逸周書〉源流考辨》所述甚詳，此擇要概述如下。

《逸周書》的來源是先秦流傳的某些"周書"篇章。這些篇章可分爲典型"書"類文獻如《商誓》《皇門》等以及其他與《尚書》文體特色存在較大差異的篇章。先秦諸家對此類"周書"篇章的選取和看法或存差異，但對其主體部分的認識大致相似。這些篇章在先秦時或成組流傳或單篇别行，在稍晚時期彙編成書。彙編前，可以"周書"稱之；彙編後，始以《逸周書》名之。對此，張懷通先生已對諸多概念的定義及其區别有所界説[①]。

從古代目録記載看，《漢書·藝文志》（以下簡稱"《漢志》"）著録《周書》71篇，歸於六藝，班固注曰"周史記"。東漢許慎《説文解字》徵引此書時，始稱《逸周

---

[*] 作者簡介：章寧，1990年生，福建三明人，上海大學文學院中文系講師，主要研究方向爲先秦古書文獻形成。
　基金項目：國家社會科學基金重大項目"中國古代文學制度研究"（17ZDA238）階段性成果。
[①] 張懷通《〈逸周書〉新研》，中華書局2013年版，第21—25頁。

書》;《隋書·經籍志》(以下簡稱"《隋志》")則將之繫之雜史,稱《周書》十卷,并注曰"汲冢書,似仲尼刪書之餘",未提及孔晁注。《舊唐書·經籍志》稱《周書》八卷,言孔晁注;而《新唐書·藝文志》稱《汲冢周書》十卷,又列孔晁注《周書》八卷於後。由是可知,五代以降所存八卷或爲孔注本,十卷本或爲白文,北宋時兩種版本并存。今所見十卷孔注本,或是南宋丁黼將兩本混合,題爲《汲冢周書》,故宋明學者多稱之爲《汲冢周書》。

及至明代中後期,得楊慎、姜士昌等力主,稱《逸周書》者始衆,四庫館臣亦取《逸周書》爲稱。有清一代學者即多稱之《逸周書》,或徑稱《周書》。筆者欣從前賢,在不涉及版本流變等問題的前提下,爲免駁雜,概以《逸周書》稱之。更多《逸周書》著錄情況,郭殿忱先生的《〈逸周書〉著錄證聞》[①]從書名、分類、篇章、注釋、徵引、版本等六個角度,較爲詳細地梳理了是書之流傳,可以參看。

一　存世相關版本狀況

宋代以來,《逸周書》存在若干不同版本,對這些版本間的關係,黃懷信先生梳理甚備[②]。爲説明文獻整體狀況,本文將流傳至今所見諸家諸本,臚列如次:

(一)存目已失傳的諸版本
1. 陳振孫所見京口刊本[③]。
2. 李燾傳寫本[④]。
3. 會稽陳正卿本[⑤]。
4. 南宋嘉定十五年(1222)東徐丁黼本[⑥]。

---

① 郭殿忱《〈逸周書〉著錄證聞》,《古籍整理與研究》第7期,中華書局1992年版,第15—21頁。
② 見黃懷信《〈逸周書〉源流考辨》,西北大學出版社1992年版,第139頁。
③ (南宋)陳振孫《直齋書錄解題》卷2,《叢書集成初編》本,中華書局1985年版,第27頁。是本將《周書序》散諸各篇篇首,以效孔國安《尚書》。
④ 李燾《傳寫周書跋》,元刊本卷端所附,載《彙校》,第1186頁。
⑤ 丁黼《刻周書序》,元刊本卷端所附,載《彙校》,第1187頁。又《越絕書》丁黼跋言:"嘉定壬申令余杭,又得陳正卿本。"丁氏嘉定十年(1217)跋《風俗通義》亦言:"余在余杭,借本於會稽陳正卿。"可知丁氏得《逸周書》會稽陳正卿本的時間,當同於得《越絕書》《風俗通義》之時間,應在南宋嘉定五年(1212)前後。
⑥ 丁黼《刻周書序》,元刊本卷端所附,載《彙校》,第1187頁。丁黼本大抵以李燾本爲底本,參校陳正卿本補益而來。今本《逸周書》篇章規制,大抵源於此時。

5. 明姜士昌刻本①。

6. 明卜世昌刊本②。

7. 明胡文焕刊本③。

（二）盧校以前諸刊本

之所以將盧文弨《抱經堂叢書》本（以下簡稱"盧校"）作爲諸刊本列舉下限，是因爲盧校後，幾乎所有《逸周書》的刊刻、注釋，或徑取盧校，或受其影響，故盧校爲《逸周書》流傳刊刻的重要節點。盧校前，《逸周書》版本主要有：

1. 元至正十四年（1354）劉廷榦刻嘉興路儒學本④。（鐵琴銅劍樓舊藏，現藏於國家圖書館）

2. 明嘉靖元年（1522）跋刊本⑤。（現藏東京大學東洋文化研究所）

3. 明嘉靖二十二年（1543）四明章檗本。（《四部叢刊》本）

4. 明嘉靖二十六年（1547）陳氏刊刻蔡文範校本。（《五經翼五種》本）

5. 明萬曆二十年（1592）新安程榮刊《漢魏叢書》本。

6. 明萬曆新安吴琯刊《古今逸史》本。

7. 明萬曆二十年（1592）武林何允中刊《廣漢魏叢書》本。

8. 明萬曆二十二年（1594）河東趙標刊《匯刻三代遺書》本。

9. 明竟陵鍾惺輯萬曆間金閶擁萬堂刻《秘書九種》本。

10. 清康熙八年（1669）新安汪士漢刊《秘書二十一種》本。

11. 清乾隆四十四年（1779）文淵閣《四庫全書》本。

12. 清乾隆五十六年（1791）建昌王謨刊《增訂漢魏叢書》本。

13. 日本天保二年辛卯（1831）彦根藩弘道館活字本。

至於盧文弨參校諸家如惠棟、沈彤、謝墉、趙曦明、張垣、嚴長明、段玉裁、沈

---

① 姜士昌刻本今未見，據氏撰《汲冢周書序》言其"稍加參訂，正其舛誤（……）既刻是書"等語（《彙校》，第1192頁）可知，明時有姜士昌本。

② 黄懷信《〈逸周書〉源流考辨》，第129頁。

③ 盧校所參諸本之一，今不存。名見黄懷信《〈逸周書〉源流考辨》，第138頁。

④ 黄玠《汲冢周書序》，載《彙校》，第1188頁。國家圖書館出版社2017年版《元本汲冢周書》，即以此爲底本影印。此版本另存一套，藏於日本静嘉堂文庫，然静嘉堂本較之此本，墨迹漫漶不清者多，且部分頁數有後世抄補痕迹，且多頁抄補字迹不同，亦似成于衆手，品質不如鐵琴銅劍樓舊藏。

⑤ 是本1帙4册，卷首冠楊慎跋，卷末爲晁公武、李燾、丁黼跋語。卷首自言"趙泗儒點閲，孫宗耀、何簫、王濟世、傅商梅、徐季蛟仝訂"。

景熊、梁玉繩、梁履繩、陳雷等說,未形成單獨刊本,多存於盧校,其餘不存。

（三）盧校後諸校本

自乾隆五十一年（1786）盧文弨《抱經堂叢書》本問世,清以來《逸周書》注家,如陳逢衡、丁宗洛、唐大沛、朱右曾、孫詒讓、劉師培、陳漢章等,各於其注本序跋中無不提及頗得益於盧校,故盧校實爲清儒諸說之本,關於諸本情況,後文詳述,此先按下。

至於今人校本,當推黃懷信、張懋鎔、田旭東《逸周書彙校集注》爲最善（以下簡稱"《彙校》"）。其參校古今諸家凡 30 餘種,可謂詳備,今人研究多據是本。上列諸家著作,宋志英、晁岳佩選編《〈逸周書〉研究文獻輯刊》①一書,多加蒐集影印,可備查檢。

（四）輯本

古人對《逸周書》頗多摘輯,今《彙校》附錄一《〈逸周書〉佚文》頗具大端。此外,專輯之作有：

1. 郝懿行：《汲冢周書輯要》,清乾隆五十五年（1790）《郝氏遺書》本。
2. 姚東昇：《〈逸周書〉佚文》②。
3. 馬國翰輯：《汲冢書鈔》,清同治十年（1871）《玉函山房輯佚書》本。
4. 陳夢家所輯先秦典籍引《周書》文句③。

（五）出土文獻及古抄本

近年來不少新見文獻直接推進了《逸周書》研究。其大要者有：

1. 敦煌文書伯 3454 號《六韜·周志廿八國》。（《史記》篇異文）
2. 銀雀山漢墓竹簡所出《德爲民利》。（《王佩》篇異文）
3. 1987 年湖南慈利石板村 36 號戰國墓所出《大武》。（《大武》篇異文）
4. 郭店楚墓竹簡、上海博物館藏戰國楚竹書所出《緇衣》。（《祭公之顧命》引文）
5. 上海博物館藏戰國楚竹書第八冊《成王既邦》簡 2,疑爲《逸周書·寶典》

---

① 宋志英、晁岳佩主編《〈逸周書〉研究文獻輯刊》（共 9 冊）,國家圖書館出版社 2015 年版。
② 姚東昇《〈逸周書〉佚文》,《〈逸周書〉研究文獻輯刊》第 2 冊,第 423 頁。
③ 陳夢家《尚書通論》,中華書局 1985 年版,第 284—287 頁。

佚文①。

6. 清華大學藏戰國竹簡所出《皇門》《祭公之顧命》《程寤》《命訓》《芮良夫毖》等篇。(《皇門》《命訓》《祭公》篇異文,《程寤》篇全文,《芮良夫》相關)

7. 2018年6月至2019年4月,荆州博物館在秦家咀、龍會河北岸墓地發掘古墓葬416座。其中,龍會河北岸墓地M324出土戰國楚簡324枚,其中14號簡有"王若曰:旦!嗚呼!敬哉!"、201號簡有"……武王是□,見王吳(娛)德;王其□思元弟卑(俾)作輔,以□王家,是□休。"亦或與《尚書》《逸周書》內容相關。②

以上是現存《逸周書》文獻及其整理的概略情況。至於研究文獻的狀況及各家研究的主要得失,下節擬詳述之。

二 《逸周書》相關研究文獻述評

研究《逸周書》的時賢,如郭殿忱③、黄懷信④、羅家湘⑤、周玉秀⑥、王連龍⑦、張懷通⑧等先生,對既往研究皆概括該詳。筆者發現不同時代對《逸周書》及相關問題,在研究旨趣、研究方法及重點關注的問題上呈現出明顯階段性特徵;這主要體現在不同時期對前人研究整體評價上的差異。儘管前賢時彦對《逸周書》既往研究所述甚備,但仍有必要將《逸周書》的相關研究在不同階段所表現出的

---

① 是簡李銳先生指出當是《逸周書·寶典》佚文,簡文作"……王在鎬,召周公旦曰:'嗚呼,敬之哉!朕聞哉'",而《寶典》作:"維王三祀,二月丙辰朔,王在鄗,召周公旦曰:'嗚呼,敬哉!朕聞曰:何脩是躬?'"其說恐未必是。首先,從此簡內容上看,並沒有涉及《逸周書·寶典》所論觀念,《逸周書》多見以"王在何處,召周公旦曰,嗚呼"開頭的篇章,未見即曰是《寶典》所見。這種開篇方式甚至未見得是《逸周書》獨有,如《六韜·武韜·發啟》以"文王在鄗,召太公曰:嗚呼"開頭。其次,從契口位置上看,雖然不能將這一簡與《成王既邦》混爲一談,但契口位置和全簡長度、字數,竹簡的客觀規制應類似。從文句關係看,此句顯然居於篇首;但若如此,則似與竹簡形制有所扞格。此簡殘缺上半,從長度看,應是斷在第二契口以下,下端完好,見16字,則已殘斷的部分,字數當10字有餘,而今本《寶典》前部僅9字,則不足以寫滿上半支簡。而如果是《保訓》等較短的兩契口簡,則已殘斷的部分可寫字的位置大約只有7厘米左右,空間似不足以寫9字。故筆者對李說持保留意見。李銳說見:《讀上博八札記》,《出土文獻研究》第11輯,中西書局2012年版,第42—44頁。
② 澎湃新聞:《"考古中國"進展公布:荆州楚簡或可證"周公輔政"》,https://www.thepaper.cn/newsDetail_forward_3403444,2019年5月6日。
③ 郭殿忱《〈逸周書〉著錄證聞》,《古籍整理與研究》第7期,中華書局1992年版,第15—21頁。
④ 黄懷信《逸周書源流考辨》,西北大學出版社1992年版,第1—140頁。
⑤ 羅家湘《〈逸周書〉研究》,上海古籍出版社2006年版,第9—11頁。
⑥ 周玉秀《〈逸周書〉研究著作述論》,《古籍整理研究學刊》2005年第3期,第32—41頁。
⑦ 王連龍《近二十年來〈逸周書〉研究綜述》,《吉林師範大學學報》2008年第2期,第15—17、49頁。
⑧ 張懷通《〈逸周書〉新研》,第6—20頁。

主要特點析以説之,闡明筆者對一些傳統論題的基本看法。

(一) 盧校問世前的三個主要關切

盧校問世前的《逸周書》研究,上限可考者爲先秦文獻諸多引文,下則至民國早期的諸多注釋、校勘等研究成果。從研究特點看,可以盧文弨校本爲界,具體分爲前後兩個時期。盧校問世前,諸家具體研究今多不存,從其所遺序跋歸納可知,諸家刊刻的關注點多在於版本異文之間的校勘訂補;對其流傳及成書的關注,僅略見於所遺序跋之文及古書目錄①。撮其旨要可知,此時學者主要關注以下三點:

1. 孔子是否删《書》,《逸周書》71篇是否爲孔子删《書》之餘

《逸周書》爲孔子删録之餘的説法,應源於劉向《别録》。蓋以《逸周書》71篇與今文《尚書》29篇,合爲百篇之數;又有認爲《逸周書》與《尚書》關係密切者,如劉知幾,認爲此説儘管"時亦有淺末恒説,滓穢相參,殆似後之好事者所增益也",也承認其是"百王之正書,《五經》之别録"②。然自李燾以下,諸家多以"書多駁辭"等辭氣方面因素,認爲是書"爲孔子所不取",當爲"戰國處士私相綴續"的産物。

此問題的成立似乎建立在兩個前提基礎上:其一,承認孔子删《書》;其二,《逸周書》《尚書》在先秦時各自獨立成書,且存在密切關係。只有在承認孔子删《書》的前提下,才能討論《逸周書》是否爲孔子删録之餘。此二前提不證自明地認爲《尚書》與《逸周書》原爲一部已形成之書,其分立與孔子的關係密切。應當承認,二書在部分篇章上確有相似之處,但孔子删《書》與否,未必是研究《逸周書》成書流傳必須解決的問題,理由主要有以下幾點:

首先,《逸周書》之流傳、編纂迭經衆手,篇題、文句、段落甚至全篇結構層面的增損補益亦屬常有。傳統對此問題考證的結論至多衹是《逸周書》原有部分成篇較早的篇章自周王室流散而出的時代在孔子之前,且《逸周書》存在明顯後人編撰齊整的痕迹,似並不足以論定孔子删《書》問題。

其次,即便孔子的確删《書》,也不足以認定今本《逸周書》是删削之餘。劉向所言爲"蓋孔子所論百篇之餘",《隋志》、劉知幾看法略同,即認爲《尚書》被孔子删定爲百篇,而《逸周書》71篇當在百篇之外。而陳夢家先生認爲"此謂七十一

---

① 筆者所引盧校以前諸家觀點,如無特殊説明,皆出《彙校》所録序跋,爲行文簡潔計,不一一出注。
② (唐)劉知幾撰、(清)浦起龍釋《史通通釋》,上海古籍出版社1978年版,第2頁。

篇乃是二十九篇《尚書》以外的,原屬於百篇,乃是刪餘的篇章。以《尚書》爲百篇,劉向以前所無,所以這七十一篇當是劉向所奏定,以求合於二十九篇,成爲百數"①,似有所誤解。

"百篇"之説見於《書序》。其雖可能晚出,但仍應有先秦材料來源,其所言百篇篇名與今本《逸周書》決然不同。即便古書篇題多有別異,又或是《逸周書》部分篇題或如余嘉錫先生所言爲後人追題②的可能性存在,但全然相異,足見非出一源,此其一。

先秦古書流傳大抵單篇別行,《尚書》29 篇本非定數。河内女子獻《泰誓》後,與伏生所傳 28 篇,并爲今文 29 篇,鄭玄時又有析之以爲 33 篇者。若劉向所見《周書》仍是單篇別行狀態,則其中多有古奧篇章,如《商誓》《皇門》等,以事理推之,校訂時當如《泰誓》例,附於《尚書》而非《周書》。《周書》雖極可能屬古文範疇,然向、歆父子對古文並無排斥,將同類篇章繫之《尚書》未嘗不可。由此可知,劉向所見之《周書》或已有所編定,大體非單篇別行狀態,此其二。

是時已有《尚書古文經》,劉向即以此本校中祕之 29 篇,得多 16 篇,且頗多脱簡異文。若劉向存心湊足百篇之數,不當對此《尚書古文經》置之不顧,而盡以《周書》爲之,此其三。

近出簡帛如清華簡,頗有不見於二書、但確可肯定爲"書"類文獻篇章者,如《厚父》等,可知先秦時"書"類文獻原無定數,甚至沒有《尚書》《逸周書》之分③,《周書》當如謝墉所言"本以總名一代之書,猶之《商書》《夏書》也"④,此其四。

由此可知,《逸周書》71 篇與《尚書》29 篇,應祇是數目偶合。且既然本來《書》無定數,只是"按照書篇所屬時代稱引該篇"⑤,也就無所謂"刪"與"不刪"。

事實上,孔子刪《書》,一如刪《詩》、傳《易》、筆削《春秋》等問題,本質上是解釋孔子與《六經》關係的話語策略。孔子是否製作《六經》,亦或《六經》是"先王舊典",孔子"述而不作",在傳統經學的學術框架下,是涉及學術師承源頭及學説自身合法性、因而必須回答的問題。但如果客觀分析篇章的史料來源,似無必要,也不應局限於傳統經學闡釋體系的聚訟中。不論《尚書》也好,《逸周書》也好,迭

---

① 陳夢家《尚書通論》,第 288 頁。
② 余嘉錫《目録學發微·古書通例》,商務印書館 2011 年版,第 208 頁。
③ 李零《簡帛古書與學術源流》(修訂本),生活·讀書·新知三聯書店 2008 年版,第 217 頁。李學勤《清華簡與〈尚書〉〈逸周書〉的研究》,《史學史研究》2011 年第 2 期,第 107 頁。程浩《〈書〉類文獻先秦流傳考——以清華藏戰國竹簡爲中心》,清華大學博士學位論文,2015 年,第 3—5 頁。
④ 《彙校》,第 1197 頁。
⑤ 劉起釪《尚書學史》,中華書局 1989 年版,第 6 頁。

經後人齊整編訂毫無疑問,且屢次齊整的重要程度和改動幅度至今已無法區分,討論其中某次齊整是否出自孔子之手,或言孔子在多大程度上改變了"書"類文獻的編次面貌,本質上是一個無法最終論定甚至無法論證的問題。換言之,此問題本質上是後代經學體系下所派生的闡釋層面的問題,不是一個可確切討論的文獻學或歷史學問題;對《逸周書》的研究也不必過多介入這一問題,而應將目光聚焦於客觀層面的文獻形成。故筆者不擬對此問題過於深入糾纏。

當然,筆者無意否定前人對孔子刪"書"問題卓有成績的探討,對此問題的探討也並非毫無意義。諸家肯定孔子刪《書》的言下之意,即將《逸周書》大部分篇章的形成定於孔子之前;而否定之諸家,也大多認爲《逸周書》係戰國以至於更晚的後人綴續而成。換言之,討論《逸周書》是否爲孔子刪削之餘,潛在地隱含了古人對《逸周書》各篇成篇時代的判斷,這一條意義,應當予以肯定。

2. 汲冢問題

"盜發汲冢"是與《逸周書》流傳關係重大的事件,也是傳統涉及《逸周書》流傳必然談論的問題。對此問題的看法無非四種:一、《逸周書》爲汲冢所出,此前失傳;二、《逸周書》前有傳本,汲冢復見之;三、汲冢所出無《周書》;四、汲冢所出有《周書》,但是此《周書》並不全然是今本《逸周書》。這四種看法,各自涵蓋問題的一個方面,除第一種看法外,相互間甚至不存在明顯的互斥關係。

從《逸周書》在兩漢流傳及著錄情況看,其在兩漢時期著作中頗見徵引,其流傳綫索並未顯著中斷,故第一種說法可直接否定。第二種說法自李燾以下,爲多家所主。諸家論及此事,措辭皆頗曖昧,言"未始出於汲冢",既不否認《逸周書》在汲冢前的流傳,也不否認汲冢出《周書》的可能。第三種說法的主要代表爲楊慎。楊慎將汲冢所出皆稱《汲冢周書》,並通過考證汲冢所出篇目,論定篇目"曾無一語及所謂《周書》者也";姜士昌、汪士漢大體由此思路,認定汲冢不出《周書》。第四種看法則見於朱希祖先生所論。朱希祖以"篇、卷有別""八卷爲孔注本,十卷爲汲冢出白文本,二者合編爲今之題《汲冢周書》十卷孔注本"爲辭[1],以爲汲冢所出當有《周書》。當然,不論汲冢所出是否有《周書》,如有,其所出者是否爲十卷白文本,諸家皆肯定劉向奏錄的《周書》71篇在兩漢時確有流傳,必非汲冢始出。

---

[1] 朱希祖《汲冢書考》,中華書局1960年版,第31—33頁。

关于汲冢所出文献情况，要紧者在《晋书·束晳传》所列杂书 19 篇中"周书论楚事"一语的句读，即"论楚事"三字究竟当理解爲对《周书》的解释还是与《周书》平列爲书名。笔者以爲，若假定"论楚事"三字爲解释《周书》的篇章内容，今本《逸周书》未见专论楚事者，且《束晳传》中凡对篇目有所解释者，皆将篇章单列，例如"《琐语》十一篇，诸国卜梦妖怪相书也"①等。此《周书》居于《周食田法》《周穆王美人盛姬死事》二者中，前后篇目皆未见解释，此独出一解，甚爲突兀。由是《论楚事》当爲独立篇题。且相似主题若所出多篇，当如《晋书》前文《国语》三篇备言篇数及内容，如此祇能推断，汲冢所出杂书 19 篇中，可能包含爲数不少的可以合称爲"周书"的文献。

但这些爲数不少的《周书》篇章是否就是今本《逸周书》呢？笔者认爲应当不是。从《束晳传》的表达看，大凡其书与传世文献相关，即便祇是略有相似，也当有所提及，如《束晳传》文所举"名三篇，似《礼记》，又似《尔雅》《论语》"②。爲刘向所传《周书》71 篇作注的孔晁，生活时代即去此不远。此时《周书》虽未必如《六经》显赫，但从两汉时人引用频率看，至少不是隐没不显的稀见文献，如果所出《周书》与《逸周书》出现大量篇章重合，以《束晳传》对所出文献描述的详尽程度看，不可能毫无提及。故对汲冢复出《周书》的看法，应当谨慎对待。若所出《周书》与刘向所传无一相同呢？要讨论此问题，不可避免地涉及《汉志》对《逸周书》篇数的著录。《汉志》颜师古注引刘向《别录》有"周时诰誓号令也，盖孔子所论百篇之余也。今之存者四十五篇矣"③。对"今之存者四十五篇"一句是谁所说，诸家争论较大，或以爲是刘向《别录》语，或如汪士汉以爲是班固语，或参中华书局点校本以爲是颜师古注语。

窃以爲是句当爲颜师古注语。若刘向所见即存 45 篇，何必奏录爲 71 篇而不径云 45 篇？此其一。班固在撮录《七略》时，但注"周史记"三字，未言篇章有阙，有所阙文者如"太史公百三十篇"，则班固加注曰"十篇有录无书"。若刘向所见即爲存目 71，存录 45，则班固爲何不注"二十六篇有录无书"？可见班固所见 71 篇，亦当首尾完整，此其二。颜师古时，刘向所传《周书》计 45 篇，汲冢所出题《周书》者，至多 16 篇，二者若毫无重复，则相加至多爲 61 篇。而加上宋代亡佚的《程寤》，今本《逸周书》不含序，唐时或当爲 59 篇以上。如此，今本在二者篇章几无相同这一极爲苛刻的前提下，或可能爲汲冢所出《周书》与刘向所奏录《周

---

①② （唐）房玄龄等撰《晋书》，中华书局 1974 年版，第 1433 页。
③ （东汉）班固撰，（唐）颜师古注《汉书》，中华书局 1962 年版，第 1706 页。

《書》之合編。在没有更多證據的情況下，謹慎起見，只能暫存不論。

對合編的可能性，近年來諸家提出了一些頗有價值的看法。王連龍先生認爲汲冢所出《周書》蓋爲《六韜》類文獻，周玉秀先生也注意到了《逸周書》與《六韜》二者間的關係。誠然，《六韜》在《漢志》中著録爲《周書六弢》六篇，有可能被稱爲《周書》，且《逸周書》與《六韜》皆存在"以數爲紀"的現象。然細審之，今本《史記解》亦見於敦煌寫本《六韜》，稱《周志廿八國》。據筆者考證，二者先秦時同源，而後獨立流傳，其間並無參校①。寫本《周志廿八國》的源頭應在漢代，二者並無參校則可見漢人或未注意到《史記解》與《周志廿八國》的關係。換言之，《六韜》和《逸周書》的文獻系統已各自封閉，此其一。《六韜》當時尚見流傳，若汲冢所出爲《六韜》類文獻，則當繫諸《六韜》，不當以雜書稱之，此其二。故言汲冢所出爲《六韜》類文獻的説法實可商榷。

此問題上值得重視的是羅家湘先生的意見。羅先生通過對《器服》篇的考證，論定今本《逸周書》中的《器服》篇應是戰國墓葬常見的遣策，其説精審。又由於是書流傳中可能接觸戰國遣策並造成混編的契機，大體衹可能是盜發汲冢，故認爲《器服》爲汲冢所出戰國遣策混入②。羅先生作此文的目的，在於通過對《器服》的考證，確定存在汲冢文獻和劉向所傳《周書》合編的可能，從而説明《逸周書》全書的纂集時代較晚，甚爲巧妙。

然問題在於，誠然《器服》證實了後世兩版本合編的可能存在，但難以説明合編發生的具體時間和可能規模，即混入戰國遣策本身並不一定指向汲冢，難以排除劉向奏録的71篇内，即已有遣册誤入的情況；同時，即令這種合編的可能性存在，汲冢文獻多大程度上影響了今本《逸周書》的流傳？是《器服》單篇文獻的偶然混入，還是相關篇章的大規模彙編？尤其從篇數上推算，此合編若存在，則應是兩個來源的篇目大體不重合，且規模較大，《器服》篇所見的規模和對相關文獻的代表性似不足以説明此問題。對此，筆者傾向於持否定的看法。

綜上，筆者對汲冢問題的總體看法大致是汲冢雖可能出"周書"，汲冢所出《周書》與劉向所傳《周書》雖存在合編可能，但要求兩處篇目幾無重合，條件較爲苛刻。《器服》篇的情況並不足以説明合編存在與否。

3.《逸周書》的著録歸部

《逸周書》的著録歸部，盧校以前諸家序跋多有提及。《漢志》將《周書》71篇

---

① 章寧《〈逸周書·史記解〉成篇時代考》，《經學文獻研究集刊》2018年第1期。
② 羅家湘《〈逸周書·器服解〉是一份遣策》，《文獻》2001年第2期，第4—10頁。

列爲六藝類,而《隋志》以下,則多繫之於史部雜史類。盧校以前,古人序跋之所以對《逸周書》的著録歸部問題如此關注,根本目的在於以此來判斷《逸周書》的文獻性質,具體則表現爲對《逸周書》措辭風格和敘事特點的討論。

傾向於將《逸周書》歸爲經類文獻者,多認爲其與《尚書》存在直接關係,劉向《別録》"删餘"之説反映了如此認識,章槩亦指其爲"經之別録";即便傾向於"其指誡不得與經並"者如姜士昌,也認爲"湛深質古出於左氏上"。而傾向於將《逸周書》歸爲雜史者,則多從語言風格入手,如丁黼認爲其多"誇詡之辭,詭譎之説"、姜士昌言其"誇誕不雅馴"等。换言之,諸家在判斷《逸周書》文獻性質問題時,陷入了某種兩難境地:一方面認爲其文獻要旨頗合先王的至德要道,"非叔季之主、淺聞之士所能仿佛";而另一方面認爲其語言風格及部分思想内容誇誕、膚淺,因而不爲後世所取。

關於《逸周書》歸部的變化問題,大致可以從以下兩方面解釋:

其一,《漢志》與《隋志》對《逸周書》性質的判斷並無本質區別。之所以歸部不同,很大程度上是因爲《漢志》的"六藝"類並不簡單等同於《隋志》的經部。《隋志》經部在臚列經部書類文獻時,已明顯表現出以《尚書》及其注疏文獻爲核心;而《漢志》在書類九家的收録上,標準更爲寬泛,如漢宣帝時石渠論《議奏》42篇也列入了"書"類。而具體到對《逸周書》的認識上,基本皆注爲"删餘"。可見,《漢志》與《隋志》歸部不同,是分類歸部標準變化的產物,不是對文獻性質的不同認識。

其二,古人多將《逸周書》看作一時作成的整體,故難以解釋内部各篇的語言風格差異。《逸周書》篇章的内部差異,李燾其實已有所認識。其序言"戰國處士私相綴續,託周爲名",可見其已認識到諸篇不成於一時、一人之手。既然如此,語言風格及思想觀念的不統一,也屬自然。從篇章構成看,《逸周書》所選取的篇章近乎《尚書》者固然有,而行文誇誕如《太子晉》《殷祝》篇者亦有之,一概而論,顯失其法。關於《逸周書》各篇章時代的先後區分,盧校以前的古人似已有所辨別,但具體且成規模的判別,大體在盧校後。

以上三個問題,大體是盧校以前學者對《逸周書》的重點關切。這三個問題的實際指向,一是《逸周書》的成書時代;二是《逸周書》的篇目分合與流傳;三是《逸周書》的文獻性質、思想内容及語言風格。其中相當多有價值的觀點,也對當下研究有所啟發。

此時對《逸周書》的整理顯得較不重視,不少篇章此時亡佚,孔晁注本已寥寧,此時亦亡去數篇,所餘者脱訛錯亂,不讓正文。這一時期對《逸周書》的整理,今存世者只有王應麟《周書王會補注》一篇。這種情況的發生,或與清以前的治學取向有一定關係,此下節詳論,更不展開。

(二) 盧校問世後的研究重點

對盧校的具體工作,周玉秀先生概括爲:"一、比勘衆本;二、擇善校正;三、填補缺脱;四、加注校語。"[①]其説甚當。盧校大體統一了《逸周書》版本紛繁複雜、語句顛倒錯亂的情況,給出了一個可大致通讀的《逸周書》文本,爲清代諸家研究的深入提供了相當可靠的版本基礎。盧校中保留了大量盧文弨以前諸家校語,體現出較爲豐富的版本信息,其所據引文今多不存,故在保留相關散佚文獻方面亦頗有功。

盧校的產生,與清代學術風氣關係密切。一方面由於清儒在訓詁學、古音學等方面漸趨精審,以此爲工具能夠對文獻進行更加全面的整理和考據;另一方面,對古文《尚書》辨偽的深入,客觀上也促進了時人對《逸周書》研究的拓展。《逸周書》也一改過去不受重視的狀況,逐步走進學者的視野。方法論發展和學術熱點轉移的雙重影響,使得《逸周書》的諸家研究成果,集中出現於此時。

有清一代至民國初期對《逸周書》的研究,主要可分爲以下四種類型:

其一,是承續清以前學者的關注點,探討《逸周書》的成書時代和性質。如紀昀[②]、戴震[③]、崔述[④]等學者,皆有所論。此時,《逸周書》流傳的"輾轉附益"基本已成爲共識,諸家開始傾向於以區别的眼光審視《逸周書》各篇。

其二,是疏通了《逸周書》各篇的扞格不通之處。代表學者主要有王念孫[⑤]、洪頤煊[⑥]、莊述祖[⑦]、俞樾[⑧]、孫詒讓[⑨]、于鬯[⑩]以及劉師培[⑪]等。

據《高郵王氏父子年譜》,《讀書雜志》爲王念孫"隨時疏記,非有程限",是"隨

---

① 周玉秀《〈逸周書〉研究著作述論》,《古籍整理研究學刊》2005年第3期,第34頁。
② (清)永瑢等撰《四庫全書總目》,中華書局1965年版,第446頁。
③ (清)戴震:《戴震全書》第2册,黃山書社1994年版,《經考附錄》第2卷《逸周書》第474頁。
④ (清)崔述撰,楊家駱主編《考信錄》,《豐鎬考信別錄》卷之三《周制度雜考》,世界書局1989年版,第7頁。
⑤ (清)王念孫《讀書雜志》,江蘇古籍出版社1985年版,第1—35頁。
⑥ (清)洪頤煊《讀書叢錄》,道光二年廣東富文齋刻本。
⑦ (清)莊述祖《尚書記》7卷《校逸》2卷,《雲自在龕叢書》本。
⑧ (清)俞樾《群經平議》,《續修四庫全書》第178册,上海古籍出版社1996年版,第104—119頁。
⑨ (清)孫詒讓《周書斠補》,齊魯書社1988年版,第57—166頁。
⑩ (清)于鬯《香草校書》,中華書局1984年版,第171—208頁。
⑪ 劉師培《周書補正》,《〈逸周書〉研究文獻輯刊》第9册,國家圖書館出版社2015年版。

録日札之流",大致成於嘉慶十五年(1810)之前①。其首卷便言《逸周書》,可見其編排上對《逸周書》的重視程度。其中既有王念孫的意見,亦頗言王引之的看法,可看做王氏父子的共同成果。

王氏父子不僅局限於《逸周書》的異文,而是並緣經史,旁求諸子,廣泛蒐集各種類書材料,多有創見,鮮明地體現了清儒的治學特點。如卷四"左史"條,引《漢書》《北堂書鈔》《太平御覽》等,以考辨究竟應是"左史戎夫"還是"右史戎夫",甚有理致。不僅章句疏通,王氏父子在名物考證、典章制度等方面亦有建樹,如卷三引西周制度及《玉海》,言《明堂》篇"率公卿士"當爲"群公卿士"②,又"蠻楊"條,引"荆蠻"亦作"蠻荆"辯之③,皆甚是。

洪頤煊《讀書叢録》刊刻稍晚於王氏父子。其編排將《逸周書》列於卷二之首,僅次於卷一《尚書》而先於《毛詩》。這種編排方式反映了其對《尚書》《逸周書》二書關係的認識。洪氏考證風格與王氏父子類似,數量亦不多,頗爲謹慎。與王氏稍有出入者,即其頗以史事入考據,如卷二"宗讒"條,洪謂當讀爲"崇讒",言此"崇"爲崇侯虎④。其説雖未必是,然開始將《逸周書》作爲較可信的史料來研究,在方法論上值得注意。

莊述祖的《逸周書》研究,主要見於《尚書記》七卷及《校逸》二卷。其長處在於將二書中較可信的篇目合編,顯示了莊氏對《逸周書》各篇的區別及部分篇章與《尚書》的密切關係存在較鮮明的認識。但莊氏家學頗治《公羊》,表現在《逸周書》研究中,亦頗重闡發微言大義,穿鑿之説甚多。

俞樾《群經平議》自序成於同治三年(1864)前後,亦將《逸周書》考證編列於《尚書》之後、《毛詩》之前。俞樾在解釋通假等問題上時有高見,然其弊在有時對古音諧聲使用太過,時常出現以晚出字通假較早文獻用字的情況。如卷七《允文》"童壯無輔",言"輔"通"怖",二字并從甫聲⑤。然"怖"字最早見於《説文》,即便其所通之"怖",先秦亦不多見。此語義雖通,然文獻難徵。

于鬯《香草校書》對《逸周書》的編排與上述諸家相同,可見將《逸周書》視作《尚書》副貳,是諸家共識性的做法。于鬯對《逸周書》研究的貢獻及存在的問題

---

① 劉盼遂編《高郵王氏父子年譜》,《近代中國史料叢刊》792,文海出版社1966年版,第33頁。
② (清)王念孫《讀書雜志》,第20頁。
③ (清)王念孫《讀書雜志》,第25頁。
④ (清)洪頤煊《讀書叢録》卷2,道光二年廣東富文齋刻本。
⑤ (清)俞樾《群經平議》卷7,第107頁。

皆與俞樾相似，特好以諧聲言事，如言《武穆》"不路"當爲"不掯"，二者"并諧各聲"①等。

孫詒讓與劉師培，可謂清儒研究《逸周書》的殿軍。孫詒讓精研《周禮》，劉師培家治《左傳》，二家以其各自精擅的文獻爲背景，對《逸周書》研究推進甚多。頗值得注意的是，二家開始自發使用某些具有近代語言學色彩的方法，如注意到詞義系統性問題，也爲《逸周書》研究的突破提示了可行道路。

綜合前述可知，到清末民國時，時人對《逸周書》的考據出現了後繼乏力的局面。在沒有更多文本異文出現的情況下，純粹依賴傳統考據學的方法，尤其是對古音學證據的過度使用，帶來的問題逐漸超過創獲。意識到這一問題後，學者對《逸周書》的研究方法在近代也開始出現某些自覺調整。對此將在本節第三部分詳細申述。

其三，專篇研究。清代對《逸周書》的專篇研究，易見者大體衹何秋濤《王會篇箋釋》一書。是書之著作目的，何秋濤自序言："其威儀度數，可以補《儀禮》、《周官》之缺。其國名地名，上綴《禹貢》，旁稽《職方》，下可與後世史志相證。其方物，皆五方珍奇，足資博覽。而又一一據實詳記，與《爾雅》、《說文》相表裏，非若《山海經》、《禹本紀》諸書之怪，爲搢紳先生所難言也。"②換言之，何秋濤是作要旨在於考地說物、旁通他書，相對有清一代多浸淫於文本疏通、章句考證者，可謂別出心裁。此外，莊存與亦有《周書王會補注》一卷③，也可參看。

除内容外，何氏之作方法論層面的意義更大，其爲繼王應麟《周書王會補注》後又一專篇研究之作。其後近者如章炳麟、沈颺民、顧頡剛，遠者如李學勤、趙光賢等先生皆開始專篇單論《逸周書》的篇章。專篇研究的大量出現一方面體現了諸家對《逸周書》各篇區別看待觀念的徹底成熟；另一方面，其選擇的單篇大體有較重要的史料價值。以專篇研究較多的篇目爲切入點，今人對《逸周書》成書的研究也有了更切實的落腳點。

其四，對《逸周書》的全面注釋。隨着相關研究的深入，全面校勘、注釋《逸周書》，成爲時代和學者個人的共同選擇。由於學者知識背景及時代學術整體風氣的差異，使得所見《逸周書》注本呈現出相當不同的風貌。清代對《逸周書》的全

---

① （清）于鬯《香草校書》，第181頁。
② （清）何秋濤《王會篇箋釋序》，《彙校》第1232頁。
③ （清）莊存與《周書王會補注》，清光緒八年陽湖莊氏刻本。然筆者但知其目，未見其書，對其價值不敢妄下判斷，姑存録於此。

面注釋者,主要有潘振①、陳逢衡②、丁宗洛③、唐大沛④、朱右曾⑤、朱駿聲⑥、陳漢章⑦等。

盧校後較早全面注解《逸周書》的是潘振。潘振的《周書解義》作於清嘉慶十年(1805)左右。潘氏自序言其承父説,認爲《尚書》及《逸周書》無非"陳心法","其要不外乎主敬"。潘氏"心法"之説,默認《逸周書》全爲真迹且成書甚早,對其地位估計過度。考察成書年代時,則簡單依照《周書序》所列的時間次序,認爲71篇反映了序中所言各自時王的所謂"心法",似信古太過。從内容看,在申講句意時頗重義理,如《大武》篇言"明仁懷怒(恕)""明智輔謀"等句,其注曰:"明,顯明之也。藝,指射御。官,如校正射師之類。言顯明其仁,使之懷人以恕;顯明其智,使之輔己以謀。"如此疏通,於進一步研究並無太大作用,故歷代對潘振之説評價不高。

陳逢衡的《逸周書補注》自序作於道光五年(1825),是盧校後影響較大的注本。相比潘振的一味信古和王氏父子的詳細考釋,陳逢衡整體上"專意持平"以調和漢、宋,主張二者不可偏廢,認爲"近數十年來,能研經義者無不知推尊漢學,然往往曲護其説而不能通其敝。其究也,與不知漢學等"。⑧

然陳氏調和之論實有爲持平而持平的意味。陳逢衡注釋《逸周書》的目的,名雖"以昭平允之論",實則爲"他日力挽二十五篇之先路也"⑨,極力回護僞《古文尚書》的地位。如認爲《成開》以至《王會》13篇,皆成王時書。陳氏除字句疏通外,多闡明義理,雖多存可觀之處,而於成書問題實無甚創見。

《逸周書管箋》十卷并《疏證》《提要》《集説》《擴訂》四卷,實爲丁宗洛、丁浮山兄弟的共同成果。丁氏兄弟重視辭氣,故其注多好以事類比附,以實現文意曉暢。如《命訓》"道天有極則不威,不威則不昭;正人無極則不信,不信則不行"句,丁宗洛云:"此孔子所以罕言命,所以雅言《詩》《書》執禮也。"如此雖便後人理解

---

① (清)潘振《周書解義》,《〈逸周書〉研究文獻輯刊》第1—2册,國家圖書館出版社2015年版。
② (清)陳逢衡《逸周書補注》,清道光五年修梅山館刊本,《〈逸周書〉研究文獻輯刊》第2—5册,國家圖書館出版社2015年。
③ (清)丁宗洛《逸周書管箋》,《〈逸周書〉研究文獻輯刊》第5—6册,國家圖書館出版社2015年版。
④ (清)唐大沛《逸周書分編句釋三編》,《〈逸周書〉研究文獻輯刊》第7册,國家圖書館出版社2015年版。
⑤ (清)朱右曾《逸周書集訓校釋》,光緒三年湖北崇文書局刻本。
⑥ (清)朱駿聲《逸周書集訓校釋增校》,《國粹學報》第18期。
⑦ 陳漢章《周書後案》,《〈逸周書〉研究文獻輯刊》第9册,國家圖書館出版社2015年版。
⑧ (清)陳逢衡《周公攝政稱王辨》,(清)汪廷儒 編纂,田豐點校《廣陵思古編》,廣陵書社2011年版,第148頁。
⑨ (清)陳逢衡《逸周書補注自序》,《彙校》第1204頁。

文意,然一則比附非嚴格對應,理解往往鑿枘;二則比附之下,爲強行疏通文意,駁雜糾纏、強爲附會之事亦常有;三則丁氏之治《逸周書》,好徑改原文,所補闕文,亦多有臆測附會之論,如《皇門》"永有□于上下",丁氏補"孚",而竹簡本此處作"以賓佑於上"①,并無闕文。故丁注向爲諸家所輕,如劉師培言丁說"曼辭裔字,鮮入鰓理"②。

唐大沛的《逸周書分編句釋三編》道光十六年(1836)甫問世時,價值並未被當時學界充分認識。是作學術價值主要體現在篇章分類和編排上。唐氏首次打亂原有編排,按照文本內容及性質將《逸周書》篇章重新列爲三編:上編爲"真古書完具,皆先聖不朽之書";中編爲"雜集先聖格言以成,或雖有錯簡訛脱,要不失爲古書中精且醇者";下編爲"集取斷簡而成,或篇章殘缺,義亦難曉者"③。而各編內部則按內容分爲訓告書、紀事書、政制書、武備書四類④。

可以説,唐大沛首次系統地建立了《逸周書》的分編、分類體系。儘管此體系存在默認"先聖不朽之書"存在、上中下分編標準不一、分組內部無法説明時代先後等問題,但成功奠定了後世對《逸周書》成書基本方法的雛形。顧頡剛先生對《尚書》分組、分類討論的做法,即與唐大沛的做法相似。其後如黃沛榮、蔣善國、祝中熹、羅家湘、周玉秀等先生對《逸周書》的分類,無不承此而來。對唐氏此功,楊寬先生竭力表彰之,總結甚是⑤。

道光二十六年(1856)問世的朱右曾《逸周書集訓校釋》,是另一廣爲後人引用的注本。朱注較爲平實,主要做了三項工作:考定正文、正其訓詁、詳其名物⑥。這三項工作,"正其訓詁"最爲後人稱道;名物考證方面,朱氏鋪衍不多;"考定正文"雖整體較丁氏謹慎,然妄改之處亦時有。對朱右曾此書的價值,孫詒讓《周書斠補序》對比諸家做了較爲中肯的評價,可以參看⑦。後又有朱駿聲爲之作校補,朱駿聲爲《説文》研究大家,拾補舊注,多有所獲,亦可參之。

陳漢章的《周書後案》撰作過程較長,最終刊行已是20世紀30年代,但就方法而言,並未出清人太遠。陳氏優長在名物考證,其於《王會》《史記》等篇章的名物、方國考索頗見功力。但陳氏於成書、性質問題亦探討有限,此大抵乃注釋體

---

① 李學勤主編《清華大學藏戰國竹簡(壹)》,中西書局2010年版,第164頁。
② 劉師培《周書補正自序》,《彙校》,第1238頁。
③ (清)劉兆祐《逸周書分編句釋叙錄》,《彙校》第1224頁。
④ (清)唐大沛《逸周書分編句釋凡例》,《彙校》第1225—1226頁。
⑤ 楊寬《論〈逸周書〉——讀唐大沛〈逸周書分編句釋〉手稿本》,《中華文史論叢》1989年第1期。
⑥ (清)朱右曾《逸周書集訓校釋序》,《彙校》第1230—1231頁。
⑦ (清)孫詒讓《周書斠補序》,《彙校》第1234頁。

例之取捨所致。

　　整體而言,清人的《逸周書》研究,其超出前人者主要有以下四點:一是在考訂正文和整理舊注方面頗有創獲;二是以"輾轉附益"的眼光看待《逸周書》流傳;三是區別看待《逸周書》内部諸篇章,並初步明確了分編、分類體系;四是在校訂文本基礎上,關注《逸周書》所見制度、名物和思想。

　　其不足在於:一是未超出傳統經學體系,對孔子删《書》、汲冢等問題過度糾結;二是將《逸周書》作爲《尚書》附屬來研究,未系統梳理二書關係;三是整體相信《周書序》,未對《逸周書》全書的編排和諸篇文獻内部漸次形成進行探討;四是對《逸周書》的分編分組,存在標準不一、預設明顯等問題;五是未進一步認識到《逸周書》單篇内部材料也存在先後迭加和附益;六是由於時代局限,論說大體限於傳世文獻體系。

　　(三) 近現代《逸周書》研究的關注點

　　前文談到,晚清以來,傳統學術範式逐漸暴露了自身存在的使用限度問題,研究過程中帶來的問題開始超過貢獻。對既往史料的重新認識整理,必然引向對既有文獻體系和經學學術範式的懷疑和突破。近代以來西方實證主義的傳入和西方學術方法的衝擊,更對傳統學術範式的鬆動產生了推波助瀾的作用。作爲某種回應,所謂"整理國故"即應運而生。關於"整理國故"的方法,胡適言:"用歷史的眼光來擴大國學研究的範圍;用系統的整理來部勒國學研究的資料;用比較的研究來幫助國學材料的整理與解釋。"① 這無疑奠定了當下《逸周書》研究的基調,新時期多數專家的研究也或自發或自覺地遵循着這一思路進行。

　　具體到《逸周書》上,傳統範式影響下的整理考釋,成果仍時有所見,如章炳麟②、王國維③、楊樹達④、肖鳴籟⑤、藍文徵⑥、王樹民⑦、馬東泉⑧、沈颽民⑨、吴其

---

① 胡適《〈國學季刊〉發刊宣言》,《胡適文存・二集》,黄山書社1996年版,第13頁。
② 章炳麟《〈逸周書・世俘篇〉校正》,《制言》第32期,1937年。
③ 王國維 講授、劉盼遂 記《觀堂學〈書〉記》,《劉盼遂文集》,北京師範大學出版社2002年版,第264—306頁;王氏少見專論《逸周書》者,但有所述,散見《觀堂集林》,不一一具引。
④ 楊樹達《讀〈逸周書〉》,《積微居小學述林》卷7,中國科學院1954年版,第270頁。
⑤ 肖鳴籟《讀〈周書・殷祝解〉》,《學文》1931年1卷2期。
⑥ 藍文徵《〈逸周書・謚法解〉疏證》,《重華》1931年1卷第11期。
⑦ 王樹民《周書・周官職方篇校記》,《禹貢》1934年1卷1期。
⑧ 馬東泉《校正汲冢周書雜記》,北平《華北日報・圖書週刊》第30、32、33期,1935年5月27日,6月10日,6月17日。
⑨ 沈颽民《〈逸周書・謚法解〉校箋》,《制言》第15期,1936年。

昌①、冒廣生②等先生。縷析這些學者的學術脉絡可知，其或受教於清華研究院，或與章、黄學術交流極爲密切。這也決定了這些成果的特點整體傾向於疑難字句考釋，多論單篇文獻而不及全本，重視文獻校箋考證而少言成書，在體系上不如後出者嚴密。

相對浸淫舊學的學者，兼采清代辨僞成果和西方實證主義方法的近代學者以及受其影響的後來學人，對《逸周書》的關注則更具近代學術色彩。其主要代表當屬顧頡剛、楊寬、劉起釪等先生。

顧頡剛先生的《逸周書》篇章研究，成果雖較晚出，但他對相關問題的關注相當早。其早年讀書筆記中，多見對《逸周書》的探討③。與其弟子劉起釪一樣，顧先生對《逸周書》的研究，實際上是爲《尚書》整理研究服務，在旁徵經史文獻細加考證的基礎上，尤其重視篇章真僞及其史料價值，例如對《世俘》篇的相關研究，力圖將之落實爲可資利用的歷史文獻④。此外，顧先生在《尚書》整理中所採取的分編分組做法，與唐大沛不謀而合，也啟發了楊寬、劉起釪等學者。

楊寬先生的《逸周書》研究時間跨度非常大。其在 1936—1937 年，即與沈延國先生合作發表數篇《逸周書》研究的文章。最能代表楊先生對《逸周書》態度的成果，當屬《論〈逸周書〉——讀唐大沛〈逸周書分編句釋〉手稿本》⑤。楊先生直承受唐大沛影響，將《逸周書》的篇章分類討論，確定了其中幾篇可能成書較早的文獻。這幾篇文獻，也恰是 20 世紀 80 年代初，大陸學者開始恢復關注《逸周書》後，着力研究考證的幾個重點篇目。楊先生的另一大貢獻在於對《逸周書》的材料來源與編者學術背景展開討論。相比以往籠統將《逸周書》歸於戰國處士名下，楊先生指出《逸周書》中的大量文獻是戰國兵家選輯而成，而這種選輯書類文

---

① 吳其昌《〈王會〉篇國名補疏》上篇，《清華學報》13 卷 2 期，1941 年；中篇，《中國史學》1946 年第 1 期。
② 冒廣生《〈逸周書·器服解〉釋文》，《學海》1943 年第 7 期。
③ 顧頡剛《〈逸周書〉記古之亡國》，《顧頡剛讀書筆記》卷 2《蘄閒室雜記（二）》，中華書局 2010 年版，第 336 頁。顧頡剛《逸周書·周月、時訓》皆漢人作》，《顧頡剛讀書筆記》卷 5《法華讀書記（四）》，第 130 頁。顧頡剛《陳逢衡爲護〈僞古文〉而注〈逸周書〉》，《顧頡剛讀書筆記》卷 5《法華讀書記（五）》，第 181 頁。顧頡剛《農、虞、工、商爲四民；〈逸周書〉多注意生產語》，《顧頡剛讀書筆記》卷 9《湯山小記（十二）》，第 36 頁。顧頡剛《〈周書·月令〉與〈禮記·月令〉異》，《顧頡剛讀書筆記》卷 9《湯山小記（十四）》，第 97 頁。顧頡剛《〈世俘〉時代早》，《顧頡剛讀書筆記》卷 11《讀尚書筆記（四）》，第 163 頁。顧頡剛《"六宗"疑爲"天宗"誤文》，《顧頡剛讀書筆記》卷 11《讀尚書筆記（四）》，第 174 頁。顧頡剛《沈祖緜説〈世俘〉與〈論衡〉》，《顧頡剛讀書筆記》卷 12《愚修録（三）》，第 134 頁。顧頡剛《〈鄒子〉及〈逸周書〉之"取火"文》，《顧頡剛讀書筆記》卷 12《愚修録（四）》，第 170 頁。顧頡剛《汲縣〈太公望表〉所引〈周志〉》，《顧頡剛讀書筆記》卷 12《愚修録（六）》，第 232 頁。
④ 顧頡剛《逸周書世俘篇校注、寫定與評論》，《顧頡剛古史論文集》第 9 册，原載《文史》1963 年第 2 期。
⑤ 楊寬《論〈逸周書〉——讀唐大沛〈逸周書分編句釋〉手稿本》，《中華文史論叢》1989 年第 1 期，又載楊寬《西周史》，上海人民出版社 1999 年版。

獻的行爲,諸家存在不同標準,並以此立論,討論《逸周書》的思想内容①。從今天的角度看,其中不少問題雖仍有補充討論餘地,但楊先生的開創之功必須明確。

除上列學者外,近代以來關注《尚書》研究的學者,對《逸周書》——至少是其中較可信的篇目,也都納入考慮、梳理範疇,如谷霽光②、陳夢家③、蔣善國④等學者。這些學者大多試圖探討《尚書》與《逸周書》流傳的某些共同特點,以《逸周書》爲《尚書》錄餘。此外,對先秦史學的資料進行整體介紹和評論的學者,也結合既有《逸周書》研究成果,對是書成書和性質做出判斷,如吕思勉⑤、屈萬里⑥等先生。

以上這些學者中,最值得重視的是沈延國先生的研究。沈先生幼承庭訓,受其父沈瓞民影響,治《逸周書》頗具獨到之處。其一方面從學章炳麟門下,受到了系統的舊學訓練;另一方面,與顧頡剛、楊寬等先生存在密切的學術交流,在方法上頗得益於古史辨派。故其於《逸周書》研究,兼得兩派優長,在文本考釋和《逸周書》成書流傳上,皆有創獲。其關於成書流傳的成果,多發表於20世紀30年代末,如《逸周書集目》⑦《逸周書篇目考》(與楊寬合作)⑧《逸周書緒論》⑨《〈逸周書〉與〈汲冢周書〉辨正》(與楊寬合作)⑩;而考釋文本者,則有《逸周書集釋》,雖未刊佈,然得吕思勉、顧頡剛先生推許,應甚爲可觀⑪。

1949年以後,由於學界整體研究視角的轉變,對文獻本體研究趨冷。除前文提到的陳夢家、朱希祖等先生對"汲冢周書"問題的討論以及顧頡剛先生對《世俘》篇的研究外,未見重要成果發表;而這些研究的緣起,也大體可追溯到1949年以前。以屈萬里先生爲代表的中國臺灣學者對《逸周書》一直保持相當關注,

---

① 楊寬《論〈逸周書〉——讀唐大沛〈逸周書分編句釋〉手稿本》,《中華文史論叢》1989年第1期。
② 谷霽光《〈尚書·周書〉和〈逸周書〉事實相同體裁相同幾篇的比較研究》,《清華週刊》1933年第8期。
③ 陳夢家《尚書通論》,中華書局1985年版;《六國紀年·汲冢竹書考》,上海人民出版社1956年版。
④ 蔣善國《尚書綜述》,上海古籍出版社1988年版。
⑤ 吕思勉《經子解題》,華東師範大學出版社1995年版。
⑥ 屈萬里《先秦文史資料考辨》,聯經出版事業公司1983年版。
⑦ 沈延國《逸周書集目》,《制言》半月刊第5期,1935年。
⑧ 沈延國、楊寬《逸周書篇目考》,《光華》半月刊1936年4卷6期。
⑨ 沈延國《逸周書緒論》,《考文學會雜録》1937年第1期。
⑩ 沈延國、楊寬《〈逸周書〉與〈汲冢周書〉辨正》,《制言》半月刊第40期,1937年。
⑪ 李永圻、張耕華 編撰《吕思勉先生年譜長編》(上),上海古籍出版社2012年版,第654—656頁。顧頡剛説見《顧頡剛讀書筆記》卷10《壬寅春日雜記》,第158頁。

主要成果有屈萬里的《讀周書·世俘篇》①、朱廷獻的《孔孟與〈逸周書〉》②及《〈逸周書〉研究》③。此外,尚有許錟輝的《先秦典籍引〈尚書〉考》④及其他有關《尚書》辨僞的成果也旁及《逸周書》。這一時期,關注相關領域的日本學者主要有池田末利、野村茂夫、松本雅明⑤等。

我國臺灣學者在《逸周書》研究方面做出系統貢獻者,當推黄沛榮先生。黄先生的《周書研究》⑥,堪稱這一時期對《逸周書》的形成、性質及成書時代研究最全面最系統的成果。通過對辭氣、連珠句法及篇章流變的考證,是書確定其中32篇爲《逸周書》的主體部分,并將最終成書時間確定爲戰國時期。此外,黄先生《〈周書·周月〉篇著成的時代及有關三正問題的研究》⑦《論〈周書·時訓〉篇與〈禮記·月令〉之關係》⑧等成果,將《逸周書》與其他先秦文獻及制度詳細比對,也具有重要參考價值。此後,臺灣學者對《逸周書》的關注逐漸轉弱,所見研究者主要是蔡哲茂⑨先生。至於近年,除涉及清華簡的一些零散成果外,所見《逸周書》研究成果已甚零星。

改革開放以後,疑難較多、史料價值撲朔迷離的《逸周書》再次成爲學術討論的熱點。較早的關注者,除前文提及的劉起釪先生之外,當推趙光賢⑩、李學勤⑪二位先生。此時對《逸周書》的討論表現出了一些新的特點。與以往《逸周書》研究爲《尚書》研究服務的情況不同,趙光賢、李學勤二位先生開始以獨立視角看待《逸周書》篇章,更多地傾向於説明材料本身的可靠性;其所考單篇,也主要是《逸周書》中史料價值較高者。從具體引用的旁證看,開始逐步跳出以《尚書》爲代表

---

① 屈萬里《讀周書·世俘篇》,《慶祝李濟先生七十歲論文集》上册,清華學報社 1965 年版。
② 朱廷獻《孔孟與〈逸周書〉》,《孔孟月刊》1975 年 14—4。
③ 朱廷獻《〈逸周書〉研究》,《學術論文集刊》1976 年第 3 期。
④ 許錟輝《先秦典籍引尚書考》,《古典文獻研究輯刊》九編,花木蘭出版社 2008 年版。
⑤ 具體研究成果見劉起釪《日本的尚書學與其文獻》,商務印書館 1997 年版。
⑥ 黄沛榮《周書研究》,臺灣大學博士論文,1976 年。
⑦ 黄沛榮《〈周書·周月〉篇著成的時代及有關三正問題的研究》,臺灣大學文史叢刊,1972 年。
⑧ 黄沛榮《論〈周書·時訓〉篇與〈禮記·月令〉之關係》,《孔孟月刊》1978 年 17—3。
⑨ 蔡哲茂《金文研究與經典訓讀——以〈尚書·君奭〉與〈逸周書·祭公〉篇兩則爲例》,《第六届中國文字學全國學術研討會論文集》,1995 年。
⑩ 趙光賢《説〈逸周書·世俘〉篇並擬武王伐紂日程表》,《歷史研究》1986 年第 6 期。《〈逸周書·克殷〉篇釋惑》,《傳統文化與現代化》1994 年第 4 期。《〈逸周書·作雒〉篇辨僞》,《文獻》1994 年第 2 期。《説〈逸周書·嘗麥〉篇》,劉乃和主編:《歷史文獻研究》,北京師範大學出版社 1996 年版。
⑪ 李學勤《〈稱〉篇與〈周祝〉》,《道家文化研究》第 3 輯,上海古籍出版社 1993 年版。《〈嘗麥〉篇研究》《〈世俘〉篇研究》《〈商誓〉篇研究》《古文獻叢論》,上海遠東出版社 1996 年版。《釋郭店簡祭公之顧命》,《文物》1998 年第 7 期。《師詢篇與〈祭公〉》,《古文字研究》第 22 輯,中華書局 2000 年版。《〈小開〉確記日食》,《古代文明研究通訊》2000 年第 9 期。《從柞伯鼎銘談〈世俘〉文例》,《江海學刊》2007 年第 5 期。

的傳統文獻體系,廣泛引用金文、帛書等材料,是對研究佐證的一大豐富。此外,趙光賢先生考證《世俘》篇時,將篇章前後材料區別對待的做法,直接影響了筆者的方法論。循此二先生開創的範式,諸家在文本考證、思想內容及《逸周書》成書問題等方面,也取得了較多創獲,主要有日本學者谷中信一[①]、神田喜一郎[②]以及我國學者祝中熹[③]、張聞玉[④]、周寶宏[⑤]、葉正渤[⑥]、李紹平[⑦]、唐元發[⑧]、牛鴻恩[⑨]等先生。

單篇研究和考證的深入,必然促進新的綜合性研究的誕生。20世紀90年代以來,出現了若干綜合性成果,對改革開放以來的《逸周書》研究做了很好的整合反思。其中最重要的一家,無疑當推黃懷信[⑩]先生。黃先生在文本整理與源流考證方面,皆有重要成果問世。文本層面,整理舊注,集諸家而成《彙校》;源流考證方面,則善加纘析,成《〈逸周書〉源流考辨》,當推爲研究是書流傳情況極具

[①] [日]谷中信一撰,路英勇譯《〈逸周書〉的思想及其成書》,徐樹梓主編《姜太公與齊國文化》,齊魯書社1997年版。《〈逸周書〉與〈管子〉的思想比較》,《管子學刊》1989年第2期。《〈逸周書〉中的周公旦》,載黃留珠主編《西北大學史學叢刊》(4),《周秦漢唐文明國際學術研討會文集》,三秦出版社2001年版。《關於〈逸周書〉的思想與構成》,《日本中國學會報》第38集。《〈逸周書〉的思想與成書——對於齊學術一個側面的考察》,《日本學者論中國哲學史》,華東師範大學出版社2010年版,第183—197頁。

[②] [日]神田喜一郎《汲冢書出土始末考》,《神田喜一郎全集》第1卷《東洋學說林》,同朋舍1986年版。

[③] 祝中熹《〈逸周書〉淺探》,《青海師範大學學報》1989年第2期。

[④] 張聞玉《讀〈逸周書〉筆記(續二)》,《金築大學學報》1998年第4期。《世俘武成月相辨證》,《歷史研究》1999年第2期。《逸周書全譯》,貴州人民出版社2000年版。《讀〈逸周書〉筆記》,《貴州大學學報》2000年第9期。

[⑤] 周寶宏《逸周書考釋》,社會科學文獻出版社2001年版。

[⑥] 葉正渤《〈逸周書·度邑〉"依天室"解》,《古籍整理研究學刊》2000年第4期。《〈汲冢周書·克殷解〉、〈世俘解〉合校》,《古籍整理研究學刊》2010年第4期。葉正渤《〈逸周書〉與武王克商日程、年代研究》,《南京社會科學》2001年第8期。《逸周書語詞研究》,《古籍整理研究學刊》2002年第5期。《〈逸周書〉通假字研究》,《長江學術》第4輯,長江文藝出版社2003年版。

[⑦] 李紹平《〈逸周書〉考辨四題》,《湖南師範大學社會科學學報》2001年第5期。《〈逸周書〉叢考》,中國歷史文獻研究會編《歷史文獻研究》總第21輯,華中師範大學出版社2002年版。

[⑧] 唐元發《〈逸周書〉成書於戰國初期》,《南昌大學學報》2006年第6期。唐元發《〈逸周書〉詞彙研究·緒論》第6頁引劉建國《先秦僞書辨正》說,認爲《逸周書》是戰國前史官所作的書。然劉、唐所持說法一則將《逸周書》視作整體,並未對其進行分篇考慮;二則從具體篇章的時代看,三《訓》、《史記解》等篇章顯然不早於戰國。且此說單純以"真"、"僞"作二元對立的區分,有簡單化的傾向。其說可取之處在於認識到了材料性質的不同對篇章表述的影響,認爲由材料性質不同所帶來的記載不同,不足以作爲判別文獻真僞的依據。故筆者雖不取其說,仍存錄於此。

[⑨] 牛鴻恩《新譯〈逸周書〉》,三民書局股份有限公司2015年版。

[⑩] 黃懷信《〈逸周書〉時代略考》,《西北大學學報》1990年第1期;《〈逸周書〉各家舊校注勘誤舉例》,《西北大學學報》1991年第3期;《〈世俘〉〈武成〉月相辨正——兼說生霸、死霸及西周月相紀日法》,《西北大學學報》1992年第3期;《〈逸周書〉幾處年代問題》,《文獻》1993年第1期。《〈逸周書〉經濟思想初探》,《西北大學學報》1994年第3期;《〈逸周書〉各家舊校注勘誤(之二)》,黃留珠主編《西北大學史學叢刊·周秦漢唐研究》第1冊,三秦出版社1998年版;《〈逸周書〉源流考辨》,西北大學出版社1992年版;《〈逸周書〉校補注譯》,西北大學出版社1996年版等。

參考價值的成果。

羅家湘先生《〈逸周書〉研究》的主要貢獻在於對《逸周書》文獻的重新分組。其將《逸周書》的篇章分爲史書、政書、禮書、兵書四類的做法與唐大沛如出一轍。如此分類的目的在於討論《逸周書》的編輯過程。該做法本身雖頗具啟發,但在分類標準及每類文獻內部的時代差別上,皆有可商榷之處;其分類標準一如唐大沛,以內容而非材料來源或文本性質進行區分,同時在考慮每類文獻的形成時代問題時,亦潛在地假設每一類別的文本性質均一,故對其形成時代整體論之而不加細別。此外,對《逸周書》的敘事、格言、君臣形象、政治、軍事、歷史、思想等重要問題[1],羅先生皆有較全面的論述,是繼黃懷信先生後對《逸周書》研究較爲全面的學者。

除羅先生外,周玉秀先生與王連龍先生也有專著問世。周先生的《〈逸周書〉的語言特點及其文獻學價值》對《逸周書》的分類體系主要遵循羅家湘先生,而在修辭方面則大體不出黃沛榮先生的範疇。其創新主要是分析《逸周書》的語法和用韻,將《逸周書》的語言特色最晚定爲戰國末期至漢代[2]。王先生的《〈逸周書〉研究》指出,《逸周書》與《六韜》類文獻間存在關係的論點值得注意,但《逸周書》部分篇章與《六韜》之間存在的文句相似,是先秦文獻流傳中較爲普遍的現象,並不足以説明其本出一書。在思想層面,王先生對是書經濟問題與思想的分析,對羅家湘先生的論述是很好的補充。此外,其對慈利竹簡所出《逸周書·大武》的校讀,也是張春龍先生公布慈利石板村 36 號墓材料之後,對竹簡《逸周書》較爲全面的研究。

張懷通先生的《〈逸周書〉新研》某種意義上具有承前啟後的作用。張先生很好地繼承了《逸周書》的既往研究成果,將出土文獻與傳世《逸周書》結合論證,以發掘其中的史料價值。成書方面,張先生創造性地運用了歷史語言學的手段,通過對《逸周書》諸篇章的語氣詞、虛詞使用以及曆日的表達方式進行具體、量化的分析,對諸篇形成時代提出了十分精審的意見。儘管這種方法本身存在較大問題,且張先生的部分論述存在自相矛盾、難以調和之處,但仍爲新時期的《逸周書》研究打下了可靠基礎。尤其是新時期簡帛篇目的大量出土,爲修正張先生在研究方法上的不足並進一步通過語言研究和版本對勘方式研究《逸周書》諸篇章

---

[1] 羅家湘《〈逸周書〉格言研究》,《殷都學刊》2001 年第 3 期;《〈逸周書〉的異名與編輯》,《西北師大學報》2001 年第 5 期;《〈逸周書·史記篇〉研究》,《中國古典文學與文獻學研究》第 3 輯,學苑出版社 2004 年版;《從〈文傳〉的集成性質再論〈逸周書〉的編輯》,《雲南民族大學學報》2004 年第 4 期;《〈逸周書〉敘事模式分析》,《雲南民族大學學報》2005 年第 4 期;《〈逸周書〉中的周代君臣形象》,《甘肅社會科學》2005 年第 5 期;《論教誡言語的形式問題——〈逸周書〉記言類文章分析》,《鄭州大學學報》2006 年第 5 期;《論〈逸周書〉的"天財"觀》,《甘肅社會科學》2006 年第 4 期。
[2] 研究特點與周玉秀類似者尚有唐元發《〈逸周書〉詞彙研究》,浙江大學出版社 2015 年版。

的形成編次,提供了很好的借鑒。此外,張先生對《逸周書》諸篇史料價值的發掘,是將《逸周書》從模糊不清的文獻,轉化爲清晰可用的史料的關鍵一步,對筆者的相關研究產生了重要影響。

考察近現代學術規範形成以來的《逸周書》研究,可發現如下幾個特點:其一,儘管仍强調《逸周書》與《尚書》研究間的聯繫,但具體研究中,對此聯繫的重視程度逐漸鬆動;其二,突破傳統文獻體系限制,大量結合金文及零散的簡帛文獻進行研究;其三,分篇考證成爲學者討論《逸周書》的主要方式,對篇章的區別對待成爲學界默認的研究前提;其四,具體運用文獻學、歷史語言學和修辭學手段研究《逸周書》文本;其五,重視《逸周書》的流傳編次及文獻性質等問題,對汲冢問題進行全面反思;其六,詳細考察《逸周書》的思想價值和史料價值。

(四)清華簡公佈以來《逸周書》研究的新動向

2010年以來,《清華簡》的陸續公佈,爲推進《逸周書》的研究提供了新契機。《命訓》《祭公之顧命》《皇門》《程寤》等首尾相對完整的《逸周書》篇章,以及與《逸周書》關係密切的其他文獻如《芮良夫毖》《八氣五味五祀五行之屬》①,爲探討《逸周書》的先秦流傳,提供了豐富材料。以往《逸周書》研究專家如黃懷信、張懷通、王連龍等先生對此多有所涉,其成果擬隨文提及,此不專門介紹。

對清華簡書類文獻的梳理,目前所出的成果雖不少,但大體以網絡文章爲主,系統性的研究尚不太多。對清華簡"書"類文獻的討論,除單篇專題研究頗具規模的杜勇②、季旭昇③先生外,較爲精要且系統者主要有馬楠④、程浩⑤、楊博⑥、

---

① 清華簡第8冊《八氣五味五祀五行之屬》篇見"又五日"加物候的表達方式類似《逸周書·時訓》所記"七十二候",相關文本特點已有專家指出,見辛德勇《清華簡所謂"八氣"講的應是物候而不是節氣》,微信公衆號"辛德勇自述",2018年11月17日,https://mp.weixin.qq.com/s?__biz=MzIzMzg2MTQwNw==&mid=2247486141&idx=1&sn=7c994182e458092e92b12fc5ac34414c&chksm=e8fe72cddf89fbdbbc45beaf0becece19d82a26df789e25df19637320de4e34424b6afd995bb&token=190616278&lang=zh_CN#rd。然簡7見"木火金水土"之次序,並非依照五行相剋關係排列,應是對應五方按照"東南西北中"的方向來排列,故成篇時代當不會太早。
② 杜勇《從清華簡〈耆夜〉看古書的形成》,《中原文化研究》2013年第6期。《清華簡〈祭公〉與西周三公之制》,《歷史研究》2014年第4期。《清華簡〈程寤〉與文王受命綜考》,杜勇主編《叩問三代文明:中國出土文獻與上古史國際學術研討會論文集》,中國社會科學出版2014年版。《清華簡〈皇門〉的製作年代及相關史事問題》,《中國史研究》2015年第3期。
③ 季旭昇《談〈洪範〉"皇極"與〈命訓〉"六極"——兼談〈逸周書·命訓〉的著成時代》,《出土文獻與中國古典學》,中西書局2018年版。
④ 馬楠《周秦兩漢書經考》,清華大學博士學位論文,2012年。
⑤ 程浩《〈書〉類文獻先秦流傳考——以清華藏戰國竹簡爲中心》,清華大學博士學位論文,2015年。
⑥ 楊博《戰國楚竹書史學價值探研》,北京大學博士學位論文,2015年。

趙培①、曹娜②、高佑仁③等先生。馬楠先生對清以來諸家的《尚書》學研究頗有見地,另外對《尚書》文獻的搜集考證亦甚爲齊備。程浩先生則突破了二書篇章的兩分格局,開始用整體的"書"類文獻的眼光來看待竹簡本《逸周書》的流傳問題;然其對今本《逸周書》所見的其他重要篇章討論似有不足,可以補充者較多,筆者即着眼於此,對其未及討論的篇章繼續探討。楊博先生相當系統地討論了楚簡相關篇章對研究先秦史事、戰國諸子學術史與政治思想史等方面的學術價值,其所指出的"'同時代之記述'與'戰國時人追述'"④二者在史料價值上的區別,對於相關研究具有重要意義。曹娜先生所論的主要特色在通過考察周代制度及思想觀念探討"書"類文獻的性質和時代,甚有價值。此外,趙培先生在其博士論文中討論了"書"類文獻的早期形式,指出"竹帛與口耳並行"的流傳模式,也頗值得參考。

此階段海外的《逸周書》研究也頗有創獲,主要代表是烏克蘭學者葛覺智(Yegor Grebnev)的博士論文"The core chapters of the *Yi Zhou shu*"(《〈逸周書〉的核心篇章》(暫譯)),主要從組合結構(compositional structure)、修辭模式(rhetoric pattern)以及特殊程式化表達(characteristic formulaic expression)三個方面,區分了《逸周書》的核心篇章,強調從文體上辨別各篇在全書中的地位。

綜觀這一時期的研究,可以發現如下特點:其一,打破傳統文獻分類體系,開始從"文類"而非"文體"的角度考察《逸周書》相關篇章;其二,系統地而非零星地、自覺地而非自發地運用出土文獻考察《逸周書》篇章的生成及流變問題;其三,開始運用動態的眼光審視《逸周書》乃至其他古書文本的生成與流傳,認爲《逸周書》各篇來源未必單一,各篇流傳未必單綫;其四,開始探討篇章内部的編纂痕迹及其背後所反映的編纂動機問題。

三 餘論:《逸周書》研究的展望

綜合以上對現存《逸周書》相關文獻及研究的概括,筆者以爲《逸周書》相關研究在取得了很大成績的基礎上,仍然有一些值得進一步開掘之處:

---

① 趙培《〈書〉類文獻的早期形態及〈書經〉形成之研究》,北京大學博士學位論文,2017年。
② 曹娜《清華簡"書"類文獻研究——以〈尹至〉〈尹誥〉〈金縢〉〈説命〉爲中心》,北京師範大學博士學位論文,2018年。
③ 高佑仁《〈清華伍〉書類文獻研究》,萬卷樓圖書股份有限公司2018年版。
④ 楊博《戰國楚竹書史學價值探研》,第296頁。

其一，需要更細化地區分篇章内部的文本來源，不能局限於原本自然段落的劃分，而應當深入篇章内部，系統性地分析文本的編纂痕迹，區分各部分文本的性質，探討其各自的可能來源。

其二，在認可《逸周書》各篇内部文本來源複雜的前提下，勢必要進一步探討這些來源不同的材料究竟基於何種文本結構、以何種語言形式和思維邏輯組織成篇，並以此爲基礎，從文本動態變化的角度探討各篇章的編成時代問題。

其三，在明確篇章的形成過程和編成時代後，則可以此考察文獻主體部分定型時編纂者的編纂動機，以及在背後影響編纂者的前置知識結構；換言之，考察編纂者或編纂者們是基於何種知識結構或政治目的編纂文獻，而這些因素又如何影響和塑造了文本的最終形態。

其四，不能簡單地以事後總結的文體標準來劃分《逸周書》的篇章類型，而應當基於較爲寬泛的"文類"概念，結合篇章的實際功用，儘量還原時人對各篇章類型的認識，還原篇章在編纂成書之前的可能自然分組。

最後，在分析《逸周書》各篇章如何積聚成篇時，也需基於上述第三點所言邏輯，通過分析全書整理痕迹，探討纂集者可能的知識結構和政治目的。

以上是筆者在考察《逸周書》相關研究的現有狀況之後，對今後相關研究應當如何推進提出的幾點展望，苟菲之采或有，一孔之見亦多，尚祈同行專家批評指正！

明刊張鳳翼《紅拂記》版本源流考述

付宇凡[*]

内容提要 本文梳理了今存七種張鳳翼《紅拂記》正文和評點的源流關係。在正文方面,玩虎軒本和容與堂本各自發揮影響,形成了明刊《紅拂記》兩個子系統。玩虎軒本是現存最早的《紅拂記》刻本,爲白文本,繼志齋本和容與堂本的正文皆受其影響,凌玄洲本則直接以玩虎軒本正文爲底本。師儉堂本、凌玄洲本、汲古閣本、書隱本則皆以容與堂本正文爲底本。在批語方面,容與堂本批語影響了師儉堂本批語和凌玄洲本批語,也影響了《紅拂記》正文在後世流傳過程中的變化。而繼志齋本在正文和批語兩方面對後世的影響都比較有限。

關鍵詞 張鳳翼;《紅拂記》;版本源流;戲曲評點

儘管學界已有不少相關成果,張鳳翼《紅拂記》的版本仍有進一步研究的必要。學界已有的研究成果多集中在版本的搜集與統計,缺少源流的歸納梳理,對關鍵版本刊刻時間、思想藝術價值的考察等也不夠充分。筆者在本文中,重點核定了張鳳翼《紅拂記》明刊本的刊刻時間,梳理了《紅拂記》明刊本的正文和評點的版本源流關係。

一 張鳳翼《紅拂記》的版本概況

莊一拂在《古典戲曲存目匯考》(1982)中對張鳳翼傳奇作品的刊刻情況作了簡要的概括。隋樹森、秦學人、侯作卿校點《張鳳翼戲曲集》(1994)將張鳳翼散見於各個選本的傳奇作品進行了匯總整理,以明清善本爲底本,並選用其他刊本進行校勘,是目前最爲完善的張鳳翼戲曲整理本。薛琳的《張鳳翼曲作研究》

---

[*] 作者簡介: 付宇凡,上海大學文學院碩士研究生。
基金項目: 國家社會科學基金重大項目"明清戲曲評點整理與研究"(18ZDA252)階段性成果。

(2007)統計現存張鳳翼《紅拂記》刊本共計 16 種①,但經筆者考察,文中分列的"吳興閔氏刻本"與"吳興凌玄洲刻本"兩種刻本實爲一種,即上海圖書館藏的閔凌刻朱墨套印本《紅拂記》四卷,而明萬曆間金陵文林閣刻本二卷、明末書隱主人評《紅拂記傳奇》二卷這兩個版本並未包含其中。故而筆者認爲,張鳳翼《紅拂記》現存版本至少有 17 種。不過,這 17 種版本中存在很多翻刻重印本,如修文堂《六同合春》重印明蕭騰鴻刻本、《古本戲曲叢刊》初集影印明凌氏朱墨套印本、清道光二十五年(1845)重刻《六十種曲》本、民國開明書店排印《六十種曲》本、民國八年貴池劉詩輯刻《暖紅室匯刻傳奇·陳眉公批評紅拂記》、民國西泠社刊《陳眉公批評紅拂記》等;這些版本翻刻重印的底本今天也能看到,在版本源流梳理方面的研究價值不大。此外,還有少數孤本暫未得觀,如現藏臺北"國家"圖書館的明萬曆金陵文林閣刊本以及明萬曆金陵富春堂刊本。鑒於此,本文刨除上述研究價值不大或未能看到的版本,對剩餘的 7 種版本進行研究。這 7 種版本刊刻時間主要集中在萬曆至明末,按時間先後依次爲:

萬曆二十五年(1597)②玩虎軒刻《新鐫紅拂記》二卷(存一卷)(下文簡稱"玩虎軒本"),無評點;

萬曆二十九年(1601)③陳氏繼志齋刻《重校紅拂記》二卷(下文簡稱"繼志齋本"或"繼本");

萬曆三十八年(1610)至四十一年(1613)之間容與堂刻《李卓吾先生批評紅拂記》二卷(下文簡稱"容與堂本"或"容本");

萬曆四十六年(1618)④蕭騰鴻師儉堂刻《鼎鐫陳眉公先生批評紅拂記》二卷(下文簡稱"師儉堂本");

萬曆四十八年(1620)⑤凌玄洲刻《紅拂記》四卷(下文簡稱"凌本"),題爲"湯若士評";

明末毛晉汲古閣刻《繡刻演劇六十種·紅拂記》(下文簡稱"汲古閣本""汲本"),題爲"湯若士評";

---

① 薛琳《張鳳翼曲作研究》,河北師範大學碩士學位論文,2007 年。
② 杜信孚《明代版刻綜錄》第 3 册,江蘇廣陵古籍刻印社 1983 年版,第 6 頁。
③ 杜信孚《明代版刻綜錄》第 7 册,江蘇廣陵古籍刻印社 1983 年版,第 4 頁。
④ 明萬曆蕭騰鴻師儉堂刊本《鼎鐫陳眉公先生批評西廂記》卷首有余文熙做《六曲奇序》,言合刻六曲,爲:《西廂記》《紅拂記》《繡襦記》《玉簪記》《幽閨記》《琵琶記》,文末有"戊午孟冬余文熙書於一齋畢"字樣,可知上述六本皆刊刻於萬曆四十六年(1618)。
⑤ 凌玄洲本《紅拂記》上卷第一幅插圖左下角有"庚申秋日王文衡寫"字樣,可知其刊刻於萬曆四十八年(1620)。

明末書隱主人評《紅拂記傳奇》二卷(下文簡稱"書隱本")。

二 張鳳翼《紅拂記》正文的系統

(一)玩虎軒本系統

玩虎軒本系統,包括繼志齋本和容與堂本、凌玄洲本等。玩虎軒本正文對繼志齋本和容與堂本影響較大,與容與堂本的關係更爲密切。凌玄洲本的刊刻時間晚於繼本和容本,但其正文却是直接以玩虎軒本正文爲底本的,與玩虎軒本的親緣性最强。

1. 繼志齋本和容與堂本

繼志齋本刊刻於容與堂本之前,而與容與堂本存在較大差異。從目錄來看,二者雖然同爲二卷三十四齣,但却有十二齣的標題不同。具體差別如下:

表1 繼志齋本與容與堂本目錄差異對照

齣　目	繼　本	容　本
第一齣	家門始末	傳奇大意
第三齣	思憶閨情	秋閨談俠
第四齣	威神指化	天開良佐
第五齣	良宵玩月	越府宵遊
第六齣	旅館舒懷	英豪羈旅
第七齣	顧盼衷情	張娘心許
第八齣	鵲報佳期	李郎神馳
第九齣	登高望氣	大原王氣
第二十齣	伉儷重偕	楊公完偶
第二十一齣	髯客歸海	髯客海歸
第二十八齣	寄拂論兵	奇拂論兵
第三十四齣	封贈團圓	華夷一堂

一方面，繼志齋本和容與堂本的正文存在着較大差異。經筆者統計，兩書正文共有異文110處，其中上卷74處，下卷36處，大多分佈在念白部分，如：第二齣《仗策渡江》開場白中，繼本爲："自家李靖是也，表字藥師，京兆三原人。①"而容本則爲："李靖字藥師，京兆三原人也。"第三齣開場白後，繼本爲："隨行逐隊，蹉跎白日，負此青年，如何是好？"而容本則爲："隨行逐隊，如何是好？"第九齣末尾，繼本爲："[外]道兄所見，甚合吾意。既然如此，道兄請先行，我隨後即便來也。"而容本則爲："[外]如此甚好。道兄請先行，我隨後即便來也。"故此説來，繼本和容本的正文差異較大，似乎不存在直接的淵源關係。

另一方面，繼本與容本却都受到了玩虎軒本的影響。上文已經提及，繼本下卷和容本下卷正文共存在36處異文，試將這36處異文與現存的玩虎軒本下卷進行對照，就會發現：在這些異文中，有19處是繼本與玩虎軒本一致，剩餘17處則是容本與玩虎軒本一致，可以説是各占一半，平分秋色，並且玩虎軒本中没有出現除了繼本和容本之外第三種寫法的情况。也就是説，在玩虎軒本中，既存在繼本的特點，也存在容本的特點，而且是一種接近於非"繼"即"容"、非此即彼的情况，好像是兩個版本的折中和糅合。總之，在玩虎軒本這個源頭之中，繼志齋本和容與堂本處於並列的兄弟關係。

繼志齋本正文與其後的版本差異較大，可謂自成一系。就與玩虎軒本的關係而言，容本比繼本更爲密切，這一點首先從總目文字中就可以看出來。在玩虎軒本現存的下卷十七齣中，繼本有3處標題與玩虎軒本不同：第二十齣，玩虎軒本爲《楊公完偶》，繼志齋本爲《伉儷重偕》；第二十一齣，玩虎軒本爲《髯客海歸》，繼志齋本爲《髯客歸海》；第三十四齣，玩虎軒本爲《華夷一堂》，繼志齋本爲《封贈團圓》。容本僅有1處標題與玩虎軒本略有不同：第二十八齣，玩虎軒本爲《寄拂論兵》，容本爲《奇拂論兵》。並且，"寄"與"奇"字形相似，故這一分歧極有可能是手民之誤，而非原文不同。

2. 凌玄洲本正文的底本

凌玄洲四卷本《紅拂記》刊刻時間晚於繼志齋本和容與堂本，但是其第三、第四卷的正文與玩虎軒本現存下卷的正文内容高度一致，字詞出入非常少，關係極爲密切。可以推測，凌玄洲本就是直接以玩虎軒本爲底本進行刊刻的。

從目録來看，凌本三、四卷，也就是第十八齣至第三十四齣的總目標題，與玩

---

① 以下所引《紅拂記》正文皆出自各個明刊《紅拂記》評點本原文，不另注（特殊標明的除外）。

虎軒本下卷的總目標題完全一樣，且不存在正文每一齣的標題與目錄頁標題相異的情況。兩個版本的正文部分也高度一致。前文中，我們將玩虎軒本的正文與繼本、容本下卷的 36 處異文進行了對照，發現有 19 處是繼本與玩虎軒本一致，剩餘 17 處則是容本與玩虎軒本一致。而凌本對這 36 處異文的取捨和選擇，有 35 處與玩虎軒本一模一樣，僅有一處與玩虎軒本存在分歧。這種高度重合的情況，衹可能是因爲凌本直接以玩虎軒本爲底本。

除此之外，正文第二十三齣末尾一處，也爲凌玄洲本是以玩虎軒本爲底本這一論斷提供了有力佐證：

表 2　第二十三齣末尾一處異文對照

版　本	異　文
玩虎軒本	［净］我即日要起兵入咸陽去，你衆將每聽我道。
繼志齋本	［净］我即日要起兵入咸陽去，你衆將們聽我道。
容與堂本	［净］我即日要起兵咸陽去，你衆將每聽我道。
凌玄洲本	［净］我即日要起兵入咸陽去，你衆將每聽我道
師儉堂本	［净］我即日要興兵咸陽去，你衆將每聽我道。
書　隱　本	［净］我明日要起兵咸陽去，你每聽我道。

這一句的異文有三處："起"/"興"與"入"的有無、"每"/"們"。現存版本幾乎是一個本子一種說法：繼本繼承了玩虎軒本中的"起"和"入"，不同處是把"每"變成了"們"；容本繼承了玩虎軒本的"起"和"每"，却漏掉了"入"。衹有凌本的内容，依舊與玩虎軒本一模一樣。總之，凌玄洲本是直接以玩虎軒本爲底本，是没有疑義的。筆者認爲，由於玩虎軒本上卷已佚，可以通過凌玄洲本來追溯其原貌。

（二）容與堂本正文系統

容與堂二卷本《李卓吾先生批評紅拂記》是現存版本中影響最大的版本。師儉堂本、汲古閣本以及書隱主人本皆以容與堂本的正文爲底本。

1. 蕭騰鴻師儉堂刻二卷本《陳眉公先生批評紅拂記》

師儉堂本與容與堂本在結構體制安排、目錄設置、正文以及批點方面都高度一致。

第一，題目相似。容與堂本題爲《李卓吾先生批評紅拂記》，而師儉堂本則題爲《陳眉公先生批評紅拂記》，祇是把"李卓吾"替換成了"陳眉公"。

第二，體例相近。容與堂本共兩卷，第一卷卷首首先是評點人(李卓吾)題的《紅拂序》，序後爲《李卓吾先生批評紅拂記卷上目錄》，目錄從第一齣《傳奇大意》至第十七齣《物色陳姻》，目錄後是 10 幅插圖，每幅插圖皆題有戲文唱詞，插圖後即爲正文；下卷卷首是《李卓吾先生批評紅拂記卷下目錄》，從第十八齣至第三十四齣，目錄後爲正文。而師儉堂本體例安排與容與堂本基本一模一樣：也是分上下兩卷，第一卷卷首同樣也是一篇評點人(陳眉公)題的《紅拂序》，序後爲《陳眉公先生批評紅拂記卷上目錄》，目錄也是從第一齣《傳奇大意》至第十七齣《物色陳姻》；稍有出入之處是師儉堂本將《陳眉公先生批評紅拂記卷下目錄》移到了卷上目錄之後，把插圖從全部放在卷首變成了散見於正文之中。

第三，插圖呈現出明顯的借鑒因襲情況。兩個版本中都出現了《片帆江上掛秋風》插圖，圖中都有帆船、江水、遠山，船的形態也非常相似。兩個版本中都出現了《汾陽橋畔朝煙冷》插圖，並且畫面構圖、景物及人物安排等幾乎一模一樣。

圖 1　容與堂本《片帆江上掛秋風》圖

圖 2　師儉堂本《片帆江上掛秋風》圖

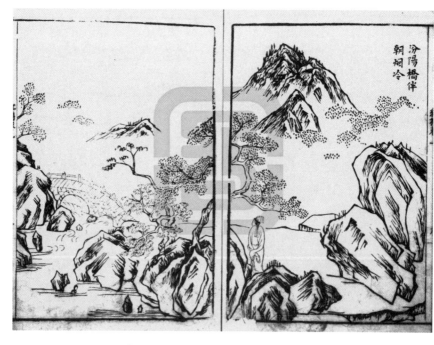

圖 3　容與堂本《汾陽橋畔朝煙冷》圖

圖 4　師儉堂本《汾陽橋畔朝煙冷》圖

第四，目錄部分關係非常密切。兩書僅有兩齣的標題不同：一處爲第九齣，容本作《太原王氣》，師儉堂本作《觀星望氣》；另一處爲第二十二齣，容本爲《教婿覓封》，師儉堂本爲《教婿覓侯》，但師儉堂本這一齣在正文中標題也爲《教婿覓封》，與容本一樣。除此之外的其他各齣標目均一致。第二十八齣，容本和師儉堂本都爲《奇拂論兵》，而除了這兩個版本之外的其他諸版本皆爲《寄拂論兵》。該齣講的是徐德言拿着信物紅拂去軍營投李靖，被李靖接納並拜爲參軍的故事。結合文義，"寄拂"無疑更符合情節設置：紅拂女通過徐德言將信物紅拂"寄"給李靖，而非是信物紅拂本身有甚"奇"特之處。因此，此處極有可能是容本的雕印失誤造成的。然而，師儉堂本卻將這一處雕印失誤一併繼承了過來，可見容本對其影響。

第五，師儉堂本與容本在唱詞賓白上也非常接近。師儉堂本與容本的關係比玩虎軒本和容本更爲密切。試看下面的例子：

第十九齣【山坡羊】中，玩虎軒本、繼本、凌本爲"近來聞得他沒入在楊越公府中了"，而容本、師儉堂本則爲"近來聞得他沒入在侯門楊越公府中了"。

第二十一齣【北收江南】中，玩虎軒本、繼本、凌本爲"早知拿雲握霧手，歎摧折,待學東陵種瓜";而容本、師儉堂本則爲"早知拿雲握霧手,歎摧折,待學東陵種瓜趖"。

第二十二齣【長拍】中,玩虎軒本、繼本、凌本爲"也難免春來瘦了腰肢";而容本、師儉堂本則爲"也難免瘦了腰肢"。……

總之,容本正文與師儉堂本正文的關係非常密切,後者是直接以前者爲底本的。

2. 毛晉汲古閣二卷合訂本《繡刻演劇六十種·紅拂記》

汲古閣本也與容與堂本關係密切。首先,汲古閣本目錄與容與堂本目錄僅有一處不同:第三十四齣,容與堂本爲《華夷一堂》,而汲古閣本爲《華夷一統》,此外其他齣的標目都一致。汲古閣本也保留了《奇拂論兵》這一疑似印刷錯誤之處,在諸版本幾個有分歧的地方同樣也跟容與堂本保持一致。

其次,汲本正文與容本的關係非常緊密。如:第十九齣【山坡羊】,玩虎軒本、繼本、凌本爲"近來聞得他沒入在楊越公府中了",而容本、師儉堂本、汲本則爲"近來聞得他沒入在侯門楊越公府中了"。第二十齣【啄木兒】,玩虎軒本、繼本、凌本爲"侍尊前強把愁顏放",而容本、師儉堂本、汲本則爲"侍尊前強把愁眉放"。第二十二齣【長拍】,玩虎軒本、繼本、凌本爲"也難免春來瘦了腰肢",而容本、師儉堂本、汲本則爲"也難免瘦了腰肢"。

有時,汲本正文甚至比師儉堂本還更接近容本。最具有代表性的還是第二十三齣末尾這一處:

表3　七個版本第二十三齣末尾處異文對照

版　　本	異　　文
玩虎軒本	[淨]我即日要起兵入咸陽去,你衆將每聽我道。
繼志齋本	[淨]我即日要起兵入咸陽去,你衆將們聽我道。
容與堂本	[淨]我即日要起兵咸陽去,你衆將每聽我道。
凌玄洲本	[淨]我即日要起兵入咸陽去,你衆將每聽我道
師儉堂本	[淨]我即日要興兵咸陽去,你衆將每聽我道。
書隱本	[淨]我明日要起兵咸陽去,你每聽我道。
汲古閣本	[淨]我即日要起兵咸陽去,你衆將每聽我道。

諸版本中，祇有汲本和容本兩個版本完全一致，其他版本都各有差異。由此可以看出，汲古閣本與容與堂本的親緣性非常強，是直接以容與堂本正文爲底本的。

當然，汲本與容本之間也存在一些出入，但其出入處可能更應歸咎於刻印者的失誤，而非是受到其他未知版本的影響。如第十四齣開場白後，汲本爲"喜得張美人爲伴，笑談閑耍"，而其他版本皆爲"喜得張美人爲伴，清談閑耍"。"笑談"不符合樂昌公主國破家亡、淪落爲歌姬的處境，也沒有其他版本與之印證。第十九齣，樂昌公主所誦之詩，汲本爲"今日何銓次"，其他版本爲"今日何遷次"。"遷次"意爲窘迫尷尬，詩義通順，改爲"銓次"則不通。其他史料中也用"遷次"而非"銓次"。如記載了樂昌公主破鏡重圓故事的《本事詩》中即爲"遷次"；明代馬鑾《樂昌公主》詩："遷次相逢似夢魂，作人難處兩難言。"故張鳳翼原作中也更有可能寫爲"遷次"而非"銓次"，將"銓次"解釋爲汲本刻印時的訛誤是合理的。

3. 書隱主人評《紅拂記傳奇》

書隱主人評《紅拂記傳奇》共二卷，合爲一册。無題跋和序言，卷首直接爲《紅拂記傳奇卷上目次》目錄有插圖共 12 幅。插圖後爲正文，正文首題"書隱主人評"。下卷目錄後即爲正文，無插圖。"書隱主人"真實身份不詳。文内評點處僅一處眉批，在第十八齣【五供養】上："《圖國》兩頁誤訂在此。"實可將其當作白文本。在齣目標題方面，與其他版本的四字標題不同，書隱本各齣目標題皆爲兩字；雖然看起來差異巨大，但實際上祇是對容本齣目標題的簡化。如第一齣容本爲《傳奇大意》，書隱本爲《大意》；第三齣容本爲《秋閨談俠》，書隱本爲《談俠》；第二十一齣容本爲《髯客海歸》，書隱本爲《海歸》。書隱本正文也同樣是以容與堂本爲底本，而加以文字上的精簡。第二十一齣【北收江南】中，繼志齋本、玩虎軒本、凌玄洲本爲"早知拿雲握霧手，歎摧折，待學東陵種瓜"；而容與堂本、蕭騰鴻本、汲古閣本和書隱本則爲"早知拿雲握霧手，歎摧折，待學東陵種瓜唻"；第二十二齣【長拍】中，繼志齋本、玩虎軒本、凌玄洲本爲"也難免春來瘦了腰肢"；而容與堂本、蕭騰鴻本、汲古閣本和書隱本皆爲"也難免瘦了腰肢"。前文所述"起兵咸陽"一例亦可體現書隱本與容與堂本之源流關係：

表 4　七個版本第二十三齣末尾一處異文對照

版　　本	異　　文
玩虎軒本	［净］我即日要起兵入咸陽去,你衆將每聽我道。
繼志齋本	［净］我即日要起兵入咸陽去,你衆將們聽我道。
容與堂本	［净］我即日要起兵咸陽去,你衆將每聽我道。
凌玄洲本	［净］我即日要起兵入咸陽去,你衆將每聽我道
汲古閣本	［净］我即日要起兵咸陽去,你衆將每聽我道。
蕭騰鴻本	［净］我即日要興兵咸陽去,你衆將每聽我道。
書　隱　本	［净］我明日要起兵咸陽去,你每聽我道。

此處書隱本"起"和"每"都與容與堂本相同,且删去"衆將"一詞,更爲精簡,在繼承容本的基礎上進行簡化。

三　張鳳翼《紅拂記》的評點系統

學界對張氏《紅拂記》評點的研究,朱萬曙、吴新雷等先生有所論及①。筆者詳加考查後認爲,《紅拂記》核心評點本有四種:即繼志齋本、容與堂本、師儉堂本、凌玄洲本。繼本、凌本署名"湯海若先生批評",容本署名"李卓吾先生批評",師儉堂本署名"陳眉公先生批評"。繼志齋本是現存最早的評點本,但影響不廣;容與堂本影響很大,師儉堂本是對容與堂本的潤色,凌玄洲本部分批語承自師儉堂本,也受到了容與堂本批語的直接影響。

（一）繼志齋本的評點

繼志齋《重校紅拂記》的批語主要是校勘性批語,集中於對字音的注釋、對字詞的解釋、對典故的介紹三方面,如第十六齣【前腔（出隊子）】"孤鏊相守"一

---

① 參見朱萬曙《明代戲曲評點的形成與發展》,《東南大學學報（哲學社會科學版）》2000 年第 4 期,第 82—88 頁;朱萬曙《"湯海若批評"曲本考》,《戲曲研究》2003 年第 1 期,第 199—210 頁;朱萬曙《"李卓吾批評"曲本考》,《文獻》2002 年第 3 期,第 107—123 頁;吴新雷《明清劇壇評點之學的源流》,《藝術百家》1987 年第 4 期,第 47—53 頁。

句,繼本批語爲"'嫠'音'離'";第四齣【玉芙蓉】"掃除氛祲清寰宇"一句,繼本批語爲"'祲'音'晉',災祥氣,又日旁氣也";第五齣【香柳娘】"舞纖腰楚妝"一句,繼本的批語爲"'楚妝',楚腰也。諺云:'楚王愛細腰,宮中多餓死'"。繼本多爲注釋校勘性評點,展現了明代戲曲評點的早期面貌,也是《紅拂記》評點體系的重要組成部分。繼本對後世《紅拂記》評點本影響不大。

(二)容與堂本評點系統

容與堂本是《紅拂記》最爲重要的評點本,其評點內容大體出於原創,藝術價值高。"李評"系統一直是戲曲評點研究的熱點。20世紀90年代後,蔣星煜、吳新雷、黃霖、朱萬曙等學者的戲曲評點研究專著與論文都將"李評"作爲重點研究對象,聚焦李評本的真僞、特徵、影響等論題,取得了豐碩的理論成果。①"李評"在戲曲評點史中具有重要價值和意義,"(李卓吾)把評點經史的習尚帶到戲曲小説中來,以至於使他的劇本評批大多是'史論式'的。他往往是借題發揮,專寫自己的思想認識……這種抒發個人感觸式的評論,對後來的評點家有直接的影響。"②"思想家李卓吾的評點,真正確立了戲曲評點的基本批評形態,李氏作爲思想家的深刻、敏鋭和強烈的批評意識,使戲曲評點更具有理論批評的意味,從而開啟了戲曲評點的風氣,奠定了明代戲曲評點的基石。"③

不過,以往的研究大抵以"李評"《西廂記》爲主要研究對象,對"李評"《紅拂記》往往一語帶過。容與堂本《李卓吾先生批評紅拂記》的出現使《紅拂記》由早期的校勘型評點轉爲成熟的批評型評點。在語言風格上,容本批語鮮活潑辣,充滿了日常口語化的表述,嬉笑怒罵皆成文章,洋溢着豐沛的情感流動。在形式上,容本批點細緻豐富,共有包括總批、眉批、夾批、尾批在内的批語370處,展現了評點者細緻的態度。在批語內容上,容本《紅拂記》主要包括敘事批評、人物批評、曲白批評,展現了評點者的獨到見解。容本批語敘事尚"真""奇",如第十三齣【風入松】後白"其時被我看他梳頭,要識他丈夫。誰想到被他看破,即時與我結爲兄妹,就令他丈夫與我相見。對酒間與他盤桓數巡,傾蓋處便情親"一處,有

---

① 參見蔣星煜《〈西廂記〉的文獻學研究》,上海古籍出版社1997年版,第93頁;吳新雷《明清劇壇評點之學的源流》,《藝術百家》1987年第4期,第47—53頁;吳新雷《關於李卓吾評批的曲本》,《江海學刊》1963年第4期;黃霖《論容與堂本〈李卓吾先生批評北西廂記〉》,《復旦學報(社會科學版)》2002年第2期,第119—125頁;朱萬曙《明代戲曲評點的形成與發展》,《東南大學學報(哲學社會科學版)》2000年第4期,第82—88頁;朱萬曙《"李卓吾批評"曲本考》,《文獻》2002年第3期,第107—123頁。
② 吳新雷《明清劇壇評點之學的源流》,《藝術百家》1987年第4期,第48頁。
③ 朱萬曙《明代戲曲評點的形成與發展》,《東南大學學報(哲學社會科學版)》2000年第4期,第84頁。

眉批云"敘事逼真";第八齣【李郎神馳】後尾批云:"有此一齣,關目極好,若是刪去,更爲奇特。蓋此時紅拂有心而李郎何自得知？出於不意方大奇。"人物需"象""趣",如第二十二齣【長拍】"我欲言還止。轉教人心折臨岐。無奈燕西飛。更生憎影縈縈伯勞東去。祇怕蕭條虛繡戶。禁不得門掩梨花夜雨時。縱不然化做了望夫石。也難免瘦了腰肢"後有夾批云:"不象紅拂俠氣";第二十四齣【祝英臺】"到如今呵,須臾,聽不得鶴唳華亭,又早狗烹錡釜,恨他鄉這骸骨倩誰收取"後有夾批:"何必收取,又不象藥師了";第十二齣【梁州序】後白"小生從江南到此,不想遇他,也是有緣千里能相會也"處有夾批云:"腐而蠢,却有趣"。曲白崇尚"自在""天降"的自然"化工",如第十三齣【雙勸酒】"飄颻此身,燕齊秦晉,角巾布紳,資糧無甚。龍爭虎鬥正紛紛,是誰能早定乾坤"處有眉批云:"文字到此,自在極矣。妙！妙!"第二十四齣【神仗兒】"揚旗耀幟,揚旗耀幟。揮干整羽,喜先發難制。汾晉俱來從義。平燕趙,定梁齊,城幽冀,下青徐"後有批語:"自在。曲至此幾成天降矣,有一些人力否乎?!"容本《紅拂記》批語還重視戲曲的警世教化功用,往往通過對傳奇角色的贊頌,痛斥世風日下的不良社會風氣,如第十八齣【江兒水】後白"資斧千箱完具。盡付君家好佐那人行事"有眉批云:"奇人奇事,今有兄弟爭家者,何如何如!"第十七齣楊素幫樂昌公主尋夫一段後有眉批云:"今人寧可死後讓他嫁人耳,安得如素者哉!"

　　容與堂本批語對師儉堂本和凌玄洲本的評點影響很大。師儉堂本與容與堂本的批語大同小異。朱萬曙説:"表面看來,陳評本未抄李評本一條出批和眉批,但仔細比較,仍見出其受影響痕迹。"①鄭曉俐《晚明戲曲評本〈六合同春〉研究》認爲,陳評本雖在很大程度上受到李評本的影響,但評者並未盲目抄襲,對於評本的藝術價值仍有自己獨到的見地。② 筆者認同師儉堂本《紅拂記》批語明顯受容本影響的意見。具體説來,師儉堂本批語直接照搬容本批語原文的情況較少,大多表現爲對容本批語進行簡化。如:第一齣末尾吊場詩"打得上情郎紅拂妓",容本批爲"妓字不可以目紅拂",師儉堂本批語爲"紅拂不是妓";第五齣開場白敘院子贊頌越公楊素功績,容本批語爲"白亦壯麗",師儉堂本批語爲"亦壯";第二十三齣【清江引】後説白處,容本批語爲"此等處不煩便是高手""繁簡得體",師儉堂本批語爲"白簡曲不煩,洵是高手"。師儉堂本的批語與容本相近者比比皆是,足見兩者之間的莫大關聯。當然,師儉堂本批語亦有獨到之處,如其

---

① 朱萬曙《"李卓吾批評"曲本考》,《文獻》2002 年第 3 期,第 121 頁。
② 鄭曉俐《晚明戲曲評本〈六合同春〉研究》,浙江師範大學碩士學位論文,2017 年。

尾批云:"各說散漫中收做一團,妙!妙!《西廂》風流、《琵琶》離憂,大抵都作兒女子態耳。《紅拂》以立談而物色英雄,半局而坐定江山。奇腸落落,雄氣勃勃,翻傳奇之局爲掀乾揭坤之獻。不以斯文,何伸豪興乎?黄鐘大吕之奏,天地放膽文章也。"在對比中歸納出《紅拂記》不同於其他"作兒女子態"的傳奇的"奇雄"風格,指出了其顛覆傳奇舊局的變革意義。

凌玄洲本是《紅拂記》除容與堂本外原創批語最多的評本。第二齣【普天樂】中"最堪憐是秋江上寂寞芙蓉"一句唱詞的批語爲:"芙蓉生在秋江上,不向東風怨未開。'最堪憐'句,可稱點化之妙。"第四齣【玉芙蓉】李靖問卜一節,評點者説:"英雄未遇,自有一種抑鬱無聊之狀。李衛公從龍之願乃其素心。此作者善摹其無聊之詞耳。若卦上不得爲天子,便思退爲宰相,則幾癡人前説夢矣。覽者宜得之。"凌本中的原創評語反映了其評點者的真知灼見,也提升了該書的價值。但其價值尚未爲學界所關注,有研究明代"湯評"的論著也將之遺漏①。

凌本中也有相當一部分評語承襲了之前的評點本,主要是容與堂本與師儉堂本。凌本批語受到容本批語的直接影響者,如:第五齣【香柳娘】一曲,容本的批點爲"此老頗壯,差堪並遊",師儉堂本的批點爲"有逸興",而凌本則與容本内容和表述相似,爲"躑躅哉!是翁堪與共語"。批語位置一致,内涵相似。與此情况相同的還有第十三齣【風入松】後虬髯和道士的説白處"[净]他丈夫姓甚名誰?何等樣人?……"的評語:容本的批點爲"仔細",師儉堂本批點爲"士下定無虚名",而凌本爲"摹净處問答甚精細",凌本意思與容本相似。凌本批語受師儉堂本影響者,如:第二齣【古輪臺】後説白,容本評語爲"英雄相遇,各□肺腑,□不藏頭露尾",師儉堂本批語爲"行揭肺肝相示",凌本批語爲"各揭肺腑相示",措辭與師儉堂本一致;第三齣【駐馬聽】,容本評語爲"好關目",師儉堂本評語爲"揮塵吐霓虹",凌本批語爲"揮塵吐霓虹,出語自是異人",是對師儉堂本批語的補充;第二十四齣【祝英臺】,容本批語爲"可哭",師儉堂本批語爲"幾碎英雄膽",凌本批語爲"精切悽楚,幾碎英雄膽",凌本批語是對師儉堂本批語的補充。由此可見師儉堂本批語對凌玄洲本批語的影響。相對而言,師儉堂本對凌本批語的影響要大於容與堂本。

凌本的正文與批語淵源互異,在明清戲曲刊本中並不是一個孤立的現象。楊緒容《游敬泉刊〈西廂記〉:三槐堂本的底本》一文,論《西廂記》的游敬泉本、三

---

① 參見朱萬曙《"湯海若批評"曲本考》,《戲曲研究》2003年第1期,第199—210頁。

槐堂本在正文和評語兩方面淵源各别："前者的絶大部分抄自起鳳館本,後者的大半條目抄自繼志齋本,正文與評語淵源各别乃是明代《西廂記》刊本的一種常態。"①這一現象也存在於《紅拂記》刊本中：凌玄洲本正文的底本爲玩虎軒本,批語却屬於容與堂本系統。

　　容與堂本評語甚至影響到其後某些《紅拂記》版本正文的修訂。容與堂本系統中的幾個版本呈現出根據容本評語來删改其正文内容的現象。例如,第一齣末尾的吊場詩在玩虎軒本、繼本、容本、凌本中都爲"打得上情郎紅拂妓",容本在此處有批語爲"紅拂不是妓"。在隨後的汲本中,這一處就被改爲"打得上情郎紅拂女"。又如第六齣,李靖賃房前有一段旅館店家插科打諢的對白。容本在此處有評語爲"可删",隨後的汲本、書隱本中就都删去了這一段。第二十八齣【小桃紅】後有一段説白爲："你仔細説來,果是何方人氏,有何緣故,敢徑來投我。"在此處,容與堂本有批語爲"投軍何必問著緣故？"而之後的汲本中,這一處就改成了："你仔細説來,果是何方人氏,有何韜略,敢來投我？"

　　以上書隱本、汲本所删改《紅拂記》的正文,與容與堂本的批語内容若合符契。書隱本、汲本都屬於容與堂本系統,可以推測其對正文内容的改動是在容本批語的影響之下做出的。

　　綜上所述,張鳳翼《紅拂記》源流關係基本可以得到釐清：在正文方面,存在玩虎軒本正文系統和容與堂本正文系統兩個子系統。繼志齋本和容與堂本的正文都受到玩虎軒本影響,容與堂本與玩虎軒本關係更爲密切。凌玄洲本則直接以玩虎軒本正文爲底本。師儉堂本、汲古閣本、書隱本以容與堂本的正文爲底本。在批語方面,繼志齋本的評點展現了明代戲曲校勘性批語的面貌,但影響有限,而容與堂本的評點對師儉堂本、凌玄洲本的評點皆有深刻影響。

---

① 楊緒容《游敬泉刊〈西廂記〉：三槐堂本的底本》,《中國文學研究(輯刊)》2014 年第 2 期,第 62—68 頁。

《三異人集》版本敘録

田明娟*

内容提要 《三異人集》是一部託名李贄或徐渭評點的詩文總集,選録了方孝孺、于謙、楊繼盛的詩文,包括詩歌、遊記、奏疏、題跋、祭文、碑銘、傳記和行狀等體式。該集初本爲"明萬曆年間武林俞氏求古堂刊本",由《三異人文集》和《三異人録》兩部分組成,目前有31種藏本可查。本文通過所目驗的10種藏本,辨析該集的書名、輯者、評者,集與録組合的三種形式,以及諸藏本中《三異人録》之挖改、缺漏、補遺情況。

關鍵詞 《三異人集》;刊版;藏本;敘録

　　《三異人集》是一部託名李贄或徐渭評點的詩文總集,選録了方孝孺、于謙、楊繼盛的詩文,包括詩歌、遊記、奏疏、題跋、祭文、碑銘、傳記和行狀等體式。該集正文二十二卷,包括《評選方正學文集》十一卷、《評于節閹集》七卷、《評選楊椒山集》四卷;附録四卷,包括《評方正學》一卷、《評于忠肅》一卷、《評楊椒山》二卷。"三異人"指方孝孺、于謙、楊繼盛。孫奇逢《讀三異人傳有述》稱:"三異人者,明忠臣方正學、于肅愍、楊忠愍三先生也。統以三異人者,蓋三先生超異殊絶,古來忠臣罕比。篤生於明,二百年相望而得此三異人,亦奇矣哉!三人者事有本末,死各不同,而忠烈之心同也。"①可知該集以"異"稱之,一因三人忠義乾坤、以身殉道,謂之"超異殊絶,古來忠臣罕比";二因三人志行卓異、不同流俗,謂之"篤生於明,二百年相望而得此三異人,亦奇矣"。此處的"異"與晚明社會流行的異端、畸人不同,它更强調方、于、楊三人將國家利益置於個人生死之上的精神及其對社會產生的巨大影響。《三異人集》的編刻不僅使三人散佚的文獻得以彙集而廣

---

*　作者簡介:田明娟,上海大學圖書館館員。
　　基金項目:國家社會科學基金重大項目"中國古代文學制度研究"(17ZDA238)。
①　孫奇逢《孫徵君日譜録存》卷7,光緒十一年大梁書院刊本。

傳於世，還使其忠義氣節流傳百世，因而具有重要文獻價值和思想價值。正如時人所言："(方孝孺)遂湛十族而不悔，語其氣節，可謂貫金石、動天地矣。文以人重，則斯集固懸諸日月，不可磨滅之書也"①；"誦其(楊繼盛)言，猶凛凛足以鼓天下之正氣，而激天下之士風"②；"于忠肅之功，千載不可誣也"③，等等。然而，對這麽一部重要的《三異人集》，《中國叢書綜錄》《中國叢書綜錄補正》雖對該書書名、版本、輯者、子目等皆有叙錄，但其叙錄並不詳盡且多有疏漏。本文廣搜諸版，並結合相關史料，對《中國叢書綜錄》《中國叢書綜錄補正》中關於《三異人集》的内容進行重新叙錄。

《中國叢書綜錄補正》(以下簡稱"《補正》")叙錄《三異人集》曰：

《三異人文集》(一名《三異人集》，又名《李卓吾評三異人集》)，明俞允諧輯，李贄評。明武林俞氏求古堂自刊本。

按：是刻爲半頁九行，行二十字，白口，四周單邊。關於本書書名、輯者、版本、子目的著錄，各家書目與各館卡片均不一致。例如書名，或作《李卓吾評三異人集》，係將各子目之別稱與書之内容搭配而成；或作《三異人文集》，係據俞允諧《題三異人文集引》；或作《三異人集》，係據全書内容；或作《李卓吾評選三異人集》，屬於自擬；或作《鐫李卓吾合選皇明三異人集》，係依封面題簽；或作《皇明三異人集》，則據封面題簽簡化……編者認爲，在没有總目錄的情況下，宜照俞氏序引題名，取《三異人文集》較妥。

再以輯者言，或言李贄，或言俞允諧，衆説紛紜，亦莫衷一是。主張李贄的理由是：第一，各集均冠有"李卓吾評選"等字；第二，俞序首句即説"温陵李贄曰：吾於我朝得三異人焉……"；第三，封面左側有小字三行："李氏叢書百種有奇，金陵所刻纔十之一耳。求古氏厚資，購而得之，金陵刻，其甲集也。因取乙集中三異人付梓，尚有奇書數種，校訂未精；嗣刻善本，用成完璧。"又方正學集李序後有"武陵[林]吴山□俞氏求古堂圖書""吴山俞氏文房"牌記……證明俞允諧乃出資刻書之人，非編輯者。主張俞允諧的理由是：第一，俞序中提到"子是以亟讀而詳錄之"；第二，每卷書名下均署"吴山

---

① 永瑢等撰《四庫全書總目》卷170，中華書局1965年版，第1480頁。
② 皇甫汸《皇甫司勳集》卷38《楊忠愍公集序(代林中丞潤作)》，景印《文淵閣四庫全書》第1275册，臺灣商務印書館1983年版，第758上頁。
③ 李贄《李贄全集注・續藏書注》卷13《興濟侯楊忠敏公》，邱少華注，社會科學文獻出版社2010年版，第10册，第178頁。

俞允諧訂正"（或"正"）。綜觀兩方面的意見和李、俞二序，編者認爲：三書爲李氏評選，而係俞氏輯刊，應著録爲"李贄評，俞允諧輯"。

至於版本，則或著明刊本，或著明萬曆間刊本，或著明末刊本，或著明武陵〔林〕俞氏求古堂刊本。根據序言和牌記，以後者爲當。

子目亦頗模糊："李卓吾評方正學""李卓吾評于忠肅""李卓吾評楊椒山"——卷端題此三名，而順序編爲四卷。從順序編卷看，應將此三種視爲一種，著録爲"〔附〕李卓吾評方正學、于忠肅、楊椒山四卷"。《綜録》僅在于節閹集後了"附一卷"，而漏著了其他三卷。

另外，曾見科學院圖書館一藏本，凡子目名題"李卓吾"處，均題作"徐文長"，疑係後人挖改。①

這一大段文字是對《中國叢書綜録》相關敘録的補正。《中國叢書綜録》敘曰："《三異人文集》，明李贄輯，明刊本。《李卓吾評選方正學文集》十一卷，明方孝孺撰；《李卓吾評選楊椒山集》四卷，明楊繼盛撰；《李卓吾評于節閹集》奏疏四卷、文集一卷、詩集三卷、附一卷、補遺一卷，明于謙撰。"②相較而言，《補正》提供的資訊更詳明，然亦有缺漏和失誤之處。茲分析校正補充如下：

（一）關於書名

《補正》辨析了《李卓吾評三異人集》《三異人文集》《鐫李卓吾合選皇明三異人集》《皇明三異人集》諸多書名，最終認爲"取《三異人文集》較妥"。筆者按：《補正》所定書名其實是不妥當的，因爲其所敘録包含《三異人文集》和《三異人録》兩部分資訊，若用《三異人文集》之題名，則無法涵蓋《三異人録》的内容；參照諸版常見的書名題寫，應以《李卓吾評選三異人集》更準確，其中"李卓吾評選""三異人集"這兩個關鍵詞缺一不可。至若浙江省圖書館藏版，只有方、于、楊三異人的作品和隨文評點標記，而未收録有關三異人的傳記評述文字，則其書名題爲《三異人文集》是可行的。

《明代版刻綜録》"俞允諧"條記載："《三異人集》二十二卷，明李贄編，明萬曆俞允諧求古堂刊。半頁九行，行二十字，白口，四周單邊。序後有'武林吳山里俞氏求古堂'篆文牌記"，該書子目有"方正學文集十一卷，明方孝孺撰；于節閹詩集

---

① 陽海清編撰，蔣孝達校訂《中國叢書綜録補正》，江蘇廣陵古籍刻印社1984年版，第247—248頁。
② 上海圖書館編《中國叢書綜録》第1册，上海古籍出版社1982年版，第855頁。

三卷、文集一卷、奏疏四卷,明于謙撰;楊椒山集三卷,明楊繼盛撰;附錄四卷,明俞允諧輯"。① 由此可知,《三異人集》實由《三異人文集》與《三異人錄》(又名《三異人傳》)兩部分組成,初版由萬曆年間俞允諧所主書坊刊刻,分別收錄了方、于、楊三人的文集和傳記資料。

《三異人文集》是較通行的題名,有浙江省圖書館藏版,《四庫存目叢書補編》所錄即爲該版影印本。另,該書又名《國朝三異人集》,見祁承爗《澹生堂藏書目》集部;又名《評選三異人文集》,有北京大學圖書館藏版;又名《皇明三異人文集》,有復旦大學圖書館藏版;又名《鐫李卓吾合選皇明三異人集》,有日本京都大學人文科學研究所藏版;亦有不題總書名,而分別題名《評選方正學文集》《評選于節閻集》《評選楊椒山集》,有國家圖書館藏版。另有《三異人集評》,見丁仁《八千卷樓書目》,因未見原書,不知與《三異人集》是否爲同書,兹存疑待考。

《三異人錄》又名《皇明三異人錄》,有天一閣博物館、日本國家公文館內閣文庫藏版;又名《李于鱗評皇明三異人錄》,有日本國家公文館內閣文庫藏版;又名《國朝三異人傳》,見祁承爗《澹生堂藏書目》史部。該書四卷②,卷一標目爲"李卓吾評方正學",卷前錄俞允諧草書"卓吾子曰……"84字③,所收篇目有陳紀《正學先生事狀》、鄭曉《文學博士方先生傳》《革除記》節文、張朝瑞《忠節錄》節文、敖英《雜言》節文、"粤濱逸史"陳建語、廖道南《殿閣詞林記略》、王世貞《題葉秀才爲方氏復姓記後》、謝鐸《方希學傳略》(出自《赤城新志》)、黃綰《方孝友詩》(出自《石龍集》)、章嶽《方氏二烈女小傳》、《方正學先生祠墓錄》、附秦舜友"擁入金門淚不乾"詩、李贄《文學博士方公》節文。④ 卷二標目爲"李卓吾評于忠肅",卷前

---

① 杜信孚纂輯《明代版刻綜錄》第3冊,江蘇廣陵古籍刻印社1983年5月版,第38頁。
② 日本國家公文館內閣文庫藏《皇明三異人錄》卷1、卷2、卷3分別首錄草書一通。第一、三通未題書者,第二通末題"希聲居士俞允諧書"。此三通草書的書體風格一致,故可知均出自俞允諧之手。
③ 國家圖書館藏《三異人集》附錄中《李卓吾評方正學》卷前所錄與第一通內容相同,均爲俞允諧草書;相較第一通,多了鈐印"武林吳山里俞氏求古堂圖書"。
④ 經查,《正學先生事狀》作者陳紀,見《遜志齋集》附錄,有明嘉靖辛酉王可大台州刊本;《文學博士方先生傳》作者鄭曉,見《吾學編·建文遜國臣記》卷1,有明隆慶元年鄭履淳刻本;"先是上發北平……後坐死者復數百人。"係該卷編者錄《革除記》,見涂山《明政統宗》卷6《建文君革除》之"下方孝孺獄既而族誅",有明萬曆刻本;"廖鏞,無爲州巢縣人……送刑部論死""王稌字叔豐……遂輯方氏遺文爲《侯城集》"兩段係節錄自張朝瑞《忠節錄》卷4、卷2有關廖鏞、王稌的評述,有明萬曆刻本;"靖難初……力爲君王固首陽"節錄自敖英《雜言》,見涂山《明政統宗》卷6《建文君革除》之"下方孝孺獄既而族誅";"方正學之忠至矣……下此無論矣"節錄自"粤濱逸史"陳建語,見涂山《明政統宗》卷6《建文君革除》之"下方孝孺獄既而族誅";"方先生得家庭之教……以爲知言"係該卷編者錄廖道南《殿閣詞林記略》,見《殿閣詞林記》卷6《直文淵閣侍讀學士改文學博士方孝孺》;王世貞《題葉秀才爲方氏復姓記後》,見王世貞《弇州四部稿》卷129;《方希學傳略》係編者節錄自謝鐸《赤城新志》卷13"方孝聞條",見《遜志齋集》附錄《方希學傳》,有明嘉靖辛酉王可大台州刊本;《方孝友詩》係編者節錄自黃綰 （轉下頁）

録俞允諧草書"温陵李贄曰……"283字①,所錄篇目有李贄《太傅于忠肅公》(後附編者按語)、李夢陽《少保兵部尚書于公祠重修碑》節文、王世貞《浙江三大功臣傳》節文(後附編者按語)、劉定之《否泰錄》節文、王鏊《震澤長語》節文、嚴從簡《殊域周諮錄》卷十八"韃靼"條之按語。② 此爲日本國家公文館内閣文庫《皇明三異人錄》所收篇目。另有中國國家圖書館藏《三異人集》等版,多出于謙《授命詩》(後附編者按語)、程敏政《旌功錄序》之節文、張錫《贊》三篇。③ 卷三標目爲"李卓吾評楊椒山",卷前錄俞允諧草書"李禿翁曰……"233字,所錄篇目有楊繼盛《明兵部武選司員外郎容城椒山楊繼盛自著年譜》,後附楊繼盛《赴義詩二首》,及其相關人物記述:"椒山在獄時……以報應生""又曰予以狂瞽……凡此皆奇人也""宋司獄……致仕而歸""張觀海……爲何如哉""妻張宜人……不得達"等④;卷四標目爲"李卓吾評楊椒山",所錄篇目有王世貞《楊忠愍公行狀》、徐階《楊椒山志銘》。⑤

在現存諸版中,浙江省圖書館藏《三異人文集》、臺北"中央"圖書館藏《三異人集》以及日本京都大學人文科學研究所藏《鐫李卓吾合選皇明三異人集》(以上均署李贄評選),山東省圖書館、中國科學院圖書館與日本前田育德會尊經閣藏

(接上頁)《石龍集》,見《遜志齋集》附錄《方希賢詩》,有明嘉靖辛酉王可大台州刊本;章嶽《方氏二烈女小傳》,見《遜志齋集》附錄《方氏二烈女小傳》,有明嘉靖辛酉王可大台州刊本;《方正學先生祠墓錄》係編者節錄,其中"仁宗皇帝諭群臣曰……諸死義爲忠臣云","弘治中給事中金鑑吳世忠請表……黃子澄等諸死義者","吏部侍郎楊守陳曰……尚可補國史之缺","南京吏部侍郎儲瓘曰……孝宗皇帝詔勿罪,放恭還鄉",見《續藏書》卷5《遜國名記》;"朱太史國楨《義舉碑記》曰……亘古亘今忠臣之第一乎"出自朱國楨《方祠義舉碑記》,見《遜志齋外紀》卷下,有明萬曆刻本;後附"擁入金門淚不乾"詩作者秦舜友,未見出處;"李禿翁曰……又安能成一統之業乎"節錄自李贄《文學博士方公》,見《續藏書》卷5《遜國名臣記》,有明萬曆三十九年王惟儼刻本。

① 國家圖書館藏《三異人集》、明別集叢刊本《李卓吾評于節闇集》兩版《李卓吾評于忠肅》卷前錄李贄草書題識爲"節闇直是具二十分識……"57字。
② 經查,《太傅于忠肅公》作者李贄;"按,景泰八年春正月……至今猶在公里中"係該卷編者錄薛應旂《憲章錄》卷28,隨即補敘于謙死後事;"李夢陽曰……而獨咎予也"節錄自李夢陽《少保兵部尚書于公祠重修碑》,見《空同集》卷41;"弇州外史曰……不及決悲哉"節錄自王世貞《浙江三大功臣傳》,見《弇州山人四部續稿》卷85;"論忠賢至忠肅……忠肅肯忍爲耶"係編者改唐樞語,見談遷《國榷》卷32;"劉定之曰……治邦國之良圖也"節錄自劉定之《否泰錄》,有明鈔國朝典故本;"王鏊曰……鄭伯歸"節錄自王鏊《震澤長語》卷上,有清《指海》本;"按,建文時……此士氣當所以培植也"節錄自嚴從簡《殊域周諮錄》卷18"韃靼"條之按語,有明萬曆刻本。
③ 經查,于謙《授命詩》爲其臨刑前所作;"程敏政曰……豈直一家之私書而已"節錄自程敏政《旌功錄序》,"仰之彌高……豈英宗皇帝之本心也邪"出自張錫《于公贊》,今均見《于肅愍公集》附錄,有嘉靖六年刻本。
④ 經查,楊繼盛《明兵部武選司員外郎容城椒山楊繼盛自著年譜》,見《楊忠愍集》卷7,有清道光五年刻本;《赴義詩二首》即《臨刑詩》,見《楊忠愍公集》卷3,有明刻本;"椒山在獄時……以報應生","又曰予以狂瞽……凡此皆奇人也","宋司獄……致仕而歸","張觀海……爲何如哉","妻張宜人……不得達",見張岱《石匱書》卷154,稿本補配清鈔本。
⑤ 經查,王世貞《楊忠愍公行狀》、徐階《楊椒山志銘》見《楊忠愍公集》卷4,有明隆慶三年刻本。

《三異人文集》,以及中國國家圖書館藏《徐文長評選方正學文集》(以上均署徐渭評選)等,卷首均有俞允諧草書文集總序《題三異人文集小引》,其書體風格完全一致。通過對比浙江省圖書館藏《三異人文集》(簡稱"浙圖藏本")、日本京都大學人文科學研究所藏《鐫李卓吾合選皇明三異人集》(簡稱"京都藏本")、中國國家圖書館藏《徐文長評選方正學文集》(簡稱"國圖藏本")三版的小引,發現三個問題:(一)小引的頁面順序。小引共有12單頁,以"浙圖藏版"爲參照,其第7、8、9、10頁在"京都藏版"中錯亂爲第9、10、7、8頁。(二)小引的落款鈐印。"浙圖藏本"鈐印"允諧之印""汝欽氏","京都藏版"鈐印"希聲""俞允諧印"。(三)小引的作者署名。署名徐渭評點的"國圖藏本",其小引開頭無"卓吾李贄"四字;而署名李贄評點的"浙圖藏本""京都藏本",其小引開頭皆有"卓吾李贄"四字。蓋因"國圖藏本"爲了依託徐渭評點,乃將原版"卓吾李贄"四字挖改了。

(二)關於輯者、評者

《補正》認爲《三異人集》輯者爲俞允諧,評者爲李贄,並推測署名徐文長評選"疑係後人挖改"。筆者按:《補正》認定《三異人集》爲"俞允諧輯",是妥當的;但指稱"李贄評",則有待商榷。《三異人集》現存版本所署評者,大致有兩種情況:或署"李卓吾",或署"徐文長"。然而通過比照各版評述,發現所評內容基本一致,並無明顯的差異;故可知諸版評者實爲同一人,而此人究竟是誰,則有待進一步考查。

關於該書評者的署名,主要有兩種情況:其一,李贄評選。今所見《三異人集》多數版本均署爲李贄評選,其具體情況即如《補正》所言。其二,徐渭評選。署名徐文長評選的版本有二:一爲《三異人文集》,每卷目錄前題識"徐文長評選",山東省圖書館藏本、中國科學院圖書館藏本及日本前田育德會尊經閣文庫藏本即如是;二爲《徐文長評選方正學文集》,國家圖書館藏本即如是,其館藏卡片顯示爲"明刻《三異人文集》",估計是一個殘本。可見,署名徐文長評選有明文可查。而且清人書錄中,也確實有認定徐文長評選的,如游光繹《鼇峰書院志》載:"《三異人文集》二十四卷,明俞允諧訂正,徐渭評選。內《方正學文集》十一卷,《于節闇奏議》四卷,《文集》二卷,《詩》三卷,《楊椒山奏疏》一卷,《文》一卷、《年譜》一卷,《行狀》一卷。"[1]其實,該書評者應是輯者俞允諧本人,署名李贄或

---

[1] 游光繹《鼇峰書院志》,嘉慶二十年刊本。

徐渭評選都是出於僞託。對此,四庫館臣早有推測:"贄狂悖自恣,而是集所評乃皆在情理中,與所作他書不類。卷首題'吳山俞允諧汝欽正',或允諧所爲託之於贄歟。"①這個意見是審慎的,然尚屬推測之詞,未提供更多證明。黄裳敘録《李卓吾評選楊椒山》,稱"極可能是嫁名於卓吾老子"②,然未指明由誰僞託;王重民敘録《李卓吾評選三異人集》,據該書刻於萬曆三十年前後,而稱"允諧託名之説近是"③。他們的意見與四庫館臣相近,且爲當今多數學者所認同。④ 筆者亦贊成其説,並補證如下:

第一,編者即評者。《三異人録》卷一載朱國楨《方祠義舉碑記》節文,該文作於萬曆三十四年(1606)七月,比李贄卒萬曆三十年(1602)晚四載,比徐渭卒萬曆二十一年(1593)晚十三載;此可判定《三異人録》定非出自李贄或徐渭之手。還有,《三異人録》不少篇目中,有評述性按語,如于謙《授命詩》後有按"正學有《絶命詞》,忠愍有《赴義詩》,與此一揆"⑤。這些按語即出自編者。

第二,評者即編者。《三異人文集》各卷首均題"吳山俞允諧訂正"(或"正""閱"),《訂正》《正》《閱》之提示語,實含評點的意味。《三異人文集》多數版本卷首有草書《題三異人文集小引》,末尾署"希聲居士俞允諧書";《三異人録》前三卷首亦有草書題詞,其中卷二題詞末尾署"希聲居士俞允諧書",卷一、卷三題詞則無書者署名。這些草書書體風格大都一致,應均出自俞允諧之手。特别是在《三異人録》卷一中,編者節録李贄《文學博士方公》文,並在"然在建文主……藩王又安能成一統之業乎"右旁有評點,其評語爲:"此非歸咎建文主也。一時慷慨之譚耳。"這評點亦編者俞允諧所爲。至於日本京都大學人文科學研究所藏《鐫李卓吾合選皇明三異人集》封面題簽:"《李氏叢書》百種有奇,金陵所刻纔十之一,而求古氏厚貲構[購]而得之。金陵刻其甲集也,因取乙集中《三異人》付梓。尚有奇書數種,校訂未精,嗣刻善本,用成完璧。"這應是俞允諧爲僞託李贄而編造的説辭。

---

① 永瑢等撰《四庫全書總目》卷192,中華書局1965年版,第1750頁。
② 黄裳《黄裳文集·榆下卷》,上海書店出版社1998年版,第67頁。
③ 王重民《中國善本書提要》,上海古籍出版社1983年版,第476頁。王重民按:"卷一載朱國楨《義舉碑記》,考國楨爲萬曆十七年進士,後十三年而李贄卒;贄固能選録國楨碑文,然表揚方孝孺及其同時死節諸臣,盛於萬曆三十年前後,疑是疏即刻於萬曆三十年頃,允諧託名之説近是。"
④ 參見司馬朝軍《文獻辨僞學研究》,武漢大學出版社2008年版,第289頁;許建平《明清文學論稿》,河南人民出版社2017年版,第19頁;鄢烈山、朱建國《中國第一思想犯·李贄傳》,中國工人出版社1993年版,第325頁。
⑤ 參見《三異人集》附録卷2,國家圖書館藏本。

从上述兩點補證可知，俞允諧既是編者，又是評者。然爲何要僞託李贄或徐渭，則可能與晚明刻書僞託成風①有關，亦與當時的書籍出版政策有關係，如《評〈續修四庫全書提要〉》對爲何會出現徐文長評選做出辨析，稱："李贄於萬曆三十年在通州下獄自殺，著作被禁止，書賈纔改頭換面，假徐文長之名以便銷行。涉及徐渭的文獻沒有編此書的任何形迹。"②另，日本國家公文館內閣文庫藏版《李于鱗評皇明三異人錄》，其封面題簽爲"李于鱗先生評"，這也是出於回避李贄名之違礙而挖改評者；至於該書子目題名仍爲"李卓吾評"，則是挖改未盡之餘留。據實而言，《評〈續修四庫全書提要〉》指出僞託徐文長評選是出於違礙，而將"李卓吾評選"挖改爲"徐文長評選"，這個推斷基本上是對的。但猶有兩點需要指正：（1）"李卓吾評選"本來就是出自僞託，所以稱"徐文長評選"是僞託之僞託；（2）挖改僞託"徐文長評選"的時間不該在萬曆年間，而應在天啓五年（1625）或稍後。查考李贄著作被禁，大約有三次：一次是李贄卒之萬曆三十年（1602），皇帝下詔禁燬其書，詔稱："李贄敢倡亂道，惑世誣民。……其書籍已刻未刻，令所在官司盡搜燒燬，不許存留。如有徒黨曲庇私藏，該科道及各有司訪奏治罪。"③此時《三異人集》尚未編刊，不存在挖改僞託"徐文長評選"之事。一次是天啓五年（1625），四川道御史王雅量上奏："李贄諸書怪誕不經，命巡視衙門禁燬，不許坊間發賣，仍通行禁止。"顧炎武亦云："而士大夫多喜其書，往往收藏，至今未滅。"④皇帝再次下令燬禁李贄著作。一次是乾隆四十七年（1782），皇帝欽定《四庫全書總目》，對李贄的著作徹底否定，諭曰："贄書皆狂悖乖謬，非聖無法""排擊孔子，別立褒貶，凡千古相傳之善惡，無不顛倒易位，尤爲罪不容誅，其書可燬"⑤。然這次禁燬圖書的範圍甚廣，凡異端邪說都遭禁燬，徐渭著作也在禁燬之列；故不可能發生將"李卓吾評選"挖改爲"徐文長評選"之事。綜上可知，僞託挖改"徐文長評選"應在天啓五年或稍後。

---

① 参見陳繼儒編纂、陳元素箋釋《國朝名公詩選》卷6"李贄"，明天啓間刊本，載"坊間諸家文集，多假卓吾先生選集之名，下至傳奇小說，無不稱爲卓吾批閱也"；醉鄉主人《題卓老批點〈西廂記〉》，《中國古代戲曲序跋集》，吳毓華編著，中國戲劇出版社1990年版，第225頁，載"但借名字，便爾稱佳。如假卓老、假文長、假眉公，種種諸刻，盛行不諱"。
② 梁容若《中日文化交流史論》，商務印書館1985年版，第381頁。
③ 顧炎武《日知錄集釋》卷18，黃汝成集釋，欒保群、呂宗力校點，上海古籍出版社2014年版，第420頁。
④ 顧炎武《日知錄集釋》卷18，黃汝成集釋，欒保群、呂宗力校點，上海古籍出版社2014年版，第421頁。
⑤ 永瑢等撰《四庫全書總目》卷50，中華書局1965年版，第455頁。

(三) 關於編刊時間

《補正》根據該書諸版本,稱"或著明刊本,或著明萬曆間刊本,或著明末刊本,或著明武陵[林]俞氏求古堂刊本";又根據序言和牌記,認爲"以後者爲當","後者"即指"明武林俞氏求古堂刊本"。考俞氏求古堂刊書主要活躍在萬曆年間①,則可知《補正》定該書編刊於萬曆年間,但具體年份未究詳。據可掌握的材料推論,該書編刊在萬曆三十七年至四十一年之間。其理由如下:

第一,《三異人集》實由《三異人文集》和《三異人録》兩部分組成,其編刊是否同一時間完成,應有必要的考證。依前文所考定,編者、評者、刊者均爲俞允諧,則該書兩部分的編刊時間不會相隔太遠。又據《三異人文集》卷首草書《題三異人文集小引》、《三異人録》前三卷卷首草書題詞,其書體風格一致,均由"希聲居士俞允諧書",這也説明《三異人文集》和《三異人録》出自同一人之手,應編刊於同一時間。

第二,《三異人録》卷一有朱國楨《方祠義舉碑記》之節文,該文落款"萬曆丙午歲秋七月","丙午"爲萬曆三十四年,則該文撰於萬曆三十四年(1606);故《三異人録》編刊不早於萬曆三十四年(1606)。

第三,又查李贄著作在萬曆三十年(1602)後的刊刻情况,有萬曆三十七年(1609)刊《李氏續藏書》,有萬曆三十七年(1609)武林繼錦堂刻《陽明先生道學鈔》,有萬曆四十年(1612)宛陵劉遜之刻《卓吾老子三教妙述》(又稱《言善篇》),有萬曆四十一年(1613)霞猗閣刻《史綱評要》,有萬曆四十五年(1617)痂嗜行刻《李氏六書》,有萬曆四十六年(1618)新安海陽虹玉齋刻《李氏續焚書》。可知萬曆三十七年(1609)以後李贄著作解禁,開始大量刊刻發行。由此可推知,《三異人集》之編刊應該在萬曆三十七(1609)年以後。而撰於萬曆四十一年(1613)②的《澹生堂藏書目》著録了《國朝三異人集》和《國朝三異人録》,可知該書編刊不晚於萬曆四十一年(1613)。

(四) 關於藏本

《補正》認爲,該書"明刊本"應詳爲"明武陵[林]俞氏求古堂刊本",這是對

---

① 參見章宏偉著《十六—十九世紀中國出版研究》,上海人民出版社 2011 年版,第 13 頁。
② 祁承㸁《藏書訓約》載"癸丑(萬曆四十一年),偶以行役之便,經歲園居,復約同志互相裒集,廣爲搜羅。夏日謝客杜門,因率兒輩,手自插架,編以綜緯二目,總計四部,其爲類者若干,其爲帙者若干,其爲卷者若干,以視舊蓄,似再倍而三矣。"見祁承㸁《澹生堂讀書記》卷上,鄭誠整理,上海古籍出版社 2015 年 11 月版,第 12 頁。

的;但還可以據編刊年份,訂爲"明萬曆年間武林俞氏求古堂刊本"。此爲該書初版,以後在流傳過程中出現多個藏本,其中可能有若干挖改版或删漏版。

據"中文古籍聯合目錄及循證平臺""全國古籍普查登記基本資料庫""日本所藏中文古籍資料庫"、《美國國會圖書館藏中國善本書錄》等資料顯示,目前《三異人文集》和《三異人錄》有31種藏本,其中經筆者目驗的有10種,分別是中國國家圖書館藏《三異人集》《李卓吾評選方正學文集》《徐文長評選方正學文集》、浙江省圖書館藏《三異人文集》、天津圖書館藏《李卓吾評選楊椒山集》、明別集叢刊本《李卓吾評于節闇集》、日本國立公文館内閣文庫藏《皇明三異人錄》《李于鱗先生評皇明三異人錄》、日本京都大學人文科學研究所藏《鐫李卓吾合選皇明三異人集》。從這10種目驗過的藏本看,存在以下問題需做辨析:

(1)諸藏本中所收卷目編排情況及集、錄之組合

《三異人文集》卷目之編排爲:《評選方正學文集》共十一卷,其中文十卷,按文類編排;詩一卷,按體式編排。《評選于節闇集》按文體編排,首奏疏四卷,次文集一卷,末詩集三卷,實爲八卷。《評選楊椒山集》不分卷,按奏疏、詩集和文集編排,實爲三卷。《三異人錄》共四卷,其中《評方正學》一卷,《評于忠肅》一卷,《評楊椒山》兩卷。至於集、錄的組合,大略有三種形式:

一是集、錄分裝。從今見的諸藏本來看,其版式、字體、内容、草書題詞均一致,這説明集、錄是一次性刊刻的,應該祇有一個刊版。集、錄分裝是同一刊版裝幀的一種形式。如浙江省圖書館藏《三異人文集》祇有集;日本國立公文館内閣文庫藏《皇明三異人錄》《李于鱗先生評皇明三異人錄》、天一閣博物館《皇明三異人錄》等祇有錄。

二是集、錄配對。這種組合方式見於日本京都大學人文科學研究所藏《鐫李卓吾合選皇明三異人集》,具體爲:《評方正學》→《評選方正學文集》→《評選于節闇集》→《評于忠肅》→《評選楊椒山集》→《評楊椒山》。中國國家圖書館藏《李卓吾評選方正學文集》《徐文長評選方正學文集》、明別集叢刊錄《李卓吾評于節闇集》、天津圖書館藏《李卓吾評選楊椒山集》,這些藏本也是集、錄配對;至於按方、于、楊分裝,很可能是原書殘缺所致,並非不同版本。

三是先集後錄。這種組合方式見於中國國家圖書館藏《三異人集》,具體爲:《評選方正學文集》→《評選于節闇集》→《評選楊椒山集》→《評方正學》→《評于忠肅》→《評楊椒山》。該藏本的集、錄之間收有《欽定四庫全書總目提要·三異

人集》,經查證該提要係移録《三異人集》二十二卷浙江巡撫採進本的工作手稿。① 這説明,先集後録的組合形式是將集、録分裝形式合併成書的結果,合併者就是四庫館臣,而不是原編刊者俞允諧。此種先集後録的組合方式,亦見於日本前田育德會尊經閣文庫藏《三異人文集》僞徐文長評選本。

(2)諸藏本中《三異人録》之挖改、缺漏、補遺

日本國立公文館内閣文庫藏《皇明三異人録》《李于鱗先生評皇明三異人録》卷一、卷二、卷三之篇目及題詞格式一致,其題詞分别以"卓吾子曰""温陵李贄曰""李禿翁曰"開頭;但也存在明顯的挖改、缺漏、補遺的情况。

第一,挖補情况。其一,題詞缺補。日本國立公文館内閣文庫藏《皇明三異人録》卷二、《李于鱗先生評皇明三異人録》卷二之首均有題詞:"温陵李贄曰:吾於我朝得三異人焉……(此處省略273字)。余(予)是以亟續而梓録,以爲後死者鑒。"且落款"希聲居士俞允諧書",並有鈐印"希聲居士""汝欽氏"。② 而中國國家圖書館藏《三異人集》後附《三異人録》卷二之首,以及殘缺的明别集叢刊本《李卓吾評于節闇集》卷首均有李贄題詞:"節闇直是具二十分識、二十分才、二十分膽者矣。'社稷爲重'一語,遂足喪敵人之魄,所爲戰勝於廊廟也。不然,其不爲宋家之覆轍者幾希",且落款"李卓吾識"。③ 這應該是《三異人録》卷二題詞缺文的補寫。其二,版心挖改。日本國立公文館内閣文庫藏《皇明三異人録》《李于鱗先生評皇明三異人録》卷一、卷二、卷三題詞頁版心分别爲"李序方正學""李序于忠肅""李序楊椒山"字樣;而中國國家圖書館藏《三異人集》後附《三異人録》卷一、卷三之題詞頁版心祇有"李序"字樣,後附《三異人録》卷二之題詞頁版心字樣爲"序",少一"李"字,此三卷之題詞頁均未標注對應的"方正學""于忠肅""楊椒山"字樣。這是原版挖改所致,並非不同版本。

第二,缺漏情况。日本京都大學人文科學研究所藏《鐫李卓吾合選皇明三異人集·評于忠肅》中缺王鏊《震澤長語》部分節文、嚴從簡《殊域周諮録》卷十八"韃靼"條之按語等内容;天津圖書館藏《李卓吾評選楊椒山集》"評楊椒山"中缺"歸……張觀海……爲何如哉""妻張宜人……不得達"兩節文字。這是原版頁面缺漏所致,並非不同版本。

---

① 兩個版本對比:一是提要的文字内容一樣;二是落款均爲"浙江巡撫採進本"。
② 參見日本國立公文館内閣文庫藏《皇明三異人録》卷2、《李于鱗先生評皇明三異人録》卷2之首。
③ 明别集叢刊本《李卓吾評于節闇集》卷首,明刻本,見《明别集叢刊》第1輯第39册,黄山書社2013年版,第561頁。

第三，補遺情況。明別集叢刊本《李卓吾評于節闇集》、日本京都大學人文科學研究所藏《鐫李卓吾合選皇明三異人集》、中國國家圖書館藏《三異人集》後附《三異人錄》卷二，均收錄了于謙《授命詩》（後附編者按語）、程敏政《旌功錄序》之節文、張錫《于公贊》三篇；然這些篇目未見於日本國立公文館内閣文庫藏《皇明三異人錄》《李于鱗先生評皇明三異人錄》。由此可知，最初刻的《三異人錄》中没有收此三篇，後來據原版翻印時，補編增刻此三篇，故在版心標注"補遺"字樣。這些補遺的藏本出自原版，並非别有刊版。

古代小説數字化二十年

周文業[*]

内容提要 本人從1999年開始從事中國古代小説版本數字化研究,至今已經20多年了。20年來我曾主辦和參與主辦了18屆"中國古代小説戲曲文獻暨數字化國際研討會",參加了海內外很多相關的研討會,出版了幾本專著,寫了一些文章。在這些研究工作之餘,我也寫了一些隨筆,以及主辦和參加各個研討會的感受和綜述,現將這些隨筆、綜述和研究彙集成册,由中州古籍出版社正式出版,書名《古代小説數字化二十年》。

關鍵詞 古代小説;數字化

《古代小説數字化二十年》一書是本人從1999年以來從事古代小説數字化20年的總結,分爲隨筆、綜述和研究三編。

上編隨筆,是我在研究中的一些感受,包括四部分:

一、20年數字化回顧,是我1999年以來從事中國古代小説數字化工作的回顧。

二、20年研究隨筆,是我對國內外20年來中國古代小説研究的一些感想和看法。

三、50多位學人風采,我在這20年研究工作中得到很多中外學者的幫助,這些隨筆是我和50多位學者交往的感受。

四、20年研討會隨筆,是我參加各種研討會後有感而發所寫的隨筆,實話實説。

中編研討會綜述,是我參加各種研討會的綜述,包括兩部分:

---

[*] 作者簡介:周文業,首都師範大學中國傳統文化數字化研究中心常務副主任,高級工程師,主要從事中國古代小説版本數字化和研究,主辦和參與主辦19屆中國古代小説戲曲文獻暨數字化國際研討會,出版專著《古代小説數字化二十年》等。

一、20年研討會綜述,是1999年至2019年我參加各種學術研討會的綜述,以及這些研討會中與小説文獻研究有關的論文目録。

二、18屆中國古代小説數字化國際研討會綜述,是我從2001年開始到2019年主辦和參與主辦18屆"中國古代小説戲曲文獻暨數字化國際研討會"的綜述。其中大部分綜述是本人所寫,有幾篇是轉載他人撰寫的。

下編版本研究,是我20多年來對古代小説版本數字化和五大名著版本研究的總結,包括五部分:

一、古代小説版本數字化

二、《三國演義》版本研究

三、《水滸傳》版本研究

四、《金瓶梅》《西遊記》版本研究

五、《紅樓夢》版本研究

在隨筆之外,本書還收入20年來我對五大名著版本數字化及版本研究的一些論文。由於自己對《三國演義》興趣更大,因此有關《三國演義》的研究最多,除《三國演義》版本之外,也涉及《三國演義》的文史對照和地理錯誤等。在《水滸傳》《西遊記》《金瓶梅》和《紅樓夢》版本方面,我對自己有興趣的問題也做了一些研究,但没有《三國演義》多。

一些隨筆初稿寫成後,曾在苗懷明老師主辦的"古代小説網"上發表,很受讀者歡迎,很多朋友看了認爲值得出版,出版社也認爲有出版價值。但我一直很猶豫,因爲這些都是實話實説,怕得罪朋友,因此一直未敢正式出版,只是自己先打印送人。最後在一些朋友鼓勵下,覺得這些研究還是有意義的,因此決定出版此書。

此書編寫歷時7年,可分4個階段。

第一階段(2012年—2015年):在網絡發表

2012年,我開展古代小説數字化13年後,在苗懷明老師的"古代小説網"上,針對當時新出現的《紅樓夢》"庚寅本"發表了第一篇隨筆,到2016年,據不完全統計,一共在"古代小説網"發表了63篇隨筆。

此外我還寫了一些版本研究文章,有些曾在各種研討會上發表,有少數曾收入各種論文集。由于現在要在報刊上發文章很費事,我退休了,没有壓力要發文章,且發文章週期很長,因此我很少在正式刊物上發文章,很多文章都是在苗懷明老師的"古代小説網"上發表的,對此十分感謝苗老師爲我們提供了這樣一個交流的平臺。

第二階段(2016年—2017年):自己編印送人

2016年9月4日—5日在日本橫濱神奈川大學舉辦"中國古典小説研究三十年的回顧與展望"國際學術研討會,此會主題是回顧和展望30年來中國古典小説研究,筆者受邀參加了此次盛會。書中的這些隨筆和綜述是我十幾年來從事中國古代小説研究的感受,它們既是歷史的記録,對於今後研究也有啓發意義,很符合此次研討會的主題。因此我在會前彙編成册,在研討會上贈送給部分與會的中外學者。

此後,從2016年到2018年,每年我都會參加十幾次各種學術研討會,每次參會我都事先把自己的隨筆打印結集成册送人。苗老師也在其微信公衆號内轉發了一些篇章,很多人看到了。

第三階段(2018年—2019年):在香港中國國學出版社首次出版

2019年是我從事中國古代小説數字化研究整整20週年,因此決定2018年先在香港中國國學出版社以《中國古代小説數字化隨筆》爲名出版我的這些隨筆。出版之後,2018年在馬來西亞和德國、奧地利小説會及國内一些研討會上,先贈送中國大陸以外的學者,以徵求意見。同時2018年我和中州古籍出版社簽訂了出版合同,計劃在2019年小説數字化20週年時,增補修訂後在該社重新出版。

第四階段(2020年):在中州古籍出版社出版增補修訂版

2019年是我從事中國古代小説數字化研究20週年,這本書是我20年來研究中國古代小説數字化的初步總結,因此書名定爲《古代小説數字化二十年》,本來希望在2019年年底前由中州古籍出版社正式出版。由於2019年我外出開會很多,書稿又不斷修改,故推遲到2020年出版。

2015年我曾在中州古籍出版社出版《〈紅樓夢〉版本數字化研究》一書,它是我自己設定的"中國古代小説版本數字化研究叢書"中的第一本。5年後的2020年出版的這本《古代小説數字化二十年》是叢書的第二本,此書是我從事古代小説數字化研究20年的總結,對20年來的版本研究也做了介紹,因此列入叢書也很合理。

收入本書的隨筆和綜述是1999年以來20年間自己從事中國古代小說數字化研究中有感而發,很隨意。開始是在苗懷明老師主辦的"古代小說網"發表,不料很受歡迎,在各種研討會上我不時會遇到一些學者提及這些隨筆,都表示我寫得很客觀,說出了他們圈內人士不好說的一些話。

我這些年從事中國古代小說數字化研究,得到很多學者的大力支持和幫助,我就想把這些年來和他們的交流,開闢一個"學人印象"欄目(本書正式出版時改爲"學人風采")記錄下來;寫成了幾十篇,發給中州古籍出版社的張弦生編審,他提了一些中肯的意見,認爲"其中有些篇寫得好,有些寫得有些淺、有些泛;建議不甚瞭解的可不寫,大家都知道的要少寫,客套恭維話少寫,用事例說話"。我也覺得,評判一個學者很難,全說好話似乎不好,但其他話說多了會得罪人。因此我猶豫再三,還是如實寫吧;雖然這是我個人看法,肯定有偏頗,但還是心裏有想法就實話實說吧。

隨筆主要是参加各種研討會的感受,比較零散,因爲對參加的歷次研討會情況我並未全面整理。網上有朋友建議我把歷次研討會的論文目錄整理出來,開始我覺得工作量太大,沒有考慮;後來覺得這件事還是有意義,而且歷次研討會的論文集我都保留了,因此就增加了歷次研討會簡介,並把所有與古代小說文獻有關的論文都列出目錄。

可惜的是,我近年曾多次去日本參加日本中國古典小說研究會年會,由於日本研討會不編論文集,學者論文都是自己列印,找起來很不容易,這部分論文目錄就沒有收入,以後如有機會再設法整理。

這次修訂出版,我又增加了有關中國《三國演義》學會的內容。開始我只限收入對古代小說研究的隨筆,後來決定把這幾十年的研究做個整體的回顧,將在古代小說版本上所做的研究做個全面的介紹和總結,對今後研究也有好處。這樣,本書從內容看,就包括了三部分:隨筆、綜述和研究。

此書初稿編成後曾送一些朋友徵求意見。有些人覺得隨筆很有價值,值得正式出版;但也有學者認爲,這些隨筆雖然都是大實話,但只適合在網上發佈,大家瞭解就可以了,不宜正式出版。對於本書的其餘兩部分內容,也有不同看法,有人認爲綜述和一些表格價值不大,建議刪去。但我考慮,綜述也是我這些年研究的歷史記錄,還是有價值的,如果刪去,未免可惜。

我曾把隨筆和綜述等短文彙集成册,在相關研討會上贈送給了一些與會同仁。2017年以後，每次研討會我都打印一批，帶去送給對此有興趣的學者。

在我送出一批文稿之後，苗懷明老師把"學人印象"中的幾篇文章（涉及周強、陳翔華、金文京、劉世德等先生）放到他的"古代小説網"微信公衆號上——據説現在這個微信公衆號上有7萬讀者。我在德國參加國際漢學會，遇到香港大學鄭煒明老師，他在微信公衆號中看到我寫的周強老師，説寫得很生動，因爲周強曾去澳門大學講學，鄭老師認識他。劉世德先生看到我寫他的隨筆，來電話希望把此文收入他將出版的專著中，説明他也認可我的文章。苗老師爲這些隨筆逐一配了很多照片，除有個人照片外，還有一些手迹，他甚至還在網上找到了周老師的墓碑照片，真令人吃驚。對苗老師多年來的支持，我十分感謝！

中州古籍出版社馬達和張弦生曾在2015年漢中《三國演義》研討會上發表一篇介紹我對《三國演義》版本數字化研究的文章，徵得他們同意我收入本書。2017年9月我去瀋陽查《三國演義》松盛堂本，趙旭老師全程陪同，後來他寫了一篇短文《初見周文業先生》，把我這次版本調查寫得很有趣，我也收入了本書。

這幾年我幾乎沒有在正式期刊上發表過文章，一般只在網絡上發論文和隨筆。關於《紅樓夢》甲戌本附條問題，《紅樓夢學刊》連續發表了項旋和沈治鈞兩篇文章。在此之前沈治鈞也曾就庚寅本發表過幾篇文章。我對沈治鈞的文章有不同看法，但也一直只在網絡上發表。後來偶遇《紅樓夢學刊》編輯，提及我對沈治鈞的不同看法，她歡迎我寫文章討論，我就把在網絡上發表的相關文章修改後發給《紅樓夢學刊》，後來在2018年第一輯刊出。此文《甲戌本附條是周祜昌貼的嗎？——與沈治鈞先生商榷》也收入了本書。

此書在2019年已經基本完成了，之後又補充了一些新的研究和資料，主要是關於《三國演義》新出現的一些版本研究、對《水滸傳》版本中上圖下文本的研究、對《金瓶梅》版本和《水滸傳》版本關係的考辨，以及對《紅樓夢》版本整理和出版的一些看法。

除本書外，近年來我在中州古籍出版社出版了好幾本書，包括《〈三國志通俗演義〉文史比對本》《〈三國志演義〉文史比對本》《〈紅樓夢〉版本數字化研究》《中國近代心理學家傳略及研究》、"清華名師風采"叢書（增補卷）、《中國近代物理學家傳略及研究》等，責任編輯分別是張弦生、王建新、劉曉等幾位先生。該社副總編馬達先生多年來也給予我大力支持和幫助，在此對諸位先生表示感謝！

附：《古代小說數字化二十年》目錄
前言
上編　隨筆
一、20 年研究隨筆
　　（一）20 年數字化回顧
　　　　1. 古代小説版本數字化起步
　　　　2. 中國傳統文化數字化研究中心
　　　　3. 主辦中國古代小説戲曲文獻暨數字化國際研討會
　　　　4. 退休後自費研究、開會、出版
　　（二）古代小説研究隨筆
　　　　1. 緒論
　　　　2. 學術研究
　　　　3. 海內外學術研究比較
　　　　4. 數字化
　　　　5. 專業和業餘
　　　　6. 中國《三國演義》學會
　　（三）五大名著版本作者研究隨筆
　　　　1.《紅樓夢》版本問題
　　　　2.《金瓶梅》版本問題
　　　　3.《紅樓夢》作者問題
　　　　4.《水滸傳》《三國演義》《西遊記》作者問題
　　　　5. 對版本、作者研究的一些看法
　　　　6. 20 年五大名著版本研究文獻統計分析
二、學人風采
　　（一）學人簡介
　　（二）中國學人
　　　　1. 沈伯俊　2. 周强　3. 劉世德　4. 陳翔華　5. 歐陽健　6. 段啟明　7. 齊裕焜　8. 黄霖　9. 王汝梅　10. 胡文彬　11. 蕭相愷　12. 胡小偉　13. 關四平　14. 鄭鐵生　15. 杜貴晨　16. 曹炳建　17. 傅承洲　18. 劉勇强　19. 陳文新　20. 石麟　21. 苗懷明　22. 羅書華　23. 紀德君　24. 胡勝　25. 雷勇　26. 王前程　27. 曹立波

28. 段江麗　29. 朱萍　30. 塗秀虹　31. 劉海燕　32. 鄧雷　33. 王玉國　34. 王益庸　35. 李金泉　36. 張青松　37. 徐志平　38. 洪濤、黎必信

（三）外國學人

1.［日］中川諭　2.［日］金文京　3.［日］上田望　4.［日］大木康　5.［日］上原究一　6.［日］松浦智子　7.［日］中原理惠　8. 其他 5 位日本學者　9.［法］陳慶浩

附錄一：周文業先生和他的《三國演義》版本數字化研究

附錄二：初見周文業先生

三、20 年研討會隨筆

（一）研討會隨筆

1. 參加研討會隨筆
2. 各種研討會分類
3. 2017、2018 年研討會和我的研究簡介

（二）中國大陸以外研討會隨筆

1. 2008 年日本古典小說和《三國志》研討會隨筆
2. 2011 年日本古典小說和《三國志》研討會隨筆
3. 2017 年中國臺灣嘉義小說戲曲研討會隨筆
4. 2019 年日本福岡中國古典小說研究會年會等隨筆

（三）《三國演義》研討會隨筆

1. 2011 年山東東平和山西清徐羅貫中與《三國演義》研討會隨筆
2. 2017 年廣州明代文學國際學術研討會暨《三國演義》研究隨筆
3. 2017 年山西清徐《三國演義》研討會隨筆
4. 2018 年湖北黃石《三國演義》高端論壇隨筆

（四）《水滸傳》研討會隨筆

1. 2016 年江蘇鹽城《水滸傳》研討會隨筆
2. 2017 年山東泰安《水滸傳》研討會隨筆
3. 2018 年首屆四大名著與杭州論壇隨筆
4. 2018 年山東臨沂"羅學"研討會隨筆
5. 2018 年武漢《水滸傳》研討會隨筆

（五）《西遊記》研討會隨筆

　　　　2014 年湖北隨州《西遊記》研討會隨筆

　　（六）《金瓶梅》研討會隨筆

　　　　1. 2017 年雲南大理《金瓶梅》研討會隨筆

　　　　2. 2018 年河南開封《金瓶梅》研討會隨筆

　　（七）《紅樓夢》研討會隨筆

　　　　1. 2015 年江蘇徐州紀念曹雪芹誕辰 300 週年研討會隨筆

　　　　2. 2017 年天津京津冀"紅學"高端論壇隨筆

　　　　3. 2018 年湖北蘄春顧景星與《紅樓夢》研討會隨筆

　　（八）其他小説研討會隨筆

　　　　1. 2011、2014 年吳敬梓和 2017 年《儒林外史》研討會隨筆

　　　　2. 2016 年福州馮夢龍論壇隨筆

　　　　3. 2018 年山西大同雲岡文化與玄奘文化高層論壇隨筆

　　　　4. 2018 年南京古代小説研討會隨筆

　　　　5. 2018 年薛時雨研討會隨筆

中編　研討會綜述

一、20 年研討會綜述

　　（一）1999—2019 年研討會統計

　　　　1. 1999—2019 年研討會統計

　　　　2. 1999—2019 年參加研討會目錄表

　　　　3. 研討會論文集

　　（二）五大名著研討會

　　　　1.《三國演義》研討會

　　　　2.《水滸傳》（山東）研討會

　　　　3.《水滸傳》（浙江、江蘇、湖北）研討會

　　　　4.《金瓶梅》研討會

　　　　5.《西遊記》研討會

　　　　6.《紅樓夢》研討會

　　（三）其他小説研討會

　　　　1.《儒林外史》研討會

　　　　2. 古代小説研討會

3. 地方舉辦古代小說研討會

4. 日本中國古典小說研究會

5. 日本《三國志》學會

(四)其他研討會

1. 古代文學研討會

2. 明代文學研討會

3. 歷史地理和文學地理研討會

4. 古籍數字化國際研討會

二、18屆中國古代小說戲曲文獻暨數字化國際研討會綜述

(一)研討會簡介

1. 時間和地點

2. 人數和論文數

3. 論文分類

(二)歷屆研討會綜述

1. 2001年第一屆研討會(中國北京,中國第一次)

2. 2003年第二屆研討會(中國北京,中國第二次)

3. 2004年第三屆研討會(韓國首爾,中國以外第一次)

4. 2005年第四屆研討會(中國北京,中國第三次)

5. 2006年第五屆研討會(日本東京,中國以外第二次)

6. 2007年第六屆研討會(中國北京,中國第四次)

7. 2008年第七屆研討會(中國澳門,中國第五次)

8. 2009年第八屆研討會(中國北京,中國第六次)

9. 2010年第九屆研討會(韓國首爾,中國以外第三次)

10. 2011年第十屆研討會(中國北京,中國第七次)

11. 2012年第十一屆研討會(中國臺灣,中國第八次)

12. 2013年第十二屆研討會(中國上海,中國第九次)

13. 2014年第十三屆研討會(日本東京,中國以外第四次)

14. 2015年第十四屆研討會(中國河北廊坊,中國第十次)

15. 2016年第十五屆研討會(日本東京,中國以外第五次)

16. 2017年第十六屆研討會(中國北京,中國第十一次)

17. 2018年第十七屆研討會(馬來西亞馬來亞、德國維藤、奧地利維也

納,中國以外第六次)

18. 2019年第十八屆研討會(中國湖北黃石,中國第十二次)

附記:2020年第十九屆研討會(德國維藤,中國以外第七次)籌備情況。

下編　版本研究

一、古代小説版本數字化

(一)中國古代小説版本數字化

1. 五大名著版本簡介
2. 五大名著版本數字化和電腦自動比對
3. 古代小説文本數字化統計分析
4. 對古代小説版本研究和數字化的看法

(二)五大名著版本比對本

1. 從電腦比對到紙本比對本
2. 《三國演義》版本比對本
3. 《水滸傳》版本比對本
4. 《西遊記》版本比對本
5. 《金瓶梅》版本比對本
6. 《紅樓夢》版本比對本
7. 三種比對本和一種校勘本總結

(三)《三國演義》《水滸傳》《西遊記》插圖比對本

1. 《三國演義》上圖下文插圖比對本
2. 《水滸傳》上圖下文插圖比對本
3. 《西遊記》上圖下文插圖比對本

二、《三國演義》版本研究

(一)版本演化專題研究

1. 書名
2. 分則
3. 周静軒詩
4. "伍伯"和"五百人"
5. 糜夫人之死
6. "翼德"和"益德"

7. "龐德"和"龐悳"

8. "不爛之舌"和"撥浪之舌"

9. "普静"和"普净"

10. 關羽之死

11. 關索和花關索

12. 版本演化專題總結

(二)"演義"系列早期版本研究

1. "演義"系列早期版本概述

2. "舊本""古本"研究

3. "嘉靖壬子"研究

4. 上海殘葉研究

5. 朝鮮活字本研究

6. 嘉靖壬子本、上海殘葉、朝鮮活字本關係研究

7. 夷白堂本研究

8. 嘉靖元年本、周曰校本圈發研究

9. 三種周曰校本關係研究

10. "演義"系列文字差異研究

(三)"志傳"繁本研究

1. "志傳"繁本概述

2. 新發現瑞士藏葉逢春本散頁

3. 葉逢春本和其他繁本文字差異研究

4. 葉逢春本和其他繁本相似度研究

5. 繁本插圖研究

6. 種德堂本、余評林本、湯賓尹本研究

7. 繁本演化總結和現存問題

8. 英雄譜本—李卓吾本和"志傳"繁本混合本

(四)"志傳"簡本"志傳"小系列研究

1. 簡本"志傳"小系列版本概述

2. 簡本"志傳"系列文字差異分析

3. 簡本"志傳"系列三組內版本關係分析

4. 簡本"志傳"系列第九十六、九十七則文字缺失分析

5. 劉龍田本—"志傳"繁本、簡本混合本
6. 九州本研究
7. 簡本"志傳"系列書名、插圖、文字綜合分析
8. 簡本"志傳"系列演化分析
9. "志傳"小系列現存問題

(五)"志傳"簡本"英雄志傳"小系列研究
1. 簡本"英雄志傳"系列新出現版本概述
2. 簡本"英雄志傳"小系列版本概況
3. "英雄志傳"系列主要版本介紹
4. "英雄志傳"系列書名、分卷、行款、書坊等研究
5. "英雄志傳"系列插圖研究
6. "英雄志傳"系列簡本文字研究
7. "英雄志傳"系列先繁後簡本文字研究
8. "英雄志傳"系列版本演化
9. 北圖藏本—兩種"志傳"簡本混合本
10. 四種混合本總結

(六)兩種"志傳"簡本關係研究
1. 書名、刊刻時間、插圖研究
2. 故事、文字差異分析
3. 文字差異研究

三、《三國演義》歷史地理研究
(一)《三國演義》文史對照
1. 《〈三國志通俗演義〉和〈三國志演義〉文史對照本》前言
2. 《三國演義》五合一對照

(二)三國名人墓地
1. 概述
2. 墓地統計表
3. 蜀漢墓地
4. 曹魏墓地
5. 東吳墓地
6. 東漢墓地

　　　　7. 西晉墓地
　　(三)《三國演義》地理錯誤
　　　　1.《三國演義》地理錯誤概述
　　　　2.《三國演義》分省地理錯誤統計
　　　　3.《三國演義》地理錯誤分析
　　　　4.《三國演義》地理錯誤案例分析及古迹探訪

四、《水滸傳》版本研究

　　(一)《水滸傳》版本整體研究
　　　　1.《水滸傳》版本分類統計
　　　　2.《水滸傳》版本回目研究
　　　　3.《三國演義》《水滸傳》同時刊刻統計
　　(二)《水滸傳》上圖下文簡本研究
　　　　1.《水滸傳》上圖下文簡本插圖研究
　　　　2.《水滸傳》上圖下文簡本整體研究
　　　　3.《水滸傳》上圖下文簡本文字差異研究
　　　　4.《水滸傳》上圖下文本中余呈之死和版本演化研究
　　　　5.《水滸傳》上圖下文四種嵌圖本研究
　　(三)《水滸傳》其他專題研究
　　　　1.《水滸傳》"京本忠義傳"殘葉研究
　　　　2.《水滸傳》三十卷本研究
　　　　3.《水滸傳》繁本、簡本演化研究

五、《金瓶梅》《西遊記》版本研究

　　(一)《金瓶梅》版本研究
　　　　1.《金瓶梅》和《水滸傳》版本關係論
　　　　2. 論《新刻金瓶梅詞話》新刻、序跋和避諱問題
　　　　3.《金瓶梅》東大本研究
　　(二)《西遊記》版本研究
　　　　1.《唐僧西遊記》楊閩齋本研究
　　　　2. 閩齋堂本研究

六、《紅樓夢》版本研究

　　(一)《紅樓夢》版本研究專著前言、後記
　　　　1.《一百二十回本〈紅樓夢〉版本研究和數字化論文集》前言、跋

2.《〈紅樓夢〉版本數字化研究》前言、後記、目録

（二）《紅樓夢》版本專題研究

 1.《紅樓夢》版本整理出版簡介

 2.《紅樓夢》庚辰本、程高本爭議瑣談

 3.《紅樓夢》庚辰本和戚序本關係論

 4.《紅樓夢》庚寅本研究

 5.《紅樓夢》甲戌本"附條"批語爭論

 6. 也談"蓮菊兩歧"與甲戌本、己卯本、庚辰本三本成立的序次

 7. 再談《紅樓夢》中的"移花接木"

 8. 論《紅樓夢》版本"程前脂後"説

令規與輯釋

《國語》文學令規輯釋兩篇

《國語》原載　王路正輯釋*

一　天子聽政

厲王虐，國人謗王[1]。邵公告王曰[2]："民不堪命矣！[3]"王怒，得衛巫，使監謗者[4]，以告，則殺之[5]。國人莫敢言，道路以目[6]，王喜[7]，告邵公曰："吾能弭謗矣，乃不敢言[8]。"邵公曰："是障之也[9]。防民之口，甚於防川[10]。川壅而潰，傷人必多[11]，民亦如之[12]。是故爲川者決之使導，爲民者宣之使言[13]。故天子聽政，使公卿至於列士獻詩[14]，瞽獻曲[15]，史獻書[16]，師箴[17]，瞍賦，矇誦[18]，百工諫，庶人傳語[19]，近臣盡規，親戚補察[20]，瞽、史教誨，耆、艾修之[21]，而後王斟酌焉，是以事行而不悖[22]。民之有口，猶土之有山川也，財用於是乎出[23]；猶其原隰之有衍沃也，衣食於是乎生[24]。口之宣言也，善敗於是乎興[25]，行善而備敗，其所以阜財用衣食者也[26]。夫民慮之於心而宣之於口[27]，成而行之，胡可壅也[28]！若壅其口，其與能幾何？[29]"王不聽，於是國莫敢出言[30]，三年，乃流王於彘[31]。

二　傅太子箴

莊王使士亹傅太子箴[32]，辭曰："臣不才，無能益焉。[33]"王曰："賴子之善善之也[34]。"對曰[35]："夫善在太子，太子欲善，善人將至[36]；若不欲善，善則不用[37]。故堯有丹朱，舜有商均，啟有五觀，湯有太甲，文王有管、蔡[38]。是五王者，皆有元德也，而有奸子[39]。夫豈不欲其善，不能故也[40]。若民煩，可教

---

*　作者簡介：王路正，上海大學文學院碩士研究生。
　　基金項目：國家社會科學基金重大項目"中國古代文學制度研究"（17ZDA238）階段性成果。

訓[41]。蠻、夷、戎、狄,其不賓也久矣,中國所不能用也[42]。"王卒使傅之[43]。

問於申叔時[44],叔時曰:"教之《春秋》,而爲之聳善而抑惡焉,以戒勸其心[45];教之世,而爲之昭明德而廢幽昏焉,以休懼其動[46];教之詩,而爲之導廣顯德,以耀明其志[47];教之禮,使知上下之則[48];教之樂,以疏其穢而鎮其浮[49];教之令,使訪物官[50];教之語,使明其德,而知先王之務用明德於民也[51];教之故志,使知廢興者而戒懼焉[52];教之訓典,使知族類,行比義焉[53]。

"若是而不從,動而不悛[54],則文詠物以行之,求賢良以翼之[55]。悛而不攝,則身勤之[56],多訓典刑以納之[57],務慎惇篤以固之[58]。攝而不徹,則明施捨以導之忠[59],明久長以導之信[60],明度量以導之義[61],明等級以導之禮[62],明恭儉以導之孝[63],明敬戒以導之事[64],明慈愛以導之仁[65],明昭利以導之文[66],明除害以導之武[67],明精意以導之罰[68],明正德以導之賞[69],明齊肅以耀之臨[70]。若是而不濟,不可爲也[71]。

"且夫誦詩以輔相之[72],威儀以先後之[73],體貌以左右之[74],明行以宣翼之[75],制節義以動行之[76],恭敬以臨監之[77],勤勉以勸之[78],孝順以納之[79],忠信以發之[80],德音以揚之[81],教備而不從者,非人也,其可興乎[82]!夫子踐位則退,自退則敬,否則赧[83]。"(以中華書局 2002 年第 1 版徐元誥撰《國語集解》爲底本,校以《國語韋氏解》士禮居叢書景宋本)

解題:

這兩篇文章均出自《國語》,《天子聽政》一篇出自《國語·周語上》,《傅太子葴》一篇出自《國語·楚語上》,標題爲編者所加。《天子聽政》一篇敘說邵公虎諫周厲王事,《傅太子葴》一篇則是講楚莊王使士亹傅太子事。兩篇的共同點,在於均涉及對於君主或嗣君的教誡問題,但亦各有側重。爲行文方便,兹將兩篇的注碼連排。

第一篇《天子聽政》,講的是周厲王"防民之口,甚於防川",終至"川壅而潰",被放逐於彘。據《逸周書·諡法解》:"殺戮無辜曰厲。"厲王姬胡在位時驕泰奢侈、暴虐成性,對民"專利"、打壓民議,親任榮夷公,對邵公、芮良夫等人的勸諫充耳不聞。國人暴動,不僅厲王本人遭致流放,連太子也受到國人圍攻。《墨子·法儀》云"暴王桀、紂、幽、厲,兼惡天下之百姓,率以詬天侮鬼,其賊人多,故天禍之,使遂失其國家,身死爲僇於天下,後世子孫毀之,至今不息",基本代表了後世對於厲王的評價。本篇重在講邵公以水爲喻,對阻塞民議的厲王進行勸諫,邵公所言涉及"民水論""重民思想""天子聽政""百官諫誡"等一些先秦政治問題。

  第二篇《傅太子箴》,講的是楚莊王令士亹傅太子箴,及向申叔時請教如何教育太子。楚莊王是一位較有作爲的君主,孔子曾贊譽他"賢哉楚王！輕千乘之國,而重一言之信。"(《孔子家語》)在位期間,他任用孫叔敖等賢臣,於周疆問鼎中原、於邲之戰大敗晉國,開創了春秋時期楚國最鼎盛的時代。本篇重在士亹和申叔時對於楚王提出的太子"是否可傅"和"何以教之"的回答,既涉及西周的"長老監護制度"(見《先秦史十講·西周中央政權機構剖析》第 20 頁,復旦大學出版社 2006 年版),又反映了一些周代貴族教育的內容。

校注：

  [1] 厲王虐,國人謗王：周厲王兇惡殘暴,國人紛紛指責厲王。厲王：周厲王姬胡(？—前 828 年),姬姓,名胡,金文作默。周夷王姬燮之子,西周第十位君主,前 878 年至前 842 年在位。厲王在位期間,聚斂民財,壓制民議,前 841 年被國人逐奔於彘地,後死於彘。虐：兇惡,殘暴。國人：指居住在大邑之內的人。謗：誹謗,責備。《論語·子張》:"子夏曰：'君子信而後勞其民,未信,則以爲厲己也；信而後諫,未信,則以爲謗己也。'"

  [2] 邵公告王曰：邵公上告厲王說。邵公：邵穆公(生卒年不詳),姬姓邵氏,名虎,邵康公之孫,召公奭的後代。厲王暴虐,邵虎曾多次勸諫；厲王死後,宣王即位,邵穆公與周定公輔佐宣王,史稱"共和行政"。告：上告。

  [3] 民不堪命矣：民眾已不堪忍受暴虐的政令了。民：民眾。不堪：無法忍受。命：國君的命令、政令。

  [4] 王怒,得衛巫,使監謗者：厲王發怒,找來一名衛國巫師,讓他監視敢於指責自己的人。衛巫：衛國巫者。監：監察。《孟子·公孫丑下》："周公使管叔監殷,管叔以殷畔。知而使之,是不仁也；不知而使之,是不智也。仁智,周公未之盡也,而況於王乎？"謗者：指責自己的人。

  [5] 以告,則殺之：一經巫者告密,就將誹謗之人殺掉。

  [6] 國人莫敢言,道路以目：民眾不敢交談,只能在路上以目示意,藉以表達對厲王的憎惡。莫：不,不敢。《論語·子路》："樊遲請學稼,子曰：'吾不如老農。'請學爲圃,曰：'吾不如老圃。'樊遲出。子曰：'小人哉,樊須也！上好禮,則民莫敢不敬；上好義,則民莫敢不服；上好信,則民莫敢不用情。夫如是,則四方之民襁負其子而至矣,焉用稼？'"言：說話,談論。道路：此指在道路上行走。以

目:以目示意,此指民衆用眼神交流,表達對厲王的不滿。

[7] 王喜:厲王很高興。喜:高興,快樂。

[8] 吾能弭謗矣,乃不敢言:我能平息指責了,民衆已不敢誹謗。吾:我,自稱。弭:消除、平息。

[9] 是障之也:這是堵塞了民衆(發言)啊。是:此處指厲王監視、誅殺謗者的做法。障:堵塞。《呂氏春秋·貴直論·貴直》:"欲聞枉而惡直言,是障其源而欲其水也。"之:代指民衆。

[10] 防民之口,甚於防川:阻止人民説話的危害,要超過阻塞河川的危險。防:防範,戒備,此指阻止民衆議論。甚:超過。川:河川、河流。《左傳·襄公三十一年》:"我聞忠善以損怨,不聞作威以防怨,豈不遽止,然猶防川,大决所犯,傷人必多。"

[11] 川壅而潰,傷人必多:河流堵塞,造成决口,受傷害的人一定很多。壅:堵塞。潰:决口。必:必定,一定。

[12] 民亦如之:民衆也是如此。此指倘若像堵塞河流那樣堵住老百姓的口,後果也將像河堤决口那樣嚴重。

[13] 是故爲川者决之使導,爲民者宣之使言:因此治水者排除壅塞而使河道疏通,治民者宣導民衆而讓他們發言。是故:因此。爲川者:指治理河道的人。導:疏通、疏導。爲民者:即治理百姓的人,此指國君。宣:宣導。

[14] 故天子聽政,使公卿至於列士獻詩:所以君王處理政事,讓三公九卿以至各級官吏進獻諷喻詩。故:所以。天子聽政:君主處理政事。天子:古人認爲君主受天命而有天下,因此,君主爲"天之子",稱"天子"。《論語·季氏》:"孔子曰:'天下有道,則禮樂征伐自天子出。'"聽政:處理政事。《禮記·玉藻》:"君日出而視之,退適路寢聽政。"列士:天子之上士,一説爲周代上士、中士、下士的統稱。《説苑·臣術》:"湯問伊尹曰:'古者所以立三公、九卿、大夫、列士者,何也?'伊尹對曰:'三公者,所以參五事也;九卿者,所以參三公也;大夫者,所以參九卿也;列士者,所以參大夫也。故參而有參,是謂事宗;事宗不失,外内若一。'"獻詩:進獻詩歌,以此來誡諫天子。獻:進獻、獻上。

[15] 瞽獻曲:樂師進獻樂曲。瞽,古代樂師。《説文解字》釋"瞽"曰:"目但有朕也",朕即眼珠,"瞽"爲有眼珠之盲人。古時以目盲者爲樂官,"瞽奏鼓,嗇夫馳,庶人走"(《尚書·胤征》)。故"瞽"爲樂官的代稱。曲:樂曲。

[16] 史獻書:史官進獻有借鑒意義的史籍。史是古代掌管文書記事類事

務的官吏。《禮記·玉藻》："動則左史書之,言則右史書之。"

［17］師箴：師官規誡。師,官名,《尚書·召奭》："召公爲保,周公爲師,相成王爲左右。"《周禮》"師氏"注曰："師,教人以道者之稱也。"箴：規勸、告誡,此指刺王之闕。《尚書·盤庚》："猶胥顧於箴言。"

［18］瞍賦,矇誦：瞍者吟詠詩篇,矇者誦讀諫言。瞍、矇均指盲人,無眸子亦無見者爲瞍,有眸子而無見者爲矇。《詩·大雅·靈臺》："矇瞍奏公。"

［19］百工諫,庶人傳語：各類工匠進諫,平民將自己的意見轉達給君王。百工：各類工匠。《左傳·襄公十四年》："工執藝事以諫。"庶人：平民。傳語：將言語傳達給君主。

［20］近臣盡規,親戚補察：近侍之臣進言規諫,君王的内親外戚都能補其過失、察其是非。近臣：君主身邊的侍臣。盡規：進言規諫。《蔡中郎集》："建寧元年,召拜議郎,納忠盡規。"親戚：内親外戚,即血親與姻親。《孟子·公孫丑下》："寡助之至,親戚畔之；多助之至,天下順之。"《禮記·曲禮上》："故州閭鄉黨稱其孝也,兄弟親戚稱其慈也。"補察：補救過失,明察是非。

［21］瞽、史教誨,耆、艾修之：樂師和史官以歌曲、史籍加以教導,年長的師傅再進一步規誡。耆：六十歲以上的老人。《禮記·曲禮》："六十曰耆。"艾：五十歲以上的老人。《禮記·曲禮》："五十曰艾,服官政。"揚雄《方言》："東齊、魯、衞之間,凡尊老謂之艾人。"耆、艾：多用於對老年人的敬稱,此指國中年長的師傅。《荀子·致士》："師術有四,而博習不與焉：尊嚴而憚,可以爲師；耆艾而信,可以爲師；誦説而不陵不犯,可以爲師；知微而論,可以爲師；故師術有四,而博習不與焉。"修：修飾、葺理,此引申爲年長的師傅對君主的教導、規誡。

［22］而後王斟酌焉,是以事行而不悖：然後由君王斟酌取捨,這樣,國家的政事得以實行而不違背情理。而後：然後。王：指天子。斟酌：考慮可否,決定取捨。《荀子·富國》："故明主必謹養其和,節其流,開其源,而時斟酌焉。"是以：因此,由此,此指上文所言天子聽政時廣泛聽取臣下建議、意見。事行：事情得以實行。事：此指國家政事。《左傳·成公十三年》："國之大事,在祀與戎。祀有執膰,戎有受脤,神之大節也。"悖：違背、違反。《荀子·性惡》："皆反於性而悖於情也。"

［23］民之有口,猶土之有山川也,財用於是乎出：民衆有口,如同土地有高山河流,錢財用度從這裏產生。猶：猶如,好比。財用：錢財、貨物。《周禮·天官·宰夫》："乘其財用之出入。"出：出產,產生。《史記·貨殖列傳》："豫章出黃

金,長沙出連、錫,然董董物之所有,取之不足以更費。"

[24] 猶其原隰之有衍沃也,衣食於是乎生:如同土地有高低肥瘠,衣食物品從這裏產生。原隰:廣闊平坦和低窪潮濕的地方。原:廣闊平坦之處。隰:低窪潮濕之所。《文選》載張衡《歸田賦》:"原隰鬱茂,百草滋榮。"衍:低而平坦之地。沃:平廣肥美之地。《左傳·襄公二十五年》:"牧隰皋,井衍沃。"生:產生。

[25] 口之宣言也,善敗於是乎興:人們用嘴巴發表議論,政事的成敗得失就由此表露出來。宣言:發表、散佈言論。《韓非子·內儲說下》:"吳政荊,子胥使人宣言於荊曰:'子期用,將擊之。子常用,將去之。'荊人聞之,因用子常而退子期也。吳人擊之,遂勝之。"善敗:成敗,好壞。《韓非子·難一》:"有擅主之臣,則君令不下究,臣情不上通,一人之力能隔君臣之間,使善敗不聞,禍福不通,故有不葬之患也。"興:生發、顯現、表露。

[26] 行善而備敗,其所以阜財用衣食者也:民眾認爲好的就盡力實行,認爲失誤的就設法預防,這纔是用來增加國家財用、豐富人民衣食的辦法。阜:使豐富。《孔子家語·辯樂解》:"南風之時兮,可以阜吾民之財兮。"

[27] 夫民慮之於心而宣之於口:人們心中所想通過嘴巴表達出來。慮:謀思、思考。宣:表達、說明。

[28] 成而行之,胡可壅也:朝廷以爲行得通的就照着實行,怎麼可以阻塞呢?成:可行,行得通。行:推行,實行。胡:哪裏,怎麼。《呂氏春秋·仲秋紀·愛士》:"人主其胡可以無務行德愛人乎?行德愛人則民親其上,民親其上則皆樂爲其君死矣。"

[29] 若壅其口,其與能幾何:如果堵住民眾的嘴,又能堵多久?能幾何:能有多久,此指厲王阻塞民議之計難以長久。

[30] 王不聽,於是國莫敢出言:厲王不聽,於是民眾再不敢公開發表言論。國:這裏代指國人,民眾。莫敢:不敢。出言:發表指責厲王的言論。

[31] 三年乃流王於彘:過了三年,民眾就將厲王放逐到彘地。三年:三年之後。流:流放、放逐。《史記·五帝本紀》:"於是舜歸而言於帝,請流共工於幽陵,以變北狄;放讙兜於崇山,以變南蠻;遷三苗於三危,以變西戎;殛鯀於羽山,以變東夷:四罪而天下咸服。"彘:地名,故址在今山西霍縣東北。

[32] 莊王使士亹傅太子箴:楚莊王派遣士亹輔佐、教導太子箴。莊王:即楚莊王熊旅(?—前591),又稱荊莊王,春秋時期楚國國君,芈姓,熊氏,名旅,楚

穆王之子。前613年至前591年在位，曾攻陳伐戎，問鼎中原，聯齊制晉，"一鳴驚人"的典故即與他有關。據《韓非子·喻老》："楚莊王蒞政三年，無令發，無政爲也。右司馬御座而與王隱曰：'有鳥止南方之阜，三年不翅，不飛不鳴，嘿然無聲，此爲何名？'王曰：'三年不翅，將以長羽翼；不飛不鳴，將以觀民則。雖無飛，飛必沖天；雖無鳴，鳴必驚人。子釋之，不穀知之矣。'處半年，乃自聽政。所廢者十，所起者九，誅人臣五，舉處士六，而邦大治。"使：派遣。《國語·晉語七》："乃召叔向使傅太子彪。"士亹：莊王時楚國之士。傅：輔佐、教導。《孟子·滕文公下》："有楚大夫於此，欲其子之齊語也，則使齊人傅諸？使楚人傅諸？"太子：君主的嫡長子或預備繼位者，又稱嗣君。箴：爲楚莊王之太子名，《國語韋氏解》等作"箴"。核以《左傳》，莊王計有四子：太子名審，莊王死後襲君位，是爲楚共王（前600—前560）；又子貞（？—前559），字子囊，《春秋左氏傳·襄公五年》曰"楚子囊爲令尹"，曾先後數次北伐晉、陳、鄭、宋等國家；又子午（？—前552），字子庚，於楚康王二年（前558）接替子囊爲令尹；又子追舒（？—前551），字子南，《左傳·襄公十五年》云"公子追舒爲箴尹"，則四子名、字均未見"箴"，《國語》所言"太子箴"，全書中亦僅於此處見之。韋昭《國語韋氏解》（士禮居叢書景宋本）卷十七注云"莊王，楚君，名旅也；士亹，楚大夫；審，恭王名也"；朱熹《儀禮經傳通解》卷十八云："莊王，楚君……恭王名也。"江永《禮書綱目》卷六十八注"莊王使士亹傅太子箴"云："莊王，楚君，名旅也；士亹，楚大夫；箴，恭王名也"，釋"箴"爲恭王（共王）之名，但未知其根據。徐元誥《國語集解》："箴，當作'審'，今諸本皆作'箴'，箴、審音近，楚、夏語或然。"其説可從。

[33] 辭：推辭。《左傳·襄公三十年》："伯有既死，使大史命伯石爲卿，辭。大史退，則請命焉，復命之，又辭。如是三，乃受策入拜。"不才：没有才能，此爲謙辭。《左傳·襄公十四年》："札雖不才，願附於子臧，以無失節。"無能益焉：不能對太子有所幫助。無能：不能。益：有益，有幫助。

[34] 賴子之善善之也：依靠您的品德來使他仁愛。賴：依賴，依靠。《荀子·富國》："故其知慮足以治之，其仁厚足以安之，其德音足以化之，得之則治，失之則亂，百姓誠賴其知也。"子：對人的尊稱，同"您"。善：心地仁愛，品德淳厚。《國語·晉語》："善，德之建也。"善之：使太子良善。善：此爲動詞。之：代詞，此指太子。

[35] 對曰：回答説。對：回答、對答。《詩·大雅·桑柔》："聽言則對。"

[36] 夫善在太子，太子欲善，善人將至：仁愛與否的關鍵在於太子，太子想

變得仁愛，品德高尚的人就會到來。善人：品德高尚之人。欲：想要。

[37] 若不欲善，善則不用：如果太子不想變得仁愛，即使有高尚品德的人也不會得到任用。《論語·子路》："無欲速，無見小利。欲速，則不達。"

[38] 故堯有丹朱，舜有商均，啟有五觀，湯有太甲，文王有管、蔡：所以堯有丹朱，舜有商均，啟有五觀，商湯有太甲，周文王有管叔、蔡叔那樣的不肖子孫。故：所以，因此。堯、舜、啟、湯、文王：古時五位政德卓著的帝王。堯：又稱唐堯，帝嚳之子，祁姓，名放勳，原封於唐，故稱陶唐氏。堯代帝摯爲天子，都平陽。曾制定曆法，推廣農耕，整飭百官，晚年辟位於舜。舜，姚姓，一作媯姓，號有虞氏，名重華，史稱"虞舜"，即位之後，虛懷納諫，懲罰奸佞，任賢使能，晚年辟位於禹。啟，禹之子，夏朝君王，曾征討有扈氏。湯，商湯，子姓，名履，商朝開國君主，與桀大戰於鳴條，最終滅夏。文王：即周文王姬昌（約前1152—約前1056），姬姓，名昌，周武王之父，能敬老慈少，禮賢下士。丹朱、商均、五觀、太甲、管、蔡：即上文堯、舜、啟、湯、文王五位賢君之子。丹朱、商均：朱、均分別爲堯、舜之子，皆未能承其父德，朱封於丹，故曰丹朱，均封於商，故稱商均。《孟子·萬章上》："丹朱之不肖，舜之子亦不肖。"五觀：啟之子，太康昆弟。夏啟十五年，武觀叛亂。太甲：商湯嫡長孫，商朝第四位君主，曾因不聽規勸被伊尹放逐。管、蔡：即管叔、蔡叔。管叔，姬姓，名鮮，爲周文王第三子，受封管國；蔡叔，姬姓，名度，爲周文王第五子，受封蔡國。周武王死後，成王繼位，管叔、蔡叔等人發動叛亂，爲周公旦所平定。

[39] 是五王者，皆有元德也，而有奸子：這五位君王，都有大德，却都有奸惡的兒子。是：這。五王：指堯、舜、啟、湯、文王，爲古時五位政德卓著的帝王。元德：大德。《漢書·哀帝紀》："夫基事之元命，必與天下自新，其大赦天下。"顏師古注："元，大也。"奸子：奸惡的兒子。

[40] 夫豈不欲其善，不能故也：難道他們不想要孩子學好？是因爲不能的緣故。夫：句首發語詞。豈：難道。不欲：不想。善：此作動詞，學善、變善。故：原因，緣故。此句大意與《孟子·萬章上》相仿："孟子曰：'舜、禹、益相去久遠，其子之賢不肖，皆天也，非人之所能爲也。莫之爲而爲者，天也；莫之致而至者，命也。'"

[41] 若民煩，可教訓：如果百姓昏亂，可以教育訓導。若：如果。煩：亂。教訓：教育、訓導。

[42] 蠻、夷、戎、狄，其不賓也久矣，中國所不能用也：蠻、夷、戎、狄，他們不

服從君王已經很久了,中原國家還是很難使他們效力。蠻、夷、戎、狄:南蠻、東夷、西戎和北狄,是古代中原對周邊各族的稱呼。《尚書‧大禹謨》:"無怠無荒,四夷來王。"《禮記‧王制》:"東方曰夷""西方曰戎""南方曰蠻""北方曰狄"。賓:賓服。《史記‧五帝本紀》:"諸侯咸來賓從。"中國:此指中原國家。《詩經‧小雅‧六月》:"小雅盡廢,則四夷交侵,中國微矣!"用:效力,此指使蠻、夷、戎、狄各族效力。《商君書》:"國有事,則學民惡法,商民善化,技藝之民不用,故其國易破也。"

[43] 王卒使傅之:莊王最終還是讓士亹教導太子。王:楚莊王。卒:最終。使:讓。之:代詞,此指太子。

[44] 問於申叔時:向申叔時詢問如何輔佐、教導太子。申叔時:楚國公族。

[45] 教之《春秋》,而爲之聳善而抑惡焉,以戒勸其心:用史書來教育他,從而勸勉他的良善之行、貶抑他的邪惡之行,以此來戒勉、勸導他的心。《春秋》:以天時紀人事謂春秋,此泛指古代史書,古時列國史記多名"春秋"。《孟子‧離婁下》:"孟子曰:'王者之迹熄而《詩》亡,《詩》亡然後《春秋》作。晉之《乘》,楚之《檮杌》,魯之《春秋》,一也。其事則齊桓、晉文,其文則史。'"後私家著述或私人作史亦沿此名,如《晏子春秋》《呂氏春秋》《吳越春秋》等。而:從而。爲之:爲他。之:此指太子。聳善:勸勉良善之行。抑惡:抑制邪惡之行。以:用來。戒勸:誡勉、勸導。

[46] 教之世,而爲之昭明德而廢幽昏焉,以休懼其動:用先王的世系來教育他,從而使他顯明德行、廢止昏亂,以此來約束他的行爲。世:世系、家世。《漢書‧序傳下》:"陵不引決,忝世滅姓。"昭:昭顯。幽:幽暗。昏:昏亂。休懼:嘉喜和恐懼,此指使太子的行爲受到約束。休:嘉、喜。《國語》:"爲晉休戚。"動:舉動、行爲。

[47] 教之詩,而爲之導廣顯德,以耀明其志:用詩歌教育他,並給他開導、彰顯德行,來使他的志向顯現。導:開導,引導。廣:廣大。顯德:彰顯德行。德:此指古代詩歌所贊美的聖王之德。

[48] 教之禮,使知上下之則:用禮義教育他,使他知道尊卑的儀則。處:上下:高下、尊卑。則:儀則,法度。

[49] 教之樂,以疏其穢而鎮其浮:用樂理教育他,來蕩滌他的邪穢、抑制他的浮躁。疏:去掉阻塞,使之通暢。鎮:抑制、壓服。浮:浮躁。

[50] 教之令,使訪物官:用官法時令教育他,使他訪查百官的職事。訪:議,此指訪查、瞭解。物官:本指量才授官,《左傳‧昭公十四年》曰:"禮新,敘

舊；禄勳，合親；任良，物官。"此指百官之職事。

　　[51] 教之語，使明其德，而知先王之務用明德於民也：用治國的嘉言來教育他，使他發揚美德，從而知道先王務求用崇高顯明的德性來對待百姓。語：治國的嘉言善語。明德：崇高顯明的德性。《禮記·大學》："大學之道，在明明德。"先王：古代聖王。《尚書·梓材》："先王既勤用明德，懷爲夾，庶邦享作，兄弟方來。"

　　[52] 教之故志，使知廢興者而戒懼焉：用記載前世成敗之道的古書來教育他，使他懂得歷代成敗興衰的道理而戒慎憂懼。戒懼：戒慎憂懼。《左傳·桓公二年》："文、物以紀之，聲、明以發之，以臨照百官。百官於是乎戒懼，而不敢易紀律。"

　　[53] 教之訓典，使知族類，行比義焉：用先王的訓典來教育他，使他知道群族發展繁衍之道，使他的行爲符合義理。訓典：古聖先王遺留的典籍。《左傳·文公六年》："予之法制，告之訓典。"族類：同類。《史記·春申君列傳》："人民不聊生，族類離散，流亡爲僕妾者，盈滿海內矣。"

　　[54] 若是而不從，動而不悛：如果這樣做却不聽從，受到觸動却不悔改。是：此指上文所言教以《春秋》、世、詩、處、樂、令、語、志、故志、訓典等事。不從：不聽從。動：觸動、感動。《孟子·告子下》："故天將降大任於是人也，必先苦其心志，勞其筋骨，餓其體膚，空乏其身，行拂亂其所爲，所以動心忍性，曾益其所不能。"悛：悔改、改正。《左傳·隱公六年》：君子曰："善不可失，惡不可長，其陳桓公之謂乎？長惡不悛，從自及也，雖欲救之，其將能乎？"

　　[55] 則文詠物以行之，求賢良以翼之：就用文辭風託事物來促使他行動，尋找德行好的人來輔佐他。文：文飾、文辭。詠物：託物以風，詠物以勸。行：行動、施行。求：求取。賢良：賢明有德之士。《荀子·王制》："選賢良，舉篤敬。"翼：輔助。《尚書·益稷》："予欲左右有民，汝翼。"

　　[56] 悛而不攝，則身勤之：改了却不能堅持，就身體力行來勸勉他。攝：維持、保持，此指改過之後長久堅持。《國語·晉語四》："姓利相更，成而不遷，乃能攝固，保其土房。"則：就、便。身勤之：親身勸勉，身體力行以勸勉。《漢書·高帝紀》："御史大夫昌下相國，相國鄆侯下諸侯王，御史中執法下郡守，其有意稱明德者，必身勸，爲之駕，遣詣相國府，署行、義、年。"

　　[57] 多訓典刑以納之：多用典章法令教導使他接受。訓：訓導。《孟子·萬章上》："湯崩，太丁未立，外丙二年，仲壬四年。太甲顛覆湯之典刑，伊尹放之

於桐。三年,太甲悔過,自怨自艾,於桐處仁遷義;三年,以聽伊尹之訓己也,復歸於亳。"典刑:典章法令。《詩經·大雅·蕩》:"雖無老成人,尚有典刑。"納:接受,此指使之接受。《出師表》:"察納雅言。"之:指典刑。

[58] 務慎惇篤以固之:務求用謹慎敦厚篤實使他堅持。務:從事,致力。《戰國策·秦策一》:"欲富國者,務廣其地。"慎:謹慎。惇篤:敦厚篤實。《國語·晉語四》:"文公問元帥於趙衰,對曰:'郤縠可,行年五十矣,守學彌惇。夫先王之法志,德義之府也。夫德義,生民之本也。能惇篤者,不忘百姓也。請使郤縠。'"固:堅持,堅定,此指使之堅持、堅定。《管子·法法》:"上無固植,下有疑心。"

[59] 攝而不徹,則明施捨以導之忠:堅持了却仍不通達,就闡明施行與捨棄的標準,從而引導他明白忠恕之道。徹:通達。《列子·湯問》:"汝心之固,固不可徹,曾不若孀妻弱子。"導:引導,教導。忠:忠恕,竭盡心力並推己及人。

[60] 明久長以導之信:闡明可以使國祚長久的道理,從而引導他講信義。久長:長久的道理、辦法。信:信義,信用。

[61] 明度量以導之義:闡明度量關係上要適度,從而引導他把握事物的適量與合宜。度量:尺度、規範。《荀子·禮論》:"人生而有欲,欲而不得,則不能無求;求而無度量分界,則不能不爭。"義:公正合宜的道理。

[62] 明等級以導之禮:闡明上下等第的秩序,從而引導他遵循禮法。等級:品級,等第。《禮記·月令》:"坏城郭,戒門閭,修鍵閉,慎管籥,固封疆,備邊竟,完要塞,謹關梁,塞徯徑。飭喪紀,辨衣裳,審棺椁之薄厚,塋丘壠之大小、高卑、厚薄之度,貴賤之等級。"

[63] 明恭儉以導之孝:闡明侍奉長輩要恭謹謙遜,從而引導他遵循孝道。恭儉:恭謹謙遜。《孟子·滕文公上》:"是故賢君必恭儉禮下,取於民有制。陽虎曰:'爲富不仁矣,爲仁不富矣。'"

[64] 明敬戒以導之事:使他明白慎重警戒,從而引導他處理好政事。

[65] 明慈愛以導之仁:闡明以仁慈愛人之心待人,從而引導他實行仁德。慈愛:仁慈而愛人。《荀子·王制》:"殷之日,安以靜兵息民,慈愛百姓,辟田野,實倉廩,便備用,安謹募選閱材伎之士,然後漸賞慶以先之,嚴刑罰以防之,擇士之知事者使相率貫也,是以厭然畜積修飾而物用之足也。"

[66] 明昭利以導之文:闡明要利人利物,從而引導他具有文德。文:文德,文治。

[67] 明除害以導之武：闡明須剷除禍害的道理，從而引導他推行武功。除害：剷除兇惡、禍害。《荀子·議兵》："孫卿子曰：'非汝所知也！彼仁者愛人，愛人故惡人之害之也；義者循理，循理故惡人之亂之也。彼兵者所以禁暴除害也，非爭奪也。'"武：武功、武德。

[68] 明精意以導之罰：闡明做事要專心一意，從而引導他慎加懲罰。精意：專心一意。《國語·周語上》："內史過歸，以告王曰：'虢必亡矣。不裎於神而求福焉，神必禍之；不親於民而求用焉，民必違之。精意以享，裎也；慈保庶民，親也。'"

[69] 明正德以導之賞：闡明待人要正直公道，從而引導他正確賞賜。正德：德行端正，正直公道。《尚書·大禹謨》："正德、利用、厚生、惟和。"

[70] 明齊肅以耀之臨：闡明做事要專一嚴肅，從而使他明於處事。齊肅：專一嚴肅。耀：明。臨：臨事，處理政事。

[71] 若是而不濟，不可爲也：如果這樣做還是不成功，就不能做師傅了。若是：如果這樣做，此指上文所說的"文詠物以行之"等教導方式。濟：成功。《尚書·君陳》："必有忍，其乃有濟。"

[72] 且夫誦詩以輔相之：背誦詩歌來輔助他。誦詩：背誦詩歌。《論語·子路》："子曰：'誦詩三百，授之以政，不達；使於四方，不能專對；雖多，亦奚以爲？'"誦：背誦。《周禮·大司樂》："興道諷誦言語"，注云："背文曰諷，以聲節之曰誦。"輔相：輔助。《韓詩外傳·卷八》："昔者周德大衰，道廢於厲，申伯仲山甫輔相宣王，撥亂世，反之正，天下略振，宗廟復興。"

[73] 威儀以先後之：以威德儀則來使他明白先後之序。威儀：謂起居動作皆有威德、有儀則。先後：先後之序。《禮記·大學》："物有本末，事有終始，知所先後，則近道矣。"

[74] 體貌以左右之：以禮相待來約束他。體貌：禮遇，以禮相待。《戰國策·齊策三》："淳于髡爲齊使於荊，還反過薛，而孟嘗令人體貌而親郊迎之。"左右：約束、控制。《國語·越語上》："寡君帥越國之衆，以從君之師徒，唯君左右之。"

[75] 明行以宣翼之：身體力行來輔助他。明行：良好的行爲。宣翼：輔佐。《新書·傅職》："制義行以宣翼之。"

[76] 制節義以動行之：制定節義來約束他的行動。制：制定。節義：禮節、義理。以動行之：來約束他的行動。《荀子·哀公》："哀公曰：'敢問何如斯

可謂庸人矣?'孔子對曰:'所謂庸人者,口不能道善言,心不知邑邑;不知選賢人善士託其身焉以爲己憂;動行不知所務,止立不知所定。'"

[77] 恭敬以臨監之:謙恭嚴肅地來監督他。恭敬:謙恭嚴肅。臨監:監督。《國語·楚語下》:"王曰:'所謂一純、二精、七事者,何也?'對曰:'聖王正端冕,以其不違心,帥其群臣精物以臨監享祀。'"《史記·張耳陳餘列傳》:"且夫監臨天下諸將,不爲王不可,願將軍立爲楚王也。"

[78] 勤勉以勸之:勤勞不懈地勸諫他。勸:勸説,勸諫。《荀子·富國》:"奸邪不作,盜賊不起,而化善者勤勉矣。"

[79] 孝順以納之:以孝順之心來包容他。《國語·楚語上》:"勤勉以勸之,孝順以納之。"

[80] 忠信以發之:用忠誠信義來啟發他。忠信:忠誠信義。《禮記·禮器》:"忠信,禮之本也;義理,禮之文也。"

[81] 德音以揚之:用好的聲譽來激揚他。德音:德言,此指良好的聲譽、名譽。《詩·豳風·狼跋》:"德音不瑕。"揚:激揚、發顯。

[82] 教備而不從者,非人也,其可興乎:這樣教導完備却不聽從的人,不是人了,國家怎麽能興盛啊!教:教導。備:完備。不從:不聽從。非人:不是人。興:興盛。《孟子·公孫丑上》:"由是觀之,無惻隱之心,非人也;無羞惡之心,非人也;無辭讓之心,非人也;無是非之心,非人也。"

[83] 夫子踐位則退,自退則敬,否則赧:如果太子即位就要謙退,自己退位就能被尊敬,不是這樣就令人憂懼了。踐位:指嗣君登基,繼承王位。《管子·大匡》:"桓公踐位,魯伐齊,納公子糾而不能。"敬:尊敬。此指受到尊敬。否則:假如不這樣。《左傳·襄公二十六年》:"義則進,否則奉身而退。"赧:本義爲慚愧、羞愧,此指令人憂懼。

闡義:

《天子聽政》一篇,依情節先後,大體可分爲三部分:一,厲王暴虐無道招致民謗,不聽邵公勸誡;二,厲王任巫監謗壓制民議,不從邵公諫言;三,厲王剛愎自用三年不悛,終遭流放於彘。其中,邵公進諫之言,既佔據了選段的多半篇幅,也在一定程度上反映了西周時期的政治運行狀況及與之相關的政治理念。《傅太子箴》一篇則大致可分爲兩部分:一爲莊王任士亹爲傅,輔佐太子,士亹辭以"無能益",述説"善在太子"之理;二是莊王向申叔時求取教導之術,申叔時做詳細論述,敷演禮樂教化之道。楚王的任命和申叔時的對答,反映了西周的"長老監護制度"和貴族教育的一些基本狀況。綜之,略有以下四點。

(一)"民水論"與先秦"重民"思想

邵公進諫,以治水爲喻,勸導厲王體民情、從民議、順民心,"爲川者決之使導,爲民者宣之使言",設喻得當,說理精妙。將"治民"視若"治水",其根源可追溯至大禹治水。據《史記·夏本紀》:"當帝堯之時,鴻水滔天,浩浩懷山襄陵,下民其憂。"堯命鯀治水,鯀以壅障爲法,"九年而水不息,功用不成"。舜舉鯀子禹,使之續鯀事業,禹因"山川之便利",以疏導爲治,開九州、度九山、道九川、通九道、陂九澤,終至"九州攸同,四奥既居,九山刊旅,九川滌原,九澤既陂,四海會同。"鯀、禹雖爲父子,治水收效迥異,個中緣由已爲孟子所指明,《孟子·離婁下》云:"天下之言性也,則故而已矣。故者以利爲本。所惡於智者,爲其鑿也。如智者若禹之行水也,則無惡於智矣。禹之行水也,行其所無事也。"爲疏不爲壅,爲導不爲障,禹治水成功的關鍵,既在於順水之"性",更在於"與益予眾庶稻鮮食",能體民之情、順民之心。"禹疏九河,瀹濟漯,而注諸海;決汝漢,排淮泗,而注之江,然後中國可得而食也。"(《孟子·滕文公上》)洪水滔天,民爲治本,治水的最終目的,仍在於治民、安民。"如智者亦行其所無事,則智亦大矣。天之高也,星辰之遠也,苟求其故,千歲之日至,可坐而致也。"(《孟子·離婁下》)禹明治水之術,循治民之道,故成一代聖王,"民水論"亦由此發端。孟子之後,荀子明確提出"君舟民水"說:"傳曰:'君者,舟也,庶人者,水也;水則載舟,水則覆舟。'"(《荀子·王制》)在《哀公》篇,荀子復借孔子之口述說居安思危的道理:"且丘聞之,君者,舟也;庶人者,水也。水則載舟,水則覆舟,君以此思危,則危將焉而不至矣?"後世"君舟民水"之說由此滋衍而成。

民意洶洶,國人已不堪命,何以消解怨謗?厲王、邵公二人各有取逕:厲王主"壅口弭謗",是爲"堵";邵公主"宣之使言",是爲"疏",一堵一疏,恰與鯀、禹治水之術分別對應。厲王以巫監謗、殘殺議者,雖得一時"弭謗"之喜,實爲飲鴆止渴,終有"川壅而潰"之危;邵公多次進諫、力求宣導,難收"監謗"立時之效,卻能循從民性,可得"行善備敗"之利。可以説,厲王、邵公之爭,既是消解怨謗的方法之爭,更是治國安邦的國策之爭。"民之有口,猶土之有山川也,財用於是乎出;猶其原隰之有衍沃也,衣食於是乎生",君主廣納民議則"事行而不悖",方爲治國之長策。當然,厲王、邵公之爭,是將視"治民"若"治水"的理念進一步推演至何以平民議、止民謗的問題上來,但論其實質,却仍未脫出"民水論"之大旨——視民若水,循性治民,民固國安。

《國語》乃纂輯之作,但其中反映的"重民"思想,仍合於西周的歷史語境。中國素有"重民"之傳統,殷周革命,武王、周公深知"天命靡常",訓誡周人"天視自我民視,天聽自我民聽","民之所欲,天必從之"。厲王無視先人訓典,非但不依"天子聽政"的古制,更使巫監謗,殘害"謗民",這顯然與"重民"傳統相悖;加之厲王興征伐、爭民利,遭國人流放自不意外。隨著"重民"思想日漸興起,"神本""君本"思想也漸遭質疑,《左傳·莊公三十二年》有"國將興,聽於民,將亡,聽於神"之語;《左傳·文公十三年》"邾文公卜遷於繹",當史官告知其"利於民而不利於君"時,邾子説"苟利於民,孤之利也,天生民而樹之君,以利之也。民既利矣,孤必與焉",明確將"民利"置於"君利"之上,面對左右"命可長也,君何弗爲"的質疑,邾子更强調"命在養民,死之短長,時也。民苟利矣,遷也,吉莫如之",以"養民"爲己任,可謂賢明之君。春秋戰國,百家爭鳴,儒、墨、道三家雖持論迥異,却均有"重民"之主張;即便是崇奉君權至上的韓非子,在君權來源上,亦持"民悦之,使王天下"之説,對於治理民衆,仍强調"凡治天下,必因人情"。

(二)"天子聽政"與"垂拱而治"理念

邵公進諫,徵引"聽政"傳統:"故天子聽政,使公卿至於列士獻詩,瞽獻曲,史獻書,師箴,瞍賦,矇誦,百工諫,庶人傳語,近臣盡規,親戚補察,瞽、史教誨,耆、艾修之,而後王斟酌焉,是以事行而不悖"。古人常把天子、諸侯治理政事稱作"聽政"或"聽治",如《荀子·大略篇》云:"古者匹夫五十而士,天子、諸侯子十九而冠,冠而聽治,其教至也";《禮記·玉藻》云:"君日出而視之,退適路寢聽政";《左傳·僖公九年》云"宋襄公即位,以公子目夷爲仁,使爲左師以聽政,於是宋治";《墨子·三辯》中有"昔諸侯倦於聽治,息於鐘鼓之樂,士大夫倦於聽治,息於竽瑟之樂"的記載,可見卿大夫等級别較高的官員治事,在當時亦可稱"聽治"。與"天子聽政"相對,官員在負責具體行政事務時則往往被稱作"視事",《韓非子·外儲説右上》云:"文公曰:'吾民之有喪資者,寡人親使郎中視事;有罪者赦之;貧窮不足者與之;其足以戰民乎?'"《管子·揆度》亦云"鄉吏視事",可見君臣之間,"聽""視"有别。"地之承天,猶妻之事夫,臣之事君也。謂其位卑,卑者親視事"(《白虎通·五行》),君臣各有職分,彼此不容凌越。

所謂"君聽",即君主雖不處理具體事務,專務於舉賢納言,資以決斷國家大事。君主"聽而不視",既合於聖王"垂拱而治"的傳統政治理想,又滿足處理"千端萬緒"的現實政治需求。"垂拱而治"的思想,最早可追溯至《易》,《易》曰:"黄帝、堯、舜垂衣裳而天下治",後被道家敷演爲"無爲而治"。《尚書·武成》《尚書·畢命》也有"垂拱而天下治"的説法。在先秦的許多學派的政治學説中,君主之責在於"執要",所謂"要"者,即訪求人才、做出決策。在荀子看來,君主一旦求得賢才,便"身佚而國治"(《荀子·君道》),不復有"身勞而國亂,功廢而名辱"之危。"君臣不同道,下以名禱,君操其名,臣效其形,形名參同,上下和調也"(《韓非子·揚權》),法家不僅强調明主治官不治民,更認爲君主應"制重"而"位静",以刑名御下,即便"不口教百官,不目索奸邪,而國已治矣。"(《韓非子·奸劫弑臣》)《管子》亦有類似的説法,《任法》篇云:"聖君任法而不任智,任數而不任説,任公而不任私,任大道而不任小物,然後身佚而天下治……守道要,處佚樂,馳騁弋獵,鐘鼓竽瑟,宮中之樂,無禁圉也,不思不慮,不憂不圖,利身體,便形軀,養壽命,垂拱而天下治",但其思想已兼有法家之"任法"與道家之"無爲"。一言以蔽之,"垂拱而治"非唯一家之言,而是百家共有的政治理念。雖然道家言"垂拱"旨在虚静、儒家言"垂拱"力求敷治、法家言"垂拱"意在尊君、雜家言"垂拱"兼有多種訴求,但各家對於君主的定位——"聽治"則是一致的;何況現實政治往往"一日萬機",許多君主連獨斷之權尚且要假手於人,更遑論"視事"。

(三)"百官諫誡"與早期民主政治萌芽

至於"臣視",則指臣下應擔負職掌、認真履職。"大夫、士兩射者人臣,示爲君親視事,身勞苦也"(《白虎通·鄉射》),君尊臣卑、"聽"高"視"卑,爲人臣者"親視事,身勞苦"自不必詳敘。此中關節,是邵公所提到的"百官諫誡"的傳統,《左傳·襄公十四年》《吕氏春秋·恃君覽·達鬱》也有類似的記載,可見"百官諫誡"洵爲先秦時期廣泛流傳的一種話語。倘若細加區分,則"百官"又略可分爲以下幾類:一,肩負王朝重要政治職掌的官員,如公卿、列士;二,擔任王朝文化職掌的數種官員,如史、瞽、師、瞍、矇;三,擁有特殊技藝的各個專業群體,他們統稱"百工";四,天子的侍者:近臣;五,天子的宗親貴戚:親戚;六,王朝中的德高望重者:耆、艾;七,王朝的普通民衆:庶人。這些進言者身份有别,却幾乎涵蓋了周天子在公共場合能接觸到的所有對象。上古"天子聽政"是否要有如此細瑣的程序不得而知,君主在斟酌決策時是否要如此廣泛地徵求意見亦無法考論,但參以"堯有欲諫之鼓,舜有誹謗之木,湯有司過之士,武王有戒慎之鞀"等記載,不難看出彼時早期原始民主政治遺風猶存,而進言者正是以此爲憑藉,既獲得了賴以進諫勸誡的歷史傳統,又可對君主決策形成一定的現實規約。

《國語》這段記載,在後世還有許多演繹。《説苑·建本》云:"是故古者君始聽治,大夫而一言,士而一見,庶人有謁必達,公族請問必語,四方至者勿距,可謂不壅蔽矣";《申鑒·政體》云:"天子有四時,朝以聽政,晝以訪問,夕以修令,夜以安身,上有師傅,下有諫臣,大有講業,小則諮詢,不拒直辭,不耻下問,公私不愆,外内不二,是謂有交";《後漢書·顯宗孝明帝紀》云:"古者卿士獻詩,百工箴諫。其言事者,靡有所諱。"凡此種種,均可視爲"百官諫誡"這一古老傳統的異代回聲。

(四)"長老監護制度"與西周貴族教育

莊王爲太子設傅的做法其來有自,當源於商周時期的"長老監護制度"。《商頌·長發》云"實維阿衡,實左右商王",《尚書·君奭》云"在太甲,時則有若保衡",可見阿衡、保衡之職對商王決策影響甚大,實爲國君的輔佐重臣。殷周革命,西周初期的中央政權設太師和太保作爲行政首腦,究其原因,一方面是對商代"長老監護制度"的繼承,另一方面,則是由於"武王崩,成王幼弱"的現實需要。武王既崩,成王尚在襁褓,"周公恐諸侯畔周,公乃攝行政當國"(《史記·周本紀》)。《尚書·召奭》:"召公爲保,周公爲師,相成王爲左右。"周公甚至認爲"在時二人,天休茲至",可見師、保二官洵爲西周初年之行政中樞,所起的正是對年少的天子或幼弱的嗣君進行教養監護、輔佐其處理政事的作用。《禮記·保傅》云"周成王幼……召公爲太保,周公爲太傅,太公爲太師",《左傳·僖公二十八年》有"鄭伯傅王"之記載,可見傅、保均有教化、輔助之意。莊王令士亹傅太子葴,亦是出於此種目的。

西周時期"學在官府",貴族子弟爲受教育對象。在具體的教育内容方面,以"禮、樂、射、御、書、數"六藝爲核心。"大學之道,在明明德",古人教育極重德教,《禮記·内則》曰"降德於衆兆民",鄭注"德猶教也";《月令》曰"命相布德和令",注云"德謂善教也",可見"德"爲教育之指歸所在。依申叔時所敘説的教育之道,不難看出其對西周貴族教育内容和"明德"教育主旨的繼承,無論是教之以"春秋""世""詩""樂""令""語""訓典",還是導之以"忠""信""義""禮""孝""事""仁""文""明""武""罰""賞",均可統歸至"德教"上來。儘管如此,但衡以彼時楚國文教發展的具體情況和楚地獨特的國俗民風,申叔時所言未必能真正得以施用。

辨疑:

在《天子聽政》篇中,邵公徵引"百官諫誡"的傳統勸諫厲王。其中,"諫"與"獻詩""獻曲""獻書""箴""賦""誦""傳語"等並列,被視爲向君主進言的一種規勸行爲。《説文解字》以"諫""証"互訓。《周禮·司諫》注:"諫,猶正也。以道正人行。"《廣雅·釋詁》:"諫,正也。"《玉篇·言部》:"諫,正也。"可見諫的行爲内涵在於"正",即對他者言行進行糾偏。事實上,考慮到邵公進言的目的和古人"連類比物"的習慣,則不僅"百工"可"諫",公卿、列士、瞽、史、師、瞍、庶人、近臣、親戚、耆、艾等一衆不同職業、不同身份的進言者均可視爲"諫"的主體,"獻詩""獻曲""獻書""箴""賦""誦""傳語"等行爲亦皆有"諫"的成分。邵公本人之"告"是爲了諫止厲王,同樣具有"諫"的性質。

今人對於"諫"的認識,大抵將之視作一種臣子對君主進行規勸的政治行爲,屬以"下"對"上",旨在"正"君言行,施動、受動主體固定,使用場合限於政治,尊卑高下區分明顯;然而,訪諸傳世典籍,則"諫"之施動者未必是臣,"諫"之受動者也不盡爲君。《大雅·板》云"猶之未遠,是用大諫",此詩被認爲"切責其寮友用事之人而義歸於刺王",可見臣僚間的勸誡之語可以稱"諫"。《左傳·桓公十三年》:"莫敖使徇於師曰:'諫者有刑。'"《漢書·高帝紀》:"項梁再破秦軍,有驕色,宋義諫,不聽。"可見"諫"亦可發生於上下級軍事將領之間。《論語·里仁》:"子曰:'事父母幾諫,見志不從,又敬不違,勞而不怨。'"《漢書·爰盎傳》:"宦者趙談以數幸,常害盎,盎患之。盎兄子種爲常侍騎,諫盎曰:'君衆辱之,後雖惡君,上不復信。'"可見子勸父母、侄勸叔伯,亦可稱"諫"。《列女傳》中更載有大量的女性進諫行爲,施動者的身份各有差異:既有楚莊王之夫人鄧曼等諸侯之妻,又有"鄀大夫江乙之母""魯公乘子皮之姒""陶大夫荅子之妻"等公卿大夫的母、姊、妻室,還有"東郭採桑之女"這樣的普通平民;而受動者既有天子、諸侯,亦不乏大夫、將軍。可見在先秦至西漢間,"諫"可發生於朝堂、行伍、家庭等諸多場合;"諫"的施動者可以是臣僚、軍吏,也可以是子侄、妻室;受動者既可以是天子、諸侯,也可以是一般貴族乃至家中父母;"諫"並不限於政治場景,還可用於日常生活。

若考諸金文器物,"諫"既能以"下"對"上",又可由"上"而"下",施動者不乏地位較高者,受動者也有地位較低者,如番生簋銘文:

> 番生不敢弗帥型皇祖考丕杯元德……粵王位,虔夙夜,溥求不瞀德,用諫四方。①

---

① 中國社會科學院考古研究所編《殷周金文集成釋文》,香港中文大學中國文化研究所 2001 年版,第 3 卷,第 461 頁。

番生既受周王册命參掌國政,其作爲施動者的地位顯然高於"四方"。又如叔尸鐘銘文:

余命汝政于朕三軍,肅成朕師旟之政德,諫罰朕庶民,左右毋諱,尸不敢弗憼戒,虔恤厥死事,毇穌三軍徒徣,雩厥行師,慎中厥罰。①

齊靈公既委叔尸以軍務重任,又予之以"諫罰庶民"之責,"肅成朕師旟"既與"諫罰朕庶民"對舉,則叔尸與"師旟""庶民"之地位高低一目了然。可在大盂鼎、大克鼎等彝器中,"諫"又指涉以"下"對"上"的行爲:

今余唯令女盂紹榮,敬雝德經,敏朝夕入諫,享奔走,畏天威。②
盂,廼紹夾死嗣戎,敏諫罰訟,夙夕紹我一人烝四方。③
肆克龏保厥辟恭王,諫嬖王家,惠于萬民。④

可見,"諫"本是一種用以表達規勸、訓誡的言説方式,先秦至西漢間,"諫"的施動、受動主體及使用場合並不固定,尊卑高下區分亦不明顯。

---

① 《殷周金文集成釋文》,第 1 卷,第 241—242 頁。
②③ 《殷周金文集成釋文》,第 2 卷,第 411 頁。
④ 《殷周金文集成釋文》,第 2 卷,第 409 頁。

陳政事疏輯釋

[漢]賈誼[1]原撰　李會康輯釋*

商君遺禮義[2],棄仁恩,并心於進取[3]。行之二歲,秦俗日敗[4]。故秦人家富子壯則出分,家貧子壯則出贅[5]。借父耰鉏,慮有德色;母取箕箒,立而誶語[6]。抱哺其子,與公併倨;婦姑不相説,則反唇而相稽[7]。其慈子耆利,不同禽獸者亡幾耳[8]。然并心而赴時,猶曰蹶六國,兼天下[9]。功成求得矣,終不知反廉愧之節,仁義之厚[10]。信并兼之法,遂進取之業,天下大敗[11];衆掩寡,智欺愚,勇威怯,壯陵衰,其亂至矣[12]。是以大賢起之,威震海內,德從天下[13]。曩之爲秦者,今轉而爲漢矣[14]。然其遺風餘俗,猶尚未改[15]。今世以侈靡相競,而上亡制度[16]。棄禮誼,捐廉恥[17],日甚,可謂月異而歲不同矣。逐利不耳,慮非顧行也[18],今其甚者殺父兄矣。盜者剟寢户之簾,搴兩廟之器[19],白晝大都之中剽吏而奪之金[20]。矯偽者出幾十萬石粟,賦六百餘萬錢,乘傳而行郡國[21],此其亡行義之尤至者也。而大臣特以簿書不報,期會之間,以爲大故[22]。至於俗流失,世壞敗[23],因恬而不知怪,慮不動於耳目,以爲是適然耳[24]。夫移風易俗,使天下回心而鄉道,類非俗吏之所能爲也[25]。俗吏之所務,在於刀筆筐篋,而不知大體[26]。陛下又不自憂,竊爲陛下惜之。

....

凡人之智,能見已然,不能見將然[27]。夫禮者禁於將然之前,而法者禁於已然之後[28],是故法之所用易見,而禮之所爲生難知也[29]。若夫慶賞以勸善,刑罰以懲惡[30],先王執此之政,堅如金石,行此之令,信如四時,據此之公,無私如天地耳[31],豈顧不用哉[32]?然而曰禮云禮云者[33],貴絶惡於未萌,而起教於微眇[34],使民日遷善遠罪而不自知也[35]。孔子曰:"聽訟,吾猶人也,必也使毋訟乎!"[36]爲人主計者,莫如先審取捨[37];取捨之極定於內,而安危之萌應於外

---

* 作者簡介:李會康,上海大學文學院博士後,發表《漢武帝朝樂語新造對多方人文的統攝》等論文。
基金項目:本文爲國家社會科學基金重大項目"中國古代文學制度研究"(17ZDA238)階段性成果。

矣[38]。安者非一日而安也,危者非一日而危也,皆以積漸然[39],不可不察也。人主之所積,在其取捨。以禮義治之者,積禮義;以刑罰治之者,積刑罰。刑罰積而民怨背,禮義積而民和親[40]。故世主欲民之善同,而所以使民善者或異[41]。或道之以德教,或敺之以法令[42]。道之以德教者,德教洽而民氣樂;敺之以法令者,法令極而民風哀[43]。哀樂之感,禍福之應也[44]。秦王之欲尊宗廟而安子孫[45],與湯、武同,然而湯、武廣大其德行[46],六七百歲而弗失;秦王治天下,十餘歲則大敗。此亡它故矣,湯、武之定取捨審而秦王之定取捨不審矣[47]。夫天下,大器也[48]。今人之置器,置諸安處則安,置諸危處則危。天下之情與器亡以異,在天子之所置之[49]。湯、武置天下於仁義禮樂,而德澤洽[50],禽獸草木廣裕,德被蠻貊四夷,累子孫數十世[51],此天下所共聞也。秦王置天下於法令刑罰,德澤亡一有,而怨毒盈於世[52],下憎惡之如仇讎,禍幾及身,子孫誅絕[53],此天下之所共見也[54]。是非其明效大驗邪[55]！人之言曰："聽言之道,必以其事觀之,則言者莫敢妄言。"[56]今或言禮誼之不如法令,教化之不如刑罰,人主胡不引殷、周、秦事以觀之也[57]？

人主之尊譬如堂,群臣如陛,衆庶如地[58]。故陛九級上,廉遠地,則堂高;陛亡級,廉近地,則堂卑[59]。高者難攀,卑者易陵,理勢然也[60]。故古者聖王制爲等列[61],内有公卿、大夫、士,外有公、侯、伯、子、男[62],然後有官師小吏,延及庶人[63],等級分明,而天子加焉,故其尊不可及也[64]。里諺曰："欲投鼠而忌器。"此善諭也[65]。鼠近於器,尚憚不投,恐傷其器,況於貴臣之近主乎[66]！廉恥節禮以治君子,故有賜死而亡戮辱[67]。是以黥、劓之罪不及大夫,以其離主上不遠也[68]。禮不敢齒君之路馬,蹴其芻者有罰[69];見君之几杖則起,遭君之乘車則下,入正門則趨[70];君之寵臣雖或有過,刑戮之罪不加其身者,尊君之故也[71]。此所以爲主上豫遠不敬也,所以體貌大臣而厲其節也[72]。今自王侯三公之貴,皆天子之所改容而禮之也,古天子之所謂伯父、伯舅也[73],而令與衆庶同黥、劓、髡、刖、笞、傌、棄市之法,然則堂不亡陛乎[74]？被戮辱者不泰迫乎[75]？廉恥不行,大臣無乃握重權,大官而有徒隸亡恥之心乎[76]？夫望夷之事,二世見當以重法者,投鼠而不忌器之習也[77]。（以中華書局1962年版《漢書》卷四十八《賈誼列傳》爲底本,校以上海古籍出版社2012年版《歷代名臣奏議》卷二十四《治道》、鳳凰出版社2018年版《金聖嘆全集·天下才子必讀書》卷之五《西漢文·治安策》、中華書局2014年版《古文觀止》卷之六《漢文·賈誼治安策》、上海古籍出版社2009年版《全上古三代秦漢三國六朝文·全漢文》卷十六《上疏陳政事》、中華

書局 2000 年版《新書校註》卷第二《階級》)

解題:

這篇疏奏以陳理政制爲標的,反映了漢初儒生開新制度的文學實踐,體現了文帝朝治道轉向的需求。在治世理念上,賈誼論奏之治道已開始擺脱秦制影響。晚周自秦穆公起"一國之政猶一身之治"(《史記·秦本紀》)這一"因利乘便"的强國之道被摒棄,而"亡制度,棄禮誼,捐廉耻"的危害進入了論題。賈誼在奏中指出"古者聖王制爲等列"的重要性,彰宣了儒生對漢室治國方略的引導。在行文特徵上,這篇疏奏呼應了帝室需求,引領了疏奏體例。論奏中由本及末疏陳了各類政事問題,顯示出上下流佈、條理清通的特徵。這直接影響到隨後的朝臣論奏,鼂錯、董仲舒等人上書、對策均有此貌,從而引發了"西漢鴻文"的氣象。在現世作用方面,該疏所陳事理直接影響到文帝朝的政風:"上深納其言,養臣下有節。是後大臣有罪,皆自殺,不受刑。至武帝時,稍復入獄,自寧成始"(《漢書·賈誼傳》)。

"疏"在戰國時期始見成字,在漢初被用於描摹心思、表達文章。《莊子·知北遊》中有"疏瀹而心"之言,是"疏"作爲"疏通情思"之義的典型;南朝梁時劉勰仍直用"疏瀹五臟"(《文心雕龍·神思》)以論文。許慎解之曰"通也",段玉裁註作:"疏之引申爲疏闊、分疏、疏記。"在漢初論理時,"疏"作爲動詞,常用來描述疏通九州江河,如:"昔禹疏九江,決四瀆"(《史記·封禪書》),見其在論理中通達體系之常效。章必功指出,"疏這個字本是佈達會通的意思,因此,它後來又被用作注家體例之一"(《文體史話·疏》,第 202 頁,同濟大學出版社 2006 年版)。賈誼在論中自言"若其它背理而傷道者,難遍以疏舉",同樣指明了"疏"作爲説理文體的該遍性,奏中對國家治安問題的"疏舉"亦堪稱完備。針對絳侯被誣告謀反的事件,篇中不僅指明上下失信、境内不治的現象,并以之爲内憂,與匈奴之外患並作"可爲流涕者二";同時因之向上追溯,指出了國家上下倒置這一"可爲痛哭者一"的問題根基;在此基礎上,對"可爲流涕"的現象進行了"可爲長太息者六"的分析。賈誼此篇論奏不僅成爲"疏"的開端和範本,還直接影響到後來的策論。

此時的賈誼由長安遷任長沙傅一年,尚葆有對王朝事務的熱忱,處於離朝堂而傅帝室的狀態。作爲第一位在漢王朝出生和成長的大儒,賈誼的學術見地迅速在中央得到同僚認可,"諸生由是以爲能"(《漢書·賈誼傳》);在隨後參與政治時也被證實可行:"諸法令所更定,及列侯就國,其説皆誼發之。"(《漢書·賈誼傳》)成爲漢文帝探索新制的重要依賴。在遭到舊臣抵制而遠傅長沙之後,賈誼并沒有停止關注帝國政事。政治疏遠的磨礪,使其思想更加豐滿,奏論也更爲深刻。他不再激進地修整具體禮制,而更爲深入地關注到了保證王朝安穩、長久的制度理念。後三年,漢文帝再次召賈誼返朝,不僅在召見中發出了"吾久不見賈生,自以爲過之,今不及也"(《漢書·賈誼傳》)的贊歎,還在其任梁王傅之後"數問以得失"(《漢書·賈誼傳》)。

從學術發展進程看,該疏既概括了君臣失體而致亂之時況,又深及刑禮接替以爲法之階段,展現了漢初儒生與黃老并行的文學背景。在漢初政制"爲天地一大變局"(趙翼《廿二史札記》第 21 頁,中國書店 1984 年版)的背景下,學術傳承并未因此隔絕。一方面,"私學而相與非法教……禁之便"在秦亡之後迅速復興。以齊魯爲先,各地私學紛紛公開,賈誼因此"年十八,以能誦詩書屬文稱於郡中。"另一方面,秦"以吏爲師"的官學傳統得到保留,並集於賈誼一身。招致少年賈誼的吳廷尉,曾"與李斯同邑,而嘗學事焉"(《漢書·賈誼傳》),對賈誼有所浸染。賈誼入朝後接觸到了秦柱下史張蒼,系統修習了《春秋》左氏之學,陸德明在《經典釋文》中考得:"左丘明作《傳》以授曾申……卿傳同郡荀卿名况。况傳武威張蒼,蒼傳洛陽賈誼。"(陸德明《經典釋文》第 52 頁,上海古籍出版社 2013 年版)在朝爲博士期間,賈誼接觸到楚地黃老之學并十分推重。同楚星占士司馬季主交流時,賈誼深深折服於其學,"戄然而悟,獵纓正襟危坐,曰:'吾望先生之狀,聽先生之辭,小子竊觀於世,未嘗見也。'"(《史記·日者列傳》)作爲新朝出生和培養的第一位大儒,賈誼系統接觸了儒家及黃老之學,是以在討論政制時能夠上下流佈、內外融通。在長沙爲傅的時期,其學術不斷精進而有此疏奏,在外朝而保持了對漢室的影響,漢室新儒自賈誼始穩步介入了現世政制。

校注:

[1]賈誼(前 200—前 168),河南洛陽人,少有文才,受到河南郡吳廷尉延攬並舉薦入朝。在朝爲博士期間,受古文經於張蒼,並吸納了楚地黃老之學。在隨後任太中大夫期間,他多次參與中央及郡國法令制定,因受朝臣排擠而出遷爲長沙王太傅;這次疏奏即在此時最終完成。隨後他又被漢文帝召回長安,再遷梁王太傅。任中梁王不幸墜馬身亡,賈誼因此抑鬱而殁,終年三十二歲。

[2]商君:指商鞅,秦孝公在位期間主領秦國推行新政,推動了戰國末期秦國的變法進程。遺,與下句"棄"近義相應,這裏強調商鞅忽略人之常情;禮義,同

下"仁恩"同理相應,指儒家更爲關注的人文要素。商鞅苛行法令,而遺棄了對仁義禮教的關注。

[3] 并心於進取:指遺棄了"禮義"和"仁恩"之心,而將二者并作一處,只圖變革"進取"。并心,集中心力;進取,出自《論語·子路》"狂者進取,狷者有所不爲也"。本指積極上進,力圖有所作爲。此處偏指進取利益,強調商鞅面對天下紛亂,一意求取秦國的壯大。

[4] 秦俗日敗:形容秦地風俗衰敗之迅速。日,這裏用作定語,一天天地。

[5] 出分:指富家子攜資財另立門户;出贅:指貧寒子弟捨棄本族男丁之職,成爲妻家一員。分,本指對財貨的分割,這裏形容對家庭產業的消解;贅,本指以物質錢,這裏形容以身爲質,代替聘資。這兩種行爲都疏離了原來的家庭,是對人倫的消解。此處將兩事並列,是強調秦時禮義敗毁引發的人倫渙散。

[6] 耰:碎土用的耙,此處與鋤並用,指農田耕作用具;箕箒:指家中用於清掃的工具。舊時男性主要負責田地耕作,女性則相應負責居家清潔,因此分而論之。借父,與"母取"互文,指不同輩之間的交流。德色,指儀態和臉色;誶語,指刻薄尖鋭的言辭。指不同輩親人日常用具借取不順,常遭到彼此刁難的臉色和譏諷的言辭。

[7] 公:丈夫的父親;併倨:併踞,一起箕踞而坐,無視輩分;説:同"悦";婦姑:婆媳;稽:計較,指摘。指女性生産男嬰之後,對丈夫的父母傲慢無禮。

[8] 慈:本指長輩對晚輩的愛護,此處借這一行爲描述一種現象,同下句"耆"近義互文;耆:通"嗜",貪圖的意思;亡:無。指秦人在"民欲利者,非耕不得;避禍者,非戰不免"(《商君書·慎法》)鼓勵生育和耕戰的政策之下,形成了貪圖勞力和財貨的民風。

[9] 赴時:出自《列子·力命》:"農赴時,商趣利,工追術,仕逐勢,勢使然也",此處指秦人追逐成就,期在七國紛爭之際抓住一統天下的時會。麗:顏師古註"謂拔而取之",指生硬地攫取;兼:指吞滅兼併。

[10] 終不知反廉愧之節,仁義之厚:指一統之後秦國不知道返回到推行禮義廉恥的道路上。反,返歸,回還。節,形容廉潔、愧悔所代表的情感節制;厚,形容仁愛、義理所代表的人文積累。

[11] 天下大敗:普天之下的民風大大衰敗。

[12] 掩:掩没,覆蓋;欺:欺詐;威:恐嚇;陵:凌駕,霸蠻。

[13] 大賢:此處指漢高帝劉邦;德從天下:德行使天下服從。

［14］曩：過去的，之前的。

［15］遺風餘俗：指秦時形成的薄仁義、圖進取的風俗。

［16］侈靡：奢侈浪費；亡：同"無"，缺乏，沒有；制度：始見於《易·節卦》："天地節，而四時成。節以制度，不傷財，不害民。"指生產法度和社會準則，荀子將這一概念引入對儒家禮義的論述中："法先王，統禮義，一制度……是大儒者也"（《荀子·儒效》），偏指禮義制度。陸賈《新語·無爲》以"秦始皇驕奢靡麗……以亂制度"，在漢代最早將"制度"引出以論理，而賈誼則率先將"制度"引向了論說現世事務的範疇。

［17］誼：即宜，指合乎適宜之事；捐：與"棄"同義互文，指抛棄。

［18］逐利不耳，慮非顧行：行事根本顧不上思慮是否恰當，只看是否有利可圖而已。不，否；耳，而已。

［19］簾：用竹片、布帛編製的遮擋門窗的用具；剟：割取；寢户：與"兩廟"對文，指陵墓上的建制，有廂房者稱廟，無廂房者稱寢；兩廟：特指漢高帝、漢惠帝廟。

［20］白晝大都之中剽吏而奪之金：光天化日之下、人來人往之間剽奪吏員錢財。與前兩句相對，指盜賊猖獗，以至於王朝祖廟和當世都會之中都不能倖免。剽，劫。此句與上句相應，指偷竊劫掠事件由荒冢到鬧市無處不在，形容世風日下、盜賊猖獗。

［21］矯僞者出幾十萬石粟，賦六百餘萬錢，乘傳而行郡國：矯檄僞造之徒有從朝廷倉庫出粟十幾萬石的，有從民間詐斂財貨六百餘萬錢的，更有冒乘驛站公車在郡國之間遊走的。矯僞，這裏特指僞造朝廷命令；傳，驛站專用的車輛。

［22］而大臣特以簿書不報，期會之間，以爲大故：大臣們却專注於公文是否按時上報、議事是否按時到場，以這些瑣事爲當務之急。簿書，特指公文。王充《論衡·謝短》中有"文吏曉簿書，自謂文無害，以戲儒生"句，同指官方文書。大故，這裏指重要事務。

［23］俗流失，世壞敗：世俗禮義流失，風氣敗壞。

［24］因恬而不知怪，慮不動於耳目，以爲是適然耳：在舒適的生活環境中失去了覺察能力，對各類怪異熟視無睹，以爲湊巧而已。恬，舒適，這裏指舒適的生活環境；耳目，這裏指見聞。適然，湊巧如此。《韓非子·顯學》有言："故有術之君，不隨適然之善，而行必然之道"，義大略與此同。

［25］夫移風易俗，使天下回心而鄉道，類非俗吏之所能爲也：改變風俗，使

民衆回轉心思，不再逐利而朝向孔孟之道，本來就不像是世俗小吏所能做到的事情。鄉，同"向"；類非，不像是。《呂氏春秋·察傳》"辭多類非而是，類是而非"，陸游《梅花絕句》有"盛衰各有時，類非人力能"，皆同此義。

[26] 務，致力於；刀筆，修正文字；筐篋，分裝和搬運奏摺的容器；大體，指文字所承載的學術體系。

[27] 已然，已經如此的；將然，即將如此的。

[28] 夫禮者禁於將然之前，而法者禁於已然之後：禮數設禁律著眼於邪念發生之前的引導，而法令設禁律則著眼於惡果產生之後的懲罰。

[29] 是故法之所用易見，而禮之所爲生難知也：刑律被施用在已經發生的事件上，因此其效果十分容易體現；而禮數的設禁本就是爲了防患於未然，故而很難被感受到。

[30] 若夫慶賞以勸善，刑罰以懲惡：至於賞賜以鼓勵善行，依照刑罰以懲治惡行。這裏是對法家觀點的提煉，是指賞罰分明、以法治民的方式。《韓非子·二柄》中有對賞、罰二事更爲詳細的論述："明主之所導制其臣者，二柄而已矣。二柄者，刑、德也。何謂刑、德？曰：殺戮之謂刑，慶賞之謂德。"賈誼在此處明確將施政中的賞罰同儒禮中的善惡聯結了起來。

[31] 先王執此之政，堅如金石，行此之令，信如四時，據此之公，無私如天地耳：從前的君王運用這種政令方針，像金石流傳萬世一樣堅固不壞，像四季次序更替一樣準確守信，像天地生殺萬物一樣公正無私。執此之政，指運用、推行法家的賞罰之術；金石，是當時公認最爲堅實恒久的象徵，常用來喻指事物的堅定。陸賈《新書·至德》有"而欲建金石之功，終傳不絕之世"句，其用同此。賈誼論中藉此對賞罰之政進行推舉，是爲了引出禮教。

[32] 豈顧不用哉：何必不襲用呢？豈顧：何必。

[33] 禮云禮云：出自《論語·陽貨》，"禮云禮云，玉帛云乎哉？樂云樂云，鐘鼓云乎哉？"孔子意指"禮""樂"不止於玉帛、鐘鼓等禮器。此處指包含了禮法、禮器的禮教整體。

[34] 貴絕惡於未萌，而起教於微眇：禮教貴在由微小不易察覺之處起步，從而將惡行杜絕在未生發之時。未萌，指事物發生以前。這裏同法家的觀點相應，《韓非子·心度》有論"治民者禁奸於未萌"，是對不良行爲的扼制；賈誼論中則言"絕惡"，是對罪惡的根本祛除。微眇，細微而渺遠，形容不易察覺。

[35] 使民日遷善遠罪而不自知也：使民心在沒有自我覺察的情況下日益

遠離罪惡而向善遷移。語出《孟子·盡心上》："殺之而不怨,利之而不庸,民日遷善而不知爲之者。"賈誼論中加入"遠罪",是對法家"禁奸"思想的關注和回應。

[36] "聽訟,吾猶人也,必也使毋訟乎":出自《論語·顔淵》:聽訴訟斷是非,我和別人差不多。(如果一定要顯出不同),可能我更在於消除訴訟吧。

[37] 爲人主計者,莫如先審取捨:替君主謀劃的先決問題,沒有比審定取捨更重要的。取捨,這裏指對刑法和禮教的取捨。

[38] 取捨之極定於内,而安危之萌應於外矣:對行事終極目標的取捨在人的内心得到確定,其行爲的安危自然就展現了出來。極,盡頭,極限,這裏指行爲意圖的最終指向;定,決定,指認定内心念頭的方向;應,呼應,指外在行爲萌生同内心相應。

[39] 皆以積漸然:都是緩慢的過程不斷累積才形成這樣。積漸,同樣是法家提出的觀點,《管子·明法解》有"奸臣之敗主也,積漸積微使王迷惑而不自知也","積漸"特用來表述奸臣的惡劣行徑,賈誼的論述中則將這一概念擴展至更爲廣泛的領域,用以描述安、危逐漸積累的過程。

[40] 和親:民衆和睦而親近朝廷。這裏和上句的"怨背"相對,指禮義在積攢中形成了人民和睦相處、親近朝廷的風氣。

[41] 故世主欲民之善同,而所以使民善者或異:世上的君主同樣都想要民衆和善,但使民衆和善的方法却是有差異的。

[42] 或道之以德教,或歐之以法令:要麽以道德教化來引導他們(指民衆),要麽以法律令規來敲打他們。道,同導。歐,"毆"的俗寫,《孟子·離婁上》言"爲淵歐魚者,獺也;爲叢歐爵者,鸇也;爲湯武歐民者,桀與紂也"。今本"歐"字多有解作"驅"者,段玉裁《説文解字注·歐》詳述其誤,兹不贅言。

[43] 道之以德教者,德教洽而民氣樂;歐之以法令者,法令極而民風哀:用道德教化來引導,其最終結果,是教化恰當、民衆和樂;用法律禁令來搥笞,其最終效應,則是禁令嚴苛、民風哀怨。

[44] 哀樂之感,禍福之應:哀怨和喜樂的民衆感受,同災禍和福瑞的事件相呼應。感,與"應"相對,互文説明情况。"感應",出自《易·咸》:"二氣感應以相與",是漢代興起的重要人文概念,此處分而言之,形成了互文。

[45] 秦王之欲尊宗廟而安子孫,與湯、武同:秦始皇想要使得祖宗廟堂尊貴、子孫安定,像商湯王、周武王一樣。秦王,指秦始皇;湯、武,指商湯和周武王,二者分别爲商代和周代的帝業奠定了堅實的根基。

［46］廣大其德行：指推行教化，使其道德能够被民衆接受和認可，形成廣遠宏大的感應。

［47］此亡它故矣，湯、武之定取捨審而秦王之定取捨不審矣：這沒有別的原因，湯、武審慎地對治國之方進行了取捨，而秦始皇則過於草率了。亡，同"無"。

［48］夫天下，大器也：天下，是貴重的器物。大器，是晚周重要的人文概念。《左傳·文公十二年》中有以鐘、鼎等禮器代稱大器之論："鎮撫其社稷，重之以大器"。《管子·小匡》中以重要人才代指大器："管仲者，天下之賢人也，大器也。"將天下直比作大器，最早出現在《莊子·讓王》中："故天下，大器也，而不以易生"，本指天下雖重，但不足以讓人因之輕視生命。賈誼借此概念以論對天下的平穩安置，是對道家所見概念的關注和回應。

［49］天下之情與器亡以異，在於天子之所置之：天下的情況和器物沒有什麼區別，其安危與否，在於天子如何安置。情，這裏指情勢、情態。賈誼以民心爲天下的重心而進行討論，天下因而呈現出可被安置的可能性。

［50］湯、武置天下於仁義禮樂，而德澤洽：商湯、周武將天下放置在仁義禮樂的文化氛圍中，恩澤周遍廣佈。德澤，最早見於《韓非子·解老》："有道之君，外無怨讎於鄰敵，而內有德澤於人民。"賈誼對此概念直接挪用，並加入"洽"來充盈"澤"，描述了商湯、周武施行仁義的結果。

［51］禽獸草木廣裕，德被蠻貊四夷，累子孫數十世：各類動、植物分佈廣遠、種類豐富，仁德遍佈四方尚未開化的地域，子孫延續了幾十代。蠻貊，出自《尚書·武成》："華夏蠻貊，罔不率俾"，指同華夏相對的四方蠻夷。

［52］秦王置天下於法令刑罰，德澤亡一有，而怨毒盈於世：秦始皇將天下放置在法令刑罰之中，德行恩澤一無所有，因而埋怨和讎恨充滿人世。

［53］下憎惡之如仇讎，禍幾及身，子孫誅絕：臣下民衆憎惡他像讎人一般，災禍幾乎引至自身，子孫被誅滅殺絕。

［54］此天下之所共見也：這是天下共同見證的。本句與前"此天下所共聞也"相應，在對比中突出呈現了秦王暴虐導致的民生凋敝。賈誼從張蒼學《春秋左氏傳》，此處的論述與《春秋》公羊家相對，其"所共見""所共聞"與公羊學"所見""所聞""所傳聞"之理論明顯不同。

［55］是非其明效大驗邪：這難道不是確切明白的效驗嗎？是，這。非其，不是那。明效大驗，猶效驗明大，指湯、武和秦王之間的對比判然有別。

［56］聽言之道，必以其事觀之，則言者莫敢妄言：聽取見解的途徑，一定要

取自對應的事件,這樣進言者就沒有敢虛妄空談的。這同樣是對法家觀點的呼應,《韓非子·揚權》謂"凡聽之道,以其所出,反以爲之入。故審名以定位,明分以辯類。聽言之道,溶若甚醉",論聽取進諫,需要以其出言反過來進入考核其行爲的標準中。賈誼論取此義而以"人之言"冠之。

[57] 今或言禮誼之不如法令,教化之不如刑罰,人主胡不引殷、周、秦事以觀之也:現在有人說禮數適宜不如律法政令,德教風化不如刑禁處罰,君王爲什麽不引取殷、周、秦的舊事來觀照體察呢。

[58] 人主之尊譬如堂,群臣如陛,衆庶如地:君主的尊位就像廟堂的建築主體,群臣就像建築四周的臺階,民衆就像大地。堂,在建築稱謂中,漢以前正屋稱爲堂,漢代堂改稱殿,唐代以後皇家正屋稱殿,民間稱堂;在建築形制中,正屋前半部分的半開放空間稱"堂",與後半部分密閉的"室"相對。

[59] 故陛九級上,廉遠地,則堂高;陛亡級,廉近地,則堂卑:因此臺階有九級,房屋間壁離地面遠,廳堂就高;臺階沒有分級,屋廉離地面近,堂屋就矮。廉,指正屋內半封閉"堂"部分的側牆,因堂不是六面密閉的空間,其側牆高度基本體現了正屋建築的高度,因此被用來比喻堂的高度。

[60] 高者難攀,卑者易陵,理勢然也:高的地方難以攀登到達,低的地方則容易被凌駕其上,這是自然理路造成的情勢。

[61] 故古者聖王制爲等列:所以古時候的聖王以制度設爲不同等級品列。制,設制度;等列,等級品位。

[62] 內有公卿、大夫、士,外有公、侯、伯、子、男:在朝廷內部,有公卿、大夫和士;在朝廷以外看,有公、侯、伯、子、男的等級。

[63] 然後有官師小吏,延及庶人:此後有掌管基層文武的吏員,由此延伸到普通民衆。官師,指掌管樂章、文辭的收錄和演奏的刀筆文員。《尚書·胤征》有載"每歲孟春,遒人以木鐸徇于路,官師相規,工執藝事以諫",所描述的是採集歌詩時各類文吏共同參與的情況。《國語·吳語》中載"乃令服兵擐甲,係馬舌,出火竈,陳士卒百人,以爲徹行百行。行頭皆官師,擁鐸拱稽。"所描述的是戰時行伍中文吏操鐸樂以鼓動士氣的場景。知"官師"多指參與人文工作相關的吏員,此處加"小吏",是泛指基層的各類吏員。

[64] 而天子加焉,故其尊不可及也:天子加之於這一層次分明的系統之上,所以他的地位尊貴無上、高不可及。

[65] 里諺曰:"欲投鼠而忌器。"此善諭也:俗話說,想要砸老鼠而擔心它附

近的器物被損壞。這真是恰當的比喻。里諺,里閭之間流傳的俗諺。

[66] 鼠近於器,尚憚不投,恐傷其器,況於貴臣之近主乎:老鼠離器物近,尚且害怕傷到器物而不敢去砸它,何況尊貴的重臣離君主那麼近呢?

[67] 廉恥節禮以治君子,故有賜死而亡戮辱:廉潔、羞恥等對禮誼的節制是爲了治理君子,所以對君子的懲罰有賜其自盡而沒有屈辱地殺戮。

[68] 是以黥、劓之罪不及大夫,以其離主上不遠也:因此刺面、削鼻之罪不傷及大夫以上的官員,因爲他們與君主距離不遠。黥,在面部刺記號,并揉進墨色,又稱墨刑;劓,割掉鼻子的刑罰。

[69] 禮不敢齒君之路馬,蹴其芻者有罰:依照禮制,君主車駕上的馬要受到特別禮遇,臣民不能查看它的年齡,踢踩御馬的草料要受到懲罰。路馬,駕車的馬。查看君主座駕的馬可能進而引發對君主的好奇,踢踩御馬的草料可能引發對君主的不敬,這都是會對禮制和君主造成潛在傷害的事情,因而會遭到懲罰。

[70] 見君之几杖則起,遭君之乘車則下,入正門則趨:看到君主使用的物件就應該起身,乘車與君主的車輛相遇就應該下車,進入宮廷正門之後就應該小跑步走。几杖,本作爲長者的器物代指長輩,此處以之爲君王使用的器物,用來指代君主。

[71] 君之寵臣雖或有過,刑戮之罪不加其身者,尊君之故也:君主的寵臣即使有時犯了過錯,刑罰殺戮也不施加在他身上,是因爲對君主的尊崇。

[72] 此所以爲主上豫遠不敬也,所以體貌大臣而厲其節也:這是爲了預防同君主之間因爲距離遥遠而不尊敬,也是爲了加尊大臣的禮容和鼓勵其對禮節的推重和踐行。這裏兩"所以"與前論"禮不敢"和"君之寵臣"相應,是賈誼對君臣之間應當相互推尊和重視的方式進行總結。

[73] 今自王侯三公之貴,皆天子之所改容而禮之也,古天子之所謂伯父、伯舅也:如今從藩王、侯爵以至三公的尊貴,都是天子改換禮容而施加的尊重,他們所享受的都是古時天子所謂的伯父、伯舅的禮遇。

[74] 而令與衆庶同黥、劓、髡、刖、笞、傌、棄市之法,然則堂不亡陛乎:然而讓他們和民衆一樣接受刺面、削鼻、剃髮、斷足、抽打、罵詈、示衆等刑罰,豈非讓君主這一廟堂失去了臺階嗎?棄市,是指在衆人聚集之市執行死刑。《禮記·王制》有言"爵人於朝,與衆共之;刑人於市,與衆棄之"。

[75] 被戮辱者不泰迫乎:被殺戮受辱的人離君主不是太近了嗎?迫,近。

[76] 廉恥不行,大臣無乃握重權,大官而有徒隸亡恥之心乎:廉恥之心不推行,大臣手握重權又有什麼用呢?他們和服刑的囚犯有什麼區別,哪裏會有什麼羞恥之心呢?

[77] 夫望夷之事,二世見當以重法者,投鼠而不忌器之習也:那望夷宮的政變,秦二世遭難被害,正是投殺老鼠而不顧忌周遭器物的結果。望夷之事,指秦二世在望夷宮被害的事情。見,被;當以重法者,應接受重法處置的事情,指趙高、閻樂謀害秦二世。習,積習。賈誼認爲秦二世遭害是秦王不施仁恩之積習造成的結果。

闡義:

這篇奏疏並非一舉撰成,今見鴻篇巨製,是班固依據數次疏奏叢文整理所得。班言:"是時,匈奴强,侵邊。天下初定,制度疏闊。諸侯王僭儗,地過古制,淮南、濟北王皆爲逆誅。誼數上疏陳政事,多所欲匡建,其大略曰……"知賈數次上疏並逐漸被文帝採納。班所錄文展示出了疏奏脉絡,保留了開篇言"所以痛哭者一""所以流涕者二"及"所以長太息者六"的內容;同時減省了匈奴邊事,《漢書註》載顏師古言"誼上疏言可爲長太息者六,今此至三而止,蓋史家直取其要切者耳"。《漢書》所錄成文,依班述是"掇其切於世事者著於傳云",近六千字;今本文節取其三段一千余字,主要涉及"今亡制度""禮先於法""聖王制人"等論點,以窺賈疏之一斑。

作爲今存漢王朝第一次疏奏,本篇標誌着漢初治道理念的一次關鍵轉折。第一,論中明確指出文帝朝處境異於高帝朝,認爲繼秦敗之後,漢王朝進入了人文積累階段。"毋爲"養民已非時務,構建新朝制度才是當世所急。第二,賈誼由此看到治國之道應順從形勢,有所轉變。在"積漸"以成安危的時代,禮義較之刑罰,是更合理的施政策略。第三,基於新的形勢認知和治世理念,賈誼提出了更爲具體的理政方針。對王朝制度"病癉"之患,提出了"衆建諸侯而少其力"的法則。針對主上威信不能下達之問題,賈誼分別提出了皇室內外的制度措施。在帝室內重視太子的禮義教諭,以加强帝室同臣民的長久聯絡;在朝廷同樣重視滋養近臣的廉恥心,以保障禮義在臣民中的穩定狀態。

(一)今亡制度——地方臃腫迫上的根源

此番上疏並未着力於某一事件,而是整體梳理了當世人文,將所論述問題的根本放在了起始位置。在疏奏中,賈誼首先申明了行文框架,而其"所以痛哭者一""非徒病瘇也,又苦蹠戾"是一切問題生發的根本和關鍵。賈誼貼切地將漢王朝的人文形勢描述爲人之"倒懸",指出當世痼疾的根本並非足部的腫脹,而是導致臃腫的骨骼反戾。漢王朝最大的問題,並非表面上看起來的上下發展不均,以及由之産生的上失威信、下少敬重。這些現象的根由,是合理人文制度的缺失。

"商君遺禮義"段直陳前朝"上亡制度"的舊例,梳理了治世觀念轉變的歷史情境。一方面,秦面臨宗周禮崩樂壞、七國自立紛爭的局面,採取"一國之政猶一身之治"(《史記·秦本紀》)的理念,開啟了進取自強的變法。通過推行嚴峻法令,秦國迅速提高了生產力和戰鬥力,結束了諸侯紛爭的局面。賈誼在論中承認了秦"功成求得"的史實,并尊稱促成秦"歷六國,兼天下"的商鞅爲"商君"。另一方面,賈誼看到六國一併後"衆掩寡,智欺愚,勇威怯,壯陵衰"等問題的爆發,是秦"終不知反廉愧之節,仁義之厚"的文化策略所導致。借秦舊時一味尚耕戰造成的"慈子嗜利"之風,賈誼說明了漢初"逐利不耳,慮非顧行"這一風俗面貌的慣常性。與此同時,賈誼指出了當世形勢與前朝的不同,他列舉"殺父兄""盜陵寢""掠大都"等社會問題,強調了富人以天子之服料被牆、庶人婢妾以帝后領繡緣履等民間物資用度僭越皇室的現象。文帝朝之民生顯然不似舊時凋弊之狀,耕戰之道亦不再適用於當世。時見民間饑寒并非由於物產不足,而是"俗至大不敬"心態導致的不均所致,而"不敬"背後的"亡制度"是這一系列問題之根本。

(二) 禮先於法——當朝治道扭轉的關鍵

強秦短暫的嚴刑峻法時期,禮教附從刑法而寄生於學官;至漢初,禮教開始經由黃老之學逐漸轉向,在學理上成爲刑罰的生發之源。《説文解字》言"禮者,履也,所以事神致福者也",道出"禮"的根本,是循之以致福的精神路徑。而刑罰(法)所從出,則是由於對天道秩序的維護。如《尚書·皋陶謨》云"天秩有禮……天命有德……天討有罪",指明"禮""罰"所從出和指向,都是天命之德。儒、法兩家因各自的學理偏重,展示出對禮教和刑罰的不同態度。如荀子作爲儒家集大成者,在《勸學》中指出"禮者,法之大分,類之綱紀也";而其弟子韓非作爲法家集大成者,則在《二柄》中析出"殺戮""慶賞",將二者提升至治國根本的地位。於此同時,黃老之學同樣關注到這兩方面,在晚周改革浪潮中一直試圖平衡二者之關係。稷下的學術整合中出現了《管子》,書中既有《牧民》篇以"禮、義、廉、耻"爲"國之四維"而論國之安危;也有《明法》篇以"滅侵塞擁"爲"法之不立"的原因,進而論"國有四亡"。與之相應,楚地黃老之學的論述中同樣重視"刑""德"並行。《黃帝四書·觀》中論曰:"所以繼之也。不靡不黑,而正之以刑與德。"漢初陸賈

《新語·道基》已就"刑德"有所論:"齊桓公尚德以霸,秦二世尚刑而亡",闡釋了刑德積漸的不同結果。賈誼則開始以這一理念論當世事,在論中指出漢王朝文化已經進入了新時代:"取捨之極定於內,而安危之萌應於外矣……皆以積漸然。"以內定而外成的生發角度論"積漸",賈誼將禮義安置在了較之刑罰更爲深層的位置,成爲有別於制度措施的制度依據。

賈誼認爲導致"今亡制度"的原因,是君主未意識到禮義和刑罰的根本區別,因而沒能對二者恰當取捨。在賈誼看來,明了"積漸"是盛世人文發展路徑,則禮義和刑罰高下立判:"刑罰積而民怨背,禮義積而民和親。"賈誼之後,班固在《漢書·刑法志》中總結道:"《書》云'天秩有禮','天討有罪'。故聖人因天秩而制五禮,因天討而作五刑。"論中將禮和刑相對,並將禮作爲先於刑的制度措施進行安置,體現了漢代禮、刑異於前朝的學理形態。

(三)聖王制人——君主仁恩長久的保障

面臨人文形勢變更引發的治世理念轉變,賈誼進一步提到人文制度設施的重要性。依照親疏、內外,賈誼着眼帝室教諭和君臣關係,分別提出了具體建議:推行太子教諭,以保障帝室同漢王朝的人文同步;明晰君臣制度,以使王朝體系長久安穩。

在賈誼看來,帝室教諭應從太子幼齡期開始,以保障帝室德性同漢王朝的聯通。在回顧三代和秦的制度時,賈誼將王朝壽命同君主德行相聯。三代得以數十世相傳,而秦則二世暴斃,同君主是否受到良好教諭密切相關。因爲在他看來,"人性不甚相遠也",故而對太子的教諭,理應加以重視。在保障太子身體健康的基礎上,要自幼奠定其"德義"基礎,並逐步引導其接受"教訓",爲入官學做好準備;認知親疏之序、明了人倫等差、重視法令忠信、懂得辨別賢愚、能夠推重勳爵,以奠定其進入太學的品格;在太學中,官學的各類品質得到文學的規制,通過太傅懲罰逾制和匡補缺陷,太子的德行和心智得以進一步積累、成長,治世之道也在此過程中修成。

賈誼認爲,王朝的上下聯結應當制定層級,以顯示出賢能的尊貴,並保證王朝體系的穩固。"一國之政猶一身之治"是秦興的關鍵理念,在提高律令下達、耕戰發展速率的同時,也暴露了制度苛刻而致易崩潰的弊病。賈誼特別強調恰當處理君臣聯繫,並認爲這是保證王朝穩固的重要一環。治世是禮義積累的結果,而區分不同階層禮義,是保證國家體系穩固的重要因素。疏中反復申明重臣所居,不僅承擔着國家要務,是君主的臂膀;還聯結在君主和萬民之間,是君主的圍欄。從制度儀節上給予重臣禮遇，既葆養了其德性，進而維護了帝室的人文氛圍；同時，重臣德位在民衆間的擢升，使"服習積貫"便於推行，"大夫"禮義修養由此得以化作"庶人""俗吏"的成俗。

從文學地位看，此文是今存第一篇稱"疏"上奏的作品，它沾溉了西漢政論體式，引發了"西漢鴻文"的盛況；從諫奏效果看，這篇疏奏直接改變了文帝粗暴懲治絳侯的擧措，形成了"養臣下有節"的朝風；從政治影響看，奏中所論"衆建諸侯而少其力"的措施，實際解決了諸侯王問題；從文化導向看，《陳政事疏》的上奏，開啓了漢王朝扭轉治世理念的進程。漢家由此開始重視儒學，設立"傳""記"一經博士。

辨疑：

（一）是"策"還是"疏"

《陳政事疏》更爲世人所熟知的名稱是《治安策》，是因賈誼在論中自言"陛下何不壹令臣得孰數之於前，因陳治安之策，試詳擇焉"，後人因之以命名。賈誼在漢唐之間没有被重視。唐時，賈誼一直作爲命途多舛的意象被關注。南宋章甫《送張寺丞》詩中有"邦人勿深悲，宣室定前席。公必念爾民，還陳治安策"之句，明確談到了這篇奏章，並因入詩之便省稱作《治安策》。此後，明季李贄論文《賈誼》有言"故余因讀賈、鼂二子經世論策"（《焚書 續焚書校釋》第 328 頁，嶽麓書社 2011 年版），泛稱賈誼、鼂錯二人疏奏爲"論策"。清金聖歎《天下才子必讀書》中録此文作《治安策》，吳楚才《古文觀止》因襲此名，《治安策》由此成爲該篇一別名行世。

事實上，該篇並非稍後盛出的"策"體文——如董仲舒《天人三策》。章必功《文體史話》論曰："此名當屬後人據文中'因陳治安之策'的話加上去的（這裏的策是謀策、計策，與策問、對策的策意思不一樣）。《漢書·賈誼傳》只稱爲'上疏陳政事。'"（《文體史話》第 201 頁，同濟大學出版社 2006 年版）就奏論行爲而言，該篇上奏之時，皇帝並未下詔，其論並不構成"對策"。就其内涵而言，疏奏之作雖有較明確的主題，但並不針對某一具體事務。篇中論述立足於國制，着眼於一系列現象，對國家治安問題進行逐條疏擧，自成相對獨立的論述體系。這種疏奏體例直接影響到後來的策論，因而被誤作"策論"同類文章。

在賈誼之前，未有稱"疏"而見傳世的篇章；"疏"在漢代始行世且初爲皇室專用。《文心雕龍》論"疏"僅以爲文體別稱："秦始立奏……自漢以來，奏事或稱上疏"，但也指明疏在漢代乃初見的事實。《古文苑》載漢高祖《手敕太子》有言："每上疏，宜自書，勿使人也"（《全上古三代秦漢三國六朝文》第 131 頁，中華書局 1958 年版），明言太子奏事爲"上疏"。明人徐師曾則關注到"疏"體所從出，並據此申明了其文制特徵："疏者，佈也，漢時諸王官屬於其君，亦得稱疏。"（《文體明辯序說》第 124 頁，人民文學出版社 1962 年版）知"疏"體由皇室興起，經文學之士參與而逐漸成熟。賈誼的這篇疏奏，正是以長沙王傅屬帝室而有此稱。《漢書》錄皇室成員奏事並奏事及皇室成員而稱"疏"者共 11 篇；餘朝廷重臣奏事稱"疏"者共 13 篇。兩者數量相當，而內容、體量頗見不同，今存史載題名如下：

漢皇室成員上奏稱"疏"者有：成帝時許皇后《上疏言椒房用度》（《漢書·外戚·孝成許皇后傳》）、武帝時燕王旦《上疏請入宿衛》（《漢書·武五子傳》）、漢宣帝四子東平王《上疏求諸子及〈太史公書〉》（《漢書·宣元六王傳》）、宣帝婿薛宣《上疏言吏多苛政》（《漢書·薛宣傳》）等。奏論與帝室成員直接相關的事件而稱"疏"者有：漢初諸異姓王《上疏稱尊號》（《漢書·高帝紀》）、文帝時賈誼《上疏請封建子弟》《上疏諫淮南王諸子》（《漢書·賈誼傳》）、武帝時霍去病《上疏奏請立皇子爲諸侯王》（《史記·三王世家》）、宣帝時王吉《上疏諫昌邑王》（《漢書·王吉傳》）、成帝時王仁《上疏諫立趙皇后》（荀悅《漢紀》卷二十六）、哀帝時議郎耿育《上疏請寬趙氏》（《漢書·外戚·孝成趙皇后傳》）等。

近臣對重要事件的諫奏稱"疏"者有：文帝時賈誼《上疏陳政事》言漢初的根基隱患（《漢書·賈誼傳》），元帝時陳湯《上疏斬送郅支首》上奏西域外交事務的重大突破（《漢書·陳湯傳》），宣帝時王吉以諫議大夫奏《上宣帝疏言得失》言禮俗渙散亟待整頓（《漢書·王吉傳》），元帝時翼奉以諫大夫奏《因災異上疏》言預測天災之道（《漢書·翼奉傳》），哀帝時王嘉以丞相、新甫侯《上疏請養材》（《漢書·王嘉傳》）。

薦舉、彈劾、復位、追謚重臣的上奏稱"疏"者有：成帝時太中大夫谷永《上疏訟陳湯》（《漢書·陳湯傳》）、《上疏薦薛宣》（《漢書·薛宣傳》）、《請賜謚鄭寬中疏》（《漢書·儒林·張山拊傳》）、《上疏理梁王立》（《漢書·梁懷王揖附傳》），元帝時槐里令朱雲《上疏劾韋玄成》（《漢書·朱雲傳》），哀帝時宜陵侯息夫躬《上疏詆公卿大臣》（《漢書·息夫躬傳》），哀帝時唐林以尚書令《上哀帝疏請復師丹邑爵》（《漢書·師丹傳》）等。

（二）是長沙王傅還是梁王傅

班固錄文將該篇置於賈誼遷梁王傅後，但並未說明其寫作時間。按賈誼本傳中録此文前有論："是時，匈奴强，侵邊。天下初定，制度疏闊。諸侯王僭儗，地過古制，淮南、濟北王皆爲逆誅。誼數上疏陳政事，多所欲匡建。"《漢書·高五王傳》有載"二年……乃割齊二郡以王章、興居……歲餘，章薨，而匈奴大入邊，漢多發兵……興居以爲天子自擊胡，遂發兵反。上聞之，罷兵歸長安……虜濟北王。王自殺，國除。"查諸史册，文帝四年，冒頓單于遺漢文帝書請和親；文帝六年，冒頓死而子替，文帝仍遺書維繫和親事，漢與匈奴處於穩定友好狀態，此間"侵邊"之事未見於史。而賈誼遷梁王傅在文帝七年，知此疏作於文帝四年，在冒頓單于遺書請和親前。

從上奏動機看，《陳政事疏》的創作有明確的事件誘因和時代背景。史載"是時丞相絳侯周勃免就國，人有告勃謀反，逮繫長安獄治，卒亡事，復爵邑，故賈誼以此議上"(《漢書·賈誼傳》，中華書局 1962 年版，第 2260 頁)。《漢書·文帝紀》載"絳侯周勃有罪，逮詣廷尉詔獄"在四年，可確知此番疏奏最後一次上呈於文帝四年。

明太祖文學詔諭輯釋[1]

［明］朱元璋原撰　曹淵輯釋*

一

（洪武六年九月）庚戌[2]，詔禁四六文詞[3]。先是，上命翰林儒臣擇唐宋名儒表箋可爲法者，翰林諸臣以柳宗元《代柳公綽謝表》及韓愈《賀雨表》進。上命中書省臣録二表頒爲天下式，因諭群臣曰："唐虞三代[4]，典謨訓誥之辭質實不華[5]，誠可爲千萬世法。漢魏之間，猶爲近古。晉宋以降，文體日衰[6]，駢麗綺靡，而古法蕩然矣[7]。唐宋之時，名儒輩出，雖欲變之而卒未能盡變。近代制誥章表之類[8]，仍蹈舊習。朕常厭其雕琢，殊異古體[9]，且使事實爲浮文所蔽[10]。其自今，凡告諭臣下之辭，務從簡古[11]，以革弊習。爾中書宜播告中外臣民，凡表箋奏疏，毋用四六對偶，悉從典雅[12]。"（《明實録・太祖實録》卷八十五，上海書店出版社2015年據國立北平圖書館紅格鈔本微卷影印版，第1512—1513頁）

校注：

[1] 明太祖：即朱元璋（1328—1398），字國瑞，原名朱重八，濠州（今安徽鳳陽）人，明王朝的開創者。他在位期間，政治上强化中央集權，思想文化上以儒術爲本，重實用，並提倡簡樸文風。

[2] 洪武：朱元璋年號，從1368年起，至1398年止。

[3] 四六：指駢文。因其採用四六對偶的格式，故名。

[4] 唐虞三代：指堯、舜及夏、商、周時期。唐，即唐堯。虞，即虞舜。

---

* 作者簡介：曹淵，文學博士，浙江農林大學講師，發表《"晚唐異味"發生論——以杜牧、李商隱、溫庭筠爲中心》等論文。
基金項目：本文爲國家社會科學基金重大項目"中國古代文學制度研究"（17ZDA238）階段性成果。

[5] 典謨訓誥：皆《尚書》中的文體名，典有《堯典》《舜典》等，謨有《皋陶謨》，訓有《伊訓》，誥有《大誥》《康誥》等。質實不華：質樸實在而無文采。

[6] 文體：指文章的風格、體式等。

[7] 古法：即前文所謂"質實無華"的爲文之法。

[8] 制誥表章：皆應用文體名。制爲帝王專用文體。劉勰《文心雕龍·書記》："制者，裁也，上行於下，如匠之制器也。"誥爲《尚書》"六體之一"。早期的誥不限於君告臣，臣亦可告君，即君臣互告。表章，臣子上言帝王所用文體。

[9] 古體：古代文章的體式。

[10] 即文勝質之義。

[11] 簡古：簡要質實的古法。

[12] 典雅：莊重高雅，指"表箋奏疏"的風格。

二

（洪武十五年十月），刑部尚書開濟奏曰[1]：欽惟聖明[2]，治在復古，凡事務從簡要。今内外諸司議刑奏劄動輒千萬言，泛濫無紀，失其本情[3]。況至尊一日萬幾，似此繁瑣，何以悉究？此皆胥吏不諳大體[4]。苟非禁革，習以成弊。上曰：虛詞失實，浮文亂真，朕甚厭之。自今有以繁文出入人罪者，罪之。於是命刑科會諸司官定議成式[5]，榜示中外。（《明太祖實錄》卷一四九，第2354頁）

校注：

[1] 開濟：字來學，河南洛陽人。洪武初年，以明經舉，授河南府訓導等職。洪武十五年七月，因御史大夫安然舉薦，召試刑部尚書。後因罪被朱元璋誅殺。

[2] 欽惟：發語詞，表敬重。聖明：皇帝的代稱，指朱元璋。

[3] 泛濫無際，失其本情：指行文散漫導致文勝其質。本情：指文章所要表達的中心思想。

[4] 大體：國家政務的辦事原則。

[5] 成式：爲文的規範、體式。

三

（洪武十四年三月）辛丑，頒五經四書於北方學校[1]。上謂廷臣曰："道之不明，由教之不行也。夫五經，載聖人之道者也，譬之菽粟布帛[2]，家不可無。人非菽粟布帛，則無以爲衣食；非五經四書，則無由知道理。北方自喪亂以來，經籍殘缺，學者雖有美質，無所講明，何由知道？今以五經四書頒賜之，使其講習。夫君子而知學則道興，小人而知學則俗美，他日收效，亦必本於此也。"（《明實錄·太祖實錄》卷一三六，第 2154 頁）

校注：

［1］五經四書：四書爲《大學》《中庸》《論語》《孟子》；五經爲《詩》《書》《禮》《易》《春秋》。皆爲儒家經典。

［2］菽粟布帛：泛指百姓的衣食。菽，豆類的總稱；粟，糧食的總稱；布帛，絲、棉等織物的總稱。

四

（洪武十五年十一月）壬戌，上命禮部臣修治國子監舊藏書板[1]，諭之曰："古先聖賢立言以教後世，所存者書而已。朕每觀書，自覺有益，嘗以諭徐達[2]，達亦好學，親儒生，囊書自隨[3]，蓋讀書窮理於日用事務之間[4]，自然見得道理分明，所行不至差繆。書之所以有益於人也如此。今國子監舊藏書板多殘闕，其令諸儒考補，命工部督匠修治之，庶有資於學者。"（《明實錄·太祖實錄》卷一五〇，第 2360—2361 頁）

校注：

［1］書板：書版，即印書的底版。

［2］徐達（1332—1385）：字天德，濠州鍾離（今安徽鳳陽東北）人，明朝開國功勛。洪武十八年（1385）逝世，追封中山王。

［3］囊書：裝書於袋中。

［4］窮理：指窮究事物之理。日用：日常。

五

禁淫祠。制曰："朕思天地造化,能生萬物而不言[1],故命人君代理之。前代不察乎此,聽民人祀天地祈禱,無所不至[2]。普天之下,民庶繁多,一日之間,祈天者不知其幾,瀆禮僭分,莫大於斯[3]。古者天子祭天地,諸侯祭山川,大夫士庶各有所宜祭。其民間合祭之神,禮部其定議頒降[4],違者罪之。"於是中書省臣等奏:"凡民庶祭先祖,歲除祀竈[5];鄉村春秋祈土穀之神;凡有災患,禱於祖先。若鄉屬、邑屬、郡屬之祭,則里社、郡縣自舉之[6]。其僧道建齋設醮[7],不許章奏上表、投拜青詞[8],亦不許塑畫天神地祇[9]。及白蓮社、明尊教、白雲宗、巫覡、扶鸞、禱聖、書符、呪水諸術益加禁止[10]。庶幾左道不興[11],民無惑志。"詔從之。(《明實錄·太祖實錄》卷五三,第1037—1038頁)

校注:

[1] 造化:指生養化育萬物的大自然。《淮南子·覽冥訓》:"又況夫官天地,懷萬物,而友造化,含至和。"

[2] 聽:聽任。祀:祭祀。

[3] 瀆禮僭分:褻瀆禮教,僭越名分。

[4] 頒降:指頒佈相關規定。

[5] 歲除:一年的最後一天。祀竈:祭祀竈神。

[6] 里社:鄉里。

[7] 齋醮:指佛道進行宗教活動時的儀式。

[8] 青詞:道士上奏天庭的符箓,因是用朱筆寫在青藤紙上,故名。

[9] 塑畫:雕塑和繪畫。

[10] 白蓮社:即白蓮教,是唐宋以來流傳於民間的一種秘密宗教結社,起源於佛教净土宗,東晉釋慧遠在廬山東林寺與劉遺民等所結白蓮社爲其起點,後綿延不絶,至元明時期,信徒衆多,組織森嚴,成爲社會上一股較大的勢力。明尊教:亦叫明教,原名摩尼教,爲明代具有一定影響力的宗教勢力。白雲宗:佛教華嚴宗的一個支派,爲宋徽宗時期僧人孔清覺創建於杭州白雲庵,故名。元代時曾得到較大發展,至明代遭到禁止。巫覡:女巫爲巫,男巫爲覡。扶鸞:古代民間信仰的一種占卜方式,也叫扶乩、扶箕、降筆等。占卜時,通常由一人以神靈附

體的方式寫出一些文字，從而進行人神的溝通。書符：即畫符，古代一種巫術。唐·王建《贈溪翁》：“看日和仙藥，書符救病人。”呪水：古代一種巫術，通過對水行咒施法，以達到治病祛邪的目的。

［11］左道：邪道。《禮記·王制》：“執左道以亂政，殺。”鄭玄註：“左道，若巫蠱及俗禁。”孔穎達疏：“盧云左道爲邪道。地道尊右，右爲貴……故正道爲右，不正道爲左。”

六

（洪武二十四年六月）丁巳，命禮部清理釋道二教，勅曰：“佛本中國異教也，自漢明帝夜有金人入夢，其法始自西域而至[1]。當是時，民皆崇敬，其後有去鬚髮出家者，有以兒童出家者，其所修行，則去色相、絕嗜慾，潔身以爲善。道教始於老子，以至漢張道陵，能以異術役召鬼神[2]，禦灾捍患，其道益彰，故二教歷世久不磨滅者以此。今之學佛者曰禪、曰講、曰瑜珈[3]，學道者曰正一、曰全真[4]，皆不循本俗，汙教敗行，爲害甚大。自今天下僧道，凡各府州縣寺觀雖多，但存其寬大可容衆者一所，併而居之，毋雜處於外，與民相混，違者治以重罪。親故相隱者流，願還俗者聽。其佛經番譯已定者[5]，不許增減詞語。道士設齋，亦不許拜奏青詞。爲孝子慈孫演誦經典報祖父母者，各遵頒降科儀，毋妄立條章多索民財。及民有傚瑜珈教稱爲善友、假張真人名私造符籙者，皆治以重罪[6]。”（《明實錄·太祖實錄》卷二〇九，第3109—3110頁）

校注：

［1］漢明帝（28—75）：劉莊，字子麗，東漢王朝第二位皇帝。范曄《後漢書·西域傳》：“世傳明帝夢見金人，長大，頂有光明，以問群臣。或曰：‘西方有神，名曰佛，其形長丈六尺而黄金色。’”

［2］張道陵（34—156）：道教創始人，本名張陵，字輔漢，東漢豐縣（今江蘇徐州豐縣）人。因其創立的五斗米道又稱天師道，故又有“張天師”之稱。

［3］禪、講、瑜珈：皆佛教支流。

［4］正一、全真：道教的兩大派系。

［5］番譯：即翻譯。

［6］張真人：即張三豐（1247—?），名通，又名彭俊、全一、君寶等，陝西寶雞

人,一説遼東懿州(今遼寧省阜新市彰武縣西南)人,祖籍江西龍虎山,道教武當山祖師。

七

(洪武二年三月)戊申,上謂翰林侍讀學士詹同曰[1]:"古人爲文章,或以明道德,或以通當世之務,如典謨之言皆明白易知[2],無深怪險僻之語。至如諸葛孔明《出師表》,亦何嘗雕刻焉?文而誠意溢出,至今使人誦之,自然忠義感激。近世文士,不究道德之本,不達當世之務,立辭雖艱深,而意實淺近,即使過於相如、揚雄,何裨實用?自今翰林爲文,但取通道理、明世務者,無事浮藻。"(《明實錄·太祖實錄》卷四〇,第 810—811 頁)

校注:

[1] 詹同:字同文,初名書,婺源(今江西上饒市婺源縣)人,明初大臣,官至吏部尚書。

[2] 典謨:《尚書》中《堯典》《舜典》《大禹謨》《皋陶謨》等篇的合稱。

八

(洪武三年六月)癸酉,中書省以左副將軍李文忠所奏捷音榜諭天下[1]。上覽之,見其有侈大之詞[2],深責宰相曰:"卿等爲宰相,當法古昔,致君於聖賢,何乃習爲小吏浮薄之言,不知大體,妄加詆誚。況元雖夷狄,然君主中國且將百年,朕與卿等父母皆賴其生養;元之興亡,自是氣運,於朕何預?[3]而以此張之四方,有識之士口雖不言,其心未必以爲是也。可即改之。"(《明實錄·太祖實錄》卷五三,第 1040—1041 頁)

校注:

[1] 李文忠(1339—1384):字思本,小名保兒,江蘇盱眙人。明初著名將領,明太祖朱元璋外甥。

[2] 侈大:浮誇不實。

[3] 何預:何與,何干。

九

上閱翰林所譔武臣誥文[1],有"佐朕武功,遂寧天下"之語,即自改作"輔朕戎行,克奮忠勇"。[2]因詔詞臣諭之曰:"卿此言大過。堯舜猶病博施,大禹不自滿,假朕何敢自爲侈大之言乎!自今措詞務在平實,毋事誇張。"(《明實錄·太祖實錄》卷六三,第1208頁)

校注:

[1] 譔:同撰。

[2] 前言"佐朕武功,遂寧天下",突出的是朱元璋個人的武功,所以他覺得用語過於誇張,而改爲符合實際情況的"輔朕戎行,克奮忠勇"句,以此突出衆臣的"忠勇"。

十

(洪武七年九月)己卯,翰林院奏進《回鑾樂歌》。先是,上以祭祀還宮宜用樂舞前導,命翰林儒臣撰樂章,以致敬慎監戒之意,諭之曰:"古人詩歌辭曲,皆寓諷諫之意[1];後世樂章,惟聞頌美[2],無復古意。夫常聞諷諫,則使人惕然有警;若頌美之辭,使人聞之意怠而自恃之心生。蓋自恃者日驕[3],自警者日强,朕意如此,卿等其撰述毋有所避。"(《明實錄·太祖實錄》卷九三,第1623頁)

校注:

[1]《毛詩序》:"故詩有六義焉:一曰風,二曰賦,三曰比,四曰興,五曰雅,六曰頌。上以風化下,下以風刺上,主文而譎諫,言之者無罪,聞之者足以戒,故曰風。"

[2]《毛詩序》:"頌者,美盛德之形容,以其成功告於神明者也。"

[3]《老子·第二十四章》:"自見者不明,自是者不彰,自伐者無功,自矜者不長。"

十一 諭幼儒敕

洪武十二年春正月,朕於暇中,觀幼儒權官,人皆空度光陰,略不見志出於群者。且諸人年俱未滿三十,所讀之書,不解旨義,其於字也,少知運用,束手閑目,一日一日而已。

嗚呼,惜哉!孰不知光陰不待人之逸也。所以自幼漸壯,自壯漸老,自老漸衰,自衰至於歿,終無立行名身之道,而乃同於常民耳。可不嗟乎!

於是命內官給紙筆,令其各日進先儒古文一章,特以習熟,期將來之善作;或《四書》一章[1],使詣前而講,以觀利鈍,導通理道也[2]。

明日,人皆以文書來進。其文多韓柳[3],書皆孔孟[4]。朕聽觀之間,展轉難問,其幼儒多尋行數墨者有之[5],粗知大意者有之。細察尋行數墨者,豈不同於愚夫者也!其粗知大意、不究其精者,是同於無志也。何以見?蓋於《馬退山茅亭記》,見柳子之文無益也,而幼儒却乃將至。且智人於世,動以規模[6],則為世之用,非規模於人而遺之於世,亦何益哉!

其柳子厚之兄司牧邕州[7],構亭於馬退山之巔,朝夕妨務而逸樂。斯逸樂也,見之於柳子贊美也。其文既贊美於亭,此其所以無益也。夫土木之工興也,非勞人而弗成。既成而無益於民,是害民也。柳子之文,略不規諫其兄,使問民瘼之何如[8],却乃詠亭之美,乃曰:"因山之高為基,無雕椽斲棟、五彩圖梁,以青山為屏障。"斯雖無益,文尚有實。其於"白雲為藩籬",此果虛耶?實耶?縱使山之勢突然而倚天,酋然而插淵[9],橫亘其南北,落魄其東西,巖深谷迴,翠薆之色繽紛,朝鶯啼而暮猿嘯,水潺潺而洞白雲[10],嵐光雜藻,旭日飛霞,果真仙之幻化,衣紫雲之衣,着赤霞之裳,超出塵外,不過一身而已,又於民何有之哉?何利之哉?其於柳子之文,見馬退山之茅亭,是為無益也。其幼儒無知,空踰日月,甚謂不可。戒之哉!戒之哉!(《全明文》卷七,上海古籍出版社1992年12月第1版,第92—93頁)

校注:

[1] 四書:儒家經典《論語》《大學》《中庸》《孟子》的合稱。

[2] 導通:引導打通。理道:指文章的義理。

[3] 韓柳:指韓愈、柳宗元之文。

[4] 孔孟:指《論語》和《孟子》。

[5] 尋行數墨:喻不解文意。

[6] 規模:榜樣,模範。

[7] 邕州:今廣西南寧。

[8] 民瘼:人民的疾苦。《詩經·大雅·皇矣》:"監觀四方,求民之瘼。"

［9］ 酋然：遒然，急迫的樣子。

［10］ 洞白雲：指山高可供白雲出入。

十二　駁韓愈頌伯夷文[1]

古今作文者，文雄句壯字奧，且有音節者甚不寡，文全不誣妄理道者鮮矣[2]。吁，難哉！朕聞儒者多祖韓文，試取觀之。及至檢間，忽見頌伯夷之文，乃悉觀之，中有疵焉。疵者何？曰過天地、小日月是也。且伯夷之忠義，止可明並乎日月、久同乎天地，旌褒之尚，無過於此，何乃云"日月不足爲明""天地不足爲容"也？是何言哉！嘗聞上下四方曰宇，往古來今曰宙。二儀立極虛其中[3]，人物居焉曰宇，如殿庭是也；以天地初分爲垠，來今無已曰宙，如江流是也。大矣哉天地，明矣哉日月。韓曰過於天地日月，於文則句壯字奧，誦之則有音節，若能文者，莫出於韓。若言道理，伯夷過天地、小日月，吾不知其何物，此果誣耶？妄耶？韓文名世不朽，已千載矣，今爲我論，識者莫不以我爲強歟[4]？設若不以我爲強，則韓文乃至精之撰，猶有其疵，豈不鮮矣哉。（《全明文》卷十一，上海古籍出版社1992年版，第165頁）

校注：

［1］韓愈（768—824），字退之，河南河陽（今河南省孟州市）人，自稱"郡望昌黎"，故世稱"韓昌黎""昌黎先生"。中唐時期著名的文學家、思想家，古文運動的發起人，唐宋八大家之一。伯夷（生卒年不詳），商末孤竹國君亞微的長子。他因知道父親有意立三弟叔齊爲繼承人，在其父去世而叔齊欲讓位於他的情況下，選擇逃離而去。叔齊亦不肯爲君，也逃離了。後周武王伐紂成功，建立周朝，伯夷、叔齊二人以爲不合道義，於是恥食周粟，餓死在了首陽山。

［2］朱元璋所謂理道、道理，似指客觀事理。

［3］二儀：兩儀，即陰陽。《周易·繫辭上》："易有太極，是生兩儀。"

［4］強：強爲之説，強詞奪理。

十三　嚴光論[1]

夫人生天地之間，處心有邪正不同者，有沽名釣譽者[2]，有濟人利物者。此數等之人,但聞其情狀,不分高下所爲,餘何所知!

且邪、正、沽名、利物,此四士者,莫不止有二說,邪與沽名者類,正與利物者同,此所以止二說也。

夫邪,非獨姦惡萬狀而爲邪、諸事不誠而爲邪、可爲而不爲爲邪。邪之一說,何可數量!如昔漢之嚴光,當國家中興之初,民生凋敝,人才寡少,爲君者慮恐德薄才疏,致生民之受患,禮賢之心甚切,是致嚴光、周黨於朝[3]。何期至而大禮茫無所知,故縱之飄然而往,却乃棲巖濱水以爲自樂。吁!當時舉者果何人歟?以斯人聞上,及至,不仕而往,古今以爲奇哉!在朕則不然。

且名爵者,民之寶器、國之賞罰,亘古今而奔走天下豪傑者是也。《禮記》曰:"君命賜,則拜而受之。"其云古矣。聘士於朝,加以顯爵,拒而弗受,何其侮哉!朕觀此等之徒,受君恩,罔知所報,稟天地而生,頗鍾靈秀,故不濟人利物,愚者雖不知斯人之姦詭,其如鬼神何?且彼樂釣於水際,將以爲自能乎[4]?不然,非君恩之曠漠,何如是耶[5]?假使赤眉、王郎、劉盆子等輩,混殽未定之時,則光釣於何處?當時挈家草莽,求食顧命之不暇,安得優游樂釣歟?今之所以獲釣者,君恩也[6]。假使當時聘於朝,拒命而弗仕,去此而終無人用,天子才疏而德薄,民受其害,天下荒荒,若果如是,樂釣歟?優游歟?朕觀當時之罪人,罪人大者,莫過嚴光、周黨之徒,不正忘恩[7],終無補報,可不恨歟!

且耿弇、鄧禹之賢[8],生稟天地之正氣,孝於家而尊於師,忠於君而理於務。當漢中興之初,朝無禮法,民尚徬徨[9],其弇、禹者,助光武立綱陳紀,磐石國家[10],天地位而鬼神祀,民物阜焉。此正大之賢,豈不濟人利物也哉?所以名世於古今者爲此也。嗚呼!千載之邪正,莫不尤朕泛說乎!達者識之。(《全明文》卷十,第141—142頁)

校注:

[1] 嚴光(前39—41),東漢初期著名隱士,又名遵,字子陵,會稽餘姚(今浙江省餘姚市)人,與東漢創立者光武帝劉秀爲少年友。光武帝建國後欲任他爲官,被其拒絕。

[2]《明太祖文集》本無"有"字。

[3] 周黨,字伯況,太原郡廣武縣人,與嚴光一樣不受光武帝徵辟,同爲東漢初期著名隱士。

[4] 這句是說嚴光、周黨這些人之所以能夠優游垂釣,不是沒條件的,即有

賴於國家的建立、社會的穩定。

　　[5] 君恩之曠漠：即皇恩浩蕩。

　　[6]《明太祖文集》本作"今之所鈞者君恩也。"

　　[7] 不正：即邪。

　　[8] 耿弇(3—58)，字伯昭，扶風茂陵(今陝西省興平市)人，東漢開國將領。鄧禹(2—58)，字仲華，南陽新野(今河南省新野縣)人，東漢開國將領。

　　[9] 徬徨：即彷徨，無所依從。

　　[10]《荀子·富國》："爲名者否，爲利者否，爲忿者否，則國安於盤石，壽於旗翼。"楊倞注："磐石，盤薄大石也。"王先謙集解引盧文弨曰："盤石，即磐石。"

解題：

　　朱元璋是明王朝的開創者，他在位期間採取的一系列統治政策，特別是針對思想文化領域的一些具體做法與規定，對明朝前期文學思想觀念的形成產生了深刻的影響。

　　作爲一個封建王朝的最高統治者，他首先是要維護與鞏固自身的統治。在思想意識方面，他以爲我所用的態度推崇儒術，而兼取佛、道。其《三教論》云："於斯三教，除仲尼之道祖堯舜，率三王，删《詩》制典，萬世永賴；其佛仙之幽靈，暗助王綱，益世無窮，惟常是吉。嘗聞天下無二道，聖人無兩心。三教之立，雖持身榮儉之不同，其所濟給之理一。然於斯世之愚人，於斯三教，有不可缺者。"(《全明文》卷十，第146頁)在他看來，三教的教義儘管不同，但在有益於統治人心這點上是一致的，所以不可偏廢。此外，他對老子的思想有極高的評價，認爲"乃有國有家者日用常行，有不可闕者是也"，並爲《道德經》作註。其《序》云："朕雖菲材，惟知斯經乃萬物之至根、王者之上師、臣民之極寶，非金丹之術也。"可見，他把《道德經》視爲一種有效的統治之術。但這是針對大大小小的統治者而言的，對於愚民，則另是一種考慮，反映在他對佛教的態度上："假處山藪之愚民，未知國法，先知慮生死之罪，以至於善者多而惡者少，暗理王綱，於國有補無虧，誰能知識？"這是佛教有利於統治的地方。綜上來看，他完全是把三教當其統治的工具。但凡有不利於治道的思想言論，不管出自何教，他都會極力將之消除，典型的例證即爲在他的指使下劉三吾等人刪節《孟子》事件。其原因即在於孟子的某些言論有一定的民主傾向，不利於君權統治。如以下被刪孟文：

> 齊宣王問曰："湯放桀，武王伐紂，有諸？"孟子對曰："於傳有之。"曰："臣弑其君可乎？"曰："……聞誅一夫紂也，未聞弑君也。"（《孟子·梁惠王下》）
>
> 君之視臣如手足，則臣視君如腹心；君之視臣如犬馬，則臣視君如國人；君之視臣如土芥，則臣視君如寇讎。（《孟子·離婁下》）
>
> 無罪而殺士，則大夫可以去；無罪而戮民，則士可以徙。（《孟子·離婁下》）
>
> 民為貴，社稷次之，君為輕。（《孟子·盡心下》）

這些言論，或主張君若不道，則臣可以誅殺之；或主張君若不君，則臣亦可不臣，雙方關係對等；或主張民貴君輕。這些無疑都是不利於君主的絕對權威的，故為朱元璋所不能容忍。

此外，為了維護統治權威，他對繪畫和戲劇也作出若干規定。洪武三年八月，申禁官民器服不得用黃色，也不得用彩畫古先帝王后妃聖賢人物故事、日月、龍鳳、獅子、麒麟、犀象之形，舊有者，限百日內銷毀。（《明實錄·太祖實錄》卷五十五，第1079頁）洪武六年二月，又詔禮部對戲劇內容作申禁規定：

> 教坊司及天下樂人，毋得以古先聖帝明王忠臣義士為優戲，違者罪之。先是，胡元之俗，往往以先聖衣冠為伶人笑侮之飾，以侑燕樂，甚為瀆慢，故命禁之。

具體規定哪些古代人物不可表演，無非還是為了突顯當今君權的絕對不可冒犯。而在對文章的看法上，他同樣以是否有利於君權統治為目的。如他認為："近世文士，不究道德之本，不達當世之務，立辭雖艱深而意實淺近，即使過於相如、揚雄，何裨實用？"故此要求："自今翰林為文，但取通道理、明世務者，無事浮藻。"（《明實錄·太祖實錄》卷四十，第811頁）可見，他是完全從實用的目的看待文章的。而他所謂的"道德之本"，正是儒術中的三綱五常之類。

此外，朱元璋在對待文人方面，亦有其特別之處，這充分體現在他的《嚴光論》中。嚴光是東漢時期著名的隱士。可以說，隱士的存在顯示出中國封建社會對文人獨立性的一種寬容態度。如聘請嚴光而遭拒的當事人光武帝劉秀，就以保存嚴光的名節為重，不強求對方為自己服務。然而，朱元璋則另有一套說辭：

且彼樂釣於水際，將以爲自能乎？不然，非君恩之曠漠，何如是耶？假使赤眉、王郎、劉盆子等輩，混殽未定之時，則光釣於何處？當時挈家草莽，求食顧命之不暇，安得優游樂釣歟？今之所以獲釣者，君恩也。

他認爲嚴光之所以能夠隱居享清福，不是自己能耐大，而是受了天下被人平定的國恩的，所以理當出山效力；如不出山效力，即爲忘恩負義。這樣，他就以一種強制的方式剝奪了文人的最後一塊自由的天地，從而要求完全地服從君權。

綜上所述，朱元璋爲了新王朝的統治，尤其是爲了維護帝王的絕對權威，在思想文化方面利用三教加強統治，在用人方面奉行不爲我用即可恨的思路，對文章則持完全實用的態度。

闡義：

朱元璋在建國後採取了一系列措施鞏固新王朝，這在他的許多詔諭及文章中都有體現。這裏選錄的十三則，都與對思想文化領域的管控有關。從文治方面來看，是出於其維護統治的目的。朱元璋的文章觀以儒家經典爲範本，具體有以下兩點：一是在思想內容上以儒家思想爲根本，二是在形式上要求去除華飾，崇尚典雅。以下分而述之。

首先，爲文須"或以命道德，或以通當世之務"，這是朱元璋對文章的內容作出的具體規定，即寫文章要服從兩大宗旨：一是要闡發儒家的倫理思想，二是要切合時用。爲此，他以儒家典謨作爲文章的範本，並對近世之文表示不滿，提出質詢："近世文士，不究道德之本，不達當時之務，立辭雖艱深而意實淺近，即使過於相如、揚雄，何裨實用？"在他看來，沒有實用價值的文章，即便文采超過了司馬相如、揚雄，也一文不值。而他所謂的實用，是指要有用於治國理政。

其次，在文體風格上崇尚"典雅"，反對浮詞。洪武六年九月，朱元璋因對時文不滿，意欲改變文風，命人選擇唐宋名家章表作爲寫作的典範，得到柳宗元《代柳公綽謝表》和韓愈《賀雨表》兩篇。他遂以二表爲天下章表奏疏類文章的樣本，下旨作出規定：

漢魏之間猶爲近古。晉宋以降，文體日衰，駢儷綺靡，而古法蕩然矣。唐宋之時，名儒輩出，雖欲變之而卒未能盡變。近代制誥章表之類，仍蹈舊習。朕常厭其雕琢，殊異古體，且使事實爲浮文所蔽。其自今，凡告諭臣下之辭,務從簡古,以革弊習。爾中書宜播告中外臣民,凡表箋奏疏,毋用四六對偶,悉從典雅。

從這篇諭旨看,他對漢魏以來的文章發展持否定的態度,以爲是古法不斷喪失的過程。爲此,他要求"務從簡古,以革弊習",否棄駢文,復歸"典雅"。

再次,朱元璋對文章的規範還體現在他對科舉制度的設置上。洪武三年設置科舉,其詔云:

漢唐及宋取士,各有定制,然但貴文學而不求德藝之全。前元待士甚優,而權豪勢要每納奔競之人,夤緣阿附,輒竊仕祿,其懷材抱道者,恥與並進,甘隱山林而不出,風俗之弊,一至於此。自今年八月始,特設科舉,務取經明行修、博通古今、名實相稱者,朕將親策於廷,第其高下而任之以官,使中外文臣皆由科舉而進,非科舉者毋得與官。

他要求科舉選士不得"但貴文學而不求德藝之全",所謂"德藝之全",具體是指"經明行修、博通古今、名實相稱",也就是要以儒家思想爲指導,要有真才實學,而不能徒有其表,只會寫虛文。

此外,朱元璋對文章平實的追求、對虛文的厭惡是有其針對性的。他針對的是誇張的修辭手法。而其之所以反對誇張的手法,主要是出於一種深知創業不易、時刻如履薄冰的憂懼謹慎心理,如《太祖實錄》所載一則關於文章修改的細節頗能說明他的這一心理特點:

上閱翰林所譔武臣誥文,有"佐朕武功,遂寧天下"之語,即自改作"輔朕戎行,克奮忠勇"。因詔詞臣諭之曰:"卿此言大過。堯舜猶病博施,大禹不自滿,假朕何敢自爲侈大之言乎!自今措詞務在平實,毋事誇張。"

翰林使臣所寫武臣誥文,用了"佐朕武功,遂寧天下"這樣的話語,這本也可謂是說了實情,但他仍然覺得過於誇大其功,而改爲"輔朕戎行,克奮忠勇",以突出武臣忠勇的品格。這充分反映了他不居功自傲、始終保持警惕的危機意識。這種心理意識也深深影響到他對文章的態度,即求平實,不事誇張。他還曾專門寫過一篇《駁韓愈頌伯夷文》,對韓愈贊頌伯夷忠義的文字表示不滿。韓愈文稱伯夷的忠義是"昭乎日月不足爲明,崒乎泰山不足爲高,巍乎天地不足爲容也"。這本是文學中慣用的修辭手法,但他却覺得誇張得太過分了:"且伯夷之忠義,止可明並乎日月、久同乎天地,旌褒之尚,無過於此,何乃云'日月不足爲明''天地不足爲容'也。是何言哉!"把伯夷的忠義說成與日月並明、與天地同久,就已經了不得了,怎麽可能誇張到連天地日月都配不上呢? 在他的心目中,天地日月是無人能比的:"大矣哉天地,明矣哉日月……若言道理,伯夷過天地、小日月,吾不知其何物,此果誣耶?妄耶?"可見,他是比較"實事求是"的,不過却是在虛事上求實,所以難免遭人譏笑他不懂文學的藝術性。其實朱元璋本人也寫詩,他的詩作也不乏誇張的句子,如《廬山詩》狀廬山的雄偉,有"路遙西北三千界,勢壓東南百萬州"句,也是極盡誇張之能事的,説明他不是不懂誇張。而若從他守業的危機意識與警惕心理考察他的這種對文學手法的敏感態度,或許就不難理解了。他的這種心理意識還使他看重文學的諷諭功能。如《太祖實錄》載:

> 己卯,翰林院奏進《回鑾樂歌》。先是,上以祭祀還宮宜用樂舞前導,命翰林儒臣撰樂章,以致敬慎監戒之意,諭之曰:"古人詩歌辭曲,皆寓諷諫之意;後世樂章,惟聞頌美,無復古意。夫常聞諷諫,則使人惕然有警;若頌美之辭,使人聞之意怠而自恃之心生。蓋自恃者日驕,自警者日强,朕意如此,卿等其撰述毋有所避。"

他要求翰林儒臣撰寫樂章,目的在於表達"敬慎監戒"之意,並强調爲文應當寓含諷諫,而不能一味歌功頌德。

綜上所述,朱元璋的文章觀可概括爲:在思想上,尊典謨;在內容上,講實用;在文辭上,尚平實;在功能上,重諷諫;最後在文體上,以典雅爲最高風範。

辨疑:

朱元璋作爲明王朝的開創者,是以造反起家的,因此深知水能載舟亦能覆舟的道理,其在治理國家方面既有嚴厲狠毒的特點,同時又深懷憂懼之心。他很懂得運用儒術來加强思想的管控,將之視爲萬世永賴的"真理"。當然,所謂"萬世永賴",在他的話語裏,主要是指有用於治道。從這個實用的立場出發,他一方面要求文以載道,另一方面又警惕文章的藝術特性或一些不良的傾向。比如他認爲文章要能"通當世之務",因此反對虛文浮藻,這當然是有一定道理的;但他一味强求平實,除不允許有"深怪險僻""駢儷綺靡"的用詞外,連文學中誇張的修辭手法也一併加以反對,由此令人覺得不可理喻。(見羅宗强《明代文學思想史》第一章《洪武、建文朝的文學思想走向》,中華書局 2019 年版,第 31 頁)但這不能簡單地理解爲他不通文藝,主要還是他對文學的藝術特性抱持着一種警惕的心理,擔心會有損於他的思想管控。他曾因爲生員讀柳宗元的《馬退山茅亭記》,寫了一篇《諭幼儒敕》,認爲柳宗元的兄長怠惰公務,却建了個亭子在馬退山頂,而柳宗元居然還加以贊美,這很不好,並對柳文中的修辭手法表示不解:

> 柳子之文,略不規諫其兄,使問民瘼之何如,却乃詠亭之美,乃曰:"因山之高爲基,無雕椽斫棟、五彩圖梁,以青山爲屏障。"斯雖無益,文尚有實。其於"白雲爲藩籬",此果虛耶?實耶?縱使山之勢突然而倚天……果真仙之幻化,衣紫雲之衣,着赤霞之裳……?

他對柳文中的"虛辭"加以詰難,與其説是他不通文藝,不如説他有意引導一種尚實的文風;其目的是要把當時的文章導向對時務的關心上,即如其所指責於柳宗元者:"略不規諫其兄,使問民瘼之何如。"可見,他寫此文並非只是要議論文藝的虛實,而在强化文章的實用功能,有意引導一種功利主義的文風傾向。

出於同樣的危機憂懼心理,他也强調文章的諷諫功能,反對一味的頌美。但實際上,明初的詩歌創作還是出現了頌美的傾向。如楊基於洪武二年所寫《到京》詩:

> 鬱葱王氣古金陵,泰運重新感盛明。臣庶梯航趨上國,江山龍虎衛高城。六街塵掠秦淮過,萬户鐘聞魏闕鳴。白髮到京期少補,敢將詞賦重聲名。

詩寫得典雅雍容,極力描述京城的繁華景象,全出於一片頌美之心。此外,一些大臣如劉基、魏觀、危素等所寫的應制詩及朱元璋君臣唱和之作,都表現出了這種頌美傾向。朱元璋儘管强調過詩歌的諷諫功能,並明確反對頌美之作,但也並不能遏阻當時的詩風走向鳴國家之盛的頌美趨勢。

由此來看,朱元璋在文學方面的努力,對明初文風、文學思想的走向確實起到了重大的作用,但他所倡導的諷諫之作却應者寥寥,而其所排斥的頌美之作反而逐漸興盛起來。由此來看,文學有其自身發展的規律,個人的影響,哪怕是最高統治者的影響儘管能够籠罩一時,却並不足以改變基本的趨向。

古典與英譯

《列子》葛氏英譯中的"性"論

劉 傑*

内容提要 葛氏爲英國漢學家葛瑞漢。在《列子》原典中"性"的概念相較於"道""氣""天"顯得較輕描淡寫,但對於葛氏來説,却是一個貫穿其漢學研究的重要關切點。《列子》原典中的"性"保留了道家文獻中"生之質"的本性之義,還常與"德""情""命""心"等概念相伴出現,意義變得更豐富。然而在葛譯本中,葛氏將"性"與西方哲學中的"自發性"概念進行互换,認爲道家的"性"論思想約同於"自發性",具有彌補道德倫理哲學從動機到行爲斷裂的不足,對解决事實與價值之間的鴻溝具有啓發意義。但葛氏在《列子》英譯的正副文本中通過對"性"的翻譯詞彙的選擇,呈現出對"性"意義的增殖、損耗、錯位與誤讀。本文意圖相對客觀地評價其翻譯得失,以資借鑒。

關鍵詞 葛氏;《列子》英譯;性;性論;自發性

葛氏,即葛瑞漢(Angus Charles Graham, 1919—1990),英國漢學家,畢生致力於中國哲學、古漢語、先秦及宋代典籍的研究,翻譯了《莊子》《列子》《晚唐詩選》《西湖詩選》等;其代表作《中國兩位哲學家——二程哲學研究》《論道者》等成爲西方學者進入這一領域的權威參考著作。本文即以葛氏英譯《列子》爲標本,着重論述翻譯文本所承載的"性"論思想。

"性"自先秦時期便成爲中國哲學的重要概念,它闡釋了宇宙本源與具體事物及個人之間的關係,並探尋具體事物的本質、爲具體事物尋找價值依據。英國漢學家葛瑞漢在《列子》英譯中,通過對"性"及相關概念詞彙的選擇,在正副文本中表達了對"性"意義的操縱,使其意義一定程度上發生了增殖、損耗、錯位與誤

---

* 作者簡介:劉傑,立信會計金融學院講師。
基金項目:上海大學"地高"特别資助項目"中國古典英譯書目提要研究"階段性成果、上海市哲學社會科學自籌項目"當代漢學情動轉向研究"階段性成果。

讀;而葛氏的解讀,亦有其合理和深刻的地方。

一 《列子》中的"性"

先秦以儒、道兩家爲主流學派對"性"進行了系統、持久的論述。道家慣以"真"論"性",而儒家以善惡道德價值論"性"。"莊子學派人性論中的性命説,乃由其道德論引申出來。孟子有關人性的議論,尚未明確地建立起哲學形上學爲其理論根據,這是孟學和莊學在人性論上最大的不同處。"① 江光榮先生認爲今人在談論古人的傳統時,經常會將事實陳述與價值判斷相混淆,形成單一的史觀,如"在講人性是什麽、是怎麽樣的、有哪樣一些特點這樣一些屬於事實判斷的範疇的時候,不自覺地滑到去談人性是善還是惡,某些行爲傾向是反社會還是親社會、是好還是壞,等等。例如中國哲學從孟子、荀子以來綿延不絶的性善性惡的争論,往往就陷入這個誤區。"②

在先秦道家文獻中,"性"在"道"的認識論深化方面起到了溝通"道""氣""天""德""心""命"的樞紐作用。傅斯年在《性命古訓辨證》指出:"今存各先秦文籍中,所有之'性'字皆後人改寫,在原本必皆作'生'字。"據徐復觀考察:"《老子》一書無'性'字,《莊子》内七篇亦無'性'字;然其所謂'德',實即《莊子》的《外篇》《雜篇》之所謂'性'。"③ 雖然有些絶對④,但可以看出"性"在《老子》中是一個無意識的、有待開發的概念;但在《莊子》中受到重視,主要以"德性"之"性"被强調。到了《列子》,"性"的地位得到提升,作爲一個重要概念被完善和運用。

《列子》中"性"一共出現二十六次,大體保留了道家文獻中生之質的自然本性的基本含義。如《湯問》:"雖然,形氣異也,性鈞已,無相易已。生皆全已,分皆足已"⑤,"性鈞已"在其他版本中爲"性情鈞已";這裏的"分",釋德清解爲"附問切",作"天分"解,意爲:雖然形狀和氣質不同,但本性是一樣的,不會相互交换改變,出生時天性就很完備,天分也很充足。結合上文橘生淮南則爲橘,生淮北則爲枳,形色之異乃地氣使然,但本質並没有變,因而後文會反問"我如何判斷它

---

① 陳鼓應《莊子論人性的真與美》,《中國哲學》2010 年第 12 期,第 33 頁。
② 江光榮《人性的迷失與復歸——羅傑斯的人本心理學》,貓頭鷹出版社 2001 年版,第 71 頁。
③ 徐復觀《中國人性論史·先秦篇》,九州出版社 2005 年版,第 378 頁。
④ 注:"然其所謂'德',實即《莊子》的《外篇》《雜篇》之所謂'性'"這句話有些絶對,是因爲《老子》中的"德"字並非全部都是性的意義,如"玄德"或"德畜之"的"德"字不能直接被認爲是人性,而是恩德之義。
⑤ 楊伯峻《列子集釋》,中華書局 2012 年版,第 151 頁。

們的大小、長短、同異"。由此可知第一個"性"爲自然本性、生之質的自然之性。除此之外,"性"還有個體在具體情境中形成的習性之義,如:《周穆王》篇談到的"阜落之國",其人民"食草根木實,不知火食,性剛悍,強弱相藉,貴勝而不尚義;多馳步,少休息,常覺而不眠"①,這裏的"性剛悍"之"性",即爲特定環境中形成的強悍性格。《湯問》篇中"默而得之,性而成之。"②此處意爲:不用多説就會明白,順應習性自然成功。"性"指安習之性,即承接上文的"九土所資,或農或商,或田或漁",即受制於條件限制,不同地方的人生活習性不同,又照應後文不同的喪葬形式源於不同地域的習俗不同。

"性"作爲道家重要核心概念,並不是孤立的概念,它往往與"命""氣""德""心"等概念一起出現,表達觀點。作爲生之質的自然之"性",它第一次出現在《天瑞》篇:"性命非汝有,是天地之委順也。……天地強陽,氣也;又胡可得而有邪?"③此處"天地"指"天地之氣"。"性命"非偏意複詞,而是獨立的兩個概念。除此之外,當"性"與"德""情""命""心"等概念相伴出現,多爲偏義複詞,意義變得更豐富,有德性、性情、性命、心性等意,此處不一一列舉。

二　葛瑞漢《列子》英譯中的"性"

"性"在《列子》中出現了二十六次,且作爲獨立概念出現的機會少之更少。《列子》中的"性"常與"德""情""命""心"等概念相伴出現。但葛氏的《列子》英譯中對"性"的翻譯和詮釋有以下幾種偏指:

(一)"性"即"自然"

葛瑞漢認爲道家的"性"是"自然"之意,也可以指自發性,是人與生俱來、自然如此的本性或本質,因此他用"nature"來譯"性"。英語語境中與"性"相對應的詞有很多,比如"propensity""characteristics""property""esscense"等詞彙,都含有性質、性相之意。但道家哲學中的"性"論之"性""性者,生之質"是它的認識起點,"人肖天地之類,懷五常之性,有生之最靈者"是它的豐富內涵。誠如方東

---

① 楊伯峻《列子集釋》,第100頁。
② 楊伯峻《列子集釋》,第158頁。
③ 楊伯峻《列子集釋》,第32頁。

美先生所言:"中國哲學裏的自然和性禀是一體的"①唐君毅也認爲:"緣此義以言人之性或性者,西方哲學中亦非無之。此即如西方斯多噶派及近世如斯賓諾薩之言 Nature。此 Nature 之一字,與中國之性一字,恒可互譯。Nature 之一字,可專指一定之 Nature,如中國所謂'性相''性質'之亦可指一定之性質性相。然在斯多噶派與斯賓諾薩所謂 Nature,則特涵具一能自然生長變化之義。"②

西方的文化背景中,"nature"一詞的含義演變經過一個相當複雜的流變,從詞源上溯源,它源於拉丁語"natura",意爲"本質品性,天生的氣質",但拉丁語的"natura"來源於希臘語"φύσις"(physis),意爲動植物自然生長具有的天性特徵。這一概念在希臘語含義的基礎上被前蘇格拉底哲學家們廣泛應用擴展爲物質宇宙世界的含義。這一用法一直持續到現代科學方法出現的幾個世紀。今天人們使用的"nature"是一個廣義的概念,常指地質學和野生動物,也可以指常規意義上的動植物,在某種特定情況下指不受外力影響的自然存在過程。在生態哲學中,它指不受人類干擾的自然環境和荒野,也可以指非人類意識影響的物質集合體。在某些語境中,"nature"一詞也與"非自然"和"超自然的"相區分。③葛瑞漢選用"nature"來譯"性",顯然是沿襲了"nature"的希臘文的本義,一定程度上是比較貼合中國先秦道家"性"論的自然本性之意的。

如《黃帝》篇:"凡順之則喜,逆之則怒,此有血氣者之性也。然喜怒豈妄發哉?皆逆之所犯也"④。葛氏譯:"Generally speaking, it is the nature of everything with vigour in its blood to be pleased when you let it have its way, and angry when you thwart it. But you must not suppose that joy and anger come at random. When they are offended, it is always because we thwart them."⑤此中的"血氣者"指像老虎一樣的食肉動物,"性"即食肉動物的自然天性。葛氏用"nature"的希臘文本義,即自然本性來譯,可謂適恰。《湯問》篇:"雖然,形氣異也,性鈞已,無相易已,生皆全已,分皆足已。"⑥葛氏譯爲:"However, although the shapes and energies of things differ, they are equal by nature,

---

① 方東美《生生之德》,中華書局 2012 年版,第 231 頁。
② 唐君毅《中國哲學原論·原性篇》,九州出版社 2016 年版,第 5 頁。
③ 此詞條"nature"的解釋來源於維基百科,網址:https://www.studymode.com/essays/Video—Games—39669382.html.
④ 楊伯峻《列子集釋》,第 51 頁。
⑤ A. C. Graham, *The Book of Lieh—tzǔ*. New York: Columbia University Press, 1990: p. 42.
⑥ 楊伯峻《列子集釋》,第 131 頁。

none can take the place of another, all are born perfect in themselves, each is allotted all its needs. How do I know whether they are large or small, long or short, similar or different?"① 此處的"性鈞已"一句,即自然天性是一樣的,不會相互交換改變,天生就是完備的,天性都是充足的。除此之外,"Nature"還包含了在斯多噶與斯賓諾薩所謂的人順應自然,在善惡兩端轉化、節制之意,如《仲尼》篇:"而魯之臣日失其序,仁義益衰,情性益薄。"② 葛氏譯文:"Yet the ministers of Lu daily usurped more of their prince's power, morals steadily deteriorated, the good inclinations in man's nature grew weaker and weaker."③ 除此之外,葛瑞漢不僅用"nature"來譯"性",也用"nature"來譯"自然",如《黃帝》篇:"禽獸之智有自然與人童者,其齊欲攝生,亦不假智於人也。"④ 葛氏譯爲:"There are ways in which the intelligence of beasts and birds is by nature similar to man's."⑤ 此句意爲:禽獸的智慧有生來就與人相同的,它們都想保全身體,智慧也不比人低。此處的"自然"指"生來""天性"。由此可以看出,葛瑞漢對"性"的認識與"自然"同解。

但值得注意的是,現代漢語中的"自然"與西方的"nature"由來不同,意義也不甚相同。現代漢語中的"自然"主要作爲一個存在的集合體而存在,與古漢語中作爲狀態詞的"自然而然"不同。葛氏將"性"譯爲"nature",顯然意識到了《列子》中的"自然"實爲狀態,而非等同於現代漢語中的存在集合體,因此選用古希臘語本義就具有"本性"的"nature"來與它進行互譯。葛瑞漢除了用"nature"譯"自然",他還在《列子》譯文及副文本部分常常把"自然"譯爲"spontaneous"(自發的)。如《楊朱》篇:"太古之人知生之暫來,知死之暫往,故從心而動,不違自然所好。"⑥ 葛氏譯文:"The men of the distant past knew that in life we are here for a moment and in death we are gone for a moment, Therefore they acted as their hearts prompted, and did not rebel against their spontaneous desires."⑦ 這裏的"自然所好",葛氏譯爲"spontaneous desires","spontaneous"的名詞爲"spontaneity"(自發性),也就是説葛瑞漢認爲"自然"有自發的意義。"性"與"自

---

① A. C. Graham, *The Book of Lieh—tzǔ*. New York: Columbia University Press, 1990: p. 99.
② 楊伯峻《列子集釋》,第 98 頁。
③ A. C. Graham, *The Book of Lieh—tzǔ*. New York: Columbia University Press, 1990: p. 76.
④ 楊伯峻《列子集釋》,第 71 頁。
⑤ A. C. Graham, *The Book of Lieh—tzǔ*. New York: Columbia University Press, 1990: p. 54.
⑥ 楊伯峻《列子集釋》,第 192 頁。
⑦ A. C. Graham, *The Book of Lieh—tzǔ*. New York: Columbia University Press, 1990: p. 140.

然""自發性"本質上是一回事,他們都來源於道,是生而具備的自然特性。在《列子·前言》部分他提出:"If he wishes to return to the Way he must discard knowledge, cease to make distinctions, refuse to impose his will and his principles on nature, recover the spontaneity of the newborn child, allow his actions to be so of themselves' like physical processes."[1]在這裏,葛瑞漢將道家的"性"與外在的知識、原則和後天形成的意志進行對立,認爲人們達"道"的方法是維護好"天性"。"天性"是人生而具有的自然本性,嬰兒身上的天性保存得最完美,因爲嬰孩如同一張白紙,沒有世俗的偏見、知識的規馴、規則制度的束縛,餓了就哭,困了就睡,開心就笑,不開心就叫,順性而爲,不隱藏,也不僞裝,真實自然。這裏葛瑞漢再次提到"will"(意志)。他幾乎把道家的"性"與"意志"對立起來看待。"意志"通常指人爲了達到某種目的而產生的心理狀態,往往表現爲語言和某些行動。它有三個特徵:一是有明確的目的性;二是與克服困難直接聯繫;三是直接支配人的行動。葛瑞漢大概認爲一切有目的的、有明晰主觀意識的思想都是與"性"背道而馳的。由此可見,葛瑞漢對"性"的翻譯暗含着一個潛在的理解綫索:"性"即"nature","nature"即"自然","自然"即"spontaneity","spontaneity"即自發性。在葛瑞漢看來,"自發性"潛藏在道家哲學的"性"論根基中,道家的"性"論思想的根本是"自然"即"自發性"。

(二)作爲"德"之"性"

在《列子》之前,"德"與"性"已經呈現出一定程度的關聯,如《左傳·襄公十四年》:"吾聞撫民者節用於内而樹德於外,民樂其性。""德"即表示一種美好的道德準則,"性"指人的本性。《老子》中雖未出現"性"字,但是它的"生而不有,爲而不恃,長而不宰,是謂玄德。"[2]這裏的"德"是對"道"的精神的實現、凝聚和展現,表達了"性"的思想。《莊子·天地》篇提出:"物得以生,謂之德;未形者有分,且然無間,謂之命;留動而生物,物成生理,謂之形;形體保神,各有儀則,謂之性。性修反德,德至同於初。"[3]此處的"德"與"性"並提,可以看出,"德"具有明顯的"性"的含義,且包含了"性"因"德"而存在的思想。《列子》通過對"氣"的重要地

---

[1] A. C. Graham, *The Book of Lieh—tzǔ*. New York: Columbia University Press, 1990: p. 3.
[2] [魏]王弼著、樓宇烈校釋《王弼集校釋》,中華書局 1980 年版,第 137 頁。
[3] A. C. Graham, *Chuang—tzu: The Seven Inner Chapters and other writings*. London: George Allen & Unwin, 1981: p. 363.

位的強化,加強了"德"與"性"的關聯。"德"在《列子》中一共出現了二十二次,作爲"道"之"德","德"與"性"一樣來源於宇宙最高本源的"道"。除了"道德"一意,"德"還具有才德、恩德、功德等價值含義。在"道"向形下世界降落、氣化天地萬物的過程中,"人"的出現使世界具有了價值取向,"性"作爲生之質,因"德"而生。從隸屬關係上講,作爲"美好品性"的"德"屬於"性"的一部分;從概念體系的深化上講,"德"的概念是在"性"的概念之上。

葛瑞漢的譯文採取了較爲嚴謹、保守的做法,嚴格按照《列子》原文逐句逐字翻譯,但在對相關概念的翻譯中呈現出理解的不足和誤讀。如《黄帝》篇云:"壹其性,養其氣,含其德,以通乎物之所造。"①意爲:使心性專一無雜念,使氣純眞合於大道,便含有天賦之德,而與萬物性命相通。此處的"性"指自然之本性,"性"與"心"相聯繫,是心排除智巧、憂懼、果敢等雜念的一種自然狀態;祇有養其純眞之氣、合於大道、含有天賦之德,纔能得全於天,憂懼不入於天府,死生不傷其形神,物莫能傷。這段話包含了養"氣"率"性"、以"德"通"命"的思想,即"性"是心的本質狀態,與"命"相關,受"氣"的影響;率"氣"以應大道,"道"賦"德"於人,"性"因"德"而生,"性"和"德"都是"道"生而爲人後具有的特質。②《列子》中的"性"無善惡定性,却含有向善惡兩端轉化的傾向;而"德"指向了"性"中善的方面,因此"德"屬於"性"的一部分,且"德"在"性"之前。

葛瑞漢對此句的譯文如下:"he will unify his nature, tend his energies, maintain the virtue inside him, until he penetrates to the place where things are created."③葛瑞漢在這裏用"virtue"(美德、優點)來譯"德",表明他認爲此處的"德"是天賦人性中良好的品質,與道相通,出自天府,關乎萬物的生生之機。但在其他地方,葛瑞漢分別用"worth"和"power"來譯"德",把"德"看成是一種價值或是一種順應自然的能力。如《力命》篇:"夫北宫子厚於德,薄於命;汝厚於命,薄於德。"④葛氏譯爲:"Pei-kung-tzu has more worth than luck, you have

---

① 楊伯峻《列子集釋》,第48頁。
② 注:關於"性""德"與"道"的關係,同樣是《莊子》論述的重點。《天地》篇曰:"泰初有無,無有無名;一之所起,有一而未形。物得以生,謂之德;未形者有分,且然無間,謂之命;留動而生物,物成生理,謂之形;形體保神,各有儀則,謂之性。性修反德,德至同於初。"這裏莊子認爲,"道"爲"德"所尊崇,"生"是"德"的光輝,有"德"才有"生",有"生"才有"性",因而"性"因"德"而存在,而"德"源於"道",因而"性"也源自宇宙本源的"道"。
③ A. C. Graham, *The Book of Lieh—tzǔ*. New York: Columbia University Press, 1990: p. 38.
④ 楊伯峻《列子集釋》,第186頁。

more luck than worth."①這裏的"德"通"得",意指收穫很多的外在的物質財富、名譽、社會地位;基於此,葛瑞漢意譯爲"worth"。《天瑞》篇:"公公私私,天地之德。知天地之德者,孰爲盜耶? 孰爲不盜耶?"②葛氏譯爲:"It is the power of heaven and earth which makes the common common and the private private. For the man who understands the power of heaven and earth, what is stealing and what is not stealing?"③此處的天地之"德",本指"自然",作大道解,葛氏用"power"來譯,可以推斷,葛瑞漢認爲"德"源於"道",是"性"的自發性中的一種。前文論述了葛瑞漢認爲道家的"性"即"自然"和"自發性"的含義,此處的譯文葛氏暗示了道德的自發性能力源於道,潛藏在"性"中,因此"德"在"性"後。葛瑞漢的這一認識與《列子》原文中的概念體系不符。《列子》中的"德"除了"道德"之外,還有"美德""恩德""得"等義,葛瑞漢用"power"來譯"道德",用"virtue"來譯"美德",用"worth"來譯"得(通"德")",不可謂不用心,思辨不可謂不仔細;但譯文呈現出的"道""性""德"的關係,缺乏基本的注釋和引導,僅僅將三者的關係孤立地呈現,失去了原文豐富的內蘊。對於缺乏中國文化理解背景的英語讀者,在缺乏適當注釋引導的狀況下,葛氏對"性""氣""德"三個概念的翻譯一個也沒有落下,但讀者理解起來似乎沒有一個是明確的,更遑論對三者之間養"氣"率"性"、以"德"通"命"的關係領悟了。造成這一結果的原因,可能是此時的葛瑞漢剛接觸道家典籍,對《列子》中的"德"與"性"的關係未能完全梳理明白;但在他後期的專著《論道者》中,他對德與性的關係的梳理已明朗了很多。他說:道家聖人養氣去智時,他的意識和行動自發地符合當時的情境的目標,這種自發性能力潛藏在"性"之中④。除此之外,葛氏對"道""性""德"三者關係的模糊性傳達,也可能與他早期拘泥於結構語言學派追求與原文語義、語法結構嚴格對等的譯文效果的理論有關,造成他在翻譯實踐中忽略了對概念內涵之間豐富關係的呈現。

(三)"性命"之"性"

《列子》中,"性"和"命"實質上指向了主體人的內外關係,"性"關照的是人的

---

① A. C. Graham., *The Book of Lieh—tzǔ*. New York: Columbia University Press, 1990: p. 123.
② 楊伯峻《列子集釋》,第 36 頁。
③ A. C. Graham, *The Book of Lieh—tzǔ*. New York: Columbia University Press, 1990: p. 31.
④ 葛瑞漢《論道者:中國古代哲學論辯》,張海晏譯,中國社會科學出版社 2003 年版,第 226 頁。

内在本質,"命"關照的是人的外在遭遇。"性"和"命"經常被連在一起使用,"命"被看作是個人立足於内在固有的"性"而面對複雜的外在世界的遭遇。正如姜秉熙所言:"'性'與'命'頻繁連用或共同出現的現象,本身就顯示了中國哲學對人生於世所面對的自身與外界之關係這一重要命題的關注。"① 葛瑞漢的譯文很好地表現了對內在的"性"和外在的"命"之間關係的思考和關注,但也反映了一些問題。

首先,葛瑞漢認爲内在的"性"決定着外在的"命",而"性"和"命"最終均落在對現世人生的關注上。《黄帝》篇"吾生於陵而安於陵,故也;長於水而安於水,性也;不知吾所以然而然,命也"②。此處的"故",張湛認爲是"素來如此"之意;這裏的"安",盧重玄認爲是"安習"之意。整句話的意思是:生於陵而安於陵,生於水而安於水,是素來如此、習以爲常、安習其性,突然有一天心領神會,以成其命却不自知也。葛氏譯爲:"Having been born on land I am safe on land—this is native to me. Having grown up in the water I am safe in the water—this is natural to me. I do it without knowing how I do it—this is trusting destiny."③ 葛氏將此處的"故"譯爲"native",是"與生俱來的""天然地",與"natural"對應。可以看出,葛瑞漢認爲"性"是與生俱來的内在的本性的東西。這裏的"不知吾所以然而然,命也"被翻譯成"I do it without knowing how I do it—this is trusting destiny",可以看出葛瑞漢認爲"命"是一種通過行爲的落實而產生的結果的呈現,外在的"命"受到内在的"性"的制約,最終落實到對人的"生死"的關注上。

其次,葛瑞漢根據不同語境中的不同含義,將"性"統一譯爲"nature",但却把"命"分別譯爲"destiny"(命運)、"life"(生命)和"luck"(運氣),可以看出他對"性"和"命"的含義做過區分,同時有意識地將"性""命"同時與"生死安危"相關聯。如《天瑞》篇:"性命非汝有,是天地之委順也。"④ 葛氏譯文:"Your nature and destiny are not your possessions; they are the course laid down for you by heaven and earth."⑤ 此處的"性命"雖同時出現,但並非偏義複詞,而是兩個獨立的概念"天性"和"生命"之意。葛瑞漢將它們分別譯爲"nature"和"destiny",是

---

① 姜秉熙《"不違自然所好":〈列子〉思想研究——從宇宙論到境界論》,山東大學博士論文 2014 年,第 125 頁。
② 楊伯峻《列子集釋》,第 61 頁。
③ A. C. Graham, *The Book of Lieh—tzǔ*. New York: Columbia University Press, 1990: p. 44.
④ 楊伯峻《列子集釋》,第 32 頁。
⑤ A. C. Graham, *The Book of Lieh—tzǔ*. New York: Columbia University Press, 1990: p. 30.

比較客觀公允的。同樣是"性命"一詞,葛氏在《楊朱》篇"若觸情而動,耽於嗜欲,則性命危矣。……不遑憂名聲之醜,性命之危也"①中譯爲:"But if you act on the promptings of your passions, and excite yourselves with pleasure and lust, you will endanger health and life … We have no time to worry that our reputation is ugly and our health in danger."②這一段出現的兩處"性命",均是偏義複詞,偏向於"命",作"生命"解。葛瑞漢將它們更加直接地翻譯爲"health and life"和"health",説明葛氏認識到這兩處的"性命"都與"生死"問題相關,指的是人的生命健康。但在《力命》篇"夫北宫子厚於德,薄於命"句,葛氏譯爲:"Pei-kung-tzu has more worth than luck, you have more luck than worth."③葛氏將此處的"命"譯爲"luck",意爲"運氣"。因此也可以看出,在葛瑞漢的譯文中,葛氏傾向於用"destiny"來譯帶有一定的宿命論意味的"命運"的"命",用"life"和"luck"來譯"生命"和"運命"的"命"。但無論是"命運"的"命"還是"生命"和"運命"的"命",背後暗示着對"生死"的關切,而"性"的含義同樣如此。如上文提到的《黄帝》篇:"壹其性,養其氣,含其德,以通乎物之所造。"④上文分析過"壹性,養氣"的神奇效用,即得全於天,憂懼不入於天府,死生不傷其形神,物莫能傷。葛瑞漢在這裏將"通乎物之所造"譯爲"until he penetrates to the place where things are created",可見葛瑞漢認爲這裏的"性"與"生死"中的"生"相關。再如《力命》篇:"信命者,亡壽夭;信理者,亡是非;信心者,亡逆順;信性者,亡安危。"⑤葛氏譯爲:"For the man who trusts destiny, there is no difference between long life and short; for one who trusts the principles by which things happen, nothing to approve or reject; for one who trusts his mind, nothing which is agreeable or offensive; for one who trusts his nature, nothing which secures or endangers him."⑥這裏與"信命者"相關聯的是"壽夭"的問題,與"信性者"相關聯的是"安危"問題,都和生死關聯,葛瑞漢準確地領會了這一點,在譯文中把"life"和"secures or endangers"進行關聯。由此可以看出,葛瑞漢認爲內在的"性"和"命"是相互關聯,而最終落腳點者是現世人生,是對生死問題的關注。

---

① 張湛《列子》,上海古籍出版社 2014 年版,第 199 頁。
② A. C. Graham, *The Book of Lieh—tzŭ*. New York: Columbia University Press, 1990: p. 145.
③ A. C. Graham, *The Book of Lieh—tzŭ*. New York: Columbia University Press, 1990: p. 123.
④ 張湛《列子》,上海古籍出版社 2014 年版,第 48 頁。
⑤ 張湛注,盧重玄解,殷敬順、陳景元釋文《列子》,第 180 頁。
⑥ A. C. Graham, *The Book of Lieh—tzŭ*. New York: Columbia University Press, 1990: p. 130.

最後,生死問題是歷朝歷代人們最爲關切的終極問題。西方漢學家很早注意到《列子·楊朱篇》中的"性命"問題,對其産生了濃厚的研究興趣。鮑吾剛(Wolfgang Bauer)認爲楊朱在看待生死方面帶有英雄主義色彩,他對死亡看得透徹淡然,把死亡看作生命的終結,不寄希望於來世,因此與其想方設法逃避死亡,不如選擇在生前自由自在地開心生活。① 陳漢生(Chad Hansen)在《道家在中國哲學中的地位》中表達了他對楊朱的"天""命"觀的理解。他認爲,楊朱指明了"命"由"天"授予,夭壽長短都是"天"的旨意,不能用道德因果關係來解説。他用類比的方式解釋道:人出生時的"氣"決定人的自然生命的長度,在壽命期内上天並不會外力干預人的生命,人的意外夭亡並不是註定的。② 他的意思是人的壽命長短從出生時已確定,人不可以超出這個限制,但是人可能因爲一些外力因素,如創傷釋放人體内的"氣"而導致早夭。這意味着,陳漢生認爲人的生命長度是一定的、受到限制;但是人的運勢是可以自己掌控的,人在有限的生命過程中要學會尊重自己的自然傾向(天性),避免傷害損耗自己體内的"氣"而提前結束生命。陳漢生對楊朱"性命"觀的理解似乎混合了《列子·力命》篇的思想,並不能算錯,但缺乏詳細的考察。

葛瑞漢意識到《列子》其他篇章與《楊朱》篇對"命"的兩種相互抵牾的態度,他在《力命》篇的章前導讀中指出:"道家是很少關心命的問題,但是我們饒有興致地發現《列子》中有一套完整的理論與其他學派的理論相媲美。它的中心思想是,人的所有努力都無法對抗命。"③《列子》的大部分篇章的確認爲人的智力不可以知命,如《黄帝》篇"不知吾所以然而然,命也"意思是人的智力無法知曉命。這種宿命論思想的根基是《列子》的"性"論思想,即"性"秉承於"天",受限於"道","道"雖不遠人,但是"道"是不可知的;順應性命,就是澄懷虛空,順任自然。而《楊朱》篇也提出"必將資物以爲養性,任智而不恃力"。單就這一句話來説,"任智而不恃力"説的是用"智"來養性命是上策,用力侵物以得養性命是下策,這是在肯定人的智力對性命的重要作用,兩處對待"智"和"命"的態度並不完全統一。因此葛瑞漢在《楊朱》篇的譯文注釋中認爲,這是"貴智"的思想,不像是享樂主義的學説,也不像是楊朱的思想,可能是楊朱後學加入的,可以説是非常中

---

① 鮑吾剛《中國人的幸福觀》,嚴蓓雯、韓雪臨、吴德祖譯,江蘇人民出版社 2004 年版,第 230—420 頁。
② Creel Herrlee. *What is Taoism? Studies in Chinese Culture History*. Chicago: University of Chicago Press, 1970: pp. 238—309.
③ A. C. Graham., *The Book of Lieh—tzŭ*. New York: Columbia University Press, 1990: p. 119.

肯的。

同時，葛瑞漢指出楊朱"重生"，提倡適度的感官享樂、滿足眼耳口鼻的自然需求爲古今中外許多人詬病，事實上是衆人對楊朱的誤讀。楊朱提倡的適度享樂並沒有錯，這是人性的基本所需。世人指責楊朱是禽獸，是極端的個人利己主義、享樂主義、自然主義，甚至把他類比伊壁鳩魯和盧梭，忽略了楊朱所處的時代背景和中西文化差異。楊朱雖然提倡享樂，但他也指出當擁有了華屋、錦服、甘食、嬌妻之後，還追求更多的額外的欲望，就是貪得無厭的人，是陰陽之蠹。楊朱提出"拔一毛利天下不爲也"是針對儒家的"鄉愿"①行爲而言的，其思想具有超越時代的價值意義。

三　葛氏"性"論的增值與誤讀

實事求是地説，葛瑞漢將《列子》的"性"翻譯成"自發性"和"德"，雖不夠全面和準確，但也賦予了《列子》新的文化內涵，使其在當代與西方文化具有一定的可比性。

首先，將"性"與"自發性"等同，既有增殖亦有誤讀。"自發性"並非本土概念，它來源於西方的哲學，拉丁語是"sua sponte"，希臘語是"τὸ αὐτόματον"。"自發的"這個詞最早出現於亞里士多德的《形而上學》，亞氏用它來描述宇宙萬物創生之際自發地走向善或惡的一種普遍現象②。斯賓諾莎在《倫理學》中用它來解釋心的動力因素③；萊布尼茨用這個詞解釋他的實體學理論④；康德討論現象和物自體兩個世界劃分下的人類知識的來源時，經常談到"自發性"，認爲它是一種介於感性和理性之間的知性，知識來源於知性並存在於感官接受物件的被動性和思維給出概念的主動性之間。康德提出的"概念的自發性"是對理性危機的修復，這曾被認爲是認識論上的"哥白尼革命"。薩特基於"意識的自發性"的信仰改造了胡塞爾的意向性概念，使意向性從一個構造性的概念轉變成了一個虛無化的意識，同時使作爲意向對象的事物轉變爲外在於意識的自在之物。隨着近

---

① "鄉愿"語出《論語·陽貨》："子曰，鄉愿，德之賊也"，指看似忠厚老實，實則與世俗同流合污，以此獲得政治資源和人氣的道德偽善。參見：鄧曉芒《從康德的道德哲學看儒家的鄉愿》，《西南政法大學學報》2005年第1期。
② ［古希臘］亞里士多德《形而上學》，商務印書館2009年版，第11頁。
③ ［荷］斯賓諾莎《倫理學》，賀麟譯．商務印書館2011年版，第112—164頁。
④ ［德］萊布尼茨《神義論》，朱雁冰譯，商務印書館2001年版，第17—18頁。

現代人本主義思潮高漲,葛氏在克爾凱郭爾、柏格森、詹姆斯、杜威、懷特海、海德格爾、維特根斯坦、福柯、德里達等人的理論中也看到了"自發性"的思想因素。受此啟發,葛氏基於當代哲學困境,關注到中國道家典籍文化中的"性"與"自發性"有異曲同工之妙,可以破解因過度迷信"理性"導致的價值與事實之間的鴻溝問題。但值得反思的是,西方的"自發性"是一個與"理性"相伴產生的概念;而中國自先秦時期就缺乏孕育西方二分法、邏輯修辭與"理性"的文化土壤。戰國晚期諸子思想大融合,儒、墨、名、法等學派思想中雖萌生有邏輯詭辯甚至被認爲是"理性思維",但先秦晚期的"理性"更多的是"情感理性"或是"道德理性"。葛氏將先秦道家文化中的"性"等同於"自發性",雖然合理的解讀部分(即看到了《列子》"性"中的"情感理性"與道德行動之間的關係)使得原典中的"性"意義得到了增殖,但簡單的賦值一定程度上也損耗了原典"性"論的豐富意蘊,如忽略了它本身的"以氣率性""以德通命"的原文本思想。

其次,將"性"理解爲"德之性",亦會帶來一定的誤讀。葛氏英譯《列子》中"德"是在"性"之下的概念,實際上《列子》原典中的"德"是在"性"之上的概念。可以明確地說,葛氏對"德"的關注有着非常明確的理論目的,他是要爲道家的"自發性"尋找理論依據,並爲後續的關切點,如"自發性的道德行動何以達成""道家聖人的明智之知何以轉化爲道德行動"等相關問題尋找理論支撐。但葛氏也有其深刻的地方,即他關注"性命"問題時注意到楊朱超越歷史的現代性,即違逆時代主流價值而縱情聲色、注重自我生命價值體驗和情感宣洩的新思想,同時他在楊朱的思想中發現了對"命"的兩種相互抵牾的態度以及對生死的關懷和對"智"的倚重。

最後,客觀地說,葛氏對《列子》"性"的翻譯和解讀雖然存在操縱和過度解讀的成分,但從現代詮釋學角度來看,它體現了歷史文本通過鮮活個體,跨越族群、語言、文明在新時代被重新賦予新意義的過程,而這個過程正是不同視域的融合,摩擦、衝突、誤讀都是不可避免的。文明的發展需要這種視域的融合,而作爲本民族文化傳承者的我們需要時刻警惕這種融合帶來的失語和迷失。

梁書·武帝紀(中)

［唐］姚思廉撰　王威　王春譯*

《梁書》是二十四史之一，也是唐初八史之一，是研究南朝蕭齊末年及蕭梁一朝（502—557）五十余年史事的重要資料，其中也蘊藏着豐富的文學價值。它成書於唐貞觀十年（636），包含本紀六卷、列傳五十卷，無表、無志。《梁書》迄今尚無英本版刊行，爲滿足海內外中國史研究者的需求，兹先試將其《武帝本紀》譯出，以就正於國際漢學界的專家與同好。

《梁書·武帝紀》（中）漢英對照譯本，在收集、比較流傳至今的《梁書》各文本基礎上，選定中華書局點校本《梁書》（全3册，1973年版）爲翻譯藍本；爲夯實翻譯對象的文本基礎，譯者還借鑒了《梁書》其他點校本的辨正成果，如楊忠《二十四史全譯·梁書》、熊清元《今註本二十四史·梁書》等人的論説；參考了趙以武《梁武帝及其時代》、柏俊才《梁武帝蕭衍考略》、莊輝明《蕭衍評傳》等研究梁武帝的論著。此外，美國密西根大學漢學家Charles O. Hucker的 *Dictionary of Official Titles in Imperial China* 是本譯文有關梁代官職英譯的重要參考。

武帝　中
The Biography of the Emperor of Wu: Book II

［1］天監元年夏四月丙寅，高祖即皇帝位於南郊。設壇柴燎，告類於天曰："皇帝臣衍，敢用玄牡，昭告於皇天后帝：齊氏以曆運斯既，否終則亨，欽若天應，以命於衍。夫任是司牧，惟能是授；天命不於常，帝王非一族。唐謝虞受，漢替魏

---

* 譯者簡介：王威，大連外國語大學英語學院副教授，從事英國19世紀文學思想史研究，出版專著《隱匿之真：卡萊爾真理觀批評研究》；王春，大連外國語大學英語學院教授、中國翻譯協會會員，長期從事翻譯學、比較文學等領域的研究，出版專著《李文俊文學翻譯研究》。
基金項目：2017年遼寧省高等學校基本科研項目"《梁書》英譯與研究"階段性成果。

升，爰及晉、宋，憲章在昔。咸以君德馭四海，元功子萬姓，故能大庇黎，光宅區宇。齊代云季，世主昏凶，狡焉群慝，是崇是長，肆厥奸回暴亂，以播虐於我有邦，俾溥天惴惴，將墜於深壑。九服八荒之內，連率嶽牧之君，蹶角頓顙，匡救無術，臥薪待然，援天靡訴。衍投袂星言，摧鋒萬里，屬其掛冠之情，用拯兆民之切。銜膽誓衆，覆銳屠堅，建立人主，克翦昏亂。遂因時來，宰司邦國，濟民康世，實有厥勞。而晷緯呈祥，川嶽效祉，朝夕坰牧，日月郊畿。代終之符既顯，革運之期已萃，殊俗百蠻，重譯獻款，人神遠邇，罔不和會。於是群公卿士，咸致厥誠，並以皇乾降命，難以謙拒。齊帝脫屣萬邦，授以神器。衍自惟匪德，辭不獲許。仰迫上玄之眷，俯惟億兆之心，宸極不可久曠，民神不可乏主，遂藉樂推，膺此嘉祚。以茲寡薄，臨御萬方，顧求夙志，永言祗惕。敬簡元辰，恭茲大禮，升壇受禪，告類上帝，克播休祉，以弘盛烈，式傳厥後，用永保於我有梁。惟明靈是饗。"

[1] In the first Tianjian (502) year, April the 8th, the Great Ancestor ascended the throne of the emperor in the south suburb. With the altars established for the fire to last, he made the ceremony to do honor to the heaven, saying, "Xiao Yan 蕭衍 by name, I, both the emperor and the Son of the Heaven, am making, in the process of the sacrifice of the black oxen, the clarification to the Heavenly Emperor, that as the rule of the Qi Dynasty is shown by the astronomical operations to have expired, with the ominous fortune ended and the auspicious commenced, I, Xiao Yan, am entrusted with the imperial crown and obey to the divine volition. It is natural for the able to be selected as the royal leaders, necessary for the heavenly favor to be bestowed differently, and normal for the imperial career to fall into the grasp of families of various names. The previous practice of abdication and succession, as seen in the renunciation of Yao and the acceptance of Shun, in the fall of the Han Dynasty and the rise of the Wei Empire, survives even into the Dynasties of Jin and Song. Either one or the other, both methods tend to rule over the whole empire by means of the imperial virtues and moralities and to achieve the highest aim of letting live in happiness the people, in order to have as many populace as possible and to comprehend as much territory as willed. In the last years of the Qi Dynasty, when the emperor was both benighted and ferocious, those dishonest and insatiable courtiers should have been confided with powers, indulged in their evils and crimes, and given the chance to harm the imperial career, to the extent that the whole empire was lost in hopeless terror, soon to descend into the bottomless abyss. Within the borderlines of the whole empire, the local officials and the frontier defence

generals, prostrating with heads to the ground, tried in vain to find the remedies, and the chivalrous residents, given no chance to do justice, could only resort to an unheeded and ineffectual complaint. I then assembled, within limited time, a troop for the salvation of the empire, and took inspiration from my passionate resignation of the official position, to save the people from peril. Self-exerting and uniting the mass, I succeeded in abolishing the enemies and killing the tyrant, in enthroning the new emperor and in eradicating all the evils. It followed that I happened to be favored by the fortune and entrusted with the conduction of the imperial career. Salvation of the people and pacification of the time may be counted as one of my achievements. Furthermore, auspicious signs were presented by the aspects of the constellations, propitious tokens embodied in the mountains and rivers, and the dawn and dusk are both resplendent from the countryside around the capital, the sun and the moon brilliant over the horizon of the palace. When the ethnic minorities of different customs come to subordinate through interpretations, and when unity is realized among either humanities or divinities, close at hand or far away, it is a sign for the past imperial career to be changed, and a time for the imperial fortune to proper. Then all the officials, out of sheer sincerity, considered it as divinely ordained, impossible to be refused. Since the emperor of the Qi Dynasty took leisurely the imperial career, I came into acceptance of it. As my refusal was not allowable, I, internally aware of my lack of virtues, only came to satisfy the universal inclination and agreed to shoulder the responsibility for the imperial career, when the divine favor and the popular volition lay great weight upon me. I am determined, always filled with prudence and care in my mind, to make the most of my ability to govern the empire and to materialize the great plan of mine. Now, it is time to select the able, to follow the rites, to accept the crown in the altar, to make sacrifice to the heaven, to disseminate the auspice, to solidify the imperial career, to pass the throne to posterity, and to perpetuate the Liang Dynasty. Those sacrifices are only reserved for the divinities".

［2］禮畢，備法駕即建康宮，臨太極前殿。詔曰："五精遞襲，皇王所以受命；四海樂推，殷、周所以改物。雖禪代相舜，遭會異時，而徽明送用，其流遠矣。莫不振民育德，光被黎元。朕以寡暗，命不先後，寧濟之功，屬當期運，乘此時來，因心萬物，遂振厥弛維，大造區夏，永言前蹤，義均慚德。齊氏以代終有徵，歷數云改，欽若前載，集大命於朕躬。顧惟菲德，辭不獲命，寅畏上靈，用膺景業。執禮

柴之禮，當與能之祚，繼迹百王，君臨四海，若涉大川，罔知攸濟。洪基初兆，萬品權輿，思俾慶澤，覃被率土。可大赦天下。改齊中興二年爲天監元年。賜民爵二級；文武加位二等；鰥寡孤獨不能自存者，人穀五斛。逋布、口錢、宿債勿復收。其犯鄉論清議，贓汙淫盜，一皆蕩滌，洗除前注，與之更始。"

[2] At the completion of the sacrificial rite, the Great Ancestor was carried, in the imperial chariot, to the Front Hall of the Great Ultimate in the Imperial Palace in Jiankang. An imperial edict was given, that "the ancient sagacious emperors were entrusted with divine favor in accordance with the circulation of the five elements, the Zhou Dynasty succeeded to the Yin Dynasty for the prevalence of the popular will. With the difference in the manner of succession and the particularity in the situation, the ancient emperors were all initiated into the hidden and obscure principles, and passed to posterity the type of their benevolent governance. All of them were busy with the salvation of the people and engaged in the cultivation of moralities. Though I was well aware of my own benightedness and backwardness, it was my fortune to achieve the pacification of the imperial tumults and to make support for the righteous causes. Though I still had some doubts in my mind about my competence, it is by the fortune and to the opportunity that I finally converted to the popular will, by reestablishing the disciplines in abandonment, making grand achievement in China, and commemorating the meritorious deeds of the ancient sages. When the change in the order of the succession to the imperial throne was signaled in the Qi Dynasty, I could not but obey to the previous examples and respond to the divine calling. As my refusal was not accepted even if my lack of competence was taken into serious consideration, I came to the acceptance of the responsibility for the imperial career for reverence of the divine volition. It is as difficult to know the way to crossing the torrent wide river, as to conduct the rite of sacrifice, to follow the examples of the ancient sagacious emperors, and to rule over the whole empire. At the commencement of the imperial career and the renaissance of every life, it is my plan to disseminate the imperial favor within the borders of the four seas. A universal requital is to be made. The second Zongxin Year of the Qi Dynasty is to be changed into the first Tianjian Year. A title of the second level is to be bestowed to all the men of meritorious service among the people. All the civil and military officials are to have a promotion of two classes. Each of the the widowers, the widows, the orphans, the childless and the dependent is receive five Hu of grains. No levy is demanded from those who still owe the clothes, population tax or other debts. Charges of corruption, bribery, adultery and theft shall be erased

and those previous records need to be eradicated in order to give a chance for those criminals for rehabilitation".

[3] 封齊帝爲巴陵王,全食一郡。載天子旌旗,乘五時副車。行齊正朔。郊祀天地,禮樂制度,皆用齊典。齊宣德皇后爲齊文帝妃,齊后王氏爲巴陵王妃。

[3] The resigned He Emperor of the Qi Dynasty was knighted as the Baling Prince, entitled to the use of the tax from a Commandery. To him is granted the privilege of the use of the imperial banner and the carriages in five colors. The old calendar current in use in the Qi Dynasty was continued. So was he principles of the rites of the sacrifice, rituals and music. The Xuande Empress was titled as the imperial concubine to the Wen Emperor of the Qi Dynasty, and the Wang Empress as the concubine to the Baling Prince.

[4] 詔曰:"興運升降,前代舊章。齊世王侯封爵,悉皆降省。其有效著艱難者,別有後命。惟宋汝陰王不在除例。"又詔曰:"大運肇升,嘉慶惟始,劫賊餘口沒在臺府者,悉可蠲放。諸流徒之家,並聽還本。"

[4] An edict was given, that "it is the old regulation that at the beginning of a new dynasty, it is necessary to make both promotion and reduction. All the titles given in the Qi Dynasty are now abolished while those who deserve no reduction due to their merits shall wait for future knighthood. Only the Rulin Prince in the Song Dynasty is exempted from such a reduction." Another edict was given, that "at a time when the auspicious fortune is beginning to rise and the sign of bliss is appearing, it is right to release all the prisoners of robbery and theft. Of all the vagabonds everywhere, those who are willing to return to their hometowns may be allowed to do as willed whole those who are not may settle where they are. All people in exile may return to their own lands."

[5] 追尊皇考爲文皇帝,廟曰太祖;皇妣爲獻皇后。追諡妃郗氏爲德皇后。追封兄太傅懿爲長沙郡王,諡曰宣武;齊後軍諮議敷爲永陽郡王,諡曰昭;弟齊太常暢爲衡陽郡王,諡曰宣;齊給事黃門侍郎融爲桂陽郡王,諡曰簡。

[5] The diseased father of the Great Ancestor was respected by the title as the Wen Emperor, with the temple name as the Grand Ancestor, and the diseased mother as the Xian Empress; the diseased wife, the Chi concubine, as the De Empress; the diseased brother, Xiao Yi, as the Prince in the Commandery of Changsha, with the posthumous title as Xuanwu; Xiao Fu,

the Consultant of the Rear, as the Prince in the Commandery of Yongyang, with the posthumous title as Zhao; his younger borther, Xiao Chang, the Magistrate of the Rites in the Qi Dynasty, as the Prince in the Commandery of Hengyang, with the posthumous title as Xuan; Xiao Rong, the Personal Attendant in the Qi Dynasty, as the Prince in the Commandery of Guiyang, with the posthumous title as Jian.

[6] 是日，詔封文武功臣新除車騎將軍夏侯詳等十五人爲公侯，食邑各有差。以弟中護軍宏爲揚州刺史，封爲臨川郡王；南徐州刺史秀安成郡王；雍州刺史偉建安郡王；左衛將軍恢鄱陽郡王；荊州刺史憺始興郡王。

[6] In the same day, an edict was given to promote to the rank of duke Xiahou Xiang, the newly appointed General of the Chariots, and other fifteen civil and military officials of merits. His brother, Xiao Hong, the Escort, was promoted to the Governor of the Region of Yang, and knighted as the Prince in the Linchuan Commandery; Xiao Xiu, the Governor in the South Region of Xu, knighted as the Prince in Ancheng Commandery; Xiao Wei, the Governor in the Region of Yong, knighted as the Prince in Jian'an Commandery; Xiao Hui, Left General of Defensive Guard, knighted as the Prince in Poyang Commandery; Xiao Dan, the Governor in the Region of Jing, knighted as the Prince in Shixing Commandery.

[7] 丁卯，加領軍將軍王茂鎮軍將軍。以中書監王亮爲尚書令、中軍將軍，相國左長史王瑩爲中書監、撫軍將軍，吏部尚書沈約爲尚書僕射，長兼侍中范雲爲散騎常侍、吏部尚書。

[7] April the 9th, Wang Mao, Commandant of the Army, was promoted to General of Stationed Troops. Wang Liang, Secretary of Supervision, was promoted to the Premier of Department of State Affairs and General in Command of Capital Troops. Wang Ying, Imperial Recorder of State Affairs, was promoted to Secretary of Supervision and Commandant of Ancillary. Shen Yue, Minister of Ministry of Personnel, was promoted to Assistant of Department of State Affair. Fan Yun, Formal Provisional Palace Attendant, was promoted to Attendant Advisor of the Cavalry and Minister of Ministry of Personnel.

[8] 詔曰："宋氏以來，並恣淫侈，傾宮之富，遂盈數千。推算五都，愁窮四

海，並嬰罹冤橫，拘逼不一。撫弦命管，良家不被蠋；織室繡房，幽厄猶見役。弊國傷和，莫斯爲甚。凡後宮樂府，西解暴室，諸如此例，一皆放遣。若衰老不能自存，官給廩食。"

[8] An edict was given, "Since the time of the Song Dynasty, when both promiscuity and extravagance has become rife, it is only those rich and wealthy that have the chance to accumulate even more fortunes. Within the boundary of the empire, with the excessive extortion of taxes and levies, the people are reduced to poverty and distress, forced, more than often, to suffer from injustice and misfortune for disobedience to the wills of the emperor or his imperial servants. No families, even the registered ones, are exempt from the obligation to offer singers for imperial amusement, and those young girls responsible for the production of embroideries and clothes, almost in enslavement, have to endure confinement and restriction similar to imprisonment. No evil is more efficient in the corruption of the imperial government and in the violation of the universal harmony. All the concubines in the harem, and all the singers in the official control, as long as they are recruited against their wills, have to be released. Of them, those old in age, weak in body, and unable to feed themselves, may have the right to depend upon the present government for living substances."

[9] 戊辰，車騎將軍高句驪王高雲進號車騎大將軍。鎮東大將軍百濟王餘大進號征東大將軍。安西將軍宕昌王梁彌頡進號鎮西將軍。鎮東大將軍倭王武進號征東大將軍。鎮西將軍河南王吐谷渾休留代進號征西將軍。巴陵王薨於姑孰，追謚爲齊和帝，終禮一依故事。

[9] April the 10th, Gao Yun, the King of Gaojuli, General of Chariots and Cavalry, was promoted to Great Commander-in-Chief. Yu Da, the King of Baekje, General in Guard of the East, was promoted to Great General in Guard of the East. Liang Mihe, the King of Dangchang, General in Command of the West, was promoted to General in Guard of the West. Wu, the King of Wo, General in Guard of the East, was promoted to Great General in Guard of the East. Xiuliudai of Tuyuhun, the King of Henan, General in Guard of the West, was promoted to General in Guard of the West. The Prince of Baling diseased at Gushu, was given the posthumous title of the He Emperor of Qi, to be interred in the previous manner and rite.

[10] 己巳，以光祿大夫張瓌爲右光祿大夫。庚午，鎮南將軍、江州刺史陳伯之進號征南將軍。

[10] April the 11th, Zhang Gui, Imperial Minister of the State, was appointed Right Honorable Advisory Council of Empire. April the 12th, Chen Bozhi, General in Guard of the South and the provincial-level governor of the Region of Jiang, was promoted to General in Command of the South.

[11] 詔曰："觀風省俗，哲后弘規；狩嶽巡方，明王盛軌。所以重華在上，五品聿修；文命肇基，四載斯履。故能物色幽微，耳目屠釣，致王業於緝熙，被淳風於遐邇。朕以寡薄，昧於治方，藉代終之運，當符命之重，取監前古，懍若馭朽。思所以振民育德，去殺勝殘，解網更張，置之仁壽；而明慚照遠，智不周物，兼以歲之不易，未遑卜征，興言夕惕，無忘鑒寐。可分遣内侍，周省四方，觀政聽謠，訪賢舉滯。其有田野不闢，獄訟無章，忘公徇私，侵漁是務者，悉隨事以聞。若懷寶迷邦，蘊奇待價，蓄響藏真，不求聞達，並依名騰奏，罔或遺隱。使軺軒所屆，如朕親覽焉。"

[11] An edict was given, that "It is one of the important practices of the sagacious emperors to dispatch officials to collect the folklore and popular ballads, in order to acquire from them information about the degree of populous satisfaction, and it is one of the indispensable tunnels for the fortification of imperial rule to make inspection within the territory. Therefore, by means of that, the emperor of Shun could witness the harmonious conduction of the moral life, and the emperor of Yu might experience the smooth traffic of civil communication. They both were enabled to detect those competent hermits, to know those capable humbles, to proper in their imperial careers, and to lead the people to live a virtuous life. For lack of moral capacities and governmental strategies, I need to learn from those valuable experiences of the previous sages, in the most careful and diligent manner, because I, in a way, only came to continue the imperial career and shoulder the imperial responsibility by chance. It is my intention to save the people by the instruction of moralities and the suppression of the will to killing, by the punishment for violence and the elimination of obsolete policies, and to make a rule of the people by means of benevolence and philanthropy, in order to ensure a long prosperity for the whole empire. As it is easy to be sallow and partial in face of a problem to solve, and as there is no chance to make a divination before the end of the year, I always make to myself a caution in the morning and a warning in the evening, alert to the coming perils even in

my dreams. It is time to dispatch the imperial servants to make investigation everywhere in the empire, to collect the folklore and popular ballads for evaluation of the administrative efficiency, and to select and promote to official positions those persons of competence that are out of the circle of power. Information is to be collected of the desolation of the farmlands, the injustice of legal judgments, the employment of officious powers for private benefits, and violation of public well-beings. A classified, comprehensive report needs also to be made of those who, though competent, are unwilling to enter the officialdom, of those who, capable indeed, are expecting recognizance from the superiors, and of those who, even if talented, prefer to remain obscured. All those activities of investigations have to be reported, in the same way as they are to be perused by myself."

[12] 又詔曰:"金作贖刑,有聞自昔,入縑以免,施於中世,民悅法行,莫尚乎此。永言叔世,偷薄成風,嬰愆入罪,厥塗匪一。斷弊之書,日纏於聽覽;鉗釱之刑,歲積於牢犴。死者不可復生,刑者無因自返,由此而望滋實,庸可致乎?朕夕惕思治,念崇政術,斟酌前王,擇其令典,有可以憲章邦國,罔不由之。釋愧心於四海,昭情素於萬物。俗偽日久,禁網彌繁。漢文四百,邈焉已遠。雖省事清心,無忘日用,而委銜廢策,事未獲從。可依周、漢舊典,有罪入贖,外詳為條格,以時奏聞。"

[12] Another edict was given, that "No legal code appeals the more to the people than the one that allows for the atonement of crime by the expense of money, as it did in the ancient times, or than the one that permits the expiation of sin by the contribution of silk, as it did in the mid-ancient eras. It always pains me to see how, in those chaotic ages, when both hastiness and carelessness was rife in the world, it was easy for one to be punished for various, different causes, to see what a great deal of judgments of crime and convictions of guilt were made almost everyday, and to see how full the prisons were year after year of those to be punished physically. As it is impossible for the dead to resurrect and for the punished to recover their previous conditions, it is impracticable to effectuate a sufficient government by means of cruel tortures and savage punishments. In my continuous contemplation of and constant pursuit after an ideal means to an effective rule of the empire, I evaluate the administrative methods of the previous emperors, select, and make a full use of those laws and decrees that are still of relevance even nowadays. It is necessary for me to make clear to the subjects all of my well-meant intentions and to the people all of my benevolent thoughts. The present

situation, however, is that the contaminated customs have been followed for a long time while the severe laws have been practised to an irrational degree. Though there once existed in the Han Dynasty about four hundreds legal codes for civil governance, they must have already appeared to be remote and irrelevant at present. Even if it is a good way to let the world go as it does, it is quite unwise to discard those criminal laws. Therefore, it is practical to follow those legal practices once followed in the Zhou and Han dynasty by the allowance of the atonement of crime with the expense of money, to make those codes in strict accordance with the actual situations, and to make timely report to me for future use."

[13] 辛未，以中領軍蔡道恭爲司州刺史。以新除謝沐縣公蕭寶義爲巴陵王，以奉齊祀。復南蘭陵武進縣，依前代之科。徵謝朏爲左光祿大夫、開府儀同三司，何胤爲右光祿大夫。改南東海爲蘭陵郡。土斷南徐州諸僑郡縣。

[13] April the 13th, Cai Daogong, Commandant of the Central Army, was promoted to the Governor of the Region of Si. Xiao Baoyi, the newly knighted duke of the Xiemu Commandery, was promoted the Prince of Baling, responsible for the sacrificial rituals for the ancestors of the Qi Dynasty. The Wujin Commandery in the South Lanling Prefecture was reestablished, of the same scale and grade as it was in the previous dynasties. Xie Fei was appointed as Left Imperial Minister of the State and favorably privileged to officiate with secretariat, chancellery and censorate, and He Yin as Right Honorable Advisory Council of Empire. The Former South Donghai Commandery was renamed as Lanling Commandery. An official registration was made of the emigrant population in the counties and prefectures in the South Xu Region.

[14] 癸酉，詔曰："商俗甫移，遺風尚熾，下不上達，由來遠矣。升中馭索，增其憮然。可於公車府謗木肺石傍各置一函。若肉食莫言，山阿欲有橫議，投謗木函。若從我江、漢，功在可策，犀兕徒弊，龍蛇方縣；次身才高妙，擯壓莫通，懷傅、呂之術，抱屈、賈之歎，其理有嶔然，受困苞苴；夫大政侵小，豪門陵賤，四民已窮，九重莫達。若欲自申，並可投肺石函。"甲戌，詔斷遠近上慶禮。

[14] April the 15th, an edict was given, that "At a time when the fashion prevailing in the previous dynasty is still palpable, and even that in the Shang Dynasty has scarcely been reverted, it is safe to draw the conclusion that there has been a long duration for the break between the rulers and the ruled. A

sense of danger and fear is solidified when I come to shoulder the responsibility of imperial governance. It is high time to place a wooden box on both sides of the petition boards and of the scarlet stones. Those wooden boxes are placed to hold those contradictory advice or opinions from the commoners when it is inconvenient for the officials to make an open report, placed for those to make heard their complaints and protects who, even for their service for me since my insurrection in the Region of Yong, still remain either unrewarded or not appointed, placed for those to have sympathized their embarrassing conditions who, though eminent in intelligence and capable of civil administration like Fu Yue and Lv Wang, are suppressed and constrained in the same way as Qu Yuan and Jia Yi used to be, unable to make the most their capacities, and placed for anyone to report any such injustices as the tyranny of the powerful over the helpless, as the oppression of the rich over the poor, as the impoverishment of the population or the benightedness of the imperial court." The 16th, an edict was given to intercede all ceremonies of tribute or celebration.

[15] 又詔曰:"禮闈文閣,宜率舊章,貴賤既位,各有差等,俯仰拜伏,以明王度,濟濟洋洋,具瞻斯在。頃因多難,治綱弛落,官非積及,榮由幸至。六軍尸四品之職,青紫治白簿之勞。振衣朝伍,長揖卿相,趨步廣闥,並驅丞郎。遂冠履倒錯,珪甑莫辨。靜言疢懷,思返流弊。且玩法惰官,動成遝弛,罰以常科,終未懲革。夫櫬楚申威,蓋代斷趾,笞捶有令,如或可從。外詳共平議,務盡厥理。"癸未,詔"相國府職吏,可依資勞度臺;若職限已盈,所度之餘,及驃騎府並可賜滿。"

[15] Another edict was given, that "It is wise to follow the administrative, ritual and legal constitution in the same way as used to be followed, for it is natural for the rich and the poor to belong to different circles, and for the imperial authority to be acknowledged by bowing and prostration. It is only for admiration and reverence that a hierarchical structure is reflected. In a time, however, of chaos and turmoil, when the imperial constitution is broken, it is possible to enter into officialdom with no accumulation of contributions, and to be favored by glory only by the visitation of fortune. In that situation, it is common for the imperial guards to abuse their functions and for the ministers to be of use only in regional affairs. Even it is not uncommon to witness dismantlement in the court and disrespect to the ministers, stride in the royal palaces and lack of discrimination between the primers and the inferiors. Then and therefore, it is impossible to distinguish hats from shoes and jades from tiles. Not unaffected by those evils in my

private contemplation, I have been looking for a way to set right to those wrongs. In addition, those lazy officials often show no respect for the laws, always delay the sentences, punish only according to examples and give no effective measure against the crimes. It is advisable to beat the criminals by those wooden implements of punishment in the stead of the severance of limbs, and to whip and flog with moderation. It is imperative to make a thorough investigation and to be entirely reasonable." April the 25th, an edict was given, that "It is practicable to order the official ranks in the Premier administration bureau in accordance with qualifications and contributions, and to transfer to General of the Flying Cavalry administration bureau, those officials that have no positions there, in order to satisfy the demand of another apartment."

[16] 閏月丁酉，以行宕昌王梁彌邕爲安西將軍、河涼二州刺史，正封宕昌王。壬寅，以車騎將軍夏侯詳爲右光祿大夫。詔曰："成務弘風，肅厲内外，實由設官分職，互相懲糾。而頃壹拘常式，見失方奏，多容違惰，莫肯執咎，憲網日弛，漸以爲俗，今端右可以風聞奏事，依元熙舊制。"

[16] Leap April the 10th, Liang Miyong, the Candidate Prince of Dangchang, was promoted to General in Command of the West, Regional Governor of the He and Liang State, and knighted as the Dangchang Prince. The 15th, Xiahou Xiang, General of Chariots and Cavalry, was appointed Right Honorable Advisory Council of Empire. An edict was given, that "the accomplishment of the imperial career and the effective government of the empire depends upon the superintendence and supervision of the officials in differentiated ranks and classes. Recently, however, all those have been reduced into a mere question of formality when, in practice, report is made only at the occurrence of misconduct, negligence is given undue tolerance, advice is neither made nor received, and the weakening of the laws almost becomes an observable fact. In following the previous practice in the Yuanxi years of the Jin Dynasty, it is lawful for the close ministers to make remonstrances and impeachments upon evidences of hearsay."

[17] 五月乙亥夜，盜入南、北掖，燒神虎門、總章觀，害衛尉卿張弘策。戊子，江州刺史陳伯之舉兵反，以領軍將軍王茂爲征南將軍、江州刺史，率衆討之。六月庚戌，以行北秦州刺史楊紹先爲北秦州刺史、武都王。是月，陳伯之奔魏，江州平。前益州刺史劉季連據成都反。八月戊戌，置建康三官。乙巳，平北將軍、

西涼州刺史象舒彭進號安西將軍，封鄧至王。丁未，詔中書監王瑩等八人參定律令。是月，詔尚書曹郎依昔奏事。林邑、干陁利國各遣使獻方物。冬十一月己未，立小廟。甲子，立皇子統爲皇太子。十二月丙申，以國子祭酒張稷爲護軍將軍。辛亥，護軍將軍張稷免。是歲大旱，米斗五千，人多餓死。

[17] May the 18th, a group of thieves made entrance through the Gate of South and North Gate, set fire to the east gate of the imperial palace and the Zongzhangguan, and murdered Zhang Hongce, the Weiweiqing. June the 2nd, at the mutiny of Chen Bozhi, Regional Governor of the Jiang Region, Wang Mao, Commandant of the Army, was appointed by the emperor as General in Command of the South and Regional Governor of the Jiang Region, and was commanded to suppress Chen. June the 24th, Yang Shaoxian, the Cadidate Regional Governor of the North Qin Region, was appointed as Regional Governor of the North Qin Region, and was knighted as the Prince of the Wu Commandery. In same mouth, as Chen Bozhi went into exile in the North Wei, the Jiang Region was pacified. Liu Jilian, the previous Regional Governor of the Yi Region, occupied the Chengdu Commandery and revolted. August the 13th, three official positions were created in the capital. Xiang Shupeng, General in Conquest the North and Regional Governor of the West Liang Region, was promoted to General in Command of the West, and was knighted the Prince of Dengzhi. The 22nd, an edict was given to Wang Ying and other seven officials to make laws. In the same mouth, an edict was given to all Chiefs of Secretariats and Caolangs to make reports of occurrences of all kinds in the empire. An envoy was dispatched from the Kingdoms of Linyi and Gantuoli to make offer of the local products. November the 5th, during the winter, a temple was erected for the Grandmother of the emperor. The 10th, Xiao Tong was appointed as the crown prince. December the 12th, Zhang Ji, Minister of the Imperial Academy, was appointed the General of Assistant Troops-in-Chief. December the 27th, Zhang Ji, General of Assistant Troops-in-Chief, was removed. This year, a great number of the population was starved to death due to the high price of the rice for the long duration of the draught.

[18] 二年春正月甲寅朔，詔曰："三訊五聽，著自聖典，哀矜折獄，義重前誥，蓋所以明慎用刑，深戒疑枉，成功致治，罔不由茲。朕自藩部，常躬訊錄，求理得情，洪細必盡。末運弛網，斯政又闕，牢犴沉壅，申訴靡從。朕屬當期運，君臨兆億，雖復齋居宣室，留心聽斷；而九牧遐荒，無因臨覽。深懼懷冤就鞠，匪惟一方。

可申敕諸州,月一臨訊,博詢擇善,務在確實。"乙卯,以尚書僕射沈約爲尚書左僕射;吏部尚書范雲爲尚書右僕射;前將軍鄱陽王恢爲南徐州刺史;尚書令王亮爲左光祿大夫;右衛將軍柳慶遠爲中領軍。丙辰,尚書令、新除左光祿大夫王亮免。

[18] In the second Tianjian year (503), January the 1st, an edict was given in spring, that "The three aspects and five methods in a criminal case are the requirements from those sacred codifications. A sympathetic approval of the case is recorded in those previous imperial mandates. The avoidance of injustice and an effective rule, together with others, all depend upon the prudent application of the criminal laws. In the years of my governance of the Yong Region, it was customary of me to investigate those criminal cases in person, in spite of their seriousness, and to explore into the inner realities. In the last a few years of the Qi Dynasty, however, with the negligence of the laws and the rarity of thorough investigation, it is common to witness the accumulation of the legal cases and prevalence of injustice among the people. When I am bestowed the favor to rule over the empire, I am still attentive over the application of the laws, even in the periods of fast. The empire, nevertheless, is so vast in territory that it is impossible for me to make an investigation by myself in each case. My worry is that injustice must be committed more than in one case. Now, I make the request that, in each of the Region, a thorough monthly investigation of the legal cases, an extensive and rational acceptance of the popular opinions and a grasp of the inner realities must be made." January the 2nd, Shen Yue, the director of Premier of Department of State Affairs, was appointed Left Assistant of Department of State Affair; Fan Yun, Minister of Ministry of Personnel, appointed Provisional Right Assistant of Department of State Affairs; Xiao Hui, the Qian Commander-in-Chief and the Prince of Boyang, appointed Regional Governor of the South Xu Region; Wang Liang, Premier of Department of the State Affairs, appointed Left Imperial Minister of the State; and Liu Qingyuan, the Youwei Commander-in-Chief, appointed Commandant of the Central Army.

[19] 夏四月癸卯,尚書刪定郎蔡法度上《梁律》二十卷、《令》三十卷、《科》四十卷。

[19] April the 21st, in summer, Cai Fadu, Minister of Attorney General, presented twelve volumes of "The Laws of the Liang Dynasty," thirty volumes of "The Codifications" and forty volumes of "The Regulations."

[20] 五月丁巳,尚書右僕射范雲卒。乙丑,益州刺史鄧元起克成都,曲赦益州。壬申,斷諸郡縣獻奉二宮。惟諸州及會稽,職惟嶽牧,許薦任土,若非地產,亦不得貢。

[20] May the 6th, Fan Yun, Provisional Right Assistant of Department of State Affairs, died. The 14th, Deng Yuanqi, Regional Governor of the Yi Region, conquered Chengdu and absolved from punishment the Yi Region. The 21st, the offer of tributes to the imperial palace and to the Crown Price palace was forbidden. The right to make use of popular labor was allowed to those who officiated as Regional Governor in the regions or in the Kuaiji Commandery only after permission was given from the imperial power. No offer of tributes was allowable, but from those local products.

[21] 六月丁亥,詔以東陽、信安、豐安三縣水潦,漂損居民資業,遣使周履,量蠲課調。是夏多癘疫。以新除左光祿大夫謝朏爲司徒、尚書令。甲午,以中書監王瑩爲尚書右僕射。

[21] June the 6th, an inspection was ordered to be made into the damages of the popular properties caused by the inundation in the Dongyang, Xin'an and Feng'an Counties, and an abatement of taxes was to be allowed in accordance. Pestilence occurred frequently that summer. Xie Fei, the newly appointed Left Imperial Minister of State, was again appointed Minister of Interior Governance and Premier of Department of State Affairs. The 13th, Wang Ying, Secretary of Supervision, was appointed Provisional Right Assistant of Department of the State Affairs.

[22] 秋七月,扶南、龜兹、中天竺國各遣使獻方物。

[22] July, in the autumn, the Funan Kingdom, the States of Qiuci and the Middle India sent envoys to offer their local products.

[23] 冬十月,魏寇司州。十一月乙卯,雷電大雨,晦。是夜又雷。乙亥,尚書左僕射沈約以母憂去職。

[23] October, in the winter, the Wei Empire trespassed the boundary of the Si Region. November the 7th, the thunder, the lightning and the storm were so violent that no light was observable in the day. In the night of the same night, thunder was heard, and lightning seen again. The 27th, Shen

Yue, Left Assistant of Department of the State Affair, had to leave his office for the bemoaning of his diseased mother.

[24] 三年春正月戊申，後將軍、揚州刺史臨川王宏進號中軍將軍。癸丑，以尚書右僕射王瑩爲尚書左僕射，太子詹事柳惔爲尚書右僕射，前尚書左僕射沈約爲鎮軍將軍。

[24] In the spring of the third year, January the 1st, Xiao Hong, General of the Rear, Regional Governor of the Yang Region and the Linchuan Prince, was promoted General of the Central Army. The 6th, Wang Ying, Provisional Right Assistant of Department of the State Affairs, was appointed Left Assistant of Department of the State Affair; Liu Dan, in service of the House of Crown Prince, appointed Provisional Right Assistant of Department of the State Affairs; and Shen Yue, the previous Left Assistant of Department of the State Affair, appointed General of Stationed Troops.

[25] 二月，魏陷梁州。

[25] February, the Liang Region was conquered by the Wei Empire.

[26] 三月，隕霜殺草。五月丁巳，以扶南國王憍陳如闍耶跋摩爲安南將軍。

[26] March, the fall of frost withered the grasses. May the 11th, the King of Funan was appointed General in Command of the South.

[27] 六月丙子，詔曰："昔哲王之宰世也，每歲卜征，躬事巡省，民俗政刑，罔不必逮。末代風凋，久曠茲典。雖欲肆遠忘勞，究臨幽仄，而居今行古，事未易從，所以日晏跼蹐，情同再撫。總總九州，遠近民庶，或川路幽邈，或貧羸老疾，懷冤抱理，莫由自申，所以東海匹婦，致災邦國，西土孤魂，登樓請訴。念此於懷，中夜太息。可分將命巡行州部，其有深冤鉅害，抑鬱無歸，聽詣使者，依源自列。庶以矜隱之念，昭被四方，遏聽遠聞，事均親覽。"癸未，大赦天下。

[27] June the 1st, an edict was given, that "It is the practise of those former sagacious emperors to make a yearly divination in their rule, to inspect into the moralities within the boundaries of the empire, and to have a clear understanding of the popular customs, the conduction of the degrees, and the conviction of guiltiness. In recent times, however, as the ethos deteriorates,

that kind of practise has almost been lain in waste. It is uneasy for me to renew those ancient practices at present even though it is my wish to pay visit to those territories and places far away. Therefore, it leaves me almost nothing to do but to wander at the fall of night. If an overview of the situation is made of the nine parts under the heaven, some of the people come for justice by water from far away, and others, though poor and weak, old and sick, have no means to the assertion of their justice. It is no wonder that Zhou Qing, the widow in Donghai in the Han Dynasty, causes great damages after death by bringing a draught of three years, and the deserted ghost, unfairly sentenced to death, has no approach to justice but by making secret complaints to Wang Tun at the depth of night in the corner of the gate tower. Those considerations have been haunting me for such a long time that I often wake up at midnight to sigh deeply for release. It is imperative to send my edict to the regions that those who suffer from but have no way to redress injustice may be allowed to make a statement to my envoys of the realities as they are. It is my hope that sympathy shall be disseminated to the four directions as the shine of the sun and the light of the moon, and that justice shall be done as if it were by me myself." The 8th, an amnesty was granted to the whole empire.

[28] 秋七月丁未,以光禄大夫夏侯詳爲車騎將軍、湘州刺史,湘州刺史楊公則爲中護軍。甲子,立皇子綜爲豫章郡王。

[28] July the 2nd, in the autumn, Xiahou Xiang, Imperial Minister of the State, was appointed General of Chariots and Cavalry and Regional Governor of the Xiang Region; and Yang Gongze, Regional Governor of the Xiang Region, appointed the Capital Protector. The 19th, Xiao Zong, the fifth prince, was knighted the Prince of the Yuzhang Commandery.

[29] 八月,魏陷司州,詔以南義陽置司州。

[29] The August, the Si Region was conquered by the Wei Empire, and an edict followed that the Si Region was governed under the Southern Yiyang.

[30] 九月壬子,以河南王世子伏連籌爲鎮西將軍、西秦河二州刺史、河南王。北天竺國遣使獻方物。

[30] September the 8th, Fu Lianchou, the eldest son of the King of Henan, was appointed General in Guard of the West and Regional Governor of

the West Qin and He Region and the King of Henan. An envoy was sent from the North India to offer the local products.

[31] 冬十一月甲子，詔曰："設教因時，淳薄異政，刑以世革，輕重殊風。昔商俗未移，民散久矣，嬰網陷辟，日夜相尋。若悉加正法，則赭衣塞路；並申弘宥，則難用爲國，故使有罪入贖，以全元元之命。今遐邇知禁，圄犴稍虛，率斯以往，庶幾刑措。金作贖典，宜在蠲息。可除贖罪之科。"是歲多疾疫。

[31] November the 21st, in the winter, an edict was given, that "It is the general practice to instruct the people in accordance with the demand of the times, and to make change and modification for different purposes. The types of the punishments depend upon the characteristics of the times, and the applications of the laws have to adjust themselves to the conditions of the customs. In the beginning of the Zhou Dynasty, when the customs of the Shang Dynasty was still held in prevalence, it is usual for the people to commit crime and suffer from punishment, who have been living in disunion and disintegration. In such a situation, the criminals shall fill the roads if they are all to be put to justice, and an effective rule of the empire shall be impossible if all the crimes are forgiven. Therefore, it is a good way to allow to those criminals the redemption of the crimes by payment of tributes, in order to ensure the well-being of the people in the whole empire. At present, when the sovereignty of the laws is universally acknowledged, the prisons are becoming less and less filled. With the continuance of that favorable condition, it is not impossible that an effective rule of the empire without the penal punishments shall come into being. The abandonment of the redemption of crimes by the payment of tributes is necessary from now on. The code of expiation needs to be announced as expired." This year, the occurrence of pestilence was frequent.

[32] 四年春正月癸卯朔，詔曰："今九流常選，年未三十，不通一經，不得解褐。若有才同甘、顏，勿限年次。"置《五經》博士各一人。以鎭北將軍、雍州刺史、建安王偉爲南徐州刺史，南徐州刺史鄱陽王恢爲郢州刺史，中領軍柳慶遠爲雍州刺史。丙午，省《鳳皇銜書伎》。戊申，詔曰："夫禋郊饗帝，至敬攸在，致誠盡愨，猶懼有違；而往代多令宮人縱觀茲禮，帷宮廣設，輜軿耀路，非所以仰虔蒼昊，昭感上靈。屬車之間，見譏前世，便可自今停止。"辛亥，輿駕親祠南郊，赦天下。

[32] In the fourth Tijian year, January the 1st, an edict was given in the spring, that "According to the principle of the nine grades of ranks, it is denied

to those to officiate who are either under the age of thirteen, or fail to be proficient in the mastery of one of the classics. No restriction by the limit of the age, however, is set against those who are superior in competence and wisdom to both Gan Luo and Yan Hui. One seat of the court academician was established for each one of the five classics. Xiao Wei, General in Guard of the North, Regional Governor of the Yong Region and the Jian'an Prince, was appointed Regional Governor of the South Xu Region; Xiao Hui, Regional Governor of the South Xu Region and the Boyang Prince, appointed Regional Governor of the Ying Region; and Liu Qingyuan, Commandant of the Central Army, appointed Regional Governor of the Yong Region. The 4th, the musical piece of *Classics in the Beak of a Phoenix* was played and appreciated. The 6th, an edict was given, that "In matters of sacrifice to the former emperors, it is natural to worry about accidents and failures even if every part is conducted with care and in respect, to the extent as far as sincerity and ingenuity is followed. In the previous dynasty, however, it is definitely not a good way to do honor to the heaven by allowing the palace maidens to be present in those rites, by making the temporary imperial palace out of huge pieces of clothes almost everywhere, and by exhibiting the laden carts all along the roads. Since it has already been criticized that the emperor's carriage is closely followed by those of the empress and of the servants, now those practices are not allowed." The 9th, the emperor made the sacrifice in person in the southern suburb and a universal acquittal was given.

[33] 二月壬午,遣衞尉卿楊公則率宿衞兵塞洛口。壬辰,交州刺史李凱據州反,長史李畟討平之。曲赦交州。戊戌,以前鄧州刺史曹景宗爲中護軍。是月,立建興苑於秣陵建興里。

[33] February the 11th, Yang Gongze, Minister of Imperial Guard, was dispatched to be stationed in defense in Luokou. The 21st, when Li Kai, Regional Governor of the Jiao Region, revolted, Li Ji, the aide-de-camp, came to make a successful conquest. The Jiao Region was pardoned as a favor. The 27th, Cao Jingzong, the previous Regional governor of the Ying Region, was appointed the Capital Protector. In the same mouth, the Xing Park was constructed in Moling.

[34] 夏四月丁巳,以行宕昌王梁彌博爲安西將軍、河涼二州刺史、宕昌王。是月,自甲寅至壬戌,甘露連降華林園。

[34] In the summer, April the 17th, Liang Mibo, the candidate Dangchang Prince, was appointed General in Command of the West, Regional Governor of the He and Liang Region, and the Dangchang Prince. In the mouth, from the 14th to the 22nd, a favorable frost fell upon the Hualin Park.

[35] 五月辛卯,建康縣朔陰里生嘉禾,一莖十二穗。

[35] May the 22nd, an extraordinary kind of rice was discovered growing in Suyinli in the Jiankang Commandery, with twelve ears in the stalk.

[36] 六月庚戌,立孔子廟。壬戌,歲星晝見。

[36] June the 21st, the Temple of Confucius was erected. The 23th, Jupiter was observed right in daytime.

[37] 秋七月辛卯,右光祿大夫張瓌卒。八月庚子,老人星見。

[37] In the autumn, July the 22nd, Zhang Huan, Right Honorable Advisory Council of Empire, was deceased. August the 2nd, the appearance of Canopus was observed.

[38] 冬十月丙午,北伐,以中軍將軍、揚州刺史臨川王宏都督北討諸軍事,尚書右僕射柳惔爲副。是歲,以興師費用,王公以下各上國租及田穀,以助軍資。

[38] In the winter, October the 9th, in a campaign against the north, Xiao Hong, General in Command of Capital Troops, the Governor of the Region of Yang and the Linchuan Prince, was appointed General in chief, in command of all military affairs; and Liu Dan, Provisional Right Assistant of Department of the State Affairs, appointed the assistant. This year, due to the increase in the military costs, all the officials below the rank of the princes and dukes have to turn in imperial taxes and grains, in order to meet the demand of the emergency.

[39] 十一月辛未,以都官尚書張稷爲領軍將軍。甲午,天晴朗,西南有電光,聞如雷聲三。

[39] November the 11th, Zhang Ji, Chief Minister of Ministry of Justice, was appointed the Commandant of the Army. The 27th, a sunny day, a flash of lightning appeared in the southwest and thundering was heard three times.

[40] 十二月，司徒、尚書令謝朏以所生母憂，去職。是歲大穰，米斛三十。

[40] December, Xie Fei, Minister of Interior Governance and Premier of Department of the State Affairs, left his office to bemoan his deceased mother. This year witnessed a great harvest and a dendrobium of rice was worth 30 Qian.

[41] 五年春正月丁卯朔，詔曰："在昔周、漢，取士方國。頃代凋訛，幽仄罕被，人孤地絕，用隔聽覽，士操淪胥，因茲靡勸。豈其岳瀆縱靈，偏有厚薄，實由知與不知，用與不用耳。朕以菲德，君此兆民，而兼明廣照，屈於堂戶，飛耳長目，不及四方，永言愧懷，無忘旦夕。凡諸郡國舊族，邦内無在朝位者，選官搜括，使郡有一人。"乙亥，以前司徒謝朏為中書監、司徒、衛將軍，鎮軍將軍沈約為右光祿大夫，豫章王綜為南徐州刺史。丁丑，以尚書左僕射王瑩為護軍將軍，僕射如故。甲申，立皇子綱為晉安郡王。丁亥，太白晝見。

[41] In the fifth Tianjian Year, January the 1st, an edict was given, that "It is the common practice in the previous times of the Zhou and Han Dynasty to select the potential officials among the candidates in the princedom states. In the modern times of chaos and confusion, however, it is unusual for those competent candidates hidden in retreat to be noticed, who have no access to the imperial court both for their unreasonable pride and for the intervening distance. It is neither for remoteness nor for intimacy that it results in such a negative manner, but rather for the ignorance and the unwillingness towards appointment from the throne. It is impossible for me to make a thorough investment within the imperial boundary, not to mention the narrowness and limit of my knowledge, even if it is my fortune to superintend the whole population with slight assistance of my virtues. No other means remains for me but to keep a constant reminder in the mind. It is highly important to make wide search of those superiors in social or political status but still out of imperial official service, in order to select at least one such person in each of the counties." The 9th, Xie Fei, the previous Minister of Interior Governance, was appointed Secretary of Supervision, Minister of Interior Governance and General of Defensive Guard; Shen Yue, General of Stationed Troops, appointed Right Honorable Advisory Council of Empire; and Xiao Zong, the Yuzhang Prince, appointed the Governor of the South Region of Xu. The 11th, Wang Ying, Left Assistant of Department of the State Affair, was appointed General of Assistant Troops and still Premier of Department of the State

Affairs. The 18th, Xiao Gang, the Crown Prince, was appointed the prince of the Jin'an Commandery. The 21st, Venus was observable at day.

[42] 二月庚戌,以太常張充爲吏部尚書。

[42] February the 15th, Zhang Yun, Minister of Ceremonies, was appointed Minister of Ministry of Personnel.

[43] 三月丙寅朔,日有蝕之。癸未,魏宣武帝從弟翼率其諸弟來降。輔國將軍劉思效破魏青州刺史元繫於膠水。丁亥,陳伯之自壽陽率衆歸降。

[43] March the 1st, an eclipse occurred. The 18th, Yuan Yi, the cousin of the Xuanwu Emperor of the Wei Empire, came to surrender with some of the other cousins. Liu Sixiao, the Defence Commander-in-Chief, defeated Yuan Xi, the Governor of the Region of Qing of the Wei Empire, at the Jiao River.

[44] 夏四月丙申,廬陵高昌之仁山獲銅劍二,始豐縣獲八目龜一。甲寅,詔曰:"朕昧旦齋居,惟刑是恤,三辟五聽,寢興載懷。故陳肺石於都街,增官司於詔獄,殷懃親覽,小大以情。而明慎未洽,圄圉尚壅,永言納隍,在予興愧。凡犴獄之所,可遣法官近侍,遞錄囚徒,如有枉滯,以時奏聞。"

[44] In summer, April the 2nd, two bronze swords were discovered in the Ren Mountain at Gaochang Commandery in Luling Shire. The 20th, an edict was given, that "I start to deal with government affairs with prudence at an early hour every day, with a special emphasis upon the conduction of the penalties, and give a constant consideration of the five ways to conduct penalties of the three dynasties of Xia, Shang and Zhou. Therefore, a red stone in the shape of a lung is placed in the busy streets for the purpose of the collection of popular opinions, and the number of the officials is enlarged in order to facilitate the running of the laws. It is my habit to make personal investigations and to deal with the legal cases in accordance with the realities. Always aware of the urgency and necessity of the satisfaction of popular needs, I conceive a deep regret for the situation that the prudent investigations are still absent and the prisons are usually filled with the criminals. It is commanded that every crime in the prison is recorded by order by the judicial officials and the imperial attendants, and an instant report is made to the throne if injustice occurs."

[45] 五月辛未，太子左衛率張惠紹克魏宿預城。乙亥，臨川王宏前軍克梁城。辛巳，豫州刺史韋叡克合肥城。丁亥，廬江太守裴邃克羊石城；庚寅，又克霍丘城。辛卯，太白晝見。

[45] May the 7th, Zhang Huishao, Left Guard of the Crown Prince, conquered the Xiuyu City of the Wei Empire. The 11th, Xiao Hong, the Linchuan Prince, sent a troop and overcame the Liang City. The 17th, Wei Rui, the Governor of the Region of Yu, vanquished Hefei City. The 23rd, Pei Sui, the Council of Lujiang, subjugated the Yangshi City, and, the 26th, the Huoqiu City. The 27th, Venus made another diurnal appearance.

[46] 六月庚子，青、冀二州刺史桓和前軍克朐山城。

[46] June the 7th, Huan He, Regional Governor of the Qing and Ji Region, sent a troop and defeated the Qushan City.

[47] 秋七月乙丑，鄧至國遣使獻方物。八月戊戌，老人星見。辛酉，作太子宮。

[47] In Autumn, July the 2nd, Deng Zhiguo sent a group of envoys to deliver the native products. August the 6th, Canopus appeared. The 29th, the palace of the crown prince was beginning to be built.

[48] 冬十一月甲子，京師地震。乙丑，以師出淹時，大赦天下。魏寇鍾離，遣右衛將軍曹景宗率眾赴援。十二月癸卯，司徒謝朏薨。

[48] In Winter, November the 3rd, an earthquake occurred in the capital. The 4th, a universal acquittal was made due to duration of the wars. At the intrusion of the Wei Empire at the Zhongli City, Cao Jingzong, Right General of Defensive Guard, was dispatched to render reinforcement. December the 12th, Xie Fei, Minister of Interior Governance, died.

[49] 六年春正月辛酉朔，詔曰："徑寸之寶，或隱沙泥；以人廢言，君子斯戒。朕聽朝晏罷，思闡政術，雖百辟卿士，有懷必聞，而蓄響邊遐，未臻魏闕。或屈以貧陋，或間以山川，頓足延首，無因奏達。豈所以沉浮靡漏，遠邇兼得者乎？四方士民，若有欲陳言刑政，益國利民，淪礙幽遠，不能自通者，可各詮條布懷於刺史二千石。有可申採，大小以聞。"己卯，詔曰："夫有天下者，義非爲己。凶荒疾癘，

兵革水火,有一於此,責歸元首。今祝史請禱,繼諸不善,以朕身當之,永使災害不及萬姓,俾茲下民稍蒙寧息。不得爲朕祈福,以增其過。特班遠邇,咸令遵奉。"

[49] In the 6th Tianjian Year (507), in the spring, January the 1st, an edict was given, that "In the same way as it is possible for a precious stone of one inch in diameter to be buried in sands sometimes, it is as likely as it is for one slightly deficient in merit to be denied the acceptance of his constructive advice, the one situation to be admonished by those officials. I retire from the court as late as it can be every time, only to make more time for the amelioration of the political policies. Even if officials of all the ranks are trying the best to persuade those meritorious and competent to take office in the government, there are, however, still some hermits in distant areas that have no opportunity to secure an official position. Of those hermits, some are confined to poverty and crudity due to their inferiority in social status, and others are distanced by the insurmountable mountains and obstructing rivers, who, though in earnestness, are given no chance for a presence in the court. It is far from my ideal that all those virtuous and capable are recruited, regardless of the superiority or inferiority of their social status, or of their strangeness or familiarity with the imperial court. Those people may make their proposals, beneficial both to the empire and to the populace, clear to those Regional Governor, Leader of court gentlemen, and the Regional-level governor, who have no way to make report to the imperial court but are willing to improve the conduction of penalties and policies. No matter serious or not, those proposals, as long as they are adoptable, need to be reported to the imperial court." The 19th, an edict was given, that "Those in rule over the whole empire don't live for the sake of their own lives only. The head of the empire must be put to blame when one of such disasters should take place, as famine, plague, war, flood and conflagration. Now, those priests are ordered to make prayers to let all disasters fall upon my head, in order to save the people from those catastrophes and to allow them some space for rehabilitation and recuperation. No prayer be made for my sake, and let my consciousness stay in peace. Give the order to the whole empire and make sure of a universal obedience."

[50] 二月甲辰,老人星見。

[50] February the 14th, Canopus appeared.

[51] 三月庚申朔，隕霜殺草。是月，有三象入京師。

[51] March the 1st, the fall of a frost eradicated a great amount of grasses. In the same month, there were three elephants that forced entrance into the capital city.

[52] 夏四月壬辰，置左右驍騎、左右游擊將軍官。癸巳，曹景宗、韋叡等破魏軍於邵陽洲，斬獲萬計。癸卯，以右衛將軍曹景宗爲領軍將軍、徐州刺史。己酉，以江州刺史王茂爲尚書右僕射，中書令安成王秀爲平南將軍、江州刺史。分湘廣二州置衡州。丁巳，以中軍將軍、揚州刺史臨川王宏爲驃騎將軍、開府儀同三司，撫軍將軍建安王偉爲揚州刺史，右光祿大夫沈約爲尚書左僕射，尚書左僕射王瑩爲中軍將軍。

[52] In summer, April the 3rd, the positions were established, of Left and Right General of Valiant Cavalry, and Left and Right General of Guerrilla Warfare. The 4th, Cao Jingzong, Wei Rui and others defeated the armies of the Wei Empire at the Shaoyang City, and the number of those amounted to ten thousand who were decapitated or captivated. The 14th, Cao Jingzong, Right General of Defensive Guard, was appointed Commandant of the Army and the Governor of the Region of Xu. The 20th, Wang Mao, the Governor of the Region of Jiang, was appointed Provisional Right Assistant of Department of the State Affairs; and Xiao Xiu, Charger of Supervision and the Ancheng Prince, appointed General in Conquest of the South and the Governor of the Region of Jiang. Parts of the two Regions of Xiang and Guang were separated for the establishment of the Region of Heng. The 28th, Xiao Hong, General in Command of Capital Troops, the Governor of the Region of Yang and the Linchuan Prince, was appointed General of Cavalry, favorably privileged to officiate with secretariat, chancellery and censorate; Xiao Wei, Commandant of Ancillary and the Jian'an Prince, appointed the Governor of the Region of Yang; Shenyue, Right Honorable Advisory Council of Empire, appointed Left Assistant of Department of State Affair; and Wang Ying, Left Assistant of Department of the State Affairs, appointed General in Command of Capital Troops.

[53] 五月己未，以新除左驍騎將軍長沙王深業爲中護軍。癸亥，以侍中袁昂爲吏部尚書。己巳，置中衛、中權將軍，改驍騎爲雲騎，游擊爲游騎。辛未，右將軍、揚州刺史建安王偉進號中權將軍。

[53] May the 1st, Xiao Yuanye, the newly appointed Left General of Valiant Cavalry and the Changsha Prince, was appointed General of Central Assistant Troops. The 5th, Yuan Ang, Palace Attendant, was appointed Minister of Ministry of Personnel. The 11th, the positions of General in Charge of Central Defense and General of Capital Strategy and Tactics were established, and the appellation of General of Valiant Cavalry was changed into General of Ascending Cavalry, that of General of Guerrilla Warfare into General of Sweeping Cavalry. The 13th, Xiao Wei, Right General, the Governor of the Region of Yang and the Jian'an Prince, was promoted to General of Capital Strategy and Tactics.

[54] 六月庚戌,以車騎將軍、湘州刺史夏侯詳爲右光禄大夫,新除金紫光禄大夫柳惔爲安南將軍、湘州刺史。新吴縣獲四目龜一。

[54] June the 22nd, Xiahou Xiang, General of Chariots and Cavalry and the Governor of the Region og Xiang, was appointed Right Honorable Advisory Council of Empire; and Liu Dan, the newly appointed Noble Honorable Advisory Council of Empire, appointed General in Command of the South and the Governor of the Region of Xiang. There was a turtle of four eyes that was captured in Xinwu Commandery.

[55] 秋七月甲子,太白晝見。丙寅,分廣州置桂州。丁亥,以新除尚書右僕射王茂爲中衛將軍。

[55] In autumn, July the 7th, Venus made another diurnal appearance. The 9th, parts of the Guang Region were separated to found the Gui Region. The 30th, Wang Mao, the newly appointed Provisional Right Assistant of Department of the State Affairs, was appointed General in Charge of Central Defense.

[56] 八月戊子,赦天下。戊戌,大風折木。京師大水,因濤入,加御道七尺。

[56] August the 1st, a universal acquittal was made. The 11th, a violent storm eradicated a great amount of trees. An elevation of seven inches was made to the imperial roads due to the occurrence of inundation in the capital city.

[57] 九月,嘉禾一莖九穗,生江陵縣。乙亥,改閱武堂爲德陽堂,聽訟堂爲

儀賢堂。丙戌，以左衛將軍吕僧珍爲平北將軍、南兗州刺史，豫章内史蕭昌爲廣州刺史。

[57] September, nine ears of grain grew in one stem of the rice in Jiangling Commandery. The 19th, the appellation of Yuewu Hall was changed into Deyang Hall, and Tingsong Hall into Yixian Hall. The 30th, Lv Sengzhen, the Left General of Defensive Guard, was appointed General in Conquest the North and Regional Governor of the South Region of Yan; and Xiao Chang, Officer of Imperial Household, appointed the Governor of the Region of Guang.

[58] 冬十月壬寅，以五兵尚書徐勉爲吏部尚書。

[58] In winter, October the 16th, Xu Mian, Minister of Ministry of Imperial Defense, was appointed Minister of Ministry of Personnel.

[59] 閏月乙丑，以驃騎將軍、開府儀同三司臨川王宏爲司徒、行太子太傅，尚書左僕射沈約爲尚書令、行太子少傅，吏部尚書袁昂爲右僕射。戊寅，平西將軍、荆州刺史始興王憺進號安西將軍。甲申，以右光禄大夫夏侯詳爲尚書左僕射。

[59] Leap October the 2nd, Xiao Hong, General of Cavalry and the Linchuan Prince, favorably privileged to officiate with secretariat, chancellery and censorate, was appointed Minister of Interior Governance and in service as Provisional Master Tutor of the Crown Prince; Shen Yue, Left Assistant of Department of the State Affairs, appointed Premier of Department of the State Affairs, in service as Provisional Expert Tutor of the Crown Prince; and Yuan Ang, Minister of Ministry of Personnel, appointed Right Assistant of Department of the State Affairs. The 23rd, Xiao Dan, General in Conquest of the West, the Governor of the Region of Jing and the Shixing Prince, was entitled General in Command of the West. The 16th, Xiahou Xiang, Right Honorable Advisory Council of Empire, was appointed Right Assistant of Department of the State Affairs.

[60] 十二月丙辰，尚書左僕射夏侯詳卒。乙丑，魏淮陽鎮都軍主常邕和以城内屬。分豫州置霍州。

[60] December the 16th, Xiaohou Xiang, Left Assistant of Department of

State Affair, died. The 26th, Chang Yonghe, Chief General of Defensive Guard in Huaiyang Commandery of the Wei Empire, surrendered the whole citadel to the Liang Empire. Parts of the Region of Yu were separated for the establishment of the Region of Huo.

[61] 七年春正月乙酉朔，詔曰："建國君民，立教爲首。不學將落，嘉植靡由。朕肇基明命，光宅區宇，雖耕耘雅業，傍闡藝文，而成器未廣，志本猶闕，非所以鎔範貴遊，納諸軌度。思欲式敦讓齒，自家刑國。今聲訓所漸，戎夏同風，宜大啟庠斅，博延胄子，務彼十倫，弘此三德，使陶鈞遠被，微言載表。"中衛將軍、領太子詹事王茂進號車騎將軍。戊戌，作神龍、仁虎闕於端門、大司馬門外。壬子，以領軍將軍曹景宗爲中衛將軍，衛尉蕭景兼領軍將軍。

[61] In the 7th Tianjian Year (508), in spring, January the 1st, an edict was given, that "It is of primary importance to cultivate the popular virtues after the establishment of the empire and the foundation of the government. Without cultivation, the only way to achieve competence, no expectation of advance is to be made. Though I as the emperor am busy with the imperial affairs incessantly and prone to consult with the classics after the realization of the divine will and the conduction of the rule over the whole world, I am unable, confined as I am in the scope of wisdom and insight, to invent new methods of cultivation for those youths of potential capacities, in order to make out of them the pillars of the empire. I consider it as right to make courtesies in accordance to ages and to begin the practise from the imperial families as a model for universal adoption. Now when both the civilized and the barbarous are beginning to converge themselves to the same ethical codes with the spread of education, it is necessary to establish more schools and to recruit more noble students for the promotion of those ethical principles and moral virtues, and for the final aim of universal cultivation and the propagation of the sublime meanings in the works of those sages." Wang Mang, General in Charge of Central Defense, in service of the House of Crown Prince, was entitled General of Chariots and Cavalry. The 14th, the watchtowers of the divine dragon and the benevolent tiger were built outside the Duan Gate and Great General Gate. The 18th, Cao Jingzong, Commandant of the Army, was appointed General in Charge of Central Defense; and Xiao Jing, Minister of Defense, appointed Commandant of the Army.

[62] 二月乙卯，廬江灊縣獲銅鍾二。新作國門於越城南。乙丑，增置鎮衛將軍以下各有差。庚午，詔於州郡縣置州望、郡宗、鄉豪各一人，專掌搜薦。乙亥，以車騎大將軍高麗王高雲爲撫東大將軍、開府儀同三司，平北將軍、南兖州刺史呂僧珍爲領軍將軍。丙子，以中護軍長沙王深業爲南兖州刺史，兼領軍將軍蕭景爲雍州刺史，雍州刺史柳慶遠爲護軍將軍。

[62] February the 1st, two copper bells were excavated at the Qian Commandery in Lujiang District. A new entrance was made in the south wall of the Yue Town. The 11th, several positions were newly established of the rank below General of Defensive Guard. The 16th, the position of one Regional Recommender, one District Patriarch and one Village Leader was ordered to be established, for the purpose of the search after and the recommendation of the competencies. The 21st, Gao Yun, General of Chariots and Cavalry and the Gaoli Prince, was appointed the Great General in Support of the East, favorably privileged to officiate with secretariat, chancellery and censorate; and Lü Sengzhen, General in Conquest the North and the Governor of the South Region of Yan, appointed General of Central Assistant Troops. The 22nd; Xiao Shenye, General of Central Assistant Troops and the Changsha Prince, was appointed the Governor of the South Region of Yan; Xiao Jing, Provisional Commandant of the Army as well, appointed the Governor of the Region of Yong; and Liu Qingyuan, the Governor of the Region of Yong, appointed General of Assistant Troops.

[63] 夏四月乙卯，皇太子納妃，赦大辟以下，頒賜朝臣及近侍各有差。辛未，秣陵縣獲靈龜一。戊寅，餘姚縣獲古銅劍二。

[63] In summer, April the 2nd, the crown prince was married to a concubine, an acquittal was made to the criminals below death penalty, and a graded reward was given to the courtiers and imperial attendants. The 18th, a turtle of rare appearance was captured in the Moling Commandery. The 25th, two copper swords of ancient times were discovered in the Yuyao Commandery.

[64] 五月己亥，詔復置宗正、太僕、大匠、鴻臚，又增太府、太舟，仍先爲十二卿。癸卯，以平南將軍、江州刺史安成王秀爲平西將軍、荊州刺史，安西將軍、荊州刺史始興王憺爲護軍將軍，中衛將軍曹景宗爲安南將軍、江州刺史。

[64] May the 17th, an edict was given to reestablish the positions, in

terms of the Chamberlains for the Imperial Clan, for the Imperial Stud, for the Palace Buildings, and for the Dependencies, and to establish the positions of the Chamberlains for the Palace Bursary and Waterways, twelve ministers in total in accordance to the previous principles. The 21st, Xiao Xiu, General in Conquest of the South, the Governor of the Region of Jiang and the Ancheng Prince, was appointed General in Conquest of the West and thel Governor of the Region of Jing; Xiao Dan, General in Command of the West, appointed the Governor of the Region of Jing, and the Shixing Prince, appointed General of Assistant Troops; and Cao Jingzong, the General in Charge of Central Defense, appointed General in Command of the South and the Governor of the Region of Jiang.

[65] 六月辛酉，復建、修二陵周回五里內居民，改陵監爲令。

[65] June the 9th, the exemption of the taxes was applied to the inhabitants within five miles of the two Mausoleums of Jian and Xiu, and the rank of supervisor was elevated to prefect.

[66] 秋七月丁亥，月犯氐。

[66] In autumn, July the 6th, the moon trespassed the domain of the third constellation in the east.

[67] 八月癸丑，安南將軍、江州刺史曹景宗卒。丁巳，赦大辟以下未結正者。甲戌，平西將軍、荊州刺史安成王秀進號安西將軍，雲麾將軍、郢州刺史鄱陽王恢進號平西將軍。老人星見。

[67] August the 2nd, Cao Jingzong, General in Command of the South and Regional Governor of the Region of Jiang, died. The 6th, a universal acquittal was made to all the criminals below the penalty of death. The 23rd, Xiao Xiu, General in Conquest of the West, the Governor of the Region of Jing and the Ancheng Prince, was entitled General in Command of the West; and Xiao Hui, General of the Command Banner, the Governor of the Region of Ying and the Boyang Prince, entitled General in Conquest of the West. Canopus appeared.

[68] 九月丁亥，詔曰："芻牧必往，姬文垂則；雉兔有刑，姜宣致貶。藪澤山林，毓材是出，斧斤之用，比屋所資。而頃世相承，并加封固，豈所謂與民同利，惠

兹黔首？凡公家諸屯戍見封熂者，可悉開常禁。"壬辰，置童子奉車郎。癸巳，立皇子績爲南康郡王。己亥，月犯東井。

[68] September the 7th, an edict was given, that "It is the practice of the Wen Emperor of the Zhou Dynasty to pay special attention even to those herdsmen, and it is natural for the Xuan Emperor of the Qi State to be put to blame for the killings of pheasants and rabbits. It is customary for every family to make use of the woods produced out of the swamps, lakes and forests. To follow the convention of prohibition of the people from the use of those natural resources, however, is far form sharing interest with, and making benefit for, the people. All the lands occupied for official use that have already, however, been taken for cultivation, fishery and hunting are no longer to be disallowed of entrance in the future." The 12th, the position of Junior Escort of Chariot was established. The 13th, Xiao Ji, one of the princes, was knighted the Prince of South Kang Commandery. The 19th, the moon trespassed the bound of the eastern Well Mansion.

[69] 冬十月丙寅，以吳興太守張稷爲尚書左僕射。丙子，魏陽關主許敬珍以城內附。詔大舉北伐。以護軍將軍始興王憺爲平北將軍，率衆入清；車騎將軍王茂率衆向宿預。丁丑，魏懸瓠鎮軍主白皁生、豫州刺史胡遜以城內屬。以皁生爲鎮北將軍、司州刺史，遜爲平北將軍、豫州刺史。

[69] In winter, October the 16th, Zhang Ji, Prefect of Wuxing City, was appointed Left Assistant of Department of the State Affairs. The 26th, Xu Jingzhen, the Prefect of Yangguan in the Wei Empire, surrendered the whole city to Liang. An edict was given to march a massive northern expedition. Xiao Dan, General of Assistant Troops and the Shixing Prince, now appointed General in Conquest the North, was commanded to head for the Qing River; and Wang Mao, General of Chariots and Cavalry, to intrude into Xiuyu. The 27th, Bai Zaosheng, Defence Command General in Xuanhu of the Wei Empire, and Hu Xun, the Governor of the Region of Yu, surrendered their cities to Liang, the former of whom was then appointed General in Guard of the North and the Governor of the Region of Si, and the latter appointed General in Conquest the North and the Governor of the Region of Yu.

[70] 十一月辛巳，鄞縣言甘露降。

[70] November the 2nd, a report was made from the Yin Commandery of

the fall of an auspicious frost.

[71] 八年春正月辛巳，輿駕親祠南郊，赦天下，內外文武各賜勞一年。壬辰，魏鎮東參軍成景儁斬宿預城主嚴仲寶，以城內屬。

[71] In the eighth Tianjian Year (509), in spring, January the 3rd, the emperor made a personal presence in the divine sacrifice in the south suburb, made a universal acquittal, and gave rewards to the civil and military officials. The 14th, Cheng Jingjun, Adviser General in Guard of the East of the Wei Empire, surrendered the Suyu City to Liang, by beheading Yan Zhongbao, the General in Defense.

[72] 二月壬戌，老人星見。

[72] February the 14th, Canopus appeared.

[73] 夏四月，以北巴西郡置南梁州。戊申，以護軍將軍始興王憺爲中衛將軍，司徒、行太子太傅臨川王宏爲司空、揚州刺史，車騎將軍、領太子詹事王茂即本號開府儀同三司。丁卯，魏楚王城主李國興以城內附。丙子，以中軍將軍、丹陽尹王瑩爲右光祿大夫。

[73] In summer, in April, the northern parts of the Baxi Commandery were separated to establish the South Region of Liang. The 1st, Xiao Dan, the General of Assistant Troops and the Shixing Prince, was appointed General in Charge of Central Defense; Xiao Hong, Minister of Interior Governance and the Linchuan Prince, in service as Master Tutor of the Crown Prince, appointed Minister of public works and the Governor of the Region of Yang; and Wang Mang, General of Chariots and Cavalry and in service of the House of Crown Prince, favorably privileged to officiate with secretariat, chancellery and censorate. The 16th, Li Guoxing, the Prefect of the Chuwang District in the Wei Empire, surrendered to be annexed to the Liang Empire. The 26th, Wang Ying, General in Command of Capital Troops and Council of Danyang, was appointed Right Honorable Advisory Council of Empire.

[74] 五月壬午，詔曰："學以從政，殷勤往哲，祿在其中，抑亦前事。朕思闡治綱，每敦儒術，軾閭闢館，造次以之。故負帙成風，甲科間出，方當置諸周行，飾以青紫。其有能通一經、始末無倦者，策實之後，選可量加叙錄。雖復牛監羊肆，

寒品後門,并随才試吏,勿有遺隔。"

[74] May the 6th, an edict was given, that "It is mentioned by the previous sages for many times that the aim of study is to officiate, and it is beneficial to study. It is always my practise to improve the political governance by means of the promotion of Confucianism, to give opportunities to those competent and capable, and to follow their advice in actualities. When, therefore, it becomes a convention to study abroad in an assiduous way, it is natural to give those the chance to take office in the imperial government and to be attired in the official uniforms, who passes the superior court examinations from time to time. It is allowable to recruit those in the government who, proficient in the study of one of the classics and constant in the cultivation of it, may pass through a careful check. Such an allowance is to be applied to anyone, either a watcher over the cows or a seller of the sheep, either a commoner or a member of the families of an inferior rank, in order to eliminate any omission."

[75] 秋七月癸巳,巴陵王蕭寶義薨。
[75] In Autumn, July the 17th, Xiao Baoyi, the Baling Prince, died.

[76] 八月戊午,老人星見。
[76] August 13th, Canopus appeared.

[77] 冬十月乙巳,以中軍將軍始興王憺爲鎮北將軍、南兗州刺史,南兗州刺史長沙王深業爲護軍將軍。
[77] In Winter, October the 1st, Xiao Dan, General of Central Assistant Troops and the Shixing Prince, was appointed General in Guard of the North and the Governor of the South Region of Yan; and Xiao Yuanye, the Governor of the South Region of Yan and the Shangcha Prince, appointed General of Assistant Troops.

[78] 九年春正月乙亥,以尚書令、行太子少傅沈約爲左光祿大夫,行少傅如故,右光祿大夫王瑩爲尚書令,行中撫將軍建安王偉領護軍將軍,鎮北將軍、南兗州刺史始興王憺爲鎮西將軍、益州刺史,太常卿王亮爲中書監。丙子,以輕車將軍晉安王綱爲南兗州刺史。庚寅,新作緣淮塘,北岸起石頭迄東冶,南岸起後渚

籬門迄三橋。

[78] In the ninth Tianjian Year (510), in Spring, January the 2nd, Shen Yue, Premier of Department of the State Affairs and Provisional Expert Tutor of the Crown Prince, was appointed Left Imperial Minister of the State, still in service as Master Tutor of the Crown Prince; Wang Ying, Right Honorable Advisory Council of Empire, appointed Premier of Department of State Affairs; Xiao Wei, General in Charge of Central Troops and the Jian'an Prince, appointed the General of Assistant Troops; Xiao Dan, General in Guard of the North, the Governor of the South Region of Yan and the Shixing Prince, appointed General in Guard of the West and the Governor of the Region of Yi; and Wang Liang, Master of Imperial Ceremony, appointed Secretary of Supervision. The 3rd, Xiao Gang, the General of Light Chariots and Jin'an Prince, was appointed the Governor of the South Region of Yan. The 17th, the embankments were fortified along the Huai River, in the north beginning from Shitou to end in Dongye, and in the south beginning from Houzhu Limen to end in Sanqiao.

[79] 三月己丑，車駕幸國子學，親臨講肆，賜國子祭酒以下帛各有差。乙未，詔曰："王子從學，著自禮經，貴遊咸在，實惟前誥，所以式廣義方，克隆教道。今成均大啟，元良齒讓，自斯以降，并宜肄業。皇太子及王侯之子，年在從師者，可令入學。"于闐國遣使獻方物。

[79] March the 17th, the emperor favored the Imperial Academy with his own personal presence, gave a lecture, and made a differentiated reward of all the officials below the rank of the Director of the Imperial Academy. The 23rd, an edict was given, that "It is recorded in the *Book of the Rites* in the Zhou Dynasty that the princes need to follow a master in his study and sons of the noblemen have to make their study in assemblage. The same way was followed even in ancient times to promote the moral principles and to prosper the ethical fundamentals. Now that the imperial academy has been opened, it is imperative for both the royal princes and the noble descendants to make academic studies in accordance with their ages." A group of envoys were sent from the Kingdom of Khotan to make offer of the native products.

[80] 夏四月丁巳，革選尚書五都令史用寒流。林邑國遣使獻白猴一。

[80] In summer, April the 16th, the selection of the candidates for the

Government Staff of the Five Departments was confined to the commoners only. A group of envoys were sent from the Kingdom of Linyi to make offer of a monkey in white color.

[81] 五月己亥,詔曰:"朕達聽思治,無忘日昃。而百司群務,其途不一,隨時適用,各有攸宜,若非總會衆言,無以備兹親覽。自今臺閣省府州郡鎮戍應有職僚之所,時共集議,各陳損益,具以奏聞。"中書監王亮卒。

[81] May the 28th, an edict was given, that "It is my habit to have a thorough understanding of the opinions of all the officials despite the amount of time devoted to it. Different officials, however, have different duties to perform, and, therefore, employ different means to their respective ends. It naturally follows that no personal superintendence is possible without a sufficient collection of all the opinions. It is now decreed to all the offices, both ministerial and provincial, both municipal and suburban, and both civil and military, to set a fixed time for collective discussion, to make a statement of every opinion, and to send a relevant report to the imperial court." Wang Liang, Secretary of Supervision, died.

[82] 六月癸丑,盜殺宣城太守朱僧勇。癸酉,以中撫將軍、領護軍建安王偉爲鎮南將軍、江州刺史。

[82] June the 13th, Zhu Sengyong, the Prefect of the Xuan City, was murdered by a rebellion arising there. Leap June the 3rd, Xiao Wei, General in Charge of Central Troops, Provisional General of Assistant Troops and the Jian'an Prince, was appointed General in Guard of the South and the Governor of the Region of Jiang.

[83] 閏月己丑,宣城盜轉寇吴興縣,太守蔡撙討平之。

[83] Leap June the 19th, Cai Zun, the Prefect of the Wuxing Commandery, came to crusade against and pacify the rebellion from the Xuan City that was beginning to trespass the border of the Wuxing District

[84] 秋七月己巳,老人星見。

[84] In autumn, July the 30th, Canopus appeared.

[85] 冬十二月癸未，輿駕幸國子學，策試冑子，賜訓授之司各有差。

[85] In winter, December the 16th, the emperor came to make a personal visit in the Imperial Academy, examined the progresses of the noble students, and gave a differentiated reward to the staffs of various ranks.

[86] 十年春正月辛丑，輿駕親祠南郊，大赦天下，居局治事賜勞二年。癸卯，以尚書左僕射張稷爲安北將軍、青冀二州刺史，郢州刺史鄱陽王恢爲護軍將軍。甲辰，以南徐州刺史豫章王綜爲郢州刺史，輕車將軍南康王績爲南徐州刺史。戊申，騶虞一，見荊州華容縣。以左民尚書王暕爲吏部尚書。辛酉，輿駕親祠明堂。

[86] In the tenth Tianjian Year (510), in spring, January the 4th, the emperor presented himself at the divine sacrifice at the southern suburb, made a universal acquittal, and gave a two-year reward to all the officials in the hold of a post. The 6th, Zhang Ji, Left Assistant of Department of State Affair, was appointed General in Command of the North and the Governor of the Regions of Qing and Ji; and Xiao Hui, the Governor of the Region of Ying and the Boyang Prince, appointed the General of Assistant Troops. The 7th, Xiao Zong, the Governor of the South Region of Xu and the Yuzhang Prince, was appointed the Governor of the Region of Ying; and Xiao Ji, General of Light Chariots and the Nankang Prince, appointed the Governor of the South Region of Xu. The 11th, a fabulous black-spotted tiger appeared in Huarong Commandery of the Region of Jing. Wang Jian, Left Minister of Ministry of Revenue, was appointed Minister of Ministry of Personnel. The 24th, the emperor presented himself in the sacrifice in the ceremonial hall in the palace.

[87] 三月辛丑，盜殺東莞、琅邪二郡太守鄧晰，以朐山引魏軍，遣振遠將軍馬仙琕討之。是月，魏徐州刺史盧昶帥衆赴朐山。

[87] March the 5th, when the rebellion that had killed Deng Zhe, the Prefect of the Dongwan and Langya Counties, lead the armies from the Wei Empire into Laing from the Qu Mount, Ma Xianbing, General in Defense of the Borders, was ordered to give a counter attack. In the same month, Lu Chang, the Governor of the Region of Xu in the Wei Empire, headed for the Qu Mount with his troops.

[88] 夏五月癸酉，安豐縣獲一角玄龜。丁丑，領軍呂僧珍卒。己卯，以國子

祭酒張充爲尚書左僕射，太子詹事柳慶遠爲領軍將軍。

[88] In summer, May the 8th, a mysterious turtle was captured in the Anfeng Commandery. The 12th, Lü Sengzhen, favorably allowed to organize troops in command, died. The 14th, Zhang Chong, Minister of the Imperial Academy, was appointed Left Assistant of Department of the State Affairs; and Liu Qingyuan, in service of the House of Crown Prince, appointed Commandant of the Army.

[89] 六月乙酉，嘉蓮一莖三花生樂遊苑。

[89] June the 21st, the lotus with three blossoms in one stem began to take root and grow in the imperial garden.

[90] 秋七月丙辰，詔曰："昔公卿面陳，載在前史，令僕陛奏，列代明文，所以鳌彼庶績，成兹群務。晉氏陵替，虛誕爲風，自此相因，其失彌遠。遂使武帳空勞，無汲公之奏，丹墀徒闢，闕鄭生之履。三槐八座，應有務之百官，宜有所論，可入陳啟，庶藉周爰，少匡寡薄。"

[90] In autumn, July the 22nd, an edict was given, that "It is recorded in the past histories that the officials in ancient times have to report in person to the emperor of their advice for state policies, and it is the practice in previous dynasties that Premier of Department of State Affairs needs to present in body an imperial memorial in the court. It is only in the above ways that all kinds of achievements were made and all varieties of governmental affairs accomplished. The fall of the conventions, started in the Jin Dynasty and followed to the present, leads to a great number of abuses, even to the ridiculous extent that neither such censors as Ji An of the Han Dynasty presented himself in the camp set up with weapons erected on both sides, nor Zheng Dangshi set his steps upon the crimson scales leading to the imperial court. It is necessary for both the three counselors of empire and the eight officials of high post to present, right in the imperial court, their advice for governance, by means of which my lack of capacities and competencies be supplemented."

[91] 九月丙申，天西北隆隆有聲，赤氣下至地。

[91] September the 3rd, it was thundering in the northwest when a herd of cloud in dark red was covering the whole earth.

[92] 冬十二月癸酉，山車見於臨城縣。庚辰，馬仙琕大破魏軍，斬馘十餘萬，剋復朐山城。

[92] In winter, December the 12th, the mountain goblins appeared in the Lincheng Commandery. The 19th, Ma Xianbing crushed the armies from the Wei Empire, beheaded about hundred thousands of enemies, and recovered the Qushan City.

[93] 是歲，初作宫城門三重樓及開二道。宕昌國遣使獻方物。

[93] In the same year, the gate tower of three floors in the imperial palace was beginning to be built, and two new roads paved. A group of envoys from the kingdom of Dangchang came to make offer of their native products.

[94] 十一年春正月壬辰，詔曰："夫刑法悼耄，罪不收孥，禮著明文，史彰前事，蓋所以申其哀矜，故罰有弗及。近代相因，厥網彌峻，髫年華髮，同坐入愆。雖懲惡勸善，宜窮其制，而老幼流離，良亦可愍。自今逋謫之家及罪應質作，若年有老小，可停將送。"加左光禄大夫、行太子少傅沈約特進。鎮南將軍、江州刺史建安王偉儀同三司。司空、揚州刺史臨川王宏進位爲太尉。驃騎將軍王茂爲司空。尚書令、雲麾將軍王瑩進號安左將軍。安北將軍、青冀二州刺史張稷進號鎮北將軍。

[94] In the eleventh Tianjian Year (512), in spring, January the 1st, an edict was given, that "It is clearly recorded in the books of the rites and in the past histories that no penalty is to be applied either to the children or to the elders, and the wives and the children of the criminals are exempt from the punishment of imprisonment. All those restriction of legal penalties is the sign of the manifestation of compassion for the people. In modern times, nevertheless, when the conduction of the laws are more rigorously set, it always happens that penalties are applied to the relatives of the criminals, either young or old. Though it is necessary to make a thorough legal sanction in order to promote the good and to suppress the evil, it is also a pity for the children and elders to become homeless as a consequence. Now, to prevent it, it is commanded that no penalty of exile is to be applied to those criminals sentenced to banishment or to servitude if there are children or elders in their families." Shen Yue, Left Imperial Minister of State, in service as Expert Tutor of the Crown Prince, was further appointed Honorary Premier of the State Affairs; and Xiao Wei, General in Guard of the South, the Governor of

the Region of Jiang and the Jian'an Prince, favored with the privilege to officiate with secretariat, chancellery and censorate、Xiao Hong, the Minister of Public Works, the Governor of the Region of Yang and the Linchuan Prince, was promoted to Minister of Imperial Military Affairs; and Wang Mao, General of Cavalry, appointed Minister of Public Works、Wang Ying, Premier of Department of State Affairs and General of the Command Banner, was promoted to General in Command of the Left Wing; and Zhang Ji, General in Command of the North and the Governors of the two Regions of Qing and Ji, was promoted to General in Guard of the North.

［95］二月戊辰，新昌、濟陽二郡野蠶成繭。

［95］February the 7th, the silkworms in the Xinchang and Jiyang Counties metamorphosed into cocoons.

［96］三月丁巳，曲赦揚、徐二州。築西静壇於鍾山。庚申，高麗國遣使獻方物。

［96］March the 27th, a special acquittal was applied to the two Regions of Yang and Xu. The Xijing Altar was ordered to be built at the Zhong Mountain. The 13th, a group of envoys were sent from the Kingdom of Koryo to make offer of their native products.

［97］四月戊子，詔曰："去歲朐山大殲醜類，宜爲京觀，用旌武功；但伐罪吊民，皇王盛軌，掩骼埋胔，仁者用心。其下青州悉使收藏。"百濟、扶南、林邑國并遣使獻方物。

［97］April the 28th, an edict was given, that "Since the enemy troops were massively annihilated in the battlement against the Wei Empire last year, it is now necessary to assemble the dead bodies of the enemies and entomb them in the capital as a manifestation of our martial merits. It is the usual practice of the meritorious emperors in previous times to crusade against the evils and to comfort the imperiled people, and it is their philanthropic intention to bury the bodies of the dead. It is ordered to the Region of Qing that all the dead bodies of the enemies be dully buried." A group of envoys from the Kingdoms of Baekje, Phunam and Campa were sent to make offer of their native products.

［98］六月辛巳，以司空王茂領中權將軍。

[98] June the 22nd, Wang Mao, Minister of Public Works, was appointed the General of Capital Strategy and Tactics.

[99] 九月辛亥,宕昌國遣使獻方物。

[99] September the 24th, a group of envoys from the Kingdom of Dangchang came to make offer of their native products.

[100] 冬十一月乙未,以吳郡太守袁昂兼尚書右僕射。己酉,降太尉、揚州刺史臨川王宏爲驃騎將軍、開府同三司之儀。癸丑,齊宣德太妃王氏薨。

[100] In winter, November the 11th, Yuan Ang, the Prefect of Wu Commandery, was appointed Provisional Right Assistant of Department of the State Affairs. The 23rd, Xiao Hong, Minister of Imperial Military Affairs, the Governor of the Region of Yang and the Linchuan Prince, was demoted to General of Cavalry, favorably privileged to officiate with secretariat, chancellery and censorate. The 27th, the Xuande imperial concubine by the surname of Wang died.

[101] 十二月己未,以安西將軍、荆州刺史安成王秀爲中衛將軍,護軍將軍鄱陽王恢爲平西將軍、荆州刺史。

[101] December the 3rd, Xiao Xiu, General in Command of the West, the Governor of the Region of Jing and the Ancheng Prince, was appointed General in Charge of Central Defense; and Xiao Hui, General of Assistant Troops and the Boyang Prince, was appointed General in Conquest of the West and the Governor of the Region of Jing.

[102] 十二年春正月辛卯,輿駕親祠南郊,赦大辟以下。

[102] In the twelfth Tianjian Year (513), in spring, January the 6th, the emperor presented himself at the divine sacrifice at the southern suburb, and made an acquittal to all the criminals below the death penalty.

[103] 二月辛酉,以兼尚書右僕射袁昂爲尚書右僕射。丙寅,詔曰:"掩骼埋胔,義重周經,楬櫫有加,事美漢策。朕向隅載懷,每勤造次,收藏之命,亟下哀矜;而寓縣遐深,遵奉未洽,髐然路隅,往往而有,言念沉枯,彌勞傷惻。可明下遠

近,各巡境界,若委骸不葬,或蕆衣莫改,即就收斂,量給棺具。庶夜哭之魂斯慰,霑霜之骨有歸。"辛巳,新作太極殿,改爲十三間。

[103] February the 6th, Yuan Ang, Provisional Provisional Right Assistant of Department of the State Affairs, was appointed Right Assistant of Department of the State Affairs. The 21st, an edict was given, that "It is recorded in the *Book of the Rites* during the Zhou Dynasty that a dead human body needs to be buried, and it is put down in writing in the Han History that it is a merit to put the bodies in coffins. Though in lack of capacities and competencies, I always look to those ancient classics as the principle for my practices, and always give the order to assemble the bodies as a sign of my pity for them. It is impossible, however, for such orders to be obeyed universally and sufficiently. Those bones of the dead are always a pain to my sight and add a touch of sadness to my already disturbed mind. Now it is ordered to all those territories, in which there happen to be found some of the dead bodies still not buried or improperly buried, to assemble them and to provide them with all the necessary articles needed for a decent interment. It is my sincere hope to see comforted those ghosts lingering in the nights and interred those bodies that have been decayed by the cold frost." The 26th, the Hall of Supreme Principle, in a new reconstruction, was divided into thirteen compartments.

[104] 三月癸卯,以湘州刺史王珍國爲護軍將軍。

[104] March the 19th, Wang Zhenguo, the Governor of the Region of Xiang, was appointed General of Assistant Troops.

[105] 閏月乙丑,特進、中軍將軍沈約卒。

[105] Leap March the 21st, Shen Yue, the Honorary Premier of State Affairs and General, died.

[106] 夏四月,京邑大水。

[106] In summer, during the April, the capital was flooded.

[107] 六月癸巳,新作太廟,增基九尺。庚子,太極殿成。

[107] June the 10th, the reconstruction of the Imperial Ancestral Temple was commenced, the basement of which was elevated by 9 inches. The 17th, the reconstruction of the Hall of Supreme Principle was accomplished.

[108] 秋九月戊午，以鎮南將軍、開府儀同三司、江州刺史建安王偉爲撫軍將軍，儀同如故；驃騎將軍、開府同三司之儀、揚州刺史臨川王宏爲司空；領中權將軍王茂爲驃騎將軍、開府同三司之儀、江州刺史。

[108] In autumn, September the 7th, Xiao Wei, General in Guard of the South, the Governor of the Region of Jiang and the Jian'an Prince, favorably privileged to officiate with secretariat, chancellery and censorate, was appointed Commandant of Ancillary, still retaining the position of rank; Xiao Hong, General of Cavalry, the Governor of the Region of Yang and the Linchuan Prince, favorably privileged to officiate with secretariat, chancellery and censorate, appointed Minister of Public Works; and Wang Mao, Provisional General of Capital Strategy and Tactics, appointed General of Cavalry and the Governor of the Region of Jiang, favorably privileged to officiate with secretariat, chancellery and censorate.

[109] 冬十月丁亥，詔曰："明堂地勢卑濕，未稱乃心。外可量就埤起，以盡誠敬。"

[109] In winter, October the 6th, an edict was given, that "the palace ceremonial hall, laying low and therefore wet, cannot but fail to meet the divine demands. It is proper and necessary to make some elevation by the addition of some soil, in order to show the sincere will of the emperor."

[110] 十三年春正月壬戌，以丹陽尹晉安王綱爲荆州刺史。癸亥，以平西將軍、荆州刺史鄱陽王恢爲鎮西將軍、益州刺史。丙寅，以翊右將軍安成王秀爲安西將軍、郢州刺史。

[110] In the thirteenth Tianjian Year (514), in spring, January the 13th, Xiao Gang, the Council of Danyang and Jin'an Prince, was appointed the Governor of the Region of Jing. The 14th, Xiao Hui, General in Conquest of the West, the Governor of the Region of Jing, and the Boyang Prince, was appointed General in Guard of the West and the Governor of the Region of Yi. The 17th, Xiao Xiu, General in Charge of the Right Assistant Wing and the Ancheng Prince, was appointed General in Command of the West and the Governor of the Region of Ying.

[111] 二月丁亥，輿駕親耕籍田，赦天下，孝悌力田賜爵一級。老人星見。

[111] February the 8th, the emperor presented himself in the process of tillage and made a universal acquittal. Those who showed filial piety and brotherly love, and those who concentrated upon the cultivation of the farms, were conferred a noble title. Canopus appeared.

[112] 三月辛亥，以新除中撫將軍、開府儀同三司建安王偉爲左光祿大夫。

[112] March the 3rd, Xiao Wei, the newly appointed General in Charge of Central Troops and the Jian'an Prince, favorably privileged to officiate with secretariat, chancellery and censorate, was appointed again Left Imperial Minister of State.

[113] 夏四月辛卯，林邑國遣使獻方物。壬辰，以郢州刺史豫章王綜爲安右將軍。

[113] In summer, April the 13th, a group of envoys were sent from the Kingdom of Linyi to make offer of their native products. The 14th, Xiao Zong, the Governor of the Region of Ying and the Yuzhang Prince, was appointed General in Command of the Right Wing.

[114] 五月辛亥，以通直散騎常侍韋叡爲中護軍。

[114] May the 4th, Wei Rui, Attendant Advisor of the Cavalry, was appointed General of Central Assistant Troops.

[115] 六月己亥，以南兗州刺史蕭景爲領軍將軍，領軍將軍柳慶遠爲安北將軍、雍州刺史。

[115] June the 22nd, Xiao Jing, the Governor of the south region of Yan, was appointed the Commandant of the Army, and Liu Qingyuan, Commandant of the Army, appointed General in Command of the North and the Governor of the Region of Yong.

[116] 秋七月乙亥，立皇子綸爲邵陵郡王，繹爲湘東郡王，紀爲武陵郡王。

[116] In autumn, July the 29th, Xiao Lun, one of the imperial princes, was entitled the Shaoling Prince, Xiao Yi the Prince in the Xiangdong Commandery, and Xiao Ji the Prince in the Wuling Commandery.

[117]八月癸卯，扶南、于闐國各遣使獻方物。

[117] August the 27th, a group of envoys from the kingdoms of Phunam and Khotan came to make offer of their native products.

[118]是歲作浮山堰。

[118] In the same year, the Fushan Weir, for strategical purpose in military campaign, was beginning to be built.

[119]十四年春正月乙巳朔，皇太子冠，赦天下，賜爲父後者爵一級，王公以下班賚各有差，停遠近上慶禮。丙午，安左將軍、尚書令王瑩進號中權將軍。以鎮西將軍始興王憺爲中撫將軍。辛亥，輿駕親祠南郊。詔曰："朕恭祗明祀，昭事上靈，臨竹宮而登泰壇，服裘冕而奉蒼璧，柴望既升，誠敬克展，思所以對越乾元，弘宣德教；而缺於治道，政法多昧，實佇群才，用康庶績。可班下遠近，博採英異。若有確然鄉黨，獨行州閭，肥遁丘園，不求聞達，藏器待時，未加收採；或賢良、方正、孝悌、力田，并即騰奏，具以名上。當擢彼周行，試以邦邑，庶百司咸事，兆民無隱。又世輕世重，隨時約法，前以劓墨，用代重辟，猶念改悔，其路已壅，并可省除。"丙寅，汝陰王劉胤薨。

[119] In the fourteenth Tianjian Year (515), in spring, January the 1st, when the crown prince had come into adulthood, a universal acquittal was made, the eldest son in each family was entitled one rank in advance, a differentiated reward was made to all the noblemen below the rank of duke, and the duty to make offer to the imperial government was exempted for the year. The 2nd, Wang Ying, General in Command of the Left Wing and Premier of Department of State Affairs, was promoted to General of Capital Strategy and Tactics. Xiao Dan, General in Guard of the West and the Shixing Prince, was appointed General in Charge of Central Troops. The 7th, the emperor presented himself at the divine sacrifice at the southern suburb. An edict was given, that "I, as the emperor, take it in the most reverential manner to participate in the divine sacrifices and pay the most assiduous attention to everything in concern with the divinities. I arrive in person at the palace temple of Sweet Spring and ascend by myself to the top of the Tai Altar. It is only at the moment when the smoke of the timbers arise into the sky and the offerings are placed in the tripods that I, attired, crowned and with jade token in hand, am beginning to feel that my sincerity is given a proper embodiment. It is my

desire to make sacrifice to the heavenly divinities and to promote the cultivation of virtues and moralities. It is, however, inevitable that there should exist defects in the governance and insufficiency in the policies and laws. The one way out, therefore, is to turn to those capable and competent to come into my service for the accomplishment of all kinds of affairs. It is now ordered to all the counties and states within the empire to make a thorough search for those people of extraordinary abilities. It is necessary to make a report, and a list, of all those who, honest and genuine in the counties or distinguished by the supreme pursuit, still choose to stay in hide among the commoners, in wait for a chance for promotion, and all of those who are renowned for their virtuousness, justice, piety or strenuousness. It is advisable to assimilate them into the imperial offices and to let them begin their career in the local authorities. It is my hope that all the officials may cooperate with each other and no one of any potentiality be left in negligence. As to the mitigation of punishment, it is high time now to make a simplification of the laws in accordance with the demand of the contemporary times. It is reasonable to start with the abolition of the penalty of nose cutting and forehead tattooing, which has already substituted death penalty, for after all it is disheartening to see some of the people noseless or tattooed in the face while it is always encouraging to observe the criminals willing to make redemption." On the 22nd, Liu Yin, the Ruyin Prince, died.

[120] 二月庚寅,芮芮國遣使獻方物。戊戌,老人星見。辛丑,以中護軍韋叡爲平北將軍、雍州刺史,新除中撫將軍始興王憺爲荆州刺史。

[120] February the 17th, a group of envoys from the empire of Rouran Khaganate came to make offer of their native products. The 25th, Canopus appeared. The 28th, Wei Rui, General of Central Assistant Troops, was appointed General in Conquest the North and the Governor of the Region of Yong; and Xiao Dan, the newly appointed General in Charge of Central Troops and the Shixing Prince, appointed the Governor of the Region of Jing.

[121] 夏四月丁丑,驃騎將軍、開府同三司之儀、江州刺史王茂薨。

[121] In summer, April the 5th, Wang Mao, Chief General of Cavalry and the Governor of the Region of Jiang, favorably privileged to officiate with secretariat, chancellery and censorate, died.

［122］五月丁巳，以荆州刺史晉安王綱爲江州刺史。

［122］May the 15th, Xiao Gang, the Governor of the Region of Jing and the Jian'an Prince, was appointed thel Governor of the Region of Jiang.

［123］秋八月乙未，老人星見。

［123］In autumn, August the 25th, Canopus appeared.

［124］九月癸亥，以長沙王深業爲護軍將軍。狼牙修國遣使獻方物。

［124］September the 23rd, Xiao Shenye, the Shangcha Prince, was appointed General of Assistant Troops. A group of envoys from the empire of Langkasuka came to make offer of their native products.

［125］十五年春正月己巳，詔曰："觀時設教，王政所先，兼而利之，實惟務本，移風致治，咸由此作。頃因革之令，隨事必下，而張弛之要，未臻厥宜，民瘼猶繁，廉平尚寡，所以佇旒纊而載懷，朝玉帛而興嘆。可申下四方，政有不便於民者，所在具條以聞。守宰若清潔可稱，或侵漁爲蠹，分別奏上，將行黜陟。長吏勸課，躬履堤防，勿有不修，致妨農事。關市之賦，或有未允，外時參量，優減舊格。"

［125］In the fifteenth Tiajian Year (516), in spring, January the 2nd, an edict was given, that "It is one of the tasks of primary importance in the imperial career to arrange the operation of cultivation in accordance with the demands of the times. It remains the fundamental to realize universal well-beings, both for the superiors and for the inferiors. Upon it depends the improvement of the moralities and the achievement of the peacefulness. A great number of decreed have been recently issued, either to follow the precedents or to make the changes, strictly according to the development of the actual situations. It is, nonetheless, impossible to exhaust the causes of the rises and falls of the affairs in the world and to make, on the basis of it, relevant policies. Now, at a time when the prevalence of suffering and the lack of justice is common, it is natural for the people to expect immediate remedies from the emperor and efficient measures from the administrators. It is, in accordance, ordered that a report of any decrees, as long as it is disadvantageous to the people, must be made within the territories of the empire. A minute report shall be made of the local governors, either incorruptible and upright or rotten and harmful, and a promotion or a demotion shall be accorded to him with reference to the report. It is the duty of the local officials to encourage plough and sow, to secure the facilitation of water affairs, and to prevent the hindrance of husbandry by reinforcing the embankments. It is also their duty to make reasonable evaluation of, and to give reduction to, the varieties of the improper taxes in the regulation of the markets."

[126] 三月戊辰朔，日有蝕之。

[126] March the 1st, a solar eclipse occurred.

[127] 夏四月丁未，以安右將軍豫章王綜兼護軍。高麗國遣使獻方物。

[127] In summer, April the 11th, Xiao Zong, General in Command of the Right Wing and the Yuzhang Prince, was appointed Provisional General of Assistant Troops. A group of envoys were sent from the Kingdom of Koryo to make offer of their native products.

[128] 五月癸未，以司空、揚州刺史臨川王宏爲中書監，驃騎大將軍、刺史如故。

[128] May the 17th, Xiao Hong, Minister of Public Works, the Governor of the Region of Yang and the Linchuan Prince, was appointed Secretary of Supervision, still holding the position of Chief General of Cavalry and Regional Governor.

[129] 六月丙申，改作小廟畢。庚子，以尚書令王瑩爲左光祿大夫、開府儀同三司，尚書右僕射袁昂爲尚書左僕射，吏部尚書王暕爲尚書右僕射。

[129] June the 1st, the reconstruction of a small temple was finished. The 5th, Wang Ying, Premier of Department of the State Affairs, was appointed Left Imperial Minister of the State, favorably privileged to officiate with secretariat, chancellery and censorate; Yuan Ang, Right Assistant of Department of the State Affairs, appointed Left Assistant of Department of the State Affair; and Wang Jian, Minister of Ministry of Personnel, appointed Right Assistant of Department of the State Affairs.

[130] 秋八月，老人星見。芮芮、河南遣使獻方物。

[130] In autumn, during the August, Canopus appeared. A group of

envoys from the empires of Rouran Khaganate and Henan came to make offer of their native products.

[131] 九月辛巳，左光禄大夫、開府儀同三司王瑩薨。壬辰，赦天下。

[131] September the 17th, Wang Ying, Left Imperial Minister of the State, favorably privileged to officiate with secretariat, chancellery and censorate, died.

[132] 冬十月戊午，以丹陽尹長沙王深業爲湘州刺史。

[132] In winter, October the 25th, Xiao Shenye, the Council of Danyang and the Changsha Prince, was appointed the Governor of the Region of Xiang.

[133] 十一月丁卯，以兼護軍豫章王綜爲安前將軍。交州刺史李畟斬交州反者阮宗孝，傳首京師。曲赦交州。壬午，以雍州刺史韋叡爲護軍將軍。

[133] November the 4th, Xiao Zong, Provisional General of Assistant Troops and the Yuzhang Prince, was appointed General in Command of the Frontier. Li Ji, the Governor of the Region of Jiao, beheaded Ruan Zongxiao, the rebel in the state, and delivered his head to the capital. A special acquittal was made to the Region of Jiao. The 19th, Wei Rui, the Governor of the Region of Yong, was appointed General of Assistant Troops.

[134] 十六年春正月辛未，輿駕親祠南郊，詔曰："朕當宸思治，政道未明，昧旦劬勞，亟移星紀。今太皞御氣，句芒首節，升中就陽，禋敬克展，務承天休，布茲和澤。尤貧之家，勿收今年三調。其無田業者，所在量宜賦給。若民有產子，即依格優蠲。孤老鰥寡不能自存，咸加賑恤。班下四方。諸州郡縣，時理獄訟，勿使冤滯，并若親覽。"

[134] In the sixteenth Tianjian Year (517), in spring, January the 9th, when the emperor presented himself at the divine sacrifice at the southern suburb, an edict was given, that "Many years have passed away since I devoted almost all my time to the efficient governance in my empire, though it may not turn out as has been wished. At a time when Gou Mang was beginning to arrange his imperial career as Tai Hao, his father, set himself to be carried away by the air, it is necessary to make the divine sacrifices, in order to the make our sincerity clear to the heaven, to hope for blessings from high above,

and to render benefit to the people. The families in dire poverty are, in accordance, exempted from the duty pay the taxes of grains, clothes, or service. The families with no land for cultivation need to be allotted one for them to have agricultural products. The families with pregnant women have to be favored with an abatement of the taxes to be paid. It is necessary to give relief to the old, the weak and the widowed, as long as they are not independent. This edict is to be given to all the states within the empire. All the lawsuits need to be attended with prompt and justice, in the same manner as mine, in order to save the occurrence of grievance and injustice."

［135］二月庚戌，老人星見，甲寅，以安前將軍豫章王綜爲南徐州刺史。

［135］February 19th, Canopus appeared. The 23rd, Xiao Zong, the General in Command of the Frontier and the Yuzhang Prince, was appointed the Governor of the South Region of Xu.

［136］三月丙子，河南王遣使獻方物。

［136］March the 15th, an envoy was sent from the Kingdom of Henan to offer the local products.

［137］夏四月甲子，初去宗廟牲。潮沟獲白雀一。

［137］In summer, April the 16th, the sacrifice of the beasts in the divine temple was canceled. In one of the canals in the capital, a white finch was captured.

［138］六月戊申，以廬陵王續爲江州刺史。

［138］June the 18th, Xiao Xu, the Luling Prince, was appointed the Governor of the Region of Jiang.

［139］七月丁丑，以郢州刺史安成王秀爲鎮北將軍、雍州刺史。

［139］July the 18th, Xiao Xiu, the Governor of the Region of Ying and the Ancheng Prince, was appointed General in Guard of the North and the Governor of the Region of Yong.

［140］八月辛丑，老人星見。

[140] August the 13th, Canopus appeared.

[141] 扶南、婆利國各遣使獻方物。冬十月,去宗廟薦脩,始用蔬果。

[141] A group of envoys from the kingdoms of Phunam and Borneo came to make offer of their native products. In winter, during the December, the offer of dries meet to the divine temple was canceled, and the employment of vegetables and fruits commenced.

[142] 十七年春正月丁巳朔,詔曰:"夫樂所自生,含識之常性;厚下安宅,馭世之通規。朕矜此庶氓,無忘待旦,亟弘生聚之略,每布寬恤之恩;而編戶未滋,遷徙尚有,輕去故鄉,豈其本志?資業殆闕,自返莫由,巢南之心,亦何能弭。今開元發歲,品物惟新,思俾黔黎,各安舊所。將使郡無曠土,邑靡游民,雞犬相聞,桑柘交畛。凡天下之民,有流移他境,在天監十七年正月一日以前,可開恩半歲,悉聽還本,蠲課三年。其流寓過遠者,量加程日。若有不樂還者,即使著土籍為民,准舊課輸。若流移之後,本鄉無復居宅者,村司三老及餘親屬,即為詣縣,占請村內官地官宅,令相容受,使戀本者還有所託。凡坐為市埭諸職,割盜衰減,應被封籍者,其田宅車牛,是民生之具,不得悉以沒入,皆優量分留,使得自止。其商賈富室,亦不得頓相兼併。逋叛之身,罪無輕重,並許首出,還復民伍。若有拘限,自還本役。並為條格,咸使知聞。"

[142] In the seventeenth Tianjian Year (518), in spring, January the 1st, an edict was given, that "It is the inborn nature for all the living creatures to seek after pleasures, and it is one of the principal tasks for the rulers to render to the people prosperity and a peaceful life. It is out of my concern for the people that I never forget to favor the policies advantageous for the propagation of the population and for the accommodation of the wealth, and to attach to the plan made in accordance with magnanimity and generosity. As it turns out, however, that, at present, there is no obvious increase of the population registered in residence on the one hand and on the other the occurrence of migration is far from rare, it is completely against my will to observe the many hometowns deserted. It is impossible to return to the native soils without the abundance of properties and it is against human nature to stay far away from the homelands. Now, at the beginning of a new year, when everything is commencing afresh, it is my desire to have the people settled in their old residential places, to hear the cries of the poultry and watchdogs corresponding

to each other, and to see in the states and the counties no land deserted, no people in vagrancy, and no mulberries unconnected with a cudrania by the roots. It is now decreed in accordance that anyone under the heaven, either vagabond or in migration, shall be given a favor for half a year, before January the 1st in the seventeenth Tianjian Year, to return to their native soils for their own wills and to have a freedom of taxes for three years. A consideration of the time spent in travel shall be dully made of those who stay too far away from their hometowns. Taxes are to be exacted from those who are unwilling to return to their homelands, even if they have already become settled residents for the registration of household. As to those who have no residence left in the homelands after their migration, the village head, or a elder of reputation, or one of their relatives may, in their stead, go to the local government to apply for a portion of the common land, in order to accommodate those people still with a will to return. For the continuance of their sustenance, no confiscation shall be made of such productive instruments as farmland, residence, carriage or cattle, to those who are sentenced to an inventory, of their possessions for their misconducts in the management of market, in the supervision of the water affairs, or in the operation of political powers. No annex of family property is to be allowed even to those businessmen or those riches. Voluntary surrender of oneself and reestablishment of residential identity is to be extended to those rebellious, in spite of the seriousness of the crimes. The completion of servitude is required of those who are still standing in restraint. All those decrees have to be legislated and made universally known."

[143] 二月癸巳，鎭北將軍、雍州刺史安成王秀薨。甲辰，大赦天下。乙卯，以領石頭戍事南康王績爲南兗州刺史。

[143] February the 7th, Xiao Xiu, General in Guard of the North, the Governor of the Region of Yong and the Ancheng Prince, died. The 18th, a universal acquittal was made. The 29th, Xiao Ji, Nankang Prince, responsible for the military affairs at Shitou City, was appointed the Governor of the South Region of Yan.

[144] 三月甲申，老人星見。丙申，改封建安王偉爲南平王。

[144] March the 29th, Canopus appeared. The 11th, Xiao Wei, the Jian'an Prince, was newly entitled the Nanping Prince.

[145] 夏五月戊寅，驃騎大將軍、揚州刺史臨川王宏免。己卯，干陁利國遣使獻方物。以領軍將軍蕭景爲安右將軍，監揚州。辛巳，以臨川王宏爲中軍將軍、中書監。

[145] In summer, May the 24th, Xiao Hong, Chief General of Cavalry, the Governor of the Region of Yang and the Linchuan Prince, was removed from office. The 25th, a group of envoys from the kingdoms of Kadaram came to make offer of their native products. Xiao Jing, Commandant of the Army, was appointed General in Command of the Right Wing, and in charge of the supervision of the Region of Yang. The 27th, Xiao Hong, the Linchuan Prince, was appointed General in Command of Capital Troops and Secretary of Supervision.

[146] 六月乙酉，以益州刺史鄱陽王恢爲領軍將軍。中軍將軍、中書監臨川王宏以本號行司徒。癸卯，以國子祭酒蔡撙爲吏部尚書。

[146] June the 1st, Xiao Hui, the Governor of the Region of Yi and the Boyang Prince, was appointed Commandant of the Army. Wang Hong, General of Central Troops and Secretary of Supervision, was appointed Provisional Minister of Interior Governance, retaining all the previous positions and titles. The 19th, Cai Zun, Minister of the Imperial Academy, was appointed Chief Secretariat of Ministry of Personnel.

[147] 秋八月壬寅，老人星見。詔以兵驅奴婢，男年登六十，女年登五十，免爲平民。

[147] In autumn, August the 19th, Canopus appeared. An edict was given to exempt from service those chevaliers and maidservants, at the age of 60 for male and 50 for female.

[148] 冬十月乙亥，以中軍將軍、行司徒臨川王宏爲中書監、司徒。

[148] In winter, October the 23rd, Xiao Hong, General, Provisional Minister of Interior Governance and the Linchuan Prince, was appointed Secretary of Supervision and Minister of Interior Governance.

[149] 十一月辛亥，以南平王偉爲左光祿大夫、開府儀同三司。

[149] November the 30th, Xiao Wei, the Nanping Prince, was appointed

Left Imperial Minister of the State, favorably privileged to officiate with secretariat, chancellery and censorate.

[150] 十八年春正月甲申,以領軍將軍鄱陽王恢爲征西將軍、開府儀同三司、荊州刺史,荊州刺史始興王憺爲中撫將軍、開府儀同三司、領軍。以尚書左僕射袁昂爲尚書令,尚書右僕射王暕爲尚書左僕射,太子詹事徐勉爲尚書右僕射。辛卯,輿駕親祠南郊,孝悌力田賜爵一級。

[150] In the eighteenth Tianjian Year (519), in spring, January the 4th, Xiao Hui, Commandant of the Army and the Boyang Prince, was appointed General in Offense of the West and the Governor of the Region of Jing, favorably privileged to officiate with secretariat, chancellery and censorate; and Xiao Dan, the Governor of the Region of Jing and the Shixing Prince, appointed General in Charge of Central Troops, favorably privileged to officiate with secretariat, chancellery and censorate, and favorably allowed to organize troops in command. Yuan Ang, Left Assistant of Department of the State Affairs, was appointed Premier of Department of the State Affairs; Wang Jian, Right Assistant of Department of the State Affairs, was appointed Left Assistant of Department of the State Affair; and Xu Mian, in service of the House of Crown Prince, appointed Right Assistant of Department of the State Affairs. The 11th, the emperor presented himself at the divine sacrifice at the southern suburb, and all those who practised piety and devoted themselves to farm wors were entitled one rank in advance.

[151] 二月戊午,老人星見。
[151] February the 8th, Canopus appeared.

[152] 四月丁巳,大赦天下。
[152] April the 8th, a universal acquittal was made.

[153] 秋七月甲申,老人星見。于闐、扶南國各遣使獻方物。
[153] July the 7th, in autumn, Canopus appeared. A group of envoys from the kingdoms of Khotan and Phunam came to make offer of their native products.

導論：抒情傳統與叙事傳統的并存互動
——對中國文學史貫穿綫的一種認識

董乃斌撰　馮奇譯*

Introduction
Parallel Development and Interaction of Lyrical Tradition
and Narrative Tradition:
A Central Clue for Understanding the Chinese Literary History

一　本課題研究緣起
1　Research motivation

本書是《中國文學的叙事傳統》研究課題的主要成果，按一般習慣，也許應當稱作"最終成果"。可是，目前這一課題雖然暫時告一段落，實際上，就我們的總體設想而言，却不過是剛剛開始，今後要做的事還多得很。准確地說，本書祇是這一研究的初步成果。所以這本書祇能以"論稿"命名。

As the major output of the research project "A Study on the Narrative Tradition in the Chinese Literature", this monograph may presumably signal a tentative conclusion of the work concerned. However, in our eyes, it only represents some initial results, as much is left unaddressed.

---

* 作者簡介：董乃斌，上海大學終身教授，主要從事唐代文學與中國文學史學研究。Dong Naibin, lifetime tenured professor of Shanghai University, specialized in the study of Tang Dynasty Literature and Chinese Literary History.
馮奇，上海外國語大學賢達經濟人文學院外語學院院長、教授，上海大學博士生導師。Dean of School of Foreign Languages, Xianda College of Economics and Humanities, Shanghai International Studies University. Professor and Phd. Advisor of Shanghai University.
基金項目：中國文學叙事傳統研究 Studies on the Narrative Tradition of Chinese Literature。2017年國家社科基金中華學術外譯（項目号 17WZW003）China National Social Science Foundation: Academic Translation Project (No. 17WZW003)。

需要先稍作說明的是這個課題設置的緣起,因爲這與相關學術背景和研究動態有密切關係。

What triggered us to engage in this project requires some explanations, as this has much to do with the academic background and research development.

我們爲什麼會起意來搞這個題目呢?概括來說,有三方面的原因。

Our plan to start to entertain ourselves with this topic of discussion was generally motivated by the following three factors.

首先,本課題是我們前此推行的文學史學研究的自然延伸,體現着我們對文學史貫穿綫的思考:

Firstly, it would be an extension of our previous research achievements, in particular, our reflection about the central vein in Chinese literary history.

其次,作爲中國文學史的貫穿綫,抒情傳統和敘事傳統二者的研究程度很不平衡,前者強而後者弱,這妨碍了對中國文學史真實面貌、根本特徵和精神實質的把握,薄弱環節亟須彌補;

Secondly, the research on narrative tradition is disproportionately weaker than that on lyrical tradition, in spite of the fact that both traditions have been dynamically carried forward throughout the entire history of Chinese literature. Consequently, such imbalanced efforts have failed to render the true picture of Chinese literature, including its essential features and spiritual nature.

再次,受到西方敘事學豐碩成果,特別是 21 世紀以來西方敘事學新變的啟發和刺激。

Thirdly, the fruitful achievements made in Western narratology, particularly the latest development since the 21st century, have offered us a thought-provoking perspective.

總之,從中國文學史研究的歷史和現狀出發,我們覺得有必要在探索文學史貫穿綫這一高度上,對中國文學史的敘事傳統作一番研究,以較完整地描述中國文學史的敘事傳統,揭示和論證敘事傳統與抒情傳統在文學史中共存互動和相輔相成的關係,糾正把中國文學史僅僅說成是一個抒情傳統的偏頗認識。當然,我們也希望因此而對有中國特色的文學敘事學之建立有所助益。

In a nutshell, it is necessary to re-examine the central veins in the history of Chinese literature so as to reveal and demonstrate the interactive and complementary relations between the lyrical and narrative traditions and redress the biased understanding that there exists only a lyrical tradition in Chinese literature. In addition, we also expect that our research will contribute to the development of literary narratology in China.

下面,再對這三點原因略作具體說明。

In what follows, the above three factors will be dealt with in greater details.

從 20 世紀末的文學史學史研究,到 21 世紀初的文學史學原理研究,我們思考了有關文學史研究與撰著的一系列理論問題,其中一個饒有興味而揮之不去的,便是對文學史貫穿綫的認識問題。① 我們發現,凡對文學史有研究而又較有抱負和理論興趣者,無不試圖探索和總結貫穿於文學史演變中的内在綫索,或者也可説是試圖回答下面的問題:中國文學史是否存在着一些一以貫之的、左右(制約)着文學發展的東西? 是否存在着一條貫穿始終的内在綫索? 如果存在,又該如何概括和表述? 等等。當然,由於各人學術立場和觀察角度不同、理論准備不同,特别是對中國文學史把握的程度不同,答案是五花八門的,其結論的涵蓋面、指向和力度亦頗多差異。如身處 19 世紀末 20 世紀初國勢蜩螗、列强環伺之際,黃人(摩西)欲以文學振奮民氣,便强調中國文學史貫穿着一條追求真善美并不斷進化的發展綫索。五四運動健將陳獨秀、胡適號召文學革命,一個説文學史上充斥着"雕琢的阿諛的貴族文學,陳腐的鋪張的古典文學,迂晦的艱澀的山林文學",統統應該打倒;一個説中國文學史是古文不斷僵死的歷史是白話文學日益發展、必然最後勝利的歷史。周作人概括出來的中國文學史貫穿綫是言志派與載道派的對立鬥爭和前者向後者的漸次轉化。後來的學者,如鄭振鐸以文人的詩古文辭與民間俗文學的互滲與起伏消長的綫索貫串文學史,劉大傑則以

---

① 關於這一點,詳參董乃斌主編《文學史學原理研究》一書第四章《關於文學史的規律與研究方法》,河北人民出版社 2008 年版,第 147—178 頁。對文學史貫穿綫的探索本質上就是對文學史發展規律的思考。

受社會生活制約的人類心靈活動來貫串文學史。[①] 最一般的觀點是把一部文學史看作文體演變代謝和榮枯交替的歷史,即以文體的產生發展和衰亡爲貫穿綫。1949 年中華人民共和國成立後,鬥争哲學被作爲全社會政治生活乃至日常生活的思想理論基礎,以此觀察文學史貫穿綫,便提出種種觀點,如:文學史是反映歷代階級鬥争、路綫鬥争的,因而其本身也是貫穿着各種鬥争的歷史,是人民性與反人民性、現實主義與反現實主義、文人文學與民間文學鬥争乃至所謂儒法鬥争的歷史。新時期以來出現許多新編中國文學史,對文學史貫穿綫和規律性另有一番探索。其中有代表性的如袁行霈先生主編者,論中國文學的演進,着重强調了它貫穿着發展的不平衡性,包括文體發展的不平衡、朝代的不平衡、地域的不平衡等,又着重分析了某些相反相成因素(如雅俗、復變和各文體不同特色的交融)在文學發展中的作用。另一部有代表性的是章培恒、駱玉明二先生主編者,則鮮明地將文學中的人性的發展作爲貫穿中國文學演進過程的基本綫索。他們對文學史貫穿綫的認識和理論概括同時也是各自文學史書的指導思想。

In our systematic review of Chinese literary history studies over the past century, a lingering question in our mind was the interpretation of the central vein in the history of Chinese literature[②]. To our excitement, those inquisitive researchers have almost unexceptionally attempted to explore the hidden central vein in literary evolution. Admittedly, due to their different perspectives and backgrounds, scholars came up with different answers. For instance, around the turn of the 20th century when China was devastated by the invasion of foreign powers, Huang Ren (1866 – 1913) argued that the central vein in Chinese literature was the unceasing pursuit of truthfulness, goodness and beauty in a bid to inspire national morale. Chen Duxiu (1879 – 1924, a founder of the Communist Party of China) and Hu Shih (1891 – 1962, professor of Peking University then and serving as ambassador to the United States from 1938 to 1942). Both of them held different opinions on literary revolution in the May Fourth Movement in 1919. Chen claimed that Chinese classical literature should be swept aside since it was glutted with pomposity, extravagance and obscurity whereas Hu asserted that Chinese literature was

---

① 此處所説,請參黄霖《近代文學批評史》第九章《中國文學史學》,上海古籍出版社 1993 年版;胡明《正誤交織陳獨秀》,人民文學出版社 2004 年版;周作人《中國新文學的源流》,上海書店 1988 年影印北平人文書店原版;以及胡適、鄭振鐸、劉大傑所著的文學史書。

② For more details, please refer to "On Regularities in Chinese Literary Development and Research Methods", compiled by Dong Naibin, Chapter 4, *Theoretical Studies of Literary History*, Hebei People's Publishing House, P. 147 – 178, 2008.

marked by the gradual ossification of classical Chinese language and the robust growth and eventual triumph of vernacular writing. According to Zhou Zuoren, a noted literatus (1885 – 1967), the central vein in Chinese literature could be conceptualized as the contention between ideal expression and truth conveyance, with the latter gaining increasing influence. Among the subsequent scholars, Zheng Zhenduo (1898 – 1958) sketched the contours of the Chinese literary history by highlighting the interaction of classical and popular literature. By contrast, Liu Dajie (1904 – 1977) studied the Chinese literary history from the angle of spirituality conditioned by social factors[①]. However, Chinese literature is most commonly seen as a process of style evolution, with prevalent genres falling successively into decline and giving way to fresh ones. In the early years after the founding of the People's Republic of China in 1949, as class struggle penetrated every aspect of life, literary history was consequently seen as a process of struggles between popularism and anti-popularism, realism and anti-realism, classical literature and folk literature, or even between Confucianism and legalism. Since 1978, the year marking China's political and social transition, new horizons have been explored in the study of Chinese literary history. A typical example was the book *"On the Evolution of Chinese Literature"* compiled by Yuan Xingpei, a professor of Peking University, in which unbalanced development across different styles in different dynasties and regions was treated as the central vein, in addition to the role of opposing yet complementary elements such as elegance vs. vulgarity in facilitating literary development. On a separate note, Zhang Peiheng and Luo Yuming, both from Fudan University, followed the development of human nature as the primary clue in scrutinizing the evolvement of Chinese literature.

　　學者們對文學史貫穿綫各有所見、各有會心,各是其是,也曾爲此發生爭論,乃至頗具規模的批判鬥爭。回顧百多年來文學史研究和文學史著述所走過的路,也許有人會對此産生厭倦感,覺得理論探索費力不小却不易奏效,許多觀點、結論層見疊出,呈"長江後浪推前浪"之勢,可是不過"各領風騷三五天"而已,不

[①] For more details, please refer to *"Studies of Chinese Literary History"* and Chapter 9 of *"The History of Literary Criticism in Modern Times"* by Huang Lin, Shanghai: Shanghai Classics Publishing House, 1993; Hu Ming, *"On the Correctness and Fallacy of Chen Du—xiu"*, Beijing: People's Literature Press, 2004; Zhou Zuoren, *"The Origin and Development of Chinese New Literature"*, photocopied by Shanghai Bookstore from the original copy of Peking Humanities Press, 1988; Works of literary history by Hu Shih, Zheng Zheduo and Liu Dajie.

如多做實證研究。但我們認爲,前人在理論探索上的努力雖未能獲致一個衆所認同(更不必説正確無誤,因而長期有效)的結論,雖然走了不少彎路甚至歧路,但并非全是白費。對文學史貫穿綫的探索、梳理和概括,涉及對中國文學史真實面貌和發展規律的認識,涉及對中國文學史乃至中國文化根本特徵、精神本質和民族特性的把握,這一理論性較强的思維活動和學術探討,不但對於中國文學和文化研究是有意義的,而且對於提高我們民族的邏輯思維能力、養成重視思辨的習慣,從而豐富我們民族的精神世界也是很有意義的。正因如此,我們纔決心沿着文學史學原理研究的思路,繼續思考中國文學史貫穿綫的問題,并對此認真地提出自己的一些看法。

Over the past century or so, the contentious interpretation of the central vein in Chinese literature has led to much debate and even aggressive criticism. Baffled by short-lived conclusions, some disheartened researchers have quietly turned to empirical studies for comfort. Nevertheless, previous efforts have shed significant light on the very essence of Chinese literary history or Chinese culture, provoked serious thinking and enriched the spirituality of our nation. Given such considerations, it is worthwhile to blaze a new trail in the study of Chinese literary history.

至於目前我們把焦點凝聚於中國文學史的敘事傳統,則與中國文學史研究的歷史與現狀有關。

其實,抒情傳統和敘事傳統都是中國文學史的貫穿綫,它們本是同根生、一起長的兄弟,二者都值得研究,既不妨分開研究,也需要聯合研究,都有深化發展的餘地。然而,現狀使我們十分焦慮,因爲相比於抒情傳統研究的規模和深入程度,敘事傳統的研究實在是太薄弱,差距太大了。而且由於某種歷史遺傳下來的偏頗,在某些研究者那裏還一定程度上存在着以抒情傳統遮蔽敘事傳統的情况,似乎中國文學史就祇是一個抒情傳統,敘事僅僅是爲抒情服務的諸多手段之一,要説它本身有傳統,那祇不過是歸屬於抒情傳統之下的次要現象而已。這一情况的形成是有其深刻淵源的。中國傳統主流文化的决定性作用可以説是根本的遠因,20世紀70年代後留美學者陳世驤先生的學術影響則是中國文學抒情傳統論再次顯赫的近因。

The focus on narrative tradition in this study is motivated by the fact that research in lyrical tradition has so far gained a dominant position. Due to long-standing biases, some researchers only honor lyrical tradition as the hallmark of Chinese literature, subjugating narration to one of the various tools serving lyrical tradition. Though deeply rooted in the mainstream traditional culture, such an attitude has been brought into greater prominence by Chen Shixiang (1912 – 1971), a returned scholar from the United States in 1970s.

不能説我們的學者對中國文學史的叙事傳統毫無研究,但與對抒情傳統的研究相比,仍祇能説是處於弱勢。總的説來,我們對中國文學史叙事傳統的研究還非常不充分。這主要表現在以下幾個方面:

While it is unfair to say that narrative tradition in Chinese literary history has remained unexplored, efforts in this regard are mostly sporadic and far from being adequate.

第一,往往以爲叙事傳統祇存在於叙事性作品之中,叙事傳統祇由叙事性作品的演進而構成,因此研究叙事傳統似乎祇是小説、戲劇學者的事,至多涉及一點叙事詩或某些樂府詩,加上某些叙事色彩明顯的散文,而没有能够把叙事傳統的研究追溯到它的源頭並擴展到中國文學的所有文體之中。近年有學者注意到詞的叙事,但更多文體的叙事研究仍付闕如。

Firstly, narration is widely perceived as existing in narrative works alone. To study such a tradition, it is therefore only natural to cast eyes on novels and dramas, or if the scope is broad enough, to take in poems and prose with typical narrative elements at most. Based on such a point of departure, researchers have generally failed to trace narrative tradition to its source or examine it in other genres of writing.

第二,既然未認識到叙事的現象和成分存在於各種文體之中,且與抒情關係密切,當然也就不能充分認識叙事作爲一個傳統在中國文學史上的重要性及加强研究的迫切性。

Secondly, as explained above, narration is not recognized as having ubiquitous presence across literary genres or sharing close ties with lyrical writings, resulting in a neglect of the importance and urgency of narration studies.

第三,由於習慣地祇將中國文學史視爲抒情傳統,也由於中國詩學理論確實發達，歷代積累的專業術語、概念範疇和批評經驗又十分豐富，研究者對抒情作品或敘事作品中的抒情因素做分析闡論時可借鑒的資源很豐富，往往輕車熟路便於依循；但若論到抒情作品中大量存在的敘事成分和那些敘事因子在抒情作品中的功能和作用，可利用的前人資源就貧乏得多，難免有捉襟見肘之感。古人往往自覺不自覺地藐視或貶低詩文中的敘事表現，這影響今人在對抒情性作品的藝術分析上，常不能有力闡明敘事手法所起的作用，更不能由此深入探討和揭示敘事和抒情兩大傳統共存互補的關係。

Thirdly, as lyrical tradition and poetics have struck a deep root in China, the existing theoretical framework lends it readily to the analysis of lyrical elements in both lyrical and narrative works. However, when it comes to the analysis of narrative elements in lyrical writings, researchers could hardly find any useful reference in the literature and would therefore tend to refrain from delving deep into or downplay the role of narration in poems and other types of lyrical writing, let alone exploring the symbiotic relationship between narrative and lyrical traditions.

第四，即使承認中國文學史存在抒情與敘事兩大傳統，但對它們的起源同樣遙遠、根基同樣深厚的認識仍然不足，總認爲以詩、詞、曲、賦爲主要載體的抒情傳統起源更早、根基更深，而敘事傳統既主要以小説、戲劇爲載體，就要後起，就要淺薄得多。

Fourthly, even for those who acknowledge the two traditions, their understanding of the origins and roots of these two traditions is still inadequate. They tend to believe that the lyrical writings represented mainly by poems, lyrics, tunes and rhapsodies are seen as having an earlier origin and a much deeper root than their narrative counterparts represented by novels and dramas.

以上情況，怎能不造成中國文學史敘事傳統的殘缺和斷裂？然而，中國文學史的實際情況並非如此。本課題研究儘管還是初步的，但已可得出這樣的結論：中國文學史抒情、敘事兩大傳統乃同時同源同根而生，而且從來就處於共存互補、相輔相成、不可分割的關係之中。這種關係用一句通俗的話也許可以表述爲：你中有我、我中有你，有時甚而至於你就是我、我就是你，然而如細加分辨則又畢竟你是你、我是我，大致還是分得清的；或者反過來，也可以這樣説：雖然抒情是抒情、敘事是敘事,各有其規定性,不可一概混淆,但兩大手法、兩大傳統之間又有不解之緣,永遠處在你中有我、我中有你的交融互滲狀態之中,一部中國文學史就是這兩大傳統的綿延交錯和蜿蜒流淌。正是鑒於上述種種,我們認爲在目前很有必要加强對於中國文學史敘事傳統的研究,以逐步改變其弱勢地位,趕上對抒情傳統的研究,並進一步深入研究它們的關係,從而使我們對中國文學史貫穿綫的認知趨於合理的平衡。

In spite of those counteractive forces, narrative tradition has meandered down for millennia in the Chinese literature from the same fountain source where lyrical tradition finds its origin, as confirmed by our initial research. The two traditions have experienced parallel or even intertwined development, albeit in their distinctive forms. In our opinion, the intricate interplay between the two traditions transcends time and space and can arguably define the central vein of Chinese literary history. Given such considerations, it is imperative to achieve a reasonable balance in the study of the two traditions, with a view to following more closely the true pulses of Chinese literature.

上面陳說的是我們設置這個課題的內在動因,而西方敘事學長足發展的啟發和刺激作用,則可謂課題設置的外部推力。自從敘事學的理論成果於20世紀80年代被大規模引進中國,在學界產生很大影響。有人致力於翻譯和闡釋工作,有人試圖運用敘事學理論於中國文學、主要是小説研究,也有人開始謀劃創設中國自己的敘事學。我們一直密切地關注着這一切,並由此引起反思:敘事在我們中國文學史上究竟是怎樣一種狀態?爲什麼中國有成系統、具規模的詩學,却没有較像樣的敘事學?抒情傳統已經論述得那麼多了,放眼當今學界,也還是走在這條路上的人居多,是否也該好好地論一論中國文學的敘事傳統了?另外還需要提到的是,西方當代史學理論的敘事轉向,特別是國內史學界對這一轉向的積極評介,也爲我們的思考提供了相當大的助益。

In addition to the above factors, the introduction of Western narratology since the 1980s has further motivated our research. While Western narratology has been extensively applied in translation, interpretation or novel research, or has even shown signs of branching into its local variety on Chinese soil, we have been prompted to reflect over the lack of a systematic narratological approach to Chinese literature. It is also noteworthy that the narrative turn in contemporary Western history studies and the ensuing positive responses from the Chinese academic community have opened up new dimensions in our research.

就是這樣，內外兩種因素的促動，形成合力，使我們確立了目前進行的這個課題。

In a word, the synergy created by internal and external drivers have pushed us to move on in this endeavor.

二　從中國文學抒情傳統說起
2　Lyrical tradition in Chinese literature

中國文學史存在着悠久深厚的抒情傳統。這並不是某位學者的新發現或杜撰，這幾乎是眾所周知也為眾所認同（乃至默認，因而似乎無須論證）的一般知識。無論從中國文學史的實際狀況來論證，還是從古今中國文論和文學研究、文學批評的言說來驗證，都不難說明這一點。

It is generally believed that Chinese literature has long followed a lyrical tradition, as testified by numerous literary theories and criticisms over centuries.

當然，旅美學者陳世驤先生（1912—1971）在 20 世紀 60 年代，從中西文學比較的角度，鮮明地提出並論述了"中國的抒情傳統"這個命題，[1]由此帶動海內外一批學者（主要是中國臺灣學者）從多種文體、多位作家、文學史若干段落，對此傳統做了許多理論色彩更強的闡發，產生了很多新的研究成果，仍然有他的歷史功績。

As mentioned earlier, Chen Shixiang cemented such a belief with his influential advocacy from the perspective of comparative literature in the 1960s[2], which stimulated a surge of interest in the research on the lyrical

---

[1] 《中國的抒情傳統》最初是陳世驤先生於 20 世紀 60 年代在美國亞洲學會年會上的英文講演；1971 年陳先生去世後，又由其學生楊牧（王靖獻）在臺北國際比較文學會議（淡江文理學院主辦）上宣讀；次年由楊銘塗譯為中文，發表於臺灣《純文學》月刊。現載《陳世驤文存》（臺北志文出版社，1972；遼寧教育出版社，1998）。與之相關的論文，如《中國詩字之原始觀念試論》《原興：兼論中國文學特質》等，均見此書。

[2] Chen Shixiang delivered a speech entitled "The Lyrical Tradition in China" at the Asia Society Annual Conference in the United States in 1960s, which was later translated into Chinese and published in the *Pure Literature Monthly* in Taiwan.

tradition in Chinese literature, particularly among Taiwan-based scholars, leading to fruitful findings.

近年來,随着文學史學的興起與發展,學術界對此有所反思。從中國文學史究竟有無抒情傳統(或其他什麼傳統),延伸到研究者做出這種概括,也就是力圖探尋、提煉文學史的貫穿綫(或所謂探討傳統規律之類)並對其進行理論概括,這一思路是否應該、是否可行等問題,都在思考和討論之列。[1]

However, with the emergence of literary history studies in recent years, the "lyrical tradition" claim has been challenged, as scholars contemplate about the necessity and possibility of conceptualizing a central vein in literature[2].

我們認爲,中國文學史的確存在着抒情傳統,但它不是唯一的,與之並存同在而又互動互補、相扶相益的,還有一條同樣悠久深厚的叙事傳統。所以我們現在要做的,不應衹是致力於推翻"中國文學抒情傳統説",而是深入研究中國文學的叙事傳統,研究這兩大傳統的關係,以"中國文學叙事傳統説"去補正和充實單

---

[1] 陳世驤先生在留美和中國臺灣學者中影響較大。前者如高友工,有諸多文章論中國古典詩詞小説戲劇,系統發揮陳氏理論,在臺灣有《中國美典與文學研究論集》出版(臺北:臺灣大學,2004),在大陸結集出版的有《美典:中國文學研究論集》(北京:生活・讀書・新知三聯書店,2008)。後者如柯慶明、張淑香、吕正惠、蔡英俊等均有專著早年問世。因此對陳氏觀點反思較早較多的也是臺灣學者。臺灣淡江大學《淡江中文學報》第17、18期(2007、2008)發表曾守正、顏崑陽、陳國球的有關論文,《政大中文學報》第10期(2008年10月)發表龔鵬程、陳國球的研究文章。其中龔鵬程教授的文章題爲《不存在的傳統:論陳世驤的抒情傳統》,對陳世驤的"中國文學抒情傳統説"持徹底否定的態度。陳國球則致力於探索"抒情傳統説"的形成與發展過程,其《"抒情傳統論"以前——陳世驤早期文學論初探》,即發表於《淡江中文學報》2008年第18期。2009年4月,政治大學召開"抒情的文學史"國際學術研討會,會上對中國文學是否存在抒情傳統有熱烈討論。筆者也在該校5月的"百年論學"活動中做過與中國文學叙事傳統相關的《正史紀傳、歷史小説和民間叙事》的報告,並同與會者討論中國文學叙事傳統問題。2009年8月政治大學又組織以中國文學傳統爲主題的學術對話,由龔鵬程、顏崑陽二教授主講,並有相關論文發表。龔鵬程教授的論文爲《成體系的戲論:論高友工的抒情傳統》,顏崑陽教授的論文《從反思中國文學"抒情傳統"之建構以論"詩美典"的多面向變遷與叢聚狀結構》。龔教授另有《抒情傳統的論述》一文(載龔鵬程新浪博客,2009年10月29日)追述"抒情傳統"這一説法在臺灣學術界流行近40年來的種種情況和對臺灣美學的影響,提供了許多信息,其對陳氏觀點的態度也緩和了不少。顏崑陽教授亦另擬"完境文學史"的名目以補正陳世驤。2009年12月,臺灣大學出版中心出版柯慶明、蕭馳合編的《中國抒情傳統的再發現:一個現代學術思潮的論文選集》,選入陳世驤、高友工以下10位學者涵蓋"抒情傳統"各相關議題的論文19篇,以概括這個已綿延近40年的學術探討的主要視野,而以顏崑陽的上述反思文章殿尾。關於這一學術课題的討論,目前仍在發展中。

[2] Such reflections are typically seen among scholars in Taiwan, where Chen Shixiang has a stronger influence. For instance, Gong Pengcheng denied the lyrical tradition in Chinese literature in his article entitled "*A Non—Existent Tradition: On Lyrical Tradition by Chen Shixiang*" (Issue 10 of *Chengchi University Chinese Journal*, 2008) and Yan Kunyang offered supplementary views to the statement by Chen Shixiang in his *Comprehensive Understanding of Literary History*.

一的"抒情傳統説",從而使我們對中國文學史的認識趨於全面和完整。

In our opinion, the lyrical tradition argument, though valid, shall not rule out its narrative counterpart. The point here is to render a more holistic and balanced view of Chinese literature by recognizing the due role of narrative tradition, rather than repudiating the lyrical tradition.

同時,我們還認爲,並特別在一開始就要説明的是,對文學史傳統(貫穿綫)的探尋,途徑非常寬廣,思路應該打開。抒情和叙事兩大傳統的提煉概括衹是從文學表達的内涵、特質,特别是文學表現的基本手段這個角度來看的。衆所周知,文學過程包含孕育、創作(表達)、産出及流通、接受、變異、傳播等一系列環節,從抒情或者叙事角度看文學傳統,着眼點主要是文學的表達(創作者將其内感外化出來的過程),僅僅是觀察分析的一個視角而已;若有研究者另選角度,就完全可以探尋出文學史另外的貫穿綫,總結出存在於文學史之中的别種傳統和别的發展規律。事實上,數十年來,我國的文學史研究者曾在這方面作過多方努力,直至目前,仍有不少新觀點出現。我們相信,這樣的探索行程還將繼續下去。這些觀點無論對錯(事實上很少能説絶對的全對全錯),都與一定歷史條件有關,都有自己的某些發現、某種理由,也均從正反兩方面對文學史規律的探索作出貢獻。衆多此類發現的互補、競賽和融會、綜合,纔會讓我們把中國文學史的豐富内涵和深層實質看得更加清楚。

In the meanwhile, we should also maintain from the very start that the exploration of the tradition of literary history opens a broad horizon and vision of research. It is noteworthy that lyrical and narrative traditions only provide a particular angle for interpreting China's literary history, as the focus here is the means of literary expression. If a different perspective is taken to examine the conception, dissemination or adaptation of literary works, an alternative interpretative framework could be worked out. In fact, contending views have never ceased to emerge in the past decades and such a trend shows no sign of abating. Those diverse findings or arguments, each in its own way, has shed light on the very nature and richness of Chinese literature.

爲了把中國文學史這兩大傳統及其關係闡釋好,我們還得先行分論,一個一個來,而且最好從抒情傳統講起。

To illustrate the relationship between the two traditions properly, it is advisable to start with a brief explanation of the lyrical tradition.

從陳世驤先生及許多後來者的闡論中，可以看出，説中國文學存在一條"抒情傳統"，其意涵是相當豐富的，實涉及文學本質論、發生論、創作主體論（自然涉及人論）、創作過程論（從構思到成文，抒情還是叙事，主要就體現在這過程中）以及作品論、風格論、批評論等方面，其關鍵則在於文學以情志爲核心的觀念。

The lyrical tradition, as elaborated by Chen Shixiang and following scholars, has developed around the core concept that literature serves to express emotions and aspirations, though it involves the essence, origin, creation, styles and criticism of literature.

打開任何一本中國文學批評史（文論史）或有關的參考資料，就會反反復復地接觸到下面一些古老的大同小異的説法：

To refer to any book on the history of Chinese literary criticism, it is not uncommon to come across time-honored concepts as reflected in the following quotations:

詩言志，歌永言，聲依永，律和聲。（《尚書·虞書·舜典》）
Poems express aspirations deep in one's heart, whereas songs are verses for chanting. (The Book of History: Book of the Yu Dynasty: Canon of Shun)

凡音者，生人心者也。情動於中，故形於聲，聲成文，謂之音。（《禮記·樂記》）
Music rises from the human heart when human heart is touched by the external world. When touched by the external world, the heart is moved, and therefore finds its expression in sounds. These sounds echo, or combine with, one another and produce a rich variety, and when the various sounds become regular, then we have rhythm. (Book of Rites: on Music) (translated by Lin Yutang)

詩者，志之所之也，在心爲志，發言爲詩。情動於中而形於言，言之不足

故嗟歎之，嗟歎之不足故永歌之，永歌之不足，不知手之舞之，足之蹈之也。(《詩大序》)

Poetry is where intent goes. In the heart, it is an intent; released through words, it is a poem. The affections move within and take on form in words. When putting them in words does not suffice, one expresses them with a sigh. When sighing does not suffice, one elongates them by singing. When elongated singing does not suffice, one unconsciously dances them with the hands and taps them with the feet. (Great Preface to the Book of Poems)

詩緣情而綺靡。(陸機《文賦》)

Poetry, springing from emotions, reads beautifully in its form of expression. (Lu Ji: The Art of Writing).

夫詩雖以情志爲本，而以成聲爲節。(摯虞《文章流別論》)

Even though poetry is oriented to the expression of aspirations, it should be accompanied by rhythms. (Zhi Yu: Origins and Schools of Literary Works)

夫志動於中，則歌詠外發；六義所因，四始攸繫；升降謳謠，紛披風什。(沈約《宋書·謝靈運傳論》)

Poetry is created because it is motivated by a surge of emotions and aspirations in the heart, materialized in the form of verses, lyrics, tunes and rhapsodies. This is how the Six Matters (ballads, psalms, eulogies, narration, analogy, association) come about, and how the Four Firsts (ballads, psalms major, psalms minor and eulogies) are closely related. Songs can be sung at different pitches and ballads can be popularized. (Preface to the Book of Poems) (Shen Yue: Comments on the Biography of Xie Lingyun)

仰觀吐曜，俯察含章，高卑定位，故兩儀既生矣。惟人參之，性靈所鍾，是謂三才。爲五行之秀，實天地之心，心生而言立，言立而文明，自然之道也。(劉勰《文心雕龍·原道》)

Like two interfolding jade mirrors, the sun and the moon reflect the images of heaven, while streams and mountains are interwoven into the earthly patterns like gorgeous damask. They are manifestations of Dao. When earthly patterns and heavenly images take shape, inferior and superior places are established, and the two primal powers of heaven and earth are born. Yet, only when humans join in does the Great Triad form. Endowed with the divine spark of consciousness, humans are the essence of the five elements, the mind of heaven and earth. When mind is born, speech appears. When speech appears, writing comes forth. This is the way of Dao. (Liu Xie, *Literary Mind and the Carving of the Dragon: Tracing the origin of the Dao*)

大舜云:"詩言志,歌永言。"聖謨所析,義已明矣。是以"在心爲志,發言爲詩",舒文載實,其在茲乎! 詩者,持也,持人情性:三百之蔽,義歸"無邪",持之爲訓,有符焉爾。(紀昀批:此雖習見之語,其實詩之本原,莫踰於斯;後人紛紛高論,皆是枝葉功夫。)(劉勰《文心雕龍·明詩》,紀批據黃霖編著《文心雕龍彙評》,上海古籍出版社,2005年版)

King Shun said, "Poetry carries sentiments in words. Singing prolongs poetry." The sage-king's definition of poetry gave rise to the following exegesis. "Sentiments in the heart, poetry in words." Is this why poetry is considered the disciplining of language and the carrier of substance? The character for "poetry" means "to discipline": the disciplining of human nature. The Three Hundred Poems is summed up in one phrase: no evil thoughts. The exegesis of poetry as "to discipline" thus fits. (Liu Xie, *The Literary Mind and Dragon-Carving: Illuminating Poetry*)

夫綴文者情動而辭發,觀文者披文以入情,沿波討源,雖幽必顯。世遠莫見其面,覘文輒見其心。(劉勰《文心雕龍·知音》)

An author writes when emotionally stirred. A critic enters into the author's feeling by reading the work. In the tracing of the fountainhead from the waters, the obscure is made manifest. Though authors who lived in the remote past can no longer be seen, their minds can be read through their writings. (Liu Xie, *The Literary Mind and Dragon-Carving: An Appreciative Critic*)

> 氣之動物，物之感人，故搖蕩性情，形諸舞詠。（鍾嶸《詩品序》）
>
> *It is the energy that determines the vicissitudes of things and it is the vicissitudes of things that give rise human emotional expressions. It is the rich and colorful things that inspire people into singing and dancing.* (Zhong Rong, The Preface to Grades of Poetry)

以上可以說是中國文學史上關於文學起源和性質的經典性、核心性言論，它們決定了對文學主體的認定、對創作過程的看法，也決定了文學價值判斷的準則，文學作用以及文學接受的途徑、意義等，以後歷代文論家便都在此基礎上或以此爲軸心進行闡述或批評。據此，文學既是人之心志情感的外化，文學創作的本源是人之內心，其本質則是寫心言志，其表現當然應以抒發人之心志情感爲主導，外物或事象祇是使人產生感興和借以表述感興的前因與工具，當然不能處於主導位置。這些既是中國文學史抒情傳統形成之因，同時也就是所謂"中國文學抒情傳統說"的主要意涵。

The above quotations may well represent the gist of orthodox thinking regarding the origin, creation, values and roles of literature, based on which generations of scholars have elaborated their opinions. As literature is essentially treated as a means to express emotions and aspirations, it is natural that the description of the external world can only play a supportive role, giving rise to the dominance of the lyrical tradition.

古人并非不知敘事——客觀地敘述身外的事件或描述身外的景象——在文學寫作中的作用，但由於上述主導理論的影響，祇能把敘事放在爲言志抒情服務的次要地位。在古人所總結的"賦比興"三種主要表現手法中，似乎祇有賦與客觀敘事稍可聯繫，比興雖也需涉及外物，但所表現的核心則是人的情志與心靈。他們認爲文學（其實心目中指的祇是詩歌辭賦）祇有表現心靈，即抒發主觀情志，纔是分內本職，也纔是其價值和意義所在；至於其他種種描寫敘述，哪怕妙筆再能生花，也祇是可用亦可不用的手段而已；描寫敘述稍涉煩冗，還成了文病。更有論者乾脆模糊界限，把優美成功的客觀敘事或描述混同於抒情（因爲文學中確實沒有毫不帶感情色彩的敘事或描述），於是引申出"一切景語皆情語"之類片面深刻而頗有副作用的說法。晉人摯虞有云："（詩）以情志爲本""古之作詩者，發乎情，止乎禮義""古詩之賦，以情義爲主，以事類爲佐；今之賦，以事形爲本，以義正爲助。情義爲主,則言省而文有例矣;事形爲本,則言富而辭無常。文之煩省,辭之險易,蓋由於此。"①可見,早在晉代,事類、事形在文學創作中的用途已爲人所知,但與情義心志相比,却始終祇能處於次要的輔佐地位,認爲如若顛倒了位置,就會爲詩文帶來煩瑣和險詖的弊病。

  In this connection, factual account of events or scenery falls into a secondary place in literary creation. Among the three rhetoric devices employed in the Book of Songs, i. e., *Fu* (narration or expression), *Bi* (analogy) and *Xing* (association), only *Fu* falls into the broad category of narration while *Bi* and *Xing* are primarily concerned with the expression of the inner world. Given the lyrical nature of literature, narration, however fabulous it may be, becomes optional. With its insignificant position, narration is easily criticized as redundancy. In radical cases, well-crafted narration or description is even regarded as being lyrical. Since it is rare to find any narration or description completely free from personal feelings, the conclusion that all descriptions are lyrical seems plausible. In fact, the role of narration or description was recognized as being supplementary as early as in the Jin Dynasty (265 – 420 AD). According to Zhi Yu (250 – 300), "Emotion should be the essence of poetry". "The poets' passion for composing poems in ancient times was generated by inner emotions and contained within the limit of rites and propriety." "Rhapsodies in ancient times were created on the basis of emotions and supported by the description of events, while those of today are created on the basis of events and supported by moral argumentation. In the first case, the language is concise but the writing as a whole follows a neat style. In the second case, the language is appropriate but the style of writing is inconsistent. This is what determines the textual organization and linguistic quality of a writing."② Poems and prose would be burdened with trifles, if narration or description takes the place of lyrical expression as the dominant form.

  宋人張戒曾云:"言志乃詩人之本意,詠物特詩人之餘事。古詩、蘇、李、曹、劉、陶、阮,本不期於詠物,而詠物之工,卓然天成,不可復及。其情真,其味長,其氣盛,視《三百篇》幾於無愧,凡以得詩人之本意也。潘、陸以後,專意詠物,雕鎪

---

① 摯虞《文章流別論》,據《藝文類聚》卷 56 引,汪紹楹校訂本,上海古籍出版社 1982 年版,第 1018 頁。
② Zhi Yu. On Different Types of Writing, Volume 56 of *Classified Anthology of Literary Works* (*Yi Wen Lei Ju*). Shanghai: Shanghai Classics Publishing House, 1982: 450.

刻鏤之功日以增，而詩人之本旨掃地盡矣。"① 詩之詠物較多用賦法，施行描寫刻畫，主觀情志或不甚彰顯，故被貶抑如此。若以詩敘事，更多地表現外物和客觀事情，而主觀情志不夠突出，那麼，在持正統詩學觀的論者看來，就更差一等了。萬一真遇到側重敘事的詩歌，即使寫得再好，往往也祇能得個二等的評價。杜甫因爲名聲太大，雖然不乏敘事詩篇，甚至因此獲得"詩史"的聲名，故貿然批評者較少，但也並非沒有。宋人葉夢得《石林詩話》云："長篇最難，晉魏以前，詩無過十韵者。蓋常使人以意逆志，初不以序事傾盡爲工。至老杜《述懷》《北征》諸篇，窮極筆力，如太史公紀、傳，此故古今絕唱。然《八哀》八篇，本非集中高作，而世多尊稱之不敢議，此乃揣骨聽聲耳，其病蓋傷於多也。"② 明人胡震亨《唐音癸籤》引《焦氏筆乘》所摘鄭善夫對杜甫的批評："詩之妙處，不必説到盡，不必寫到真，而其欲説欲想者，自宛然可想，雖可想而又不可道，斯得風人之義。杜公往往要到真處盡處，所以失之。""長篇沉著頓挫，指事陳情，有根節骨格，此杜老獨擅之能，唐人皆出其下。然詩正不以此爲貴，但可以爲難耳。"③ 看來引録者的觀點是一致的。杜詩的敘事尚且被非議如此，寫有《長恨歌》《琵琶行》的白居易，和元、白以下那些新樂府詩人的敘事篇章所獲評價就更差一等。所謂"元輕白俗"的評價，特別是白居易的"俗"，即與白詩敘事成分重、往往多鋪排有關。④ 晚唐李商隱雖然學杜很像，他的《行次西郊作一百韵》明明亦步亦趨老杜《北征》，但紀昀就祇肯評之曰"亦是長慶體裁"。⑤ 何以如此？就因爲杜詩神聖，而以元白爲代表的長慶體則不能與之相提並論，雖然二者均爲敘事之體。

Zhang Jie, a scholar in the Song Dynasty (960 – 1279 AD), said something to the effect that "A poet should focus on the expression of aspirations and only pay tribute to the external world through descriptive poems as a pastime. Those eminent poets such as Su Wu and Li Ling are not known for their descriptive poems, yet their mastery of poetic art has shaped such works in perfect forms that can well match those in the *Book of Songs.*"⑥ In contrast,

---

① 張戒《歲寒堂詩話》，《歷代詩話續編》本，中華書局 1983 年版，第 450 頁。
② 葉夢得《石林詩話》上卷，《歷代詩話》本，中華書局 1981 年版，第 411 頁。
③ 胡震亨《唐音癸籤》卷六，古典文學出版社（上海）1957 年版，第 48 頁。
④ 胡震亨《唐音癸籤》卷七先引東坡語："樂天善長篇，但格制不高，局於淺切，又不能變風操，故讀而易厭。"並解釋云："樂天拙於紀事，寸步不遺，猶恐失之，由不得詩人遺法，附離不以鑿枘也。此正大蘇不能變風操之意。"此類言論在詩話中不少，均可參。
⑤ 紀昀《玉谿生詩説》，轉引自劉學鍇、余恕誠《李商隱詩歌集解》，中華書局 1988 年版，第 255 頁。
⑥ Zhang Jie. *Poetry Notes in Chilly Weather Studio* in *Continuation to Poetry Notes of the Past Centuries*. Beijing: Zhong Hua Book Company, 1983.

poets who focus on narrative poems are far from getting the true taste of poems, in spite of their rewarding pursuit of exquisite poetic techniques. As shown above, narrative poems, even though perfectly written, are generally downgraded by poetic critics. Du Fu (712 – 770), a most prominent poet of the Tang dynasty and also known as the poet historian for his realistic style, falls victim to such criticism, though to a much lesser extent due to his overwhelming reputation. For example, Zheng Shanfu was quoted by Hu Zhenheng in the Ming Dynasty as having offered the following comments on Du Fu: "The beauty of poems lies in leaving proper room for imagination. However, Du often resorts to true-to-life and detailed depictions, which undermines the taste of his poems."① In comparison, narrative poems by other poets such as Bai Juyi (772 – 846) and Yuan Zhen (779 – 831), both leaders of the New Yuefu Movement, are put into a lower category, with Yuan being criticized as "frivolous" and Bai "vulgar"②. Li Shangyin (813 – 858), a talented poet of the late Tang dynasty, followed closely the pattern of Bei Zheng (*North Expedition*) by Du Fu in his long poem *Xing Ci Xi Jiao Zuo Yi Bai Yun* (Composition of 100 Lines upon Arrival at Western Suburbs), yet the poem was dismissed by Ji Yun (1724 – 1805), an influential scholar in the Qing dynasty, as "another example of *Changqing* Style initiated by Bai Juyi and Yuan Zhen"③. The only possible explanation is that Du Fu was regarded as rising above the category of *Changqing* Style, due to his much-revered position.

清人劉熙載《藝概》卷二《詩概》記載一次詩學問答。客問："詩偏於敘則掩意，偏於議則病格，此說亦辨意格者所不遺否？"劉答曰："遺則不是，執則淺矣。"④也就是說，寫詩偏於敘或議，都是要不得的，掩意和病格是兩個必須避免的毛病，祇是對此又不可過於固執而已。劉熙載觀點的傾向性十分明確，所以他提出"文，心學也""文不本於心性，有文之耻甚於無文！"⑤這樣徹底的言論，也就毫不奇怪。劉氏說法固然有其針對性和合理的一面，但這種言論代表着文學批

---

① Hu Zhenheng. *Studies of the Tang Poems: Vol. VI*. Shanghai: Classical Literature Publishing House, 1957: 48.
② Hu Zhenheng. *Studies of the Tang Poems: Vol. VII*. Shanghai: Classical Literature Publishing House, 1957.
③ Ji Yun. *Li Shangyin's Views on Poetry*. cited from *Illustrations of Li Shangyin's Poems* by Liu Xuekai and Yu Shucheng. Beijing: Zhong Hua Book Company, 1988: 255.
④ 劉熙載《藝概》卷二，見徐中玉、蕭華榮校點《劉熙載論藝六種》，巴蜀書社1990年版，第81頁。
⑤ 劉熙載《游藝約言》，見徐中立、蕭華榮校點《劉熙載論藝六種》，第335頁。

評的主流,對文學敘事和敘事文學的無形壓抑不可忽視。

In his *Shi Gai（Generalization of Poems）*, Volume 2 of *Yi Gai（Generalization of Art）*, Liu Xizai（1813 – 1881）, a leading literati in the Qing dynasty, included the following discussion on poetry: "Q: Should an earnest poet bear in mind that narration subdues the central theme while argumentation runs against the given format? A: It is advisable to heed that general guideline, but treating narration and argumentation as taboos is superficial."① In view of his categorical views, it is not surprising that Liu even further argued that literary creation not driven by true feelings was nothing but shameful②. While containing a grain of truth, such influential remarks have inevitably crippled the development of literary narration and narrative literature.

中國文學史和文學史研究中存在着以抒情及其載體(詩文辭賦)爲正宗的認識和傳統,這傳統十分悠久牢固、深入人心。陳世驤、高友工等人的貢獻不是在於發現而是在於用"抒情傳統"幾個字把它簡明地標舉出來,並以之與西方文學的敘事傳統作比較,因而一旦提出,即能给人以深刻新鮮的印象。其實,中國文學史和中國文學批評史學科的創始者、先行者們無不默認這一傳統,這祇要看他們著作的內容、所依據的主要材料和所論析的主綫,就一清二楚。早年的論著,如郭紹虞先生的《中國文學批評史》、朱自清先生的《詩言志辨》固然如此,即近年新出的學術力作,如陳伯海先生的《中國詩學之現代觀》將中國詩學提升爲"一個生命論詩學範例",系統而嚴謹地論述了中國詩學的人學本原、審美體性和文學形體,實際上也是基於中國文學抒情傳統的根本觀念的。③ 張伯偉先生的《中國文學批評的抒情性傳統》一文,以豐富的材料論證就連中國文學批評也同樣貫穿着一個抒情傳統,更可成爲我們説法的有力支持。④ 國内有的學者將中國古代文學理論稱之爲"表現主義體系",以與西方文學理論的"再現主義"相對,其根據和理路也與陳世驤、高友工大體相似,而在論證的深廣度和周密性上則似乎還要

---

① Liu Xizai. *Generalization of Arts: Vol. II*. In Xu Zhongyu and Xiao Huarong（ed.）, *Liu Xizai's Discussion on the Six Arts*. Chengdu: Bashu Publishing House, 1990: 81.
② Liu Xizai. *Norms in Arts*. In Xu Zhongyu and Xiao Huarong（ed.）, *Liu Xizai's Discussion on the Six Arts*. Chengdu: Bashu Publishing House, 1990: 335.
③ 陳伯海《中國詩學之現代觀》,上海古籍出版社 2006 年版。
④ 張伯偉《中國文學批評的抒情性傳統》,見《文學評論》2009 年第 1 期。

略勝一籌。① 此外還有學者闡釋中國文化的精神特徵，將之歸結爲"詩性品格"，雖未明言中國文學傳統如何，實可涵蓋文學而與前述諸家無異，如傅道彬的《〈周易〉與中國文化的詩性品格》，就頗有代表性。②

There is a deep-rooted assumption and tradition in Chinese literary history and its research that authentic orthodox Chinese literature is represented by lyricism and poetry. Chen Shixiang and Gao Yougong are remembered for explicitly highlighting, rather than discovering, the lyrical tradition in Chinese literature and contrasting it with the narrative tradition in Western literature. In fact, lyrical tradition has long been implicitly embraced by earlier pioneers in the history of Chinese literature and that of Chinese literary criticism, as evidenced by more distant works such as *the History of Chinese Literary Criticism* by Guo Shaoyu (1893 – 1984) and *Shi Yan Zhi Bian (A Critical Review on Poetry)* by Zhu Ziqing (1898 – 1948) as well as recent works such as *A Modern Interpretation of Chinese Poetry* by Chen Bohai③ and *Lyrical Tradition in China's Literary Criticism* by Zhang Bowei④. Chen Bohai's systematic account of the Chinese poetics as a basic principle in the study of humanity, appreciation and literary formulation has been hailed as a new mode that has elevated Chinese poetics to a new level of "poetic example of the theory of life", which is based on the same assumption that Chinese literature follows the lyrical tradition. Likewise, some Chinese scholars have even more eloquently elaborated on the expressionist nature of classic Chinese literary theories, as against its Western counterpart of representationism, both in terms of the breadth and depth of argumentation⑤. In addition, some scholars even identify the spiritual feature of Chinese culture as being "poetic", which also testifies to the lyrical tradition in Chinese literature to some extent. In this connection, a case in point is *the Book of Changes and the Poetic Character of Chinese Culture* written by Fu Daobin⑥.

---

① 我這裏指的是祁志祥《中國古代文學理論》（山西教育出版社，2008年版）。此書由同一作者於1993年學林出版社出版的《中國古代文學原理——一個表現主義民族文學體系的構建》修訂補充而來，現爲普通高等教育"十一五"國家級規劃教材。如果更廣泛地調查，相信從文學史和文論研究中能夠找到更多的類似例證。
② 傅道彬文，見吉林大學中國文化研究所主辦《華夏文化論壇》第四輯，吉林大學出版社2009年版。
③ Chen Bohai. *A Modern Interpretation on Chinese Poetics*. Shanghai: Shanghai Classics Publishing House, 2006.
④ Zhang Bowei. 'Lyrical Tradition in Chinese Literary Criticism'. *Literature Review*, 2009(1).
⑤ For instance. *Theory on Chinese Classical Literature* by Qi Zhixiang. Taiyuan: Shanxi Education Press, 2008.
⑥ An article carried in the 4th Edition of Chinese Culture Forum. Changchun: Jilin University Press, 2009.

這裏要指出的是,陳世驤、高友工的理論固然有貢獻,但一種理論,即使它基本正確,被多倍放大甚至推至極致,並到處使用時,往往也就暴露出它的缺陷。陳世驤先生理論的問題就出在未能看到中國文學也存在着一條堪與抒情傳統媲美的敘事傳統(當然與西方文學之敘事傳統有種種不同),而將抒情傳統説成是唯一的。① 高比陳略有不同,在論抒情美典的文章中也涉及了小説戲劇等敘事文學,可惜他衹致力於發掘敘事文學中的抒情因素以證明陳氏理論,至多是將敘事作爲抒情傳統的附庸看待,所以他衹是將陳氏理論延伸到小説戲劇的分析之中,而並未能看到抒情、敘事兩大傳統在中國文學史上共生並立、相輔相成的關係。

It should be pointed out that a valid theory, when pushed to the extreme, would probably fall apart. In Chen Shixiang's case, the lyrical tradition as the only central vein in Chinese literature blocked his view of the contending narrative tradition (which admittedly differs in various ways from the narrative tradition in Western literature). In contrast, Gao Yougong extended his inquiry into narrative literature in form of novels and dramas. Unfortunately, he was only interested in supporting Chen's theory by investigating the lyrical elements in narrative literature or applying that theory in the analysis of novels and dramas. Consequently, he also failed to duly recognize the role of narration in Chinese literature.

説到這裏,爲了把中國文學兩大傳統及其關係論述清楚,不能不把"抒情"與"敘事"的分野再作一次辨析。

For the sake of clarity, it is necessary to explain further the divergence between lyricism and narration.

三 抒情、敘事與文學史研究的敘事視角
3 The narrative perspective in literary studies

抒情與敘事,或簡稱爲"抒"與"敘",在我們看來是可以作爲文學表現手法

---

① 陳世驤《中國的抒情傳統》有云:"做了一個通盤的概觀,我大致的要點是,就整體而論,我们説中國文學的道統是一種抒情的道統並不算過分。"又在引了西方學人"不管散文或韻文,所有成功的文學創作都是詩"等語後説:"我們不啻等於回頭檢到一句相當於一般東方見解的中國古話:所有的文學傳統'統統是'抒情詩的傳統。"見《陳世驤文存》,遼寧教育出版社 1998 年版,第 3、6 頁。陳國球先生對楊牧譯文不太滿意,認爲"尚有不少可以改進的空間",陳世驤的觀點應表述爲:"整體而言,中國文學傳統就是一個抒情傳統。"("Chinese literary tradition as a whole is a lyrical tradition")見陳國球《詩意的追尋——林庚文學史論述與"抒情傳統"説》,載《北京大學學報》(社會科學版)2010 年第 4 期。

（及其所產生之功能）兩大基本範疇的。事實上，在古今文學研究者心目中，它們也確實稱得上是一對有資格相互對應的概念。清人劉熙載在其晚年撰定的《藝概》卷二《詩概》中說："賦不歌而誦，樂府歌而不誦，詩兼歌誦，而以時出之。……誦顯而歌微。故長篇誦，短篇歌；叙事誦，抒情歌。詩以意法勝者宜誦，以聲情勝者宜歌。古人之詩，疑若千支萬派，然曾有出於歌誦外者乎？"①說得多麽明晰！古人之詩，千支萬派，何曾有出於抒情（歌）叙事（誦）之外者哉？近人陳世驤先生在比較中國文學與西方文學的根本差異時，也指出一個是以《詩經》《楚辭》爲代表的抒情傳統，一個是以希臘悲劇、荷馬史詩爲代表的叙事傳統，即把抒情與叙事作爲文學表現特徵的兩大對應概念，以此構建起中西文學比較視野。今人文章中以此立論或在論析鑒賞中以抒情和叙事作爲對舉概念者更是不計其數。可見無論古今中外，文學表現範疇以抒情、叙事分，實爲共識。

Lyricism and narration can be regarded as two broad categories for literary expression. In fact, they have been worthy twin concepts in the minds of literary researchers. As succinctly summarized by Liu Xizai in the *Generalization of Art* in the 19th century, "rhapsodic prose is for recital while Yuefu (folk song style) verses are for chanting; yet poems are suitable for both ... To be more specific, long poems are for recital while short ones for chanting; narrative poems are for recital while lyrical ones for chanting; poems with deep meaning are for recital while those with strong emotions for chanting. Out of the countless poems ever composed, is there any single one that is unsuitable for either recital or chanting?"② In his comparative literature study, Chen Shixiang pointed out that Chinese literature had followed a lyrical tradition represented by the *Book of Songs* and *Cu Ci* (*Odes and Elegies of the Chu State*) while Western literature had followed a narrative tradition represented by Greek tragedies and Homeric epics. Such a framework has been widely adopted for argumentation and literary analysis, highlighting the consensus reached in the division between lyricism and narration as a means of literary expression.

那麽，抒情與叙事的確切分野以及可供分析者實施操作的具體標識何在？我們對此應該有個比較清晰的認識。

---

① 劉熙載《藝概》，上海古籍出版社1978年版，第76—77頁。
② Liu Xizai. *Generalization of Arts:* Vol. II. *Six Books on Art by Liu Xizai*. Chengdu: Bashu Publishing House, 1990: 75.

However, the two concepts should be clearly defined for the sake of clear understanding and legitimate analysis.

那就是"叙"指作者對自身以外事物、事象、事態或事件（故事）的描繪講述，無論這描繪講述是片斷的還是完整的、零碎的還是系統的，內容的客觀性是其根本特徵。"叙"也就是言説叙述，是人的一種行爲。"叙"的對象是"事"（但不一定已形成"故事"），是作者身外、客觀存在的大大小小的"事"，包括這位作者把本人的事加以客觀化，把它當作文學對象進行客觀描述這樣的情況。我們對"事"的界定如此，也就決定了我們對"叙事"概念的理解要比西方叙事學框定的範圍（故事）寬泛得多。此點與本書全部論述有關，故必須先予説明。

Narration refers to a factual account or description of any external object, event (not necessarily a story) or development, be it big or small, fragmented or complete. It can even be the objectification of the author's own experiences, which can be treated as topics for objective description. With objectivity as the essential feature, "narration" here is much more loosely defined than that in the framework of Western narratology. In contrast, any explicit or implicit expression of personal emotions or feelings, even though in a narrative form, falls into the category of lyricism. As such, any literary work, however intricately plotted or grandiose, can invariably be deciphered along these two lines.

若問："叙"的對象倘若不是客觀的"事"，而是主觀的"情"，那又怎樣？回答是：此時的"叙"，其實也就是"抒"了。抒發感情本質上是言説和叙述行爲的一種。從下圖可以看得很清楚：

In case where what is narrated is the subjective emotion rather than the objective thing, how should we respond? The answer is the narration here actually turns into lyricism, as emotional expression is part of description and narration, which can be clearly illustrated as below:

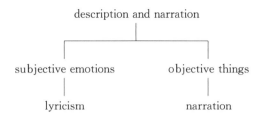

所以關鍵在於,"抒"的不是"事"而是"情"。抒情指作者對自身心靈感受、情緒波動的直接訴說。這種表達無論是用感性(具象)語言還是用理性(抽象)語言,無論是直白無隱的還是含蓄曲折的,都是以主觀性爲根本特徵。前者往往就是古代文論中所説的"比興",而後者則是議論。

The point is, lyricism is not about events but emotions. Lyricism refers to the author's direct expression of spiritual experiences and emotional fluctuations. Such expressions are fundamentally characterized by subjectivity, be it realized by specific perceptive language or by abstract rational language, in a direct and explicit or a vague and implicit manner. The former is what is known as "metaphor" and "evocation" in classical writings while the latter is what we call "exposition".

簡言之,抒與叙的區別就在於一個傾訴主觀(情),一個描繪客觀(事)。文學作品無論其結構多麽複雜、篇幅多麽宏偉、具體表現(包括修辭)手法多麽五花八門,若以側重主觀傾訴抑或側重客觀描繪來分析其性質,則任何手法總可歸入此二類,可以説非抒即叙。所謂文學,從文學創作者、即表達者一面來説,不就是描繪叙述各式各樣的情與事的嗎?你描繪叙述的是主觀的"情",那是在"抒情";你描繪叙述的是客觀的"事",那便是在"叙事"。一位當代詩人説:"一首詩,就其結構而言,可以分成描寫和叙述兩部分。所謂描寫,就是畫。所謂叙述,就是説。畫一畫、説一説,一首詩就出來了。"①他所謂的"畫"似與我們所説的客觀叙事相近,他所謂的"説"則頗相似於我們所説的主觀抒情。用中國傳統詩學術語來表達,這位詩人所説的"畫"與"説",都屬於"言"的層面。其實"畫"也是詩人説出來的,但與"説"不同,"畫"的功能(作用)在於構成客觀具體的"象"。有"言"有"象",一首詩就成了;"言"與"象"的結合,或曰在它們的深處或背後,便是這首詩

---

① 流沙河《十二象》,生活・讀書・新知三聯書店 1987 年版。

要表達的"意"。"言→象→意",或所謂"言以立象""立象盡意"正是中國傳統詩學的一項基本原則。①

In short, the difference between lyricism and narration lies in the fact the former is associated with the subjective expression of emotions while the latter is concerned with the depiction of objective events. A literary work, no matter how complicated its structure, and grandiose its size, and how diversified its rhetorical devices, boils down to either lyricism or narration. Literature, viewed from the perspective of the creator, is a product of description of various feelings and events. The expression of subjective emotion is lyricism while that of objective events is narration. According to Liu Shahe, a contemporary Chinese poet, a poem can be structurally reduced to descriptive and expressive elements. A poem takes shape when images are created and meanings expressed. "In terms of its structure, a poem may consist of two parts: to describe is to paint, and to narrate is to say it. In painting and saying, you make a poem."② The "painting" in his statement is similar to our objective narration whereas his "saying" is in close resemblance to our expression of subjective emotions. The transformation of his "painting" and "saying" into traditional Chinese poetic terms, we would have "language expression". In fact the "painting" of a poet is exactly what he says. What makes the "painting" different from "saying" is that the function of "painting" consists in its construction of the specific objective "images". Supported by "language expressions" and "images", a poem is created. With "language expressions", we materialize "images" and with materialization of "images" we fully demonstrate our "intentions". The combination of them both or what lies in the depth of this combination is the "intention" of the poem.

這裏有一個問題,把五花八門的文學表現手法歸納成抒情和敘事兩個大類,那麼在"畫"與"說"的過程中,許多具體手法與它們是怎樣的關係呢?比如修辭手法中有比喻,單是比喻本身就又分多少種,如直喻、曲喻、明喻、隱喻、轉喻……這些都該屬於抒還是敘呢?何況修辭格是那麼多,一部新出的《現代漢語修辭學》教材就標出雙關、折繞、諱飾、藏詞、吞吐、倒反、用典、推避、諷喻、譬喻、比擬、摹狀、示現、列錦、飛白、對偶、排比、回環、錯綜、誇張、反復、設問、精細、倒裝、層遞、同異、異語、仿擬、別解、旁逸、歧疑、移時、拈連、借代、移就、映襯、析字、疊字、

---

① 請參陳伯海《中國詩學之現代觀》上編釋"詩言志"篇,下編"言"與"意"篇,上海古籍出版社 2006 年版。
② Liu Shahe. *Twelve Images*. BeiJing: SDX Joint Publishing Company, 1997: 3.

轉品、頂真、引用等四十多種模式（舊時稱"格"），除了對句子的修辭，還有對段落、篇章、語體和全文風格進行修辭的方法。①這還僅僅是一部修辭學專著，如果多看幾本，豈不會有更多發現？這些修辭手法與抒、叙的關係又如何呢？

A question that ensues is: how are the diverse rhetorical devices related to narration and lyricism? In a newly published *Modern Chinese Rhetoric* textbook, over 40 rhetorical devices are listed, including puns, implication, euphemism, acrostic, simile, metaphor, parallelism, allusion, parable, antithesis, repetition, complication, restatement, inversion, hyperbole, contrast, inference, onomatopoeia, cohesion, metonymy, antonomasia, synecdoche, irony, progression, digression, reiteration, antithesis, anadiplosis and quotation, to name just a few. Apart from rhetorical devices at the level of sentences, there are rhetorical tactics at the levels of paragraphs, texts and styles.② This is only a list introduced in one monograph. More explorations will reveal more findings. Can those rhetorical devices be analyzed along the lyrical and narrative dimensions?

我們認爲，所有的修辭手法都是言語行爲，但跟抒與叙不在一個層級，它們既不與抒、叙並列，也不分屬抒、叙的哪一個，而是任作者用來爲抒或叙服務的，用於抒則爲抒，用於叙則爲叙。文學創作中的其他種種表現手法，如白描、特寫、伏筆、懸念、照應之類，同樣也是既可用於抒，亦可用於叙，屬於抒、叙的下一層級。

In our opinion, all rhetorical devices are speech acts. However, a rhetorical device is not inherently associated with lyricism or narration and can be used to serve either purpose, depending on the intention of the literary creator. The diversity of rhetorical devices employed in the creation of literary works such as straightforward description, focused description, foreshadowing, suspension, coordination etc. which are subordinate to lyricism and narration can also serve both purposes.

抒情，或是叙事，在我們看來，是涵指文學表現手法及其功能的高層概念，概括性和包容性很強，故惟有它們才有資格上升來指稱文學傳統。抒情傳統或是叙事傳統，作爲貫穿綫可對文學總體和文學史作出比較清晰的區分，已是文學批

---

① 吳禮權《現代漢語修辭學》，復旦大學出版社 2009 年版。
② Wu Liquan. Modern Chinese Rhetoric [M]. Shanghai: Fudan University Press, 2009.

評和研究界比較公認的對應性提法。不過,在本書中,抒情、叙事有時用以指稱文學表現手法及其功能,有時則指文學傳統,二者既有聯繫,又有所不同,當看具體語境而判,這是需要說明的。

Being a highly conceptualized and overarching concept, lyricism or narration is broad enough to represent a literary tradition. Nevertheless, the two concepts are also used here at a more micro level to refer to specific means of literary expression.

上面着重從文學表現的主客觀屬性區分了抒情與叙事,又講到許多具體手法與它們的關係。問題的另一面是,文學創作中的抒與叙絕非毫無瓜葛,而是有着密切的關係,有時甚至難以斷然區分,從而容易形成仁者見仁、智者見智,不同見解均有某種道理的情形。試打一個比方,如果説抒與叙是兩種基本色調,那麼它們的關係很像一條色譜,看其兩端,抒與叙差異明顯,界綫清晰;而愈向中間看,就會發現一段愈為混沌模糊的地帶,在那裏是一種我中有你、你中有我的關係(但若嚴格細分仍可分出你我)。而文學,特別是中國古代文學中,又特別是占據主流地位的詩詞曲賦和文章類作品中,歷來最受重視從而被運用得最多的,正是這中間地帶的色彩。本來,如果我們的古人能對文學的抒與叙一視同仁,他們早就會指出並論證二者的異同與關係,並給它們以公平合理的評價。祇是由於前述視文學為心學的觀念勢力強大、根深蒂固,抒情一端遂得迅速發展壯大,受到青睞和尊崇,而叙事一端雖實際上與抒情瓜葛甚深而且本身也在成長,却常遭漠視壓抑,既進不了主流,更成不了正統,甚至連它對抒情一端所作出的種種貢獻也被淡化乃至抹殺。大概正是在這種背景之下,抒情傳統纔在中國文學史上倍顯突出,弄得它(和宣揚它的論者)不免有點唯我獨大似的,而叙事傳統却處於湮沒無聞,至少是次要的、模糊不清的境地。這對鑒賞古典作品、特別是詩詞類作品,並在鑒賞中深入與出新,非常不利;對正確認識、全面理解中國文學史的面貌和本質也大有妨碍。

In spite of their apparent conceptual dichotomy, narration and lyricism are intricately interwoven with each other. While the two concepts may seem to be far apart on both ends of the same spectrum, the boundary is hardly discernible in the blurry middle part, which happens to be most functional in the classical Chinese literature. However, due to the above-mentioned prejudice, narration has unfortunately not been treated on a par with lyricism in literary research and criticism, leading to the prominence of the lyrical tradition. Such a lopsided view is highly detrimental to a holistic understanding of Chinese literary history.

　　敘事與抒情的關係就是如此既區別又糾結難解。爲進一步説明叙事在文學創作中的重要性及其與抒情和各種修辭手法之關係，下面試從古典詩詞中略舉數例。

　　李白的七絕《黄鶴樓送孟浩然之廣陵》："故人西辭黄鶴樓，煙花三月下揚州。孤帆遠影碧空盡，唯見長江天際流。"《贈汪倫》（題一作《桃花潭别汪倫》）："李白乘舟將欲行，忽聞岸上踏歌聲。桃花潭水深千尺，不及汪倫送我情。"從來被視爲優秀的抒情詩，對此，前人闡發得已極充分。但却很少有人指出，它們的抒情意味乃是靠叙事完成的。二詩前一首叙述友人離開武昌前往揚州，李白在黄鶴樓爲其送行之事；後一首寫李白將離開涇縣，鄉人汪倫前來送行之事。它們無論從題目還是從文字本身，都在充分叙事，當然，這叙事又充滿感情。前者是將欲抒之情藴含於客觀叙事之中，幾乎是純粹叙事，而無一句直接抒情之語；後者的後兩句，主要是末一句，則屬於主觀直接抒情，將作者心意用明確的語言清楚道出。若論修辭，兩首詩都明白如話，前者語言風格清新優美，但因叙事而趨於平實；後者前兩句亦平實幾如白描，但直接抒情部分則采用了誇張的修辭手法，先是誇張桃花潭水之深，然後用以加倍地誇張汪倫對自己的友情。誇張手法在此詩中先服務於叙事，後服務於抒情——當然也可不必説得太死，籠統地認爲誇張手法是爲抒情服務的亦可。

　　To further explain the role of narration and its relationship with lyricism and rhetorical devices, we might as well examine the following two poems by Li Bai：

Seeing Off Meng Haoran to Broadridge at Yellow Crane Tower
　　Yellow Crane to my old friend now says bye；
　　Amid March catkins, to Yangchow he'll go.
　　The lonely sail fades to merge with the sky；
　　Lo, beside Heavens the Yangtze does flow.

To Wang Lun
　　While I'm leaving now to the boat embark,
　　A song from the bank treads in with beats, hark.

A thousand feet deep is the Peach Bloom Pond,
But not deeper than my friend's love so fond.
(translated by Zhao Yanchun)

These two poems have long been perceived as highly lyrical and studied as such. But it is often neglected that the lyrical theme is largely conveyed through narration, both in terms of the title and content. This is particularly so in the first example, which is almost purely narrative. In the second example, the lyrical element does not appear until in the last line. Regarding the rhetorical style, both poems are plainly composed, with hyperbole being used in the second example to describe the depth of the pool on one hand and express the poet's appreciation of Wang Lun's friendship on the other. In this case, hyperbole as a rhetorical device can be arguably regarded as serving both narrative and lyrical purposes.

再看王維《輞川集》中的《木蘭柴》："秋山斂餘照，飛鳥逐前侶。彩翠時分明，夕嵐無處所。"和柳宗元的《江雪》："千山鳥飛絕，萬徑人蹤滅。孤舟蓑笠翁，獨釣寒江雪。"兩首都是膾炙人口的抒情詩。然而，其所抒之情全未直白說出，而是蘊涵於景物和事件的描寫敘述之中，這種描寫敘述從文字和現象的層面來看，是很客觀很實在的，猶如一幅畫，甚至像電影的片段，在我們的理解中自應屬敘事的範疇。然而敘事並不是二位作者的目的，他們顯然是有情要抒、有感而發。可是，他們究竟要抒發怎樣的感情，卻不肯一言道破，他們祇認真而藝術地繪畫、攝像，提供景物和事件，讀者所能接觸到的也祇是詩歌的"言"與"象"，至於其作者內心真正的意緒，卻是不著一字，任人理解猜度，是個永遠的謎。無論按中國古人還是西方學者的批評標準，這兩首詩都稱得上傑作，若不靠卓越的敘事藝術——精細入微的觀察，對場景、人物、事象的准確捕捉和動態描寫，對典型細節（從道具到行為）簡潔而精準的描繪，諸多畫面的靈活而有機的組接，比擬、指代、誇張等修辭手法的運用，乃至對字句的錘煉等等——這兩首詩怎能完成得如此漂亮！

We may look at two more examples as below:

The Magnolia Fence
By *Wang Wei*
The autumn hills keeps afterglow;
The warblers chase their mates ahead.

> *The peaks their greenness fully show;*
> *The mist at dusk has far-off fled.*
>   (translated by Zhao Yanchun)

and

River Snow
By *Liu Zongyuan*
From hill to hill no bird in flight;
From path to path no man in sight.
A lonely fisherman afloat,
Is fishing snow in lonely boat.
                  (translated by Xu Yuanchong)

Both of the above are well-known lyrical poems, and yet the emotions expressed are perfectly blended in the factual description of the surroundings and the event, which rolls out like a painting or a movie episode. It is clear that the poet sets out to convey a particular feeling, rather than describing the scenery. However, the poems only present images, teasing the readers' imagination about the poet's intended message. By either Chinese or Western standard, these poems are top-notch pieces of literary creation. Without the mastery of narration art, i. e., insightful observation and fantastic right-to-the-point description of typical details, it is impossible to blend the images seamlessly together, in harmony with the use of various rhetorical devices and diction.

在古代詩文辭賦作品中,像上述例子舉不勝舉。可是,它們從來祇被當作抒情作品,放在抒情傳統中來論述,幾乎很少想到它們不但是抒情傳統的一部分,同時也是叙事傳統不可或缺的組成部分。即以上舉寥寥幾例來看,它們叙事的簡潔明了、重點突出和意蘊表達的含蓄隱晦,就與以史學爲主體的早期叙事傳統完全一致。① 不少研究者注意到抒情傳統對叙事性作品(小説戲曲)的影響,但抒情性作品(詩文辭賦)與叙事傳統的關係則常被忽視。本書的宗旨之一,就是要彌補這個不足。

---

① 劉知幾《史通·叙事》提出歷史紀事"尚簡""用晦"等標準,前者要求叙事"文約而事豐",後者強調"略小存大,舉重明輕,一言而巨細咸該,片語而洪纖靡漏",核心是"言近而旨遠,詞淺而義深"。這在上舉李白第一首和王、柳之作中表現得很明顯。

Similar examples abound in classical Chinese poems. But they have invariably been treated as lyrical works. It is noteworthy that the brevity, clear focus and rich implications as reflected in the above poems are in perfect conformity with the principles of historical narration in ancient times①. Regrettably, while the impact of lyricism on narrative works has been considerably researched, the role of narration is largely neglected in lyrical works. It is in this context that we feel obliged to address such a gap, which can hopefully provide a central clue for understanding properly the Chinese literary history.

今天提出梳理中國文學史的兩大傳統,根本理由在於需要全面正確地理解中國文學史。當務之急則是要建立文學研究的敘事視角,試從這個視角去重審全部中國文學史,並將我們觀察分析所得,與抒情傳統的認識比照融合,找到它們的聯繫點和聯繫方式,發現、清理並描述出這兩種傳統在中國文學史裏的存在狀態及其互動發展的歷史過程。

At present, it is imperative to establish a narrative perspective in literary studies and contrast the findings with those arising from a lyrical approach, which might reveal the trajectory of interaction between the two traditions.

視角的選擇與確立,對研究的進展有着決定性的意義。而研究視角的擇定,取決於兩方面的因素:一是對象的客觀性質;一是研究者對對象性質的判定。也就是說,祇有對象具備此種性質,且此種性質已被研究者發現,這一研究視角才會確立。如果對象本來不具備此種性質,或研究者對對象的此種性質尚無認識,是不可能出現此種研究視角的。

The selection of the perspective is determined by two factors: one is the objective properties of what is being observed, and the other is the subjective judgment of the researcher. In other words, only when what is being observed possesses such properties which, in the meanwhile, have been noted by the researcher is such a perspective possible.

古典詩文曾被認爲是中國文學的主體,抒情寫意(包括理性成分雖重但不乏

---

① Liu Zhiji proposed in *Shi Tong* (*Generality of Historiography*), compiled between 708–710 that historical narration should follow the standards of 'brevity' and 'rich implications'.

情感色彩的議論感慨)曾被認爲是中國文學的主要表現手段,從抒情視角來研究和闡釋古典詩文曾是中國文學史研究的主流。這毫不奇怪,這種情況的產生,就與上述兩個原因有關。正因爲如此,中國文學的抒情傳統被認識得較早較深,被闡述和弘揚得也較爲充分。"中國是一個詩國"的説法,我們耳熟能詳;"中國文學的抒情傳統悠久而豐厚"這個説法順理成章而來,含義與之亦相通。而與抒情傳統被闡論得相當充分相比,中國文學有無叙事傳統? 如何認識、描述和分析這個傳統? 其與抒情傳統關係如何? 這些問題至今尚未獲得滿意回答。

Classical poems were believed to be the principal part of Chinese literature, chief representation of which was long held to be lyricism. The interpretation of classical poems used to be the mainstream in the study of Chinese literary history. Such a phenomenon can be attributed to two factors: the lyrical tradition of Chinese literature has deep historical roots. We are all familiar with the idea that "China is a nation of poetry" and therefore the "Chinese literature enjoys a long and rich lyrical tradition" has been accepted as true. But does this mean that there is no such thing as narrative tradition in the face of overwhelming discussions of the lyrical tradition? Questions like how to understand, describe and account for this tradition and how to associate it with the lyrical tradition remain largely unanswered.

前人也不是完全没有注意到中國歷代文學的叙事問題,也曾有過不少論述,比如在某些史論著作中。可惜中國儘管自古史學發達,但史著的叙事並不常在、更不都在文學研究的視野之中。比較突出的,是到了長篇小説和戲曲兩種文體發達的明清時代,有些學者和評點家創造出一套關於小説、戲曲批評方法和關於描寫技巧的名詞概念,如正叙、倒叙、補叙、插叙及草蛇灰綫、横雲斷山之類,其中不乏精彩,但總的説來,尚缺少體系性,理論化程度較低,與對抒情傳統的闡論相比,還是顯得薄弱而膚淺。我們的古人創建了系統而精深的抒情詩學,但没能建設起堪與比美的叙事學。

Of course, narration as a means of expression has been substantially explored in history studies. The study of history was highly developed in the past which, however, lay outside the domain of literature. The narrative function did not attract the attention of literary researchers until in the Ming and Qing dynasties when novels and dramas flourished. Since then, terms for narrative skills such as sequential narration, flashback and interposed narration have come into being. In spite of insightful comments and analysis, narration studies are far from being as systematic as in the sphere of poetics.

在叙事學的實踐和理論方面,西方學者走在了我們的前面。受到哲學結構主義、語言學理論的刺激和促進,文學(小説)叙事學在20世紀60年代的法國誕生,很快風靡歐美文學批評與學術界,美國後來居上,至今已成爲其新的重鎮。據我國叙事學者的研究,叙事學經歷了它的草創期,完成並度過了它的經典期,現在已進入後經典(或稱後現代)階段,發生了引人注目且意義重大的"叙述轉向"①,正在向新的廣度和深度邁進。在全球化浪潮席卷世界的今日,這一國際學術潮流不能不影響到我們,促使我們反思自己的中國文學史研究。於是,我們憬悟:真應該很好地發掘和闡明中國文學悠久而豐富多彩的叙事傳統,這個傳統沉埋不彰得已經太久了!同時也就認識到,在創造叙事學方法和理論方面,在運用叙事學分析古代文學作品方面,我們作爲後起者,既應該虛心向先走一步的西方學者有所借鑒和汲取,也需要繼承和發揚光大我們前人已取得的相關成就,努力將他們的零星貢獻提升到現代人文科學的水平,並努力構建起比較系統的理論。曾有人戲説,即使没有人家的啟示,我們本來也終有一天會發現文學史研究的叙事學視角。這使我想起也曾有人認爲,若無歐風美雨的衝刷蕩滌,中國本也有可能自發地走上資本主義發展道路。然而歷史不承認假設。歷史既没有允許中國從封建專制主義自發地轉型爲資本主義,也没有讓我們在未受西方文論影響之前率先創造出文學史研究的叙事學方向。那我們就祇有正視歷史,虛心誠恳地向先行者學習,在已有的基礎上創造前進。

It is clear that Western researchers have ventured much deeper in the development of narratology. Spurred by structuralism and linguistic theories, narratology was created in France in the 1960s before it spread like wildfire across Europe. Though relatively a late mover, the United States has quickly caught up and emerged as a leading stronghold in this area. According to some Chinese scholars, narratology has moved from its primary stage through its classical stage and is entering into the post-modern stage, triggering off the remarkable "narrative turn" with far-reaching repercussions[2]. In the midst of

---

① 詳參譚君强:《發展與共存:經典叙事學與後經典叙事學》,趙毅衡:《"叙述轉向"之後:廣義叙述學的可能性與必要性》,二文分別見《江西社會科學》2007年第2期、2008年第9期。
② For details, please refer to 'Development and Coexistence: Classical Narratology and Post—Classical Narratology' by Tan Junqiang and 'After the Narrative Turn: Possibility and Necessity of General Narratology' by Zhao Yiheng, published in *Jiangxi Social Sciences* respectively in issue 3, 2007 and Issue 9, 2008.

the surging wave of globalization, such an academic trend has inevitably prompted us to excavate the long-buried gems of narrative tradition in the Chinese literature. While referring to the established Western framework of narratology, we should also build on the achievements of previous Chinese researchers and try to construct a systematic Chinese framework by incorporating their sporadic insights. Someone once said jokingly that Chinese scholars would eventually find the narrative perspective in the study of literary history, even without inspirations from the West. Similarly, it is argued that China would have embarked on a capitalist road if without the impact from Europe and the United States. But there is no "if" in history and what we need to do is to respect what is already there.

當然，我們需要十分清醒：必須充分注意中國文學的獨特性。敘事學理論是操作的工具，我們研究的對象則是中國文學。既然那工具（從概念、範疇到各種方法和思路）有用、好用，我們當然要拿來，耐心地學着使用；但又需時時不忘研究對象的獨特性。如果碰到工具不適用的情況，祗能改造工具，而不是改變對象以適應工具。又如果有的祖傳工具可用或修繕改造後可用，我們不但不應拒絕，而且應當積極而欣喜地予以利用，並於運用之中使之漸趨完善。

However, the particularities in Chinese literature should be fully recognized when the Western instrument is used in research. In cases where the instrument does not come in handy, we should retool the instrument, rather than adapting literature. If ancestral instruments are found to be useful, we should put them into use readily and make improvements when necessary.

視角的建立絕非隨心所欲之事，而需具備主客觀兩方面的必要條件。然而，一種視角一旦建立，也就能使掌握它的人們獲得前所未有的新的視域，就像多打開了一扇窗戶、多擁有了一副望遠鏡或顯微鏡。當我們自覺地用敘事視角去重讀古代文學作品，重審中國文學史，的確會有不少新的發現，而這些發現的彙總，就是中國文學史的敘事傳統，一個足堪與抒情傳統並列共存並相互輝映的文學傳統。

A research perspective is not possible without a solid ground. But once introduced, a fresh perspective will lead to a new horizon or equip researchers with a telescope or a microscope. When held to the light of narration, the history of Chinese literature will be punctuated by new findings, which will in turn converge into the narrative tradition that shines brilliantly alongside the lyrical tradition.

四　中國文學敘事傳統勾勒與本書的結構
4　Outline of narrative tradition in Chinese literature and structure of the book

從敘事學角度來看中國文學史，確實不失爲一個新鮮的、很有意思的視角。

我們會發現，中國文學確實有着悠久深厚、豐富多彩的敘事傳統。以文史不分家著稱的中國古代文學和史學，從源頭上就顯示了豐沛的敘事性特徵。

A narrative approach is a new and fascinating instrument, which would lead us to the colorful treasure house of narration in Chinese literature and historiography, the two of which are often intermingled.

與中國文學的抒情傳統一樣，敘事傳統也應從先民的口頭創作算起。遠古洪荒，我們的先民在嚴酷的自然條件下艱難地謀求生存和發展，也許從那時起，他們就自發地開始抒情和敘事了——他們需要舒泄感情以求心理的平衡和精神的慰藉，他們需要交流、傳授經驗以提高生存的技能，需要保存種種記憶，建立歷史以傳諸後代。之所以説"也許從那時起"而不予斷言，是因爲先民們當時究竟如何口頭表述，今已無法核實。但從古文獻記載，我們知道先民曾采取結繩、刻契、繪畫、雕塑等多種手段來保留他們認爲最重要的記憶——這在今天看來，其實便是借助不同的媒介進行敘事活動。我們先民尋找各種媒介和符號以記事的艱苦卓絶努力，終於迎來了偉大的智力飛跃：文字的創造。

Narration could be traced far back to the oral literature, much in the same way as lyricism. In the prehistoric age, our ancestors were forced to communicate with each other in the struggle for survival and development under harsh conditions. By word of mouth, experiences, skills and memories were passed down from generation to generation. Although their exact oral expressions remain a mystery, the most important memories, according to ancient documents and chronicles, had been preserved through rope knots, carving, painting, sculpture and so on, which could be interpreted as various media for narration. The persistent communicative efforts, as is well known, finally culminated in one of the greatest creations in human history: the written language.

可以說,古老的中國文字,就是爲記事——叙事而産生、進化、成熟的。這從留存至今的甲骨文、金文、近年出土的許多竹帛文書,可以獲得充足的證明。

As evidenced by oracle bone scripts, bronze characters and bamboo writing slips excavated and preserved until today, Chinese characters were created just for the purpose of recording and have evolved over time.

漢字的造字法,古稱"六書",無一不與客觀的"物"與"事"相關。班固《漢書·藝文志》提到的"六書"是"象形、象事、象意、象聲、轉注、假借",其中有"象形""象事"兩項。許慎在《說文解字叙》中解釋"六書",講到"象形":"二曰象形。象形者,畫成其物,隨體詰詘,'日''月'是也。"漢語中的基本名詞多象形字,象形字的造字原則是對客觀事物最顯著特徵作客觀描畫,其精神實與叙事相通。《說文解字叙》直接提到字與事相關的有三處:"一曰指事。指事者,視而可識,察而見意,'上''下'是也;……三曰形聲。形聲者,以事爲名,取譬相成,'江''河'是也;……六曰假借。假借者,本無其字,依聲託事,'令''長'是也。"可見各色各樣的"事"("上""下"是事態,"江""河"是事物,"令""長"是人事,等等)乃是當初造字的重要依據,正是有種種事情要叙述表達,古人纔早早創造出那些最基本的文字以敷應用。上面所説已涉及指事、象形、形聲、假借等造字法,此外還有所謂"會意"和"轉注"兩類,其實也和形形色色的事相關,祇是不如前幾種情況那麽直接明顯罷了。

The six categories of Chinese characters (pictographs, simple ideograms, compound ideographs, phono-semantic compound characters, derivative cognates and phonetic loan characters) carry unexceptionally a reference to the external world, though at varying degrees. In his second century dictionary *Shuowen Jiezi* (literally *Explaining Graphs and Analyzing Characters*), Xu Shen illustrated the ways Chinese characters were formed. For instance, pictographs, which make up a high proportion of Chinese nouns, tend to reflect the most prominent features of physical items, much in the same way as narration. Ideograms express an abstract idea through an iconic form, including iconic modification of pictographic characters. Compound ideographs are compounds of two or more pictographic or ideographic characters to suggest the meaning of the word to be represented. A phono-semantic character consists of a character with approximately the same pronunciation and an element that indicates the meaning. Phonetic loan words are characters that are "borrowed" to write another homophonous or near-homophonous morpheme.

對"六書"的解釋,歷來存在不同意見。當代學者分析漢字的構造和類別,則有象物字、象事字、會意字等等區别,前者象物,接近古之象形,後二者則均與"事"有關。這些漢字雖是單個的,但與象物字不同,是表示着一種屬性、狀態、行爲,乃至事情(某種過程),即都帶有一定的"叙事"成分,以動詞和形容詞居多。如"宿"字,按甲骨文是人睡在屋裏簟席上之意;"無(舞)"字,在甲骨和金文中都是表示人持牛尾一類東西跳舞;"毓(育)"和"棄"二字在甲骨文中表示母親生育孩子和用箕盛嬰兒去抛棄掉;"寇"字在金文中表示有人手執器械進屋襲擊人。① 單個漢字的叙事性就頗值得關注,而這也就構成了漢字文學叙事性的基礎。當然,這些字所叙的事還十分簡單,還没有構成西方叙事學要求於研究對象的"一個故事",可是任何故事都是由若干件事情組成,没有這種簡單的叙事,後來的複雜叙事也就無從進行。

Unlike pictographs, which are mostly nouns and shape-motivated, ideograms or ideographs are largely verbs and adjectives and contain narrative elements referring to a particular attribute, state, behavior or process. For instance, the character "宿" (meaning sleep) in oracle bone script was constructed in such a way as to indicate a man lying on a straw mat in a room and the character "無(舞)" (meaning dancing) in its ancient form referred to a man dancing with an ox tail or the like. Similarly, the two characters "毓(育)" (meaning rearing) and "棄" (meaning discarding) in oracle bone script convey respectively the meaning of a mother giving birth to a baby who is in a head-down position and discarding a baby in a head-up position with a winnowing fan. A further example of the character "寇" (meaning bandit) in bronze script expresses the meaning of someone breaking into a house with a weapon in hand.② The narrative nature of individual Chinese characters, though not in the sense of a story studied in Western narratology, builds up the very

---

① 本節所述當代學者的觀點,見裘錫圭《文字學概要》,商務印書館,1988年版,121—127頁。並請參閱吕浩《漢字學十講》第七講"六書"理論及"三書"說,學林出版社2006年版,第115—151頁。

② The illustrative views on Chinese characters are taken from *An Introduction to Philology* by Qiu Xigui, Beijing: Commercial Press, 1988, p. 121-127 and *Ten Lectures on Chinese Philology* by Lü Hao, Shanghai: Academia Press, 2006, p. 115—151.

foundation for literary narration.

人類敘事本來就有一個從簡單到繁複、從不能充分達意到能夠婉轉細膩地描述的發展過程，中國文學的敘事傳統可以有力地證明此點，而我們對中國文學史作敘事學角度的考察，便很需要從最基本的"事"與"文"（及由"文"孳乳而生的"字"）的關係入手。回顧近百年的文學史學史，不少早期文學史著作都曾注意到漢字與中國文學的關係，它們的緒論往往就從文字入手。可惜的是，它們注意到文字是書面文學的載體，是文學作品得以傳播繼承的重要工具，也注意到傳統訓詁音韵之學對文學研究的作用，却未能再朝敘事視角前進一步，用較現代的方法來觀察文學史及其貫穿綫的變化發展，而這正可作爲我們研究的出發點。

It is quite self-evident in the Chinese literature that narration has evolved both in breadth and depth over time. In the study of Chinese characters, previous literary researchers have admiringly ventured deep into the critical interpretation of words in classical texts. But a modern narrative perspective is still lacking, which will exactly serve as the point of departure in this study.

所以，本書即安排《漢字構型與古人的敘事思維》爲第一章，透過對一個個漢字構型的舉例分析，試着探索一下先民創造它們時所體現的敘事思維。從文字之構造和早期的敘事思維入手來論中國文學史的敘事傳統，顯示我們與西方經典敘事學不同，而與後經典敘事學相通。也可以說這是中國敘事學的一大特色，由此出發又會引出中國敘事學與西方敘事學其他種種相異或同中有異之處。

Based on an anatomical analysis at the lexical level, Chapter 1 tries to trace back the narrative thinking embedded in the structure of Chinese characters. Such a distinctively Chinese approach to narration lends itself to a meaningful comparison and contrast with Western and post-classic narratologies.

本書第二、第三兩章探討中國古代文論代表性作品對文學敘事的一些觀點。

The following two chapters revisit insightful views on literary narration expressed in highly influential ancient works.

第二章以《文心雕龍》爲中心。《文心雕龍》的前半部分歷來被視爲文體論，也有點像一部小型的分體文學史。劉勰在回溯各種文體的形成、界定它們的性質、臚列各文體的優秀作家作品、總結一系列的文體規範並提出批評標準時，涉及不少有關文學敘事的觀點。雖未詳細展開，但吉光片羽，彌足珍貴，以往研究者不太注意這些，我們則對此略作發掘和梳理。

To be specific, Chapter 2 focuses on *Wen Xin Diao Long*, known in English as *Literary Mind and the Carving of Dragons*, a fifth-century masterpiece on literary aesthetics composed by Liu Xie. In the first half of the book, Liu Xie was primarily concerned with discussions on stylistics by investigating the emergence, nature and leading works of various styles and putting forward stylistic norms and standards of literary criticism. His sporadic views on literary narration, which have been largely ignored by previous researchers, will be recollected and put under scrutiny.

第三章以劉知幾《史通》爲中心。《史通》本是一部史學批評論著，但一來中國自古文史不分家，而在我們看來古代史著實乃中國文學敘事的重要源頭，論史豈能不涉文？二來《史通》其書有《載文》《言語》《浮詞》《敘事》《直書》《曲筆》《模擬》《書事》諸篇，直接間接論述了與敘事有關的問題，故此書早已被中國文學批評史和古文論研究者們視爲重要的文論著作。我們在研讀了這部書後，也深感它在中國文學史敘事傳統形成和發展中所起的作用不可忽視。故特在《文心雕龍》一章後安排了論《史通》的一章。

Chapter 3 revolves around *Shitong* (literally: "*Generality of Historiography*"), which is the first Chinese-language historiography work compiled by Liu Zhiji between 708 and 710. The book turns out to be a milestone in shaping the development of a narrative tradition in Chinese literature, as it addresses narration in large proportions, both directly and indirectly, in chapters such as *Zai Wen* (*Recording Documents*), *Yan Yu* (*Words and Speeches*), *Fu Ci* (*Empty Words*), *Xu Shi* (*Narratives*), *Zhi Shu* (*Truthful Accounts*), *Qu Bi* (*Distorted Accounts*), *Mo Ni* (*Mutual Dependence*) and *Shu Shi* (*Writing down Facts*), among others. After an intensive study of Generality of Historiography, we deeply feel its important role in the formation and development of the narrative tradition of Chinese literary history. Therefore we put it in the chapter after *Literary Mind and the Carving of Dragons*.

中國古代文論著作或單篇或成書，種類繁多，數量巨大，本書這兩章所論當然祇是舉例性質的。我們相信,如果遍讀此類古籍,注意爬羅發掘,應該可以證明中國古人並不是對文學中的叙事現象毫無認識,而且可以把古人對文學叙事的論述清理出一個頭緒。這不是一樁簡單輕鬆的工作,本書祇開了個頭,今後我們還要繼續往下做。

Given the vast pool of elaborations and commentaries on narration in literature over the past centuries, the discussions in these two chapters only represent the tip of an iceberg. But it is no easy job to do relevant data mining.

接下去,本書論述文字產生以後的中國文學史叙事傳統。這裏起碼可有兩種辦法。或依時代次序,由上古、中古而近古、近世乃至近現代一路迤邐叙來,或依文體種類分別羅列。鑒於研究進度和學力,經過考慮,本書采取了以文體列章,從叙事視角出發,對它們逐一進行考察的做法。但各章的次第與各文體在中國文學史叙事傳統中所處位置之先後仍有一定(不是絕對)的關聯。同時,我們在每一章(文體)之前,設"小引"一節,初步地追溯叙事傳統在此文體中的歷史演變,以之聯綴各章;而在本書最後一章試用兩大傳統貫穿中國文學史,對它作一番考察,既以結束本課題,也以之開啟今後的研究。

Due to our research constraints, the following chapters on the narrative tradition in Chinese literature are arranged by different genres, with due attention paid to the chronologic order within each genre. In each chapter, an introduction is provided to outline the evolution of narration in a particular genre. In the last chapter, attempts are made to interpret the entire Chinese literary history from the perspective of lyrical and narrative traditions.

第四章以歷史紀傳爲中心,因爲與《史通》叙事觀的論述緊密相關,也因爲古史記載是出現得最早具有文學性的文獻,故即以歷史文學爲對象。

To follow up on discussions about *Shi Tong* (*Generality of Historiography*) and take into account the fact historical records are the earliest literary works, Chapter 4 focuses on narration in historiography.

中國是一個史學早熟的國家。從大量先秦史書到《春秋》及其三傳,到不朽的《太史公書》及其紀傳體子孫,再到傑出的編年體通史《資治通鑒》,到大量民間史書(包括野史筆記),都是文史交叉結合的產物。以前的文學史研究者已注意到其中的一部分,但遠不夠全面。當我們確立起文學史研究的叙事視角時,就會更多更好地發現這類文獻所具有的文學性以及它們同主流文學文體（所謂正宗文學）的關係，那些以往被忽略的歷史資料也以更親和的姿態涌入文學史研究者的眼簾。在文學史研究中，我們主張采用新的大文學觀（與舊的泛文學觀和所謂純文學觀相對），主張尊重中國傳統文學觀並以之爲主要依據來劃定歷代文學史的觀照範圍，也就是要把曾被純文學觀忽視或排除出文學史的許多文學體類重新請回文學史（當然也不是像舊的泛文學觀那樣濫收一切文字作品）。① 大批史部書進入文學史研究視野，既與叙事傳統相關，也與這種大文學觀相符。新資料的發現可以引起觀點的變革和深化，對此人們已深有體會，所以人們總是致力於新材料的挖掘，這對提升科研水平至關重要；但是反過來，觀點和視角的新變也能導致資料庫的擴展、重組或翻新，對此却似乎認識不足。今後對於資料庫的建設有必要從兩方面來思考，並從兩端相向行進。古代的史部書大批（而不再是零星的）進入文學史研究資料庫，乃因文學史研究叙事視角而起，這也可以充分説明觀點與視角變化的重要性。

  China is a country with precocious development of literature. The interactive development of literature and history can be shown in works of history from the Pre-Qin Dynasty, through *the Spring and Autumn Annals* and the three different *Commentaries on the Spring and Autumn Annals*, and the masterpieces such as *Records of the Grand Historian* (also known as *Historical Records*) by Sima Qian and the upcoming biographies, to in the chronicle writings such as *History as a Mirror* and the folk history books (including unofficial history notes). Although earlier researchers have taken notice of some of this relations, such awareness is far from complete. when we decide to observe our study of literary history from the narrative perspective, we will be in a better position to reveal the literary qualities of these documents and their relation with mainstream literary works (i. e. the so-called authentic literature). In the meanwhile, historical materials that have been long ignored can be more readily accepted by literary researchers. In the study of literary history, we maintain a new vision of greater literature (as opposed to the outdated pan literary view or the so-called pure literary view). To respect the Chinese traditional literary view and to use it as a tool of examination to define and delimit literary histories of past centuries is to bring back to light the huge number of works that have been ignored or excluded from literary history. Of

---

① 關於與文學史研究相關的文學觀之演變及新的大文學觀問題，請參拙文《論文學史範型的新變——兼評傅璇琮主編的〈唐五代文學編年史〉》，載《文學遺産》2000 年第 5 期。

course this is not to say that we should go to another extreme and indiscriminately accept whatever written works regardless of quality.① As a result a huge number of history books flooded into the study of literary history. This is in line with the narrative tradition and with the new vision of literature. Discoveries of new materials will lead to innovations perspectives and deepening of insights. Researchers are fully aware of the importance new approaches to literary studies. Therefore they dedicate themselves to the excavation of new materials, which is essential to the promotion of research abilities. In return, new ideas and horizons will motivate and promote the expansion, restructuring and renewal of literary databases. Researchers, however, seem to have an unbalanced understanding of this line of thought. In the future, we shall construct our databases from these two angles, to allow more ancient history books to enter the databank of literary history, because of the narrative view in the study of literary history. This explains the importance of change of visions and ideas.

但是，中國古代的史部書實在太多了，在本書中，我們同樣祇能以舉例、即以某一部史書爲中心的方式嘗試進行。我們選擇的對象是作爲正史的《新唐書》，不是《新唐書》的全部，祇是它的列傳；也不是列傳的全部，而祇能涉及其中的一小部分。我們認爲，史部書的敘事及其文學性問題實際上是一個可供持續發展的研究方向。深潛於我國豐富的歷史文庫，僅就敘事傳統而言，我們可做的題目實在太多。

China could trace the flourishing development of historiography far back to ancient times, even in the pre-Qin period (2100 B. C. - 221 B. C.). Leading works such as *Chun Qiu* (*Spring and Autumn Annals*), *Tai Shi Gong Shu* (*Records of the Grand Historian*) and *Zi Zhi Tong Jian* (*Comprehensive Mirror in Aid of Governance*), together with unorthodox historical accounts, are largely excluded from literary studies, albeit their significant overlapping with literary works. Examined from a narrative perspective, such works can be legitimately brought into the scope of literary research to broaden our horizon.

However, out of the vast resources that are available, we could only scratch the surface by doing a tentative analysis of a small part of the biographies contained in *Xin Tang Shu* (*New History of the Tang Dynasty*,

---

① For a more detailed discussion of this issue, please refer to my article: innovation of paradigm in literary history — with comments on The Literary Chronicles during the Last Five Periods of the Tang Dynasty [J]. Literary Heritage, 2000 (5).

also known as the *Book of Tang*)①, a work of official history compiled in the 11th century. We believe there is still a huge potential for approaching narration and related literary issues in the treasure house of Chinese historiography works.

關於歷史,前人早有"六經皆史"的説法。有了叙事視角,我們會發現在《詩》《書》六經中,的確存在很多叙事的片段和成分,有的甚至是很不錯的叙事作品——小説。《書經》是記言的史,在它背後有一系列的故事,故事中有一系列人物形象,典型的如《金縢》篇。《詩經》更非祇有抒情,其中有够格的叙事詩,像《大雅》中的《生民》《公劉》《緜》,以及《豳風·七月》《衛風·氓》《邶風·谷風》等,即使那些向來被視爲抒情詩的作品,也存在着或多或少的叙事因素。此外如《禮記》的《檀弓》篇,也記述了不少傳聞故事。這樣,古籍四部書中的經部,也都與叙事傳統發生了關係。這是又一片廣闊的天地。

Zhang Xuecheng (1738 - 1801), a Qing Dynasty historian, writer and philosopher, claimed that "the six classics of Confucianism② are all history". With a narrative perspective, it is indeed not difficult to identify narrative elements in the six classics, some of which are complete stories. For instance, quite a few figures are vividly presented in the stories in the *Book of Documents*, especially in the chapter of Jin Teng (Golden Coffer) while truly narrative poems are included in the *Book of Poems*, such as *First Forebear*, *Lord Liu* and *Melon Creepers* in *Psalm Major*, along with *Airs of Bin: Seventh Moon*, *Airs of Watch: That Guy Grins*, *Airs of Bei: High Wind* and so on. In addition, a number of anecdotes are recorded in the *Chapter of Lord Tangong* in the *Book of Rites*. As shown above, those Confucian classics serve as yet another source for narrative studies.

説到這裏,當然不能不提到先秦的諸子散文,叙事傳統是否與子部書有關?先秦諸子書主要是闡發各家觀點的,是後世論説文之祖,而爲了使説理和議論易入人心、深入人心,他們往往借助於説故事的方式,結果便造成寓言這種文學樣式的興盛。有的寓言叙事精彩不亞於短篇小説,應是中國文學叙事鏈上的重要

---

① Also known as *The New Book of the Tang Dynasty* or simply *The New Tang Book*.
② The six classics refer to the *Book of Changes*, *Book of Documents*, *Book of Songs*, *Book of Rites*, *Book of Music* and *Spring and Autumn Annals*.

一環。本來,若將諸子散文單獨寫爲叙事傳統的一章,也是完全能夠成立和應該的。但考慮到本書的體例和規模,我們將諸子散文作爲古代散文的一部分,納入整個散文叙事傳統中討論(見第八章)。

In this context, it would be grossly inappropriate not to mention the argumentative writings by leading thinkers representing various schools of thought in the Spring and Autumn and Warring States Periods (770 B. C. – 221 B. C.). To render their argumentation more persuasive, those thinkers often resorted to stories and fables, some of which were brilliantly plotted just like short fictions. The rich narrative contents from this source could well deserve discussions in a separate chapter. However, they are incorporated into discussions on narration in prose in the eighth chapter, in order to fit into the general layout of this book.

我們知道,詩文歷來被認爲是中國文學兩種主要(正統、主流)文體,故在安排章節時孰先孰後頗費躊躇。各種理由比較下來,畢竟最早的古詩產生在先秦諸子之前,既然任何複雜一點的叙述都得先按下一頭,在書中總要有個先後,所以還是把詩歌放在了前面。於是,對於古典詩歌(包括詩的各種形式和變體)的叙事分析,就成爲本書的第五章。

As we know, poetry has long been recognized as one of the two main (orthodox or mainstream) forms of literature, which makes it rather difficult for us to organize the arrangement of the chapters. According to our estimation, the earliest classical poems came into being before the works of Pre-Qin (Paleolithic – 221BC) scholars. Since we have to make an arbitrary decision between two compatible choices, we tend to favor the priority of poetry. This is why the narrative analysis of classical poetry with all types of variants are placed in Chapter Five.

中國既然是個詩國,就不會缺少叙事詩,少數民族有長篇的《格薩爾》《瑪納斯》和《江格爾》,漢族也有《木蘭辭》《孔雀東南飛》,文人創作從蔡文姬的《悲憤詩》《胡笳十八拍》、白居易的《長恨歌》《琵琶行》以至吳梅村的《永和宮詞》《圓圓曲》,數量質量也都相當可觀。若將民間文學考慮進來,那麼近年在各地發現的長篇叙事詩也有多種,這些當然都是中國文學叙事傳統的重要組成部分,且已爲眾所公認。

As China enjoys a long and strong tradition in poetry. Long narrative poems abound in the literature of Han people and other ethnic minorities, including *Mu Lan Ci* (*the Ballad of Mulan*), *Epic of Manas*, *Kongque Dongnan Fei* (*Southeast the Love-lorn Peacock Flies*), *Chang Hen Ge* (*the Song of Everlasting Sorrow*), *Hujia Shiba Pai* (*Eighteen Songs on a Nomad Flute*), *Beifen Shi* (*A Woeful Poem*), *Yonghegong Ci* (*Lyric to the Hall of Eternal Peace*) and *Ge Sa'er* (*a Tibetan Heroic Epic*), to name just a few. If folklore is included, the list could be further expanded. All of these are widely acknowledged to be important parts of narrative tradition of Chinese literature

更重要的是,就在作爲中國文學特長的抒情詩(包括詞曲)中,也並非儘是抒情而缺乏敘事。古典詩詞中,敘事的成分或單篇斷章,普遍地存在着,更不必說像樂府詩這樣"飢者歌其食,勞者歌其事",本來就具有較强敘事功能的詩類。實際上,許多研究者都發現了這一點,許多論述也不同程度地觸及了這一點。前輩如吴世昌先生論周邦彦詞,今人如張海鷗論詞體文學的敘事,都有專文存世。① 至於在評論、述介古典詩詞的論著(包括文學史著作)中分析具體作品而不同程度涉及敘事問題,實際上把敘事作爲一種特色,或當作抒情之基礎者,更是比比皆是。因此,在一向被視爲抒情作品的詩詞中發現敘事因子,分析敘事與抒情的關係,便成爲第五章用力的重點。

More importantly, narrative elements can be often observed in typically lyrical poems as well. Lines such as *"Those who are hungry sing of their food; Those who work sing of their deeds"* in Yuefu Poetry give a strong sense of narrative force. In fact, academic studies and discussions have illustrated this point. Discussions of Zhou Bangyan's lyrical narrations by Our predecessor Wu Shichang, and Zhang Haiou's discussions of narrations in lyrical literature today are excellent records of narrative heritage in literature. Monographs (including works on literary history) that describe and analyze narrative issues in specific works in greater and lesser details are ubiquitous. Therefore the interplay between narration and lyricism in lyrical poems will be the focus of analysis in this chapter.

爲了以類相從,使觀感較適,對與詩歌屬於同一家族的樂府所作的敘事論析,被定爲本書的第六章,所論的重點則在漢魏和隋唐時代。

---

① 吴、張二先生有關詞的敘事之論著在第五章專門介紹,故這裹從略。

As a special category of poems in a folk-song style, *Yuefu* (Musical Bureau) poems have aroused our strong interest with their narrative features. Chapter 6 is specifically set aside to explore narration in *Yuefu* poems composed in the Han, Wei, Sui and Tang dynasties.

賦體文學具有相當的敘事色彩,早已爲人所注意,且有不少論著產生。所遺憾者是所論較爲零散,且未將其放在文學史的敘事傳統之中進行論述。本書乃以對唐賦叙事特徵的分析列爲第七章。

Narration in *fu* (rhapsodies) also attracted attention from researchers, but relevant elaborations were rather piecemeal and not put under the broad framework of literary narration. Therefore, Chapter 7 is dedicated to a systematic analysis of narration in *fu* rhapsodies composed in the Tang dynasty.

本書第八章總論中國古代散文的敘事問題。

Chapter 8 addresses narration in ancient prose in general. However, with its broad coverage, prose is a rather loosely defined genre of writing in Chinese literature, which has led to divergent views on its precise boundaries.

散文在中國文學中内涵最複雜、外延最龐大,其定義也最易發生爭論。原來前人多用古文的名稱,以與後起的今體——駢文相對應。但古文也稱散文,那是要與有韻或對偶之文對應。有韻的齊言之文屬詩,長短句稱詞曲,那麽有韻而講究對偶的駢文呢?是否還能算在散文之中呢?還有,賦是否也可列入散文?都存在着許多不同意見。有時爲了比較簡單也比較符合實際,我們寧可籠統地把它們都稱爲"文章"。

更麻煩的是,這裏向來存在文學與非文學之爭,許多文學史都有自己獨特的觀點和做法。屬於文學或准文學的那些文章,如各種述事(或含事)之作,人物紀傳、誄碑墓志、寓言小品、游記雜錄等,用敘事學視角去研究,問題不大;但某些雖有一定文學性,却在誕生之時是服務於應用目的的文章,如詔敕、章表、奏議、檄移、書札、啟狀、序跋、箴銘、頌贊之類,曾被部分文學史撤除,它們是否也應在研究之列?它們所含的敘事成分是否也應納入中國文學史的敘事傳統之中?我們認爲,在中國的文化傳統中,它們本來都屬於文學,在某些時代還是非常重要顯赫的文學,故早期不少文學史著作曾寫到它們,然而後來持純文學觀的文學史論著却鑒於它們的應用性而將之劃入非文學,不予論述和討論。今天看來,舶來的"純文學觀"並不合乎中國文學的實際,用它來削中國文學之足以適西方文論之履,顯然極不合理。前面說過,中國文學史的敘事學視角是與新的大文學觀相聯繫的,許多曾被排除在文學史之外的古代文體,應該回歸應有的歷史位置,被放在中國文學的抒情和敘事傳統中來考察論析。這也是文學史資料庫擴展的一個方面。

One of the controversies involves various kinds of applied writings (in the form of reports and proposals to emperors, imperial appointments, nominations and edicts, letters, eulogy, tablet inscriptions and exhortations, prefaces and postscripts, among others). Due to their applied nature, such writings are sometimes excluded from the sphere of literary studies. But in our opinion, they are part and parcel of Chinese literature or even in a fairly prominent position in certain periods. From a narratological perspective, their position in literature can be well justified. For this reason, our research scope is further expanded to cover applied writings.

把研究範圍擴展到經部、史部、子部著作的方方面面,擴展到向來被排斥的多種應用文類,使它們名正言順地成爲中國文學史家族的嫡系成員,使中國文學史更形立體而豐潤,也更好地體現中國特色,這是運用敘事視角最易看到的幾點好處。雖然本書未專門談論應用文類的敘事問題,但作爲課題的應有之義,它將在今後的研究中得到彌補。而在以往被籠統視爲抒情作品的詩文詞賦作品中辨析出內含的敘事成分,並對抒、敘兩種成分的關係和各自作用加以分析,則很有助於加細加深對此類作品藝術性和美學價值的觀照,并有利於開拓鑒賞優秀古代作品藝術價值的新格局。

With the legitimate addition of six classics, historiography works, essays by leading thinkers in the pre-Qin period as well as various kinds of applied writings, the Chinese literature is presented in its full glory. Tapping into such vast resources from a narrative perspective stands a good chance of yielding results with distinctive Chinese features. Though not studied in a separate chapter, applied writings will merit more attention in our future research. As a highlight in this project, the study of narrative elements and their roles in typically lyrical works not only fills a gap in previous research, but also contributes to better appreciation of the artistic and aesthetic values of such literary works.

本書對中國文學史叙事傳統的探索，從向來未被列爲叙事文學而被視作抒情文學的文體着手，致力於論證叙事傳統與抒情文學同源共存、互動互滲關係，這是出於彌補空白的需要。對於公認的叙事文類小說戲劇，當然更要給予關注。小說研究是西方叙事學賴以發生和生長的土壤。小說本是人的叙事思維和能力發展到某種高度後纔産生和發達起來的文體，也是能夠最大限度地容納人的叙事創造的文體，因而是一種最強大最自由的文體。西方叙事學，尤其是經典叙事學，建立在小說研究之上，是不難理解的。

It goes without saying that more efforts should be invested into universally recognized narrative works such as fictions and dramas. Fictions, as a most free and powerful genre of writing, can best convey creative narration and have provided the fertile soil for the robust growth of Western narratology.

以虛構叙事爲基本特徵的小說戲劇，在中國同樣有着漫長的發展演變史，也有它的輝煌和碩果。中國文學史的叙事視角當然不可能放過小說戲劇這片領域，而是要把既往的研究推進一步，使之融入整個中國文學史的叙事傳統之中，此中應該是大有論述空間的。限於本書的設計規模，我們的論述同樣帶有舉例的性質，可以説祇是開個頭而已。我們將對元雜劇（以王實甫《西廂記》爲中心）、文言小說（以蒲松齡《聊齋志異》爲中心）和長篇小說（以羅貫中《三國演義》爲中心）的叙事分析放在全書殿後的位置，以它們爲第九、第十、第十一章。在時代上，這三章已講到了元明清，是文學史叙事傳統趨於成熟的時代了。

Chinese fictions and dramas, which are essentially based on fictitious narration, have also evolved over past centuries and left behind a rich legacy, especially for dramas in the Yuan dynasty and fictions in the Ming and Qing dynasties. However, for space considerations, we could only select one work as the central piece for analysis in chapters 9 – 11, which deals with dramas in the Yuan dynasty (with *Xi Xiang Ji*, literally "*Romance at West Chamber*" by Wang Shifu for case study), stories in classical Chinese (with *Liaozhai Zhiyi* or "*Strange Stories from a Chinese Studio*" by Pu Songling for case study) and novels (with *Sanguo Yanyi* or "*Romance of Three Kingdoms*" by Luo Guanzhong for case study) respectively.

本書的第十二章，是對中國文學史叙事傳統的初步總結。我們將從上述種種具體分析中抽取一些較有理論性的觀點，按我們的認識水平指出中國文學史叙事傳統的特徵（內涵），並從叙事、抒情兩大傳統共生互動的角度試對全部中國文學史做一次新的巡覽。這一巡覽以及由此而生的種種説明將與我們對當代文學狀況的觀察與思考相接，以此既作爲本書的總結，同時也以此作爲今後研究的新起點。

開場白道過，下面該言歸正傳了。

Based on the above discussions, Chapter 12 provides a tentative summary of the narrative tradition and its interaction with the lyrical tradition in Chinese literature, with due attention given to unique Chinese features and reflections about contemporary literature, which hopefully can lead to follow-up research in the future.

編 後 記

《文學制度》集刊自 2019 年創刊以來,爲該領域研究提供了一個發表園地。它引起國内外學術同行的關注和熱切期待,學界同仁跟我們一樣都希望該刊能辦下去。爲此,兹繼續編輯出版第三輯,以滿足學界同好的矚望。

本輯編撰的宗旨,與創刊保持一致:堅信文學制度是一個新興的學術領域,致力於推動中國古代文學制度之研究,吸引當下及未來各年齡段的學者來參與研治,以與文學史、文學批評史、文學思想史並驅,創設特定的文學制度觀念、理論與規範,並最終形成中國文學制度這個分支學科。

本輯保留第一、第二輯所設立的四個主要欄目,即理論與觀念、制度與文學、令規與輯釋、古典與英譯,並新增"材料與新見"這個欄目。每個欄目刊文 3—4 篇,總共 17 篇專文。其中李玉寶《論明代的文學人口》、汪群紅《許學夷詩經批評釋讀》、劉微《〈新定九宫大成南北詞宫譜〉對清廷曲樂標準的重樹》三文,對文學制度的思想觀念和理論實踐作出專深探討;李德輝《樂籍制度與中古文學》、袁悦《勸農制度下的古代農事詩》、劉傑《〈列子〉葛氏英譯中的"性"論》三文,是頗有開拓性的專題論文,此特予標出並冀引起重視。另新增欄目"材料與新見"中的四文,均屬專學領域的材料發掘與學術實驗,或注重對出土文獻的利用,或注重對明代刊版的發現,或注重對明清小説數字化,有較突出的方法創新意識。還有三篇"令規與輯釋"則仍然是試筆之作,意在爲《中國歷代文學令規輯釋》積累素材。

我們期待該刊能獲得更多優秀學者的支援,在後續的各輯中能刊出更多高品質的論文。

2022 年 6 月 24 日

徵稿啓事

　　《文學制度》是上海大學中國古代文學制度研究中心創辦的學術集刊，致力於推動促進中國文學制度學術領域的研究，吸引國内外相關門類的學者來協同開展工作，主要發表有關中國文學制度研究方面的論文，所發論文以基礎性、前沿性、創新性、實驗性爲旨趣。現開設六個欄目，即理論與觀念、制度與文學、創新與實驗、材料與新見、令規與輯釋、古典與英譯。現第一、二、三輯已面世，以後仍確保每年推出一輯，逐年連續編輯出版，一般在上半年出刊。

　　兹向海内外同行學者徵稿，特别歡迎文獻厚實、學理清通、行文雅馴並有原創性、前沿性、實驗性的學術論文投稿。文稿一經採用，即付薄酬，並贈樣書。來稿以 10 000 字至 30 000 字爲宜，格式同《文學遺産》雜誌要求。

　　來稿請寄：上海市寶山區南陳路 333 號上海大學東區 5 號樓文學院 413 室中國古代文學制度研究中心《文學制度》集刊編輯部；郵編：200444；電子郵箱：18021052265@126.com。